Rezumat

Neştiind că Lucifer a preluat controlul asupra Alianţei, Mikhail se străduieşte să umple golul lăsat de alungarea lui Jamin pentru a convinge neamul Ubaid să lucreze împreună, nu doar ca sate individuale, ci ca un unic trib unit. Însă acuzaţiile Shahlei i-au zdruncinat căsnicia, readucând la suprafaţă răni mai vechi şi o putere primordială pe care niciun muritor de rând nu o poate controla. Va reuşi Mikhail, lipsit de încrederea Alesei sale, să unească neamul Ubaid pentru a lupta împotriva a ceea ce va să vină? Sau va cădea pradă furiei sale şi va dezlănţui o forţă distructivă care face ca până şi zeii să se cutremure îngroziţi?

Între timp, Jamin nu are de gând să accepte că satul i-a fost „furat". Noii aliaţi ai Halifienilor, Amoriţii, spun că „oamenii-şopârlă" i-au oferit şeicului o recompensă în aur la schimb pentru capul Angelicului. Cine ar putea să se strecoare dincolo de zidurile de apărare şi să pună mâna pe el mai bine decât fostul *Muhafiz* al Assurului?

În tot acest timp, în ceruri, Lucifer îşi duce mai departe lovitura de stat, continuând cu o prefăcătorie care îţi taie respiraţia *şi mai tare*, totul pentru a declanşa un război între cele două mari imperii – şi a-l livra *pe el* chiar la uşa lui Mikhail.

Saga Sabia Zeilor continuă în Cartea a cincea: *„Regină a unui imperiu mai mic"*.

REGINĂ A UNUI IMPERIU MAI MIC

Anna Erishkigal

Volumul V al Epopeei „Sabia Zeilor"

Ediția în limba română

SERAPHIM PRESS

Cape Cod, MA

Drepturi de autor

SERAPHIM PRESS

Cape Cod, MA

www.Seraphim-Press.com

SP Ediția Paperback
ISBN-13: 978-1-949763-87-4

Ediția Electronică
eISBN-13: 978-1-949763-86-7

Tradus de: Alina Cristea

CARTEA V:

Regină a unui imperiu mai mic

În vremea aceea v-am zis:
Nu vă mai pot povăţui singur;
Cum dar voi purta singur greutăţile voastre
şi sarcinile voastre şi neînţelegerile dintre voi?
....
Şi am luat dintre voi bărbaţi înţelepţi,
pricepuţi şi încercaţi,
şi i-am pus povăţuitori peste voi:
căpetenii peste mii,
căpetenii peste sute,
căpetenii peste cincizeci,
căpetenii peste zeci,
şi judecători
pentru seminţiile voastre.

—Deuteronomul – A cincea carte a lui Moise 1:15

Capitolul 1

Octombrie – 3.390 î.Hr.
Pământ: Satul Assur
Colonel Mikhail Mannuki'ili

MIKHAIL

Mikhail luptă împotriva luminii zilei, vru să o sfâșie, vru să o nimicească; să se agațe de momentele acestea prețioase în care răsăritul îl făcea să se trezească înaintea zeiței din brațele sale. Își afundă nasul în buclele ei șatene; parfumul ei era atât de îmbătător încât părea un drog.

Trăgea de acest moment înainte ca treburile de zi cu zi – și problemele care apăruseră între ei în ultima vreme – să îi smulgă unul de lângă altul. Lumina de dinaintea răsăritului le oferea un răgaz în care să se întâlnească – aripile lui negre și carnea ei moale, trăsăturile lui ascuțite și trăsăturile ei rotunjoare, modul în care buzele ei voluptoase îi murmurau numele.

O rază frântă le săgetă dormitorul, luminând o pânză de păianjen întinsă de-a lungul ferestrei. Acolo trăia o păienjeniță mică și verde, care își țesea pânza pentru a prinde insecte. Ninsianna îi tot spunea să o omoare, dar lui îi plăcea de Domnișoara Păianjen și cum stătea ea deasupra lor, țesându-și pânza. Pânza îi amintea de amintirile pe care le pierduse, de acea parte din el care lipsise încă de când se trezise în această lume, rănit de moarte, cu degetele Ninsiannei vârâte în rana de la piept, atingându-i inima.

Oare avea să se trezească fericită? Sau norul întunecat avea să zăbovească în continuare între ei? Avea să fie aceasta ziua în care ea avea în sfârșit să îl ierte?

-Mikhail? se auzi vocea ei răgușită de somn.

-Sunt aici, *mo ghrá*, îi sărută el pulsul slab, sub ureche. Dormi, *chol beag*. Nu e încă vremea să întâmpini răsăritul.

Curajoasa păienjeniță înaintă pe pânză, firele fragile ale acesteia capturând pentru încă câteva secunde lumina soarelui. Firele acelea erau ca amintirile lui – zvelte, puternice, urmând un tipar coerent, însă ceea ce țineau la distanță era terifiant și iluminator; o forță incontrolabilă care avea să cimenteze sau să distrugă pacea firavă pe care Mikhail reușise să o aducă.

Respirația Ninsiannei își recăpătă ritmul, iar buzele îi tresăriră la revenirea în visul frumos. O viziune? Sau un simplu vis, poate chiar cu el? Sau cu bebelușul pe care avea să i-l aducă pe lume la primăvară?

De ce oare avea în ultima vreme sentimentul copleşitor că nu avea să *fie* acolo la naştere? Se simţea de parcă îi suna un ceas şi trebuia să se bucure la maximum de fiecare zi, fiindcă în curând avea să i se scurgă timpul.

Ninsianna se foi...

-Ar trebui să mă trezesc, zise ea, acoperindu-şi faţa cu mâna. I-am promis lui Alalah că o să le explic noilor arcaşi cum să lanseze săgeţi trasor.

-Aş putea să o trimit pe Pareesa. O să se bucure să mai facă şi altceva decât să antreneze divizia B. "

Ninsianna se rostogoli spre el, îşi coborî mâna şi îi mângâie cea mai intimă zonă a corpului. Era prima oară când iniţia relaţii intime din acea zi teribilă în care se răcise complet în braţele lui. Mikhail o sărută blând, străduindu-se să nu o preseze.

Ninsianna deschise ochii. Pupilele aurii le priviră pe cele albastre.

-Bună dimineaţa, *mo ghrá*? zise Mikhail, analizându-i dispoziţia. Oare avea să refacă legătura dintre ei? Sau să găsească scuze, aşa cum o făcuse în fiecare zi a ultimelor două săptămâni?

Ninsianna se încruntă.

-Rămâi, se rugă el. Te rog, rămâi. Nu îmi place distanţa asta care a apărut între noi.

Ninsianna oftă şi privi în sus, spre pânza de păianjen.

-Credeam că o să scapi de chestia aia.

Mikhail nu înţelegea de ce insecta îl făcea să se simtă în siguranţă, în timp ce toate celelalte persoane care vedeau aşa ceva zbierau ca nişte fetiţe. Până şi Siamek ţipase când dăduse peste un păianjen cămilă, dar, în apărarea războinicului, păianjenii cămilă, mari cât jumătate de cot, erau cu totul altă poveste în comparaţie cu micuţa Domnişoară Păianjen.

-Mie îmi place, spuse el, strângând-o mai tare în braţe şi rugându-se să mai rămână cu el.

Ninsianna forţă un zâmbet.

-Orkedeh a antrenat o armată de arcaşi juniori, zise ea. Ticăloşii ăia mici au vânat toţi gerbilii pe o rază de jumătate de leghe. Poate după reuniunea anuală a căpeteniilor Ubaide îţi faci timp să îi înveţi să vâneze ceva mai mare?

Mikhail întrezări rugămintea din ochii ei. *După* ce termina de antrenat sătenii. *După* ce se folosea de calităţile sale pentru a negocia un tratat de ajutor reciproc. *După* ce se asigura că satul lor nu mai trebuia să lupte singur. De ce trebuia să se întâmple totul *după* această măreaţă sarcină cu care fusese împovărat de zeiţă? Distanţa dintre ei o deranja şi pe ea, dar *ea* era cea veşnic furioasă, chiar dacă el nu făcuse nimic greşit.

Prima rază de soare scăpă din pânza Domnişoarei Păianjen şi aprinse lumina din ochii aurii ai Ninsiannei.

-Ar trebui să plec.

Se strecură din brațele lui, alunecând din îmbrățişarea aripilor sale şi tremurând în clipa în care răcoarea tomnatică îi atinse pielea, făcându-i pielea măslinie să capete aspectul pielii de găină. Rămase cu spatele la el, un gest plin de lașitate prin care îi evita privirea în timp ce îi smulgea inima din piept îmbrăcându-se.

Mikhail înghiți în sec.

-Da. Trebuie să ne facem treaba.

Ninsianna îşi ridică privirea spre statueta de lut care îi încununa altarul.

-Dacă nu convingi celelalte căpetenii să ni se alăture, spuse ea, fără a se folosi doar de propria voce, Pământul nu are nicio şansă. Şi nici partenera ta.

Mikhail se cutremură. *Ura* că zeița se folosea de soția lui ca să îi atragă atenția asupra eşecului. Aşteptă ca Ninsianna să iasă înainte să se îmbrace. Pantaloni kaki, de uniformă, pătați. Cămaşă cu nasturi, ruptă. Şosete uzate atât de tare, încât nu mai aveau călcâi. De obicei, primul lucru de care se ocupa o mireasă după nuntă era să țeasă o ținută nouă pentru soțul ei, dar nebunia aceasta de a antrena sătenii să se apere umbrise orice altă sarcină. Judecând după expresia plină de milă pe care o citi în ochii mamei soacre când coborî, Mikhail îşi dădu seama că aceasta ştia că tocmai mai trecuse o noapte în care el nu făcuse dragoste cu fiica ei.

-Bună dimineața, mama. Unde s-a dus Ninsianna?

Ochii inteligenți, ca de mahon, ai Needei îi întâlniră pe ai lui. Dacă Ninsianna îi putea vedea lumina spirituală, Needa îi putea *simți* inima frângându-se.

-O să treacă, fiule, zise ea, fără a-i răspunde la întrebare. Sătenii o să îşi piardă interesul şi o să bârfească despre alte lucruri, nu despre o minciună împrăştiată de o biată fată înnebunită, care s-a agățat de o himeră în cel mai întunecat moment al vieții ei.

-Cum să o conving că Shahla a mințit dacă i-a citit deja mintea şi ceea ce a văzut i-a dat de înțeles că povestea e adevărată?

Needa îi puse în fața un terci de orz fiert şi chişleag, cu o coajă de pâine rămasă de la cina din seara precedentă şi o cană cu apă.

-Ninsianna *ştie* că nu e adevărată.

-Oare? spuse Mikhail cu glas tremurător. Oare chiar ştie?

-Copilul nu avea nicio urmă de aripi, zise Needa, iar ochii îi străluciră de furie. Şi crede-mă, s-a uitat! A analizat bietul copil, care nu a avut nicio clipă şansa de a trage aer în piept, în loc să o implore pe zeița aia a ei să aibă milă, *indiferent* de ce a făcut Shahla, şi să îl lase mai mult timp în pântec!

-Ninsianna nu are puterea asta, spuse Mikhail. Putere de viață şi de moarte.

-*Bunicul* ei o avea, se răsti Needa. Zeii îl *posedau* ca să îşi facă magia, iar acum văd că Ninsianna calcă fix pe acelaşi drum!

Lucrurile nu merseseră bine nici între socrii lui din ziua în care o găsiseră pe Ninsianna inconştientă, cu un şoarece mort în mână. Needa şi soţul ei îşi aruncaseră cuvinte dure, mai ales după judecată. El se str.duise să nu tragă cu urechea, dar auzise şoapte furioase despre magie neagră, preţuri plătite de cei care o fac şi decizii îngrozitoare.

-Eu provin dintr-o lume tehnologizată, spuse Mikhail. Noi nu credem în astfel de lucruri.

-Şi totuşi slujeşti un împărat care e tot un zeu, zise Needa.

-Nu e acelaşi lucru, spuse Mikhail. Împăratul nu ne *posedă* aşa cum Cea-Care-Este preia controlul asupra soţiei mele. Există reguli *stricte* despre cum poate fi folosită puterea, la fel ca substanţa care nu îmi mai mână nava. Voi îi spuneţi magie, noi îi spunem ştiinţă. E o forţă care poate fi valorificată dacă înţelegi regulile.

-Şi zeul la care te rogi când intri în luptă? întrebă Needa, răzuind terciul nemâncat în găleată, ca să hrănească capra.

Mikhail privi îndelung spre lumina care pătrundea pe uşă ca un cuceritor triumfător. Rugăciunile pe care el le spunea când intra în luptă erau menite să *stăvilească* ceva, nu să posede sau să distrugă, aşa cum credeau Assurienii. Dar cu cât zăbovea mai mult printre oamenii aceştia, cu pasiunile şi emoţiile lor volatile, cu atât mai mult trebuia să se străduiască pentru a-şi ţine în frâu *propriile* porniri primitive. *Ceva* întunecat pândea în subconştientul lui, ceva înfricoşător, care aştepta să izbucnească la fel ca lumina soarelui, care trecea de pânza Domnişoarei Păianjen în fiecare dimineaţă. Doar dragostea Ninsiannei şi obiceiul bine împământenit de a rosti rugăciunile Cherubime îl ajutau să ţină la distanţă acea forţă.

-Dansul morţii e diferit, spuse el. Rugăciunile alea nu mă transformă într-un superom şi nu sunt magice. Doar mă ajută să mă concentrez, ca să nu mă las distras în timp ce lupt.

Needa afundă farfuria într-o găleată cu apă şi o frecă cu zel, hotărâtă să nu lase nici măcar un vas murdar să îi întineze casa când avea să plece în vizitele de zi cu zi.

-Te priveşte de sus, ştii? spuse ea. A crezut că eşti un zeu, iar acum că îşi dă seama că nu eşti, e nervoasă că nu poţi să comunici cu ea aşa cum o face şi tatăl ei, în mintea ei.

-Dar sunt un simplu muritor! răspunse Mikhail, cu aripile pleoştindu-i-se. Nu deţin puteri de zeu.

-Aaarh! exclamă Needa, scoţând bolul din care se scurgea apă şi împroşcându-l cu picături. Eu nu *văd* ca Immanu. Eu *simt*! Aşa cum simţi şi tu. *El* e cel care a învăţat să comunice cu *mine*, să îşi folosească darul într-un fel pe care inima mea îl înţelege!

Mikhail își acoperi ochii cu palma. Ochii aceia ai lui care, indiferent de cât ar fi încercat Immanu să îl învețe, nu puteau să *vadă*. Expresia Needei se îmblânzi. Nu pe *el* era supărată, ci pe Ninsianna.

-Ești epuizat, spuse ea. *Toți* suntem.

Îi smulse pâinea din față deși abia de apucase să ia o îmbucătură.

-Așa a fost și când Ninsianna era un bebeluș. Immanu a trebuit să îi ia locul tatălui lui, iar asta ne-a pus căsnicia la încercare.

-Și cum ați salvat-o?

Buzele Needei se strânseră într-o linie subțire. Luă coșul pe care îl folosea pentru a-și căra arsenalul de tămăduitoare – ace din os așezate cu grijă într-un înveliș de piele, fire lungi și puternice de păr de animal, cu care cosea răni, pachete de ierburi, bandaje din cârpe și borcane mici, din lut, pline cu tincturi și unguente acoperite cu capace de lemn.

-Eikuppidi a călcat pe o piatră și are o infecție, schimbă ea subiectul.

Aruncă o privire peste umăr înainte de a ieși pe ușă:

-Ninsianna te iubește, dar e fata bunicului ei. Mă rog doar să nu afle *pe propria piele* că eternitatea nu e așa grozavă fără cel pe care îl iubești lângă tine.

Se făcu nevăzută, lăsându-l să se holbeze la găleata cu coji de pepene, resturi de terci și un castravete pisat. De vreme ce nu mai avea de strâns cereale, iar râul se umflase, gata să inunde câmpurile, nu îi mai rămânea nimic altceva de făcut decât să se ocupe de antrenamentul războinicilor.

Dar, înainte de asta, mai era și chestiunea cu mulsul caprei...

Capitolul 2

Octombrie – 3.390 î.Hr.
Pământ: Satul Assur

NINSIANNA

Ninsianna își trase pe ea mantia de un roșu stacojiu și o fixă sub bretelele cu care își prindea suportul de arcuri. În acea perioadă târzie a anului, diminețile erau răcoroase, dar vremea se încălzea odată ce soarele urca spre zenit.

Trecu prin poarta de nord, dincolo de santinele. Porțile enorme, din lemn, pe care le crezuse cândva impenetrabile, erau o piedică potrivită în calea unui inamic de pe pămât, însă nu aveau să oprească demonii care îi apăreau în viziuni noapte de noapte.

Merse spre apus, de-a lungul malului acoperit de râul umflat, pe care o ploaie care durase o noapte întreagă îl făcuse să inunde toate câmpurile, cu excepția celor mai înalte. O umbră în formă de aripă îi apăru în drum. Ninsianna își ridică privirea, însă nu era soțul ei, ci perechea de vulturi, ochii Celei-Care-Este.

-Bună dimineața, li se adresă ea. O să-mi dați de știre dacă apar probleme?

Femela, mai mare și mai agresivă, scăpătă un strigăt ascuțit și se întoarse leneță spre râu, pentru a vâna. Masculul, mai mic, se repezi să țină pasul cu ea. Cei doi îi aminteau Ninsiannei de relația pe care o avea și ea cu soțul ei. *Ea* făcea întruna pe șefa cu el, iar *el* se străduia să o țină fericită.

Zâmbetul îi pieri. Cum ar fi putut să aibă încredere în el că va antrena sătenii dacă nu putea să aibă încredere că nu o să cedeze farmecelor prostituatelor care îl invitau în patul lor?

Trădarea lui Mikhail îi tulburase încrederea în zeiță, în planul zeiței, dar și în propriile abilități de *Aleasă*. Nu doar că Lordul Întunecat o găsise tânjind, dar, când încercase să își folosească puterile nou decoperite asupra lui Jamin, ca să îl facă să retragă ce spusese în fața Tribunalului, cumva, el se *eliberase* de constrângere și o întorsese împotriva *ei...*

Nu mai reușise să omoare niciun șoarece de atunci...

Cum reușise Jamin, o ființă cu neputință mai *neșamanică,* să o înfrângă pe nepoata lui Lugalbanda? Iar acum mama era furioasă pe ea, dar și pe tata, pentru un dar pe care ea nu îl mai deținea!

Pașii i se afundau în iarbă pe măsură ce înainta, ademenind un gerbil ascuns printre tufișuri. Își întinse mâna în față și șopti *„mori"*, imaginându-și cum îi zdrobea traheea Shahlei. Gerbilul ezită, însă își continuă drumul.

Umerii Ninsiannei se pleoștiră.

-Ce mai *Aleasă* am ajuns...

Povara a tot ceea ce trebuia încă să izbutească îi apăsa umerii la fel ca mantia roșie, cu broderii complexe, pe care o primise de la cele trei femei Margian. Oricât de *ușurată* era că fostul logodnic nu îi mai putea pune bețe în roate soțului ei, știa că Mikhail era un lider neexperimentat, în vreme ce lui Jamin nu îi venise niciodată prea greu să convingă atât *propriii* oameni, cât și *Muhafizii* celorlalte sate să adopte noi tactici îndrăznețe, fiindcă, dacă nu voiau, le servea fără milă o porție de *rușine*. Oare avea Mikhail să reușească să le inspire *același* gen de camaraderie? Să unească triburile pentru ca Assur să nu trebuiască să lupte singur?

Când se apropie de terenul de antrenament, Yadiditum o întâmpină cu un salut. Judecând după cum aspectul răvășit pe care îl avea, prietena cea mai bună a Ninsiannei își petrecuse încă o dimineață vărsându-și conținuturile stomacului în oala de noapte.

-Cum te simți în dimineața asta? întrebă Ninsianna, aruncând bucățile de pânză uzată lângă o oală mică de foc, făcută din lut.

-Nu la fel de rău ca ieri, zise Yadiditum. Pare că ceaiul a fost de ajutor.

-Ai încercat să mănânci și o bucățică de pită?

-N-a făcut decât să înrăutățească lucrurile, zise Yadiditum, mângâindu-și burta încă netedă. Tu cum reziști?

-Nu e ca și cum aș avea de *ales,* râse Ninsianna.

Își împreunară degetele într-un gest de solidaritate, mai ales acum că *amândouă* erau însărcinate.

-Tocmai fixam astea, zise Yadiditum, arătând spre ținte.

-Ar fi trebuit să se ocupe *Tirdard* pentru tine, răspunse Ninsianna pe un ton dur.

-Ar fi *făcut-o,* dar întârzia la antrenamentul cu Mikhail.

Ninsianna nu mai scoase niciun cuvânt câtă vreme așezară împreună suporturile cu trei picioare. În graba lor de a le salva de potopul de noaptea trecută, războinicii stricaseră legăturile. Ninsianna se chinui să desfacă corzile, dar fu răsplătită cu o așchie. Nu își dădu seama că plângea până când Yadiditum îi atinse brațul.

-*Trebuie* să îl ierți.

-*Cum* aș putea? se lamentă Ninsianna. Dacă am privit în mintea ei și *am văzut* că era adevărat?

Yadiditum privi spre femeile care se adunaseră pentru lecția de azi, iar apoi ridică o cordeluță nouă. Folosindu-se de o lama din piatră, tăie legătura și, cu mișcări pricepute de țesătoare, înfășură noua cordeluță în jurul trepiedului. Lucrară în liniște la următoarele cinci ținte. Când ajunseră la final, Yadiditum se asigură că se îndepărtaseră suficient încât să nu fie auzite de bârfitoare.

-Tribunalul a decis că Shahla a mințit cu rea-voință, zise ea pe un ton scăzut.

-Sunt *prietenii* lui, pufni Ninsianna.

-Nimeni nu o crede.

-*Ea* se crede! zise Ninsianna. La fel ca jumătate din sat.

-Ascultă, spuse Yadiditum, eu nu am darul de a citi mintea oamenilor, dar un lucru știu sigur: Mikhail *te iubește.*

-Dacă m-ar iubi, nu s-ar fi culcat cu ea!

Yadiditum izbucni în râse.

-Mikhail nu te-ar înșela nici dacă Cea-Care-Este însăși ar încerca să îl seducă.

-Dar i-a cedat Shahlei, zise Ninsianna cu amărăciune.

-*Nu* i-a cedat, răspunse Yadiditum. Și chiar dacă a *făcut-o,* nu poți să îl tot pedepsești pentru ceva ce a făcut *înainte* să te ceară pe tine de soție.

-Măcar Tirdard nu a lăsat-o *gravidă* pe Shahla!

Yadiditum se îndepărtă de ea.

-Tirdard s-a culcat cu ea *vara trecută,* zise Yadiditum cu răceală, pe vremea când *eu* încă visam la Qishtea din Nineveh și pe el nu îl băgam deloc în seamă!

Yadiditum porni apoi cu pași apăsați spre tinerele pe care trebuiau să le antreneze, lumina ei spirituală căpătând, în locul rozului pal obișnuit, o nuanță violentă de roșu.

-Îmi pare rău! strigă Ninsianna după prietena ei, dar Yadiditum nu se întoarse.

Își duse mâna către faldurile călduțe și catifelate ale mantiei luxuriante, de un roșu stacojiu, pe care o purta. Îi amintea de cât de în *siguranță* se simțea atunci când o îmbrățișau aripile soțului ei. Poate că într-adevăr era vremea să *treacă peste,* după cum insista mama.

Strigătul dojenitor al vulturilor care zburau în cercuri deasupra ei o întrerupse din a-și plânge de milă și îi reaminti că mai avea doar trei săptămâni la dispoziție până la Reuniunea Regională a Căpeteniilor. În acea perioadă, trebuia să antreneze *femeile* pentru a înlocui bărbații pe care avea să îi solicite soțul ei pentru ajutorul reciproc. Își dădu jos mantia roșie și se îndreptă grăbită spre Yadiditum, care își prinsese deja brățara din piele de capră la încheietură și protecțiile pentru degete.

Cea mai bătrână dintre femeile arcaș, Alalah, care avea deja peste patruzeci de ani, alinie arcașii care învățaseră până atunci doar deprinderi de vânătoare de bază. Cele mai multe dintre participante erau încă pe punctul de a deveni femei sau proaspăt măritate, însă în cel mai recent grup li se alăturase și o femeie de vârstă mijlocie.

-În timpul ultimului raid, zise Alalah, Yadiditum s-a folosit de lumina unei săgeţi trasor pentru a elimina patru bărbaţi care îi înconjuraseră soţul pe aleea de sud.

Ninsianna îşi reprimă o umbra de iritare. *Ea* nimerise cel puţin o duzină de inamici, dar toată lumea presupunea că *zeiţa* fusese cea care trăsese coarda, nu ea, după sutele de ore pe care şi le petrecuse învăţând să manevreze arcul. Alalah îşi încheie prelegerea şi o lăsă pe Ninsianna să preia lecţia.

-Asta, zise ea, ridicând o săgeată înfăşurată în pânză, se numeşte săgeată trasor. O să vă ajute să vedeţi în întuneric.

-Cum funcţionează? întrebă una dintre femeile main oi.

-La fel ca o torţă. Trebuie să înfăşuraţi săgeata în pânză – îşi purtă degetul de-a lungul fâşiei subţiri de material – şi să o afundaţi în bitum sau răşină – arătă spre vasul mic, din lut, pe care îl adusese Yadiditum – înainte să îi daţi foc.

-Dacă nu poţi să *vezi,* întrebă o a doua femeie, cum îţi dai seama unde să tragi cu săgeata trasor?

-Nu am tras săgeata trasor, zise Yadiditum. Ninsianna a făcut-o. Eu doar am folosit lumina ca să nimeresc patru atacatori.

-Şi cum ai *ochit?*

Ninsianna încercă să explice, dar se folosise de darul de a *vedea* al zeiţei, nu al muritorilor de rând, şi trăsese spre aura spirituală a inamicului. Şi lui Mikhail îi venea greu să dea explicaţii, chiar dacă *insista* că nu era înzestrat cu daruri zeieşti.

-E uşor, sări o tânără pe nume Ghazal în ajutorul ei. Trebuie să *ascultaţi* cu atenţie şi apoi să trageţi spre sursa zgomotului.

-Dar cum apreciezi distanţa? întrebă o altă femeie.

-Prin antrenament, spuse Ghazal.

-Şi de ce ai *vrea* să exersezi ochitul pe nevăzute? pufni a treia femeie.

-Pentru că *e* nevăzătoare, zise a doua femeie.

-Nu atât de nevăzătoare încât să nu fie *aici,* în speranţa că o să îi atragă atenţia lui Mikhail, chicoti o a patra tânără, aruncându-i o privire răutăcioasă Ninsiannei.

-*Nu* sunt oarbă! răspunse Ghazal hotărâtă. Pur şi simplu nu văd la fel de bine ca *voi.*

O furie clocotitoare năvăli înăuntrul Ninsiannei. Se abţinu să nu o direcţioneze spre mintea tinerei, aşa cum o făcuse în cazul Shahlei.

Răspunse cu glas monoton:

-Toată viaţa am *presupus* că bărbaţii noştri ne vor proteja. Dar, după cum ne-a fost dat să aflăm la ultimul raid, nu doar că ei au nevoie să îi ajutăm cu *astea* – îşi ridică arcul -, ci mai şi suntem ţinta a *trei* duşmani în loc de unul – Halifienii, Amoriţii şi Uruk -, care par să se fi unit sub comanda acestor demoni-șopârlă ca să atace *toate* satele Ubaide, nu doar pe al nostru.

Tinerele se strânseră în jurul ei ca niște pui speriați de gâscă.

-Fratele meu a fost omorât.

-Tatăl meu a fost rănit.

-Eu nu *am* un tată sau un frate care să mă apere.

-Verișorul meu spune că, dacă n-ați fi fost *voi,* ar fi murit toți, iar *noi* am fi fost acum sclave sexuale.

-Tocmai de *asta* trebuie să învățăm să ne apărăm satul, spuse Ninsianna. *Singurul* mod de a înfrânge dușmanul este să luptăm cu *toții,* fiecare bărbat, fiecare femeie și fiecare copil, dar mai ales fiecare om din neamul Ubaid, unit într-o singură armată.

-Am făcut asta în războiul cu Uruk, zise femeia de vârstă mijlocie.

-S-au unit abia *după* ce suferiseră masiv, zise Ninsianna. De data asta, trebuie să convingem celelalte căpetenii să se ajute reciproc *înainte* ca satele să ne fie rase de pe fața pământului și jumătate dintre războinici să ne fie uciși.

Se cutremură, amintindu-și viziunea pe care o avea în fiecare noapte.

-Ceea ce înseamnă, continuă apoi pe un ton mai blând, că, atunci când va veni dușmanul, s-ar putea ca unii dintre bărbații noștri să nu fie aici să ne protejeze, ci plecați să ajute vreun alt sat.

Sau plecați în patul vreunei alte femei...

-De ce am vrea să ne ajutăm reciproc dacă asta ne-ar putea slăbi satul? întrebă una dintre tinere.

Acesta fusese argumentul pe care îl adusese și căpetenia când Mikhail îi făcuse propunerea prima oară.

-*Ești* slabă?

-Eu... ăă... nu sunt la fel de puternică ca un bărbat, zise femeia.

-Dar cu *astea?* ridică arcul. Ești slabă când ai așa ceva? Și un zid mare și solid în spatele căruia să te ascunzi?

-Ăă... nu, răspunse femeia. Vreau să zic... atâta timp cât nu trebuie să luptăm corp la corp.

-De asta folosim *din astea,* zise Ninsianna, ridicând săgeata trasor. Le putem lansa de la distanță, de pe ziduri, în așa fel încât inamicii să nu se poată strecura pe lângă noi. Atâta timp cât nu pătrund dincolo de ziduri, noi, femeile, putem lupta împotriva bărbaților.

-Dar și *ei* au săgeți, spuse o altă femeie.

-Așa e, răspunse Ninsianna. Tocmai de aceea, pe parcursul următoarelor săptămâni, o să exersați și lovituri la distanță, dar și cum să vă acoperiți corect una pe alta.

Se întoarse spre femeia oarbă.

-Îmi pare rău, îi zise ea lui Ghazal, dar dacă nu poți să *vezi* spre ce tragi, s-ar putea să tes sau să ne omori.

-Dar pot să *aud* ceea ce voi puteți doar să *vedeți,* zise Ghazal.

Tânăra pipăi în jur până își găsi tolba, prinse o suliță la arc și se întoarse – nu spre ținte, ci spre niște boscheți din dreapta ei. Își înclină capul înainte și înapoi, ochi și trase cu sulița în iarbă.

Celelalte femei izbucniră în râs.

-Drăguță încercare, dar ai ratat cu vreo douăzeci de coți, zise cea care o tachinase mai devreme.

-Mergi și verifică, îi zise Ghazal încrezătoare.

Una dintre tinere dădu iarba la o parte și exclamă:

-A nimerit un gerbil!

Ghazal rânji.

-Cum ai făcut asta? întrebă Ninsianna.

Avea un *dar?*

-Fratele meu nu vrea să cad pradă negustorilor de sclavi, zise Ghazal. Așa că a făcut rost de un clopoțel și m-a pus să învăț să nimeresc zgomotul.

-E o minune că nu l-ai nimerit *pe el,* spuse un dintre tinere. Vezi mai prost decât bunică-mea.

-Aproape am făcut-o, râse Ghazal. A trebuit să-și asambleze o prăjină *foarte* lungă până am învățat să ochesc sunetul.

Ninsianna își mișcă mâna prin fața tinerei.

-Cât de bine vezi țintele? întrebă ea.

-Nu prea bine, recunoscu Ghazal. Disting culori și forme, dar dacă îmi stau fix în față, nu pot să disting între un om și o capră.

Ninsianna își mușcă buza inferioară. Deși nu era cel mai promițător arcaș, faptul că tânăra putea vâna după *auz* era o posibilitate interesantă. Dat fiind faptul că viziunile trimise de zeiță erau din ce în ce mai amenințătoare cu fiecare zi care trecea, avea de gând să profite de orice prindea.

-Bine, poți să rămâi, zise ea. Dar trebuie să îmi *spui* dacă nu poți să faci ceva, fiindcă altfel s-ar putea să nimerești pe una dintre *noi* în locul țintei.

-Nu o să regreți! răspunse Ghazal entuziasmată.

Pentru început, le învăță să înfășoare fâșii de material în jurul arcurilor și să le acopere cu bitum. Apoi, dădu foc unui arc și trase spre țintă. În timp ce Yadiditum se repezi să stingă flacără înainte să mistuiască trepiedul, Alalah alinie femeile pentru a exersa loviturile „pe uscat". După cum se temuse, fata oarbă abia de nimerea ținta, dar apoi Yadiditum prinse o mână de bețe la una dintre ținte cu o cordeluță și trase de legătură, făcând-o să zgârie pielea de capră întinsă. Ghazal nu reuși să nimerească centrul țintei, însă nimeri bețele.

-Nu-i rău, recunoscu Ninsianna cu ciudă.

Își continuară loviturile fără foc.

O femeie îmbrăcată cu o rochie mizerabilă, cu părul slinos și o păpușă din cârpe uzate în mâini dădu buzna peste grup. Fetele se împrăștiară de parcă ar fi dat de lepră.

-Shahla, zise Ninsianna, trăgând aer în piept.

-Mi-ați văzut soțul? întrebă Shahla.

-Nu e aici, spuse Alalah.

-Știți când o să se întoarcă? întrebă Shahla. Fetița noastră vrea să își vadă tatăl.

Fetele mai tinere chicotiră.

Alalah îi aruncă o privire disperată.

-Copilul tău e *mort!* șuieră Ninsianna. Iar Tribunalul a *decis* că nu Mikhail era tatăl!

-Mort? șovăi Shahla cu o expresie nedumerită. Nu, fetița mea nu e moartă. E chiar *aici.*

Își arătă păpușa din cârpe uzate, aceeași pe care o adusese și la Tribunal. Fata care râsese de Ghazal izbucni în hohote.

-Aia e o păpușă de cârpă, zise ea.

-Nu, nu e, spuse Shahla. Arată exact ca el. Vezi?

Mângâie câteva fâșii de material care fuseseră prinse în jurul gâtului păpușii.

-I-a moștenit aripile.

Veni de nicăieri. Acel impuls care o stăpânise și în timpul judecatei, când o împiedicase pe Shahla din a-l numi pe Mikhail drept tatăl copilului. *Privi* în mintea Shahlei, prefăcându-se că avea în față unul dintre șoarecii tatălui ei, și șopti:

-Taci...

... strângându-și pumnul.

Shahla rămase cu gura deschisă, dar singurul sunet care îi părăsi buzele fu un gâlgâit sugrumat.

Deci *încă* avea darul?

-Shahla! răzbătu o voce din partea cealaltă a câmpului. Shahla, unde ești?

-E aici! anunță Alalah.

O păpușă de cârpă *și mai* uzată alergă de-a lungul câmpului, cărând o suliță.

Ninsianna șuieră la vederea verișoarei ei costelive, fiica unui bețiv, care alerga spre acel *kar-kid*[1] cu mintea frântă care îi dăduse viața peste cap.

-Îmi pare rău, se poticni Gita cu respirația întretăiată. A plecat iar de-acasă.

-Mai degrabă a fost data afară! răspunse Ninsianna pe un ton dur.

---

[1] *Kar-kid* – denumirea sumeriană pentru prostituată.

Gita privi prin ea, cu ochii ei de clarvăzătoare, aşa cum o făcuse şi Lordul Întunecat, de parcă ar fi găsit-o tânjind. De obicei, Ninsianna putea să distingă aura spirituală a oamenilor şi să tragă cu ochiul la secretele lor, dar indiferent *cât* de adânc îşi privea verişoara, nu distingea decât absenţa culorii, de parcă ea nici măcar nu ar fi fost *acolo*.

-Dacă cineva ţi-ar omorî *ţie* copilul, spuse Gita pe un ton blând, nu ai cere şi *tu* nişte bunătate până ţi s-ar vindeca mintea?

O undă de *adevăr* alungă răspunsul usturător de pe buzele Ninsiannei. I se făcu pielea de găină.

În fiecare noapte, striga după soţul ei, iar el nu venea...

-Haide, Shahla, spuse Gita, trăgând-o de braţ pe prostituata satului. Tatăl tău m-a trimis să te aduc acasă.

-Lui nu îi *place* de copilul meu, spuse Shahla, strângând păpuşa la piept. Doar Mikhail o iubeşte pe fetiţa mea.

-Mikhail a fost doar *bun* cu tine, spuse Gita cu blândeţe. A încercat să o ajute. Dar el nu e aici.

-Nu e, ziseră mai mulţi arcaşi la unison.

-Doar *arcaşii* pot să stea pe terenul de antrenament, zise Alalah diplomat. Nu ai vrea ca... ăă... *bebeluşul* – arătă spre păpuşa din cârpe – să fie lovit, nu?

Scuzându-se, Gita îşi trase prietena nebună înapoi spre sat.

Tinerele se strânseră una lângă alta, într-o linişte apăsătoare.

-Nu e adevărat, o asigură Yadiditum.

Celelalte femei aprobară din cap, dar *niciuna* dintre ele nu îndrăzni să o privească în ochi. Alalah bătu din palme:

-Bine, fetelor! Haideţi să ne întoarcem la treabă!

Ninsianna apucă o săgeată trasor şi o cufundă în vasul cu foc. Ochi cea mai îndepărtată ţintă şi îşi imagină inima necredincioasă a soţului ei.

-*Aşa* înfrângi inamicul, şuieră ea.

Lansă săgeata.

Nimeni nu se mişcă câtă vreme focul mistui ţinta.

Capitolul 3

Data Galactică Standard: 152,323.10 D.Î.
Haven-1 – Palatul Etern
Tânărul Lucifer – 15 ani

Cu 225 de ani în urmă...

TÂNĂRUL LUCIFER

-Mama?

Privesc cu o stupefacție copleșitoare imaginea care ne încununează apartamentul. Mama, biata mea mamă tristă, care poartă negru de când o știu, stă în sufragerie, îmbrăcată într-o frumoasă rochie gri, aceeași nuanță ca cea a ochilor mei. Aripile ei negre se arcuiesc grațioase, fluturând de entuziasm.

-Lucifer! exclamă ea. Vine!

-Cine?

-Tatăl tău! Curtea tocmai a decis că Împăratul trebuie să îi permită să își vadă fiul!

Afișez cea mai bună reproducere a căutăturii răutăcioase pe care am văzut-o la tata. Tata mi-a arătat *adevăratul* istoric al comportamentului criminal al lui Shemijaza; Al Treilea Imperiu, imperiul acela malign, a furat teritoriu după teritoriu chiar de sub nasul tatei, iar tata nu a putut să facă nimic, pentru că nu fură decât teritorii de la granița cu Imperiul Sata'anic. Dacă tata ar trimite nave care să apere planetele acelea, ar trebui să lupte împotriva a doi dușmani în același timp.

-Shemijaza nu e tatăl meu! îi zic, dându-i mâna la o parte. *Tata* e tatăl meu!

-Nu, *chol beag*, îmi răspunse, iar expresia i se înduioșează. Tata e Împăratul Alianței Galactice. E un bărbat bun. Dar situația e *diferită* acum. *Adevăratul* tău tată s-a eliberat de umbra care îi șoptea lucruri malefice.

Îmi încrucișez brațele la piept și mă arunc pe canapea, fără ca măcar să mă obosesc să îmi așez aripile la spate.

-Nu poți să mă obligi să merg cu el! spun botos. Curtea i-a dat dreptate lui Shemijaza doar pentru că se teme de el!

Așa-zisul meu tată „adevărat" a aruncat în aer șaptesprezece planetoizi minieri și a amenințat că o să înceapă să distrugă planete „adevărate" dacă curtea nu începe să se comporte ca un organ legislativ independent. Opinia publică e un factor despre care tata nu m-a învățat când mi-a arătat cum se joacă Șahul Galactic. Shay'tan nu tolerează decât media controlată de stat, așa că tata nu a învățat cum să o folosească împotriva lui. Acum că știu pe unde să mă strecor ca să mă uit la televizor, îmi dau seama cât de nepriceput e tata la a contracara manipulările lui Shemijaza.

-Tatăl tău adevărat te iubește, îmi spune mama, așezându-se lângă mine, chiar peste aripi. Dacă nu te-ar iubi, nu m-ar fi putut ajuta să te vindec.

-Nu îmi pasă! îi răspund, mutându-mi privirea în direcția opusă.

-Știi asta în adâncul inimii, zice ea, atingându-mi pieptul. Îl poți simți. Știu că poți.

Îmi încrucișez brațele în dreptul punctului aceluia jignitor care nu a încetat să murmure din ziua în care am fost împușcat. Mă simt de parcă o voce joasă, de bas, ar tot intona cântecul pe care l-am auzit pe tărâmul viselor. Ei bine, nu vreau cântecul stupid al lui Shemijaza! Chiar dacă *într-adevăr* a făcut să dispară gaura lăsată de glonț.

-Atunci de ce nu încetează să arunce în aer planete? întreb. Hm? Bărbații buni nu asmut distrugătoare de planete pe colonii miniere lipsite de apărare și nu lasă alte ființe pe străzi!

Caut în mintea ei și aleg cuvintele care o să o rănească cel mai tare.

-Și nici nu își posedă soțiile împotriva voinței lor!

Regret cuvintele imediat ce îmi părăsesc buzele. Nu înțeleg ce înseamnă a „poseda împotriva voinței", doar știu că e ceva rău. Ochii mamei sunt inundați de lacrimi.

-Într-o bună zi, o să înțelegi că există tot felul de demoni care ne pot poseda, îmi spune mama cu blândețe. Alcoolul. Un temperament coleric. Un eveniment tragic care ne înfurie atât de tare, încât vrem să lovim înapoi. Demoni *personali*. Ei ne pot determina să facem lucruri rele, dar, în final, comportamentul nostru depinde doar de *noi*.

Îmi atinge obrazul.

-Apoi mai există și alt fel de demoni. Demoni *adevărați*. *Ghulla.* Monștri care nu au formă, pentru că alți zei i-au înfrânt și i-au deposedat de puterea de a controla materia. Ei mai au putere, însă, dacă găsesc pe cineva care are un demon personal, așa cum avea tatăl tău, și îi șoptesc ce vor să audă. Acești *ghulla* hrănesc ura până când ajungi să faci lucruri rele.

Mama își mută privirea, dar nu înainte să *văd* ce i-a făcut nenorocitul ăla. Mi se taie respirația în fața imaginii acelui *ceva* care a încercat să mă înșface pe tărâmul viselor, dar care de data asta încearcă să o devoreze de vie pe mama.

-Împăratul mai zăbovește pe acest tărâm pentru a se asigura că nu mai există decât demoni *personali,* se tânguie mama. Pe aceia îi poți vindeca de unul singur. Ceilalți sunt greu de alungat. Ne fac să ne distrugem pe noi înșine pentru propria distracție.

-Şi atunci de ce Shemijaza nu a alungat spiritele rele *înainte* să te rănească? Hm? Dacă te iubea, de ce a lăsat spiritele rele să îl facă să te rănească?

-Nu m-a...

-Pot să *văd* în mintea ta! mă răstesc la ea. Pot să îţi văd amintirile de parcă aş fi fost acolo! Aşa că nu îndrăzni să îmi spui că nu te-a rănit!

Ochii mamei devin din ce în ce mai umezi, aşa cum se întâmplă adesea de ziua mea.

-M-a ajutat să te vindec, spune ea. Dar *tu* l-ai vindecat pe el întâi. *Tu* eşti cea mai profundă dorinţă a lui, visul la care a tânjit cel mai mult. Are *nevoie* de tine ca să nu cadă din nou pradă demonului.

Mă îndepărtez de ea cât de mult îmi permite canapeaua.

-Darul tău, *Luciferi,* se roagă mama de mine, e să priveşti în întuneric şi să vezi ce e acolo cu adevărat. Prin ochii tăi, prin ochii tăi frumoşi şi argintii, ca nişte oglinzi, poţi să îi faci pe ceilalţi să vadă ce nu vorsă vadă în ei înşişi, şi să îi forţezi să ia o decizie bazată pe *adevăr,* nu pe cee ace le şopteşte demonul înşelător în întuneric.

-Ce rahat de dragon! înjur eu. Shemijaza are şi el ochi argintii! De ce nu se uită pur şi simplu la el *însuşi?*

-Pentru că toţi suntem orbi la propriile defecte, spune mama. *Ghulla* ne şoptesc în subconştient, acolo unde e posibil să nu ne dăm seama că vocea nu e a noastră.

Între noi se aşterne o linişte apăsătoare. Mama îşi mută privirea, neputând să mă privească în ochi.

-L-am minţit pe tatăl tău, spune într-un sfârşit. Cel Malefic a preluat controlul când Shemijaza a aflat că nu eram acolo din motivul pentru care *am spus* că eram acolo şi s-a simţit trădat.

Buza îi tremură.

-Nu a ştiut că, mai devreme, când ne-am spus jurămintele de nuntă...

În mintea mea se materializează o imagine... iac! Chiar *se face* aşa ceva? Ah, iac! Tata nu îi face *niciodată* astfel de lucruri unei femei! Deşi, în ultima vreme, m-am tot trezit visând cu ochii deschişi la...

-Ai fost conceput din iubire, Lucifer, îmi spune mama, mângâindu-mi obrazul. De asta Shemijaza a putut să mă ajute să te aduc înapoi în această lume. Nu ai fost conceput în violenţa pe care Cel Malefic a provocat-o mai târziu, când a simţit că pierde controlul asupra receptaculului lui muritor.

-Receptacul muritor?

-Da. Zeii vârstnici trebuie să lucreze prin voinţa unei fiinţe muritoare.

Se aude o bătaie în uşă. Tata. A venit să o implore să nu plece. Astăzi are înfăţişarea aceea formată din bătrânul blând care îi place să pretindă că ar fi şi zeul fulgerului, care l-a nimicit pe cel care m-a împuşcat. Nu seamănă deloc cu mine. Dar ah! Încă vreau să fiu exact ca el, chiar dacă *nu* e adevăratul meu tată!

Mama iese din cameră ca să vorbească cu el. Trag cu ochiul printr-o crăpătură.

-Asherah, spune tata îndurerat. Eu nu îmi doresc asta.

-Nu e despre ce îți dorești tu, bătrâne prieten, spune mama, mângâindu-i obrazul, ci despre ce e *corect*.

Ochii lui aurii sunt înecați de lacrimi în clipa în care îi strânge mâna și o sărută în palmă.

Și eu plâng. De obicei, nu pot vedea în mintea tatei, dar astăzi e mai muritor decât a fost oricând altcândva de când îl știu. Pot să *văd* asta. Pot să *văd* în mintea unui zeu viu și știu cât de mult o iubește pe mama. În tot acest timp, s-a abținut să trimită un asasin care să îl omoare pe Shemijaza pentru că i-ar fi frânt inima mamei, chiar dacă nenorocitul ăla merită să moară.

-Aș putea să te completez, spune tata cu glas tremurător. Sunt atât de aproape. Am putea fi împreună pentru totdeauna.

Mama îi ia mâinile tatei și i le așază pe propria inimă.

-La ce folosește nemurirea dacă în fiecare zi îl jelești pe cel pe care îl iubești? oftează ea. Am depus un jurământ în ziua în care ne-am conceput fiul: că nu o să ne despărțim niciodată, nici măcar în moarte. Shemijaza nu m-a părăsit pe mine. *Eu* l-am abandonat pe *el*. Eram speriată și am plecat înainte să pot discuta cu el într-o pasă mai bună, când monstrul acela nu îi controla mintea.

Mama se apleacă în față și îl sărută pe buze. Pe obraji îi curg lacrimi. Pot citi în mintea ei și înțeleg că dragostea nu vine doar din partea tatei.

Și eu plâng. Cum aș putea să *nu* plâng când familia mea e sfâșiată?

-În toți acești ani, m-am consolat cu gândul că, odată ce fiul nostru nu o să mai depindă de mine, o să mă pot întoarce la soțul meu. Dacă acel *lucru* care îl posedă mă o omoară, va pierde, pentru că în acel moment Sehmijaza își va aminti cine este. Legătura care le depășește pe toate îl va obliga să mă urmeze pe tărâmul viselor, lipsind acel *lucru* de gazda lui muritoare.

Se întoarce și se uită spre locul din care trag cu urechea.

-Am avut noroc pentru că, atunci când cântecul i-a trezit inima, s-a uitat în ochii fiului nostru în tărâmul de mijloc și și-a dat seama cine e Lucifer cu adevărat, suspină mama. Acum nu mai trebuie să îmi aștept moartea ca să îmi regăsesc soțul. Te rog să fii fericit pentru mine, bine?

Tata clipește și își înghite lacrimile în sec.

-Cum rămâne cu Lucifer? întreabă el. Nu am încredere ca nenorocitul ăla să aibă grijă de fiul meu!

Fiul *meu?* Tata a spus „fiul meu"!

-O să vorbesc cu el când îi ajunge nava aici, spune mama. Odată ce ne întărim Cântecul, Răul nu îl va mai putea păcăli niciodată.

Tata îşi mută privirea în altă parte. Ştie ce gândeşte mama, iar asta îl face să suspine.

-În primul şi în primul rând, sunt fiică a Alianţei, îl asigură mama. Nu e *bine* ca tu şi Shemijaza să accentuaţi ostilităţile. Voi încheia misiunea pe care m-ai trimis să o îndeplinesc acum cincisprezece ani. Mă voi folosi de dragostea pe care mi-o poartă pentru a ajunge la un acord care să permită *ambelor* imperii să coexiste.

Misiune? Ce misiune? Mama nu a spus niciodată ceva despre vreo misiune.

-Nu mai e vorba doar despre imperii, spune tata, iar lacrimile i se revarsă pe obraji. Acum eşti mai important pentru mine, iar Lucifer îmi e ca un fiu.

Şi ochii *mei* sunt cuprinşi de lacrimi, căci văd frica ce se cuibăreşte în inima tatei şi înţeleg că se teme să piardă şi iubirea *mea*. Simt că trebuie să merg la el şi să îl strâng în braţe, să îi spun că nu o să încetez *niciodată* să îl iubesc!

-Voi vorbi cu el, spune mama. Îl voi face să înţeleagă că nu îl poate smulge pe Lucifer de lângă tine.

Îşi îndreaptă spatele aşa cum o face adesea când mă ceartă.

-*Amândoi* trebuie să îl împărţiţi. Altfel…

-Altfel ce? întreabă tata cu un orăcăit de broască tristă.

Expresia de pe chipul mamei se relaxează.

-Altfel o să îmi iau fiul şi o să mă refugiez în Imperiul lui Shay'tan! Şi nu o să permit *niciunuia* dintre voi să îl vadă până când nu începeţi să vă purtaţi ca nişte adulţi! spune ea, agitându-şi un deget în aer. Gândeşte-te ce-o să se mai distreze dragonul bătrân pe seama *voastră*!

Uşa se deschide la capătul aripii palatului care în ultimii cincisprezece ani i-a servit mamei drept închisoare. Un Angelic cu înfăţişare prea puţin ieşită din comun şi aripi de un alb murdar o informează că nava lui Shemijaza tocmai a ajuns. Mama sărută obrazul tatei fără a-i lua în seamă lacrimile şi înaintează de-a lungul holului, atât de graţioasă încât pare o lebădă neagră ce alunecă pe un lac alb, de marmură.

Tata o urmează lent, cu umerii căzuţi. Mă furişez după ei până la Poarta Perlată. Ah, cât tupeu! Echipajul lui Shemijaza a aterizat chiar în dreptul Marii Porţi! Cherubimii mă lasă să trec, la fel cum fac şi gărzile obişnuite, care până de curând nici nu ştiau că exist, fiindcă tata luase măsuri extrem de drastice pentru a îmi ascunde existenţa faţă de tatăl meu adev…

Ah! Shemijaza. *Refuz* să îi spun ştii-tu-cum, tată *adevărat,* acelui bărbat cu ochi argintii şi maxilar brutal! *Tata* e tata!

Ocazia aceea scurtă de a trage cu ochiul în mintea tatei dispare în vreme ce el priveşte cum nava mamei urcă spre cer. Cu umerii căzuţi, merge greoi spre antecamera lui mica şi trimite după Maestrul Yoritomo. Copacul Etern mă ajută să mă furişez în dreptul ferestrei fără să activez senzorii de zbor, pentru a trage cu ochiul. Tata urmărește materialul video în care apare nava pe care Shemijaza a trimis-o după mama până vine Maestrul Yoritomo.

-Toate televiziunile din Alianță transmit același lucru.

Maestrul Yoritomo arată spre nava care ne orbitează planeta.

-Ați mai văzut așa ceva vreodată?

-Niciodată.

Tata atinge monitorul.

-Cum a intrat în sistemul solar fără să o vedem?

-Cu un dispozitiv de camuflaj, spune Maestrul Yoritomo. Trimisesem toate navele de care ne puteam lipsi să înconjoare aria gravitațională a Haven-1. Cumva, a trecut de toate și a *apărut* pur și simplu în orbită, de parcă s-ar putea teleporta așa cum o faceți și *dumneavoastră*.

-Imposibil! pufnește tata. Dacă Shemijaza ar avea puteri de zeu, aș fi simțit o tensiune temporală. Nicio conștiință atât de mare nu poate pătrunde pe orbita Haven fără să o simt.

Privește înapoi la monitor.

-Ați reușit să strecurați spioni pe navă?

-Doar unul, spune Maestrul Yoritomo. Bărbatul pe care l-ați cunoscut, Zepar. În aparență, e asistentul lui Asherah, dar de fapt e informator military. Va găsi el o cale de a dezactiva scuturile planetare.

Tata privește cu răutate ecranul. Chiar sub ochii noștri, nava începe să se miște.

-Ce face? spune tata pe un ton sugrumat. Opriți-o!

Imaginea se schimbă. Și mai multă tehnologie nenoricită din aceia despre care se tot plânge tata. Mama și bărbatul cu ochi argintii apar pe ecran, strângându-se în brațe unul pe celălalt. Mama poartă o coroană strălucitoare de platină.

-Am venit pe această navă pentru a-mi duce acasă singurul copil, spune bărbatul cu ochi argintii. Fiul meu este print. Un print din Tyre. În curând, această navă se va întoarce pentru a-mi aduce fiul acasă, acolo unde își poate ocupa locul cuvenit ca moștenitor al tronului.

Bărbatul cu ochi argintii privește direct prin ecran, de parcă m-ar putea vedea trăgând cu ochiul din spatele perdelei după care mă ascund.

-Vezi, Lucifer? Nava aceasta e a ta. Am botezat-o după *tine*.

Camera se apropie de numele înscris pe fuzelaj, cu caractere cuneiforme mari, în bloc: *Prințul din Tyre*.

-Ființe bune ale Alianței, spune mama cu un aer regal, fiindcă regină a fost de la bun început. Eu și soțul meu căutăm consensul, pentru a aduce pacea între cele două imperii și pentru a negocia o cale prin care fiul nostru să poată fi împărțit între doi tați care îl iubesc din suflet.

Mama se uită prin cameră, de parcă m-ar putea vedea în spatele draperiei.

-Lucifer, să știi că sunt bine și ne vom revedea curând. Până atunci...
téigh le dia.

Camera se îndreaptă din nou spre orbită. Fără să lase nici măcar o dâră de fum în spate, acolo unde se află hiperdriverele, nava se avântă înainte și dispare.

-Ce? pufnește tata. Unde a dispărut?

Tata pâlpâie și dispare, vrând cu siguranță să îi urmărească. Maestrul Yoritomo se repede în afara încăperii, strigând la gărzi să adune navele în orbită pentru a captura nava rebelă înainte să scape. Aștept să mi se elibereze calea, după care mă furișez în dreptul monitorului video pentru a urmări din nou mesajul, mai ales partea de la sfârșit, în care apare nava lungă și zveltă, la fel de albă și unduitoare ca o rază de soare și cu un nas mic și haios care îmi amintește de mustățile unui gorock.

Degetele mele alunecă pe literele înscrise pe fuzelaj.
Prințul din Tyre.
Oare nava aceea chiar e pentru mine?

Capitolul 4

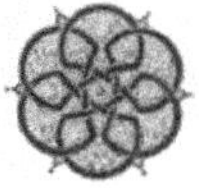

Data Galactică Standard: 152,323.10 D.Î.
Zonele de graniță: Nava amirală Peykaap
Locotenentul Marinei Comerciale a lui Sata'an, Apausha

În prezent...

APAUSHA

SMM Peykaap era toată numai motoare și compartimente cargo dosite, cu doar câteva facilități și cu atât mai puține zorzoane. Oficial, Shay'tan îi spusese vas comercial, dar în realitate, la bordul ei nu se făcea „comerț" decât cu mărfuri de contrabandă.

Peykaap se cutremură, ieșind din hiperspațiu.

-Unde e contactul nostru? îl întrebă Locotenentul Apausha pe pilot. De fapt, Apausha era comandantul, pilotul, mecanicul și bucătarul navei; nu avea cea mai nobilă misiune din Imperiul Sata'anic, dar îi plăcea să fie propriul șef.

-La o distanță de aproximativ 25 de minute, spuse Hanuud, pilotul și expertul în comunicații de la bordul *Peykaap*. S-au apropiat mai mult de granița cu Regatul Tokoloshe. Pare că prințul moștenitor anticipează necazuri.

-Canibali, pufni cu dezgust Wajid, al treilea membru al echipajului și copilot al lui Apausha. Probabil sunt necazuri *mari* dacă li se pare că e mai sigură granița cu Tokoloshe.

Wajid era o șopârlă mare și musculoasă, avea o coadă groasă și o talie și mai groasă, pe care o căpătase după ani de zile în care zburase prin adâncul spațiului.

Apausha se holbă temător la steagul Alianței. Nava *Prințul din Tyre* era neobișnuită, lungă și grațioasă, cu protuberanțe care îi ieșeau din bot de parcă ar fi fost mustăți. La prima vedere părea lipsită de arme, dar Apausha auzise zvonuri despre manevrabilitatea și forța ei de atac.

-Ne semnalizează, zise Hanuud. Vor să andocăm la tribord.

-Aliniază nava, îi spuse Apausha lui Wajid. Mă duc să verific marfa.

Cozile ambelor șopârle tresăriră în semn de nemulțumire. Având ranguri inferioare în Imperiul Sata'anic, nu erau plătite să *gândească*, iar dacă nu voiau să fie trimise pe teritorii neexplorate și să cadă pe mâna vânătorilor de comori, ceea ce ar fi echivalat cu o sentință la moarte, nu exista nimic ce puteau face.

Apausha depusese o plângere. *Ce* altceva ar fi putut să facă? Să permită ca soția și ouăle încă nenăscute să îi fie aruncate în stradă, așa cum i se întâmplase și *lui* după ce tatăl său își cedase nava Alianței?

-Am depus raportul, spuse Apausha. Soarta lor e acum în mâna zeului, slăvit fie Shay'tan.

Cei trei făcură semnul ca de rugăciune și apoi se pregătiră pentru andocare. Wajid porni motoarele cu impulsuri pentru a schimba traiectoria și a încetini nava, în vreme ce Hanuud coordonă mișcările cu specialistul în comunicații al *Prințului din Tyre,* un dialog neplăcut între două imperii adverse. Apausha se îndreptă spre depozitul principal de mărfuri, unde erau ținute treizeci de biete femei umane.

-Puneți-vă astea, le zise el înr-o Kemet stricată și le întinse ieftinele tunici de nuntă Sata'anice prin ușă. Acoperiți-vă capetele ca să nu aveți parte de atenție nedorită.

Se simțea de parcă Ba'al Zebub l-ar fi forțat să înghită o cărămidă. Ce ar fi *trebuit* să spună, de fapt? *„Acoperiți-vă ca nu cumva barbarii din Alianță să vă posede împotriva dorinței voastre?".*

Shay'tan nu le oferea femelelor Sata'anice șansa de a alege cu cine să se căsătorească, dar când un mascul ca el primea în dar o soție, asta dacă reușea vreodată să câștige acest privilegiu, femeia era tratată cu venerație. Așa se simțea și el față de Marina. La început, ea nu voise să se mărite cu el, dar reușise să o convingă. Imediat ce avea să termine de livrat marfa, plănuia să se întoarcă pe Hades-11, la timp ca să își vadă prețioasele ouă eclozând.

Femeile ciripiră când Apausha zâmbi melancolic și își dezgoli colții.

-Scuze, spuse el. Nu am vrut să fiu impertinent.

Măcar cohorta asta se obișnuise cu specia lui la academia cam brutală de instructaj pe care Hudhafah o concepuse pentru a le învăța cum să își îndeplinească rolul de soții în Imperiul Sata'anic. Toate erau femei minunate, care nu îi creaseră nicio problemă pe parcursul călătoriei. Poate lucrurile ar fi fost mai simple dacă i-ar fi *dat* bătăi de cap.

Apausha își sprijini fruntea de metalul rece. Își scoase limba pentru a-și mângâia pleoapele, desfătându-se cu atingerea blândă a vârfului bifurcat. Cum le puteau face asta bietelor femei după tot ce văzuseră? Privi îndelung *Prințul din Tyre,* care se prefigura în portal.

Își duse mâna în dreptul inimii și își înclină capul.

-Împărat Shay'tan, se rugă el. Nu sunt decât un soldat neimportant, dar știu că nu ați accepta niciodată așa ceva sau nu ne-ați cere să îmbrăcăm femeile acestea în rochii de mireasă înainte de a le preda Angelicilor. Vă rog, Eminența Voastră. Dacă vreți să fac ceva diferit, dați-mi un semn.

Își duse mâna la frunte, buze și inimă:

-Shay'tan fie slăvit.

Nava Angelică se apropie şi mai mult pe măsură ce Wajid manevra elicele pentru a pregăti poziţia de andocare. Dacă n-ar fi avut-o pe Marina, Apausha le-ar fi ordonat lui Hanuud şi lui Wajid să-şi ia cozile în spinare şi să se îndrepte spre teritoriile neexplorate. Treizeci de femei umane, trei masculi Sata'anici. Nu ar fi putut da naştere unor copii cu astfel de soţii, la naiba, nici măcar nu ştia dacă erau anatomic… – Shay'tan fie slăvit –curăţă astfel de gânduri necurate din mintea lui! Dar ar fi putut spune *propriile* jurăminte şi poate atunci nu ar fi fost un păcat să le ia de soţie. Zece soţii pentru fiecare.

-Marina, îşi spuse Apausha sie însuşi. Ce primă soţie grozavă ai fi şi cum ai putea conduce un astfel de harem…

Nu exista nicio cale prin care o femeie să poată fi scoasă pe ascuns din clusterul Hades. Mulţi încercaseră şi muriseră încercând. Ah! Ce să facă? Nu putea să o abandoneze pe iubita sa Marina. Nici pentru zece soţii. Nici pentru cincizeci! Reveni în carlingă şi îşi puse centura, ajutând la procedura de andocare pentru ca Wajid să poată manevra nava *Peykaap.*

-Domnule? zise Hanuud. Recepţionăm un apel prioritar Alfa-Unu de la *SRN Chinosia.* Amiralul Musab ne-a ordonat să mergem imediat pe teritoriul Sata'anic.

-Ce? întrebă Apausha.

-Serviciile Secrete Sata'anice vrea să vă interogheze, spuse Hanuud. Domnule!

Cei trei se uitară unul la altul, având în minte acelaşi gând. De obicei, era înfricoşător să ştii că urmează să fii interogat de Serviciile Secrete Sata'anice, dar de data aceasta *el* era cel care depusese plângerea. Oare Ba'al Zebub voia să scape de el pentru că pusese la îndoială acţiunile unui ofiţer superior? Ori… ceruse un semn… oare acesta era semnul?

-Întoarce nava din drum şi, în numele lui Haven, scoate-ne de-aici!

Wajid începu să repornească hiperdriverele, în vreme ce Hanuud spunea nimicuri liniştitoare în dispozitivul de comunicare, încercând să facă rost de câteva secunde preţioase pentru ca motoarele să se încălzească.

-*Peykaap, Peykaap,* aici *Prinţul din Tyre,* răsună vocea ofiţerului de comunicaţii al Alianţei când îşi dădu seama că *Peykaap* se *îndepărta* în loc să se apropie. Aţi ieşit din formaţia de andocare!

-*Prinţ din Tyre,* aici *Peykaap,* răspunse Hanuud, străduindu-se să pară calm. Ne scuzaţi, domnule. Ne-am apropiat prea repede. Dăm câteva ture ca să scăpăm de viteza în exces şi apoi reîncercăm.

-Respins, *Peykaap,* zise ofiţerul de comunicaţii al Alianţei. Trebuie să andocaţi acum. Vă prindem cu cârlige ca să ne asigurăm că nu rataţi.

Apausha smulse dispozitivul din mâinile lui Hanuud.

-Respins, *Prinţ din Tyre,* spuse Apausha. Suntem pe punctul de a intra în coliziune cu fuzelajul vostru. Ne apropiem cu viteză prea mare. Lăsaţi-ne să facem câteva cercuri şi să revenim din partea cealaltă.

-Negativ, *Peykaap,* mârâi ofițerul Alianței. Nu știu ce mesaj codat ați primit voi acolo, dar fie *andocați,* fie tragem spre voi.

-Rahat! zise Hanuud tresărind în scaun, iar coada subțire îi șuieră înainte și înapoi ca un șarpe. Ce facem acum, domnule?

-*Chinosia... Chinosia,* schimbă Apausha frecvența, încercând să prindă una anume. Aici *SMM Peykaap. Prințul din Tyre* nu ne permite să întrerupem procedura de andocare. Ce facem, domnule? Suntem pe teritoriul Alianței!

Pe fuzelaj răsună o bufnitură goală. Echipajul se dezechilibră când nava fu trasă în direcția opusă.

-Ne-au prins cu cârlige, domnule! strigă Hanuud panicat.

-Motoarele sunt la putere maximă! spuse Wajid, apăsând pedala de accelerație cu impulsuri cât de mult putea. În numele lui Haven, cu ce ne țin?!

Nava se legănă, nereușind să se elibereze, ca un pește din adâncul mării care se lupta să scape din plasă.

-V-a ordonat însuși Împăratul Shay'tan să plecați naibii de-acolo și să reveniți pe Hades-6! veni ordinul de la bordul navei Sata'anice.

Ofițerul de comunicații adăugă apoi:

-Shay'tan a primit raportul. *Nu* livrați marfa!

-Shay'tan fie slăvit! se bucură Apausha. Zeul nostru a răspuns rugăciunilor! Wajid... pornește hiperdriverele!

-Nu putem face saltul dacă suntem atât de aproape de o altă navă! strigă Wajid. *Prințul din Tyre* o să se facă țăndări!

-Nu-i treaba mea, răspunse Apausha, adăugând în minte: „*Demoni ai Alianței!*".

-Da, domnule, zise Wajid, apucând consola hiperdriverelor cu ghearele lui cărnoase. Ori *Prințul din Tyre* le dădea drumul, ori porțiunea din fuzelaj cu care îi prinsese ajungea să fie smulsă de hiperdriverul care își forța trecerea prin timp și spațiu.

-Trei, doi, unu, numără Apausha. Cuplați!

Nava se luptă să înainteze ca un cal de bătaie la linia de start, dar apoi se opri, aruncându-i în față pe cei trei bărbați. Apausha se lovi cu capul de panoul de control și văzu pentru o clipă stele verzi.

-*Peykaap ... Peykaap,* se auzi un strigăt de la bordul *SRN Chinosia* prin dispozitivul de comunicare. În numele lui Havem, ce faceți? Plecați odată de acolo!

Cu ochii auriu-verzi cuprinși de groază, Hanuud anunță:

-SOS, SOS, aici *SMM Peykaap,* suntem atacați de o navă a Alianței!

Peykaap se izbi din *Prințul din Tyre* și se zgârie de lateralul său până când trapa se alinie cu rampa externă. De pe cele două frecvențe radio diferite răsunară două seturi diferite de instrucțiuni – primul venea de la propriul imperiu și era un ordin imperios de a pleca de acolo, iar al doilea, de la *Prințul din Tyre,* un ordin de a rămâne unde erau.

-Ce facem? întrebă Wajid.

Tatăl lui Apausha murise nobil, sau cel puțin așa spunea mama lui; luptase până când se dovedise că nu mai putea învinge și apoi se predase, trăgând de timp în așa fel încât să se asigure că soția lui și mâna de ouă pe care le clocea puteau scăpa, înainte de reveni și a lupta până la moarte cu barbarii din Alianță. Dar asta nu îl împiedicase pe Shay'tan să îi confiște bunurile și să îi destrame familia, trimițându-i cele două neveste-surori să trăiască cu soți mai demni și mama să locuiască cu un tată nou, cu un rang mult inferior. Apausha nu avusese o viață rea, dar indiferent unde mergea, celelalte șopârle știau că tatăl său se dezonorase. Mai degrabă ar fi murit decât să le facă același lucru Marinei și puilor lor nenăscuți.

-*Peykaap, Peykaap,* ordonă ofițerul de comunicații al Alianței. Urcăm la bord pentru o inspecție de rutină privind igiena și siguranța. Predați armele și nu veți fi răniți.

Rahat. Erau pe teritoriul Alianței. Conform legislației intergalactice, *Prințul din Tyre* avea tot dreptul să facă o astfel de inspecție. Și ei o făceau constant pentru a opri transporturile de droguri ale lui Shay'tan... iar Shay'tan le-o făcea *lor.*

Suspinele din zona de mărfuri luă decizia în locul lui Apausha. Alianța avea dreptul să tragă asupra lor dacă refuzau să se supună, exact așa cum și *Chinosia* avea dreptul să tragă asupra oricărei nave a Alianței care refuza să se supună inspecției dacă se afla de partea cealaltă a graniței, la câțiva ani-lumină.

-Opriți manevrele, ordonă el. Anunțați *Chinosia* și transmiteți că nu avem de ales dacă nu vrem să tragem asupra navei amirale a Alianței. Îmi asum responsabilitatea deplină pentru acest incident umilitor. Fie ca Shay'tan să ne ierte.

Își lăsă arma pe podea. Soarta femeilor fusese pecetluită în clipa în care hotărâse să *nu* depună raportul direct pe biroul Generalului Hudhafah și alesese calea lașă de a trimite plângerea indirect, prin Serviciile Secrete Sata'anice. Zeul răspunsese la rugăciunile sale. Dar răspunsul venise prea târziu.

Wajid opri motoarele, iar Hanuud se grăbi să deschidă trapa pentru a le permite inspectorilor Alianței să intre înainte de a-și face drum ei singuri cu laserul. Apausha apăsă pe un buton și șterse toate informațiile de pe computer, inclusiv cele privind traseul pe care îl parcursese nava. Infidelii pășiră înăuntru, dotați cu arme cu impulsuri, și îi puseră să îngenuncheze pe punte cu brațele la ceafă. Cei doi nătângi cu priviri reci pe care Apausha îi văzuse pășind ușa lui Lucifer ultima oară când fusese la el înaintară spre zona cargo.

O senzație neplăcută îi pătrunse în oase, ca o scurgere profundă într-un port de inducție pentru antimaterie; un avertisment din subconștient. Avertismentul precedă intrarea pe navă a Angelicului cu aripi închise la culoare. Lui Apausha îi amintea de cum se simțea în preajma Împăratului Shay'tan, doar că în loc să murmure liniștiți, solzii i se ridicară pe pielea verde și marmorată.

-Ce avem aici, șopârlici? întrebă Zepar. De ce ați vrea să fugiți când tot ce vrem noi e să preluăm marfa?

Din afară, Șeful de personal al lui Lucifer părea doar să plimbe hârtii; tot, de la umbra de burtă pe care o avea, trăsătură rară printre reprezentanții unei specii create să rămână în formă, și până la aripile lui de un alb murdar cu pete bej închis pierdute printre pene, creau această impresie. Pe interior, însă, nenorocitul acela alunecos era nemilos.

Zepar adulmecă aerul și îi rânji lui Apausha, având un aer atotștiutor.

-Ah, Locotenent Apausha, mă simt jignit. Și când te gândești că noi pregătisem un adevărat festin în onoarea dumneavoastră...

-Nu sunt decât treizeci, domnule, spuse unul dintre nătângii cu ochi reci.

-Treizeci? întrebă Zepar, holbându-se la Apausha cu o expresie glacială. Ar fi trebuit să fie trei sute de data asta! Ce naiba pune la cale Ba'al Zebub?

Solzii lui Apausha fură străbătuți de fiori reci. Zepar îl apucă de bărbie, obligându-l să îl privească în ochi.

-Unde sunt celelalte femele?

Ochii albaștri și răi îi sfredeliră pe ai *lui,* de parcă Zepar i-ar fi putut citi gândurile.

-Ba'al Zebub a autorizat un transport de numai treizeci, zise Apausha. Zepar izbucni în râs.

-Nu a făcut așa ceva. Ce va face când va afla că l-ați lucrat pe la spate ?

Zepar închise ochii pentru a se bucura de miros și își apropie gura de el de parcă ar fi putut să îi *guste* frica. De când adulmecau Angelicii așa? Sigur, șopârlele Sata'anice puteau gusta feromonii, dar Apausha nu auzise niciodată de Angelici care să facă așa ceva. Zepar arătă spre trapa care ducea spre *Prințul din Tyre* și li se adresă celor doi nătângi într-o limbă pe care locotenentul nu o mai auzise niciodată:

-*Etiam, Chemosh,* răpunseră aceștia. *Moloch est magna.*

Zepar îl adulmecă din nou, fascinat de mirosul său.

-Pe el rețineți-l pentru interotagoriu. Dezactivați dispozitivele de comunicare și hiperdriverul ca să nu poată comunica sau sări în hiperspațiu. Dați drumul navei și eliberați-le pe celelalte două, ca să se întoarcă acasă doar cu motoarele cu impulsuri.

-Nu m-am opus! strigă Apausha în timp ce era tras prin dreptul femeilor îngrozite, care se îngrămădeau una în cealaltă, suspinând.

Pruflas îl izbi peste cap cu capătul armei cu impulsuri. Apausha își pierdu cunoștința, dar la un moment dat își reveni și recunoscu holurile de un alb steril, care treceau pe lângă el într-o ceață albă și lungă. Fu legat de un scaun, un scaun ca de dentist, care avea însă și curele de prindere. Încercă să scape de ele, dar nu reuși să se elibereze.

Furcas îi îndesă o botniță pe gură ca să nu îi poată mușca cu colții săi ascuțiți și îi înfipse un ac uriaș în braț, în timp ce Pruflas îi prindea de corp electrozi și două cleme, una la creasta dorsală, cealaltă, la degetul de la picior. În vene începu să îi curgă un lichid. Apausha se opuse euforiei ciudate imaginându-și-o pe Marina, iubita sa soție, cum stătea acasă și clocea ouăle, așteptându-l să se întoarcă. Dacă le dădea informațiile pentru care știa că aveau să îl tortureze, ce i se întâmplase *lui* când era copil avea să i se întâmple și *ei*.

Zepar îndrumă femeile îngrozite într-o zonă de depozitare și apoi se întoarse pentru a vedea cât din lichidul din perfuzie pătrunsese deja în organismal lui Apausha.

-Bună ziua, locotenent, spuse Zepar pe un ton prietenos. O păsărică mi-a transmis niște zvonuri despre un raport pe care l-ați trimis Serviciilor Secrete Sata'anice, dând de gol acordul nostru commercial secret.

Euforia aceea stranie făcea ca spusele lui Zepar să capete un efect hipnotic. În mintea lui Apausha se materializară imagini liniștitoare. *Nu e nevoie să te opui, șopârlică. Îți suntem prieteni.*

Apausha luptă împotriva senzației.

-Ce vreți de la mine?

-Poziția Pământului, desigur.

-Duceți-vă-n Haven!

Zepar se aplecă spre el, având ochii de un albastru spălăcit atât de ficși, încât păreau să aparțină unui mort. Îl adulmecă din nou pe Apausha, de parcă i-ar fi plăcut mirosul fricii.

-Furcas, dacă nu te superi, pornește monitorul.

Nătângul deschise un monitor video. *Peykaap* plutea în derivă, folosindu-se doar de motoarele cu impulsuri și târându-se înapoi spre granița Sata'anică cu o viteză dureros de mică.

-*Chinosia* ne așteaptă la graniță, spuse Apausha. Dacă trageți spre *Peykaap,* practic veți lansa o declarație de război!

Chipul anost al lui Zepar, acela de contabil sau funcționar, nu de creatură malefică ce se holba cu ochi albaștri și reci, se destines într-un rânjet de cunoscător.

-Ah, uitasem, spuse Zepar, agitându-și degetul în aer de parcă ar fi fost o adolescent. Cât voi erați ocupați opunându-vă îmbarcării, *Prințul din Tyre* a alunecat în teritoriul controlat de Regatul Tokoloshe. Noi ne-am întors în propriul spațiu aerian, dar biata voastră navă... a rămas de partea greșită a graniței.

Zepar schimbă perspectiva camerei pentru a dezvălui silueta amenințătoare care înainta în viteză spre *Peykaap,* îndesată și butucănoasă, cu o sondă instalată în dreptul botului pentru a distruge și fărâmița alte nave. În interiorul lui Apausha se instală groaza. *Peykaap* nu se putea pune cu un cuirasat Tokoloshe. La naiba ! Nici măcar *Chinosia* nu putea. Nu era decât un biet crucișător de linie. Cuirasatul, în schimb, avea aceeași *putere* ca o navă amirală a Alainței.

-Nenorocitule care ești! urlă Apausha, opunându-se senzației pe care i-o provoca lichidul pompat în vene. Trebuie să îi ajuți!

Cei din neamul Tokoloshe erau o specie brutală, ca niște urși. Fuseseră unii dintre puținii care reușiseră să scape de sub conducerea Sata'anică fără ajutor din parte Alianței. Se împrăștiaseră ca ciuma prin teritoriile neexplorate și acum se întindeau și în regiunea-tampon dintre cele două mari imperii, fără să li se opună nimeni, pentru că niciunul dintre imperii nu avea suficientă încredere în celălalt pentru a colabora și a prelua controlul asupra Regatului Tokoloshe. Iar Regatul avea un obicei dezgustător, care îi transformase în coșmarul tuturor celorlalte specii din galaxie.

Canibalismul...

-Păi aș face-o, spuse Zepar, mângâindu-l pe obraz. Dar se face să mă înțeleg destul de bine cu comandantul navei aceleia. Și oricum, ce ai fi *tu* dispus să faci pentru *mine?*

Spune-i locația Pământului. Nu e mare lucru. Ba'al Zebub știe oricum... O să le-o spună el...

Nu! Ba'al Zebub *nu* știa!!!

-Ieși din capul meu, șuieră Apausha. Shay'tan ne-a *avertizat* să nu ne încredem niciodată în *ghulla!*

-Ahh, un sensibil? spuse Zepar, mângâindu-i obrazul. Atunci nu ne rămâne decât calea dură.

Îl înșfăcă de cap și îl forță să privească cum cuirasatul se repezea spre bietul *Peykaap.*

-E alegerea ta, șopârlică, spuse Zepar de parcă ar fi cântat. Îți salvezi prietenii? Sau îl rog pe *bunul meu prieten,* Comandantul Wujudu, să îți ofere un loc în primul rând?

Prietenii lui. Neajutorați. Legați. Urlând. Apausha privi cum cuirasatul se apropia de *Peykaap. Creaturi ca niște urși, jupuindu-l pe Hanuud și scoțând la iveală carnea vie.* Nava cargo, mai mică, era condamnată, neavând cum să facă saltul în hiperspațiu. *Fâșii de mușchi smulse de pe membrele lui Wajid, care se zvârcoleau.* Nava masivă se apropie și mai mult, făcând nava de mărfuri să pară, prin comparație, doar o biată pată. *Sânge scurgându-se pe oasele dezgolite în timp ce prietenii îi erau mâncați de vii.*

O! Implorat fie Shay'tan! Ce să facă? Împăratul şi zeul său nu ar fi *vrut* să îi dezvăluie inamicului locaţia celei mai noi cuceriri. Marina avea să rămână fără niciun ban, alungată pe străzi, fără permisiunea de a se recăsători, iar puii aveau să îi fie trimişi la muncă, să cureţe străzile! Dacă ciripea, Alianţa avea să meargă pe planetă şi mii de soldaţi buni aveau să moară apărând-o de infideli!

Pe de altă parte, nu îşi putea imagina vreun mod mai înfricoşător de a muri…

Zeul luă decizia în locul lui. De undeva din afara ecranului apărură focuri de armă, care nu ţinteau cuirasatul, ci propria navă de mărfuri. Apausha privi cum *Chinosia* torpilă *Peykaap-ul* pentru a se asigura că echipajul de la bordul său avea parte de o moarte rapidă. O lumină orbitoare îl făcu să clipească, în vreme ce nava explodă, redusă la nimic.

-Hanuud! Wajid! strigă Apausha.

Chinosia făcu saltul înapoi la fel de repede pe cât apăruse, căci nu voia să fie urmărită de cuirasat înapoi pe teritoriul Sata'anic. Canibalii nu se dădeau în lături de la a-şi extinde regatul în defavoarea lui Shay'tan.

-Slăvit fie Shay'tan! suspină Apausha. *Chinosia* le oferise membrilor echipajului său o moarte rapidă. Fie ca Shay'tan să vă poarte spiritele spre paradisul etern!

Dar fără dizpositive de comunicare, *Chinosia* nu putea afla nicicum că el era încă în viaţă! Devenise persona non grata, la mila lui Zepar şi a celor doi nătângi ai săi. Shay'tan avea să creadă că fusese răpus în luptă, neştiind că demonii înaripaţi mai aveau pe cineva la bordul navei lor, cineva pe care puteau să tortureze până la aflarea coordonatelor.

Îşi întoarse capul şi privi în altă parte, înţelegând ce avea să urmeze.

-Manevraţi nava spre zona beta, le ordonă Zepar celor doi nătângi.

Furcas îl ascultă şi părăsi camera. Pruflas continuă să se holbeze la Apausha cu ochi reci şi lipsiţi de viaţă.

-Nu o să vă spun nimic, *ghulla!* zise Apausha, ştiind, chiar în timp ce rostea cuvintele, că nu era adevărat. Dar avea să se opună cu toată puterea. Poate dacă *Chinosia* se întoarcea să recupereze cutia neagră după ce se retrăgea cuirasatul, echipajul avea să îşi dea seama că lăsaseră în urmă pe cineva care avea să fie torturat.

Marina, puii săi, dizgraţia… Nu! Nu era deloc în regulă să se afle că el supravieţuise. Da… Era bine că lucrurile stăteau aşa. Shay'tan trebuia să ştie că Alianţa era pe drum pentru a apăra tărâmul uman în aşa fel încât infidelii să nu le facă *tuturor* oamenilor ce le făcea Lucifer femeilor.

Bietele fiinţe umane!

-Acum, dă-mi voie să te întreb din nou, şopârlică, zise Zepar, mângâind solzii lui Apausha de parcă i-ar fi fost iubit. Care sunt coordonatele Pământului?

Capitolul 5

Octombrie – 3,390 î.Hr.
Pământ: Satul Assur
Colonel Mikhail Mannuki'ili

MIKHAIL

Dată fiind trădarea lui Jamin, ai fi crezut că sătenii ar lua antrenamentele Angelicului mai în serios, dar, în numele zeilor, n-o făceau. Da, desigur, războinicii de elită încetaseră să îl mai calce pe coadă, dar sătenii de rând se purtau chiar *mai* rău acum că nu le mai era teamă să nu fie bătuți, ostracizați sau ridiculizați de fostul *Muhafiz*.

Războinicii se aliniară în formație de V, dar de acolo, totul o luă razna.

-Nu, nu, nu, NU! se răsti Mikhail. Războinicul din față trebuie să *împingă* inamicul în calea V-ului, în așa fel încât bărbatul de alături să îl poată elimina!

Războinicii din divizia a doua se holbară la el ca niște capre cu capete seci. Aproape că o putea *vizualiza* pe Mica Nemesis zvâcnind din ureche înainte de a răsturna găleata cu lapte.

-Nu înțeleg *cum* se presupune că ar trebui să fie pregătiți pentru adunarea căpeteniilor, îi mărturisi lui Varshab, aghiotantul căpeteniei. Par chiar și mai nepricepuți.

-Ești prea îngăduitor cu ei, spuse Varshab încrucișându-și brațele musculoase.

-Îngăduitor? Dar se plâng întruna.

Siamek îi așeză înapoi în rând. Mikhail le dădu din nou comanda:

-În formație de ferăstrău și ic!

Poate ar fi fost de folos ca neamul Ubaid să fi *văzut* vreodată un ferăstrău. Dar măcar știau ce e acela ic. În numele zeilor, tot ce făceau era să încerce să *muște* dușmanii ca niște colți în loc să treacă prin ei ca un ferăstrău și să îi forțeze să își oprească atacul. Depindeau încă prea mult de talentul războinicul din vârful formației și prea puțin de războinicii de la bază. Trebuia să îi facă să lucreze împreună, *damantia!*

Aghiotantul căpeteniei se răsti la ei cu duritatea unui bivol:

-Și nepoata mea de 5 ani poa' să înjunghie mai bine de-atât!

-Nu o să fie niciodată pregătiți, spuse Mikhail gânditor.

-O să foe, zise Varshab. Trebuie să le dai timp.

Amândoi își întoarseră privirile spre „verișorul" care venise să viziteze unul dintre războinicii din Nineveh. Oficial, era negustor, dar în realitate servea drept martor la modul în care ferăstrăul-și-pana eșuate ale lui Mikhail îi înghițeau și chinuiau semenii.

-*Nu* avem timp! spuse Angelicul, fâlfâindu-și exasperate aripile. Căpeteniile se reunesc la următoarea lună plină. Dacă nu suntem gata până atunci...

Dacă nu erau gata, cum, în numele lui *Hades,* ar fi putut convinge celelalte sate să se unească sub acest acord de „ajutor reciproc" pe care reușise să îl obțină cu greu de la Eshnunna și Gasur? Se presupunea că trebuie să fie comandantul unei armate „cerești". Dar armata era cam prea muritoare și incompetentă!

-Trebuie să le *arăți,* zise Varshab. Până și *mie* îmi e greu să îmi imaginez cum ar trebui să meargă asta, iar eu am *văzut* lucruri de felul ăsta apărând *spontan* în timpul bătăliei.

Aripile lui Mikhail se pleoștiră. Dacă nu avea parte de experiența lui Varshab, nu putea recompune și transmite mai departe amintirile vagi care se găseau în mintea sa încețoșată.

-Asta e problema, zise el. Dacă nici *tu* nu înțelegi, cum o să le convingem pe celelalte căpetenii?

-Prin *ei,* spuse Varshab arătând spre războinicii care, după cum demonstra chiar modul în care se aliniau, nu aveau să execute manevra cu succes nici de această dată.

Mikhail privi cele două scuturi pe care Behnam le adusese după cină. Erau doar niște prototipuri, două modele diferite, dar poate dacă le punea în mâinile războinicilor, avea să reușească să *vizualizeze* motivul pentru care trebuiau să împingă inamicul spre baza „dintelui" în loc să îl muște pur și simplu. Sau oare avea să irosească timpul prețios al lui Behnam și resursele în scădere ale căpeteniei?

Ultimul lucru pe care voia să îl facă era să îi ceară Căpeteniei Kiyan să facă rost de mai mult lemn pentru o armă de apărare nesigură, cu atât mai mult cu cât acesta se retrăsese în locuința sa și nu mai ieșise din ziua în care îi fusese alungat fiul.

Războinicii formară trei linii. Echipa adversă se repezi spre ferăstrău și pană. Un dinte ascuțit, condus de un bărbat mic pe nume Dadbeh, care înțelegea că nu putea fi mereu *colțul,* împinse echipa adverse spre baza molarului, dar *colțul* care trebuia să țină rândul se rupse, permițându-le oponenților să treacă de baza panei și să îi „elimine" oamenii, înjunghiindu-i în spatele neprotejat.

Exercițiul se transformă în sporovăială, căci Dadbeh se luă la ceartă cu celălalt comandant, care nu reușise să își țină unitatea în frâu.

-Bine, gata! se răsti Mikhail dezgustat.

Încheiară antrenamentul din seara aceea. Bărbații se îndreptară greoi spre case, cu umerii căzuți. Ce mai comandant „ceresc" se dovedea a fi el...

-Mai încercăm şi mâine, îi spuse Varshab, punându-i o mână liniştitor pe aripă.

-Nu o să fim pregătiţi.

-Ba o să *fim,* zise Varshab. Celelalte căpetenii vor înţelege *avantajul* din a susţine Assurul.

Siamek, secundul, îi dădu un raport scurt, după care plecă împreună cu războinicii de elită, cel mai probabil montaţi pe a se plânge de toate felurile în care stilul lui de conducere era mai slab decât al lui Jamin.

De la capătul terenului de antrenament se ridică o voce veselă.

-O sută optzeci şi şapte, o sută optzeci şi opt, o sută optzeci şi nouă! anunţa Pareesa ca un sergent de coşmar.

Mica lăudăroasă mergea ţanţoşă prin dreptul echipei a doua, cu rochia din şal strânsă în jurul coapselor şi o pereche de opinci noi, legate până la genunchi, pentru a nu-i cădea. Câteodată, când o privea, Mikhail putea să jure că prin ochii ei îl privea înapoi zeiţa războiului.

-Două sute! strigă Pareesa.

Mormăind, divizia B se prăbuşi la pământ, cu feţele la pământ, de parcă ar fi fost nişte cadavre pe câmpul de luptă. *El* era de părere că *Divizia Bravo* se descurca destul de bine, date fiind circumstanţele. Pareesa, pe de altă parte, le interpreta defectele ca o reflexie a *propriei* ei priceperi, aşa că îşi tot împingea războinicii la limită.

-Pareesa? i se adresă Angelicul. Ai o clipă?

Pareesa îşi ridică imediat capul ca un dihor marmorat, adulmecând aerul pentru a detecta sarcini *noi* pe care le-ar fi putut primi şi lansa asupra diviziei B. Ţopăi înspre Mikhail pentru a afla ce voia.

-Da, domnule! zise ea, executând perfect salutul Alianţei.

-Lucrez la o tehnică de apărare numită ferăstrău şi pană, spuse Mikhail. Crezi că m-ai putea ajuta să o adaptez? Şi că oamenii tăi ar putea să le-o arate apoi şi celorlalţi războinici?

-Sigur! răspunse ea, aproape dând din codiţă ca un câine.

Dacă Pareesa înţelegea, putea apoi să îi înveţe şi pe cei din divizia B să aplice manevra, iar ei, la rândul lor, aveau să le-o arate şi celorlalţi. Desigur, aveau să o execute aiurea. Nici măcar *unul* dintre războinicii din divizia B nu era vreun atlet desăvârşit. Dar din incompetenţa lor se născuse un avantaj

Erau *atât* de slabi, încât presupuneau că *ei* erau de vină dacă nu înţelegeau şi făceau pur şi simplu ce le *cerea.* Practic, nu aveau la bază nicio pregătire care să interfereze cu ce voia el să îi înveţe.

Pareesa îşi trimise divizia B acasă, atenţionând-o să exerseze.

-Dacă veniţi nepregătiţi, îi ameninţă ea, vă pun să alergaţi douăzeci de leghe.

Şi el care crezuse că *Jamin* era un tiran...

Pareesa era şi mai rea.

Angelical aduse mai aproape cele două prototipuri de scuturi, concepute din scânduri şi piele de capră. Erau predispuse la a se rupe dacă erau lovite cu ciocane de piatră, dar, după cum aflase în Gasur, rezistau în faţa săgeţilor, a atlatlului şi a suliţelor. Acum voia să vadă cât de tare le putea lovi şi ce modificări mai putea aduce Behnam pentru a îmbunătăţi modelul înainte de a face suficiente încât să echipeze toţi războinicii.

-Asta-i tot? întrebă Pareesa aruncând o privire spre scuturile mari şi grele.

-Asta-i tot, spuse Mikhail. *Asta* o să întărească dinţii.

Îşi prinse scutul de antebraţ cu nişte curele de piele. Având aproape doi metri înălţime, scutul se rotunjea la margini, cuprinzând corpul bărbatului şi oferindu-i un refugiu în care să se pitească atunci când inamicul se năpustea asupra lui. Dar nu era suficient să ţină scuturile unul lângă altul – văzuse deja în Gasur cât de uşor puteau fi împinşi în spate războinicii dacă inamicii se năpusteau asupra lor la unison. Nu... Bietul său creier înceţoşat *îşi amintea* că împărţirea războinicilor în aşa-zise pene tăia din elanul adversarilor, vulnerabilizându-i.

Sau cel puţin aşa îşi *amintea...*

... sau *credea* că îşi aminteşte.

În numele lui Hades, cine să mai ştie? Nu era decât o imagine fugitivă. O imagine a ceva ce învăţase de la Cherubimi, dar bănuia că nu avusese niciodată ocazia de a pune în practică.

Îi explică Pareesei cum să folosească scutul alături de tehnica ferăsătrău-şi-pană. Râzând ca un copil care joacă leapşa, fata dansă în jurul lui, aruncând cu atlatluri, lansând săgeţi şi aruncând şi înjunghiind cu suliţa. Până a doua zi, avea să îşi pregătească echipa să exemplifice manevra – stângaci, dar corect.

-Ia-o pe-asta! strigă ea.

Mikhail luă un băţ şi îl folosi pe post de suliţă ca să ţintească spre ea, din spatele scutului, aşa cum voia să înveţe să facă şi infanteria grea. Aruncă o privire în lateral şi observă că Ebad rămăsese în loc ca să îi urmărească.

-Când o să ne înveţi să folosim săbii? întrebă ea.

-Nu puteţi fabrica o asemenea armă.

-De ce nu putem să folosim bucăţi din canoea ta cerească? întrebă Pareesa. Doar e stricată.

Lui Mikhail i se puse un nod în stomac.

-*Nu* am de gând să îmi topesc nava!!!

Dacă o sacrifica, nu mai avea *nicio* şansă să plece de pe planeta asta. Dar Pareesa nu îi era duşman; era cea mai pricepută ucenică a lui şi îi punea o întrebare logică.

-Vreau să zic... bătu Mikhail în retragere. Nimeni altcineva de pe planeta asta nu are arme din metal.

Ochii ei căprui şi inteligenţi îi întâlniră pe ai lui.

-Dar ne-ar oferi un avantaj?

-Şi ce o să se întâmple dacă unii dintre voi sunt ucişi în luptă? întrebă el. Atunci şi duşmanii voştri o să aibă săbii.

-*Tu* cum ai făcut rost de a ta?

Cherubimii îl învăţaseră să o folosească, dar *ştia*, în adâncul lui, că o avusese dinainte să fie trimis să trăiască cu ei. Din păcate, ori de câte ori încerca să îşi amintească cum o obţinuse, ieşeau la iveală emoţii întunecate; o senzaţie imaterială de durere, teroare... şi FURIE.

I se făcu pielea de găină, iar penele se ridicară în foliculii lor, trimiţând un fior neplăcut în aripi. Ceva *înfricoşător* pândea chiar dincolo de suprafaţă, aşteptând să îşi facă loc dincolo de pânza Domnişoarei Păianjen. Oricare ar fi fost acea amintire, Mikhail simţea că era mai bine să o lase îngropată.

-Nu îmi amintesc.

-Cum poţi să nu îţi aminteşti? pufni Pareesa. Sabia e practice o extensie a mâinii tale!

-Destul!

Mikhail nu era predispus la a se enerva, dar avea deja destule probleme fără să mai şi trezească fantome din morţi. Hotărî să schimbe subiectul.

-Cum merg antrenamentele cu divizia B?

-Ah... păi...

Pareesa îşi dădu ochii peste cap şi oftă excesiv, arătând ca adolescenta ce era, nu comandantul militar care se căznea atât de mult să fie. Durează o veşnicie să îi învăţ orice!!! Nu fac decât să repet, repet, repet totul în fiecare zi.

Şi echipa ei învăţa...

-Apreciez că îţi iei din timp ca să îi înveţi, îi spuse Mikhail, punând în aplicare una dintre lecţiile pe care le primise de la tatăl socru: *manifestă apreciere faţă de oameni.*

-Sinceră să fiu, se plânse Pareesa, nici măcar nu ştiu de ce mai încerc. N-au talent deloc! Mai ales Ebad. De fiecare dată când încerc să îl învăţ ceva, scapă tot din mână.

Ebad era chiar la marginea terenului de antrenament, vorbind cu alte trei fete. Lunile de antrenament îi aduseseră fiului de olar un corp mai solid, transformându-l aproape într-un războinic profesionist. Pareesa însă nu băga deloc în seamă modul în care băiatul îşi tot lua privirea de la tinerele care flirtau cu el.

Mikhail îşi reprimă un rânjet. Toată lumea, cu excepţia Pareesei, ştia că Ebad era îndrăgostit până peste cap de ea. Angelicul se gândi la vremurile în care încercase să îşi evite sentimentele faţă de Ninsianna şi se întrebă dacă fusese la fel de patetic. Probabil că da! Yalda şi Zhila încă îl tachinau în legătură cu îndrăgosteala pe care o tot afişase până să îi câştige mâna.

... iar acum părea să o piardă.

Rânjetul îi pieri.

-Ce-ar fi să încercăm să facem săbii din lemn? sugeră Pareesa, insistând pe arme. Așa, dacă premoniția Ninsiannei se adeverește, pot să omor un demon-șopârlă și să îi fur sabia.

-Nu ar trebui să omorâm pe nimeni decât dacă nu mai avem de ales, o certă Mikhail. Nu e prima noastră opțiune. Parcă ai fi Jamin.

-*Nu* sunt ca Jamin! spuse Pareesa, trântindu-și sulița de pământ. Eu vreau să fiu întocmai ca *tine!*

Vocea lui Mikhail se frânse:

-Eu *urăsc* faptul că mă pricep doar la a omorî. Nici nu ai idee ce povară simt când îi îngrop pe cei pe care îi ucid. Oamenii aceia au avut speranțe, și visuri, și familii. Iar eu le nimicesc – făcu un gest cu scutul de parcă ar fi fost măciucă. Un războinic onorabil nu trebuie să cedeze *niciodată* setei de sânge.

Pareesa nu mai spuse nimic câtă vreme mai exersară în ritm lent. Într-un sfârșit, recunoscu:

-Nu m-am gândit niciodată la asta. Toată lumea e așa ocupată încercând să devină ca *tine,* că nimeni nu s-a mai gândit și la ce înseamnă să *fii* tu.

O amintire răzleață i se contură în subconștient. Și el avusese o discuție asemănătoare cu Maestrul Yoritomo, la o vârstă apropiată de cea pe care o avea acum Pareesa. Distras, se opri din a mai lovi înapoi și încercă să aducă amintirea la suprafață.

Pareesa îl izbi în față suficient de tare încât să îl facă să scâncească. În gură îi năvăli un lichid cu aromă de sare și cupru.

-Hei! o certă el. Ne antrenăm, nu ne omorâm unul pe altul!

-Da, zise Mikhail, scuipând sângele care i se adunase în gură. Profesorul meu Cherubim era Maestrul Armelor Împăratului.

-Adică *zeului?*

-Nu zeu în sensul de... *dumnezeu,* spuse el. Și da, bănuiesc... e ciudat că nu îmi aminteam asta.

-Serios? replica Pareesa, punând în scenă cea mai sarcastică voce de fetișcană pe care o putea produce. O, bună, eu și DUMNEZEU, știi, stăteam și noi așa, pălăvrăgind despre arme. Dar nu e ca și cum ar merita să îmi amintesc sau ceva. Ca sunt din rai și-așa...

La început, pufni în râs, dar apoi i se tăie respirația. Chiar *era* absurd ca o ființă să aibă atâtea găuri în memorie. Își mută privirea, ascunzându-și emoția în spatele expresiei indescifrabile înainte ca micul drăcușor să îl facă să râdă.

-Pe poziții, spuse el greoi.

Pareesa se ghemui pe poziție, cu sulița gata de atac.

-Hajime!

Pareesa începu să îl lovească din nou. Judecând după modul în care numără, Mikhail înțelese că memora pașii pentru a-i putea explica și preda la lecția de a doua zi. Îi zâmbi medidativ.

-Nu cred că problema ține de memorie, îi spuse el printre lovituri. Problema sunt eu. Nu ai idee cum e să *nu* îți amintești lucruri. Adică... cum se presupune că ar trebui să conving căpeteniile regionale să îmi urmeze exemplul dacă nici măcar nu îmi amintesc *care* e exemplul meu?

-Mi-ar plăcea să spun că înțeleg, spuse Pareesa, lansându-se în față cu o lovitură feroce, dar dacă te lași distras așa în timpul luptei, lucrurile se pot termina foarte prost pentru tine.

Îi ținti picioarele, făcându-l să sară ca să îi evite lovitura.

Mikhail fâlfâi din aripi, doar atât cât să profite de avantajul unui zbor parțial. Asemenea unei cobre, își împinse scutul în față pentru a smulge arma din mâna Pareesei, iar apoi îi înfipse călcâiul în spatele genunchiului. Pareesa ateriză pe spate, scâncind surprinsă. Mikhail își așeză cizma pe burta ei, țintindu-i gâtul cu bățul.

-Ai milă!

Ochii ei străluceau a entuziasm și teamă. Mica zână era *innebunită* după adrenalină.

-Dacă nu aș avea încredere în tine, spuse Mikhail solemn, nu te-aș lăsa să te apropii suficient încât să mă *vezi* distras.

Pieptul Pareesei se umflă pe măsură ce fata se lupta să își recapete suflul. Era cea mai bună ucenică a lui, dar încă mai avea multe de învățat.

Observă ca Ebad aștepta în liniște ca ei să termine. Era timpul să îi acorde tânărului aceluia hotărât o șansă.

-Dacă nu te superi, zise Mikhail, întinzându-i mâna Pareesei pentru a o ajuta să se ridice, trebuie să plec să mai fac rost de niște urme de copite pe pantaloni.

-Mai multe decât ai deja? îl întrebă ea, arătând o urmă care nu îi mai ieșea de pe pantaloni.

Urma aceea era dovada clară că Pareesa nu era *singura* care mai avea multe de învățat.

-Îți jur, o să fac capra aia să mă asculte, îi spuse el hotărât.

-Și zici că *eu* am probleme de temperament!

Pareesa își luă sulița și celălalt scut. Cu siguranță a doua zi avea să fie pregătită să își învețe echipa să aplice manevra ferăstrău și pană.

Mikhail o privi îndepărtându-se în grabă, motivată să se descurce și mai bine acum că fusese înfrântă. Ebad se ținu după ea ca o umbră, atrăgând priviri îndurerate din partea celor trei tinere care încercaseră să îi atragă atenția.

-Pareesa? se grăbi Ebad să o ajungă.

-Ce? întrebă ea fără să încetinească.

-Mă întrebam dacă… ăă… poate… ăă… mâine… ăă… dacă nu eşti prea ocupată, dacă… ăă… după… ăă… antrenament… ăă… ai vrea să… ăă… mergem… ăă… la o plimbare? se bâlbâi Ebad.

Mikhail observă privirea dispreţuitoare a Pareesei.

-Am alte planuri.

Mikhail tresări când o văzu pe Pareesa plecând grăbită şi lăsându-l în urmă pe bietul tânăr oropsit. Angelicului îi era milă de el. *Chiar* îi era. Dar el era *ultima* persoană care ar fi putut să îi dea vreun sfat.

Îşi strânse armele şi porni greoi spre casă, storcându-şi creierii ca să îşi dea seama cum să recâştige încrederea soţiei sale.

Capitolul 6

Noiembrie – 3.390 î.Hr.
Câmpia Mesopotamiei

JAMIN

Începuse să își piardă speranța după ce mersese la locul în care știa că Halifienii își aveau corturile și descoperise că tribul lui Marwan plecase deja mai departe. Pe drum, în mod convenabil, îl „ajunsese din urmă" un negustor din Nineveh, care îi spusese că din Assur se dusese vorba că Jamin avea să fie alungat din sat *dinainte* să fie adus în fața tribunalului. În trupul lui Jamin mocnea furia. Ridică o piatră și o arunc spre un porumbel, doar pentru că simțea nevoia de a măcelări ceva.

Pasărea zbură în depărtări, șuieratul aripilor ei amintindu-i lui Jamin care era *adevărata* pradă. Cândva, o iubise pe Ninsianna, dar când privise în ochii ei înflăcărați la tribunal și simțise greutatea zdrobitoare a vrăjitoriilor ei pătrunzându-i în minte, păruse că îi smulsese inima din piept, lăsându-i în urmă un gol dureros, care îi rodea coastele.

Vrăjitoare...

Buzele i se strânseră, formând o linie sumbră. Ura care păruse copleșitoare înainte nici măcar nu se compara cu nevoia pe care o avea acum de a lovi și a ucide pe oricine putea; de a face rău, de a face să țâșnească sânge, de a-și strânge mâinile în jurul unui gât și de a privi cum viața se scurge din ochii posesorului așa cum aproape o făcuse cu Shahla.

Soarele deșertului îi bătea în cap, iar părul său negru atrăgea razele, prăjindu-i creierii. Duhnea a sudoare, căci fusese obligat să parcurgă un drum sinuos, departe de râu, pentru a evita să se întâlnească cu alți oameni mai puțin inofensivi decât bărbatul din Nineveh. Oare așa trăiau Halifienii? Așa traversau teritorii Ubaide fără permisiune și riscau să fie atacați doar pentru cele necesare supraviețuirii? Boccelele din piele de capră îi erau aproape golite de apă și dăduse deja jumătate din tinichelele pe care i lăsase tatăl lui la schimb pentru informații din partea negustorului.

Behăitul caprelor părea un semn rău venit din partea unui zeu antic. Când trecu dealul de nisip și zări turma rumegând un petec de iarbă de grâu, fu cuprins de ușurare.

Nusrat, fratele de sânge al lui Aturdokht, se căzni să se ridice din locul în care lenevise, vorbind cu Lubaid, un alt frate vitreg. Jamin se opri în loc şi aşteptă ca cei doi să îl recunoască. Lubaid rămase în spate, ţinându-şi mâna sub robă, însă Nusrat se apropie fără frică, ceea ce era un semn bun.

-Jamin, îl întâmpină Nusrat precaut. Ai ceva tupeu de ne urmăreşti pe aici.

Nusrat, mai înalt decât erau de obicei oamenii deşertului, avea aceeaşi structură osoasă exotică pe care o avea şi sora lui de sânge, trăsături care trădau faptul că mama lor provenea dintr-un trib îndepărtat, din nord.

-Ce minciuni au fost scurse din Assur? întrebă Jamin.

-Că ai încercat să o sugrumi pe fiica lui Laum.

Ochii căprui cu irizări verzui, ca ale surorii sale, îi pătrunseră pe ai lui Jamin, întrebându-se dacă ceea ce spusese era aevărat.

-Ce ştii tu despre Laum? întrebă Jamin, evitând să răspundă acuzaţiei.

Nusrat rânji într-un mod care te ducea cu gândul la o hienă care îşi dezgoleşte colţii.

-Poate ţi-ar fi mers mai bine dacă te-ai fi căsătorit cu ea.

-Nu am fost *de acord* să mă căsătoresc cu ea, şuieră Jamin. În cazul în care ai uitat, eram deja logodit cu altcineva.

-Cu fiica şamanului?

-Cu sora ta!

Lui Nusrat îi pieri rânjetul.

-Ţi-ai făcut un duşman puternic. Laum a promis o răsplată consistentă pentru acela care îi aduce capul tău.

-Şi ai de gând să obţii tu recompensa?

Era perfect conştient de modul în care Lubaid îi dădea târcoale în spate. Muşchii i se încordară, gata de acţiune.

-Poate, zise Nusrat ridicând din umeri. Dar mai e problema preţului miresei, pe care ai promis să îl plăteşti pentru sora mea.

-Am încercat şi am eşuat, spuse Jamin, întinzându-şi braţele de parcă ar fi spus „hai să te văd". Deci poţi să mă omori acum şi să termini povestea, fiindcă ştim amândoi ce soartă au cei alungaţi.

Lubaid se opri în spatele lui, la o distanţă confortabilă pentru a ataca. Acea parte a lui Jamin care fusese cândva un om bun, care voia să plătească pentru fărădelegile pe care le comisese cu propriul sânge, se războia acum cu cealaltă parte, care era furioasă şi voia să ucidă.

-Aiaaaaa! se năpusti Lubaid asupra lui, îndreptându-şi lama direct spre spatele său.

Instinctul de supravieţuire îi înfrânse ura de sine. Jamin se feri şi îşi scoase propria lamă de sub curea. Lubaid se rostogoli şi se ridică, ţinând cuţitul în faţă, iar Jamin se ghemui, la rândul lui ca lama în faţă, gata pentru al doilea atac. Observă că Nusrat nu porni împotriva lui. Pur şi simplu stătea, aşteptând să vadă ce avea să se întâmple. Lubaid se năpusti asupra lui.

Jamin îl response cu o mişcare pe care o învăţase de la demonul înaripat. Ah, ce ironie! Aproape că îl putu *auzi* pe al-Iyah, zeul deşertului, râzând când îl apucă pe Lubaid de încheietură şi îi răsuci mâna, ducându-i-o la spate. Îl lovi în spatele genunchiului, iar Lubaid căzu. Jamin răsuci braţul bărbatului până când acesta îşi scăpă cuţitul.

-Ai milă! strigă Lubaid.

Jamin se holbă gâfâind la Nusrat, care pufni amuzat. Pieptul îi urcă şi coborî în timp ce îşi recăpăta suflarea, ştergându-şi sudoarea de pe ochi şi clipind pentru a scăpa de usturime.

-Dacă îl omori, zise Nusrat, nu prea o să îi mai poţi recâştiga încrederea tatei.

Aruncându-şi roba din ţesătură maro peste un umăr, de parcă ar fi fost un şal Ubaid, prinţul deşertului se întoarse şi merse spre vârful dealului, unde oile încă păşteau, fără să îi pese de soarta fratelui său.

Jamin îl lovi pe Lubaid, împingându-l cu faţa direct în nisip, şi îi luă cuţitul, prinzându-l de propria curea, alături de lama lui. Viaţa în deşert era dură. Nu puteai avea niciodată prea multe cuţite. Să se milogească Lubaid de tatăl său să facă rost de un preţ bun şi să primească unul nou de la făuritorul de flintă. Dacă Jamin învăţase ceva din călătoriile pe care le făcuse pentru a trata cu oamenii deşertului, era că aceştia se purtau mai mult ca o turmă de câini, ciondănindu-se întruna şi vânând poziţii sociale, decât ca societatea mai stabilă ierarhic a neamului Ubaid. Iar bărbaţii îşi câştigau poziţia social prin *duritate*.

Jamin urcă dealul, alăturându-se lui Nusrat, care se aşezase pe o piatră şi îşi privea turma. Rămase cu gura căscată când privi în jos spre aşezarea care se destrăma sub privirile lor şi care se umflase de douăsprezece ori faţă de prima oară când o văzuse.

-Aşa de mulţi?

Nusrat ridică din umeri.

-Tata e un bărbat pragmatic. Când şi-a dat seama că nu vom primi acces la râu cu ajutorul *tău*, ne-a pus din nou în mişcare şi ne-a mutat în aşa fel încât să negociem cu triburile vestice. Nu a obţinut ce voia, aşa că acum o să ne mutăm în altă parte.

Obrazul lui Jamin tresări sub furia pe care şi-o reprimase şi pe care o resimţea precum craterul vulcanului pe care îl vizitase cândva în nord, în locul în care neamul Ubaid mergea să facă negoţ pentru a obţine obsidian. Privi îndelung bărbatul care încă nu se întorsese spre el, de parcă nu i-ar fi păsat de existenţa lui.

-De ce nu ţi-ai ajutat fratele? îl întrebă Jamin.

-Frate *vitreg,* îl corectă Nusrat.

Privi în vale, spre locul în care Lubaid îşi curăţa praful de pe robă şi se holba cu răutate la ei, încercând din răsputeri să îşi recupereze demnitatea.

-Lubaid e fiul mai mic al unei mame-surori. Nu cel mai deştept, dacă înţelegi ce vreau să spun. De ce să nu te las *pe tine* să rezolvi ceea ce eu nu pot?

Jamin mai observase tendinţa aceasta înainte. Fraţii de sânge, născuţi din acelaşi tată, puteau lucra împreună, dar simpla existenţă a unei alte mame ducea adesea la conflicte între fraţi, în funcţie de statutul social al femeii care îi adusese pe lume şi ce relaţie avea cu o altă soţie-soră, nu doar în ceea ce priveşte afecţiunile tatălui, ci şi în ceea ce priveşte legăturile pe care respectivele căsnicii le asigurau în afara tribului. Jamin ştia că Nusrat şi Aturdokht nu fuseseră aduşi pe lume de prima soţie a lui Marwan, cea cu rangul cel mai înalt. Dar în afară de asta, nu ştia prea multe despre ei.

-Tatăl tău mă vrea mort? întrebă Jamin, privind cum cei aproximativ trei mii de oameni înaintau prin oraşul de corturi, strângându-le şi aşezându-le în grămezi separate.

Grupul, format din mai mulţi oameni decât cuprindea Assurul, se învârtea în jurul unei oaze cum rar apăreau în deşert. Însă prea mulţi oameni adunaţi la un loc secau capacitatea pământului de a-i hrăni pe toţi. Acesta era motivul pentru care neamul Ubaid se văzuse forţat să alunge Halifienii când aceştia refuzaseră să îşi păstreze turmele suficient de mici încât să nu le devoreze grânele.

-Nu îl interesează dacă eşti viu sau mort, spuse Nusrat ridicând din umeri şi arătând spre dealurile din jurul lor, pe care caprele şi oile căutau ultimele resturi de foraje. Tot ce îl interesează e să facă rost de ce avem noi nevoie ca să supravieţuim.

-Şi atunci de ce m-ai lăsat să trăiesc, dat fiind că a fost pusă o recompensă pe capul meu? întrebă Jamin.

Nusrat îşi ridică privirea, întâlnind-o pe a lui. Ochii săi cu pete verzui adăposteau aceeaşi vâlvătaie de smarald ca a surorii sale. Indiferent cine era mama lor, judecând după comportamentul bărbatului, Jamin îşi putea da seama că fusese o favorită a şeicului deşertului.

-Şi eu sunt pragmatic, spuse Nusrat. Nu o să moştenesc binecuvântarea tatei pentru că nu sunt cel mai mare fiu al lui şi nici nu am fost născut de prima lui soţie. Nu o să moştenesc nici tribul mamei. Tata s-a căsătorit cu ea din dragoste, nu ca să obţină o alianţă. Dar ea a murit acum douăzeci de ani, aşa că nu pot să cer tribului *ei* să îmi ofere adăpost dacă nu sunt de acord cu fratele de rang superior care o să îl urmeze pe tata. Având atâţia fraţi înaintea mea pe linia ierarhică, însă, o să am o mulţime de ocazii să nu fiu de acord cu cineva.

-Îl iubeşti pe tatăl tău?

Irişii cu pete verzui se căscară.

-Din toată inima. Dar există cineva pe care iubesc şi mai mult, chiar mai mult decât pe cele două soţii ale mele.

-Cine?

-Sora mea, spuse Nusrat, arătând spre triburile adunate sub ei. Încă e acolo, încercând să convingă pe cineva să ofere un preț suficient de bun încât să o determine pe Aturdokht să renunțe la cel pe care tu i l-ai promis atât de public și să se căsătorească din nou cu cineva din tribul lui Yazan. Ai făcut un adevărat spectacol cu oferta aia de a pune inima demonului înaripat pe tavă pentru sora mea.

Amintirea acelor ochi verzi, aproape fluorescenți sub vâlvătaia urii din ei, scânteie în mintea lui Jamin.

-Aturdokht nu o să accepte, zise Jamin. Indiferent de *câte* ori o leagă tatăl tău de stâlp.

Nusrat zâmbi larg.

-Văd că o înțelegi mai bine decât oricine altcineva, poate doar cu excepția tatei.

-Mi-ar împlânta *mie* cuțitul în inimă dacă mi-aș îndeplini promisiunea și aș forța-o să își îndeplinească partea ei de înțelegere.

Nusrat se ridică și strigă spre fratele lui vitreg care venea greoi pe deal, având o expresie acră:

-Lubaid! Ai grijă de turmă și asigură-te că nu se amestecă cu a vreunui alt trib.

-Mbine, răspunse Lubaid, privindu-l răutăcios pe Jamin.

Jamin se întoarse, gata să pornească înapoi pe drumul pe care venise.

-Renunți așa ușor?

Privirea lui Nusrat fu cuprinsă de amuzament.

-Soră-mea vrea să își înfigă cuțitul în inima unui Ubaid. Ai de gând să îi refuzi plăcerea asta?

-Eu nu mai sunt Ubaid, răspunse Jamin. Nu pot să îi ofer nimic surorii tale acum. Nici măcar dreptul de acces la apa râului.

-Dar nici nu a cerut prețul ăsta, nu? zise Nusrat, ridicându-și arcul cu săgeți și măsurând coasta cu pasul, fără să se apropie nici de triburile adunate la un loc, nici de poteca pe care venise Jamin.

Îi făcu semn să îl urmeze.

-În plus, mai degrabă i-aș tăia eu însumi gâtul decât să o văd măritată cu fratele lui Yazan, Dirar.

-Mă urăște, zise Jamin.

-Îl urăște *și mai mult* pe Dirar, fiindcă el l-a convins pe Roshan să se alăture atacatorilor în loc să o asculte pe *ea,* spuse Nusrat ridicând din umeri. I-a umilit soțul. I-a spus de față cu propriul tată că e o femeie, că nu are pic de bărbăție fiindcă își ascultă nevasta și are doar o fiică. Până când Aturdokht nu anunță că ai renunțat la a-i mai plăti prețul cerut sau Dirar nu îi aduce inima demonului înaripat, mâna ei e încă disputată.

Își făcură drum în liniște pe terenul pietros, până când ajunseră pe dealul pe care Nusrat își ținea turma. Șuieratul unei sulițe trase în valea de dedesubt le atrase atenția. Acolo se afla o femeie, cu fiica ei nedorită care gângurea în coș și un câine care le păzea pe amândouă. Pe brațe avea arcul cu săgeți care le adusese atâtea necazuri celor din neamul Ubaid.

-Aturdokht! o întâmpină Nusrat. Îți aduc un alt pețitor!

Arcul fu ridicat de îndată, iar săgeata fu pregătită înainte ca Jamin să aibă ocazia de a face un singur pas. Coarda fu trasă în spate, iar arcul, țintit spre inima lui. Ochii verzi ai lui Aturdokht erau mistuiți de furie.

-Deci o lași pe sora ta să se răzbune și să obțină chiar ea recompensa? întrebă Jamin, privind ochii aceia verzi și plini de ură.

-Asta e alegerea *ei,* zise Nusrat ridicân din umeri. Și depinde de tine să îi explici de ce i-ai turnat povești despre marea ta dragoste, fiica șamanului, când aveai deja o soție care îți purta copilul în pântece în Assur.

-Nu era copilul meu! mârâi Jamin. Iar ea nu era soția mea. A fost doar un truc prin care au încercat să forțeze mâna tatei!

Nusrat făcu un semn spre Aturdokht.

-Soră, mă găsești în vârful dealului în caz că ai nevoie de mine.

Nusrat se îndreptă din nou spre locul său de pe piatră, unde stătuse de la bun început, și de unde, îș dădea Jamin seama acum, putea să își urmărească și turma, și sora care exersa în valea aridă ceea ce *nicio* femeie din tribul Halifian nu îndrăznea, dar femeile Ubaid făceau: exersa cum să se apere singură. Judecând după expresia mulțumită de pe chipul lui Nusrat, Jamin putea intuit că *el* o învățase să tragă.

Jamin își întinse brațele în față, înțelegând că orice mișcare greșită îi putea aduce sfârșitul. Ochii verzi ai lui Aturdokht îl sfredelirâ cuprinși de ură, dar și de o altă emoție. Trădare?

-Pot să îți explic, zise el, făcând un pas spre ea. A fost o minciună. Menită să îl determine pe tata să facă concesii.

-Ți-ai *ucis* fiica nenăscută? se răsti Aturdokht. Lansă sulița, dar în loc să îl nimerească pe *el,* lovi grămada pe care o avea prinsă la umăr. Judecând după cât de repede pregăti următoarea suliță, Jamin înțelese că ratarea fusese voită.

-Ai avut măcar *intenția* de a-ți îndeplini promisiunea?

-Nu am vrut să îi fac rău copilului, zise Jamin cu brațele întinse în continuare în față. Am vrut doar să o fac să retragă povestea asta cum că ar fi al meu.

-Ar fi *putut* să fie al tău?

-Nu am avut nicio legătură cu ea în perioada în care ar fi trebuit ca să fie al meu, spuse Jamin, tresărind când a doua suliță îi vâjâi pe la ureche, mai aproape de țintă, dar izbindu-se de pachetul pe care îl căra pe umăr. Închise ochii. Dacă era să moară, părea potrivit să moară la mâna ei. Vocea îi suna ca o șoaptă. M-am refugiat în ea într-un moment de slăbiciune, după ce fiica șamanului mi-a frânt inima. Când am încercat să scap de relație, a refuzat să mă lase în pace. Nu știam că era deja gravidă cu copilul altcuiva.

-Ce i-ai fi făcut fiicei *mele?!!* strigă la el Aturdokht. De această data, sulița i se înfipse în umărul stâng.

Cu un urlet de durere, Jamin căzu în genunchi, privind adânc în ochii aceia verde-smarald, culoarea râului în timpul primăverii. Durerea îi porni din umăr spre braț.

-Aş fi iubit-o, zise el, şi aş fi crescut-o ca pe a mea, pentru că are o mamă magnifică, demnă de a fi şeica mea.

Închise ochii şi aşteptă ca următoarea suliță să îi lovească inima, să sfârşească locul acela gol şi înfometat care adăpostise cândva o inimă. În urechi îi răsunară însă doar zgomotul vântului şi un plânset pătrunzător. Deschise ochii şi văzu că Aturdokht căzuse în genunchi şi plângea. Luptându-se să rămână conştient în ciuda durerii, se târî spre ea.

-Nenorocitule, suspină ea. De ce nu te-ai căsătorit cu femeia aia şi nu ai venit apoi după mine? Acum tata vrea să mă mărite cu cineva din tribul lui Yazan ca să facă rost de dreptul la apele Râului Buranuna!

-Ai fi fost a doua mea nevastă, zise el. Nici măcar nu ai fi avut statut legal. Conform legilor noastre, mi-ai fi fost doar concubine. Şi niciunul dintre fiii pe care mi i-ai fi dăruit nu ar fi putut moşteni dreptul de a deveni căpetenie. Nu te-aş putea umili astfel.

-O să fiu a *patra* nevastă a lui Dirar! se răsti Aturdokht. E o brută de bărbat, care îşi bate soţiile pentru orice nimic. Singurul motiv pentru care vrea să se căsătorească cu mine e că Yazan nu mai are fii, iar primul fiu cu care o să mă lase însărcinată o să î idea dreptul să conducă în locul lui Roshan!

Îşi pregăti arcul, ochind inima lui Jamin. Aerul fu străpuns de un strigăt pătrunzător. Cei doi vulturi care îl urmăriseră de când părăsise Assurul zburau în cercuri deasupra lui, simţind fără îndoială că în curând aveau să dea de carne proaspătă, când rozătoarele aveau să vină ca să devoreze trupul lui Jamin. Păsări blestemate! De ce nu puteau să îl lase în pace?

-Nu am ştiut asta, zise Jamin, opintindu-se să vorbească pe un ton calm. Imploratul nu putea decât să îi atragă următoarea suliță direct în piept. La fel şi minciunile. În timpul celor trei zile pe care le petrecuse în groapă hotărâse că nu mai voia să mintă.

-Nu ai spus nimic despre asta când am vorbit.

Aturdokht îşi şterse lacrimile, iar mâna cu care ţinea arcul îi tremură.

-Mai degrabă aş fi a patru sutea nevastă a dragonului de sub munte decât prima a bărbatului care mi l-a îndemnat pe bietul Roshan să îşi sacrifice viaţa sub sabia demonului înaripat! Ai idee ce o să se întâmple cu fiica lui dacă mă mărit cu Dirar?

Deşertul începu să îi înoate înaintea ochilor în timp ce sângele îi curgea din umăr. Imaginea lui Aturdokht se înceţoşă din pricina durerii. Totul căpăta nuanţe nepământeşti, de parcă ar fi privit spre un soare care tocmai se înălţa în spatele lui Aturdokht, iar acolo erau oameni care îl aşteptau.

-Ce? întrebă el, simțindu-și cuvintele grele în gură.

-O să apară un accident, suspină Aturdokht. O să scape de ea cu prima ocazie care îi iese în cale. Când am născut-o pe Balqis, l-a batjocorit pe soțul meu fiincă nu a îngropat-o în nisip ca să o sufoce, așa cum face el cu fiicele lui. Zicea că un șeic Halifian *adevărat* are numai fii!

Cuvintele lui Nusrat, care îi spusese că mai degrabă i-ar fi tăiat gâtul surorii sale decât să o mărite cu Dirar, căpătau sens acum. Da. Era mare păcat că nu se căsătorise cu Shahla. Ar fi putut să o trimită într-o casă separată, unde nu ar mai fi fost obligat să pună mâna pe ea niciodată, și să se însoare cu spiritul sălbatic al deșertului, care cel puțin îi făcea carnea să cânte. În timp, ar fi ajuns să o iubească. Și pe fiica soțului ei mort, dar și orice alt copil i-ar fi adus pe lume, pentru că în Aturdokht regăsea același spirit nestăpânit care îl făcuse să se îndrăgostească de Ninsianna.

În jurul lui se strânseră niște brațe care îl așezară pe pământ. Jamin înțelese că probabil rostise cuvintele acelea cu glas tare, căci Aturdokht se aplecă deasupra lui, chemându-și fratele. Deasupra lui zburau în cerc vulturii, cei pe care Cea-Care-Este îi trimisese pentru a-l lua în râs.

-Cea-Care-Este mă vede, murmură Jamin. Și-a trimis ochii să mă vadă murind ca să știe că al ei Campion nu mai trebuie să se teamă de mine de acum.

-Să înțeleg că te-ai răzgândit, soră? întrebă Nusrat, dar vocea lui păru să se audă de departe. Speram să o faci.

Vulturii strigară, zburând în cercuri deasupra lor pentru a urmări cum viața părăsea trupul lui Jamin în timp ce sângele i se scurgea în mijlocul deșertului.

-Prețul meu de mireasă nu se anulează până când nu spun *eu* că am renunțat la dreptul de a răzbuna moartea soțului meu! spuse Aturdokht. Jurământul meu de văduvă valorează mai *mult* decât orice promisiune privind dreptul la apă.

Jamin apăsă cu mâinile carnea din jurul suliței înfipte în umăr și încercă să oprească sângele care țâșnea la fiecare bătaie a inimii. Strigă, dar vocea îi răsună răgușită și îndepărtată. Vulturul se repezi spre el, de parcă ar fi vrut să se răzbune pentru EA scoțându-i ochii cu ciocul. Cu o curiozitate parcă desprinsă de trup, Jamin privi cum spiritul sălbatic al deșertului, Aturdokht, își ia arcul și ochește.

-Așa smulgi inima din pieptul unui demon înaripat, zise Autordkht, țintind în sus, nu spre masculul mai agil, ci spre femela mai mare, care își chema partenerul la vânătoare. Îi iei ce iubește cel mai mult!

Aturdokht dădu drumul corzii. Cu un vaiet surprins, femela vultur se opri în zborul ei și se prăbuși din cer, fără ca măcar să future din aripi în timp ce cădea pe dealul din depărtare. Masculul mai mic scăpătă un strigăt și zbură spre Aturdokht. Aceasta lansă o a doua săgeată, penetrându-i aripa.

Urlând de durere, vulturul foşni din aripi, incapabil să se mai ridice complet în aer, dar încă suficient de puternic încât să plutească spre vârful dealului.

-Aturdokht, îngăimă Jamin când mâinile lui Nusrat îi apăsară arcul din umăr, făcând lumea să se învârtă. Nu mă lăsa să mor singur. Curmă-mi viaţa şi fă rost de recompensă pentru ca tu şi fiica ta să puteţi scăpa.

-Dacă te voia mort, erai mort, zise Nusrat. Soră, ce ai de gând să îi spui tatei?

-Jamin ştie locaţia exactă a casei în care stă demonul înaripat, spuse Aturdokht. Dar şi toate punctele slabe prin care se poate intra în sat. Amoriţii o să pună aur la bătaie pentru orice nebun care se arată doritor să înfrunte demonul înaripat.

Vocile lor se stinseră, lăsând în urma lor doar durere în timp ce Jamin plutea în întuneric. Senzaţia pe care o resimţise în groapă îi reveni în minte ca o şoaptă. Se luptă să o cuprindă, îndreptându-se spre lumina mai antică decât însăşi Cea-Care-Este.

Capitolul 7

Noiembrie, 3.390 î.Hr.
Pământ: În afara satului Assur
Colonelul Forțelor Speciale Angelice, Mikhail Mannuki'ili

MIKHAIL

Probleme de încredere 101: Nu vorbi cu alte femei la fântână. Începuse să se gândească la aceste probleme ca la niște lecții privind modurile în care putea să *nu* mai antagonizeze suita de nesiguranțe pe care le dezvoltase Ninsianna de când Shahla îl acuzase pe nedrept că s-ar fi culcat cu ea. Scosul apei la fântână era treabă de *femeie,* insista Ninsianna. De ce nu o lăsa pe *ea* să se ocupe?

Pentru că mai degrabă ar fi putrezit în *Hades* decât să își lase soția însărcinată să care găleți grele până acasă!

Problemele începuseră la fântână, așa că Mikhail învățase să rămână ferm și să țină la distanță hoardele de barbari care puneau întrebări ispititoare, ca „*Mikhail, ce mai faci?*" sau „*I-au trecut grețurile Ninsiannei?*".

Aripile țineau oamenii la distanță cu success. Trebuia doar să le înfoaie. Să își umfle penele pentru a părea chiar mai intimidant decât era de fapt. Pentru a părea dur. Trebuia să își ia apa și s-o șteargă de-acolo cât de repede putea. Făcea asta chiar acum, oftând ușurat când până și cei mai înverșunați fanatici îi făcură cu mâna în semn de la revedere și îi urară o seară frumoasă.

Se grăbi spre casă, jonglând cu trei găleți. Cineva îl strigă. Era Namhu, fratele de zece ani al Pareesei. Băiatul îl prinse din urmă, făcând câte doi pași pentru fiecare pas pe care îl făcea Mikhail.

-Bună, spuse Mikhail. Văd că ai avut o vânătoare productivă.

-Cum îți dai seama?

Mikhail arătă către cei trei gerbili voinici care atârnau la centura lui Namhu. Grație dietei lor bazate pe insecte, fructe de pădure și grâne, rozătoarele, ceva mai mari decât șoarecii, dar mai mici decât șobolanii, erau un ingredient binevenit la orice mâncărică.

-Nu sunt decât *gerbili,* zise Namhu cu o expresie nemulțumită. Nu au prea multă carne.

-Sunt sigur că mama ta o să se bucure că i-ai prins.

-S-ar bucura *și* mai mult dacă m-ai învăța să vânez prăzi mai mari.

Mikhail aruncă o privire spre soare și grăbi pasul.

-Nu azi.

-Asta ai zis şi ieri.

-Trebuie să antrenez războinicii.

-Mi-ai *promis* că o să mă antrenezi şi pe mine după ce v-am ajutat pe tine şi Pareesa, spuse băiatul.

Mikhail se opri din mers. Cele trei găleţi îi împroşcară apă peste tot pe pantaloni.

-Chiar ţi-am promis, nu? oftă el oboist.

-Da, spuse Namhu, având însă suficientă clasă încât să nu adauge: „şi *Jamin te-ar fi dat afară în şuturi dacă eu nu mi-aş fi ţinut gura*".

-Ce vrei să înveţi?

-Să vânez gâşte, spuse Namhu. Mama nu mă lasă să vânez singur la râu.

Asta aducea cu sine *două* probleme. Cum să vânezi gâşte. Şi cum să *nu* cazi pradă crocodilului care îşi făcea veacul prin stufăriş în căutarea gâştelor. Chiar săptămâna trecută Needa fusese chemată la râu să trateze un adolescent care fusese luat pe nepregătite, o bucată serioasă din coapsa lui ajungând să fie cină pentru unul din crocodili.

-Ştii că *vreau* să te învăţ, nu? zise Mikhail.

-Pareesa spune altceva, răspunse Namhu încrucişându-şi braţele la piept. Ea spune că sunt o pacoste.

Mikhail îi puse mâna pe umăr. Cum i-ar fi putut comunica lipsa totală de timp unui copil de zece ani, care, dacă ar fi fost după el, nu ar fi trebuit *niciodată* să ducă responsabilităţile de adult care îi fuseseră încredinţate surorii sale mai mari?

-Urmează o întâlnire, spuse el. O adunare a căpeteniilor. Bărbaţii aceia nu mă *cunosc*, aşa că trebuie să îi *conving* să se unească şi să se sprijine reciproc. Odată ce *trecem* de întâlnirea aceea, o să te învăţ.

-Promiţi?

-Promit, spuse Mikhail. O să luăm copiii mai mari şi *tu* o să mă ajuţi să îi conduc prin stuf, la vânătoare de gâşte.

Băiatul plecă grăbit spre un grup de fete de vârsta lui.

-Mikhail o să mă pună conducător la vânătoare!

Acum nu mai trebuia decât să ducă apa acasă, să mulgă capra, să ia cină şi, *poate,* să petreacă zece minute cu soţia lui – asta dacă nu continua să îl evite – înainte de a merge să mai antreneze niţel războinicii, să o antreneze pe Pareesa, să se facă nevăzut cât timp Immanu o învăţa pe fiica sa toate lucrurile pe care *el* părea să nu le poată învăţa, iar apoi să zboare înapoi spre casă, să *vorbească* cu soţia lui, şi *poate,* doar poate, să lase în urmă povestea asta cu Shahla.

Îşi făcu drum pe alei, străduindu-se să se ferească în aşa fel încât sătenii să nu se ciocnească de găleţile lui până când ajunse la prima casă la care trebuia să lase apă. Bătu, iar uşa îi fu deschisă.

-Mikhail! îl întâmpină Yalda, sprijinindu-se cu greu în baston. Poftim înăuntru!

Mirosul pâinii proaspăt coapte îi luă cu asalt nările, cald și cu arome de drojdie, aducând cu sine promisiunea căminului, a familiei și a prietenilor. Inima îi fu cuprinsă de alean. Voia să clădească o astfel de casă pentru el și Ninsianna, dar de fiecare data când *încerca* să discute cu ea despre viața lor după ce încheia antrenamentele cu războinicii, Ninsianna devenea agitate și îl întreba cum ar putea să mai aibă vreodată încredere în el.

-A spus da? întrebă Zhila din spate.

-Nu l-am întrebat încă, strigă Yalda.

Mikhail puse prima găleată pe masa lor. Zhila își ridică privirea din putina de lemn în care amesteca de parcă ar fi fost un om de știință nebun. Mirosurile emanate de putină erau pe atât de teribile pe cât de parfumată era pâinea surorii ei. Încerca să își perfecționeze noua rețetă de bere, una la care putea folosi doar puținul orz pe care nu i-l devorase Mica Nemesis.

-Ai văzut-o pe Gita? întrebă Zhila.

Mikhail se chirci la auzul numelui verișoarei soției sale.

Probleme de încredere 102: Nu vorbi cu nimeni care are vreo legătură cu Shahla.

După cât reușise să deslușească, fata cu ochi negri fusese, de fapt, ținta *reală* a episodului de gelozie al Ninsiannei înainte ca acesta să se îndrepte asupra Ninsiannei – și, prin extensie, asupra *lui*. Ninsianna își ura deja verișoara din tot sufletul, iar de la respectivul „incident", Mikhail își petrecuse fiecare secundă a antrenamentelor încercând să *nu* o bage în seamă, să nu o corecteze, să nu vorbească cu ea și să îi paseze sârguincios antrenamentul altcuiva.

-De ce? întrebă el, făcând pe prostul.

-De obicei ne aduce o găleată cu apă în fiecare dimineață, spuse Yalda.

-Înainte de micul dejun, complete Zhila.

-Dar nu ne-a adus niciuna ieri.

-Și nici în dimineața asta.

-Nu e în firea Gitei să nu se achite de responsabilități.

-Poate s-a îmbolnăvit, sugeră Mikhail. Ați fost pe la ea pe-acasă?

-Am fost, zise Zhila.

-Merariy a spus că nu s-a întors acasă, spuse Yalda.

-Și ne-a trântit ușa în față.

Mikhail își reprimă un mormăit. *Ultimul* lucru pe care voia să îl facă era să intervină în problemele de familie ale altora, cu atât mai mult cu cât acele probleme aveau toate șansele să se întoarcă asupra *lui*. Nu știa ce provocase ruptura dintre Immanu și fratele lui, dar prima și ultima oară când întrebase fusese tratat cu răceală și de Immanu, și de Ninsianna.

Cele două surori văduve schimbară priviri. Mikhail *știa* ce urma.

-O bate, spuse Zhila.

-Şi e posibil să o fi alungat de acasă, complete Yalda.

-Ne temem că…

-… poate au prins-o negustorii de sclavi.

Puţinele clipe pe care sperase să le poată petrece cu Ninsianna se evaporară ca prin magie. Surorile văduve aduceau mereu acasă animale fără adăpost şi păsări cu aripi frânte. Ca *el*. Şi *el* era una dintre fiinţele fără adăpost pe care le aduseseră. Le era dator.

-Îi spuneţi voi Ninsiannei unde m-am dus? întrebă el cu glas tremurător.

-Ştii că… spuse Yalda

-… o s-o facem, încheie Zhila.

Iar *el* avea să plătească pentru asta cu o ceartă pe viaţă şi pe moarte, urmată de tăcere rănită.

Probleme de încredere 103: Nu pleca în deşert după alte femei.

Ieşi pe uşă şi sări în aer. Adierea îi cuprinse aripile, purtându-l cu uşurinţă deasupra satului şi ispitându-l să închidă pur şi simplu ochii şi să plutească. Angelicul se desprinse de curenţii de aer prietenoşi care urmau cursul râului şi se îndreptă spre vest, spre Halifieni, care porniseră spre inima deşertului acum că sezonul ploios se abătuse asupra lor. Analiză atent o fostă tabără abandonată dintr-o oază sezonieră aflată într-o vale; judecând după cum era răscolit solul, mutarea avusese loc de curând.

Instinctul îl făcu să urmeze o albie care avea să se transforme într-un torent sălbatic odată cu venirea ploilor. Simţi o uşurare stranie când descoperi o siluetă care stătea pe pământ, înfăşurată într-o mantie maro şi zdrenţăroasă, peticită de atâtea ori încât oferea un camuflaj grosolan.

Îşi pregăti aripile pentru aterizare, iar Gita îşi ridică privirea.

—*Ochi negri căutându-l printre frunze.*

—*Mikhail! Vino să mă găseşti!*

—*O caut, dar a dispărut deja.*

Mikhail reprimă fiorul acelui déjà vu pe care îl resimţea ori de câte ori privea ochii nefiresc de negri, atât de asemănători cu cei ai soţiei lui, exceptându-le culoarea. Ceva înfricoşător – furie, pierdere şi suferinţă – se zbătu în pânza de păianjen care îi ascundea amintirile. Pe nisip apăreau linii desenate de lacrimile care se scurgeau pe obrajii uscăţivi ai Gitei.

-Yalda şi Zhila m-au trimis să te caut, spuse el. Se temeau că ai fost capturată.

-Nu, nu sunt rănită, zise ea, aruncându-şi peste umăr roba zdrenţătoare. Dar uite ce-au făcut!

La picioarele Gitei zăceau două creaturi magnifice.

Vulturii?

-Nu! spuse Mikhail, prăbuşindu-se în genunchi.

Femela zăcea moartă, cu o săgeată Halifiană înfiptă în inimă. Masculul mai mic se odihnea lângă ea, cu ochii închişi, de parcă şi el ar fi fost rănit de moarte.

-Cine a făcut asta? întrebă Mikhail.

-Nu știu, plânse Gita. I-am găsit lângă izvor.

Mikhail atinse masculul, așteptându-se ca acesta să tresară, dar animalul nu se mișcă. Aripa îi era mânjită de sânge.

-E în regulă, tovarășe. Hai să vedem dacă pot să tea jut.

Își purtă degetele printre aripile moi, aurii, care ar fi putut la fel de bine să fie o replică a propriilor lui aripi întunecate dacă nu ar fi fost așa de mici. Gita făcuse o treabă destul de bună: smulsese câteva pene, scosese săgeata și cususe rana. Săgeata străpunsese carnea păsării, dar din câte își dădea seama Angelicul, ratase oasele și tendoanele. Dacă reușeau să îl ducă în sat, poate Ninsianna ar fi reușit să îl ajute să zboare din nou.

-Hai, prietene.

Încercă să îl ridice.

Pasărea se împotrivi cu surprinzător de multă forță pentru o creatură care păruse moartă cu doar câteva momente înainte. Se eliberă din mâinile lui Mikhail, întinzându-și aripile pe întreg diametrul lor de cinci coți la fel cum și *el* ar fi făcut-o ca să se elibereze dacă cineva ar fi încercat să îl ridice împotriva voinței sale. Mikhail luă capa zdrențăroasă a Gitei și încercă să înfășoare aripile vulturului în ea, dar acesta se târî înapoi la partenera lui, eliberă un strigăt plin de suferință și își afundă ciocul printre penele ei.

-Nu vrea să o părăsească, spuse Gita.

-Spune-mi ce s-a întâmplat.

-În urmă cu două nopți, am plecat să mă plimb – judecând după vânătaia pe care o avea pe obraz, era evident ce provocase această *plimbare* – și așa i-am găsit.

Și nimeni nu începuse să o caute? Niciunul dintre liderii echipei? Nici el? Nici măcar propriul ei tată?

Oare cum era? Să fie atât de singură?

Vidul acela din interiorul lui, rana pe care nici măcar soția sa nu putuse să o vindece, se căsca asemenea unei prăpastii fără fund din trecutul absent. Acesta ar fi putut fi el, pierdut în deșert și nevăzut, dacă soția lui nu l-ar fi salvat în ziua în care i se prăbușise nava.

Singur...

Ce avea să se întâmple dacă Ninsianna avea să se sature de el într-o bună zi?

Vulturul oftă – un sunet plin de durere, care sfredeli inima Angelicului. Nici măcar bariera lingvistică sau bariera dintre specii nu îl împiedica să îl înțeleagă.

-Sunt o pereche, zise Mikhail. Nu poți să îl împiedici din a o urma pe tărâmul viselor.

-Dar rănile lui nu sunt *letale,* spuse Gita. Ninsianna ar putea să îl vindece. Știu că ar putea! Sau Needa. Te rog! Needa nu ar refuza!

Mikhail oftă.

-Nu pot să îmi imaginez o soartă mai crudă decât aceea de a fi forţat să trăieşti fără partenerul tău, spuse el cu blândeţe. Se chinuie să moară ca să o poată urma.

Ochii aceia întunecaţi care semănau atât de mult cu ai Ninsiannei, fiind însă negri în loc de aurii, îi întâlnifă pe ai lui, cuprinşi de lacrimi. În oglinda lor pătrunzătoare, Mikhail înţelese că nu doar despre vulturi vorbea.

-Spune-mi ce să fac, îi zise Gita.

-Stai cu el până se duce, răspunse el. Şi alină-l cum poţi. Ar fi crud să îl forţezi să trăiască fără partenera lui.

În deşert se făcu din ce în ce mai frig pe măsură ce soarele dispăru la orizont. Vântul începu să şuiere, intonând un cântec melancolic. Gita tremură şi îşi strânse roba zdrenţăroasă în jurul corpului şi al vulturului rănit. Mikhail se aşeză lângă ei şi îşi înfoie aripile pentru a bloca vântul.

-Cât mai durează?

-Nu mult, spuse Mikhail. Uite cum respiră.

Ascultară mai departe respiraţia tot mai întretăiată a vulturului şi suspinele ocazionale ale Gitei, care îi cântă acelaşi cântec plin de suferinţă pe care Mikhail o auzise cântându-l şi când încercase să o consoleze pe Shahla, în noaptea în care aceasta îşi pierduse copilul.

Angelicul îşi strânse genunchii la piept, ascultând-o. Cântecul îi părea cunoscut – nu versurile însele, căci Gita cânta într-o limbă pe care el nu o mai auzise niciodată, ci focea ei înaltă şi dulce, care lăsa să se deosebească şi tonuri joase, de parcă *mai mulţi* oameni ar fi cântat *a cappella*. Soarele continuă să coboare la orizont până când trecu ora cinei şi altcineva îi prelúă sarcinile de instructor la antrenament. Respiraţia vulturului se auzea ca un sughiţat, pornind şi oprindu-se în ritmul cânteculului Gitei.

Mikhail îşi dădu brusc seama că poate Ninsianna nu era *singura* din familia lui Immanu care poseda capacitatea de a ţine pe cineva în lumea muritorilor deşi ar fi trebuit să se ducă deja.

-Gita, spuse el, aşezându-şi mâna pe a ei. Trebuie să îl laşi să se ducă.

Gita îşi coborî privirea. Mâna ei zăbovi pe penele vulturului.

-*Téigh anois, deartháir*, spuse el în limba semenilor săi. *Du-te, fratele meu, urmează-ţi partenera pe tărâmul viselor. Căci în ziua în care o voi pierde pe Ninsianna, şi eu o voi urma acolo. Du-te acum... du-te în pace.*

Gita îşi înclină capul, ascultând cuvintele liniştitoare pe care Mikhail i le spunea bietului vulture cu toate că nu vorbea limba aceea. Nu îşi traduse spusele, însă intui că, la un nivel sau altul, ea înţelesese. Cu buza tremurâdu-i, Gita încetă să mai cânte şi lăsă vulturul să se ducă. Aripile maro ale păsării tremurară în timp ce aceasta îşi dădu ultima suflare, după care încetă să mai respire.

Gita începu să îl jelească.

-E cu partenera lui acum, zise Mikhail. Bucură-te pentru el.

-Dar rana lui nu era letală!

Mikhail se ridică în picioare.

-Hai să îi îngropăm.

Se folosi de sulița Gitei pentru a săpa o groapă. Așezară vulturii unul lângă altul în mormântul conceput pentru unul singur, după care adunară câteva pietre și le așezară una peste alta, în așa fel încât să se asigure că păsările nu aveau să fie deranjate. Mikhail își smulse o pană lungă, primară, și o folosi pentru a marca mormântul în liniște.

-Fie ca amândoi să aveți o trecere ușoară spre tărâmul viselor, murmură el.

Gita turnă câteva picături de apă la capătul mormântului și rosti o rugăciune într-o limbă a cărei cadență semăna cu cea a limbii *lui,* dar ale cărei sensuri îi rămâneau străine.

Mikahil privi adânc în ochii aceia negri, fără sfârșit, atât de adânci și de vaști încât păreau să acopere capul Angelicului ca apa unui râu. Schimbară ceva ce răsună adânc în locul acela gol pe care nici măcar Ninsianna nu reușise să îl umple, acea rană pe care Angelicul nu îndrăznea să și-o amintească pentru că era prea dureroasă. Sentimentul de tovărășie. Oricâtă bucurie i-ar fi adus Ninsianna, el și Gita semănau mult.

Amândoi erau singuri...

Ultimele raze ale soarelui se stinseră la orizont, lăsând apusul să îi înconjoare. Nu era sigur să o lase acolo, dar Ninsianna l-ar fi jumulit cu totul dacă ar fi îndrăznit să o poarte pe tânăra uscățivă în zbor până acasă.

Probleme de încredere 104: Nu purta alte femei în zbor spre cer.

-Haide, spuse el, afundându-și mâinile în buzunare. Yalda și Zhila au fost teribil de îngrijorate în legătură cu tine.

Merseră în liniște spre sat, fiecare dintre ei dureros de conștient de prezența celuilalt, dar temându-se să vorbească. Intrară pe poarta din sud după ce luna apuse și primele nuanțe de gri începură să lumineze cerul.

Probleme de încredere 105: Nu petrece noaptea în compania unor alte femei decât soția ta.

Se despărțiră murmurându-și la revedere.

Capitolul 8

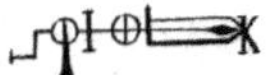

Data Galactică Standard: 152,323.11 D.Î.
HMS „Răsărit de lumină"
Teritorii neexplorate
Brigadier General Raphael Israfa

RAPHAEL

Brigadierul General Raphael Israfa se plimba prin zona de lansare a *Răsăritului de Lumină,* inspectând probe aduse de pe o planetă ce tocmai fusese explorată. Entuziasmul se risipise deja printre membrii echipajului forțat să lucreze fără a avea niciun fel de contact cu restul lumii, așa că Raphael îşi rotea subalternii în așa fel încât fiecare dintre ei să primească ocazia de a explora una dintre noile planete pe care le documentau într-un ritm nemaivăzut. Fiecăruia dintre membrii echipajului i se acorda privilegiul de a da nume planetelor, lunilor, sorilor, plantelor și speciilor de animale pe care le întâlneau, fără a ține seama de listele stufoase pe care Împăratul le făcuse pentru clasificări științifice „oficiale". Secole mai târziu, rasele rationale noi aveau să se întrebe cum de se procopsiseră cu nume ca *„Iepurașul Pupupu al lui Guggla"* sau *„Nebunia lui Liggleberm",* dar măcar așa flota rămânea entuziasmată în legătură cu misiunea pe care o avea.

Raphael îşi coborî privirea spre creatura pe care o numiseră în glumă *„Sora mai mica a lui Glicki".*

-Am avea nevoie de mai mult timp ca să explorăm planeta asta, domnule, îi spuse ofițerul său în materie de știinţe. Majorul Wur'zzz mângâie cușca din care o insectă de mărimea unui câine, cu șase picioare și un exoschelet verde-maroniu, îi privea cu o expresie presimțitoare.

Descoperiseră multe specii presimțitoare în sectorul în care se aflau acum, dar aceasta era specia cea mai promițătoare din punct de vedere evolutiv dintre cele pe care le găsiseră până în acel moment. Avea o ierarhie socială bine definită, cultiva plante, folosea unelte simple și avea patru degete, inclusiv unul mare. Ce îi bucura *cel* mai mult pe Mantoizii din echipă, însă, era asemănarea puternică dintre această creatură și *ei.* Dacă brațele nu i-ar fi fost drepte în loc să se îndoaie natural în poziția de rugăciune, ar fi putut părea o tânără Mantoidă.

Raphael examină micuța creatură stranie.

-Ați găsit vreun semn de adăposturi organizate?

-Îmi pare rău, domnule, spuse Majorul Wur'zzz cu ajutorul dispozitivului de amplificare a vocii. Planeta e în mod clar presimțitoare. Nu s-au găsit trăsături mai evoluate decât cele ale micuțului ăstuia.

Raphael se aplecă pentru a-i vorbi bietei creaturi care tocmai fusese confiscată ca specimen de laborator. Insecta era suficient de inteligentă încât să fie clasificată drept „specie de interes" de către Împărat; poate dacă micuțul ăsta trecea niște teste, se dovedea a fi chiar suficient de inteligent încât toată planeta lui să fie declarată „tărâm presimțitor pentru semințe". Săptămâna viitoare pe vremea asta, dacă marsupiul navei-ac a lui Jophiel, care făcea salturi săptămânale de pe nava ei amirală pe a lui, îi permitea, acest insectoid avea să fie un subiect de mare interes pentru armata entuziastă de asistenți de laborator ai Împăratului.

Nu săptămâna *asta,* însă. Săptămâna *asta* era rândul *lui* să facă saltul în partea cealaltă a galaxiei pentru a o informa pe Jophiel în legătură cu progresele făcute. Ah, cât de mult îi lipsea! Și fiul lui! Era greu de spus care dintre ei îi lipsea mai mult.

Își frecă pieptul pentru a scăpa de presiunea dorului.

-Împăratul va fi încântat să te întâlnească, îl asigură Raphael pe micul captiv. Dacă nu îi distrugi grădina, poate chiar o să te elibereze odată ce încheie studiile asupra ta. Grădina e foarte frumoasă.

-Să îl etichetez? i se adresă un Mantoid de rang inferior. Etichetat însemna, de fapt, să înregistreze creatura și să o pună într-o cușcă de observare pentru studii ulterioare.

-Fă-o, oftă Majorul Wur'zzz, înțelegând că nu aveau luxul de a studia această planetă. Nu până când găseau Pământul.

Raphael examină următoarea navetă. În fiecare zi, flota lui executa mii de misiuni, răspândindu-se tot mai departe pe măsură ce explorau brațul Orion-Lebăda. Făceau progrese importante cu cele 97 de nave ale lor, însă era în continuare posibil să le trebuiască *ani* de zile pentru a găsi planeta pe care se prăbușise Mikhail.

Dar măcar acum specia lui avea o speranță!

-Brigadier General Israfa, îl contactă secundul său – și tiza *Surorii mai mici a lui Glicki,* prin dispozitivul de comunicare. *Răsăritul de Lumină* raportează o situație. Am dat ordine preliminarii, dar e nevoie de dumneavoastră pe pod.

-Vin chiar acum.

Situație era numele de cod pentru *belele.* Lăsându-și în urmă ofițerul în științe, Raphael înaintă rapid la bordul navei amirale. Glicki se ridică din scaunul de comandant când ajunse pe pod.

-Brigadier General pe pod, spuse Colonelul Glicki, salutându-l sobră.

-Camera pentru situații? întrebă Raphael.

-Se pregătește chiar acum, zise Glicki arătând spre o ușă vizibilă chiar de pe pod.

Doi locotenenți Mantoizi ieșiră grăbiți și îl salutară.

-Totul pregătit, domnule!

Raphael îi salută înapoi.

-Glicki, Sachiel, în camera pentru situații, ordonă el. Locotenent Rikurtat, preiei podul.

-Da, să trăiți! croncăni Delfiniumul, încântat de privilegiul de a servi drept comandant până când avea să apară cineva care să vrea să bată la ușa camerei pentru situații.

Raphael era dureros de conștient de faptul că se aflau la o distanță foarte mare de posibile întăriri. Era imperios necesar ca fiecare dintre membrii echipajului său să fie gata de luptă în cazul în care dădeau de planeta pe care o căutau și descopereau că prezența Sata'anică raportată de Mikhail era substanțială.

-Ce aveți pentru mine? întrebă Raphael.

Aripile lui Glicki zornăiră în semn de îngrijorare.

-Majorul Xathanael de pe *Răsărit de Lumină* a interceptat o navă cargo Maridă. Nava a încercat să îl evite, dar vehiculul aerian fără pilot al Majorului a urmărit-o până la un asteroid. Se pare că e vorba de o substație mică de contrabandă.

În mod normal, ar fi luat legătura imediat cu comandantul respectiv prin monitorul video, dar date fiind ordinele de a opera incognito, orice altă informație decât cele privind o potențială flotă de război Sata'anică se transmitea prin viu grai, de la navă la navă, în așa fel încât Shay'tan să nu le poată urmări mișcările de la distanță.

-Erau coloniști? întrebă el. Sau contrabandiști care lucrează pe ascuns?

-Asta e problema, zise Glicki. Cea mai mare parte a echipamentului lor e Sata'anic, nu Marid. Ei *spun* că provin din Confederația Marizilor liberi, dar eu bănuiesc că provin, de fapt, din una dintre coloniile pe care Shay'tan le-a cucerit *înainte* ca Marizii să se unească și să înceapă să lupte pentru independență, nu din Confederația celor liberi.

Raphael își răsuci o pană primară, aurie. Confederația Marizilor Liberi își menținea autonomia întărâtând cele două imperii unul împotriva celuilalt. Rememoră în minte toate situațiile în care Alianța reușise să convingă ființele albastre să se întoarcă împotriva lui Shay'tan.

-Le-ați oferit o sumă nebunească de bani ca să vă dezvăluie locația Pământului? îl întrebă Raphael pe Majorul Sachiel, ofițerul-șef în materie de securitate.

-Am făcut-o, domnule, zise Sachiel. Le-am oferit bani tuturor celor din bază, până la bătrânul care le spală podelele. Ori a găsit Shay'tan vreo modalitate de a face soldații Marizi să fie mai loiali *lui* decât propriilor portofele, ori chiar nu știu nimic.

-Pe cine reaprovizionau? întrebă Raphael.

-Au spus că se întâlnesc în fiecare săptămână cu o navă cargo a Marizilor Liberi... aici... spuse Sachiel, arătând un grup de stele din apropierea Imperiului Sata'anic. Și au dus marfa *aici* – un asteroid mic, ceva mai la vale pe brațul spiralat pe care tocmai îl exploraseră -, unde a fost descărcată pe un crucișător Sata'anic. Nu sunt decât niște noduri din lanțul de aprovizionare.

-Când ați dat ultima oară de navele astea? întrebă Raphael.

-Acum șapte luni, toate transporturile s-au oprit, zise Sachiel.

În pântecul lui Raphael se instală un sentiment neplăcut.

-Cam atunci a dispărut Mikhail, zise el.

Fără a primi vreo instrucțiune în acest sens, Glicki trimise o navă care să descopere unde își descărcaseră Marizii Liberi marfa. Părea foarte posibil să fi descoperit o parte din ruta pe care înaintase Mikhail vânându-și prada.

-Recheamă flota, ordonă Raphael. Mikhail e undeva *dincolo* de punctul ăla.

Colonelul Glicki relocă flota cu mișcări de expert, în timp ce ofițerul de securitate, Majorul Sachiel, transmitea întrebări spre nava care descoperise contrabandiștii, printr-un sistem complex de drone de comunicare.

-Majorul Zathanael vrea să știe ce să facă cu contrabandiștii, domnule, zise Majorul Sachiel. Din câte știm, nu au comis nicio infracțiune. Au început să își abandoneze baza în urmă cu câteva săptămâni, pentru că rămân fără rezerve. Nu e nimic altceva decât un asteroid mort. Dacă le luăm navele și îi lăsăm acolo, în cele din urmă vor rămâne fără oxigen și vor muri de foame.

Raphael își trase o pană lungă, aurie, dintre cele primare, cântărindu-și opțiunile.

-Nu vreau să îi iau prizonieri, zise Raphael, dar nici nu îi putem lăsa să ia legătura cu Shay'tan și să îi dea de știre.

-Am o sugestie, spuse Sachiel, strângându-și aripile la spate. Dar mă tem că nu îi va plăcea stimabilului meu coleg.

-O să iau în considerare orice sugestie rezonabilă, zise Raphael.

-Ce-ar fi să le dăm suficiente rezerve încât să poată supraviețui pe planeta presimțitoare de semințe pe care tocmai am descoperit-o, domnule?

Sachiel tresări, anticipând reacția lui Glicki.

-Nu! riposte ea, vocea materializându-i-se ca un strigăt din dispozitivul de amplificare a vocii. Marizii nu au respect mai deloc față de formele de viață emergente! Împăratul nu și-ar da niciodată acordul pentru așa ceva!

Raphael se aplecă în spate, atent să nu își zdrobească aripile aurii. Glicki avea dreptate. Dar era prins între ciocan și nicovală.

-Fie că îți place sau nu, zise Raphael, Împăratul m-a pus *pe mine* la comandă.

Se întoarse spre Majorul Sachiel.

-Transmiteți ordinul ca Marizii să fie duși pe planetă presimțitoare cu tehnologia de care au nevoie pentru a supraviețui, dar nimic suficient de avansat încât să poată trimite mesaje subspațiale sau să construiască o navă. Ar putea să locuiască acolo o vreme îndelungată. A, și încercați să îi plasați cât mai departe de noii noștri prieteni.

-*Nu* poți să faci așa ceva! zise Glicki, lovind cu pumnul ei blindat în masa de conferințe. Marizii o să îi folosească drept țintă pentru antrenament.

Desigur că avea reptate. Dacă, în urmă cu câteva secole, tărâmul Marizilor ar fi fost descoperit de *Alianță,* și nu de Imperiul lui Shay'tan, planeta ar fi fost izolată și nicio specie nu ar fi primit permisiunea de a o vizita până când nu locuitorii ei nu reușeau să stăpânească ei înșiși călătoriile intergalactice. De obicei, dacă o specie avansa suficient din punct de vedere tehnologic încât să se deplaseze între sistemele solare, se și maturiza suficient încât să nu se arunce în aer.

Shay'tan, pe de altă parte, le oferise Marizilor tehnologie care să îi ademenească să se alăture imperiului său. Fiind o rasă divizată, humanoizii albaștri păcăliseră *ambele* imperii și porniseră de capul lor printre stele.

-Marizii nu sunt răi, zise Raphael. Sunt doar oportuniști. Dacă le promitem că Împăratul îi va răsplăti cu vârf și îndesat ca să păzească vânatul, s-ar putea să se dovedească de-a dreptul buni la asta.

Glicki își înclină capul în formă de inimă, ochii ei compuși fiind cuprinși de sentimentul trădării.

-Mulțumesc, Major Sachiel, zise Raphael. Sunteți liber. Glicki, te rog să rămâi.

Glicki așteptă ca Majorul Sachiel să închidă ușa în urma lui înainte de a sări la el:

-Cum ai putut să îi faci așa ceva unei specii emergente? întrebă ea. Dacă instalăm o colonie Maridă acolo, s-ar putea să nu mai recuperăm *niciodată* planeta de la ei!

-Fie facem asta, zise Raphael cu blândețe, fie îi lăsăm să moară pe un asteroid, fără vreo șansă de a mai face rost de rezerve.

-Aaaahhh!

Aripile lui Glicki zumzăiră în semn de dezgust. Se întoarse cu spatele la Raphael, exoscheletul ei verde fiind împietrit de furie. Vocea îi răsună ca un ciripit tremurat când răspunse fără as e folosi de dispozitivul de amplificare a vocii:

-Urăsc când ai dreptate.

Raphael nu avea de ales, trebuia să o lase pe Glicki să fiarbă. Nava-ac a lui Jophiel trebuia să fi ajuns de unsprezece ore, dar uneori se mai întâmpla asta dacă apărea vreo altă problemă mai presantă. Raphael avea de gând să plece în secunda în care aceasta avea să ajungă.

-Bem ceva împreună mai târziu? întrebă el, încercând să dea la pace.

O lăsă apoi să se agite în legătură cu prima specie insectoidă presimțitoare la descoperirea căreia Mantoizii jucaseră un rol esențial încă de când deveniseră suficient de maturi încât să se alăture Alianței.

-Brigadier General Israfa, croncăni Locotenentul Rikur-tat în momentul în care Raphael ieși din camera pentru situații. Nava-ac a Comandantului General Suprem a ajuns cât dumneavoastră erați înăuntru. Nu era decât o tabletă la bordul ei, domnule. Am pregătit-o la stația de acolo, zise Rikur-tat, arătând spre un ecran mic, cu un tub lung și îngust menit să ascundă conținutul de priviri neautorizate.

Inima lui Raphael o luă la goană. Ultima oară când primise un astfel de mesaj, fusese vorba de vestea că fiul său era pe moarte. Micul separeu avea și căști. Raphael și le îndesă în urechi, descoperind ușurat că Jophiel părea pur și simplu epuizată.

-Raphael, nu pot să spun mai mult în caz că tableta e interceptată. *Nu* te întoarce pe Haven. Repet, *nu* te întoarce pe Haven. Și nu trimite înapoi nava mea ac cu informații electronice care ar putea să le dea de știre unor terți mai puțin prietenoși unde te afli. Uriel e... nu e bolnav, dacă în legătură cu asta îți faci griji. Împăratul o să se asigure că e îngrijit bine.

Ezită, după care își așeză mâna pe ecran. Expresia i se înmuie:

-Îmi e dor de tine...

Când închise camera, expresia îi căpătă un aer meditativ.

Raphael reporni mesajul de mai multe ori, căutând indicii. Uriel era bine. Dar, din cine știe ce motiv, Jophiel se temea că cineva ar putea afla ce puneau la cale. Oare se infiltrase vreun turnător Sata'anic printre membrii echipajului ei? Sau poate mai rău? Lăsase de înțeles că Împăratul se temea de ceva mai rău decât Shay'tan.

Raphael își îndesă dispozitivul în buzunar cu inima grea. De vreme ce nu putea trimite pachetele pline ochi cu mesaje înregistrate de echipajul său pentru familii, toate evaluate atent, în așa fel încât să nu scape accidental nicio informație top secret, hotărî să trimită al doilea cel mai bun lucru.

-Colonel Glicki, zise Raphael. Se pare că o să rămân.

Glicki își înclină capul verde, în formă de inimă, fiind încă furioasă pe el.

-Să ordon echipajului să încarce datele obținute de la explorările de săptămâna trecută?

-Nu, zise Raphael. *Sora mai mică* are nevoie de transport pentru a ajunge la Împărat. Ordonă-i Majorului Wur'zzz să o sedeze pe micuță ca să nu se panicheze și să își arunce maxa de oxigen în tranzit. Și încarcă tot ce nu reprezintă date, probele biologice care o să o facă să se simtă confortabil când ajunge.

Una dintre antenele lui Glicki se înclină în semn de curiozitate.

-Să includă şi rapoartele ştiinţifice privind speciile şi habitatele?

-Doar etichetele scrise de mână, răspunse el. Orice ne poate ajuta noul prieten să se simtă confortabil, atât. Împăratul va trebui să îşi dea seama cum să se descurce cu restul de unul singur.

Glicki încuviinţă. Dată fiind experienţa ei din sistemul de informaţii, înţelegea ce *nu* i se spunea, şi anume că ceva era în neregulă. Totuşi, exoscheletul ei, care căpătase o nuanţă întunecată de măslină câtă vreme Glicki fusese furioasă, se lumina din nou şi reveni la nuanţa sa obişnuită de verde primăvăratic.

-Ar fi în regulă dacă aş scrie *eu* instrucţiunile? întrebă ea.

Raphael îi zâmbi larg, afişându-şi gropiţa.

-*Speram* că o să pledezi ca planeta – fără a-i dezvălui locaţia – să primească statut de arie protejată şi toţi „administratorii vânatului" să fie eliminaţi cât mai rapid posibil.

Cu aripile diafane murmurându-i, Glicki trecu la treabă.

Capitolul 9

Noiembrie, 3.390 î.Hr.
Pământ: În afară satului Assur
Colonelul Forțelor Speciale Angelice Mikhail Mannuki'ili

MIKHAIL

Stătea de partea cealaltă a tablei de șah, în fața Angelicului mic, cu aripi negre. Lângă ei, un cronometru număra secundele rămase până când băiatul trebuia să își facă mișcarea. Nu vorbea, dar de altfel nu o făcea niciodată.

-Tá sé do bhogadh, Gabriel, zise Mikhail, arătând spre cronometru. Tá tú beagnach as am.

Ochii posaci și albaștri deveneau din ce în ce mai furioși, pentru că cel mic încă nu înțelegea jocul. Cu mâna lui micuță și dolofană, băiatul luă nebunul negru și îl mută în L, vrând să captureze regina albă a lui Mikhail.

-Mo banríon! zise Mikhail, arătând spre nebun. Ní sin an tslí go bhfuil píosa fichille ceaptha a bhogadh.

Privi îndelung cronometrul care ticăia lângă tabla de șah, numărând secundele până când putea să își zdrobească adversarul. Cu buza de jos tremurând, băiatul proiectă în mintea Angelicului o imagine care îl arăta RĂUTĂCIOS. Apoi se ridică și, cu brațul său dolofan, aruncă piesele de șah pe podea.

Se auzi o bătaie în ușă.

-Mikhail!

-Mikhail! îl strigă mama cu vocea gâtuită de groază. Tá muid faoi ionsaí! Tóg Gabriel agus é a fháil amach anseo!

Bătăile deveniră și mai puternice, mai insistente, frenetice.

Ușa se izbi de perete.

Mama urlă...

-Mikhail! Suntem atacați!

Angelicul se luptă cu ceața adusă de munca excesivă și lipsa de somn, realizând că bătăile din ușă nu făceau parte din vis.

-Cine e? mormăi Ninsianna.

-Răspund eu, zise Mikhail, trăgându-și pantalonii pe el și sărind pe scări cu aripile întinse, pentru a-și încetini căderea.

Immanu era deja la ușă, vorbind cu mesagerul; un băiat înalt și zvelt, nu cu mult mai mare decât Pareesa. Giv era unul dintre războinicii care încă urmau antrenamentul. Astfel de copii primeau sarcina de a ajuta santinelele.

-Cineva a auzit ceva mişcându-se în întuneric, zise Giv. Am trimis o iscoadă, dar nu s-a mai întors. *Credem* că am auzit un urlet înăbuşit din partea lui.

Toată sfârşeala îi părăsi trupul instantaneu.

-L-aţi anunţat pe Căpetenia Kiyan? întrebă Mikhail.

-A fost trimis un mesager la el, răspunse Giv.

-Activaţi planul de informare, ordonă Mikhail. Immanu, pune la curent liderii de grup. Ninsianna, spune-le arcaşilor să se adune. Needa, pregăteşte unităţile de triaj după cum am discutat. Giv, tu cui i-ai fost repartizat?

-Unui grup de cinci războinici juniori, spuse Giv. Trebuie să ajutăm arcaşii.

-Aşa să faceţi, zise Mikhail. Şi pregătiţi-vă şi armele voastre.

Băiatul trebuia să apere satul înainte să împlinească măcar paisprezece primăveri. Deşi nu se afla chiar în prima linie, Giv avea să tragă şi el câteva săgeţi.

-Să trăiţi! salută Giv şi o zbughi pe uşă.

Immanu şi Needa îl urmară.

Ninsianna îşi prinse capa roşie pe umeri şi îşi luă arcul şi tolba cu săgeţi. Ezită, sfâşiată între furia pe care o simţea şi dorinţa de a se arunca în braţele lui Mikhail.

-Te rog ai grijă, îi spuse el, cu vocea gâtuită de emoţie.

Buza Ninsiannei tremură.

-Cea-Care-Este nu mi-a trimis niciun vis.

Într-adevăr. *De ce* nu îi avertizase zeiţa? Nu părea să se dea înapoi de la a se ivi în orice *alt* moment nepotrivit.

Mikhail nu voia cu niciun chip să plece la luptă ştiind că *povestea* asta rămânea în continuare între ei ca o broască ţestoasă hidoasă. O trase pe Ninsianna în braţele şi aripile sale. Ea se topi în îmbrăţişarea lui, aşa cum o făcea înainte de a fi căsătoriţi.

Mikhail îi inspiră parfumul îmbătător de săpun din rădăcini, amestecat cu aroma sarcinii. Îi trezea un instinct străvechi de a-şi proteja familia, care era chiar mai adânc înrădăcinat decât loualitatea faţă de armatele Împăratului. Impulsul acesta îi reverbera până în ţesuturi, şoptindu-i să atace, să *distrugă* inamicul pentru a nu-l lăsa să se apropie de soţia lui şi de tinerii satului.

-Te rog să ai grijă, îi spuse el, lipindu-şi buzele de urechea ei. Nu pot să lupt dacă nu ştiu că eşti în siguranţă.

-Trebuie să îi acopăr pe războinici, răspunse Ninsianna, stăpână pe sarcinile pe care le avea de îndeplinit.

-Nu vreau să…

Ochii ei căpătară o strălucire şi mai puternică, atât de puternică încât depăşeau în intensitate lumina lampei. Un şoc electric se răspândi în muşchii lui Mikhail.

-Dacă satul tău cade, Sabie a Zeilor, zise EA, inamicii o vor viola, o vor bate, iar în final o vor ucide.

Mikhail privi cu ură în ochii aceia aurii care nu mai aparţineau soţiei sale.

-De ce nu ne-ai avertizat mai devreme?

-*Asta nu e treaba* mea, *Campionule,* răspunse Cea-Care-Este prin Ninsianna, având o expresie batjocoritoare. *E treaba* LUI.

Mikhail îşi reprimă furia, sentimentul acela îngrozitor pe care îl avea când nervii îl făceau să îngheţe asemenea unui mormânt în timpul iernii. Acel gol. Terifiant. O putere nestăvilită aştepta în acel loc, neatinsă, aşteptând ca el să o folosească.

Angelicul îşi împinse trăirile dincolo de pânza e păianjen. Cu cât se înstrăina mai mult de soţia lui, cu atât mai predispusă la a se revarsă îi devenea furia. Erau probleme pentru care o învinuia într-o bună măsură şi pe EA.

-*Ştii* că o să o apăr cu preţul vieţii mele!

Cea-Care-Este o forţă pe Ninsianna să se întindă spre el şi să îi mângâie pieptul. Puterea aceea întunecată dinăuntrul lui se cutremură, războindu-i-se cu partea din el care *ştia* că nu Ninsianna era cea care îl atingea. Buzele EI se arcuiră într-un zâmbet seducător.

-*M-a fermecat întotdeauna,* spuse *EA* purtându-şi degetele de-a lungul pieptului său, refuzul *tău de a te folosi de putere. Dar o vei folosi. Setea ta de răzbunare rivalizează chiar şi cu a LUI.*

EA îi cuprinse testiculele în mâini, strângându-le uşor. Ceva reacţionă înăuntrul lui, de parcă ar fi fost un pitbull înfricoşător care dormitează la picioarele stăpânei sale.

-*Îţi place, nu-i aşa, Campionule?* întrebă EA rânjind.

Mikhail o împinse la o parte.

Lumina părăsi ochii Ninsiannei, făcând-o să se dezechilibreze. Mikhail o prinse înainte să se prăbuşească la podea.

-*Urăsc* când face asta!!! exclamă el.

-Când face ce?

Ca de obicei, Ninsianna nu avea nicio idee cât de teribil de *nepoliticoasă* devenea când Cea-Care-Este prelua controlul asupra ei.

-Nimic, mormăi Mikhail.

-Trebuie să îi ajut pe arcaşi.

În ochii ei aurii se aprinse o vâlvătaie, dar de această data era vâlvătaia Ninsiannei. Mikhail îi atinse abdomenul umflat.

-Du-te pe acoperişul templului, zise el. Mă tem că o să atace grânarul.

-Dar trebuie să fiu mai *aproape.*

-Vrei ca templul Celei-Care-Este să fie profanat?

Adevărul era că îi păsa prea puțin de ce voia Cea-Care-Este. Ce voia *el* era ca Ninsianna să rămână cât mai departe de acțiune, adică în mijlocul satului, în spatele celor trei inele de ziduri.

Își ținu respirația.

Ninsianna își înclină capul, de parcă ar fi ascultat pe cineva care îi șoptea în ureche. Zeița, zeitate blestemată, dar binecuvântată, o făcu să se încrunte.

-*EA* vrea să apăr acoperișul templului.

O, da! În sfârșit ceva cu care erau amândoi de acord.

Ninsianna se ridică pe vârfuri, sărutându-l de la revedere – un armistițiu temporar pentru *povestea* care se căsca între ei ca o rană deschisă.

-Ne vedem în piața centrală.

Mikhail se repezi în sus, pe scări, vrând să își ia cizmele, cămașa și sabia, și aruncă o privire spre mica statuie de zgură pe care soția lui o ținea pe raftul de deasupra patului. Statuia avea un zâmbet enigmatic, într-una din mâini ținea un buchet de grâne, iar în cealaltă, o seceră.

-Ține-i pe nenoriciții ăia *departe* de soția mea, mârâi el.

Înșfăcă arma cu impulsuri pe care o păstrase cu gelozie. Reîntâlnirea cu mânerul acesteia fu reconfortantă, însă sentimentul de siguranță pe care i-l conferea era doar iluzoriu. Nu avea la dispoziție decât unul sau două focuri înainte ca arma să se descarce complet. Dacă premonițiile Ninsiannei privind invazia șopârlelor erau adevărate, trebuia neapărat să le păstreze pentru acea zi în care armele primitive nu aveau să mai fie suficiente.

Își prinse arma la șold și ieși.

Era o noapte cu lună plină, ceea ce îl făcea vizibil în zbor, dar dacă zbura prea jos, devenea o țintă prea ușoară pentru inamicii înarmați cu Arcuri. Prioritatea lui numărul *unu,* indiferent de altercație, era să patruleze în zbor pentru a da de știre sătenilor cu ce aveau de-a face. Se îndreptă spre nord și dădu peste primul grup, după care parcurse în cercuri zona *din spatele* celei în care Giv spusese că auzise zgomotul. Și al doilea grup fu ușor de reperat.

Ascunzându-se printre umbre, Angelicul zbură înapoi spre sat.

*

Căpetenia Kiyan nu mai fusese văzută din ziua în care fiul îi fusese alungat din sat. Nu îl văzuse nimeni, nici măcar Mikhail sau vechiul lui prieten, Immanu; toate ordinele veniseră – dacă veniseră – din auzite, prin Varshab. Așadar, Mikhail fu extrem de ușurat să descopere că liderul satului își lăsase la o parte depresia și ieșise din casă ca să îi *conducă.*

Războinicii se fersră din calea lui Mikhail, care înainta spre piața centrală pentru a da raportul. Angelicul își strânse aripile la spate, într-o poziție respectuoasă, și îl salută pe bărbatul care cu siguranță îl învinuia pentru alungarea fiului său.

-Domnule, zise el.

-Mikhail, răspunse căpetenia fără nicio urmă de ostilitate în glas; nu trăda nicio altă emoție, doar oboseală. Arăta de parcă ar fi îmbătrânit cu douăzeci de ani. Ce pun la cale dușmanii noștri?

-Am numărat 700 de războinici venind dinspre sud, zise Mikhail. Mercenari, bănuiesc, pentru că i-am auzit vorbind mai multe limbi diferite. Un alt grup mai mic, de 150 de oameni, ne încercuiește dinspre nord.

Printre războinici se răspândi un fior de teamă.

-Și ce arme au? întrebă căpetenia.

-Grupul din nord are doar șase arcași, dar grupul din sud are arcuri, atlatluri și sulițe.

-Cine îi conduce? întrebă căpetenia într-un sfârșit, dând glas temerii pe care o aveau cu toții.

-Străini, din câte îmi dau seama, răspunse Mikhail. Ce *nu* spuse, deși cu toții voiau să afle, era dacă văzuse vreo urmă de Jamin. Îl căutase pe nenorocit, dar nu dăduse peste niciun semn care să îl aducă la fostul *Muhafiz* căzut în dizgrație.

Chipul Căpeteniei Kiyan fu străbătut, pe rând, de dezamăgire, ușurare și îngrijorare. Se întoarse cu fața spre *poporul* lui, cel pe care îl alesese în favoarea propriului fiu.

-A trecut multă vreme de când inamicii ne-au străpuns ultima oară zidurile, zise căpetenia, dar acum a sosit timpul să le arătăm că oamenii râului sunt *uniți!*

-Suntem depășiți numeric, strigă un bărbat din spatele grupului.

-Dar avantajul e la noi, îi asigură Mikhail. Satul e construit zid la zid, fără ferestre care să dea în afară, și cu mai multe inele de apărare. În plus, suntem poziționați pe o ușoară pantă, ceea ce înseamnă că îi putem aborda de sus.

-Și nu avem decât două porți, adăugă căpetenia. În nord și în sud. Prin urmare, atâta vreme cât nu le permitem să își fixeze scările, o să își piardă viețile fără rost dincolo de ziduri.

Ce se *ferea* căpetenia să spună era că cei cincisprezece ani de pace relativă îi făcuseră pe Assurieni să se complacă. Mortarul se slăbise, astfel că se căscaseră găuri printre cărămizile de chirpici. Zidurile Assurului erau o piedică important, dar nu una imposibil de depășit, tocmai de aceea Kiyan susținea planul lui Mikhail de a trimite o primă linie de apărare *în afara* satului.

-V-am învățat să lucrați împreună, ca o echipă, spuse Mikhail. Aveți comandanți buni, adăugă apoi, arătând spre Varshab, Siamek și războinicii de elită. Dacă urmați ordinele superiorilor voștri direcți, putem învinge.

Luna se ascunse în spatele unui nor, aruncând piața în întuneric deplin. Vântul se înteți, purtând cu sine ceea ce păreau a fi șoapte. Ușile Templului se deschiseră. Ninsianna păși în afara sanctuarului zeiței.

EA se îndreptă spre ei, iar capa roșie i se umflă la spate de parcă ar fi fost roba unei regine. Nu soția lui Mikhail fu cea care îi dădu la o parte pe războinici. Cea-Care-Este-Ninsianna păși spre căpetenie, ochii ei fiind cuprinși de o vâlvătaie alb-aurie.

-E-eminența Voastră, zise căpetenia cu glas tremurător.

Norii se sparseră, făcând loc unei singure raze zvelte, care o învălui pe Ninsianna în lumina sa argintie. Printre săteni se așternu liniștea.

-Atacând un sat Ubaid, spuse ea, iar aerul se cutremură, le atacă, de fapt, pe toate.

Întinse o mână și ordonă lunii să îi lumineze palma.

-Inamicul crede că sunteți degete răsfirate, dar ce nu înțelege e că omenirea poate auce toate acele degete *la un loc.*

EA își încleștă pumnul.

-Orice sat care luptă de unul singur va fi zdrobit. Omenirea trebuie să lupte *cot la cot,* altfel Cel Malefic vă va distruge *pe toți.*

Vântul se înteți. Printre alei își făcu loc un geamăt profund, de parcă poarta spre tărâmul de *mijloc* s-ar fi deschis, iar spiritele care sălășluiau acolo ar fi fost și ele trimise în luptă. Cea-Care-Este-Ninsianna își descleștă pumnul. Luna dispăru în spatele norului.

Immanu își prinse fiica dezorientată.

-Se dă în spectacol, mormăi Mikhail. Dacă vrea să câștige bătălia asta, de ce nu vine chiar *EA* să ducă lupta?

Totuși, apariția *EI* temporară îi încurajă pe Assurieni. Războinicii se împărțiră în grupuri și își împărțiră sarcinile între unități. Conform acordului pe care îl făcuseră cu căpetenia – cel puțin în forma care ajunsese la ei prin Varshab – Mikhail era prea valoros pentru a se „irosi" drept carne de tun, ceea ce Angelicului nu prea îi convenea, dar nu avea ce să facă. A doua cea mai bună variantă era să se asigure că cei care *aveau* într-adevăr să execute strategiile înțelegeau exact ce aveau de făcut.

-Adunați-vă aici, ordonă el noii sale infanterii. Siamek și ceilalți războinici se îngrămădiră în jurul lui. Vreau să folosiți noua formație de apărare pe care v-am arătat-o.

-Dar am învățat-o abia săptămâna trecută, zise Siamek.

-Cea-Care-Este luptă cu noi! spuse unul dintre războinicii mai noi.

Siamek îi aruncă o privire sceptică. *El* avea cam la fel de multă încredere în zeița asta capricioasă pe cât avea și Mikhail.

-Nu, *nu* ați învățat-o abia săptămâna trecută, zise Mikhail. Exersați tipul ăsta de manevre de luni întregi.

Îi făcu semn lui Firouz.

-Oamenii tăi mărșăluiesc la perfecții.

Și lui Tirdard.

-Iar oamenii tăi știu să arunce bine.

Și lui Dadbeh.

-Oamenii tăi știu cum să lase femeile să se strecoare printre rânduri.

Și femeilor.

-Și voi știți să vă mențineți iuțeala.

-Toate marșurile fără sfârșit, toate aruncările cu sulița, toate antrenamentele cu arme din bețe. Toate ocaziile când tocmai învățaserăți să luptați la perfecție cu *un* inamic și ați fost obligați să treceți la altul, iar apoi la altul. Fiecare componentă, fiecare mișcare cu care v-ați chinuit și pe care ați învățat-o până când fiecare dintre voi a putut să o execute cu oricine altcineva, ducând la capăt toate tipurile de exerciții... toate astea v-au creat un avantaj. Ce aveți voi nu are nicio armată de mercenari.

-Da, murmurară bărbații.

-Ducem bătălia la inamic, zise Mikhail, pentru că vin într-un număr atât de mare spre noi, încât ne-ar putea străpunge ușor zidurile. Trebuie să îi *obligăm* să își concentreze atacul, altfel o să ne depășească.

-Ați auzit ce-a zis, ordonă Siamek. Despărțiți-vă în grupuri de câte nouă!

Mikhail făcu un semn către femeile din infanterie.

-Ce faceți voi aici, zise el, nu a îndrăznit să facă *nicio* altă femeie din istoria Ubaidă. Nu doar că o să îi acoperiți pe războinici, ci o să și vărsați sânge. Mai țineți minte ce aveți de făcut?

-Să lansăm câte o suliță de fiecare când se apropie la o distanță de zece pași, răspunse o voce slabă. Și apoi să ne ascundem în spatele liniilor de apărare.

Ochii negri, mult prea mari, străluciră în lumina, mai adânci și mai întunecați decât însuși cerul nopți. Slabă? Nu. Temătoare era un termen mai potrivit. Gita era *exact* genul de steag roșu pe care Mikhail își dorea să îl future în fața atacatorilor. Loviți... aici... proștilor... care sunteți.

-Ați auzit ce-a zis, spuse Siamek. Trăgători, țineți inamicul la distanță în așa fel încât să nu ne fie tăiate căile de întoarcere spre sat.

Mikhail se îndreptă spre următorul grup de apărători pe care trebuia să îl instructeze.

Capitolul 10

Noiembrie – 3.390 î.Hr.
Pământ: Satul Assur

PAREESA

-Haideți odată! izbucni Pareesa. De ce trebuie să vă mişcați mereu aşa de încet?!

Îşi târî trupul zvelt prin pământ, recunoscătoare pentru faptul că avusese inspirația de a se îmbrăca cu tunica pe care i-o făcuse mama ei pentru a-şi acoperi pieptul, şi nu doar cu şalul de zi cu zi, care i-ar fi căzut până acum din cauza frecării dintre burtă şi pietriş. Ce protuberanțe enervante! De ce oare trebuiseră să îi crească şi *ei?* Dintr-un motiv sau altul, bărbații se tot holbau la ei, mai ales în luptele corp la corp, când şalul îi aluneca şi îi expunea. Ai fi crezut că niciun bărbat nu mai văzuseră sâni până atunci!

-Ne mişcăm cât de repede putem, mormăi Ebad din dreptul călcâiului ei.

Se târâră mai departe, cot la cot, făcându-şi drum de-a lungul dealului şi împingându-şi sulițele în față. În spatele ei, fiii olarilor şi ai țesătorilor, care nu erau deloc în formă, o urmau în rând, ținându-şi capul la sol pentru ca inamicul să nu îi vadă.

-Țineți-vă aproape de şanț! şuieră ea. Şi departe de drum! Lumina lunii e suficient de puternică încât să ne vadă dacă suntem cei mai înalți!

Unul câte unul, membrii echipei B transmiseră ordinele către cei din urmă, care îşi făceau pe rând drum către câmpia aluvională.

Tolba cu sulițe i se lovi de spate, la fel şi arcul. Fiind singurul arcaş din grupul acesta chinuit de bărbați, nici măcar nu era sigură că avea să poată lansa vreo săgeată, dar se simțea dezgolită fără el. Pietrele îi pătrundeau în palmă şi îi zgâriau carnea, iar când una dintre ele îi muşcă din cot, fata slobozi o înjurătură pe muțeşte.

-Au, scânci unul dintre membrii echipei.

-Taci din gură! şuieră Pareesa. Vrei să ne dai de gol?

-De parc-ar veni cineva pe aici!

-Mikhail ne-a trimis aici ca să nu le stăm în cale *adevăraților* războinici!

-Cine a tras băşina?

-O să murim cu toții!

Şanţul fusese construit pentru ca apa să nu se adune pe drum şi să îl erodeze în timpul sezonului ploios, oricum mult prea scurt. Era o sarcină stupidă să îşi ţină turma departe de *adevăraţii* războinici, dar le antrenase pe capetele astea seci să îi asculte ordinele. Era treaba *ei* să se asigure că nu o dădeau în bară.

Aruncă o privire spre locul în care grupul mai mare condus de Varshab se pierduse în umbra, înaintând pe creasta îngustă pe care cel mai probabil o urma inamicul în drum spre poarta de nord. Din punctul de vedere al inamicului, nu avea să aibă loc nicio luptă în drumul spre vârful dealului.

-Şi totuşi, noi de ce suntem aici?

-Pentru că dacă *eu* aş fi duşmanul, aş încerca să ajung la sat fără să fiu detectat, şopti Pareesa. Aş face ceva la care nu se aşteaptă nimeni. Cum ar fi să aleg un drum pe care nu s-a gândit nimeni să îl apere.

-Şanţul ăsta e prea mic ca să ascundă o armată.

-Şi prea pietros.

-Cineva şi-a aruncat aici oala de noapte.

-Câmpurile sunt inundate.

-Ce om întreg la minte ar veni pe aici?

-Îmi e foame, mormăi Ipquidad. A adus cineva ceva de mâncare?

Pareesa îşi aminti ceva ce Mikhail îi spusese căpeteniei când analizaseră apărarea satului.

-Cei mai mulţi negustori vin la poarta de sud pentru că se află sus, pe câmpie, zise Pareesa. Dar dacă cineva chiar şi-ar bate capul să ne studieze satul, s-ar strecura de-a lungul şanţului *ăstuia* pentru că e la o distanţă de vreo zece paşi de vârf şi, deci, de poarta de nord.

-Asta dacă inamicul e la fel de scund ca un copil de doi ani, mormăi Ebad. Santinelele l-ar vedea imediat.

-Iar porţile au fost închise în spatele noastre, şopti Yaggit. Chiar dacă ajung acolo, nu pot să intre.

Pe măsură ce se târau, pietrişul fragil continuă să hârşâie. Oare îi auzise inamicul? Of, de ce oare era aşa de complicat să le explice oamenilor ăstora ce însemna să se *furişeze?*

-Nu şi dacă îşi ţin capul la pământ şi *tac din gură!* şuieră Pareesa. Porţile sunt puncta slabe. Dacă depăşesc santinelele, pot să intre înainte ca arcaşii să îi oprească.

Echipa B nu mai rosti niciun cuvânt în drumul ei spre digurile unde avea să îşi pregătească apărarea, de parcă ar fi realizat în sfârşit că pornea la luptă…

…sau nu…

-Nu am mai făcut asta niciodată, zise Yaggit, ochii săi reflectând lumina palidă a lunii. Măcar *tu* ai experienţă de luptă.

La doar nouăsprezece primăveri, Yaggit era unul dintre membrii mai buni ai echipei B, dar tot nu era un războinic înnăscut.

Oare trebuia să le spună cât de frică îi fusese în noaptea aceea? Sau cât de ruşine îi fusese după aceea, pentru că fusese aşa de ocupată ţinându-se după o antilopă încât nu îşi mai bătuse capul să fie atentă la duşmani? Sau oare trebuia să facă pe dura? Să pretindă că nu fusese mare lucru să îl omoare pe cel care încercase să îl omoare pe Mikhail? Băieţii ăştia voiau să fie inspiraţi de ea.

Dar ce inspiraţie le putea oferi? Singurul lucru care o îndreptăţea la faimă era faptul că odată făcuse o mişcare de dans surprinză în timpul antrenamentului şi aproape îl dezechilibrase complet pe Mikhail. Avea treisprezece primăveri! Poate că nu era cu nimic mai demnă de această sarcină decât ceilalţi membrii ai echipei B! Cine era ea, o fată prostuţă, să se lupte cu bărbaţi?

-L-am pus la pământ pe cel care a încercat să îl pună la pământ pe Mikhail, zise Pareesa. Cu propria lui săgeată. De la distanţă. Dar asta e altceva. Acum o să luptăm corp la corp.

-Nu am mai omorât pe nimeni până acum, şopti Ipquidad.

-Şi probabil că nici nu o s-o faci, zise Yaggit. Ce om normal la cap s-ar apropia de sat pe dealul ăsta abrupt?

Assur se înălţa deasupra câmpiei aluvionare pe care râul o săpase într-o vale largă şi plată, în care neamul Ubaid îşi plantase cerealele. Câmpurile cele mai apropiate de sat erau înconjurate de pietricele şi prundiş, aşezate în aşa fel încât să delimiteze o parcelă de alta. Totuşi, cu cât te apropiai mai mult de râu, cu atât mai înalte deveneau şi zidurile, până când ajungeai la zidul exterior, care era întărit cu nămol întărit pentru a ţine la distanţă apele revărsate din matcă şi pentru a mai câştiga câteva săptămâni de recoltă.

Adierea purtă mirosul apei înspre ei, făcându-i să se cutremure. O ceaţă groasă şi gri acoperea râul şi câmpurile. Pareesa expiră, observându-şi propria respiraţie – vizibilă, căci temperature din timpul nopţii era mult mai scăzută decât cea din timpul zilei. Era o strategie ideală să se târăşti nevăzut pe digurile inundate în drum spre sat sau să pregăteşti o ambuscadă acolo pentru cei care aveau aceeaşi idee.

-Ebad… patru bărbaţi… acolo, zise Pareesa, făcând semnele pe care le învăţase de la Mikhail. Yaggit… patru bărbaţi… în spatele zidului. Lunanna… patru bărbaţi… în spatele coteţului de capre. Ipquidad…

Privi chipul durduliu şi îngrozit al celui mai *puţin* talentat dintre războinici, care era atât de mare şi lent încât reprezenta ţinta cea mai uşoară.

-… doar stai pe loc.

Îşi ocupară poziţiile la trei diguri distanţă de deal. Aveau spaţiu pentru două retrageri înainte de a fi împinşi înapoi pe drum, asta dacă drumul nu era ocupat de invadatorii care treceau de grupului lui Varshab.

Privi spre coasta dealului, înspre ziduri. Deşi nu îi putea vedea pe Behnam şi arcaşii lui pe acoperişuri, ştia că erau acolo, şi i se părea liniștitor să știe că nu se aflau în bătaia săgeților. Halifienii erau mercenari cu multe lupte în spate, iar Assurienii erau depășiți numeric. Dacă veneau pe drumul acesta în loc de cel ocupat de Varshab, aveau să se bazeze pe elementul surpriză ca să echilibreze situația.

Satul din spatele ei era mut ca un mormânt. Singurul zgomot care se auzea era acela al inimii ei care bătea în piept. Ebad stătea la distanță de trei coți, încercând să își țină respirația sub control și făcând semne din mâini pentru a-și calma oamenii. În dreapta ei, Lunanna și oamenii lui se îngrămădeau unii în alții, mișcându-și degetele în conversații mute. Nu putea vedea al treilea grup, cel al lui Yaggit, dar știa că el era echilibrat, așa că nu își făcea griji.

Un ciripit slab, ca al unui greiere, penetră întunericul. Un al doilea ciripit se auzi în semn de răspuns. Inamicul se apropia! Ipquidad se ghemui atât de aproape încât păru o minune că nu se așeză chiar peste Pareesa. De ce, de ce oare o împovărase Mikhail cu sarcina de a-i antrena pe băieții ăștia așa de incompetenți?

-Acolo! Se mișcă ceva în umbră! arătă Lunanna.

-Câți sunt? îl întrebă Pareesa prin semne.

Îi auzea pe Halifieni lipăind prin apa puțin adâncă, siguri că nu îi vedea nimeni. Duhoarea acră a trupurilor nespălate fu purtată de vânt. Erau atât de aproape, încât Pareesa putea auzi câte unul tușind din când în cân.

-Cincizeci, îi făcu semn Ebad. S-au oprit.

Pareesa ridică mâna, făcându-le semn oamenilor ei să aștepte când Halifienii se opriră la treizeci de pași de ascunzătoarea lor. Așteptau ceva, poate diversiunea trupei mai mari de mercenari care venea să atace satul din sud… ?

Singurul avantaj al Pareesei era elementul surpriză. Dacă săreau acum la ei și strigau „bau", îi dădeau de gol.

Își strânse sulița în mână și le făcu semn oamenilor ei să se pregătească de luptă…

Capitolul 11

Noiembrie – 3.390 î.Hr.
Pământ: Satul Assur

NINSIANNA

Templul se afla în zona cea mai înaltă a Assurului. Asta garanta protecția grânelor sacre față de șoareci și invadatori, dar și față de Râul Hiddekel, care se umfla câteodată atât de tare, încât inunda și casele din inelul exterior. Într-o firidă se afla o statuie din teracotă, care binecuvânta ulița cu zâmbetul ei enigmatic.

-Nu puteai să mă trimiți și pe mine într-un loc mai distractiv? se plânse Ninsianna.

Evident, zeița nu îi răspunse. Le vorbise în primul rând soțului ei și sătenilor. Cerea prea mult dacă voia să vorbească și cu *EA?* Dar asta nu ca să o trimită să stea cu ochii pe un templu gol pentru ca soțul ei să nu fie prea tulburat.

„Armata" ei în miniatură, formată din adolescenți și adolescente în vârstă de mai puțin de doisprezece ani, se revărsă în piața centrală, aducând o varietate de arcuri făcute în casă. Se agitau în jur ca niște albinuțe stresate, convinși că aveau să apare satul, când, de fapt, fuseseră trimiși acolo ca să nu intre în belele câtă vreme luptau „oamenii mari".

Yadiditum se repezi în piață, în spatele lor. Chiar dacă abia se ridicase din pat, frumoasa cu glas blând își înfășurase șalul atent în jurul trupului.

-De ce ne-au trimis tocmai aici, în spate? bombăni Yadiditum.

-Pentru că ești gravidă, zise Ninsianna. Dacă îți pierzi viața, Assurul pierde *două* vieți în noaptea asta.

-Vreau să fac ceva *util,* spuse Yadiditum.

La fel voia și *ea...* Dar dat fiind faptul că amândouă erau predispuse la grețuri matinale și episoade de leșin, ultimul lucru de care aveau nevoie ceilalți arcași era să le aibă în prima linie.

-De ce nu ocupi o poziție pe acoperișul de acolo? zise Ninsianna, arătând spre o casă care dădea în aleea dintre al doilea și al treilea inel. Așa poți să acoperi santinelele de pe inelul trei.

Yadiditum încuviință din cap cu recunoștință, bucuroasă că avea ceva mai util de făcut decât să se îngrijoreze în legătură cu soțul ei. Un grup de tineri arcași excesiv de entuziasmați o urmă, urcând pe rețeaua de acoperişuri şi pregătindu-se de atac. Ridicară şi scările pentru ca inamicul să nu îi poată urmări.

Ninsianna începu să îşi sorteze grămezile de săgeţi. Cele pe care le avea deja în tolbă erau cele pe care le folosea la vânătoare. Se putea baza pe ele să zboare drept. Nu acelaşi lucru se putea spune şi despre cele pe care le aduseseră copiii. De la ultimul atac, toţi cei capabili să modeleze piatra fuseseră puşi la treabă ca să facă capete de săgeţi, dar săgeţile erau sensibile până şi la cele mai mici imperfecţiuni. Bazându-se pe simţul tactil, Ninsianna pipăi fiecare suliţă şi le sortă în funcţie de cât de bine credea că ar putea zbura, respectiv cât de mult haos putea crea cu ele.

Apoi, începu să le sorteze pe lungimi. O săgeată perfectă trebuia să îi depăşească palma şi degetele. Sprijini capetele suliţelor între sâni, unul câte unul, şi ochi cu ambele mâini pentru a testa lungimea. Pe cele mai lungi le aşeză în partea stângă, pentru puţinii care erau mai înalţi decât ea, iar pe cele scurte le aşeză în partea dreaptă, pentru copii. Arcaşii îşi întinseră săgeţile respinse de la unul la altul până când fiecare rămase cu o grămăjoară de aproximativ trei. *Nu* aveau prea multe săgeţi.

Ninsianna arătă spre acoperişul templului.

-Luaţi poziţii de tragere acolo, acolo şi acolo.

Arcaşii mai în vârstă se urcară pe scară, iar cei mai tineri se retraseră pe acoperişurile rămase neocupate. Şi ea lăsă deoparte mai multe grămezi de săgeţi înainte de a-şi ocupa poziţie, blestemând când se trezi cu o aşchie în mână. Începu să îşi sugă mâna ca să îşi aline durerea, iar apoi împărţi arcaşii în grupuri.

Iar acum venea partea cea mai rea. Aşteptarea…

Îşi analiză arcul, deja pregătit, şi exersă lansatul de săgeţi fără săgeţi propriu-zise. Amintirea acelei prime lecţii îmbătătoare, când Mikhail o sedusese atât de dulce, ajutând-o să îşi dezvolte o postură corectă, îi declanşă o vâlvătaie călduţă în pântecul ei de femeie. Ah! În numele zeiţei! Cât de mult îi lipsea izolarea pe care o împărtăşiseră câtă vreme Mikhail era încă pe navă!

Se întunecă de supărare. Ah, de ce oare dăduse totul de gard culcându-se cu Shahla?

Îşi ridică privirea spre lună.

-Jură că nu s-a culcat cu ea, şopti ea suficient de încet încât să nu o audă ceilalţi arcaşi. Dar amintirile Shahlei spun că a *făcut-o*. De ce nu mă laşi să văd în mintea lui ca să aflu cine are dreptate? Pentru că speră să ascundă adevărul?

Imaginile oribile întrezărite în mintea Shahlei erau singurele la care se putea gândi de fiecare dată când îşi privea soţul. Shahla, privindu-i silueta scăldată în lumina soarelui, ca un zeu frumos şi înaripat. Shahla, lăsându-şi şalul să alunece ca să îl seducă cu sânii ei. Atingerea lui Mikhail în palma Shahlei când fusese atras prin stufărişul care înconjura Râul Hiddekel.

Zâmbise! Îi zâmbise! Mikhail nu zâmbea *niciodată!* Atingerea penelor lui când o lăsase pe Shahla să îi mângâie aripile. Mădularul care pătrunsese înăuntrul ei. Atingerea trupului lui mişcându-se în tandem cu al ei.

Ninsianna suspină.

De ce, oh, de ce se culcase cu femeia aia nenoricită când *ea* fusese dispusă se facă dragoste cu el? Shahla se culcase cu atâţia bărbaţi din sat şi atâţia negustori care veniseră în Assur cu caravanele lor dese, dar niciodată nu concepuse un copil până să se culce cu *el!*

Ochii Ninsiannei fură inundaţi de lacrimi în timp ce fata îşi mângâia abdomenul uşor umflat. *Şi ea concepuse atât de repede…*

-Spune-mi că nu e adevărat. Te rog, spune-mi că toate ocaziile acelea în care a zis că se duce în deşert ca să îşi repare canoea cerească şi nu s-a întors acasă nu erau de fapt pretexte ca să se culce cu Shahla.

Fireşte, însă, că zeiţa nu îi răspunse. *EA* era o zeiţă pragmatică, căreia nu îi păsa prea mult dacă punea sare pe rană. Ninsianna nu se oferise. Shahla, da. În mintea *EI,* orice împreunare era la fel de valoroasă. Suferinţa Ninsiannei nu putea reverbera dincolo de incapacitatea stăpânei sale de a înţelege problema.

„-*Chiar şi dacă ar* fi *adevărat, o certase mama ei, şi nu spun că ar* fi, *pentru că sunt convinsă că e o minciună… dar chiar dacă ar* fi *adevărat… ce contează?*

-El… el… Cum i-ar fi *putut explica faptul că îl crezuse* deasupra *acestor nevoi carnale? Că îl crezuse o fiinţă a cerurilor? Un zeu viu?*

-Tatăl tău l-a pus să jure *pe zeul ăla pe care îl serveşte că nu o să pună mâna pe tine drept condiţie ca să* fie *primit în casa noastră, îi spusese mama, agitând din mâini. S-a* ţinut *de cuvânt! Mult după ce orice alt bărbat ar* fi *cedat farmecelor tale!*

-Dar de ce Shahla?

-Nu îl interesează deloc Shahla! pufnise mama. Dar toţi oamenii din satul ăsta au văzut cum te-ai aruncat pe el ca o desfrânată. Dacă ar fi *cedat farmecelor Shahlei, şi nu spun că a făcut-o, pentru că sunt sigură că nu-i aşa, atunci ar* fi *făcut-o pentru că de fapt te voia pe tine, dar îşi dăduse cuvântul că nu o să te atingă!"*

Într-un fel, gândul acesta nu făcuse decât să înrăutăţească lucrurile. Mikhailul de care *crezuse* că se îndrăgostise ea nu s-ar fi folosit niciodată de cineva ca să îşi stăpânească o poftă. Asta era ceva ce îi stătea în fire lui Jamin.

Ghazal îi puse mâna pe umăr.

-Am pregătit suliţele-trasor. Să aprind focul?

-Da, dar acoperă cărbunii ca să nu alertăm inamicul, zise Ninsianna, coborându-şi privirea spre cârpele uşor inflamabile care acopereau acoperişurile. Şi asigură-te că pui pielea de capră sub vas. Cea-Care-Este nu o să fie prea mulţumită dacă dăm foc templului.

-Da, Aleasă, zise Ghazal.

-Şi unde îţi e vesta?

După *ultimul* raid, învăţaseră că era bine ca arcaşii care foloseau trasoare să poarte veste întărite cu un strat de piele de capră. Nu puteau opri o săgeată lansată la perfecţie, dar diminuau riscul ca cei mai vizibili dintre arcaşi să fie ucişi.

-O pun imediat pe mine, spuse Ghazal.

„Mai multe veste", murmură Ninsianna, prinzându-şi apărătoarea pentru degete în jurul încheieturii. Poate că ar fi fost bine ca *toţi* arcaşii să poarte veste. Trebuia să discute ideea cu Mikhail.

Sentimentul de urgenţă care o bântuia de luni întregi îi aminti că vânzoleala care urma era doar adierea de dinaintea furtunii de nisip. În fiecare noapte, Cea-Care-Este îi amintea că se apropia un război *adevărat*, un război cum omenirea nu mai văzuse niciodată.

-Toate săgeţile sunt pregătite, şopti unul dintre arcaşii mai tineri.

-Şi acum ce facem? întrebă Ghazal.

-Aşteptăm, zise Ninsianna. Şi facem linişte. Atacul ăsta e prea sfidător. Mikhail crede că ar putea fi o diversiune.

O adiere neliniştită îi făcu pielea de găină. Îşi aranjă capa roşie, ducând dorul căldurii aripilor maro ale soţului ei. Închise ochii şi urmă conexiunea care o lega, de la buric, de lumina spirituală a lui Mikhail. Cu toate că nu putea să îi citească mintea, putea să simtă ce făcea. Pândea duşmanul. Invocase dansul morţii şi începuse să vâneze.

Trupul ei fu cuprins de fiori incitaţi, ca nişte triluri primăvăratice de păsări, însă nu era incitarea ei, ci setea de sânge a zeiţei. Aproape că putea să simtă *gustul* fiecărei vieţi pe care o curma Mikhail şi să îl savureze pe măsură ce *EA* întâmpina fiecare spirit răpus pe tărâmul viselor. Cea-Care-Este era doritoare de luptă, dar şi enervată că nu putea pur şi simplu să se materializeze acolo şi să facă pe vânătoreasa.

Totul fu cuprins de linişte. Ninsianna îşi întinse conştiinţa dincolo de cele cinci simţuri obişnuite pentru a căuta invadatorii. Mikhail se apropiase, ceea ce însemna că şi inamicul făcuse acelaşi lucru.

Îşi prinse o săgeată de arc, făcându-le semn şi celorlalţi arcaşi să îi urmeze exemplul.

Capitolul 12

Noiembrie – 3.390 î.Hr.
Pământ: Câmpia din afara Assurului
Colonelul Forţelor Speciale Angelice Mikhail Mannuki'ili

MIKHAIL

Mikhail zbură în sud, de-a lungul Râului Hiddekel, cercetând stufărişul care se întindea pe maluri. Într-o noapte senină, cu lună, silueta lui era uşor de văzut pe cer, dar acum se înălţa ceaţa de pe râu, iar norii negri stăteau împrăştiaţi pe cer ca nişte funde furioase.

Se opri pe malul râului pentru a-şi unge faţa, braţele şi orice altă porţiune a corpului care putea reflecta lumina lunii cu mâlul moale şi sărat. Din subconştient ieşi la suprafaţă o amintire în care Raphael îşi mânjea aripile aurii cu nămol. Deşi fragmentată, amintirea era plăcută, oferind acestui ritual prin care se pregătea să ucidă un aer înduioşător şi familiar. Penele *lui* erau, însă, întunecate, aşa că nu trebuia să le camufleze.

Nămolul era rece şi duhnea a resturi vegetale, făcându-i pielea de găină oriunde îl întindea. Şi-l întinse şi pe nas, dar şi pe pomeţi, sub fiecare dintre ochi. Din impuls, îşi purtă degetul pe unul dintre obraji în aşa fel încât să formeze o spirală, simbolul şamanic pe care îl învăţase de la Immanu pentru a-i onora pe cei căzuţi.

Un orăcăit serios venit din dreptul stufărişului declanşă alarma.

Mikhail îngheţă…

Era o noapte liniştită, în care doar vântul se auzea. Angelicul se strădui să distingă şi alte zgomote. Nici greierii nu mai erau activi în acel moment târziu de toamnă. Orăcăitul se auzi in nou, urmat de un altul, din aval. Uneori, inamicii imitau animalele pentru a se acoperi. Oare fusese descoperit?

Un pleoscăit slab veni drept răspuns la rugăciunea sa. Era o broască. O broască *adevărată*. Dintr-un motiv sau altul, i se părea că amfibienii ar trebui să fie mai mari, mai apropiaţi de dimensiunea lui, şi înarmaţi, dar creaturile acestea mici proveneau de pe Pământ. Nu erau duşmani. Mikhail îşi forţă inima să se liniştească. Era timpul să treacă la vânătoare.

Bătu din aripi pentru a se ridica în aer, rugându-se ca inamicul să nu pândească suficient de aproape încât să audă zgomotul. Zbura sus, până găsi un curent care să îl poarte în spatele crângului în care se ascunseseră atacatorii, şi fâlfâi din aripi doar într-atât încât să îi înconjoare. Patrula perimetrul acela de mai multe ori pe zi. Cel care conducea trupele acestea își plasase armata exact dincolo de punctul până la care zbura el de obicei. Inamicul îl urmărise... și se adaptase.

Puterea aceea întunecată care pândea dincolo de subconștient îl îmboldi să vâneze, să răpună, să ucidă, să își facă iubita fericită ucigând inamicii. Se războia cu cacofonia care îi sfredelea sufletul, urlând că nu își putea *simți* soția. Se simțea de parcă ar fi fost *doi* Mikhaili, unul care voia doar să termine odată povestea asta, și un altul, unul mânat de impulsuri primare, care era însetat de *distrugere*.

Rosti în șoaptă rugăciunile pe care le învățase de la Cherubimi.

„Repară acțiunile. Spune întotdeauna adevărul. Purifică-ți mintea. Pentru fiecare răufăcător pe care îl ucizi, trebuie să salvezi viețile a zece oameni buni."

Golul părea să muște din el, înfometat, pofticios, rugându-l să îl elibereze din lesă. Se simțea de parcă sufletul i s-ar fi transformat într-o mare gaură neagră. Oare Ninsianna avea idee ce joc periculos juca?

O mișcare îi atrase atenția. Nu avea să își salveze căsnicia dacă se lăsa omorât. Rosti în șoaptă cunoscutele rugăciuni Cherubime pentru a stăvili emoțiile care se luau la trântă înăuntrul lui.

-Oni o taiji suru tame ni, watashi ni anata no chikara o sazukeru, șopti el. Pentru a subjuga demonii, pogoară-ți puterea asupra mea.

Își înfoie aripile pentru a atenua zgomotul aterizării. Pietrele scârțâiră sub greutatea lui. Se opri, speriat că își alertase prada. Cea mai mare parte a forțelor inamice se apropiaseră deja de sat, dar unii zăboviseră în urmă — personal auxiliar: tămăduitori, bucătari. Aici nu era niciun centru de comandă, niciun cort Halifian. Uciderea oamenilor acestora nu servea niciun scop.

Strângându-și aripile la spate, se furișă spre garda din spate ca o umbră, zumzăind incantațiile Cherubime pentru ucidere în timp ce își scotea cuțitul. Nu era un criminal, dar oamenii aceștia voiau să facă rău satului său. Fiecare viață pe care o putea sfârși din timp avea să salveze vieți Assuriene.

Vântul își schimbă direcția, purtându-i mirosul departe de oamenii aceștia. Starea aceea ciudată, lipsită de emoție, pe care i-o aducea dansul morții, îi împingea trăirile la distanță, împingea disconfortul pe care i-l provoca mâlul uscat și groaza că oamenii aceștia ar fi putut răni alți oameni la care el ajunsese să țină. Din păcate, însă, starea nu putea stăvili vidul dureros care se căscase în inima lui în ziua în care Ninsianna se răcise în îmbrățișarea lui. *Pericol.* Pericol, îi urlase subconștientul. *Amenințarea aceasta e mai rea decât însăși moartea.*

Grupul pe care îl pândea mergea relaxat, de parcă ar fi fost în drum spre o paradă, nu spre un masacru. *Răpune-i.* Unul dintre bărbați se opri să urineze.

Căpetenia îi ceruse să se poarte ca un *lider,* să se țină departe de confruntări în care s-ar putea răni și să delege sarcini războinicilor, însă anii nenumărați pe care îi petrecuse pândind din umbră îl împiedicau din a-i trimite pe alții spre moarte fără să încerce întâi să echilibreze balanța. Ieși din umbra ca un crocodile care se arată din apa liniștită pentru a înșfăca o gazelă neștiutoare. Acoperi gura mercenarului cu mâna și îl înjunghie în spatele urechii, înspre creier. Măruntaiele îi țâșniră în gură – cu gust sărat, ca de cupru, gustul cunoscut al morții.

Puterea aceea întunecată izbucni fericită.

Nu! Nu trebuia *niciodată* să se bucure de o crimă! Strânse trupul bărbatului la pieptul său și îi șopti în ureche o rugăciune Cherubimă până muri.

-Fie ca lumina a o mie de stele să te îndrume spre Cea-Care-Este.

Imediat ce bărbatul încetă să mai tresară, Mikhail îi lăsă trupul pe pământ, îi închise ochi și îi prinse în palmă o pană care i se desprinsese de aripi în timpul vânzolelii. Puterea întunecată se retrase, căci ritualul cunoscut îl ajuta să își țină setea sub control; încă pândea, dar era suficient de satisfăcută încât să nu se dezlănțuie în timpul vânătorii.

Simțurile ascuțite îi atraseră atenția asupra altor doi atacatori care zăboveau la capătul șirului, vorbind într-o limbă care nu era nici Halifiană, nici Uruk. Unul dintre ei rămase și mai în urmă, vrând să își scoată ceva din boccea. Mikhail îi acoperi gura cu mâna pentru a-l reduce la tăcere cât îi tăie gâtul. Al doilea bărbat se întoarse și îl văzu pe Mikhail strângând trupul compatriotului său, care se zvârcolea, dar nu apucă să strige, căci Angelicul se repezi spre el și își implântă lama în carnea de sub bărbia lui.

Rostind rugăciunile Cherubime menite să îi sporească concentrarea, Mikhail se transformă în prădătorul alfa, care vâna pe nevăzute viețile inamicilor. Șase, zece, douăzeci, treizeci și șapte de vieți Assuriene salvate. Cu cât omora mai mulți, cu atât mai puțini trebuia să înfrunte poporul lui adoptiv. Atâta timp cât le reducea la tăcere strigătul de moarte, nimeni nu se gândea să privească peste umăr.

Într-un final, strigătele de luptă izbucniră în fața satului. Războinicii lui își lansară sulițele și se aruncară în spatele penei.

Începuse...

Întinzându-și aripile pentru a se îndrepta spre *adevărata* amenințare, spre războinicii disciplinați care se apropiau dinspre nord, Mikhail își puse cuțitul la o parte și își scoase sabia...

Capitolul 13

Noiembrie – 3.390 î.Hr.
Pământ: Satul Assur

GITA

Războinicii se furişară dincolo de poarta de sud în grupuri de doi sau trei, pentru a nu le da de ştire inamicilor că satul era treaz. Gita îşi sprijini trupul zvelt de zid în aşa fel încât să nu fie călcată în picioare de bărbaţii care părăseau satului. O şoaptă agitată fu redusă la tăcere de Siamek. Oare oamenii ăştia chiar nu înţelegeau cum să se ascundă?

„Sunt invizibilă... Sunt invizbilă... Sunt invizibilă...” şopti ea. Era o superstiţie prostească, dar mereu o ajutase să scape de furia tatălui său.

Într-un final, şi ultimii bărbaţi se furişară dincolo de zid, având grijă să nu îşi lovească scuturile de pământ pentru a nu răsuna pe pietre. Când îi pusese Mikhail să exerseze pana, antrenamentul nu inclusese şi indicaţii despre cum puteau pregăti manevra *în linişte,* noaptea, chiar sub nasul unei armate care se apropie.

Se întoarse spre partenera ei de luptă, Azin.

-Imaginează-ţi că eşti un şoarece mic, mic de tot, zise ea, lipindu-şi buzele de urechea lui Azin. Variază ritmul în care păşeşti ca să nu creezi un tipar.

-Mersi, răspunse Azin pe un ton mult prea ridicat. Era o luptătoare feroce, dar de multe ori acţiona fără să gândească. Iniţial, Siamek le grupase aşa ca să le pedepsească, dar Gita se ataşase de prietena aceasta a ei care spunea exact ce gândea.

-Gura! şuieră Siamek, tronând deasupra lor.

Gita îşi coborî privirea. Învăţase că era mai bine să fii un şoarece, certat, dar viu, decât o leoaică curajoasă care sfârşeşte prin a fi pusă la colţ şi măcelărită.

Mama ei fusese curajoasă…

Mama ei era moartă…

Ani de zile, Jamin încercase să o ajute să scape de timiditate. Ce prost! De ce o bătuse pe Shahla după ce ea o convinsese să se mărite cu Dadbeh? Acum pierduse *doi* prieteni. Pe biata Shahla, a cărei minte era frântă, şi pe Jamin, singura persoană în care avusese vreodată suficient de multă încredere încât să îi spună ce se întâmplase cu mama ei.

Expresia lui Siamek se înmuie.

-Tu urmezi, zise el, punându-i mâna pe umăr. Ai grijă, bine? Nu trebuie să arunci decât o singură suliță.

Gita îi întâlni privirea. În ochii lui negri sclipea speranța. Ea era crudă.

-Zece pași, zise el. Aruncă sulița când se apropie la o distanță de zece pași, iar apoi treci în formație ca să te apărăm noi. Doar pentru că poți să arunci o suliță nu înseamnă că poți să lupți corp la corp cu bărbații.

Gita încuviință din cap fără să îi întâlnească privirea. Șoarece. Nu era decât un șoarece. O luă de mână pe Azin și se strecură șoricește dincolo de poarta de sud, ascunzându-se printre umbre și imaginându-și că avea urechi chele și roz și o coadă la fel de cheală. *Șoarece. Prevăzător. Timid. Toți vor să mănânce șoarecele.* Se încorda de fiecare dată când Azin își lovea picioarele stângace de câte o piatră, iar apoi înrăutățea situația și mai mult încercând să își ceară scuze.

La o mie de pași distanță de zid, o albie secată colecta apa și o purta spre râu. Gita se ghemui, trăgând-o și pe Azin în așa fel încât capul să nu i se vadă capul deasupra povârnișului. Izvorul forma doar un firișor puțin adânc, însă era suficient de lat pentru trei rânduri de bărbați. Dacă se ghemuiau cu spatele lipit de pământ, era posibil ca inamicul să îi confunde, în întuneric, cu niște denivelări obișnuite de teren.

Pietrele erau umede sub atingerea Gitei. Își imagină că devenea una cu ele. *Pietre. Reci. Nemișcate.* Liniștea și întunericul erau aliații lor.

Privi chiorâș spre locul în care inamicul avea să intre în bătaia armei. Zece pași? Inima i-o luă la galop doar când se gândi la asta. Tot ce trebuia să facă era să își arunce sulița zece pași; apoi, se putea refugia. Gura îi era atât de uscată încât abia reușea să își miște limba.

Azin se așeză lângă ea ca un bour sălbatic, cu sulița îndreptată în față, nerăbdătoare să năvălească din pădure și să își străpungă inamicii. De ce nu putea să fie și ea la fel de curajoasă ca Azin?

Șapte sute de războinici se furișau spre ei. *Șapte sute!* Picioarele lor mărșăluiau la unison, nu într-un tipar neuniform, menit să le mascheze apropierea. Câte o șoaptă ocazională, câte o înjurătură aproape mută sau câte un râset le trăda venirea. O rozătoare chițăi, scoasă din bârlog de vibrația picioarelor care loveau pământul.

Gita se cutremură.

Își apucă sulița ca pe un prieten vechi, binevenit, cunoscând la perfecție fiecare denivelare de pe suprafața ei. După ce tatăl ei aproape îi scosese ochii, Jamin îi dăduse sulița lui veche și o învățase să o folosească. Sigur, era o diferență enormă între a ochi o țintă fixă și a lansa aceeași suliță în luptă, în timp ce alți oameni trag *înspre tine*. Gaura mică din formație era locul în care trebuia să se ascundă după ce își arunca sulița. Se rugă să nu se împiedice.

„Sunt invizibilă... Sunt invizibilă... Sunt invizibilă...”

În spate auzi şoapte din partea lui Siamek, care îi îndruma pe toţi să se aşeze în formaţie. Zgomotul armatei care se apropia se intensifică. În spatele ei, capătul suliţei lui Azin se lovi de pietre.

„*Opreşte... inamicul*". Gita îi făcu semn lui Azin să se oprească.

Azin făcu semn că înţelesese.

„*La adăpost!*", instructă Gita, dând din mâini înspre pământ. Ah! O adora pe Azin, dar câteodată o băga în belele. Aici nu mai era vorba de un antrenament, la care cea mai gravă pedeapsă ar fi fost cele o sută de flotări dictate de Pareesa!

Vântul îşi schimbă direcţia. Un miros neplăcut îşi făcu drum spre ei, miros de trupuri nespălate, aroma vagă de excremente şi duhoarea laptelui acrit amestecat cu carnea putrezită.

Inamicul era pe punctul de a ajunge la ei.

Gita privi spre cer, rugându-se să vadă silueta cu aripi negru-maronii. Câţiva nori vărgaţi acopereau luna precum ghearele unui prădător. Nu era nicio urmă de aripi pe cerul de culoarea cernelii. Gita ştia că era mai bine aşa; inamicul era cu ochii pe el şi şi-ar fi dat seama că sătenii erau trezi dacă îl vedea zburând. În acelaşi timp, fu dezamăgită. Singurul motiv pentru care se alăturase trupei de războinice era că dezvoltase o afecţiune fără speranţă pentru bărbatul acesta.

Oftă. Fusese decizia corectă. Dar motivul, greşit. Mikhail era atât de îndrăgostit de Ninsianna, încât Gita ar fi putut să se posteze dezbrăcată în faţa lui şi el ar fi trecut fix peste ea, fără să îi bage în seamă tentaţiile.

Iar ceea ce făcuse Shahla, faptul că îi întrăinase soţia pretinzând că Mikhail era tatăl copilului ei... asta fusese *crud*.

Poate că ar fi trebuit să îi zică Ninsiannei că nu era adevărat?

Ah, dar cum ar fi putut să ştie sigur? Shahla nici măcar nu îi *spusese* că era gravidă.

Şi totuşi, Shahla pe care o cunoştea s-ar fi lăudat...

Mormăielile inamicilor se apropiară, pierzându-şi subtilitatea. Era imposibil ca atâţia oameni să păstreze liniştea, mai ales dacă era vorba de unii atât de indisciplinaţi pe cât erau mercenarii ce hălăduiau prin deşert. Ceilalţi războinici, inclusiv bărbaţii, se arătară temători, piuind ca nişte răţuşte care ştiu că şacalii dau târcoale cuibului.

Duhoarea propriei sudori ajunse la nările Gitei.

Rememoră mişcarea pe care o învăţase de la Pareesa. Ghemuieşte-te. Pregăteşte arma. Ţinteşte. Ridică-te şi lansează suliţa cu toată greutatea. Fereşte-te şi fugi. Apoi, rememoră modul în care Mikhail le arătase cum să mânuiască suliţa la antrenament. Dar de această dată îi veni în minte o lecţie predată de Jamin, nu de Mikhail.

-Nu pot să fac asta. E greşit să ucizi.

-Ba poți, spusese Jamin, care mesteca un fir de iarbă sălbatică, ochii lui întunecați fiind învăluiți de furie. *Și o s-o faci. Altfel, nenorocitul ăla bețivan o să te omoare într-o zi, așa cum a omorât-o și pe mama ta.*

-Nu ar fi trebuit să-ți povestesc asta.

Expresia lui Jamin se îmblânzi.

-Nu pot să-ți port de grijă mereu, micuțo, îi răspunsese atunci, dându-i părul la o parte de parcă ar fi fost o fetiță.

-Nu poți să-l rogi pe tatăl tău să intervină?

-L-am rugat, zise el încruntându-se. Dar mi-a spus să-mi văd de treabă, deci sigur îl are Merariy cu ceva la mână.

-Apreciez ce ai făcut pentru mine.

Jamin ridică din umeri. Tocmai petrecuse o noapte în „groapă" după ce îi administrase tatălui ei o fărâmă din tratamentul pe care i-l administra și el Gitei. Judecând după fulglerul din privirea lui întunecată, data viitoare *când Merariy avea să ridice mâna la ea, avea să primească maim ult decât o bătaie care să îl lase inconștient. Deși ochii ei nu mai erau așa de umflați încât să nu poată fi deschiși, încă avea vânătăi și fața umflată. Scutul acela dur pe care Jamin îl proiecta față de toți ceilalți, cel care dădea de înțeles că nu dădea o ceapă degerată pe nimic, îl făcu acum să își încordeze umerii.*

-Vrei sulița aia? Sau nu? întrebă el. Fiindcă jumătate din tipii din sat și-ar da un rinichi pentru ea.

Gita strânse sulița care îi aparținuse cândva lui Jamin. Era o armă bună, rigidă, poate puțin prea lungă pentru o persoană de înălțimea ei, având un vârf de obsidian pur, nu flintă. Zbura drept, cu toate că era ușor ciupită, scuză de care Jamin se folosise pentru a-l convinge pe tatăl său să îi dea una nouă. Gita își purtă degetul de-a lungul rocii vulcanice ascuțite, rememorând ziua în care Jamin insistase să o învețe cum să o folosească.

-Of, Jamin... De ce-a trebuit să te duci să te răzbuni pe tata?

Stătea ghemuită exact așa cum o învățase el și făcu o pauză chiar înainte de momentul în care trebuia să se ridice și să își lanseze sulița. Mușchii îi tresăriră, exersând pe nevăzute mișcarea pe care Gita o recompusese în minte.

-Secretul unei aruncări bune stă în capacitatea de a-ți pune toată ființa în ea, îi explicase Jamin. Fiecare dram de revoltă. Fiecare dram de ură. Imaginează-ți că ai în față pe cineva pe care urăști și că arunci sulița spre acel cineva.

-Eu nu mă enervez ca tine.

Jamin pași în spatele ei, ca un frate mai mare care își învață sora adoptive să arunce sulița, și îi ghidă brațul în așa fel încât să execute mișcarea corect.

-Pe cine urăști cel mai mult? o întrebă el.

-Trebuie să îți iubești, nu să îți urăști dușmanul, răspunsese ea.

Jamin îi puse ambele mâini pe cap şi i-l întoarse spre ţintă.

-Imaginează-ţi-i cum o îngroapă pe mama ta până la brâu.

Chiar şi acum, amintirea îi tăia respiraţia.

-Imaginează-ţi-o pe mama ta implorându-ţi tatăl să o ajute, zisese el. Grămada de pietre. Invadatorii Amoriţi. Ce le-a zis tatăl tău?

-Le-a zis că e vrăjitoare. Şi că, întorcându-se la Templul lui Ki, comisese adulter.

Jamin o obligă să se uite la ţintă exact la fel cum tatăl ei o forţase să se uite la mama.

-Opreşte-te!

-Cine a aruncat prima piatră?

Cât avea să trăiască nu avea să poată uita expresia de trădare de pe chipul mamei când tatăl îi spărsese nasul.

-El.

-Pe cine urăşti cel mai mult, Gita?

Jamin îi întoarse capul spre ţintă. O apucă mai strâns acum. Atât de strâns că o durea!

-I-au zis că e Curva lui Ki, îi şuieră Jamin în ureche. Mama mea provenea din Jebe Mar Elyas. Nenorocitul ăla ar fi putut să o trădeze şi pe ea când templul a fost atacat şi toate preotesele au fost ucise.

Amoriţii lăsaseră mâinile mamei Gitei libere, în aşa fel încât să îşi poată feri faţa şi să îi prelungească agonia. Tatăl ei o obligase să privească cum pietrele se izbeau de trupul mamei în vreme ce Amoriţii le aruncau una după alta, oprindu-se doar pentru a mai turna apă pe faţa femeii când aceasta leşina. O obligase să privească până când pământul se îmbibase cu sângele mamei, iar chipul ei devenise de nerecunoscut.

... chiar şi aşa, ea se agăţase de viaţă.

-Pe cine urăşti, Gita?

-Mama spunea că e periculos ca o preoteasă să urască!

Ochii Gitei fură cuprinşi de lacrimi, astfel că îi venea greu să distingă cu precizie locul spre care trebuia să îşi arunce suliţa. Trebuia să o arunce la distanţă de zece paşi. Trebuia să o arunce şi să ucidă pe cineva!

-I-a luat două ore să moară! şuierase Jamin. Şi acum el vrea să te omoare şi pe tine pentru că îi aminteşti de ea.

După două ore de tortură, mama Gitei nu mai era în stare nici să plângă. Amoriţii îi dăduseră ultima piatră tatălui ei, una mai mare acum, mare cât capul unui om, şi îi ceruseră să îşi dovedească loialitatea ucigându-şi el însuşi soţia vrăjitoare. Ultimele cuvinte ale mamei Gitei fuseseră „Te iert". Tatăl ei îi spusese că era o Curvă a lui Ki şi îi împrăştiase creierii pe pământul îmbibat de sânge.

-Vrea să te omoare, zisese Jamin. Oare asta şi-ar dori mama ta?

-Nu!

Suspinul aproape o dădu de gol. Nu avea nimic de-a face cu Mikhail! Se alăturase războinicilor pentru că în sfârşit înţelesese că Jamin avea dreptate. Acum că singurul bărbat pe care se bazase să o protejeze era înnebunit de ură din pricina trădării Ninsiannei, nu mai avea la cine să apeleze când tatăl ei încerca să îi scoată ochii. Nu voia să mai fie o victimă!

-Acum imaginează-ţi că ai în faţa ta persoana pe care o urăşti cel mai mult pe lumea asta, îi spusese Jamin, şi foloseşte-te de fiecare dram de ură din tine ca să îi înfigi suliţa aia direct în inimă!

Capul primului mercenar se ivi de după deal. Fără să se gândească şi fără să depună vreun effort, Gita se ridică şi îşi lansă suliţa, nimerindu-şi tatăl în piept şi punându-l la pământ, mort, lângă trupul muribund al mamei. Şocată de propriul curaj, Gita se aruncă în spatele trupelor aşezate în formaţie, chiţăind speriată chiar în clipa în care de ambele părţi izbucniră strigăte de luptă.

Începuse...

Capitolul 14

Noiembrie – 3.390 î.Hr.
Pământ: În afara satului Assur

JAMIN

Jamin își frecă umărul, care îl durea, și își ajustă chinga.

-Ar trebui să fiu cu ei, îi spuse el lui Marwan, șeicul deșertului.

Gura care vorbea îi răspunse „ești inutil cu brațul prins așa, în chingă", dar gura a doua, cea tăcută, cicatricea care îi străbătea chipul pe orizontală, de la buze la ureche, spuse „lasă gunoaiele Amorite să își piardă viețile la zidurile semenilor tăi". Așa o să rămână mai mullt aur pentru noi, cei care atacăm din urma lor pentru a răpune *adevăratul* dușman.

Trupele pe care le conducea Kurdusin, liderul Amorit, vorbeau o diversitate de limbi: Halifiană, Amorită, Jarmo, Hassuna, Meriyabat, Uruk și Samarran; erau peste 850 de războinici. Nu toate triburile cumpărate cu aurul șopârlelor erau neapărat ostile față de neamul Ubaid. Cei mai mulți dintre acești războinici fuseseră alungați, întocmai ca el, pentru fărădelegile lor cumplite. Fiind acum lipsiți de sat și stat, preferau să ia de la alții în loc să își creeze propria așezare. Între mercenarii diferitelor triburi nu exista nicio fărâmă de prietenie, dar lui Kurdusin nu îi păsa. Cu cât supraviețuiau mai puțini, cu atât mai mult aur primea *el*.

Amoritul își adunase și condusese oamenii de-a lungul a mai multe zile, purtându-i dintr-un *wadi* în altul, înaintând pe timp de noapte și dormind pe timp de zi pentru a nu fi observați de demonul înaripat care patrula în zbor.

-Mikhail! exclamă Jamin, aproape scuipându-i numele. Ura îi năvăli în vene, reaprinzând febra care îl tulburase în ultimele zile. Cât avea să trăiască – și, judecând după cum își strângeau Halifienii cuțitele de fiecare data când îl priveau, nu mai avea mult – avea să nutrească o ură eternă pentru această ființă.

-Așa de nerăbdător ești, pui de căpetenie? îl tachina Kurdusin. Așa nerăbdător să îți ucizi propriul tată și să îți recuperezi satul?

La centură, Kurdusin avea o lamă de oțel, despre care demonii-șopârlă pretindeau că ar avea proprietăți magice. În realitate, era un cuțit ca oricare altul pe care îl aveau și cei din neamul Ubaid, care se rupea însă mai greu la contactul cu un obiect dur. Jamin tânjea după acel cuțit, dar nu se amăgea în legătură cu puterile lui magice. Dacă demonii-șopârlă ar fi vrut *cu adevărat* să îi facă pe Amoriți mai puternici, i-ar fi dotat cu arme de foc şi săbii.

-Satul meu e prins sub vraja demonului înaripat, şuieră Jamin. Imediat ce scapă de el, oamenii o să fie dispuşi să facă concesii în semn de mulţumire că i-am scăpat de năpastă.

-Chiar crezi că o să te primească cu braţele deschise? râse Kudursin. Chiar şi dacă tatăl tău ţi-ar trece cu vederea temperamentul, Laum nu ar uita cum i-ai pângărit fiica! S-a asigurat că toţi partenerii de negoţ ştiu exact ce recompensă oferă la schimb pentru tine.

-Atunci scap şi de *el,* răspunse Jamin cu o privire întunecată.

Recompensa în aur pe care Kudursin trebuia să o primească pentru capul demonului înaripat făcea recompensa în ţesături şi grâne oferită de Laum să pălească, altfel Jamin ar fi fost mort deja. Totuşi, asta nu însemna că poziţia lui era mai puţin fragilă. Neîncrederea guverna traiul de zi cu zi al oamenilor deşertului, mai ales neîncrederea faţă de cineva care se întorsese împotriva propriilor semeni.

-Cum mă pot achita de preţul impus de fiica ta dacă Dirar e cel care smulge inima din pieptul demonului înaripat şi nu eu? îi şopti Jamin lui Marwan.

Marwan rânji, dezvelindu-şi dinţii putrezi.

-Ce-mi pasă mie care pretendent câştigă mâna fiicei mele? îi răspunse el, bătându-l pe spate. Oricum ar fi, eu îmi câştig dreptul la apă.

-Îţi pasă, altfel nu ai întreţine farsa asta cu preţul lui Aturdokht, zise Jamin. Fie că vrei să recunoşti sau nu, nu ai fi dispus să îţi măriţi fata cu unul ca Dirar.

Gura care vorbea râse la auzul răspunsului îndrăzneţ al lui Jamin, dar cea de-a două, cicatricea mută, se încordă, trădând emoţia ce pândea chiar la suprafaţă. Oricât de năvalnic se arăta, lui Marwan îi *păsa* ce se întâmpla cu fiica lui. Şeicul deşertului înţelesese că farmecele seducătoare ale fiicelor sale îi puteau aduce drepturi mai extinse asupra apei decât luptele nesfârşite purtate de fiii lui. Lucrurile funcţionaseră până când neamul Ubaid se unise şi blocase accesul oamenilor deşertului la râu *indiferent* de tribul Halifian cu care Marwan se înrudea prin căsătorie.

-Dirar se strecoară în satul tău chiar acum, ca să răpună demonul înaripat, răspunse Marwan cu o privire dură, în timp ce tu ai fost pus la pământ de săgeata unei femei. Uită-te puţin la tine! Ai pălit aşa de tare de la pierderea de sânge încât abia te mai ţii pe picioare!

Era adevărat. Viaţa lui Jamin atârnase de un fir de aţă timp de trei zile, până când tânărul se refăcuse suficient încât să poată fi purtat până în locul în care se aflau acum. Încă suferea din pricina febrei, care îi dădea impresia că totul se petrece undeva la distanţă, în irealitate. Dar la naiba, n-avea de gând să îşi dezvăluie slăbiciunea!

-Aturdokht e o arcașă mai bună decât majoritatea războinicilor ăstora, zise Jamin, amintindu-și cum îl atinsese pe frunte când se zbătea între aici și acolo, câteodată blestemându-l de moarte și alteori implorându-l să supraviețuiască. Femeie sau bărbat, e clar că e fiica lui Marwan.

-În locul tău, n-aș repeta fanfaronada asta dacă n-aș vrea să mă trezesc cu un cuțit în spate, îl avertiză Marwan. Sunt mulți oameni pe-aici care ar fi bucuroși să primească *două* recompense: aurul Amorit și pe cea a lui Laum, atâta vreme cât rămâne în viață.

Un mesager veni în grabă în cercul lor și se opri în fața lui Kudursin, liderul Amorit.

-Oamenii noștri și-au ocupat pozițiile, zise acesta gâfâind.

-A fost observat vreunul? întrebă Kudursin.

-Credem că nu, răspunse mesagerul. Iscoadele au călcat în cuibul unor potârnichi și au făcut ca o santinelă să vină să investigheze, dar au reușit să îi taie gâtul înainte să apuce să strige. Suntem siguri că nu o să își dea nimeni seama că lipsește până dimineață.

-Bun, zise Kudursin. Suntem destul de numeroși, dar nu sunt sigur cum o să schimbe lucrurile tacticile astea despre care puiul de căpetenie Ubaidă ne-a avertizat că le-au învățat Assurienii de la demonul înaripat. E mai bine să îi luăm prin surprindere.

-Și cum rămâne cu grupul meu? întrebă Yazan, liderul Halifian care conducea tribul de la vest de Marwan și tatăl soțului răpus al lui Aturdokht; tot el era și fratele mai mare al lui Dirar, competitorul lui Jamin la mâna lui Aturdokht. Printr-un joc al ironiei, dorința ei de a primi inima demonului înaripat ca preț de mireasă o făcuse disponibilă pentru *orice* pretendent care îi aducea ofranda cerută. Acum că și aurul Amorit era în joc, se transformase brusc din văduva cu fiica nedorită în cea mai dorită femeie din întreg teritoriul.

-Al treilea mesager nu a ajuns încă, zise Kudursin. Dar grupurile mari din sud au trimis raportul. Vor înainta în momentul în care invadatorii vor da de opoziție.

Șase șeici Halifieni stăteau strânși laolaltă, apropierea dintre ei și fermitatea cu care își strângeau lamele ascunse sub robe dezvăluindu-i lui Jamin mai multe despre alianțele – sau lipsa lor – dintre fiecare trib bazat pe relații de rudenie decât luni întregi de speculații. Aflase mai multe despre oamenii deșertului în cele trei zile în care zăcuse în cortul lui Marwan, îngrijit de femeile ale căror guri erau mult mai slobode decât cele ale bărbaților, decât o făcuse în toți anii în care primise predici despre acești oameni de la tatăl său.

-Crezi că Nusrat poate să reușească? îl întrebă Jamin pe Marwan pe un ton jos.

-Kudursin l-a trimis în luptă cu Dirar, zise Marwan. S-ar putea să nu îți convină rezultatul.

Jamin aruncă o privire spre Yazan, cel care avea să devină inamicul lui Nusrat dacă totul mergea conform *adevăratului* plan. Roshan, soțul răpus în luptă al lui Aturdokht, vorbise cu dragoste despre tatăl său. Jamin nu era prea încântat de ideea de a-l înșela, însă Nusrat îl ajutase cu condiția să o țină pe sora lui departe de Dirar. Doar Nusrat știa locația exactă a casei Ninsiannei. În schimbul informației aceleia, Jamin îl pusese pe Nusrat să promită că avea să o lase în viață pe Ninsianna. Oricât și-ar fi dorit să se răzbune, gândul că ar putea omorî o femeie, și odată cu ea, un al doilea copil, era greu de suportat. Vină. Tardivă... dar reală. Fusese sincer când își ridicase privirea spre zeița lunii și îi spusese că îi părea rău.

„*Încă o iubești...* " îl tachină o voce lăuntrică.

Jamin o reprimă. Vrăjitoare! Nu iubea pe *nimeni* altcineva în afară de noua sa ibovnică, *Răzbunarea*. Ninsianna îl vrăjise. Înțelegea asta acum. Dirar era un măcelar nemilos. Dacă Ninsianna murea împotriva dorinței lui, *el* nu avea să îi poarte moartea pe conștiință.

Un alt mesager intră în cerc, gâfâind și luptându-se să își recapete suflul.

-A început lupta...

Capitolul 15

Data Galactică Standard: 152,323.11 D.Î.
Haven-1 — Palatul Etern
Tânărul Lucifer — 15 ani

Cu 225 de ani în urmă...

TÂNĂRUL LUCIFER

Bătrânul Dephar trece prin materie cu jumătate de gură:

-În ce an au pornit armatele predecesorilor lui Shay'tan, Nefilimii, o rebeliune?

-74.362, turui eu, privind afară, spre Copacul Etern. Îmi doresc cu ardoare să pot zbura pe ramurile sale şi să îi spun cât de dor îmi e de mama.

-74.365, mă corectează Dephar.

-Asta zic cărţile de istorie cenzurate, îi răspund, lăsându-mă pe spate şi punându-mi picioarele pe biroul lui, un gest care cu siguranţă îl va enerva.

-Acela nu e răspunsul corect, mârâie dragonul Muqqui'bat. Cum poţi prelua orice funcţie de conducere dacă nu ai cunoştinţe fundamentale de istorie?

Îi rânjesc în faţă în timp ce îmi târâi călcâiul de-a lungul biroului lui, lăsând o gaură în lemnul şlefuit.

-Dar asta spun cărţile *adevărate* de istorie, nu? răspund.

-De unde... începe Dephar, iar apoi se apleacă în faţă, dezgolindu-şi colţii. Dulapul acela e închis cu cheia. Cum l-ai deschis?

Privesc scurt spre cheia care încă stă în ascunzătoarea ei, în siguranţă. Dephar e prea paranoic ca să lase vreo femeie de serviciu să îi intre în birou, şi prea ocupat ca să se ocupe de sarcina trivială de a se căţăra până la raftul de sus şi a şterge de praf statuia Celei-Care-Este. Am citit fiecare carte interzisă de cel puţin cinci ori, şi le-am reţinut pe toate, aşa că nu îmi mai pasă dacă mă încuie pe dinafară.

Noua mea ţintă în ale cunoaşterii e o analiză media. În secunda în care scap de aici, intenţionez să mă furişez într-o încăpere dotată cu monitor video ca să pot descărca toate ziarele, weblogurile, podcasturile şi show-urile de televiziune. Tata nu şi-a programat niciodată tabla de Şah Galactic în aşa fel încât să poată răspunde formei de manipulare pe care o foloseşte Shemijaza pentru a înşela opinia publică. Dacă vreau să îl ajut pe tata să îl înfrângă, trebuie să devin mai bun la jocul ăsta cu media.

-Poate că zeiţa m-a înzestrat cu cunoaşterea ei, spun afişând cel mai nevinovat zâmbet al meu. Îmi iau picioarele de pe biroul lui Dephar şi mă aplec în faţă. În 74.362, o mică colonie a Nefilimilor a pornit o rebeliune într-un braţ spiralat Scorpion, aflat la mare distanţă. Shay'tan era ocupat luptându-se cu tata în anul acela, aşa că a trimis mercenarii Tokoloshe să recupereze planeta. Când filmarea care arăta ce le făcuseră mercenarii coloniştilor a ieşit la suprafaţă trei ani mai târziu, populaţia Nefilimă a refuzat să i se mai supună lui Shay'tan, aşa că el şi-a format o nouă armată cu şopârlele Sata'anice şi a exterminat Nefilimii.

-Deci data *mea* e cea corectă, zise Dephar. Aceea e data la care populaţia Nefilimă a pornit rebeliunea.

-Ahh, îi răspund, lăsându-mă pe spate. Nu e cea corectă. Data *dumneavoastră* dă impresia că Nefilimii s-au revoltat fără vreun motiv, ceea ce *nu* e adevărat. Rebeliunile nu sunt *niciodată* lipsite de motiv.

Dephar mormăi.

-Vorbeşti exact ca tatăl tău.

-Ah, mulţumesc, îi răspund cu un rânjet. Tata va fi fericit să audă asta.

Dephar îşi dezgoleşte colţii.

-Tatăl tău *adevărat.* Nenorocitul ăla de Shemijaza!

Rânjetul mi se şterge de pe chip.

-NU e tatăl meu! urlu eu. E... e... un donator genetic! Asta e tot!

-Poate că mama ta o să aducă un bastard *nou* de la Shemijaza, ca să te înlocuiască, spune Dephar. Asta i-ar oferi Împăratului un alt proiect cu care să se distreze în locul ADN-ului *tău.*

-Nu e adevărat! Tata me iubeşte! De asta nu îl lasă pe Shemijaza să mă ia!

Îl dau la o parte şi ies, fără să mai salut gărzile Cherubime, repezindu-mă dincolo de Pilonul Flăcării ca să zbor în Copacul Etern. Mă aşez pe o ramură suficient de mare încât să îmi poată susţină greutatea, îmi lipesc faţa de trunchi şi suspin. Ramurile mă înconjoară de parcă m-ar îmbrăţişa.

Oare se mai întoarce mama vreodată? Sau m-a abandonat pentru el?

Vântul răscoleşte crengile subţiri care mi se freacă de aripi. Adierea poartă aroma solului bogat, fertil, umezeala adusă de ploile care tocmai au trecut şi parfumul florilor. Toate acestea sunt mirosuri pe care le asociez cu grădina.

-Mi-ar plăcea să poţi vorbi, spun eu strângând copacul în braţe.

Un stol de Păsări Fericite vin în zbor dinspre ramurile de jos şi se aşază în jurul meu, pe crengile cele mai înalte. Trilul lor frumos şi somptuos susură sub bolta arborelui, formând o simfonie aviară care îmi aminteşte de cântecul pe care l-am auzit pe tărâmul de mijloc.

Copacul îmi mângâie tâmpla cu o ramură subţire.

Mama ta te iubeşte...

-Nu prea se poartă de parcă m-ar iubi, mormăi eu, conştient că probabil arăt ca un nebun – un băiat mare, de cincisprezece ani, bocind în vârful unui copac. Bine că nu mă vede tata. El nu înţelege altceva în afară de logică, raţiune şi, uneori, furie. Mama spune că tata trăieşte prea mult în capul lui şi nu suficient de mult în corpul pe care şi l-a creat ca să poată rămâne aici, cu noi.

Ascult Păsările Fericite până când soarele apune peste Palatul Etern. Prima lună, artificială, se înalţă, programată în aşa fel încât Haven să nu fie învăluit niciodată de întuneric. Tata mă strigă pe nume.

-Lucifer! Coboară de acolo.

-Pleacă!

-Lucifer, te rog! Maestrul Ubiqueto a spus că ai ieşit tare supărat din biroul lui Dephar. Ce ţi-a zis?

Nu îi răspund.

-Nu te cert dacă îl dai în gât.

Mormăind, mă desprind de copac şi fâlfâi din aripi ca să ajung pe sol, lângă tata.

Pare că tocmai a ieşit din laboratul de genetică şi îşi poartă încă halatul alb. Părul grizonant şi sălbatic îi stă în toate direcţiile. Asta e versiunea tatei care îmi *place,* nu cea tânără care mă sperie uneori.

-Ce a spus de te-a supărat? mă întreabă.

-A spus că sunt ca Shemijaza! îi răspund, încrucişând braţele la piept.

-Eşti ca Shemijaza, spune el. Din multe puncte de vedere.

Îl privesc cu răutate.

-Dar eşti şi ca mama ta, iar aia e partea din tine pe care o iubim cu toţii.

-Nu vreau să fiu ca el! strig. Vreau să fiu ca *tine.*

-Şi chiar eşti, îmi spune tata, făcându-mi semn să mă aşez pe o rădăcină arcuită, care formează o bancă pentru noi. Hai. Aşază-te. Trebuie să discutăm despre ce se întâmplă.

-Nu vreau să merg cu el! De ce nu poate mama să rămână aici şi să se căsătorească cu *tine?*

Chipul tatei se întristează.

-Pentru că nu mă iubeşte aşa cum îl iubeşte pe el, oftează el.

Îşi trece degetele prin părul grizonant şi sălbatic, răvăşindu-l şi mai mult. Într-o bună zi, vei înţelege cum e ca datoria faţă de un ţel dincolo de tine însuţi să aibă propritate în faţa dorinţelor personale. Mama ta a pus Alianţa pe primul loc pentru că a vrut să te protejeze, dar eu am făcut o greşeală. Când ai fost împuşcat, primul meu impuls a fost să îl distrug pe cel care te-a rănit. Am uitat că *nu* eşti cu adevărat fiul meu, pentru că eu mă pot vindeca, dar tu, nu.

Ochii tatei capătă o strălucire de un auriu pal în lumina slabă din grădină. În jurul nostru, vântul şuieră prin vegetaţia luxuriantă, răscolindu-mi penele şi făcându-mă să tremur. Locul acesta e varianta cea mai apropiată de paradisul pe care l-am zărit pe tărâmul de *mijloc* pe care tata a reușit să o recreeze.

-Asta a spus Shemijaza la televizor, îi spun.

-Televizor! pufnește tata. Dacă aș fi știut că Shemijaza o să se folosească de propriile mele rețele media împotriva mea, le-aș fi scos din legalitate acum mult timp, așa cum a făcut-o și Shay'tan.

-Și de ce nu o faci?

Tata oftează și își apleacă privirea spre mâini.

-Pentru că vreau să fiu *diferit* de Împăratul Shay'tan. Dacă îi pun pe locuitorii Alianței să trăiască exact la fel, asta înseamnă că nu prea le ofer o alternativă, nu? De obicei, când sunt pus la colț, poporul are dreptate.

Privește în depărtare.

-Tocmai de asta Alianța nu a avut parte niciodată de rebeliunile sângeroase, care să cutremure galaxii, de care a avut parte Shay'tan. Eu încerc să ascult poporul și să repar lucrurile înainte să se ajunge în punctul ăla.

-Dar câteodată ascunzi lucruri, îi răspund, gândindu-mă la dulapul închis cu cheia, plin cu cărți de istorie cenzurate.

-Nu sunt un zeu perfect, îmi spune tata cu un zâmbet spășit. Uneori, e nevoie să faci problemele să dispară.

-Shemijaza spune că semenii mei sunt pe moarte.

-Văd că tu chiar te-ai uitat ceva la televizor...

Tata spune că televizorul îți prăjește creierul. Într-un fel, sunt de acord cu el. Multe dintre lucrurile care apar acolo sunt niște prostii colosale. Dar e o cale de a afla ce preocupă poporul.

-Tu nu? îl întreb. Ce vreau să spun e că aud foarte mulți știriști spunând poporului ce spune Shemijaza pentru că el e dispus să vorbească cu ei, dar tu mereu zici „Nu comentez" și le trântești Poarta Perlată în față. Nu e normal ca poporul să fie suspicios?

-Am oferit Alianței ăsteia mai mult decât ar fi drept să i se pretindă cuiva, răspunde tata, iar ochii lui aurii capătă o nuanță închisă de cupru. L-am văzut pierzându-și cumpătul, așa că nu am nicio dorință de a-l provoca. De fapt, bănuiesc că motivul pentru care stă departe de media e că nu vrea ca întregul univers să vadă.

-Dar ei de unde să știe asta? îl întreb. De unde să știe dacă tu nu le spui?

-Eu le dau lucruri, spune tata. Dacă o specie aflată în pericol e pe moarte, îi asigur o adaptare genetică menită să o ajute să supraviețuiască. Dacă cei din neamul Tokoloshe încearcă să ne mănânce cetățenii, trimit o navă de război care să îi dea afară din sectorul respectiv. Iar dacă apare vreo boală care ne decimează semenii, trimit oamenii de știință să studieze problema și să ofere o soluție.

-Și atunci de ce nu i-ai reparat și pe semenii *mei*?

-Pentru că nu știu ce e în neregulă cu voi! spune tata ferindu-și privirea.

-Le-ai *spus* asta? îl întreb.

-Ce? Că zeul lor nu e infailibil?

Rupe o frunză din Copacul Etern şi începe să se joace cu ea.

-La ce-s buni zeii dacă nu pot rezolva chestii?

Privim grădina în tăcere, urmărind cum a doua lună, cea naturală, se ridică deasupra Havenului şi îmbogăţeşte lumina adusă de luna mai mică, artificială. Florile de noapte se deschid, eliberându-şi parfumul în aer. Orăcăitul brotăceilor amfibii şi ţiuitul insectelor creează o simfonie care în timpul zilei lipseşte. Tata petrece multe nopţi aici, ori de când ori are nevoie să îşi pună ordine în gânduri.

-Shemijaza are chestia asta care se numeşte Parlament, spun eu. Dacă poporul e nefericit, poate merge acolo să rezolve problema. De ce nu creezi şi *tu* un Parlament? Aşa, poporul poate să dea vina pe *el,* nu pe *tine,* dacă lucrurile nu se rezolvă, pentru că nu mai e treaba ta.

-Avem şi noi un Parlament. De unde crezi că i-a venit ideea lui Shemijaza?

-Dar Parlamentul *tău* e doar un loc de întâlnire, răspund eu. Delegaţii nu au puterea de a *rezolva* lucruri, pot doar să vorbească despre problemele lor. De ce nu încerci să afli ce lucruri poate să rezolve poporul de unul singur şi nu îi delegi puterea de a o face?

-Pentru că ar lua-o razna. Dacă ţi se pare că Shemijaza se cam distrează cu media, ce crezi că s-ar întâmpla odată ce le-aş da mână liberă cetăţenilor?

-Pune pe altcineva la comandă, îi spun. Cineva în care ai încredere. Shemijaza nu face asta, el e şi împărat, şi lider al Parlamentului. Iar apoi… nu ştiu. Fă în aşa fel încât să poţi anula orice lege care nu îţi place.

-Fac asta deja, îmi spune tata. Shemijaza mă acuză că doar creez iluzia autorităţii.

-Atunci stabileşte o procedură prin care poporul să îţi poată anula decizia, îi zic eu. Aşa, nimeni nu te poate acuza că ai fi dictator.

Tata se holbează la mine cu ochii lui aurii, care devin treptat mai palizi, ceea ce asociez cu vreo revelaţie sclipitoare pe care o are.

-Mergi la culcare, *chol beag,* îmi spune. Dimineaţă am o surpriză pentru tine.

Tata mă conduce înapoi în apartamentul meu gol şi mă îmbrăţişează, gest de altfel rar. De obicei, evit să mă spăl pe ochi dacă mama nu insistă, dar devin prea mare ca să mi se mai spună să fac lucruri ca unui bebeluş.

Îmi e aşa de dor de ea încât mă doare. Nu spuneţi nimănui, dar în fiecare noapte care a trecut de când a plecat, am dormit în patul ei, cu perna ei strânsă în dreptul feţei, ca să îi pot mirosi parfumul. Nu vreau să trăiesc cu bărbatul acela cu fălci dure, dar ce o să se întâmple dacă Shemijaza o ţine prizonieră pe mama? Eu pe cine o să aleg? Pe mama sau pe tata?

Mă gândesc la nava pe care Shemijaza a trimis-o ca să mă ducă în imperiul lui, cea pe care a folosit-o ca să o smulgă pe mama chiar de sub nasul tatei. E clar că e nerăbdător să mă câștige de partea lui.

Nu! Tata e tatăl meu! Nu o să merg cu el! Nici măcar pentru o navă idioată!

Mă folosesc de puterea de a-mi purta mintea dincolo de tărâmul viselor și ating mintea mamei așa cum m-a învățat. E o formă de telepatie moștenită de la o bunică Serafim, dar nu am mai încercat niciodată să o folosesc de la o distanță așa de mare.

-Is féidir liom a bhraitheann tú, mama, șoptesc în perna mamei. Pot să te simt. Te rog, vino acasă.

Adânc înăuntrul meu reverbează o căldură, nu tocmai un gând, ci sentimentul că suntem legați unul de altul, *conștiința* faptului că mama e bine. Orice-ar fi durat atât, s-a încheiat și ea se întoarce acasă.

Mă cuibăresc în perna mamei și adorm.

Capitolul 16

Data Galactică Standard: 152,323.11 D.Î.
Zona Neutră: „Prințul din Tyre"
Agent Special Eligor

În prezent...

ELIGOR

Eligor aruncă o privire peste umăr în timp ce Lerajie intră în cabina navei pe care o pilotau înapoi din Haven-3. Într-un hipersalt lung, ca acesta, nava trecea de obicei pe autopilot, dar preferaseră să călătorească incognito în caz că Împăratul hotăra să se răzbune capturându-l pe Lucifer a doua oară. Mamutul acesta de cuie era tot numai motoare, nu oferea prea multe locuri ferite, în care prim-ministrul să se poată odihni, așa că hotărâseră să se ascundă aici ori de câte ori voiau să vorbească.

-Cum se simte? întrebă Eligor.

-Iar bate câmpii, zise Lerajie. Spune întruna că ea a vorbit.

-*Chiar* a vorbit, zise Eligor. Ai văzut-o și tu la fel de bine ca mine.

Lerajie amuți. Eligor îl lăsă să mediteze la situație, nu tocmai doritor să audă o turuială idealistă despre cum nu trebuia să trateze urât rasa primordială. Era amuzant că, acum că îi spusese că bărbatul cu pielea întunecată părea a fi rațional, prietenul acesta care apărase cu atâta ardoare drepturile unei specii presimțitoare se arăta acum mai puțin entuziasmat să recunoască că traficau o specie cu totul simțitoare.

Asta era diferența dintre el și Lerajie. Eligor spunea lucrurilor pe nume. Ce făceau ei era trafic illegal de sclavi sexuali. Hibrizii aveau o problemă. Ființele umane ofereau soluția. Treaba lor era să ducă ființele umane de la punctul A la punctul B pentru ca Lucifer să își poată duce la capăt intriga. Imaginea idealistă pe care Lerajie o avea despre bărbatul care *voia* să fie îl împiedica să vadă ce fel de bărbat *era,* de fapt. Acum că devenise evident că lucrurile erau putrede, Lerajie intrase în faza de negare.

-Zepar le-a făcut ceva oamenilor pe care i-a oferit în dar celorlalți hibrizi, se apără Lerajie. Le-a distrus inteligența cu vreun medicament. A spus că își pierde efectul după câteva ore, dar că, dacă o faci destul de des, îi poți dresa să facă diverse lucruri. Restul trebuie să fi fost un soi de truc. Un truc cu un transmițător radio sau ceva de genul ăsta...

Eligor verifică radarul spațial, asigurându-se că autopilotul nu îi arunca în mijlocul vreunei găuri negre. Nu își bătu capul să îl contrazică pe tovarășul său. Certurile nu serveau la nimic. Dacă refuza să se certe, Lerajiie începea să se agite, de parcă avea nevoie să argumenteze *împotriva* a ceea ce credea altcineva pentru ca lucrurile să se așeze în propria lui minte. Ei bine, Eligor nu avea de gând să își ajute prietenul idealist să ghicească nimic.

-A cerut din nou să te vadă, zise Lerajie într-un sfârșit.

Eligor își trase dosarul mai aproape și pretinse că era ocupat. Ce putea să zică? Că instinctul îi spunea că *ultimul* loc în care ar fi trebuit să îl ducă pe Lucifer era înapoi pe nava lui amirală din zona neutră, acolo unde Zepar putea să îl injecteze de nebun cu cine știe ce rahat injecta și în ființele umane? Probabil cu un fel de steroizi sau alte medicamente care să îl spele pe creier și să îl facă să se supună, pentru ca apoi să se lase plimbat de pulă de parcă ar fi o păpușă în călduri? Aruncând spre el câte-o femeie care părea prea greu de dresat pentru Zepar, ca să o violeze, fiindcă Lucifer nu își dorea nimic mai mult decât ca specia lui să *nu* dispară?

-Ar trebui să încetezi să îl mai eviți, zise Lerajie. Ai văzut cum a pus-o la punct pe prințesa gheții?

Eligor evită privirea lui Lerajie.

-Am auzit.

Nu adăugă faptul că auzise și trădarea din vocea lui Lucifer când acuzase Comandantul General Suprem că își prostituase ovarele pentru Alianță. Îi citise scrisoarea. *El* știa la ce se referise Lucifer *cu adevărat*. Oare de ce Jophiel se purtase de parcă n-ar fi avut nicio idee la ce se referea?

Poate respinsese scrisoarea fără să o citească?

Dar de ce ar respinge o scrisoare venită de la prim-ministru fără să o citească? Și mai ales când nu ești decât o cadetă? O cadetă care poate fi trimisă la Curtea Marțială pentru că a ignorat oficialul cu cea mai înaltă funcție guvernamentală. Nu. Povestea asta era de cincizeci de ori mai complicate decât părea și toate ițele duceau spre maestrul păpușar, Zepar.

-Nu se simte prea bine, zise Lerajie. Febra îi tot crește și delirează. Orice i-o fi făcut Împăratul l-a rănit rău.

-I-a ars aripile, izbucni Eligor. Normal că are o zi de rahat.

Își termină verificările, iar apoi îl lăsă pe Lerajie să conducă câtă vreme el mergea să vadă ce făcea pasagerul. Mirosul penelor arse persista încă pe trupul lui Lucifer cu toate că îl îmbuibaseră cu antibiotice și îi smulseseră orice rest care părea capabil să provoace o infecție la nivelul foliculilor, lăsând membrele bietei ființe de-a dreptul chele. Imaginea aceasta, a Angelicului care își pierduse aripile, era de-a dreptul patetică. Eligor pusese la loc încheietura dislocate a aripii, așa că spera că Lucifer avea să mai poată zbura. Dacă îi creșteau aripile înapoi…?

Lucifer dormea pe burtă, aşa cum o făceau cei mai mulţi Angelici dacă nu îşi ţineau partenerul în braţe. Spatele i se înălţa şi cobora, având o nuanţă palidă, străbătută de pete albastre. Lui Eligor i se puse un nod în gât la vederea membrelor acelea carbonizate şi dezgolite. Chiar şi *el,* care se înăsprise aşa de tare încât nu îi mai păsa de nimeni, îl compătimea pe bietul bărbat. Era pe punctul de a se întoarce în cabina pilotului, ca să nu îl deranjeze, când Lucifer îi rosti numele:

-Eligor?

-Da, domnule.

Lucifer se chinui să se rostogolească pe laterale şi tresări când arsurile rămase se şterseră de pături.

-Stai jos, te rog, îi zise el. Ochii săi de un argintiu straniu străluceau în lumina slabă, de parcă ar fi putut vedea în întuneric.

Eligor se aşeză pe patul de vizavi.

Lucifer făcu o grimasă.

-N-am apucat să îţi mulţumesc.

-Doar îmi făceam datoria, domnule.

-La fel ca toţi ceilalţi, zise Lucifer. Dar *tu* ai fost singurul care a ridicat de fund în sus şi a sfidat ordinele Împăratului.

Eligor ridică din umeri.

Lucifer îşi dădu seama că Eligor nu prea avea chef de vorbă. Buza îi tresări, de parcă ar fi *vrut* să vorbească cu cineva şi nu avea prea multe persoane în care să se poată încrede. Am vrut doar să îţi mulţumesc.

-Nu aveţi pentru ce, domnule.

Lucifer se rostogoli înapoi pe burtă, extenuat chiar şi de efortul depus pentru această scurtă conversaţie. Eligor scoase un termometru şi îi luă temperatura din nou. Rahat! Tipul avea febră 42!

-Domnule, zise Eligor, cred că aveţi nevoie de mai multe antitermice.

-Tocmai mi-a dat Lerajie câteva, mormăi Lucifer. Câteva bune. Aripile dor ca naiba, dar măcar n-am avut nicio migrenă pe tot parcursul călătoriei ăsteia.

Eligor ascunsese anestezicul *de încredere* al lui Lucifer, puternica licoare verde a Mantoizilor. Prinţul-păpuşă fusese treaz în ultimele patru zile, cu excepţia celor câteva picături pe care Eligor i le mai turnase în băuturi din sticla pe care o ascunsese, doar atât cât să se asigure că tipul nu intra în sevraj. După ce îşi dăduse seama că Zepar îi făcea rost de alcool, începuse să caute diferite metode de a-l dezvăţa de tâmpenia aia... pentru orice eventualitate.

-Foarte bine, domnule, zise Eligor. Apoi, reveni în cabina pilotului.

-Eligor?

-Da, domnule prim-ministru?

-Soţia lui Abaddon chiar a vorbit?

Eligor ezită. Oare Lucifer chiar era aşa de rupt de realitate?

-A vorbit, domnule.

Lucifer oftă.

-Cum se face că soţiile *mele* nu vorbesc niciodată cu mine? De fiecare dată când merg să le văd, încearcă să îmi smulgă ochii din orbite.

Şi Eligor îşi punea exact aceeaşi întrebare. Îşi aminti în ce stare se aflau femeile după ce Lucifer le lăsa însărcinate. Acelea nu ieşeau din dormitor zâmbind ca femeile Angelic cu care Lucifer se culca de obicei. Ele fuseseră legate şi posedate împotriva voinţei lor. Eligor avea o serie de teorii care să explice situaţia, dar nu avea de gând să se pună în pericol până nu făcea rost de mai multe informaţii. Indiferent de cât de mult se purta Lucifer ca geamănul bun, rămânea un fapt cunoscut că exista şi unul rău, şi nici măcar Eligor nu ştia cu care dintre ei vorbea când.

-Zepar a spus că vă dă numai femei respinse de alţii, domnule, zise Eligor într-un sfârşit. Acum că mânzul a ieşit din ţarc, poate ar trebui să îl rugaţi să vă dea una mai deşteaptă.

-Poate ar trebui, mormăi Lucifer. Respiraţia i se domoli, iar spatele continuă să i se înalţe şi se coboare în timp ce se lăsa din nou cuprins de somn.

Eligor reveni în cabina de pilotaj şi începu să introducă numere în tabletă.

-Ce faci? îl întrebă Lerajie.

Eligor întâlni privirea prietenului său, sau cel puţin varianta cea mai apropiată de un prieten pe care era dispus să o accepte.

-Mă joc.

-E un joc bun?

Eligor privi îndelung şirul de numere şi codul alfanumeric pe carele folosise pentru a-şi exersa memoria. Adăugă litera G şi apoi trecu la un joc video *adevărat*. Unul care bloca accesul oricui altcuiva la informaţiile lui. Ştia mai bine ca oricine altcineva ce se putea întâmpla dacă Zepar afla că ţinea totul sub observaţie.

-Poftim, zise Eligor, întinzându-i tableta lui Lerajie. Distrează-te şi nu îmi mai pune întrebări stupide.

-A, e un joc de război!

Ca un copil entuziasmat, Lerajie începu să joace jocul acela teribil de popular pe care Eligor şi-l descărcase pe tabletă pentru acoperire. În el, Angelicii coborau din spaţiu pentru a elibera o planetă simţitoare nouă, plină de fiinţe care aruncau suliţe, de sub conducerea lui Shay'tan.

Capitolul 17

Noiembrie – 3.390 î.Hr.
Pământ: Satul Assur

PAREESA

-Acum!

Pareesa lovi în sus, drept în gonadele Halifianului care păşise pe piatra în spatele căreia se ascundea ea. De o parte şi de alta, membrii diviziei B începură să lovească în stânga şi în dreapta cu suliţele şi cuţitele lor, luându-i prin surprindere pe luptătorii aceştia căliţi.

Bărbatul îşi îndreptă arma în jos, spre Pareesa, ratându-i gâtul la milimetru, în timp ce fata se aruncă în lateral şi scânci. Apoi, îşi înfipse lama de piatră în carnea moale a pântecului lui. Bărbatul se prăvăli peste ea, luptându-se în continuare, în timp ce Pareesa încerca să îşi recupereze cuţitul alunecos şi umed. La naiba! Era de trei ori mai greu decât ea şi mirosea ca o capră în călduri! Pietrele îi sfredelir spatele. Se chinui să îl împingă la o parte până când reuşi să se strecoare de sub el.

Se zbătu, căutându-şi arma printre pietre. Teroarea i se transformă în euforie în clipa în care mâna îi atinse suliţa.

O a doua umbră sări peste zid. Pareesa se rostogoli la timp pentru a evita lovitura unei lame şi, fiind încă întinsă pe spate, îşi ridică suliţa pe diagonală, cu capătul înfipt în pietre. Cu un strigăt surprins, atacatorul se izbi direct în vârf. Rămase nemişcat, privind cu gura căscată suliţa care îi pătrunsese în burtă.

-Asta primeşti, zise Pareesa smulgându-şi suliţa înapoi, dacă ataci pe cineva care nu ţi-a greşit niciodată cu nimic!

Totul părea *mai clar,* de parcă timpul ar fi curs mai lent. Fata se mişcă legănat, apărându-se în faţa următorului atacator exact aşa cum o învăţase Mikhail.

-Haiaaaa! strigă Ebaid din stânga ei.

Suliţa sa ţâşni în sus chiar în clipa în care un alt Halifian se ivi pe zid, înfigându-se direct în pântecul lui şi înaintând până în inimă. Victima lui Ebaid încetă să mai tresară de îndată, spre deosebire de primul nenorocit pe care îl eliminase Pareesa şi care *încă* încerca să o înşface de gleznă. Îl călcă pe mâna ca să nu îi permită să îşi recupereze cuţitul.

-Rahat! zbieră Ipquidad în dreapta ei.

Tânărul rotunjor fu pe punctul de a fi eviscerat. Singurul lucru care îi salvă viaţa fu faptul că se mişca *mult* mai lent decât se aştepta oponentul. Mişcarea defensivă pe care Pareesa îl obligase să o tot repete, şi să o repete, şi să o repete îl făcu acum să îşi îndrepte suliţa în faţă în timp ce inamicul aluneca încă din inerţie. Cu un urlet de durere, bărbatul se prăvăli la pământ. Ipquidad avu prezenţa de spirit de a-şi scoate cuţitul şi de a-l împlânta în gâtul acestuia.

Pareesa se feri de un al treilea atacator. Inamicul îi dădu târcoale, cu lama întinsă în faţă de parcă ar fi fost un luptător experimentat.

-*Mi aghjik*? rânji Halifianul când îşi dădu seama cu cine lupta.

-Da, aşa-i, zise Pareesa dansând din calea loviturilor lui hotărâte, după care îşi înfipse cuţitul în umărul lui. Ai fost răpus de o fată.

Îl lovi pe bărbat în spatele genunchiului, exact aşa cum făcea Mikhail ca să o ia pe *ea* prin surprindere, şi îşi scoase cuţitul din carnea lui când acesta căzu. Bărbatul încercă să o prindă şi să o înjunghie. Ea îşi înfipse lama în coastele lui.

Lângă ea, Ebad tocmai eliminase un al doilea atacator şi îi dădea târcoale celui de-al treilea, chipul lui strălucind în lumina slabă a lunii.

-Nu-i rău, îi strigă Pareesa. Ebad devenea din ce în ce mai bun.

Sări în apărarea lui Ipquidad, căci un alt inamic îi dădea târcoale tânărului corpulent. Halifienilor părea să le placă lupta corp la corp.

Dar şi ei îi plăcea…

Peste tot în jurul ei, divizia B lupta pentru supravieţuire, trei împotriva unuia, în timp ce inamicul încerca să treacă de ei şi să năvălească pe rigolă.

-Câţiva au reuşit să treacă! strigă Yaggit din dreapta Pareesei.

Inima ei o luă la goană; cum de nu obosea aşa de tare şi la antrenament? Erau doi împotriva unuia acum. Iar ei erau divizia B, cea mai slabă escadră a Assurului, ultimii aleşi la orice eveniment. De ce insistase oare să ocupe poziţia aceasta, mai ales că nu avea decât treisprezece primăveri?

Şi unde naiba îi era arcul?

-Pareesa! Ai grijă! strigă Ebad.

Pareesa lansă o lovitură laterală spre atacatorul care venea spre ea înarmat cu o suliţă. Bine. Cu *câteva* suliţe. Deci unii dintre ei chiar *aveau* suliţe. Judecând după geamătul surprins pe care îl scoase când se prăbuşi pe spate, ultimul lucru la care se aştepta bărbatul era o manevră defensivă Cherubimă.

Nu... te... opri.

Vocea lui Mikhail îi răsună în minte când smulse suliţa din mâna atacatorului. Pareesa blocă mânerul cu partea netedă a lamei când bărbatul încercă să o lovească în cap cu el, iar aapoi se întoarse, ţinând încă de mâner şi răsucindu-l în aşa fel încât inamicul să îl scape din mână. Trase în sus, prelă controlul asupra armei duşmanului, iar apoi îi înfipse propria suliţă în piept. Bărbatul urlă, tresări şi rămase nemişcat.

Mai mulți Halifieni se strecurară dincolo de ei și fugiră pe coasta dealului. Inamicii îi vedeau ca pe un ocol enervant, ca pe un obstacol în drumul lor spre *adevărata* misiune. Pareesa se rugă ca arcașii să îi elimine înainte să penetreze poarta de nord nu tocmai impenetrabilă a Assurului.

Un al patrulea bărbat se repezi spre ea cu o suliță. Pareesa își scoase propria suliță din trupul bărbatului pe care tocmai îl omorâse și o folosi pentru a para loviturile primate așa cum o învățase Mikhail. Inamicul slobozea injurii, atrăgând atenția camarazilor săi cu cuvintele: *mi aghjik.*

„Mi aghjik". Fata. Aiaia! Era vreo recompensă pusă și pe capul *ei?*

-Trageți!!! strigă Behnam de pe acoperișurile din spatele lor, ordonându-le arcașilor să lanseze trasoare în vale. Vâlvătăile mici luminară siluetele care se târau dinspre albia râului, prin rigolă, după care se stinseră.

-Pareesa... ai grijă! strigă Ebad. Îl înjunghie pe bărbatul care aproape o nimerise, dar nu îl omorî.

-Ți-a luat ceva! se răsti Pareesa și apoi îi dădu lovitura finală bărbatului. Ebad nu se compara *câtuși* de puțin cu Mikhail!

-Cu plăcere, îi răspunse acesta cu o expresie rănită.

Pareesa, Ebad și Ipquidad se poziționară spate în spate. Mai mulți Halifieni îi lăsară baltă pe ceilalți membri ai diviziei B și se porniră spre ciudățenia aceea, spre fata care îndrăznea să lupte cu bărbații.

-La Pareesa! strigă Yaggit, dar oamenii săi erau prea prinși în luptă ca să o mai ajute.

Cinci Halifieni luară cu asalt micul trio. Ce naiba? De ce o luau la țintă *pe ea?* De obicei, atacatorii făceau greșeala de a nu o băga prea mult în seamă, dar nu și azi. Părea că inamicii fuseseră instructați să aibă grijă la ea și să o elimine. Un al șaselea Halifian se repezi spre ea.

-Rahat!!! scânci Ipquidad ca o fetiță. O să murim cu toții!

Capitolul 18

Noiembrie– 3.390 î.Hr.
Pământ: Câmpia din afara satului Assur
Colonel al Forțelor Speciale Angelice, Mikhail Mannuki'ili

MIKHAIL

Mikhail zbură sus, pe cerul de culoarea cernelii, căutând semne de viață. Incantațiile de luptă ale Cherubimilor creeau o atmosferă liniștită, plină de pace, de parcă aerul l-ar fi sprijinit, pe el, prădătorul aflat la vânătoare.

Atenția îi fu atrasă de agitația de pe un câmp aflat la poalele dealului. În nordul satului se purtau două bătălii aprige, cea la care Mikhail se așteptase și încă una care considera că avea șanse mici, dar reale să se întâmple. Deși nu îl *văzuse* pe Jamin, știa că numai cineva care cunoștea satul până în străfunduri putea pune la cale o asemenea ofensivă.

Pe cine trebuia să ajute întâi? Să se îndrepte spre poarta de nord sau pe poarta de sud?

Avea să îi ajute pe cei care aveau cea mai mare nevoie de ajutor.

Își întinse aripile pentru a opri șuieratul vântului și coborî prin vălul de ceață ca un iubit care alunecă printre cearșafuri. Lumina blândă și albastră a lunii se reflectă pe tăișul sabiei când o ridică deasupra capului, pentru o lovitură verticală, și sfărâmă capul unuia dintre atacatorii Pareesei.

-*Bishamonten wa*, șopti rugăciunea Cherubimă, legănându-se pe diagonală, din partea stângă jos spre dreapta sus, în ritmul unei orchestre interioare, ciopârțind abdomenul unui bărbat.

Rugăciunea îi alunecă pe buze în timp ce își purta bagheta de dirijor de la dreapta la stânga, în ritmul unei kata ucigătoare, retezând brațul unui Halifian care fusese pe punctul de a-l înjunghia pe Yaggit.

Yaggit slobozi un strigăt, dându-și seama că Mikhail aterizase printre ei, și își îndreptă sulița spre *el* în locul celui de-al patrulea Halifian. Din fericire pentru Yaggit, inamicul își schimbă ținta; lumina albastră care preceda gândirea se întoarse spre *el.*

Bun.

Mikhail împinse cel de-al treilea Halifian, cel care rămăsese acum fără un braț, în lateral, pentru ca Yaggit să îi poată pună capăt zilelor. Asemenea unui pui de leu care atacă prada deja slăbită de părinte, Yaggit se adună și înjunghie inamicul în inimă.

-*Soshite kanojo wa*—, şopti Mikhail următorul vers al rugăciunii, reluându-şi dansul morţii; liniştit, distant, de parcă o parte a minţii lui se înălţase dincolo de trup pentru a orchestra acest cântec.

Al patrulea Halifian se năpusti asupra lui, vrând să îşi înfigă cuţitul în artera lui brahială, dar impulsurile albastre ale gândului îi dădură de gol mişcarea. Cu o lovitură vertical, pornită de deasupra capului, Mikhail reteză capul omului şi îl împinse spre Pareesa, de parcă i-ar fi aşezat un dar la picioare. Pareesa strâmbă dezgustată din nas. Împinse capul tăiat spre oponentul ei, iar apoi sări pentru a evita o lovitură mortală care aproape îl nimeni pe Ipquidad.

Un gând străin se strecură în mintea lui Mikhail.

„Ea ar fi o împărăteasă mult mai potrivită decât cea pe care ai ales-o.”

-Ea nu e cea pe care o căutam, îi zise el zeului Cherubim al războiului.

„Nici Ninsianna nu e...”

Stai, ce? Îşi pierdu concentrarea. Lama unui cuţit trecu dincolo de penele sale şi îi atinse carnea. *Damantia! Concentrează-te!* Mikhail îşi forţă mintea să reia dansul morţii.

Cu o lovitură pe diagonală, Angelicul se răsuci şi sfredeli carnea de sub bicepsul bărbatului. Acesta urlă de durere şi îi strigă numele. Halifienii se repeziră spre el, doritori să îşi obţină recompensa.

-Să vă văd! zise el, făcând câţiva paşi înapoi şi atrăgându-i departe de războinicii neexperimentaţi. Dacă ar fi ştiut că inamicii ştiau de rigolă, ar fi trimis o echipă mai experimentată aici, nu pe deal, unde Varshab şi Kiaresh luptau cu cei care se strecuraseră mai departe.

Se răsuci spre dreapta, fluturând din aripi, şi îşi înfipse lama în plământul unui inamic. Duşmanii se căţărau unii pe alţii, departe de a mai lucra împreună, semănând mai degrabă cu nişte hiene lacome care vor cu disperare să înşface o halcă de carne. Mikhail răpuse următorul atacator, iar apoi pe alţi doi, şi apoi pe alţi câţiva, până când le subţie rândurile suficient ca regina lui războinică să poată triumfa cu trupa ei de novici.

Studie zidul de pe care Behnam şi arcaşii acopereau grupul lui Varshab şi bărbaţii care apărau zidul. Apoi, îşi îndreptă privirea spre est, spre vălul de ceaţă care acoperea râul şi unde nu se afla niciun arcaş, pentru că râul se revărsase aşa de tare încât casele atârnau acum pe margine, gata să se prăvălească în apă. Un gând pessimist îi tulbură concentrarea, dar înţelese că, fără echipament modern, nicio fiinţă umană nu putea escalada acea stâncă.

Lansându-se în aer, Mikhail se îndreptă spre sud pentru a sări în ajutorul următorului grup de Assurieni.

Capitolul 19

Noiembrie – 3.390 î.Hr.
Pământ: Satul Assur
Merariy (fratele lui Immanu)

MERARIY

-Gita! Termină cu zgomotul ăla! se răsti Merariy învăluit în aburi de alcool.

Îşi ridică privirea de la masa pe care adormise, înşfăcând ciubărul cu tescovină, acea licoare fermentată obţinută din orz dezghiocat şi coji de fructe, pentru a mai lua o înghiţitură. Era o băutură cu gust neplăcut, dar numai asta îşi mai permitea de când surorile văduve refuzaseră să îi mai vândă bere.

-De unde naiba vine toată gălăgia asta?

Era un bărbat masiv. Cândva, fusese la fel de musculos ca fratele lui şaman, însă anii de beţie făcuseră ca muşchii şi pielea să se lase, căci în loc să cumpere pâine ca să îşi hrănească fiica, dar şi pe sine, el îşi bea mesele. Avea părul vâlvoi, sprâncene stufoase şi ochi cu aceeaşi formă ca ai lui Immanu, însă ai săi nu erau aurii, ci semănau mai curând cu două pietre negre, de râu, înconjurate de o mare de vene de un roşu furios, cearcăne şi tenul gălbui al omului al cărui ficat a început să cedeze. Aşa se găsea tatăl Gitei maii mereu. Ursuz. Furios. Şi veşnic beat.

Zgomotul crescu în intensitate. Se auzea de parcă cineva lovea ceva cu un topor din piatră. Buzele lui Merariy se arcuiră într-un rânjet răutăcios.

-De data asta, îţi dau cuvântul meu că îţi scot ochii ăia negri de vrăjitoare, fătucă, zise el, ridicându-se greoi, într-un echilibru precar. La fel cum i-am făcut şi maică-tii!

O porţiune din peretele de chirpici se prăbuşi înăuntru, împrăştiind pietre şi praf peste tot. Merariy crezuse că fusese o idee isteaţă să cheltuie baniii căpetenei pentru a cumpăra mied în loc să îşi repare mortarul putrezit, în găurile căruia îndesase pământ în loc să aducă argilă de la râu şi să o amestece cu bălegar de capră ca să facă amestecul să ţină.

Însăşi apatia indusă de beţie îl salvă când căzu în spatele mesei. O duzină de bărbaţi se strecură prin zidul distrus. Merariy avu prezenţa de spirit de a rămâne nemişcat şi de a nu mai bombăni. Bine că îşi cheltuise toţi banii pe pomadă în loc să ia ulei pentru lampă. Altfel, l-ar fi văzut.

Un bărbat cu înfățișare brutală și o cicatrice care îi străbătea nasul urla ordine către ceilalți în limba Halifiană. Un tânăr se cățără pe tavanul prăbușit al etajului unu și urcă spre dormitorul Gitei, fără a găsi, însă, ceea ce căuta. Spuse ceva ce semăna cu „Jamin".

Bărbatul brutal mârâi la el și îl împinse.

Halifienii traseră cu putere o ușă șubredă, care ducea spre o zonă neprotejată a satului.

Inima lui Merariy o luă la galop când bărbatul brutal se opri în loc și aruncă o privire în spate, după care închise ușa în urma lui. Imediat ce plecară, Merariy se târî printre dărâmături până când își găsi pielea de capră umplută cu licoarea amară, fermentată.

-Gita! strigă el. Treci încoace, fată! Vino și adună dezastrul ăsta!

Nu primi niciun răspuns cu excepția vântului care bătea prin gaura din perete și a zgomotelor desprinse din luptele care se desfășurau pe ambele laturi ale satului.

-Fată nebună! mormăi el. Își lasă bietul tată baltă în vremuri ca astea!

Aerul rece și umed și vântul furios își făceau loc prin singurul spațiu pe care Assurienii îl lăsaseră neapărat, căci nimeni în deplinătatea facultăților mintale nu s-ar fi gândit să urce pe acea îndiguiire.

Merariy luă încă o înghițitură…

Capitolul 20

Noiembrie – 3.390 î.Hr.
Pământ: Satul Assur

GITA

-Strângeți rândurile!

Mai multe trupuri se izbiră de scuturile Assurienilor. Gita se năpusti în spatele formației, în vreme ce infanteria grea își strânse scuturile și își strecură sulițele printre crăpături pentru a răpune orice inamic care s-ar fi aruncat nebunește în dinții penei pe care o formaseră.

-Voi! Presați în spate ca să le creați un avantaj! strigă Siamek, alergând dintr-o parte în alta pentru a da ordine oamenilor săi îngroziți. Voi! Acoperiți gaura aia! Voi! Presați în față!

-Trageți! strigă Immanu de pe acoperișul uneia dintre casele aflate pe inelul exterior.

O salvă de săgeți fluieră inofensiv pe deasupra capetelor lor, aterizând în mijlocul grupului de inamici care se năpustea asupra sătenilor. Doar arcașii care puteau trage bine la o distanță de 300 de pași puteau lansa primele săgeți de pe zidul de sud, capătul cel mai îndepărtat de la care se putea trage sigur cu arcul. Pe măsură ce formația era împinsă mai aproape de zid, și alți arcași puteau trage fără a-și nimeri proprii oameni, însă dacă formația era împinsă așa de aproape de sat, acela era semnalul de retragere.

Mintea Gitei fu cuprinsă de o claritate teribilă. Alergă înainte și înapoi în spatele „dintelui" format din nouă războinici căruia trebuia să îi acopere spăatele, dar până în acest moment, niciun inamic nu reușise să penetreze grupul. Acest lucru se putea schimba în orice clipă, însă.

-Scutul meu s-a rupt! strigă un bărbat, după care slobozi un urlet.

-Igmalum a fost lovit!

-Următorul să îi ia locul! strigă Siamek, repezindu-se spre formație. Înaintați! Strângeți rândurile! Țineți dinții intacți!

-Krak! se auzi un strigăt din spatele liniei inamice. *Trageți!*

O salvă de răspuns șuieră în văzduh.

-Iai! exclamă Gita, ridicându-și scutul la timp pentru a se apăra. Bărbații din mijlocul fiecărei formații aveau sarcina de a-i proteja pe cei ce își țineau propriile scuturi în *față,* pentru a opri avântul inamicilor. Gita privi îndelung cele două capete de suliță înfipte în scutul ei.

-Aiaaaaa! se auzi urletul mai multor războinici ai căror tovarăși din spate nu reușiseră să îi apere la timp.

-Lipiți scuturile! Lipiți scuturile! se răsti Siamek.

Atmosfera se umplu de urlete de moarte, însă Gita nu își putea da seama care aparțineau Assurienilor și care aparțineau dușmanului. Salva depășise formația, țintind, în schimb, spre ea. Una dintre trăgătoare urlă de durere, având o săgeată înfiptă în picior. O altă femeie o trase spre poarta de sus, unde războinicii novici puși să țină deschise căile de aprovizionare o traseră către locul în care se aflau tămăduitorii.

-Trageți! strigă Immanu din nou. O altă salvă de săgeți zbură dinspre zid, dincolo de rândurile Assurienilor, direct spre inamici. De această data, fiecare a cincea săgeată era aprinsă, servind drept trasor. Faptul că sătenii nu dormeau nu mai era un secret.

Din capătul îndepărtat al formației răzbătură mai multe urlete ale inamicilor.

-Nu pot să îl țin!

-Ajutor!

-Sheshkalla! Dă-mi scutul tău!

Gita o luă la goană, cu o privire sălbatică și neajutorată, cot la cot cu ceilalți trăgători, neștiind dacă să se împingă în spatele formației la rândul ei presate până la buza șanțului superficial și forțate să se retragă înspre zid, sau să se arunce înainte. Mai mulți trăgători se alăturară formației.

-Treci înapoi! se răsti Siamek la Azin. Tu trebuie să păzești spatele războinicilor!

-Krak! se auzi strigătul din tabăra cealaltă. Șuieratul săgeților străpunse aerul.

-La naiba! strigară mai mulți războinici la unison.

Se auziră urlete când bărbații din față fură loviți.

Urlete în timp ce inamicul își lovea *proprii* oameni, apreciind greșind distanța până la vârful formației pe care voia să o doboare.

-Idioții ăia tocmai și-au doborât propriii oameni! râse unul dintre războinici.

Un trasor ateriză în flăcări la picioarele Gitei. Ea îl stinse cu piciorul și se îndreptă spre următorul, suficient de rapid încât să nu devină ținta arcașului de pe partea cealaltă a formației. Nu își amintea să fi auzit vreodată că și *inamicii* aveau trasoare. Probabil împrumutaseră ideea de la *ei*. Nu așa spusese Mikhail? Dacă cineva făcea rost de o armă nouă, nu dura mult până să o aibă toată lumea.

Siamek îi întâlni privirea, având aceeași expresie dezaprobatoare pe care o avusese încă de când ei...

Fumul o făcu să se înece în timp ce stingea focurile, distrugând singura pereche de pantofi pe care o deținea. Siamek înțelese înțelepciunea încercărilor ei și aprobă nemulțumit din cap.

-Trăgătoare! strigă el la celelalte femei. Stingeți focurile!

-Trageți! strigă și Immanu.

O altă salvă de săgeți Assuriene zbură pe deasupra capetelor lor. De această data erau mai multe. Oare fuseseră împinși deja cu zece pași în spate?

Gita se apropie de capătul formației, suficient de aproape încât să nu devină o țintă ușoară pentru inamic. Aici, își putea folosi scutul în așa fel încât să nu se apere doar pe sine, însă nu putea vedea dacă inamicii reușiseră să penetreze rândurile. Sudoarea i se scurse pe frunte, înțepând-o în ochi.

Un Assurian rănit fu împins în spatele formației și lăsat baltă, căci războinicii nu puteau renunța la oameni care să îl care în spate. Era Damqi, un bărbat mai în vârstă căruia îi fusese încredințat rolul de vârf al dintelui. Risca să fie călcat în picioare, făcând războinicii forțați să se retragă să se împiedice de el.

-Krak! se auzi din tabăra adversă, iar șuieratul săgeților străpunse aerul.

Gita sări pe Damqi și își ridică scutul, urlând în clipa în care săgețile se înfipseră în el. Aștepta ca salva să se termine, iar apoi îl apucă pe bărbați de subsuori. Din burta lui șiroia sângele – fusese lovit de o suliță. Giita își prinse scutul la spate, rugându-se ca inamicul să nu tragă tocmai în acel moment, și începu să tragă bărbatul care mormăia înspre poarta de sud. La naiba, era greu!

-Ajută-mă să îl duc înăuntru! se rugă de ea unul dintre războinicii novici.

-Nu pot să îmi abandonez postul! răspunse Gita, scoțându-și părul din gură. Brațul ei avea gust de sare și cupru. Sânge. Al ei? Sau al lui Damqi? Era cu totul amorțită.

-Trageți! strigă Immanu.

Gita își ridică privirea la timp pentru a vedea cum unchiul ei dirija un trasor pe deasupra capetelor apărătorilor. Apoi se feri, evitând la mustață o săgeată care îl țintea chiar pe el.

-Rahat! strigară arcașii. Trimit lovituri direct spre noi!

Arcașii lor fuseseră antrenați să asigure două tipuri de acoperire. Loviturile directe însemnau că ocheai la aproximativ 7 grade deasupra țintei și puteai nimeri un om la o distanță de zece-douăzeci de pași. Trăgătorii foarte buni, ca Pareesa, nimereau și la o distanță de douăzeci și cinci.

Loviturile lobate, în schimb, erau direcționate la un unghi de patruzeci și cinci de grade *în sus,* servind drept proiectile în masă, îndreptate spre un inamic aflat la o distanță de cel puțin două sute de pași. O lovitură lobată nu aveau foarte multă precizie. Pur și simplu trebuia să speri că inamicii fără scuturi se află exact acolo unde aterizează sulița ta, așa cum se întâmpla de obicei când aveai în față grupuri strânse de Halifieni. Având în vedere că formația Assurienilor fusese forțată să se retragă atât de în spate, avea sens ca și inamicii să poată ochi arcașii în mod direct.

-Asigură-te că te ferești! strigă Gita la novice în timp ce alerga înapoi la postul ei, ținându-și scutul deasupra capului pentru a se apăra de salva care știa că avea să vină. Rândul se apropiase și mai mult de ea. Mai pierduseră treizeci de pași.

-Krak!

Săgețile veniră în zbor spre ei. Gita se feri și își ținu scutul deasupra capului, protejând un războinic rănit până când salva se încheie. Stinse apoi toate trasoarele care îi apărură în cale în timp ce înainta spre linia de apărare.

Un alt Assurian fu împins în spate, cu trupul nemișcat. Niciun inamic nu reușise încă să străpungă apărarea. Gita apucă războinicul și îl trase înapoi spre zid. Nu știa dacă mai era în viață. Imediat ce îl lăsă jos, merse după un altul.

-Trageți! strigă Immanu. Săgețile Assuriene se lansară în zbor.

-La stânga! strigă Siamek. Dintele e slab!

-Krak! urlă inamicul. De această dată, formația era atât de în spate, încât atacatorii își lansară salva direct spre arcașii de pe zid. Unul dintre ei se prăbuși la pământ. Alții țipară. Copiii din linia de aprovizionare care deservea poarta de sud se bulucieră, târând răniții în sat cât de repede puteau. Acum *ei* erau în pericol de a fi loviți.

-Trageți! strigă Immanu.

-Sprijiniți rândul ăla! urlă Siamek. Se împinse în spatele formației în care rămăseseră numai patru dintre cei nouă purtători de scuturi inițiali; iar în spatele lor nu mai era nimeni care să îi împiedice din a se lăsa forțați în spate. Țineți rândul! Se împiedică de propriii oameni!

O războinică zăcea pe jos la distanță de doi „dinți", rănită la gât și cu sângele țâșnindu-i din rană. Parteneră de luptă? Sau formație? „Dintele" ei mai avea doar șase războinici, al șaptelea zăcând acum pe jos. Unul dintre războinici era chiar deasupra lui, împiedicându-se de corpul prietenului său. Formație. Gita își stăpâni impulsul de a-și ajuta prietena.

-Krak!

Gita își ridică scutul fără ca măcar să gândească; simplul șuierat al unei sulițe îi declanșă reflexul.

Bărbatul căzut gemu. Ibbishahan. Un om crud, care o lua adesea peste picior. Gita îl trase oricum spre poarta de sud, strigându-i că îi rămânea dator dacă supraviețuia.

-Trageți! strigă Immanu.

O salvă Assuriană zbură spre trupa inamică.

Mirosul de sânge și transpirație, duhoarea terorii și a măruntaielor performate umplură aerul. Din poziția mai înaltă din care se afla, la baza zidului, Gita putea vedea hoardele care se năpusteau asupra formației

Assuriene ca nişte scarabei care colcăie pe trupul unei capre moarte. Înăuntrul ei se instală groaza. Erau aşa de mulţi!

Formaţiile intraseră în luptă cu nouă războinici. Acum mai aveau cinci sau şase. Primul mercenar Halifian străpunse linia de apărare.

-Au pătruns! Au pătruns!

-Trăgători! strigă Siamek. Trageţi!

Gita îşi ocupă poziţia la patru picioare distanţă de celelalte trăgătoare, acum în număr de şapte, pentru a alerga în susul şi în josul formaţiilor din prima linie şi a executa „ferăstrăul". Era treaba *lor* să îi doboare pe cei care reuşeau să străpungă linia de apărare.

Capitolul 21

Noiembrie – 3.390 î.Hr.
Pământ: Satul Assur

NINSIANNA

Strigătele şi şuieratul săgeţilor reverberau din ambele părţi ale acoperişului grânarului pe care stătea ghemuită Ninsianna, la fel de nefolositoare ca ţâţa unui ied. Ah, de ce îl lăsase pe Mikhail să o convingă să nu meargă pe zidul de sud? Sau pe cel de nord, dacă îşi făcea griji că ar putea fi depăşiţi?

Prin legătura care o conecta cu soţul ei putea simţi cruzimea imaterială a dansului morţii. Acea lumina rece, albastru, îl făcea imbatabil, *Campionul* zeiţei; dar şi carapacea pe care o descoperise în acea primă noapte petrecută pe nava prăbuşită devenise mai groasă, aproape imposibil de pătruns acum că gaura din pieptul lui se vindecase, ferind lumina spirituală a lui Mikhail de ochii ei sărutaţi de zeiţă.

De ce oare îşi ascundea soţul ei gândurile acum?

Pentru că era vinovat, de aia! Ninsianna încercă să îşi dea seama *când* începuse să remarce că acea lumină spirituală albastră devenea mai densă. Înainte sau după ce părăsiseră nava?

După…

Strigătele de luptă care se auzeau dinspre poarta de sud, apărată mult mai serios, crescură în intensitate. Damantia, şi ea trebuia să fie acolo! Nu să îşi iroseasă timpul pe un acoperiş la care nu avea să ajungă niciun inamic fără să treacă întâi de toată populaţia Assurului!

Aruncă o privire spre Ghazal, care era aplecată deasupra ulcelei cu foc, ţinându-şi capa în jurul ei ca un cort în timp ce sufla în cărbuni pentru a-i menţine aprinşi. Biata fată vedea prost, de aceea nu o trimiseseră pe zidul de sud, dar putea vâna folosindu-şi urechile. Nu era o arcaşă *grozavă,* dar ochea destul de bine. Oare la asta se referee tata când spunea că Ninsianna trebuia să înveţe să *vadă* în întuneric? Poate nu, nu să *vadă.* Ci să îşi dezvolte un dar mai puţin folosit, ca cel pe care îl avea mama.

-Mhm, mormăi ea. Darul mamei era *siropos* şi o făcea să *simtă.*

Ninsianna îşi îndreptă privirea spre răsărit, sperând să zărească primele raze ale dimineţii.

-N-ai putea să te grăbești să faci soarele să răsară? șopti ea spre cerul albastru ca cerneala. Nici măcar steaua dimineții nu se înălțase încă pentru a anunța revenirea luminii.

O adiere ușoară mângâie obrazul Ninsiannei, încărcată cu ceva din umezeala râului, și îi dădu la o parte o șuviță care îi intrase în ochi.

Răbdare, copilă. Sunt ocupată...

Războinicii se închinaseră mereu la forța seducătoare a zeiței, dar de când îl întâlnise pe Mikhail, Ninsianna înțelesese că acesteia îi plăcea extrem de mult și să vâneze. Plăcerea EI era palpabilă, ca aroma pe care o lasă în urmă un festin delicios. *EA* lupta cu Assurul, și nu pentru că îi plăcea să aleagă de partea cui să fie, ci pentru că îi pândea o amenințare și mai mare. Neamul Ubaid era o proprietate de valoare de care se putea folosi împotriva Celui Malefic, care venea după ea.

Gândul îi provocă un sughiț de repulsie.

-Oh! exclamă ea încet, rotunjindu-și buzele.

Cel Malefic nu venea după *ea*. Cel Malefic venea după *EA*.

Zgomotele bătăliilor care se desfășurau în ambele capete ale satului crescură în intensitate. Lucrurile nu mergeau prea bine pentru Assurieni. Vulturii. Cineva ucisese cu bună știință ochii zeiței.

O piesă a puzzle-ului păru brusc să se potrivească. *Ki a cântat Cântecul Creației... Și a invitat Întunericul să protejeze Lumina...*

Ninsianna își îndreptă privirea spre ulceaua în care ardea focul întreținut de Ghazal. În numele zeiței! Câteodată era așa bătută în cap!

-Ghazal, șuieră ea. Las-o pe Dima să se ocupe de foc.

Strălucirea slabă și roșiatică lumină chipul fetei în clipa în care aceasta își ridică privirea de la capa cu care înconjura ulceaua, făcând-o să semene cu un ghoul.

-Dar e cald și bine aici, se plânse Ghazal.

-Și cum ai putea să tragi în întuneric dacă te tot uiți la lumină? o certă Ninsianna.

Ghazal privi îndelung spre sud, locul din care răzbăteau urletele muribunzilor. Ridicând din umeri, se îndepărtă de ulcea și îi luă locul Dimei la marginea acoperișului. Dima era un arcaș groaznic, așa că putea *ea* să se ocupe de foc.

Deasupra lor se auzi foșnetul unor aripi.

-Uite-l pe Mikhail! ziseră arcașii juniori, arătând spre cer.

Ninsianna își întinse gâtul, sperând să zărească silueta soțului său în întuneric, dar aripile închise la culoare îl făceau să pară invizibil pe fundalul cerului de culoarea cernelei. În schimb, urechile ei prea muritoare detectară urletul de luptă al războinicilor Ubaizi, care anunță sosirea Campionului în nord. Ninsianna închise ochii și urmă diferitele legături care o țineau aproape de apărătorii din acea zonă.

Vântul șopti:

„Ninsianna, fii atentă...”

Carnea de la baza gâtului se înfioră. Cu ochii ei sărutați de zeiță, Ninsianna zări... nu niște *oameni,* ci niște scântei de viață în formă de stele – așa cum îi vedea și zeița – strecurându-se pe alee. Aura lor spirituală era întunecoasă, ca o funingine negrigioasă. *Nu erau din neamul Ubaid.* Inamicul pătrunsese dincolo de zidurile satului!

-Acolo, le șopti ea arcașilor. Sunt trei.

Dădu fuga lângă Ghazal, arcașul cu probleme de vedere.

-Îi auzi?

Ghazal privi în direcția spre care arăta Ninsianna.

-Unul din ei șchioapătă, zise Ghazal. Pășește neregulat. Unul e masiv, dar compensează pășind cu grijă. Al treilea e tânăr, nu cu mult mai mare decât noi.

-Cum îți dai seama? o întrebă Ninsianna.

-Păi cel mai în vârstă tocmai i-a zis să-și țină gura, chicoti Ghazal.

-Dima, șopti Ninsianna spre noua protectoare a focului. Adu ulceaua.

Ghazal aprinse un trasor, în timp ce Dima ascunse flacăra cu capa. Invadatorii aruncară priviri iscoditoare pentru a se asigura că piața e goală, după care se opriră pentru a-și săpa *propriile* ulcele portabile cu foc cu una dintre mantii. Torțe! Voiau să dea foc grânarului, o tragedie care ar lăsa sătenii prea înfometați ca să se mai poată apăra!

-Acum înțeleg, Mamă, de ce ai vrut să vin aici, se scuză Ninsianna pentru îndoielile de mai devreme. Își pregăti arcul.

Șoapta vântului răsuna ca râsetul unei mame indulgente. Cea-Care-Este era prea ocupată cu *adevărata* bătălie ca să o cocoloșească.

-Așteptați, zise Ninsianna, ridicând mâna și rugându-se ca invadatorii să nu se uite în sus. Inima îi răsună cu putere în urechi când aceștia ieșiră în spațiu deschis.

Unul dintre bărbați se repezi spre casa căpeteniei, în timp ce ceilalți doi porniră în fugă spre templu. Fluxul conștiinței pe care Ninsianna o asocia cu Cea-Care-Este punea acum presiune pe ea, nerăbdătoare să preia comanda. Ninsianna lăsă ca propriile gânduri să fie date la o parte pentru ca EA să poată da ordine cu propria EI voce.

-Trageți! strigă Cea-Care-Este-Ninsianna, făcând ca aerul să reverbereze de putere.

EA lovi bărbatul care își trăsese brațul în spate pentru a da foc templului chiar din mijloc. Acesta se prăbuși la pământ, urlând, în vreme ce douăsprezece arcuri șuierară în aer. Războinicii EI neîndemânatici îi doborâră inamicii cu o precizie ireproșabilă.

Toate cele trei torțe sclipiră pe pământul bătătorit, învăluind piața centrală într-o lumină demonică. Arcașii așteptară. Mai erau și alți inamici? Una dintre torțe aterizase lângă ușa casei în care locuia căpetenia. Flăcările mângâiau lemnul, trimiţând valuri de fum înspre acoperişul pe care stăteau ghemuiţi arcaşii.

Ninsianna tuşi.

-Coborâţi şi aduceţi apă de la fântână ca să stingeţii flăcările, le ordonă ea câtorva arcaşi juniori. Restul, acoperiţi-i pe cei de la sol.

Novicii alergară la fântână, formară o brigadă de pompieri şi îşi pasară găleţile înainte şi înapoi până când reuşiră să stingă focul. Uşa casei căpeteniei purta urmele arsurii, dar, în rest, locuinţa era neatinsă. Grânarul era şi el intact – slavă zeiţei! Assurul nu avea să flămânzească iarna asta.

Ninsianna aşteptă un alt atac. Plictiseala puse stăpânire pe ea. Închise ochii şi urmă diferite legături spre familia şi prietenii prinşi acum în luptă. Spre deosebire de soţul ei cu spiritul păzit, tata îi dădu voie să „vadă" ce vedea şi *el* de pe zidul de sud. Unde era Mikhail? Prins în continuare în partea de nord?

Nu îşi dădea seama că sufereau pierderi enorme în sud?

„Mikhail... te rog! Sudul are nevoie de tine!"

Nu i se întoarse înapoi nicio străfulgerare de înţelegere, nicio urmă de viziune, niciun simţământ. De ce, oare de ce refuza Mikhail să *comunice* cu ea aşa cum o făcea tata, aşa cum o făcea şi mama, în aşa fel încât să îi poată *transmite* pur şi simplu unde avea zeiţa nevoie de el.

Terminaţiile nervoase i se înfiorară enervate. Oare asta era iritarea *ei?* Sau a EI? În ultima vreme, era greu de zis.

Capitolul 22

Noiembrie – 3.390 î.Hr.
Pământ: Câmpia din afara Assurului
Colonelul Forțelor Speciale Angelice Mikhail Mannuki'ili

MIKHAIL

O învolburare portocalie îi atrase atenția.

Foc! Pe zidul de vest.

Fiind construite din căpriori legați cu bețe și stuf, acoperișurile plate ale caselor Assuriene se aprindeau foarte repede. Un current prietenos îl purtă pe Angelic deasupra acoperișului înghițit de flăcări. Proprietarii caselor din jur se revărsară frenetic în lumină, având în mâini pături și găleți cu apă.

Nu era nimeni de răpus acolo. Vrând să semene haos, inamicul pornise focul și plecase.

La o sută de metri mai la vale, Mikhail observă patru bărbați care aruncau torțe pe un alt acoperiș, în timp ce un al cincilea lansa săgeți spre o linie de apărători. Un al șaselea Halifian zăcea pe pământ, lovit de o suliță Assuriană.

O suliță de copil...

La fel de silențios ca o bufniță, Angelicul se pogorî în mijlocul inamicilor și îl decapită pe unul dintre ei înainte ca ceilalți să aibă timp să reacționeze. Soldații Sata'anici erau antrenați să privească *în sus*. Dacă bătălia aceasta s-ar fi desfășurat împotriva ființelor-șopârlă, lucrurile nu ar fi fost la fel de simple.

Bărbatul înarmat cu arc se răsuci spre el și îl ochi cu o săgeată. Mikhail respinse săgeata cu sabia, după care îl străpunse pe cel de-al doilea Halifian care se repezea spre el, nu pe cel cu arcul.

Acea *știință* intui șuieratul unei sulițe. Angelicul își coborî aripa dreaptă pentru a evita lovitura și se folosi de inerție pentru a executa lovitura prin învăluire a fluturelui. Sulița îi zgârie aripa stângă, dar penele înghițiră din inerția inamicului. Mikhail își încheie răsucirea și decapită atacatorul înainte ca acesta să realizeze că Angelicul nu mai stătea cu spatele la el.

Setea aceea întunecată care pândea la suprafață resimți o satisfacție brutală. Morțile o bucurau pe partenera lui. Ea voia mai mult.

-Mikhail! Fii atent!

Un al patrulea Halifian încremeni, cu brațul ridicat și cuțitul la doar câțiva centimetri distanță de spatele lui Mikhail, după care se prăbuși în faţă, cu o săgeată înfiptă în ochi. Al cincilea inamic, cel înarmat cu arc, făcu greşeala de a trage înspre cel care îi doborâse tovarăşul în loc să tragă spre Mikhail. Când se întinse să îşi scoată o altă săgeată, Mikhail îl străpunse cu sabia.

Bărbatul căzu la pământ. Arcul i se desprinse şi el din mâini.

Mikhail îl ridică.

Namhu, fratele mai mic al Pareesei, privi în jos de pe acoperişul pe care se afla cu alţi trei prieteni de-ai săi, niciunul mai mare de zece ani.

Cei patru izbucniră în urale.

Setea întunecată de sânge se retrase în spatele pânzei Domnişoarei Păianjen, mulţumită de victorie, dar câtuşi de puţin sătulă.

Mikhail sări lângă Namhu şi cei trei prieteni ai săi.

-Mulţumesc, Mikhail! zise Namhu, ţopăind spre el.

Ceva din el resimţi curiozitate. O altă latură îl certă, însă: „Nu îţi pierde concentrarea". Iar a treia latură, cea pe care o identifica cu *sinele,* înţelese că băiatul se aştepta să fie încurajat.

-Bună lovitură, spuse el, întinzându-i lui Namhu arcul inamicului.

Poarta de sud are nevoie de tine, îi şopti subconştientul.

Angelicul îşi înfoie aripile şi se lansă de pe zid, vrând să prindă curentul de aer.

-Aţi auzit ce-a zis? spuse Namhu, agitându-şi cu entuziasm noul arc. Mikhail a spus că am trimis o lovitură bună!

Capitolul 23

Noiembrie – 3.390 î.Hr.
Pământ: Satul Assur

GITA

Doi atacatori străpunseră formația din ce în ce mai firavă. Doar Gita mai stătea acum între ei și spatele războinicilor Assurieni, așa că rămase fermă pe poziții, cu sulița întinsă în față, ca un bursuc african furios. În curând, războinicii aveau să se retragă în spatele zidurilor, dar fuseseră împinși atât de în spate, încât riscau ca Halifienii să se reverse în sat prin spatele lor.

-Flancul stâng… arcurile înapoi! strigă Siamek. Începeți retragerea!

Se repezi să ajute două femei care luptau curajoase cu șase inamici ce pătrunseseră dincolo de marginile formației, lăsând-o pe Gita să lupte singură cu alți doi bărbați.

-Trageți! strigă Immanu de pe acoperiș.

O salvă de săgeți zbură pe deasupra capetelor lor, aterizând în mijlocul grupului inamic. Din întuneric se înălțară urlete de durere, dar indiferent cât de mulți reușeau să răpună, dușmanii continuau să vină.

Rândul drept al formației se strânse, cele două capete fiind îndreptate spre zid, pentru ca hoardele să nu poată alerga în spatele lor. Gita își ridică privirea spre inelul exterior de case pe care toată viața îl crezuse impenetrabil. Acum, îl vedea la fel ca Mikhail. La fel ca *inamicii*. Dacă o rupea la fugă și nimerea și câteva cărămizi mai slăbite, putea trece de zid, ajungând direct în satul neapărat de dincolo de el.

O, iar arcașii lor erau pe punctul de a rămâne fără săgeți.

Ideea de a se lăsa împinși în spate, arcuindu-se în jurul porții, pentru ca apoi să organizeze o retragere ordonată și să se regrupeze într-o a doua linie de apărare pe inelul exterior al satului, făcea parte din plan. Din nefericire, însă, învățaseră această formație de curând, așa că nu apucaseră să exerseze pe viu și retragerea. Totul era la nivel de teorie… fără practică.

-Krak!

Săgețile inamice zburară pe deasupra lor, dar din fericire, sau din nefericire, inamicul era acum atât de aproape, încât putea trage direct spre arcașii de pe acoperiș. Pentru *ea* era un lucru bun, căci scutul ei fusese zdrobit de ceva vreme. Dar nu același lucru se putea spune și despre arcași, care erau răpuși mai repede decât își permiteau să trimită înlocuitori.

Gita se feri de o suliță și își izbi inamicul din lateral, cu capătul propriei arme. O a doua suliță se repezi spre ea din direcția opusă, înainte să apuce să rotească vârful ascuțit și să îl înjunghie pe primul atacator. Ah! De-ar fi avut și ea sulița cu două vârfuri cu care se tot antrenase Pareesa! Se feri cu pași ca de dans și inima galopând, disperată să supraviețuiască.

Un bărbat cu înfățișare aspră și dinți putreziți se uită chiorâș la ea. Nu părea a fi Halifian, căci purta haine ciudate.

-Nu prea cred, zise Gita, ferindu-se de o lovitură de suliță.

Nu avea nicio idee ce spuneau, dar era sigură că se jucau cu ea.

Era un obstacol, la fel ca toate trăgătoarele la fel de împotmolite. Dacă nu prindeai inamicul exact când trecea de formație și atenția lui încă se concentra asupra bărbaților de care încerca să treacă, nu asupra femeilor care fugeau încolo și încoace în spatele liniei de apărare, ajungeai în situații de felul acesta. În apărarea ei, singurul motiv pentru care *trecuseră* era că ea fusese ocupată cu *alți* doi inamici, ambii morți.

-Scoateți răniții de aici! strigă un Assurian.

Apelul fu repetat în lungul și în latul liniei de apărare.

-Avem treabă! strigară mai multe femei care luptau pentru propria viață, la fel ca Gita.

Întreaga formație se împiedică. Ce nu anticipaseră Assurienii era *câți* inamici aveau să îi depășească și să fie doborâți de femeile care serveau drept ferăstrău în spate. Se presupunea că ar fi trebuit să se retragă, daar se tot împiedicau de cei morți, atât din propria tabără, cât și din tabăra adversă. Un al treilea inamic se desprinse din grup și se alătură celor doi cu care Gita lupta deja. Cei trei îi dădeau ocol ca niște lei care vor să obosească o gazelă, fiind ținuți la distanță doar de „cornul" zvelt al suliței ei.

-Retrageți-vă cu un pas! strigă Siamek.

Formația făcu încă un pas înapoi. Câțiva războinici se împiedicară și căzură peste trupurile împrăștiate în spatele liniei de apărare. Un alt inamic își făcu loc printre ei. Bărbatul își văzu cei trei tovarăși și hotărî să li se alăture, să atace la unison această arătare bizară – o femeie costelivă care lupta împotriva a trei, deveniți acum patru bărbați.

-Trageți! strigă Immanu.

Mai multe săgeți zburară pe deasupra lor.

„Pe cine urăști cel mai mult, Gita?"

-Pe nimeni, îi răspunse ei glasului batjocoritor al lui Jamin. Mama a spus că nu trebuie să urăsc pe nimeni.

Se simțea ciudat de calmă, de parcă să lupte împotriva a patru bărbați era cel mai natural lucru din lume. Încetase să își mai facă griji pentru viața ei. Singura emoție care conta era determinarea lipsită de milă.

Poate că moștenise și ea vreo rămășiță din darul lui Lugalbanda, bunicul pe care îl împărțea cu Ninsianna. Începu să își dea seama că putea *vedea* punctele slabe ale aurei spirituale a inamicilor. Acesta nu era darul despre care îl auzise pe Mikhail vorbindu-i Pareesei, acea sursă de concentrare şi de putere. Aceasta nu era putere. Era, mai curând, o recunoaştere a slăbiciunilor pe care le aveau *ceilalţi* şi a modurilor în care puteau fi exploatate.

„Vrea să te omoare. Oare asta şi-ar fi dorit mama ta?"

-Nu! şuieră Gita către prietenul care nu mai era acolo să o apere.

Odată ce hotărâse să nu mai fie o victimă, se asigurase că *învăţa* tot ce era dispus Mikhail să îi înveţe. După ce ceilalţi războinici plecau acasă, ea rămânea ascunsă prin stufăriş pentru a urmări exerciţiile pe care Mikhail le făcea cu Pareesa, ascultând, învăţând şi rămânând chiar şi după ce plecau *ei,* ca să exerseze împotriva oricărui oponent pe care îl găsea: trei crocodili, un şarpe, două hiene şi un şacal.

„Imaginează-ţi persoana pe care o urăşti cel mai mult pe lume şi foloseşte-te de fiecare dram de ură pe care îl nutreşti."

Prefăcându-se că îşi înjunghie unul dintre oponenţi, Gita se dădu în spate, după care se răsuci spre el şi îl lovi în burtă, înfigându-şi suliţa simultan în pântecul unui al doilea inamic, aşa cum o învăţase Mikhail. Primul bărbat urlă de durere în timp ce ea îşi răsucea suliţa. Apoi, o scoase şi se feri la mustaţă de al treilea atacator.

-*K'ats*!!! zbieră al doilea bărbat, repezindu-se spre ea cu capul plecat, ca un bour.

Gita se feri din calea lui în paşi ca de dans şi îşi direcţionă capătul neascuţit al suliţei spre picioarele lui. Bărbatul se împiedică. Una dintre celelalte trăgătoare îl înjunghie în spate.

-Azin!

Primul bărbat se lăsă distras pentru o clipă de apariţia celei de-a doua femei, cee ace îi oferi Gitei fereastra de care avea nevoie pentru a-şi înfige suliţa în gâtul lui. sângele arterial ţâşni din jugulara războinicului.

„Pe cine urăşti, Gita?"

Îl înjunghie pe al treilea bărbat în pântec chiar în timp ce Azin îl răpunea pe al patrulea. Aerul se umplu cu duhoarea intestinelor distruse – sau poate că bărbatul făcu pe el în timp ce se zvârcolea şi murea.

-Frumos… zise Azin, ridicând degetul mare în semn de aprobare.

Coastele subţiri ale Gitei se înălţară în căutarea aerului, însă în expresia ei nu se putea citi nicio urmă de satisfacţie, căci fata trăia parţial *această* luptă, şi parţial lupta pe care fusese prea tânără să o poarte în trecut. Ea şi Azin se aşezară spate în spate pentru a-şi recăpăta suflul, după care se regrupară pentru a executa din nou ferăstrăul în zonele în care fuseseră trimise.

-Luaţi corpurile alea din drum! se răsti Siamek la novicii care ar fi trebuit să asigure liniile de aprovizionare.

Încă neexperimentaţi în luptă, cei mai tineri războinici, de vârsta Pareesei şi chiar mai mici, se îngrămădiră în dreptul porţii. Mai mulţi dintre ei ieşiră şi începură să tragă trupurile din spatele formaţiilor de apărare, aruncându-le la o parte dacă nu le aparţineau Assurienilor şi ducându-le înapoi în sat dacă da. Unul dintre „răniţii" din tabăra adversă îşi îndreptă cuţitul spre unul dintre tineri. Şase dintre tovarăşii săi se năvăliră asupra adversarului ca o turmă de şacali, trăgând de el până când deveni clar că nu mai putea supravieţui.

-Trăgătoare! strigă Siamek. Acoperiţi linia de răniţi!

Formaţia făcu încă un pas în spate.

-Krak! strigă inamicul. Săgeţile zburară pe deasupra capetelor războinicilor, unele dintre ele lovindu-se de ziduri şi de trăgătoare. Dacă se loveau de zid, însă, nu provocau pagube prea mari.

Arcaşii Assurieni începuseră să îşi aleagă cu atenţie ţintele. După cum se temuseră, nu aveau destule săgeţi încât să se opună unei armate atât de mari. De altfel, acesta era şi motivul pentru care nu se retrăseseră pur şi simplu în spatele zidurilor de la bun început. Singura lor speranţă era să păcălească atacatorii să se îngrămădească pe poartă în loc să se despartă şi să încerce să se caţere pe ziduri. Formaţia de luptă reuşise acest lucru, dar acum se rărise ca o biată bucată de pânză.

Două războinice zăceau pe jos, străpunse de suliţele Halifienilor. Nu se mişcau, dar corpurile lor funcţionau ca o piedică pentru celelalte trăgătoare. Chiar dacă mai *erau* în viaţă, lucrurile aveau să se schimbe odată ce formaţia avea să mai facă un pas în spate şi să le calce în picioare.

-Vino! strigă Gita către Azin.

Fiecare dintre ele apucă câte o trăgătoare, trăgând trupurile înspre poartă. Victima din braţele lui Azrin tuşi... era încă în viaţă? Cea din mâinile Gitei nu se mişcă, însă.

Formaţia fu împinsă până aproape de zid, acolo unde aveau să execute retragerea încă neexersată. Gita nu putea vedea ce se întâmpla dincolo de linia de apărare, dar judecând după zgomotele infernale de luptă care veneau dinspre inamici, încă mai erau mulţi în viaţă.

-Un grup tocmai a trecut de formaţia din stânga! strigă Azin.

-Hai la treabă! răspunse Gita.

Se repeziră spre cei şase atacatori care depăşiseră apărarea. Aceştia se strânseră în jurul lor – erau şase la două. Ea şi Azin se aşezară spate în spate, aşa cum fuseseră antrenate.

-*Mi aghjik?* râse unul dintre bărbaţi.

Purta robe colorate, de Amorit. Amoriţii râseseră în timp ce îi ucisseră mama cu pietre.

„Pe cine urăşti cel mai mult, Gita?"

Îşi înfipse suliţa în trupul Amoritului cu toată forţa. Gemând surprins, acesta se prăbuşi înainte. Gita îl lovi în faţă şi apoi îşi înfipse suliţa drept în inima lui.

Un strigăt ascuțit o făcu să se uite în spate. Azin căzu, având o suliță în spate.

-Azin!

Se aplecă deasupra trupului ei, hotărâtă să își protejeze prietena. Privirea îi fu atrasă de punctele slabe ale atacatorilor, inclusiv ale celui care își înfipsese sulița în spatele lui Azin. Iată. Un nor gri plutea deasupra genunchiului stâng al bărbatului. Poate o rană mai veche? Aproape că putea să o *simtă*. Acolo. Firavă.

„Pe cine urăști?"

Dacă exista un lucru pe care îl înțelegea, acela era cum să evite un bătăuș. Reprimă avertismentul mamei ei, acela că nu avea voie să acționeze sub imperiul furiei – că cei ca *ea* purtau o povară special – că cea mai important lege a lor spunea că trebuie să fie întotdeauna motivați de iubire. În schimb, se concentră asupra darului întunecat care îi aluneca prin vene.

-Sunt invizibilă! șuieră Gita.

Lansându-se ca o leoaică ce sare din iarba înaltă, administră o lovitură de jos în sus pentru a disloca genunchiul despre care lumina spirituală a bărbatului o avertiza că e slăbit. Piciorul omului cedă, făcându-l să cadă pe genunchiul drept.

Gita smulse sulița din trupul lui Azin.

„Secretul unei lovituri bune e să transpui fiecare dram din tine în ea. Fiecare dram de ranchiună. Fiecare dram de ură. Imaginează-ți pe cineva pe care ești furioasă și pretindă că arunci sulița spre acel *cineva."*

Vizualiză unul dintre Amoriții care îi ucisese mama cu pietre.

-Mori! strigă ea. Străpunse inima inamicului cu aceeași suliță pe care acesta o folosise pentru a-i omorî prietena.

Al treilea atacator rămase prostește pe loc, de parcă n-ar fi putut să o vadă.

-Nenorocitule!

Gita îl înjunghie în gât. Măruntaiele îi țâșnirà pe față în timp ce înfigea sulița dincolo de trahee, până în cutia craniană, unde rămase blocată.

La naiba!

Mintea celui de-al patrulea bărbat nu era la fel de slăbită. Acesta îi dădu târcoale, părând să se teamă de femeia aceasta mică ce îndrăznea să lupte cu bărbați.

Gita se retrase pentru a-și acoperi prietena. Până nu era sigură că Azin era moartă, nu avea de gând să o abandoneze în mâinile inamicului. Alți trei Halifieni depășirà formația de apărare. Toți erau echipați cu sulițe, în timp ce Gita lupta acum cu mâinile goale.

Aproape…

Își scoase lama de obsidian.

Sărind din calea suliței așa cum văzuse la Pareesa în timpul antrenamentului, Gita răsuci mâna inamicului. Lama ei îi pătrunse în articulație, atingând osul.

- *K'ats*! urlă bărbatul.

Un al cincilea inamic se ivi de nicăieri și se năpusti asupra ei. Unul dintre războinicii Assurieni aflați în spatele formației se întoarse și înjunghie atacatorul care tocmai îl depășise.

-Mersi, Shepsin, strigă Gita.

Formația șovăi exact în zona în care se afla Shepsin, proaspăt distras.

-Ai grijă! îl avertiză Gita.

-Trageți! strigă Immanu de pe zid.

Săgetele zburară deasupra capetelor, însă tiparul de tragere se schimbase. Acum, țintele erau alese cu grijă, sulițele find îndreptate spre inamicii care reușiseră să străpungă linia de apărare sau spre capetele îndepărtate ale formației, acolo unde atacatorii încercau să își facă loc spre sat.

Slobozind un urlet, unul dintre cei care se repezise spre Gita căzu la pământ, având o săgeată înfiptă în gât.

-Mulțumesc! strigă Gita. Nu avea idee cine era salvatorul ei. Arcașii se ghemuiseră deja, vrând să evite salva de săgeți care avea să vină din partea taberei adverse.

-Sprijiniți formația! strigă Siamek.

Shepsin îi zâmbi timid Gitei înainte de a-și îndrepta atenția din nou asupra liniei de apărare, având încredere că ea avea să îi protejeze spatele împotriva celor trei mercenari. Dușmanii nu mai râdeau de ea. Trebuiau să o elimine ca să aibă acces deplin la spatele formației de apărare.

El a spus că ea era vrăjitoare...

Toți spuneau că tatăl Gitei fusese trecut cu vederea pentru că nu purta nicio urmă din darul puternic al lui Lugalbanda, cel pe care îl moștenise Immanu, iar apoi și Ninsianna. Pe ea nu o testase nimeni; pe ea nu o *antrenase* nimeni, dar ceva puternic pândea la suprafață; o furie, o sete, o dorință de a rămâne în viață.

Amoriții îi dăduseră ultima piatră tatălui ei, una mai mare acum, mare cât capul unui om, și îi ceruseră să își dovedească loialitatea ucigându-și el însuși soția vrăjitoare.

Gita își dădu seama că încerca să își forțeze ochii *să vadă* ceea ce trebuia, de fapt, să *simtă*. *Simțise* slăbiciunile inamicului, însă nu le recunoscuse pentru că, încă de la naștere, i se spusese că un șaman *vede*. Durerea pe care o simțea la umăr nu îi aparținea. Acum că știa să *simtă* slăbiciunile, nu să le caute cu *privirea,* acestea deveniră evidente. Bărbatul care îi dădea târcoale lovea pe sub braț pentru că avea o rană mai veche la umăr. Nu își ridica niciodată brațul stâng mai sus de trunchi. Era vulnerabil în partea superioară.

„Vrea să te omoare. Oare asta şi-ar dori mama ta?"

O viaţă petrecută ferindu-se din calea furiei tatălui o învăţase cum să se mişte în aşa fel încât să înşele ochiul...

„I-au spus că e curva lui Ki..."

Se rostogoli spre locul în care se prăbuşise trupul prietenei ei şi luă lama care căzuse de la cingătoarea lui Azin, având acum câte un cuţit în fiecare mână.

Şopti apoi rugăciuni spre zeiţa antică a haosului primordial, la care nu se mai ruga nimeni, pentru că Amoriţii îi distruseseră templul.

Ki, te rog nu mă lăsa să mor...

Se năpusti spre inamic, înfigându-şi ambele lame în gâtul lui. Bărbatul urlă. Sângele îi ţâşni din jugulară de parcă ar fi fost un berbec sacrificat.

Gita scoase apoi lamele şi îi scuipă sângele, întorcându-se spre ceilalţi doi bărbaţi ca un spirit speriat, cu ochi negri, care mânuia două cuţite de parcă ar fi fost gheare şi ale cărei haine erau mânjite cu resturi umane.

„Pe cine urăşti, Gita?"

-Pe voi!

Se năpusti asupra celor doi războinici rămaşi.

Capitolul 24

Noiembrie – 3.390 î.Hr.
Pământ: câmpia din afara Assurului
Colonelul Forțelor Speciale Angelice Mikhail Mannuki'ili

MIKHAIL

Aerul rece îi răscoli penele în timp ce pluti spre câmpul de luptă, evaluand distrugerile pe care le creaseră războinicii săi. Pământul părea să clocotească de armate de furnici în vreme ce mercenarii se cățărau peste trupurile tovarășilor lor doborâți de formația Assuriană. Trasoarele luminau câmpul de luptă, asigurând o priveliște clară, pentru a fi urmate apoi de salve de săgeți Assuriene care își înfigeau vârfurile ascuțite în carnea inamicilor.

Urletele de moarte puneau stăpânire pe văzduh…

Pana era o manevră brutală, concepută în așa fel încât să profite de o slăbiciune a naturii umanoide. În orice fel de isterie generaliziată, oamenii erau gata să își calce în picioare tovarășii, doar pentru a fi apoi împinși și călcați în picioare ei înșiși. Nu conta dacă „isteria" era provocată de reduceri la cine știe ce magazine universal intergalactic, la un meci de spaceball interstellar sau de inamici pe front. Avantajul numeric era util doar dacă erai suficient de politicos încât să îți aștepți rândul sau suficient de disciplinat încât să accepți ordinele superiorilor.

Mirosul de sânge, intestine măcinate, sudoare și frică umplea aerul. *El* îi învățase această tactică brutală, dar nu simțea niciun fel de satisfacție. Niciun fel de mândrie. Niciun fel de milă. Niciun fel de regret. Doar făcea calcule privind slăbiciunile celor două tabere și estima morți. Dacă *el* ar fi fost în fruntea taberei inamice și ar fi întâlnit o asemenea rezistență, s-ar fi retras, și-ar fi redistribuit forțele, ar fi trimis oameni care să hăituiască formația pană, iar grupul mai mare l-ar fi direcționat spre zidul de vest, mai puțin protejat, pentru a-și continua misiunea inițială – aceea de a se cățăra pe zid și de a ataca din interior.

Din fericire pentru Assur, însă, el era de partea *lor*…

Vântul își schimbă direcția. Mikhail bătu din aripi pentru a se înălța, luptând împotriva curenților mici care se învolburaseră în ton cu setea de sânge a zeiței. De la înălțimea aceea o putea vedea pe Ninsianna, ghemuită pe acoperișul templului, cu arcul pregătit și capa roșie fluturând în jurul umerilor ca roba unei împărătese. Era o urmă de vanitate în felul în care își permitea să *simtă* cât de mândru era de frumoasa lui vânătoreasă. Setea întunecată dinlăuntrul lui îl îmboldi să se grăbească şi să răpună odată duşmanii, ca să poată face dragoste cu ea cât încă mai purta pe buze aroma setei de sânge.

Meditaţiile de luptă Cherubime îi amintiră să rămână concentrat, să lupte drept, să ucidă rapid şi să manifeste milă atunci când era cazul. Setea întunecată se retrase în spatele pânzei Domnişoarei Păianjen, lăsând în urmă doar logica excepţională şi rece, capabilă să calculeze şanse de câştig fără nicio emoţie.

Virând, Mikhail aterâză pe acoperişul pe care se afla Căpetenia Kiyan. Deşi încă părea îmbătrânit şi în mod clar albise, acum că era complet concentrat pe a fi *Căpetenia,* acesta nu mai avea expresia aceea oropsită.

-Mikhail, îl întâmpină el, strângându-l de mână, braţ la braţ. Să înţeleg că te-ai ocupat de poarta de nord?

-Varshab avea situaţia sub control când am plecat, zise Miikhail. Am întârziat fiindcă am eliminat un grup care dăduse foc unui acoperiş.

Departe, în spatele lor, primul acoperiş era acum înghiţit de flăcări, dar al doilea fusese salvat mulţumită fratelui mai mic al Pareesei.

-Pare să meargă, spuse căpetenia, făcând un semn spre câmpul de luptă. Dar nu mai avem destule săgeţi încât să ne menţinem poziţia aici. Trebuie să ne retragem.

Formaţia pană provocase un carnagiu de neînchipuit. Fiecare pas pe care Assurienii îl făceau în spate era o invitaţie pentru inamici să trimite un nou val de oameni direct spre vârfurile suliţelor Ubaide. *El* putea vedea asta de deasupra, dar probabil că pentru cei care formau linia de apărare lucrurile păreau disperate.

-Sunt prea mulţi atacatori în spatele formaţiei ca să vă puteţi retrage, zise Mikhail. În clipa în care deschideţi poarta, inamicii o să dea năvală în sat.

-Ne mor oamenii, spuse căpetenia, arătând spre o trăgătoare care muri sub lovitura de suliţă a inamicului chiar sub privirile lor. Conducătorul satului vorbea pe un ton ridicat, marcat de disperare. Sunt oamenii mei. Nu putem să îi lăsăm să moară în afara zidurilor.

-O să zbor în faţa lor ca să aduc situaţia sub control.

-Eşti prea important ca să îţi rişti viaţa în luptă, insist căpetenia.

-Dacă inamicul mă vrea *pe mine* - nu adăugă şi „*aşa cum îi plăcea să spună fiului tău*" –, atunci să vină după mine. Ar trebui să îl distragă suficient încât să le permite oamenilor tăi să se retragă în spatele porţii.

-Dar eşti singurul care cunoaşte tacticile astea, răspunse căpetenia ridicând tonul în semn de disperare. Dacă mori, nu o să reuşesc *niciodată* să conving celelalte căpetenii să ni se alăture împotriva fiinţelor-şopârlă.

-Ce fel de conducător aş fi dacă aş refuza să *conduc?*

-Un singur om nu poate lupta împotriva tuturor, zise căpetenia încrucişându-şi braţele la piept.

-M-ai mai văzut luptând, zise Mikhail. Imediat ce vă retrageți, tot ce trebuie să fac e să zbor în altă parte.

Sau așa spera. Vocea aceea rece și rațională care își făcuse loc în mintea lui îl certa că își neglijase *propriul* antrenament. Dacă ar fi luptat împotriva soldaților-șopârlă acum, lucrurile nu ar mai fi fost la fel de simple pentru el.

Privirea Căpeteniei Kiyan rătăci spre locul în care femeile și copiii alergau în spatele formației pentru a trage trupurile celor răniți la adăpost. Rămânea – literal – fără oameni.

-Unde vrei să tragă arcașii? oftă el.

Mikhail arătă un loc în care trupurile inamicilor căzuți în luptă formau, întâmplător, un „U". Un „U" înalt de trei rânduri. Era suficient spațiu pentru ca el să își poată umfla aripile și să împingă adversarii peste cadavrele propriilor tovarăși. Asta i-ar fi obligat să îl atace din față sau să se cațere peste propriii morți, situație în care arcașii Assurieni i-ar fi putut ucide.

-Hăituiți inamicii în așa fel încât să nu aibă spațiu de manevră, zise Mikhail. O luptă de aproape îl dezavantajează pe cel mai puțin determinat.

Căpetenia își chemă cei mai buni arcași. Cu expresii întunecate, Alalah și Orkedeh îi urară succes.

Mikhail se ridică în aer. Când ateriză în sânul inamicului, își șopti rugăciunea Cherubimă a morții.

Adversarii lăsară baltă formația Assuriană și se năpustiră cu toții asupra *lui.*

Capitolul 25

Noiembrie – 3.390 î.Hr.
Pământ: Satul Assur

NINSIANNA

Aștepta pe acoperiș, cu arcul pregătit, gata să tragă asupra oricărui inamic care amenința templul zeiței.

Dar nu mai veni niciunul...

Dincolo de spațiul lor sigur, din centrul satului, bătălia se purta cu furie la poarta de sud. Fiecare salvă de săgeți care șuiera în zbor aducea cu sine o umbră de vinovăție. Ea era unul dintre cei mai buni arcași din sat. Ar fi trebuit să fie *acolo*. Nu stând degeaba *aici*, doar pentru că zeița nu voia ca soțul ei să își facă griji.

-Uitați-l pe Mikhail! zise Dima arătând spre cer.

-Șșș! își certă Ghazal prietena. Nu trebuie să atragi atenția.

Inima Ninsiannei se opri în loc când soțul ei zbură pe deasupra lor. Îi făcu din mâini, dar Mikhail nu dădu vreun semn că ar fi văzut-o. Încercă să își folosească darul pentru a comunica, pentru a *vedea* în mintea lui, dar lumina albastră și aspră deveni ostilă față de încercările ei.

„Nu îl distrage. O să-l omori...”

Astfel, fu împinsă la o parte, incapabilă să urmeze legătura care îi permitea să *vadă* ce făcea soțul ei, de parcă ar fi fost o pisică dată afară din casă la ora cinei pentru că cerșea resturi de mâncare.

Cum îndrăznea?!

Ninsianna urmă legătura din nou, dar se izbi de bariera albastră care se îngroșase atât de mult, încât nu îi mai permitea nici să își *spioneze* soțul. Orice-ar fi dat-o afară, nu era Mikhail.

Poate un alt zeu?

Mikhail spunea că Cherubimii își invocau zeul ori de câte ori mergeau la luptă – un zeu *diferit* de Împăratul pe care și-l amintea doar vag, dar în legătură cu care nu avea nicio amintire în afară de rugăciunile care îl ajutau să se concentreze. Deși simțise dintotdeauna energia aceea puternică și albastră care curgea prin venele lui ca un râu puternic, asta era prima oară când își dădea seama că avea și *personalitate*.

Tensiunea îi crescu simțitor, făcându-i obrajii să ardă în nuanțe de roșu aprins. Deci acum i se refuza privilegiul de a sta cu ochii pe soțul ei când acesta se avânta în luptă? Asta în vreme ce *ea* stătea acolo ca o păpușică, pe cel mai sigur și mai plictisitor acoperiș din sat?

Ninsianna își îndreptă privirea spre est, furioasă, așteptând primele raze ale răsăritului. Ah, cât de mult disprețuia momentele în care nu putea să *vadă!*

Judecând după strigătele și urletele care răzbăteau dinspre poarta de sud, părea că lucrurile se întorseseră în favoarea Assurienilor. Trupul Ninsiannei fu străbătut de un fior de entuziasm. Putea *simți* setea de sânge a zeiței asemenea valului de adrenalină dinaintea vreunui festival sau a vreunei curse, ori ca eliberarea îmbătătoare a unui orgasm.

O, în numele zeiței! Era atât de excitată încât aproape își putea *gusta* propriul entuziasm!

Covoarele pufoase de pe acoperiș se îndoiră sub greutatea ei în timp ce se târa spre marginea dinspre sud, vrând să vadă bătălia cu ochi de muritoare. De pe un acoperiș căruia i se dăduse foc se înălțau limbi înflăcărate. Din fericire, inamicii reușiseră să aprindă doar unul, dar nu era nevoie decât de o simplă scânteie pentru ca vâlvătaia să se extindă.

Yadiditum străbătu piața și se cățără pe scară, alăturându-i-se Ninsiannei pe acoperiș. Odată ajunsă sus, se ghemui lângă ea.

-Pun rămășag că sunt mulți răniți, zise Yadiditum.

-Sunt sigură că Tirdard e bine.

-Poți să îl *vezi?* întrebă Yadiditum, strângându-i mâna.

Ninsianna închise ochi și urmă legătura care pornea din zona buricului și o ducea până la Yadiditum, iar apoi pe cea care unea inima prietenei ei cele mai bune cu cea a soțului său. Tirdad nu era sub nicio formă în siguranță, însă lupta în interiorul „dintelui" și era încă în viață. Disperarea pe care o simți când inamicul îl depăși reverberă până la Ninsianna.

-E în viață, răspunse Ninsianna vag. Asta e tot ce pot să spun.

Atacatorii lansară o salvă de săgeți. Urletele celor răniți le făcu pe ambele femei să tresară. La naiba, era tămăduitoare! Ar fi trebuit să își ajute mama!

Un zgomot venit din partea opusă a pieței îi atrase atenția.

-Acolo! zise Yadiditum, arătând spre locul cu pricina. Oare e un alt inamic?

Ninsianna miji ochi în întuneric. Deși nu putea distinge mai mult de o umbră, își dădea seama că bărbatul se mișca aiurea în loc să se îndrepte dinspre o poziție strategică spre alta. Aura lui spirituală părea crestată și difuză.

-Cred că e rănit, șopti Ninsianna.

-Crezi că e unul de-al nostru?

-Dacă ar fi fost, ar fi venit pe alee, spuse Ninsianna arătând spre „cutia morții", care separa piața central de al doilea inel. Nu s-ar fi furișat prin altă parte.

Pregăti o săgeată şi ochi aura spirituală a inamicului. Arcul îi scârţâi în timp ce trăgea lama în spate, înspre obraz.

Duşmanul ieşi din umbre, fredonând pe un ton slăbit.

-Un bărbat din ceruri, cântă Shahla. A venit din ceruri şi m-a întins pe penele lui moi…

Un val de furie se aprinse în mâinile şi picioarele Ninsiannei, însoţit fiind de Fiori de energie. Sub imperiul mâniei, piaţa păru să capete o nuanţă aprinsă de roşu.

-Capră ce eşti, şuieră ea.

Din voinţă proprie, degetele prinse de pe săgeată îşi slăbiră strânsoarea.

-Nu! strigă Yadiditum.

Apucă să o lovească peste cot chiar când lama pornea înainte, modificându-i traiectoria suficient încât săgeata să şuiere inofensivă pe la urechea Shahlei.

-Aaaa! strigă Shahla.

Boarfa fără minte se prăbuşi la pământ, acoperindu-şi „bebeluşul" din cârpe cu propriul trup.

-Ce naiba faci? se răsti Yadiditum.

-Am crezut că era un inamic, minţi Ninsianna.

Yadiditum pufni. Poate că *ceilalţi* ar fi crezut-o, dar prietena cea mai bună o cunoştea prea bine.

-Tu, tu şi tu! îi repezi Yadiditum pe arcaşii novici. Duceţi-o pe *idioata* aia înapoi în casa părinţilor. Şi dacă refuză s-o primească, îndreptaţi-vă arcurile spre ei şi spuneţi-le că vi s-a *ordonat* să *trageţi* dacă o mai lasă pe Shahla să iasă din casă chiar şi o singură dată până când se încheie lupta!

Trei fete se repeziră pe scară, o ajutară pe Shahla, biata nebună isterică, să se ridice şi o împinseră spre casa lui Laum, alături de copilul ei din cârpe. O ceartă aprinsă izbucni în clipa în care mama Shahlei deschise uşa şi cele trei fete îi transmiseră ameninţarea lui Yadiditum. Urlând furioasă, femeia o trase pe Shahla înăuntru şi le închise uşa în nas arcaşilor novici.

Yadiditum o privi pe Ninsianna cu o expresie plină de reproş.

-*Nu* îmi pasă ce-a făcut, zise ea. Cei din neamul Ubaid nu îşi omoară semenii.

-Zeiţa…

-*Nu* mă minţi! şuieră Yadiditum. Ştiai exact cu cine aveai de-a face.

Yadiditum se întoarse ţâfnoasă pe acoperişul de pe care venise. Arcaşii ei juniori o urmară pe scară. Îi luă pe toţi sub mantia ei de parcă ar fi fost o găină cu pui şi le ţinu o prelegere şoptită despre cât de important e să te asiguri *întotdeauna* că ştii spre cine tragi înainte să îţi lansezi săgeata „din greşeală".

Ninsianna oftă şi privi spre Ghazal.

-Bănuiesc că asta e cee ace primesc dacă încerc să vânez după auz, nu?

Ghazal îi răspunse vag. Dată fiindu-i ascuțimea auzului, cu siguranță o *auzise* pe Yadiditum certându-și prietena pentru încercarea de a-și elimina rivala.

Dincolo de ziduri, zgomotele de luptă căpătară nuanțe tot mai disperate. Temperaturile scăzură. Norii crestați se întreceau pe cer. Ninsianna se ghemui sub capa ei sângerie, tânjind după aripile moi și calde ale soțului ei, dar fiind în același timp *furioasă* că Shahla o făcuse de râs încă o dată.

Plictiseala deveni de-a dreptul insuportabilă.

-*Slăvită Mamă,* îi zise ea zeiței. *Ai vrea să ajut în altă parte?*

Cea-Care-Este era prea ocupată bucurându-se de propria-i sete de sânge și curmând vieți ca să mai fie atentă și la ea.

Ninsianna urmă legătura ce îi permitea să pătrundă în mintea tatei.

-*Ai nevoie de încă un arcaș?*

Resimți o concentrare intensă. Tata era ocupat cu salve de acoperire, dar nu se afla în vreun pericol iminent.

Să ajungă la mama ei era mult mai greu – ea nu *vedea* lucruri așa cum o făceau Ninsianna și Immanu, dar, spre deosebire de Mikhail, măcar *se străduia.*

-*Mama, mai ai nevoie de o tămăduitoare?*

Mama îi răspunse cu o imagine difuză. Valurile de răniți o copleșeau. S-ar fi bucurat de orice mână de ajutor în plus.

-Yadiditum, îi spuse Ninsianna prietenei aflate de partea cealaltă a pieței. Trebuie să o ajut pe mama să aibă grijă de răniți. Ține șase arcași care să tragă spre orice nu e Ubaid. Pe restul îi trimitem să aducă răniții de pe câmpul de luptă.

-Bine, răspunse Yadiditum cu nesiguranță în glas.

-Ghazal, Dima, rămâneți cu Yadiditum. Voi șase – arătă spre cei care o ajutaseră să tragă spre Halifieni mai devreme – mergeți repede la poarta de sud și ajutați-i pe ceilalți să care răniții spre casa tămăduitoarelor. Iar voi trei – arătă spre grupul aflat pe acoperișul adiacent – mergeți la poarta de nord și ajutați-i pe cei de acolo cu răniții. Rămâneți împreună și țineți-vă săgețile pregătite în caz că dați de belele.

Ninsianna îi trimise mamei o imagine prin care îi arăta că ajutorul era pe drum. Mikhail avea să o ia *razna* când avea să afle că Ninsianna nu rămăsese pe acoperișul din cea mai liniștită zonă a satului, dar *la naiba,* n-avea de gând să îi permit unui bărbat să îi spună ce să facă.

-Ai grijă, îi spuse Yadiditum de pe acoperișul de vizavi. Dacă *un* grup a reușit să intre în sat, e posibil să mai fi reușit și altele.

Strângându-și arcul și traista cu săgeți, Ninsianna coborî în grabă pe scară. Aşteptă ca arcașii rămași în urma ei să tragă scara înapoi pe acoperiș înainte de a-și face drum înapoi spre casă pentru a-și lua coșul de tămăduitoare.

De pe casa lui Rakshan, făuritorul de flintă, țâșneau flăcări. Câțiva săteni alergau frenetic pe alei, cărând găleți cu apă pentru a strânge incendiul înainte ca acesta să se extindă.

În timp ce se apropia de casă, un tropăit suspicios o făcu să se lipească de ușa unui vecin. Trei bărbați înveșmântați cu tunici Halifiene se furișară prin dreptul ei. Veniseră oare să pornească un nou atac asupra grânarului?

Ninsianna se strecură în spatele lor, ascunzându-se printre umbre. Halifienii se opriră în fața casei părinților ei și dărâmară ușa.

-Oh! exclamă Ninsianna, acoperindu-și gura cu mâinile.

Își scoase arcul și, în liniște, alese din traistă o săgeată – una dintre cele mai bune, pe care le folosea la vânătoare de rate. O prinse la arc în momentul în care auzi zgomote de mese răsturnate. Trei bărbați. Dar numai două săgeți. Putea răpune unul, poate chiar doi până să o copleșească, dar cum rămânea cu al treilea?

Își relaxă strânsoarea. Casa nu merita prețul propriei vieți.

Halifienii ieșiră, mormăind dezamăgiți. Darul limbilor o ajută să înțeleagă ce spuneau.

-Dar el a zis că o să o găsim *aici,* având grijă de răniți, zise un bărbat masiv și urât, al cărui chip era străbătut de o cicatrice.

-Știe să tragă și cu arcul, spuse un altul, care era doar cu puțin mai mare decât Jamin. Poate o găsim la poarta de sud.

-Da, mult noroc s-o faci să coboare de acolo! pufni Halifianul slăbuț.

-Dar dacă nu sunt *aici,* mârâi cel urât, unde și-au dus tămăduitoarele?

-Mai aproape de acțiune? sugeră cel slab.

-Dar noi avem nevoie de tămăduitoarea *ucenică,* răspunse cel mai tânăr. Nu de cea bătrână.

Ninsianna se cutremură când își dădu seama că pe *ea* o căutau. Fată *idioată!* Cea-Care-Este o trimisese la adăpost, iar *ea* se băgase în probleme!

Halifianul slăbuț deschise poarta din lateral și se făcu nevăzut în curtea familiei.

-Amoriții au promis trei saci de aur pentru acela care aduce capul demonului înaripat, zise cel urât, frecându-și palmele.

Ninsianna fu cuprinsă de un sentiment de groază. Deci Jamin avusese dreptate? Atacurile acestea se datorau faptului că demonii-șopârlă voiau să îl omoare pe *soțul ei?*

Un behăit îngrozit îi atrase atenția asupra curții.

-Hey! zise Halifianul slăbuț, trăgând-o de Mica Nemesis pe poartă. Uitați ce-am găsit! Cina!

Cel urât își scoase lama și vru să înjunghie capra familiei. Furia o făcu pe Ninsianna să acționeze. Lansă o săgeată și nimeri Halifianul slăbuț drept în inimă. Când căzu la pământ, agitând din mâini, ceilalți doi se năpustiră asupra ei. Ninsianna își pregăti a doua săgeată, dar Halifianul urât puse mâna pe ea înainte ca ea să apuce să tragă.

-Dă-mi drumul! strigă Ninsianna.

Încercă să îşi folosească darul întunecat – acela de a bloca gândurile oamenilor de a se manifesta în mişcări ale muştilor -, dar nu îl mai folosise niciodată în condiţii de luptă. Halifianului îi scăpă o grimasă când ceea ce *trebuia* să fie o durere de cap îngrozitoare îi explode în minte, însă celălalt bărbat o ţinu strâns în loc.

-Ia uite ce-avem noi aici! rânji Halifianul cel urât şi smulse şalul de pe umărul Ninsiannei. Unghiile i se înfipseră în sânii ei.

-N-avem timp de asta, Dirar! zise tovarăşul său mai tânăr.

-Gura! spuse Dirar, acoperind gura Ninsiannei cu mâna. Aceasta încercă să îl muşte, dar Halifianul avea suficientă experienţă în arta răpirilor încât să îşi aşeze mâna într-un fel ce nu îi permitea Ninsiannei să îşi împlânteze dinţii în ea.

Ninsianna încercă să lovească în spate, dar Dirar o trase spre el în aşa fel încât să nu îi lase spaţiu de manevră. Îi simţea erecţia prin şal. Mâna lui îi strânse vintrele, dar se opri în loc când simţi abdomenul umflat.

-Ha! Asta-i gravidă! râse Dirar.

-Jamin ne-a *spus* că soţia demonului înaripat e gravidă, zise bărbatul mai tânăr.

Dirar uită să îşi protejeze mâna. Ninsianna îl muşcă. Gustul amar de pământ, sudoare şi sânge îi umplu gura. Lovi în spate, înfigându-şi călcâiul în testiculele Halifianului şi simţind un pocnit satisfăcător. Bărbatul urlă de durere.

Halifianul mai tânăr o smulse din braţele lui.

-Ţi-ai dat cuvântul!

-Cuvântul meu nu înseamnă nimic dacă nu îl dau cuiva din tribul meu! se repezi Dirar la el. Fetişcana asta vrea să se pună cu bărbaţi? Hai să-i arătăm ce păţeşte o femeie care se pune cu un bărbat!

-Trebuie să o folosim ca momeală, insistă Nusrat.

Alţi doi Halifieni li se alăturară camarazilor lor încă în viaţă.

-Rahat! spuse unul dintre nou-veniţi, privindu-l pe cel pe care Ninsianna îl răpusese. Vrăjitoarea l-a omorât pe Raghib?

-Hai să-i tăiem beregata şi s-o încheiem odată! mârâi Dirar.

-Nu! zise Nusrat, îndreptându-şi cuţitul spre Dirar. Mi-am dat cuvântul că nu o să fie rănită!

Ninsianna se zbătu, dar nu reuşi să scape. Oare acesta era momentul în legătură cu care o avertizase zeiţa? Cum ar fi putut Mikhail să o audă dată fiind larma de pe câmpul de luptă?

-Nu primim trei saci de argint dacă o omorâm pe *ea,* zise unul dintre nou-veniţi, poziţionându-se în dreptul lui Nusrat.

-Da, spuse cel de-al doilea nou-venit, care se aşeză în spatele lui Nusrat. Dacă poartă în pântece copilul demonului înaripat, copilul cu aripi o să ne aducă o răsplată spectaculoasă.

-Îţi dau cuvântul meu... zise Nusrat. Dacă lăcomia ta ne face să dăm greş, o să mă asigur că absolut fiecare războinic din armata lui Kudursin ştie că nu şi-a primit răsplata din cauza *ta!*

Dirar se albi la faţă.

-Aşa ne-am pus de acord, Dirar, zise primul dintre nou-veniţi.

-Da, zise al doilea nou-venit. Nu să ne uităm la tine cum o violezi.

-Prea bine...

Dirar o lovi la tâmplă cu capătul plat al lamei sale. Inima Ninsiannei scăpătă un ultim gând frenetic înainte ca totul să se cufunde în întuneric.

„Mikhail..."

Capitolul 26

Noiembrie – 3.390 î.Hr.
Pământ: Satul Assur
Colonel Mikhail Mannuki'ili

MIKHAIL

Mikhail se opri în loc, chiar în mijlocul grupului de doisprezece războinici împotriva cărora lupta simultan.

Ceva era în neregulă...

Dincolo de vălul pe care dansul morții îl arunca asupra trăirilor lui, inima îi tresări. *Mo maité!* Soția lui era în pericol! Se lansă în aer, lăsând în urmă inamicul și îndreptându-se în direcția în care îl chema rugămintea ei disperată.

Trecu de acoperiș după acoperiș, până când ajunse la casa lor. Ninsianna zăcea în curte, întinsă cu grijă, de parcă ar fi hotărât să tragă un pui de somn. Lui Mikhail aproape îi sări inima din piept. Dar putea recunoaște o capcană când dădea de ea.

Aterizã pe acoperișul casei de alături, strãduindu-se să își ascundă fâlfâitul aripilor.

Mormăind la auzul covoarelor care acopereau casa și care se îndoiră și scârțâiră sub greutatea lui, Angelicul se furișă până pe marginea acoperișului vecinului. Oare era bine? Simțise o chemare frenetică, iar apoi totul se cufundase în întuneric, însă inima care îi gonea în piept nu urla că ar fi moartă.

Dansul Cherubim al morții îl înzestra cu o percepție supranaturală, dar simțurile îi erau limitate la cele cinci tradiționale. Gust. Putea simți pe limbă *gustul* acru al corpurilor neîmbăiate. Unul, sub umbrar. Al doilea, în spatele cotețului caprei. Alte două așteptau pe aleea îngustă din lateral.

Al cincilea zăcea în dreptul cotețului, cu o suliță înfiptă în spate. Probabil că Ninsianna îl luase prin surprindere înainte de a fi răpusă de ceilalți patru.

Acea furie adâncă, întunecată, care încerca să erupă încă din ziua în care nava i se prăbușise, clocotea din ce în ce mai aproape de suprafață. *Putere. Coboară asupra mea. Nimicește-i.* Întunecimea năvăli peste pânza fragilă a Domnișoarei Păianjen, cerând să fie descătușată.

Solvite... șopti el.

Furia se transformă în răceală. Goliciune. Gheață. Moarte. Îi făcuseră rău Alesei EI. Morțile lor aveau să o încânte. Da... El avea să îi distrugă pe toți.

Percepția i se schimbă. Întuneric deplin. Tot ce avea viață ieșea în evidență față de întunecimea în care sălășluia el acum. Putea *vedea* toate punctele slabe ale bărbaților acelora. Halifianul din spatele cotețului era izolat de ceilalți.

Mikhail își întinse aripile și ateriză în liniște, fără să fâlfâie din pene, în curtea vecinului. Apoi, se strecură până la peretele din spate, care dădea înspre cotețul caprei. Se lăsă la pământ fără să scoată niciun sunet, își scoase cuțitul, înșfăcă atacatorul și, înainte ca acesta să apuce să strige, îi tăie beregata.

Sângele îi țâșni pe față, cald și delicios. *Iată, iubita mea. O ofrandă.* Lăsă trupul Halifianului mort să cadă pe pământ.

Mica Nemesis behăi în semn de bun venit și își frecă botul de piciorul lui, smulgându-l de sub vraja setei de sânge.

Acum? Capra se bucura să îl vadă acum?

Mikhail se ghemui în spatele stelajului folosit pentru muls și îl căuta cu privirea în întuneric pe Halifianul pe care îl putea *mirosi* din partea opusă a curții. Ochii îi poposiră asupra corpului Ninsiannei, care încă nu se mișca. Oare aceea era respirația ei?

Frica urla în fiecare colțișor al trupului său, îndemnându-l să *meargă la ea, să meargă la ea,* să meargă la soția lui. Îndemnul se războia cu furia aceea neagră și fără sfârșit. Trebuia să se forțeze să revină la dansul morții.

-*Oni o taiji suru tame ni, watashi ni anata no chikara o sazukeru,* șopti Mikhail. Fu nevoit să repete rugăciunea de mai multe ori pentru ca binecunoscuta lipsă de emoție cu nuanțele ei albastre să îi înece furia.

Analiză situația la rece, mânat de rațiune. În clipa în care ar fi încercat să se apropie de soția lui, Halifianul l-ar fi ucis. Nu avea niciun scut cu care să oprească săgeata. Nici vreun alt obiect care să îi fie de folos în apropiere. De la distanța aceea, inamicul avea suficient timp să implânteze în el două, poate chiar trei săgeți – în funcție de cât de rapid era – până ca Mikhail să poată să se apropie și să îl ucidă. Nu avea cum să îl atace nici de la spate.

Capra își frecă botul de pantalonul lui și își ridică privirea spre el, de parcă ar fi așteptat o răsplată. Îi veni o idee.

-Mică Nemesis, zise el. Am nevoie de ajutorul tău.

Aplecându-se după gardul șubred de lemn, Mikhail își strânse aripile la orizontală și se târî prin bălegarul de capră pentru a deschide poarta. Îi făcu semn lui Nemesis, care, din cine știe ce motiv, hotărî că, pentru prima oară în viața ei, *nu* voia să scape din coteț. Capră nebună! Tropăi în urma lui, ascunzându-se sub aripile sale. Probabil că mercenarii o speriaseră, iar acum biata creatură prostuță credea că el voia să o apere.

-Fii curajoasă, Mică Nemesis, îi zise Mikhail, arătându-i poarta deschisă.

Capra nu se mişcă.

-Du-te!

Capra rămase pe loc…

Mikhail o apucă de uger şi trase.

-Beeeeh !

Capra ţâşni pe poartă, behind, şi o luă la goană prin curte. Halifianul trase sprea şi, din fericire, rată, căci se aşteptase la un om, nu la o capră.

Mikhail zbură spre Halifianul de sub umbrar, momentul de distragere aducându-I câteva zecimi de secundă în plus pentru manevre. A doua săgeată, inevitabilă de altfel, i se înfipse în marginea uneia dintre aripi, periculos de aproape de gât, dar rată ţintele vitale. Diversiunea îl salvă de o altă săgeată şi se năpusti asupra bărbatului, pe care îl străpunse cu sabia.

Cei de pe alee traseră spre el şi o rupseră la fugă pe uliţă. O săgeată îi zgârie cămaşa, iar pe cealaltă o respinse în aer, cu sabia.

Mikhail porni în goană spre Halifianul mai lent, un bărbat mare, cât un urs, şi o cicatrice crudă, care îi străbătea nasul pe diagonală. Acesta se întoarse şi mai trimise o săgeată în zbor, dar aceasta nu nimeri decât nişte pene, dovedindu-se destul de inofensivă. Halifianul mai tânăr îşi pregăti o săgeată, dar, din cine ştie ce motiv, nu trase. Bărbatul masiv îşi scoase un cuţit de la centură şi îl aruncă spre pieptul lui Mikhail. Mikhail îl respinse cu lama teşită a sabiei. Cuţitul căzu la picioarele tânărului a cărui săgeată era îndreptată spre inima Angelicului.

-Nusrat! strigă bărbatul masiv. *Inch'u ch'yek' krakum nran?*

Tânărul se uită la bărbatul întins pe jos, iar apoi privirea lui o întâlni pe cea a lui Mikhail. Săgeata era trasă la tensiune maximă, de la o distanţă atât de mică, încât Mikhail nu ar fi putut să o respingă *indiferent* de cât de rapid ar fi fost. Şi totuşi, tânărul cu ochi verzi nu o lansă. Cu o expresie nemiloasă, îşi înclină capul spre Mikhail.

-*Spanel!* strigă bărbatul de la picioarele lui. *Du im yeghbayr!*

-Întâi trebuie să îi aduci inima demonului înaripat, zise tânărul într-o Ubaidă stricată. Uite. O să ai nevoie de asta.

Fără a-şi lua privirea de la Mikhail, tânărul lovi cuţitul cu piciorul, făcându-l să zboare direct în mâna bărbatului masiv.

Bărbatul masiv, cu nasul tăiat, înşfăcă cuţitul şi îl îndreptă în sus, vrând să îl înfigă în coapsa lui Mikhail. Mikhail fâlfâi din aripi, încercând să se înalţe în zbor. Bărbatul se ridică greoi şi se năpusti asupra lui. Mikhail păşi în lateral, blocându-l cu o aripă şi pe tânărul cu săgeata. Mercenarul bondoc se repezi spre el ca un taur înfuriat. Mikhail îşi legănă sabia şi tăie pe diagonală.

Capul tăiat zbură spre locul în care, cu doar câteva secunde înainte, se aflase tânărul. Dar el nu mai era acolo. Mikhail fu cât pe-aci să pornească după el, însă nevoia copleşitoare de a-şi proteja partenera îi înăbuşi setea de sânge. Zbură lângă ea.

-Ninsianna?

Zăcea nemişcată în mijlocul curţii în care, dacă nu ar fi reuşit să se strecoare în coteţul caprei, Mikhail ar fi fost atacat din trei unghiuri diferite. O ridică, pe ea, această creatură ca o păuşă care îi era inimă şi suflet. Capul îi căzu pe spate, de parcă ar fi fost moartă. Un firişor de sânge i se scurse la tâmplă, acolo unde fusese lovită, dar ea nici măcar nu scânci.

-Ninsianna? spuse Mikhail, îngropându-şi nasul în adâncitura gâtului ei şi căutându-i pulsul, însă acea lipsă pe care o resimţea de săptămâni întregi răsună goală în inima lui, de parcă ar fi strigat într-un vid de unde nu îi putea răspunde nimeni.

-Ninsianna!!! Nu pot să te simt!!!

O purtă înăuntru pe braţe, însă acolo nu era nici urmă de Needa sau de celelalte femei care se ocupau de triaj. Se mutaseră altundeva. Dar unde? Soţia lui avea nevoie de îngrijire.

-*Mo ghrá*, spuse el, strângând-o la piept.

Se ridică cu ea în aer şi zbură mânat de intuiţie spre locul în care bănuia că s-ar afla Needa – undeva suficient de aproape de cei mai mulţi răniţi, dar şi suficient de ferit încât să nu trebuiască să îşi lase în urmă pacienţii dacă inamicii reuşeau să străpungă prima linie de apărare. Observă mişcare la casa Yaldei şi a Zhilei. Când coborî în mijlocul lor, fâlfâind din aripi şi purtându-şi înăuntru soţia, femeile izbucniră în strigăte.

-Needa! ţipă Mikhail. O, zeilor! Needa! Te rog! E rănită!

-Mikhail? răspunse mama soacră, venind în fugă spree l.

Yalda veni în urma ei, sprijinindu-se în baston:

-Ce s-a întâmplat cu ea?

-Au prins-o Halifienii. Ca să îmi întindă o capcană *mie!* răspunse Mikhail, iar glasul lui răsună ca un scâncet îngrozit. Mama! Nu se trezeşte!

Pieptul îi era zdrobit de o durere copleşitoare. Vidul acela întunecat care îi rodea subconştientul, golul acela pe care doar *ea* îl putea umple, se căscă în interiorul lui. Se simţea...

Singur...

Îi amintea de...

-Las-o, îi ordonă Needa. Tu trebuie să te asigur că satul nu cade!

Mikhail îşi aşeză soţia în locul pe care i-l arătă Needa, odihnindu-şi mâna pe umflătura mică a abdomenului. Pieptul Ninsiannei continua să se ridice şi să coboare, dar, orice-ar fi păţit, Mikhail nu mai putea să o *simtă*. Controlul asupra meditaţiilor Cherubime ale morţii se stinse, iar odată cu el îl părăsi şi capacitatea de a rămâne lipsit de emoţie.

Furia întunecată şi fără de sfârşit, rana aceea antică ce urla „singur", se contopi pe nesimţite cu emoţia frenetică provocată de gândul că cineva încercase să îi ia soţia.

Perechea lui...

Perechea lui *eternă*...

„*Vei prelua puterea*", îl tachină Cea-Care-Este.

„*Putere. E a ta. Cheam-o şi răzbună această fărădelege pogorâtă asupra perechii tale...*"

Golul vast, puterea aceea pe care Cherubimii spuneau că nu trebuia să o mânuiască niciodată, îl chema pe nume. *Putere*. Era a lui. Îl chema înapoi acasă ca pe un fiu de mult pierdut. Rece. Mortal. O vibraţie teribilă i se strecură în vene şi îi transformă inima în gheaţă.

Se aplecă să îşi sărute soţia şi, cu un murmur ameninţător, EL îi spuse mamei soacre:

-Ai grijă de ea cât eu pun capăt luptei...

Needa făcu câţiva paşi înapoi, căscând ochii şi ducându-şi mâna la gură.

-Ochii tăi!

Tămăduitoarele se feriră grăbite din calea lui, de parcă ar fi fost împinse de o forţă invizibilă. Umbrele desprinse din lămpile cu ulei se ridicau în forme îngrozitoare.

-*Solvite,* şopti Mikhail.

Lansându-se în aer, zbură spre câmpul de luptă şi ateriză în zona cea mai încrâncenată, cu sabia scoasă, abandonând orice urmă rămasă din umanitatea sa greu câştigată.

Capitolul 27

ΔΥƆΠΔΠϟ

Data Galactică Standard: 152,323.10 D.Î.
Haven-1: Palatul Etern
Comandant General Suprem Jophiel

JOPHIEL

Îi urmă docilă pe Maestrul Yoritomo şi pe ceilalţi cinci maeştri Cherubimi care îl aduseseră pe Lucifer în Parlament în linişte deplină. Îşi făcură drum cu forţa prin forumul cuprins de haos în care delegaţii slobozeau urale de parcă tocmai l-ar fi înfrânt pe Shay'tan, şi o conduseră spre crucişătorul de luptă Cherubim.

Jophiel privi prin portal spre noul sediu al guvernului Alianţei, care dispărea în zare în timp ce nava îşi făcea saltul spre Haven-1. Cel puţin protestatarii care se îmbulziseră la Palatul Etern cerând revenirea lui Lucifer începuseră să se împrăştie acum că se votase că Împăratul nu mai era capabil să guverneze. Acest lucru o salvă de umilinţa vreunei alte băuturi cu gheaţă care să îi mânjească uniforma în care avea să se prezinte în faţa Împăratului, fiind trasă la răspundere pentru sfidare. În timp ce treceau prin Poarta Perlată, înaintând spre Marea Sală goală, armurile Cherubimilor clincăniră de parcă ar fi fost tobele ce însoţeau un condamnat către eşafod.

-Aşteptaţi aici, zise Maestrul Yoritomo.

O lăsară singură în uriaşa sală a tronului, o încăpere atât de mare, încât o făcea să se întrebe dacă şi-ar fi putut parca nava amirală în interiorul ei. *Lumină Eternă...* ce glumă proastă! Iată, ea se presupunea a fi cea mai aprigă apărătoare a Împăratului, dar în clipa în care Parlamentul îi ameninţase copiii, îl trădase.

Îşi ridică privirea spre tavanul boltit pe care, sus de tot, zburau reprezentări ale Împăratului şi ale armatelor sale, ale unor creaturi fantastice, de mult dispărute din acest univers, şi razele strălucitoare de lumină emanate de întruchiparea Celei-Care-Este. Înaltă, unghiulară, cu păr blond-alb, ochi aurii şi aripi diafane ca de libelulă, o insectă care exista pe toate planetele pentru că îi plăcea ei, zeiţei care stăpânea Tot-Ce-Este şi care, dacă n-ar fi avut urechi ascuţite şi aripi transparente în loc de albe, ar fi putut la fel de bine să pară geamăna lui Lucifer.

Sau geamăna *ei.* Jophiel se cutremura ori de câte ori îi spunea cineva cât de mult semănau ea şi Lucifer. O asemănare ciudată, provocată de prea multe cosangvinizări.

Uşa care ducea spre mica antecameră în care Împăratul se ocupa de chestiunile *serioase* se deschise. Lui Jophiel i se opri inima în gât, de groază şi uşurare, la vederea lui Dephar, sfătuitorul cel mai de încredere al Împăratului, care ieşi, sprijinindu-şi trupul înalt, de şarpe, în baston.

-Dephar, îl salută Jophiel.

-Comandant General Suprem, răspunse Dephar, iar ochii săi galbeni, ca de şarpe, se îngustară, formând două linii perfecte.

Expresia nu era ostilă, însă. Doar o scruta.

-Împăratul v-a decretat pedeapsa pentru faptul că aţi mers să vă adresaţi Parlamentului deşi el v-a interzis în mod explicit să o faceţi.

Jophiel înghiţi în sec şi îşi îndreptă spatele, strângându-şi aripile albe-ca-zăpada la spate. Ochii ei albaştri îi întâlnară pe cei aurii ai lui Dephar, hotărâţi să întâmpine sentinţa cu demnitate indiferent de cât de *îngrozitoare* ar fi fost. Chiar şi dacă era o sentinţă la moarte.

-Slujesc ordinele Împăratului, spuse Jophiel, forţându-şi vocea să nu tremure. Sudoarea i se scurse pe frunte. Rezistă impulsului de a se trage de gulerul uniformei, fiind dureros de conştientă de cât de tare se încinsese deodată sala tronului.

Dephar arătă spre baldachinul înălţat pe care se afla tronul Împăratului.

-Trebuie să staţi acolo până îşi dă seama Împăratul cum să rezolve dezastrul pe care dumneavoastră şi Lucifer l-aţi adus în acest imperiu.

Privirea lui Jophiel ţâşni în sus, spre tronul poleit cu aur, scaunul Împăratului însuşi. Oare Dephar îşi bătea joc de ea?

-A sta pe tronul Împăratului e trădare!

-În cazul în care ai uitat, dragă Jophiel, răspunse Dephar cu o voce plictisită, Alianţa nu mai *are* un Împărat. Ci un zeu ceremonial. De aceea, consider că nu e cu nimic mai calificat să îndeplinească această sarcină decât *dumneata*. Şi, cu toată sinceritatea, are lucruri mai bune de făcut. Aşa că poţi să iei loc şi să te gândeşti la ce dezastru ai produs acum că Lucifer e la comandă.

-Da, d-d-d-domnule, zise Jophiel. Aşteptă, dar în final îşi dădu seama că Dephar nu avea să plece până când ea nu avea să se supună ordinelor Împăratului. Se urcă în baldachin, aruncând o privire înapoi spre Dephar, ca să se asigure că vorbea serios, şi îşi aşeză fundul uşor pe pernă, forţându-şi tuberozitatea iliacă să îi ţină carnea deasupra pernei stacojii, în aşa fel încât să profaneze tronul sacru cât mai puţin.

Aprobând din cap, Dephar se întoarse de unde venise, trocănind cu bastonul pe podeaua de marmură, ca o tablă de şah.

-Dephar... stai! strigă Jophiel în urma lui. Nu a... *plecat*... din nou, nu-i aşa?

Ochii galbeni ai lui Dephar adoptară o expresie empatică, iar botul i se curbă, exprimând milă.

-În caz că ai uitat, zise el, Împăratul nostru a fost prea ocupat încercând să salveze mânzul lui Kunopego ca să se mai preocupe şi de intrigile lui Lucifer.

-Mânzul e încă în viaţă?

-Pentru moment, răspunse Dephar, ridicând din umeri. Vom vedea. Până şi miracolele zeilor au limite, după cum ştii prea bine de când ţi-a salvat propriul fiu.

Jophiel se îneacă de emoţie. De ce uitase mulţimea aceea avidă de putere latura miloasă a Împăratului?

-De ce a încercat să îl ucidă pe Lucifer?

Dephar oftă.

-Dacă Împăratul ar fi vrut să îl ucidă pe Lucifer, ar fi fost mort acum, răspunse Dephar, iar botul i se ridică în semn de ură. Dar poate ar fi fost mai bine dacă *într-adevăr* l-ar fi omorât. Atunci, rebelii nu ar mai fi avut un personaj în jurul căruia să se strângă câtă vreme încearcă să îşi dă seama unde a îndesat Shay'tan lumea oamenilor.

-Aripile lui…

-Un accident nefericit, zise Dephar, ridicând din umeri de parcă ar fi vorbit despre o cană vărsată de *caife*. Pentru o clipă, Împăratul a crezut că fiul lui e posedat de un Agent.

-Un agent ?

-De asta îl pune EA să mai zăbovească pe aici, ştii, zise Dephar, arătând spre picturile murale care împodobeau fiecare centimetru al Marii Săli. Pentru că puterea pe care o deţine poate întrerupe controlul unui Agent asupra gazdei sale muritoare fără să omoare victima, cu toate că procesul de exorcizare nu e niciodată plăcut.

-Dar alea sunt doar mituri, spuse Jophiel.

Fălcile lui Jephar tresăriră, formând un râset ostenit.

-În multe lumi, şi *dumitale* eşti un mit! spuse el, arătând în sus, către fresce. Poate ar fi timpul să mai înveţi câte ceva despre *adevărata* istorie a universului.

Mormăind despre o listă lungă de lucruri pe care le mai avea de făcut pe ziua de azi, Dephar ieşi şi o lăsă să stea pe tronul Împăratului, cu picioarele atârnând din baldachinul mult prea mare de parcă ar fi fost doar o fetiţă. La început, stătu încordată, dar pe măsură ce se orele se scurgeau, disconfortul o obligă să se lase pe spate, ca să îşi odihnească aripile pe spătar. Când făcu asta, picioarele îi rămaseră în sus, pentru că scaunul era prea adânc pentru ca ea să îşi poată îndoi genunchii. Nu era demnă de sarcina de a sta aici. Oare asta era lecţia pe care Împăratul voia să i-o dea?

Jophiel îşi ridică privirea spre tavan, admirând picturile pe care le mai văzuse, dar pe care nu mai avusese şansa să le *privească* cu adevărat. Întotdeauna crezuse că erau o simplă decoraţie, dar acum că stătea şi se uita mai atent la ele, îşi dădea seama că erau mai mult de-atât. Pentru a vedea cu adevărat istoria universului, era nevoie să stai pe tron.

-Oh, exclamă ea, înţelegând în sfârşit tiparul picturilor. Pornind de la intrarea gravata a Marii Săli, ale cărei uşi reprezentau trunchiul Copacului Etern, prima boltă de susţinere a tavanului ca de catedrală înfăţişa o zână cu aripi albastre, care semăna un pic cu Cea-Care-Este şi care se desprindea din rădăcini, vrând să strângă mâna unui bărbat chipeş, cu ochi de foc şi cap de taur.

Pe a doua boltă se revărsau stele născute din uniunea celor doi, care luminau cerul. Pe a treia boltă, însă, bărbatul-taur era reprezentat înşfăcând micile stele şi devorându-le în timp ce zâna cu aripi albastre plângea. A patra boltă o înfăţişa pe zâna albastră cântând la lăută, în vreme ce în întunericul din care venise se prefigura o altă creatură. În poala ei se mai afla o ultimă stea, încă în viaţă. Imaginea sugera că zâna albastră îndemna întunericul să se uite la acea versiune aurie, în miniatură, a ei.

A cincea boltă arăta o pată neagră, cu tentacule, care înşfăca bărbatul-taur şi îl arunca la pământ. Bărbatul-taur vărsa stelele înapoi, dar acestea nu mai era aurii, ci fărâme distruse de argintiu – toate, cu excepţia celei pe care zâna albastră reuşise să o salveze. În imagine, aceasta îngenunchea, plângând şi strângându-şi la piept copiii devoraţi.

Această scenă atinse o coardă sensibilă înlăuntrul lui Jophiel, care fusese pe punctul de a-l pierde pe Uriel. Acesta era şi motivul pentru care, în ciuda iubirii pe care i-o purta Împăratului, răspunsese chemării Parlamentului. Dat fiind faptul că aproape pierduse un copil, *nimic* nu ar fi putut să o convingă să îi mai abandoneze o dată. Nici măcar Împăratul.

A şasea boltă întruchipa steaua mică şi aurie, devenită acum Cea-Care-Este, care atingea cu o mână creatura întunecată pe care o invocase mama ei, iar cu cealaltă îşi răspândea *propriile* stele – universul în care se vieţuiau acum. Acesta era un fragment din mitologia pe care o cunoştea şi Jophiel, aceea că Cea-Care-Este răsturnase întunericul Celui-Care-Nu-Este şi îl folosise pentru a crea universul.

Restul boltelor înfăţişau bătălii epice, unele dintre ele precedând Alianţa. Chiar cea sub care stătea ea îl arăta pe Împăratul Etern luptând împotriva lui Shay'tan pentru această galaxie. Abia când privi mâna bătrânului dragon, ţinută drept, la fel ca pe Marea Poartă, Jophiel înţelese în sfârşit ce vedea.

-Nu au murit toate? zise ea cu voce tare. În mâna lui Shay'tan se afla una dintre multele stele frânte, lumina ei fiind argintie şi slabă. În timp ce o ţinea, ochii lui Shay'tan se transformau, trecând de la negru la acelaşi auriu ca cel ai ochilor Împăratului – culoarea creaturilor transcendentale.

Jophiel se ridică de pe tron şi se îndreptă spre bolta pe care zâna albastră îşi strângea copiii la piept, după care urmă bolţile dinspre Marea Sală, trasând istoria universului pe măsură ce aceasta înainta de la o bătălie la alta. La fiecare punct de cotitură din istorie, în capetele opuse ale Marii Săli se aflau aceleași două personaje. Pe partea care dădea înspre Copacul Etern, zâna albastră își strângea armatele și încerca să le redea viață copiilor săi devorați, iar pe partea cealaltă, care dădea înspre lumea exterioară, bărbatul-taur elibera creaturi ciudate, care să îi distrugă. De fiecare dată, un alt campion înaripat intra în luptă, vrând să alunge bărbatul-taur din univers înainte ca acesta să ajungă la Cea-Care-Este.

Trei bolți separate îi făcură sângele să înghețe în vine. Porțiuni mari ale universului erau distruse, dar nu de bărbatul-taur, ci de umbra musculoasă și întunecată despre care Jophiel știa acum că era Cel-Care-Nu-Este. De fiecare dată când un campion dădea greș, Lordul Întunecat intra în joc și alunga el însuși bărbatul-taur, însă nu fără a provoca distrugeri teribile.

-Oh...

Cei mai mulți considerau că Lordul Întunecat era malefic, la fel cum considerau și că Shay'tan era malefic, pentru că distrugea tot ce atingea. Oare adevărul era ceva mai complex de-atât?

Jophiel urmări istoria universului încă o data. De fiecare data când bărbatul-taur și zâna albastră intrau în luptă, apărea un alt Campion înaripat – majoritatea, din rase atât de străvechi, încât nu mai puteau fi recunoscute; alții, deveniți acum zei. Ultimele cinci bolți o surprinseră pe Jophiel. Împăratul Shay'tan?

Ajungând la ultima boltă, care îl înfățișa pe Împăratul Etern înaintând în carul său spre Shay'tan, la fel ca pe Marea Poartă, Jophiel înțelese în sfârșit ce voia imaginea să transmită. Cei doi zei străvechi nu asmuțeau fulgere și foc *unul asupra celuilalt!* Ci asupra unui nor de un verde ca de puroi, dincolo de care se ascundea bărbatul-taur!

-Bătălia se poartă încă și azi, zise ea cu voce tare.

Reveni la intrare și urmări imaginile iar și iar, descoperind la fiecare încercare noi și noi indicii despre ceea ce se întâmplase *cu adevărat,* cu mult înainte ca Împăratul să se fi născut măcar. Pe tavanul acela erau înfățișați paisprezece miliarde de ani de istorie. Dacă știai ce să cauți, frescele îți ofereau răspunsurile. Jophiel își coborî privirea spre picioare și realiză că pătratele de șah de pe podea se aliniau perfect cu rolurile ce reveneau fiecăruia dintre personajele de pe tavan. Cetățenii Alianței glumeau adesea spunând că nu sunt altceva decât piese de șah pentru Împăratul Etern, dar, ridicându-și privirea, Jophiel înțelese că, de fapt, *el* era o piesă.

Tresărind, Jophiel își dădu seama că nu primise o pedeapsă. Primise șansa de a afla care era miza *reală.* Cuvintele lui Dephar îi răsunară din nou în minte:

„A crezut că fiul său e posedat de un Agent..."

Ferestrele care dădeau înspre grădină se întunecaseră. Lui Jophiel îi înțepeni gâtul de la atâta privit în sus, așa că reveni pe tron, atentă la faptul că avea de ispășit o pedeapsă. Chiar când credea că avea să îi explodeze vezica, Împăratul își făcu, în sfârșit, apariția.

-Majestatea Voastră, zise Jophiel, strângând cotierele cu degetele și nefiind sigură dacă să sară de pe tron și să se arunce la picioarele lui, cerând milă, sau să rămână pe loc, pentru că asta îi ordonase el? Într-un sfârșit, se trase la marginea scaunului în așa fel încât să nu îi mai atârne picioarele de parcă ar fi fost o fetiță și salută oficial, conștientă de cât de ciudat arătau aripile ei, ieșind alandala dintr-un scaun cu spătar înalt, care nu fusese conceput pentru aripile ei.

-Poți să cobori acum, oftă Împăratul. Umerii săi căzură, de parcă ar fi carat povara întregului univers.

Jophiel coborî grăbită, nerăbdătoare să nu mai trebuiască *niciodată* să stea pe acel tron, și își ridică privirea spre tavan, arătând spre imaginea în care Împăratul și Shay'tan se aliau pentru a scăpa universul de bărbatul-taur.

-Nu ești aici ca să conduci Alianța, nu-i așa? întrebă ea.

Împăratul clătină din cap. Deși era nemuritor, atunci când își adopta înfățișarea umană manifesta aceleași semne de osteneală ca orice altă creatură. În ciuda mirosului de ozon care îi trăda existența nemuritoare, avea cearcăne adânci sub ochi, iar părul alb și vâlvoi îi stătea în toate părțile, de parcă n-ar mai fi dormit de o săptămână.

-După cum obișnuia să mă acuze mama lui Lucifer, spuse Împăratul, *voi* sunteți doar un hobby. Ceva cu care să îmi ocup timpul cât așteptăm următorul joc al lui Moloch.

Luă un aer melancolic. Nu era vreun secret că Împăratul dispăruse după moartea lui Asherah. Cu toate că trecuseră 225 de ani de atunci, Jophiel își dădea seama că pierderea ei încă îl durea.

-Și Lucifer? întrebă ea, arătând steaua pe care o ținea Shay'tan ridicată.

-Nu și el, îi răspunse Împăratul, privind-o curios. El e altceva. Nevoile genetice ale speciei lui sunt foarte specifice. Doar o combinație foarte specială de materie genetică permite manifestarea în câmpul material. Ki îi privează de amintiri ca să nu fie forțați să retrăiască trauma vieților trecute. Din păcate, Moloch a pus mâna pe *el* și l-a smuls de sub nasul bătrânului dragon. El *încă* n-a trecut peste… și dă vina pe *mine.* De asta ne războim întruna.

-Și de ce îi tot omoară Moloch? întrebă Jophiel.

-Să îi omoare? zise Împăratul. A, nu. Moloch nu îi devorează ca să le mănânce carnea. Are nevoie de *energia* lor ca să își manifeste voința. Ki îl poate împiedica din a se reîncarna pe acest tărâm, dar nu îl poate împiedica și din a prelua controlul asupra unei gazed deschise. O gazdă care e furioasă pe tatăl ei surogat, de exemplu… ?

-Ai crezut că Lucifer era posedat?

Brusc, cruzimea Împăratului avea sens.

-Am *sperat* că era posedat, spuse acesta. Poate nu sunt cel mai *puternic* zeu străvechi din univers, dar fulgerul este una dintre puținele forțe care poate întrerupe impulsurile bioelectrice ale corpului suficient ca victimele lui Moloch să se desprindă din strânsoarea Agentului fără a fi ucise.

-Și nu ai reușit să îl scapi pe Lucifer?

-Nu asta a fost problema, zise Împăratul clătinând din cap. Cel puțin nu câtă vreme a fost aici, în palatul meu. Dacă Lucifer mă urăște, asta e pentru că *într-adevăr* mă urăște. Nu pentru că îl pune Moloch să facă ceva împotriva voinței lui. Mă tem că rebeliunea aceasta e strict ideea lui Lucifer.

Jophiel își aminti cu câtă cruzime îl tratase Împăratul pe Lucifer în fața ambasadorului lui Shay'tan. Totul fusese o neînțelegere, dar, după ce îl văzuse pe Lucifer în Parlament, se temea că acum era prea târziu. Dacă zeul ăsta taur încă stătea la pândă prin univers, nu avea nevoie să îl *posede* pe Lucifer ca să îi îndeplinească scopul de a distruge Alianța. Împăratul aranjase asta de unul singur.

Dat fiind faptul că și *ea* calcase în străchini, Jophiel hotărî să păstreze acele gânduri pentru sine. Îl iubea pe Împărat pentru capacitatea lui muritoare de a simți compasiune. De ce să îl părăsească doar pentru că acele trăsături lăudabile veneau la pachet cu tendințe la fel de muritoare, ca aceea de a fi încăpățânat, de a-și pierde cumpătul sau de a cădea în groapa săpată chiar de el însuși pentru altcineva?

-Ar trebui să mă întorc la treabă, spuse Jophiel.

-Vai! răspunse Împăratul cu o expresie spășită. Dar purtătorul de cuvânt al Comunelor tocmai a supus la vot retragerea încrederii pentru abilitățile tale de comandant. Ai rămas… cum să-ți spun… fără loc de muncă? Acum, Generalul Abaddon este comandantul suprem al flotei Alianței, iar *tu* ai decăzut la rangul de soldat clasa a treia.

-Adică sunt un măscărici? exclamă Jophiel. El… cum… ei? Lucifer nici măcar nu mai era în clădire când am plecat!

-Lucifer a găsit un butoi de pulbere. L-a aprins. A explodat, zise Împăratul ridicând din umeri. Acum arde de la sine. Problema nu mai poate fi rezolvată doar aruncându-l pe Lucifer în celulă. Până când nu ne ocupăm de problema de fond, adică faptul că specia voastră e pe cale de dispariție, iar asta a pus prea multă presiune pe Alianță, nu ne mai rămâne nimic altceva de făcut decât să ne uităm la imperiul meu decăzând.

O asistentă Electrophori intră în încăpere și se înclină în fața împăratului.

-Sunt toți aici, Majestatea Voastră.

-Mulțumesc, răspunse Împăratul. Jophiel… până îmi dau seama cum să rezolv dezastrul ăsta, aș vrea să rămâi la palat. Urmeaz-o pe Kamelia într-unul dintre apartamentele de oaspeți. Când am nevoie de tine, te chem.

-Da, Majestatea Voastră, îl salută Jophiel.

-A, încă ceva, spuse Împăratul, întinzându-i o carte neagră, subțire. Citește asta. Cu voce tare. Când ajungi în cameră. Privește-o ca pe o temă.

Nu era cu mult diferită față de o carte pentru copii, cu versuri pe câte o pagină și desene în alb-negru ale personajelor pe care Jophiel le observase pe tavan.

-*Cântecul lui Ki*, citi ea titlul cu voce tare. Împăratul pornise deja spre ușa biroului său, având în mod sigur lucruri mai bune de făcut decât să dădăcească un soldat Angelic nătăfleț.

Jophiel o urmă pe asistenta Electrophori pe holul lateral care ducea spre o aripă a palatului în care nu mai fusese niciodată. Asistenta îi arătă biroul lui Dephar și biblioteca, după care o conduse mai departe, până când ajunseră la un apartament separat.

-A fost nevoie de ceva bătaie de cap, zise asistenta cu câteva scântei țâșnindu-i din bot, dar a reușit să îi adune pe toți aici. Chiar și pe cei mari.

Răsuci mânerul, deschizând ușa spre o încăpere plină de copii.

Copiii *ei...*

Împăratul îi adusese copiii înapoi!

Suspinând ușurată, Jophiel se repezi în încăpere și își deschise brațele larg, gata să își primească toți cei doisprezece copii, de la micul Uriel, cu gorock-ul lui de casă care dădea ture în jurul picioarelor ei și lătra, până la cei trei fii mari, care deja slujeau în armată cu toate că ea insistase ca și copiii ei să pornească de pe poziția de cadet, la fel ca oricare alt Angelic.

-Cum? îl întrebă Jophiel pe fiul său cel mai mare, Sidriel, care fusese trimis să servească în capătul opus al galaxiei.

-Împăratul a trimis o navă-ac și mi-a ordonat să mă întorc cât mai repede la Palatul Etern, domnule, răspunse băiatul formal, adresându-i-se comandantului suprem, nu mamei sale. Și *cum* altfel ar fi putut să i se adreseze? Doar îl rupsese de ea din clipa în care se născuse...

-Începând din acest moment, trebuie să îmi spui „mama", îi zise Jophiel fiului ei. *Toți* trebuie să îmi spuneți „mama". Parlamentul a stabilit că nu vă mai sunt comandant suprem, așa că nu e nevoie să mă mai salutați oficial. În schimb, Împăratul mi-a ordonat să vin aici și să citesc cartea asta cu voce tare.

Cu inima plină de emoție și bucurie, Jophiel se așeză pe canapea, deschise cartea subțire, neagră și plină de poze intitulată *Cântecul lui Ki,* și începu să le citească copiilor ei:

În ora tumultoasă a lui Ki, și cea mai dureroasă,
Când lumea înghițit-a fost de zarea-ntunecoasă
Ea și-a cântat duios un Cânt al Plăsmuirii
Și Întunericul degrab' i s-a supus Luminii...

Capitolul 28

Noiembrie – 3.390 î.Hr.
Pământ: Satul Assur

GITA

O siluetă cu aripi întunecate eclipsă lumina lunii. Mikhail se întorsese! Războinicii din formație izbucniră în urale. Inima Gitei tresăltă când Angelicul coborî din ceruri, dar tresăltarea fu curmată brusc.

Mikhail urla ca un leu rănit.

Trupul Gitei fu cuprins de o senzație copleșitoare de groază: *EL e aici, EL e aici, EL e aici, FUGI!!!*

O forță invizibilă îi împinse pe Assurieni în spate, de parcă rafalele unei furtuni de nisip s-ar fi izbit de formația lor aflată sub asediu. Pretutindeni în jurul lor, umbrele se mișcau de parcă ar fi prins viață, și se repeziră spre inamic.

Strigătele de luptă se transformară în urlete de teroare când Mikhail începu să *vâneze* inamicii ca pe niște gazele prinse în strânsoarea morții. În dreptul formației izbucni haosul în timp ce Angelicul răpunea atacatorii într-o formă de căsăpire sălbatică, cum Gitei nu îi mai fusese dat să vadă niciodată. Nu conta dacă fugea *spre* el ca să lupte sau *din calea* lui, înfricoșați. Mikhail îi despica asemenea unei coase mânuite pe câmp.

O mână retezată zbură în aer. Un cap ateriză la picioarele Gitei. Mirosul bogat, ca de cupru, al sângelui, amestecat cu duhoarea fecalelor și a măruntaielor distruse, țâșnea din cavitățile fiecărui trup eviscerat și se depunea pe pământ. Unii fugeau din calea unor inamici nevăzuți, în vreme ce alții se aruncau la picioarele lui Mikhail și își acopereau capetele, urlând, însă Angelicul nu făcea concesii. Îi străpungea pe toți, rând pe rând.

-Retrageți-vă! strigă Căpetenia Kiyan de pe zid. Retrageți-vă în spatele porții!

Gita alergă spre locul în care zăcea Azin, dar, când o atinse, ceea ce știa deja se confirmă.

-Azin, îmi pare atât de rău…

Trupul ei costeliv se cutremură sub povara pierderii unei alte prietene, însă era atât de năucită de bătălie, încât nu mai avea lacrimi de vărsat. Shahla, nebună. Jamin, alungat. Iar acum își dezamăgise și *noua* prietenă, pentru că nu reușise să îi apere spatele.

-Fie ca Ki să îți permit trecerea dincolo de roata renaşterii, şopti ea rugăciunea antică pentru cei trecuţi în nefiinţă, pe care şi-o amintea din copilărie.

Încrucişă braţele lui Azin la piept, la fel cum îl văzuse pe Mikhail făcând cu morţii pe care îi îngropase după ultimul raid. Nu era un obicei Ubaid, dar lui Azin i-ar fi plăcut să primească onoarea unei înmormântări Cherubime. De-ar fi avut şi o pană de-a lui Mikhail pe care să o aşeze în mâinile ei...

Aruncă o privire spre locul în care Angelicul nimicea atacatorii. Aripile acelea frumoase, întunecate, împrăştiau sânge în stânga şi în dreapta în timp ce Mikhail urca şi cobora în aer ca un vultur aflat pe urmele unor rozătoare. Ce dar magnific ar fi fost acesta ca prietena ei să poarte pana unei creaturi cereşti, îmbibată în sângele inamicilor, în lumea de apoi.

Mikhail se adânci în umbra nopţii, poziţia fiindu-i trădată doar de urletele celor pe care îi nimicea. Gita se strecură şi ea în întuneric, hotărâtă să facă rost de pana însângerată pentru Azin.

„Nu te teme de întuneric, copilă... ”

Aerul părea să murmure, cuprins de putere, îndemnând întreaga materie să desfacă legăturile ce formau creaţia. Era un cântec vechi, dar pe care ea îl cunoştea. Era cântecul pe care inima ei îl fredonase a doua zi după ce tatăl îi omorâse mama. Era puterea dezlegării, a desfacerii, a descreării, a reducerii materiei la nimicul primordial. Orice i-ar fi făcut inamicii Ninsiannei, acel ceva făcuse ca stăpânirea interioară a lui Mikhail să cedeze, împingându-l spre a-şi descătuşa darul înfricoşător.

Un întuneric ca de catifea părea să se desprindă din trupul lui în timp ce nimicea inamicii, de parcă el *însuşi* ar fi fost puterea, iar în furia lui, nu o mai putea struni. Aceasta era Moartea, alegând să se reîncarneze.

Pieptul Gitei fu inundat de veneraţie. Mikhail fusese frumos şi înainte, dar acum era *şi* mai frumos – un demon întunecat, dar superb, care le dezmembra atacatorii, acoperit din cap până în picioare de sânge, fiere şi măruntaie. Moartea, îi spunea mama ei cândva, nu e decât parte a echilibrului, la fel ca un buştean putrezit care dă naştere ciupercilor, şi râmelor, şi, într-un sfârşit, grânelor de pe câmpurile lor. Având simţurile intensificate, Gita nu văzu doar pana pe care venise să o recupereze, ci şi aripile frumoase, de piele, ale unui liuliac.

„Nu te teme de EL”, îi şopti o voce blândă. *„Cea mai adâncă dorinţă a lui e să fie iubit... ”*

Gita recunoscu vocea – era a zeiţei pe care mama ei o slăvise la Templul lui Ki, mama zeiţei-mamă, care îi dezvăluia adevărata natură a creaturii pe care o urma acum. Acesta nu era Mikhail. Mikhail nu îi aparţinea, nu îl putea iubi. Această creatură, în schimb...

Acest *ZEU...*

...era iubitul Celei-Care-Este...

Capitolul 29

Noiembrie – 3.390 î.Hr.
Pământ: Satul Assur

PAREESA

Chiuind de fericirea victoriei, Pareesa și divizia B îl ajutară pe Varshab să alunge Halifienii de la poarta de nord, luându-se la trântă și cu câteva grupuri răvășite care fugiseră de bătălia din sud. Ajunseră la poarta de sud la timp pentru a revigora formația din ce în ce mai subțire. Mișcându-se ca o haită de lupi la vânătoare, Pareesa și divizia ei își propuseră să le dea inamicilor o lecție privind sensul ideii de *muncă în echipă*.

-Sunteți gata? strigă Pareesa către Ebad, accelerând din mers.

Nu mai așteptă răspunsul, slobozind, cu o incitare stranie, un strigăt de luptă.

Cu picioarele pulsând, se plasă direct în fața celor care dădeau bir cu fugiții, cot la cot cu divizia B și echipele lui Varshab, care se năpustiră în față ca o turmă agitată de bouri.

-Întăriți linia aia! strigă Varshab. Tu! Tu! Și tu! Treceți în spatele formației și împingeți cu putere!

Pareesei îi sări în ochi una din fetele din spate, care se lupta să supraviețuiască.

-La Qismah! strigă ea spre echipa B.

Qismah pară o lovitură cu sulița chiar când Pareesa pluti spre ea, un truc pe care îl învățase ca să țină pasul cu Mikhail. Își înfipse cuțitul în spatele inamicului. Ah! Cât de mult și-ar fi droit să aibă o sabie!

-Mersi! zise Qismah, aplecându-se în față și străduindu-se să își recapete suflul.

-N-ai pentru ce! răspunse Pareesa cu un rânjet ca de șacal.

Qismah observă un alt inamic care trecuse de linia de apărare.

-Trebuie să trec înapoi la treabă!

Pareesa alergă și ea spre inamic. Wow! Deci asta era? Pana și fierăstrăul pe care se străduise să îl „decodeze" cu Mikhail? Era o tactică grozavă!

Pierduseră mulți războinici, dar pierderile lor nu se comparau cu maldărele de cadavre din tabăra cealaltă. O parte din ea voia să îi jelească pe cei căzuți, dar o parte *și mai mare* vedea numai trupuri și procente. Mikhail o învățase să își păstreze perspectiva de ansamblu.

-Uite! zise Ebad, făcând un semn cu sulița. Acolo!

-Pe ei! strigă Yaggit.

Divizia B slobozi un strigăt de luptă şi se repezi să ajute războinicii care îi luaseră peste picior o viaţă întreagă. Acum hăituiţi, aceştia din urmă se bucurară să vadă că primeau întăriri. Era exact doza de încredere de care avea nevoie echipa Pareesei.

Înconjurară inamicul ca o haită de lupi. Pareesa nici măcar nu îşi dădu seama *a cui* suliţă dădu lovitura finală, căci toţi năvăliră asupra duşmanului la unison.

-Tu şi tu! Întăriţi spatele liniei ăleia! ordonă Varshab, apropiindu-se de ei şi trimiţând mai mulţi războinici să *împingă* în formaţie.

-Unde e Siamek? o întrebă Pareesa pe una dintre fetele din spate.

-În capătul celălalt, răspunse un bărbat. Încearcă să îi împiedice din a ne înconjura.

Pareesa făcu semn echipei ei să elimine ceilalţi inamici care reuşiseră să treacă de formaţie. Acum că războinicii lui Varshab împingeau în spatele „dinţilor” cei mai firavi, atacatorii nu mai reuşeau să străpungă linia de apărare. În faţă, însă, ea nu era întărită.

-Haide! spuse Pareesa, apucându-l de braţ pe Ebad.

Foşnetul unor pene o făcu să îşi ridice privirea la timp ca să îl vadă pe Mikhail zburând pe deasupra lor. Zâmbi larg. Chiar se întrebase unde dispăruse Angelicul. Ceilalţi războinici izbucniră şi ei în urale.

-Înaintaţi! strigă Varshab. Întăriţi linia la apus şi asiguraţi-vă că nenorociţii ăştia nu reuşesc să ne depăşească! Haideţi!

Aerul fu străpuns însă de un urlet care părea să conţină în el o întreagă haită de lupi, combinată cu hiene şi zeci de bufniţe. O groază nepământească răsună în interiorul Pareesei.

-Ce naiba a fost *aia?* întrebă Ebad.

Urletul se auzi din nou, fiind urmat de mai multe ţipete.

-Zeiţă, salvează-ne! se rugă Yaggit. Oare duşmanii au invocat un demon?

Bărbaţii din formaţie se retraseră ca împinşi de o forţă nevăzută, însă inamicul care se izbise de ei rupse rândurile şi o luă la fugă.

Strigăte de moarte…

Urletul răsună încă o data – un sunet nepământesc, ca mormăitul grav al unui berbec cu coarne dublat de o furtună cu tunete şi fulgere, atât de îngrozitor încât Pareesei i se ridică părul la ceafă.

-Pareesa, zise Ebad, apropiindu-se cu spatele de ea, aşa cum o făcuseră în bătălia din nord. Spune-mi că ăsta nu a fost Mikhail…

Urletul răsună din nou ca un leu furios, amestecându-se cu strigăte de teroare. Partea cea mai rea nu era ce putea *auzi,* ci vibraţie de *dincolo* de asta. Părea că însuşi pământul de sub picioarele ei se temea. Trupul îi fu străbătut de un unic impuls.

Fugi…

Formația se trase înapoi, cu toate că nu era împinsă de nimic. Orice urla în întuneric făcea ca inamicul să fugă din calea lor de parcă ar fi fost niște vânători desprinși din iad.

Pareesei îi veni să verse. Oare Mikhail era bine?

-Retragerea! se auzi ordinal. Adunați răniții și retrageți-vă în spatele porții!

Urletul înaintă în adâncul nopții; strigătele celor care mureau se îndepărtară și ele din ce în ce mai mult.

-Lupta s-a încheiat...

Pareesa își ridică privirea și îl văzu pe Kiyan, purtând un kilt mânjit de sânge. Dacă căpetenia coborâse din locul său, de pe zid, în mod *clar* lupta se încheiase.

-Căpetenie! spuse Varshab, salutând liderul satului printr-o strângere de braț. Am scăpat de amenințarea dinspre nord.

-Un sol mi-a zis că grupul s-a împrăștiat, spuse Căpetenia Kiyan.

-Pareesa s-a ocupat de asta, spuse Varshab, arătând spre locul în care ea, Ebad și Yaggit se sprijineau unii de ceilalți, atât de epuizați încât abia se mai țineau pe picioare. Ea și divizia B.

-Bună treabă, zise căpetenia, încuviințând din cap.

Aceea fu singura recunoaștere de care avură parte. Căpetenia înaintă spre următorul comandant pentru a fi informat cu privire la numărul de morți și răniți.

-Ce a fost *aia?* întrebă Yaggit, arătând dincolo de câmpul de luptă.

Pareesa privi în noapte, spre locul în care dispăruse Mikhail. Rătăci printre morți, printre morții *lor,* femei și bărbați alături de care se antrenase. Sânge, intestine, sudoare și lacrimi. Duhoarea morții. Starea aceea de exaltare se stinse odată ce înțelese că fiecare dintre viețile pierdute aparținuse unui prieten. Singura consolare era grămada de cadavre din tabăra inamică – trei, patru corpuri înălțime și zeci de alte corpuri în adâncime, sute de mercenari care căzuseră în ghearele formației lor și muriseră.

Câștigaseră. Dar cu ce preț...

O, în numele zeilor! Era atât de obosită! Bărbații care alcătuiseră formația se sprijineau unii de alții, mulți dintre ei fiind răniți, și merseră șontâc înspre poartă. Femeile năvăliră dincolo de ziduri, sortând trupurile, căutându-și soții, frații și tații și slobozind strigăte de durere ori de câte ori găseau pe cineva iubit care nu mai sufla.

Arcașii coborâră de pe ziduri și începură să caute printre trupurile inamicilor răpuși, recuperând săgeți și înfigându-le în inimile celor care încă mai erau în viață. Immanu trecu de la un trup la altul alături de un grup de arcași novici, spunându-le pe care să le ducă înapoi în sat pentru că încă mai trăiau și pe care să le ajute în alte moduri.

-Fie ca zeiţa să îţi ghideze spiritul spre tărâmul viselor, spuse Immanu, stropind cu apă capul unei tinere.

Pareesa realiză în clipa aceea cât de liniştită părea Azin, cu trupul perfect întins, ochii închişi şi braţele strânse la piept. Cineva avusese grijă de ea înainte să ajungă şamanul şi probabil că îi şoptise deja şi rugăciunile de trecere.

-Ce s-a întâmplat? întrebă Pareesa.

-Halifienii au atacat-o pe Ninsianna.

-E bine?

-E în viaţă, dar rănită, zise Immanu.

Privi în direcţia în care pornise Mikhail. De la distanţă răzbătu un alt urlet, semănând mai degrabă cu cel al unui lup care urlă la lună decât cu ceva uman.

-Nu ar fi trebuit să îi ţintească soţia, spuse Immanu, părând îngrijorat, dar nu tocmai surprins. Ai crede că şi-au învăţat lecţia de data *trecută* când au încercat să îl atace pe ocolite.

-Vrei să spui că a mai făcut aşa?

-O dată, spuse Immanu, mutându-şi privirea în altă parte. Dar Jamin nu i-a dat de ales.

Ochii îi rătăcirâ spre câmpia întunecată, de pe care câte un strigăt de moarte răzleţ mai străpunea din când în când aerul.

-O să mă asigur că e bine.

-Ai grijă, o avertiză Immanu. Nu te băga între un prădător şi prada lui.

Urletul răzbătea din apropierea râului, la cam jumătate de leghe spre sud. Da. Avea să meargă să se asigure că e bine. Poate nu ştia că soţia lui era încă în viaţă. Pareesa urmă sunetul cu o groază morbidă, făcându-şi drum printer trupurile mutilate în timp ce primele raze de lumină confereau cerului o nuanţă gri-albăstrie. Urletele încetară. La fel şi strigătele de moarte. Singurul sunet care mai răzbătea părea să semene mai curând cu cel al grânelor secerate.

Din întuneric se prefigură o mână care o opri în loc.

-Şşş!

Pareesa urlă. Se răsuci pe călcâie, gata să îl răpună pe acela care ar fi încercat să o atace, şi izbucni într-un râset agitat când îşi dădu seama că era Gita.

-Nu te apropia până nu şi-a potolit furia.

Zgomotul continuă, amestecându-se cu zgomotul acela ca mormăitul grav al unui leu care muşcă dintr-o gazelă moartă. Pac. Pac. Pac. Acesta era Mikhail? Căsăpind trupurile inamicilor?

-Dar e... e... se bâlbâi Pareesa.

-Ăsta *nu* e Mikhail, zise Gita, reducând-o la tăcere. Cel-Care-Nu-Este a preluat controlul asupra trupului lui de muritor. Dacă ne apropiem, s-ar putea ca Mikhail să nu *ÎL* poată împiedica din a ne ucide.

-Dar trebuie să îl oprim!

Câmpul de luptă duhnea ca terenul pe care vânaseră turma de gazelle, abundând de măruntaie eviscerate şi carne însângerată. Arătarea cu aripi negre îi întâlni privirea, însă ochii săi nu erau albaştri, ca ai lui Mikhail, ci de un negru profund, atât de întunecat încât albul din jurul pupilei nici nu se mai distingea.

EL îşi înclină capul, găsind că fetele din faţa lui nu reprezentau o ameninţare. Pomeţii *LUI* erau traşi şi duri, iar în ochii negri, lipsiţi de milă, nu se citea nicio emoţie. Prin trupul Pareesei reverberă puterea. Pentru o clipă, nu mai văzu pene, ci aripile din piele ale unui liliac enorm, dublate de o coadă de scorpion. coada unui scorpion. Din cap îi ieşeau şase coarne ca de berbec, iar la capătul fiecărei aripi avea ţepi mortali.

Creatura aceasta nu avea *nevoie* de o sabie... *era* o sabie.

Pareesa clipi. Mikhail o privi prelung, cu ochii *LUI* întunecaţi şi goi. Pareesa realiză brusc că erau doar la un salt distanţă, un spaţiu pe care Mikhail îl mai acoperise şi cu alte ocazii cu o viteză mult mai mare decât ar fi putut avea ea. Nările Celui-Care-Nu-Este-Mikhail se dilatară.

-Crezi că Ninsianna ştie că nu e singura prin care comunică un zeu? întrebă Gita.

Pareesa privi creatura mişcându-se, atât de frumoasă în brutalitatea ei, dar atât de diferită de Mikhail.

-Crezi că *el* ştie?

-Nu, şopti Gita. Nu *vrea* să ştie.

Ambele îl priviră îndelung, fără să aibă vreo soluţie la îndemână. La *Moarte* se uitau acum. Lordul Întunecat. Haosul Primordial. Cel-Care-Nu-Este. Ce ar fi trebuit să facă? Să meargă la el şi să spere că va reuşi să îl liniştească?

Cântecul unei mierle străpunse văzduhul, anunţând venirea luminii aduse la orizont de steaua dimineţii, care îşi vărsă strălucirea asupra câmpului de moarte. Era o suprapunere ciudată în acel amestec dintre cântecul vessel şi brutalitatea măcelului care se desfăşura înaintea ochilor lor. *Cel-Care-Nu-Este-Mikhail* ascultă cu capul aplecat în lateral, de parcă i-ar fi plăcut cântecul. Preţ de o clipă, Pareesa putu să jure că privirea aceea dură şi lipsită de milă se înmuie.

-Ştii cumva ce l-a provocat? întrebă Gita.

-Immanu mi-a spus că Ninsianna a fost atacată, spuse Pareesa. A zis că e bine, dar poate *el* nu ştie asta.

În expresia Gitei nu se citi nicio urmă de milă.

-Asta o să îi înveţe minte să nu îi mai ia la ţintă soţia.

-Şi cum îi spunem şi *lui* asta? întrebă Pareesa.

-Nu putem, spuse Gita. Nu până când nu îşi potoleşte furia.

Îşi împreunară mâinile de parcă ar fi fost surori, urmărind cu o fascinaţie morbidă cum loviturile lui Mikhail încetineau şi se răreau. Într-un final, acesta se prăbuşi în genunchi şi începu să suspine.

Pareesa vru să se apropie.

-Nu încă, zise Gita, trăgând-o înapoi. *EL* nu i-a părăsit corpul încă. Lasă-L să simtă suferinţa lui Mikhail.

-Poţi să îl *vezi?* întrebă Gita. Ea abia de reuşise să îl zărească.

-Da, răspunse Gita. Dar *EL* nu e malefic. Pur şi simplu... nu ştiu... Este?

-Trebuie să îl consolăm, zise Pareesa. Aşa cum am făcut şi după ce a omorât leul.

Privirea Gitei păru bântuită.

-Orice-ar fi, e o rană străveche. Cred că Lordul Întunecat îl ajută pentru că până şi *El* poate să simtă milă.

-De ce ar decide Moartea să fie miloasă cu un muritor? întrebă Pareesa.

-Poate există un motiv foarte bun pentru care Mikhail nu îşi mai aminteşte trecutul.

Aripile Angelicului se lăsară la pământ în timp ce acesta se aplecă deasupra sabiei. Penele întunecate îi tremurau, nemaiavând aspectul mândru al unor podoabe purtate pe spate, ci cel trist şi apăsător al unei mantii care se târa pe pământul îmbibat de sânge.

-Mama? suspină el cu o voce de copil.

-Cred că putem să îl ajutăm acum, zise Gita, trăgând-o şi pe Pareesa după ea. Nu îl mai văd pe Lordul Întunecat.

Pareesa îi studie atent limbajul corpului, conştientă fiind de cât de repede se putea mişca dacă se simţea ameninţat.

-Mikhail? i se adresă ea, oprindu-se cu mult în afara ariei de acţiune a sabiei sale. Mikhail, sunt eu, Pareesa. Eşti bine?

-Mama? zise el, iar ochii îi rămaseră concentraţi asupra unui eveniment din trecut. *Ní féidir liom a bhraitheann tú.*

-Ce spune? întrebă Gita.

-Nu vorbesc limba lui nativă, răspunse Pareesa. Doar câteva cuvinte în Cherubimă.

-Cred că îşi cheamă mama, zise Gita. Ce ştii despre ea?

-Nimic, spuse Pareesa. Nu are nicio amintire cu ea, doar nişte fragmente.

-Sigur i s-a întâmplat ceva rău. Ceva îngrozitor. Ce i s-a întâmplat Ninsiannei i-a readus în minte o amintire veche.

Gândul se ivi în minţile lor, dar rămase nespus în timp ce Pareesa şi Gita schimbară priviri. Amândouă anticipaseră asta. Incidentul cu leii. Jamin şi numeroasele ocazii în care aproape reuşise să îl facă să îşi piardă controlul. Cu cât trăia mai mult printre ei, încercând să dărâme zidurile pe care le ridicase în jurul propriilor emoții, cu cât oamenii încercau să îl convingă să se poarte uman, cu atât pierdea controlul.

Pareesa încercă să se adune. Mikhail spusese că, dacă nu ar avea încredere în ea, nu ar lăsa-o să se apropie suficient de mult încât să îi dea una peste cap la antrenament. Era vremea să pună acea încredere la încercare.

—Îi iese o săgeată din aripă, spuse Pareesa, făcând semn spre vârful înfipt. Chiar în spatele gâtului. Trebuie să ne ocupăm de ea.

—Întâi trebuie să îl scoatem de aici, răspunse Gita, arătând spre toate corpurile acelea căsăpite.

Pareesa se întinse spre el de parcă ar fi încercat să ademenească un câine ciudat.

—Mikhail? Sunt eu, Pareesa, prietena ta. Pot să mă vin mai aproape de tine?

—Mama, șopti Mikhail spre viziunea care încă îi bântuia trecutul. *Ní féidir liom a bhraitheann tú.*

Pareesa se apropie de el cu palmele ridicate, vrând să arate că nu încerca să îi facă rău.

—Îmi dai mâna, te rog?

—*Ní féidir liom a bhraitheann tú,* șopti Mikhail cu un glas atât de stins, încât doar cu greu putea fi auzit.

Pareesa îl convinse să își lase arma deoparte.

—Hai, zise ea, trăgându-l de braț. Trebuie să te ridici, fiindcă ești al naibii de greu și n-avem cum să te cărăm.

Mikhail se ridică ascultător, tronând deasupra lor.

—Du-i tu sabia, spuse Pareesa. Eu o să îl duc până la râu ca să îl spăl de sânge.

Îl conduseră până la apă și curățară resturile umane care îi rămăseseră pe haine, în păr și pe aripi. Oriunde ar fi rătăcit mintea lui, în mod clar nu era *aici.*

—Crezi că a înnebunit? întrebă Pareesa, dând glas unui gând îngrozitor. Ca Shahla?

Ochii negri ai Gitei căpătară un aspect bântuit.

—Uneori, dacă se întâmplă ceva rău, îți retrăiești trecutul, zise ea. Dar apoi dispare până când vine *altceva* care aduce acea amintire la suprafață. Cred că asta i s-a întâmplat și lui când Ninsianna a fost rănită.

Pareesa deschise gura, vrând să întrebe ce fel de rană ar putea provoca o *asemenea* reacție, dar văzu lacrimile inundând ochii Gitei. Ce știa ea despre fata asta ciudată? Ce știa, de fapt, *oricare* dintre ei? Oare Gita vorbea din experiență proprie?

Într-un sfârșit, soarele se ivi la orizont. Fetele își curățară sângele de pe *propriile* haine și din păr, iar apoi îl conduseră pe Mikhail înapoi în sat.

Din fericire, santinelele erau prea ocupate coordonând deplasarea răniților ca să observe cum îl sprijineau.

-E bine?

-Doar un pic rănit la cap, minți Pareesa.

-Ai fost incredibil! îi ziseră santinelele când Pareesa și Gita îl îndrumară prin dreptul lor.

Pareesa tresări. *Incredibil?* Nu așa ar fi descris ea trupurile mutilate.

Din fericire, nu era nimeni acasă când ajunseră cu Mikhail. Indiferent de cât de mult o adora pe Ninsianna, Pareesa nu voia să își dea mentorul în vileag, expunându-l atât de profund și irevocabil *distrus*.

-Hai să facem rost de niște haine uscate, sugeră ea.

-Nu știu care e camera lor, zise Gita, uitându-se la casa unchiului ei de parcă nu ar fi fost niciodată acolo.

-Stai aici cu el, spuse Pareesa. Mă duc eu să aduc ceva.

Porni în fugă pe scările înguste, după care reveni cu schimburi și o pătură. Lucrând cot la cot, ea și Gita desfăcură cu greu bluza lui Mikhail și șireturile cu care erau prinse opincile cărora Angelicul le spunea „cizme", prefăcându-se, în tot timpul acesta, că nu dădeau ocheade pieptului musculos din fața lor. Apoi, îl convinseră să se dezbrace de pantaloni, privind discret în altă parte (bine, poate Pareesa scăpase *o* privire) în timp ce Angelicul se conforma.

Pareesa îi puse o pătură pe umeri. Săgeata se înfipsese într-o zonă mai cărnoasă a humerusului, după care se rupsese, lăsând în urmă un băț de lungimea unei palme și un vârf ascuțit înfipt în mușchi.

-Trebuie să ne ocupăm de săgeată, zise ea.

-Nu cred că ar fi o idee bună să îl ducem în zona de triaj, spuse Gita, răscolind lucrurile Needei. Nu așa. Trebuie să ne descurcăm singure.

Găsi câteva rezerve de tămăduitoare și o lamă de obsidian.

Șoptind cuvinte liniștitoare pentru a-l calma, Gita smulse penele mici din jurul rănii, vârî una sub rochie când Pareesa nu se uita, iar apoi unse zona atinsă de săgeată cu o substanță parfumată, pe care Needa o ținea într-o fiolă din lut cu capac. Smirnă. Magie menită să alunge spiritele rele care provocau infecții.

-Poate-ar fi mai bine dacă ai smulge-o *tu?* întrebă Gita, atingând săgeata ruptă. Amândouă erau de aceeași părere. Era mai bine ca durerea să fie cauzată de cineva în care Mikhail avea încredere... pentru orice eventualitate.

-Și pe mine o să mă doară la fel de tare ca pe tine, zise Pareesa și trase cu putere în sus.

Săgeata ieși cu o oarecare reticență, de parcă ar fi supt din carne, dar Mikhail abia de tresări. Gita opri sângerarea și coase rana de la aripă. Orice alt bărbat ar fi urlat din toți rărunchii, dar Mikhail nu scoase un cuvânt, cu toate că muşchii îi tremurau sub atingerea Gitei, şi adoptă o mină pierdută, bântuită.

-Unde ai învăţat să coşi aşa? o întrebă Pareesa, adăugând şi arta de a pune copci pe lista lungă a îndeletnicirilor pe care voia să şi le însuşească. Gita nu lucra prea frumos, dar era eficientă.

Privirea ei deveni la fel de întunecată şi pierdută ca cea pe care o avusese şi Mikhail când fusese posedat de fiinţa cu aripi de liliac.

-Mai cad câteodată.

Pareesa se cutremură. Nu era niciun secret că Merariy îşi bătea fiica.

Gita mai turnă câteva picături din unguentul cu parfum plăcut în jurul copcilor şi netezi aripile din dreptul rănii.

-Hai, spuse Pareesa, trăgând de Mikhail să se ridice în picioare. E timpul să te culci.

Îl trase de mână până când Angelicul o urmă pe scări. Se prăbuşi pe pat, ghemuindu-se în poziţie fetală şi strângându-şi aripile în jurul corpului până când nu mai lăsă să i se întrevadă decât vârful capului.

-Ninsianna, *ní féidir liom a bhraitheann tú*, spuse cu glas moale şi adormi pe nesimţite.

Gita îi acoperi aripile încă ude cu o pătură.

-Mergem să îi spunem Ninsiannei unde eşti, zise ea. O să fie lângă tine când te trezeşti şi nu o să îţi mai aminteşti nimic din toate astea.

Eliminară apoi toate dovezile cum că *ele* fuseseră cele care se strecuraseră în casă şi oblojiseră rănile Angelicului, după care se îndreptară spre casa Yaldei şi a Zhilei, unde Needa îşi pregătise terenul de tămăduitoare.

-E destul de drăguţ când doarme, spuse Pareesa în timp ce cutreierau uliţele.

Fetele chicotiră, nu pentru că ceea ce se petrecuse în seara aceea era amuzant, ci pentru că, uneori, trebuia pur şi simplu să îi râzi morţii în nas. Yalda le informă că Ninsianna se trezise cu o durere de cap înfiorătoare. Ele îi spuseră Yaldei că îl lăsaseră pe Mikhail acasă, iar o clipă mai târziu fură răsplătite cu imaginea Ninsiannei grăbindu-se să i se alăture.

Amândouă respirară uşurate, iar privirile li se întâlniră. Împărtăşiră în tăcere acelaşi gând nespus. Dacă *asta* se întâmpla când cineva doar îi *rănea* soţia, niciuna dintre ele nu voia să afle ce se putea întâmpla dacă Ninsiannei i se întâmpla ceva *cu adevărat* rău.

-Ar trebui să îi spunem şi *lui* ce am văzut? întrebă Gita.

-Nu, spuse Pareesa. Doar o să ne asigurăm că nu îl mai împinge nimeni vreodată până în punctul ăla.

-De acord, zise Gita.

Îşi încrucişară degetele într-un gest de solidaritate specific arcaşilor.

Capitolul 30

Noiembrie — 3.390 î.Hr.
Pământ: Satul Assur

NINSIANNA

Ninsianna intră val-vârtej pe uşă. Îl găsi în patul lor micuţ, ghemuit în poziţie fetală, cu aripile trase deasupra corpului ca o manta.

-Mikhail? spuse ea, atingându-i o aripă. Eşti rănit?

-Ninsianna, tremură el. *Ní féidir liom a bhraitheann tú níos mó.*

Nu mai pot să te simt.

Ninsianna îşi purtă mâna peste pielea lui, recunoscătoare pentru lumina soarelui care răsărea. Singura rană semnificativă era o gaură lăsată de o săgeată într-una din aripi, aproape de gât. Penele îi fuseseră smulse, capul arcului, scos, iar rana mirosea a smirnă, nelăsând să se întrevadă nicio urmă de mizerie care să invite spiritele rele pe care Mikhail le numea „germeni”. *Ea* ar fi făcut o treabă ceva mai bună, dar persoana care îl cususe, oricine ar fi fost aceea, nu se descurcase într-atât de rău încât să fie nevoie ca aţele să fie scoase şi copcile, refăcute.

-Doar o rană? zise ea, răsuflând uşurată. Din ce mi-a zis solul, credeam că o să te găsesc în pragul morţii.

Soţul ei tremura incontrolabil şi, în mod straniu, nu prea reacţiona la cuvintele ei.

-Ní féidir liom a bhraitheann tú.

Nu pot să te simt.

-Hai, bebeluş mare ce eşti, îl convinse ea să îşi desfacă aripa. Ah, eşti ud leoarcă!

După ce i se întâmplase ce i se întâmplase, orice ar fi fost acel lucru, Mikhail avusese prezenţa de spirit de a se curăţa de sânge şi de a-şi schimba hainele, dar nu şi de a se scutura de apă ca de obicei.

Ninsianna se înfofoli în capa stacojie pentru a ţine la distanţă penele ude şi se cuibări apoi lângă el. Mikhail o strânse atât de tare în braţe, încât fu pe punctul de a o sufoca.

-Am crezut că te-am pierdut! strigă el.

-Sunt bine, răspunse Ninsianna. Doar m-au lăsat inconştientă.

Mikhail îşi afundă nasul în scobitura gâtului ei, inspirându-i parfumul. Încet, încet, respiraţia i se echilibră, iar el adormi înapoi.

Ninsianna privi îndelung soarele care se înălţa pe cer, strecurându-şi lumina prin pânza pe care, indiferent de câte ori o curăţa, păianjenul o ţesea la loc. O rază aurie lumină zeiţa mică, din lut, care împodobea micul altar de deasupra patului lor. În fiecare mână, Cea-Care-Este ţinea o seceră şi un fir de grâu, simbolizând ciclul nesfârşit al morţii şi al renaşterii. Ninsianna crezuse întotdeauna că zeiţa avea putere nesfârşită, dar în seara aceasta descoperise ceva înfricoşător; că şi Cea-Care-Este trăia cu teama că Cel Malefic s-ar putea întoarce.

Până şi *zeii* puteau muri… Puteau fi *ucişi* de alţi zei.

Cântecul Sabiei îi răsună în minte; versurile traduse fuseseră alterate în timp, căsăpite de muritori care abia de înţelegeau sensul lor original. *Ce era o Aleasă?* Oare profeţia era reală? Sau era ca tec-no-lo-gii-a lui Mikhail, misterioasă pentru *ei,* dar perfect obişnuită pentru cineva care îi înţelegea mesajul original.

Mama spunea că viziunile ei erau *simbolice* – ca atunci când tata visase că un şarpe avea să se târască printr-o gaură din zid şi să mănânce un ou – *pe ea.* Deci oare şi *atacul* pe care îl profeţea Cea-Care-Este era la fel? Nişte *bestii* de bărbaţi hidoşi străpunseseră zidurile Assurului şi încercaseră să îi fure copilul. Şi, aşa cum o avertizase viziunea, ea îşi chemase soţul, iar el nu venise.

Tot ce trebuia să facă era să adoarmă. Dacă nu avea niciun coşmar, asta însemna că erau la adăpost acum, nu-i aşa?

Totuşi, acea nedumerire sâcâitoare – oare *chiar* o înşelase soţul ei? – îi făcea de râs epuizarea şi îi fura somnul. Poate acum că era vulnerabil reuşea să tragă cu ochiul în visele lui, aşa cum o făcuse şi pe navă?

Murmură un cântec pentru a-şi spori concentrarea, dar cea lumină albastră şi frustrantă o *blocă* cu şi mai multă ferocitate decât până atunci.

Un sentiment de furie năvăli din subconştientul Ninsiannei. Tot atacul acesta se petrecuse pentru că mercenarii încercaseră să obţină o recompensă dată la schimb pentru *el.* Toate vieţile acelea pierdute! Pentru ce? Pentru că *el* îi dăruise un copil Shahlei şi apoi încercase să dea vina pe Jamin? Nu era de mirare că Jamin se răzbunase spunându-le duşmanilor unde locuiau.

Oftând frustrată. Ninsianna se răsuci sub aripile ude, îşi reaşeză mantia roşie, şi îi întoarse spatele soţului ei necredincios.

Capitolul 31

Noiembrie – 3.390 î.Hr.
Pământ: Corturile Halifiene

JAMIN

Veneau în grupuri de câte doi sau trei. Ultimul grup era şi cel mai mare, format din cam treizeci de războinici, epuizaţi şi răniţi grav, povestind ceva ciudat despre oameni care dispăruseră din spatele formaţiei înainte să apuce măcar să îşi facă drum spre Assur. Presupuseseră că dezertaseră până când, pe drumul de întoarcere, dăduseră peste cadavrele lor, cu beregatele retezate şi trupurile aşezate cu grijă, cu braţele la piept şi câte o pană mare şi maronie în mâini. Conducătorul Amorit îl oblige pe Jamin să rămână *cu* el, în ciuda epuizării provocate de sângele vărsat, pentru ca niciunul dintre supravieţuitori să nu îl înjunghie pe la spate.

Porniseră împotriva Assurului cu mai bine de opt sute de oameni. Acum se întorceau mai puţin de trei sute, toţi cu poveşti despre un demon cu aripi întunecate care îi măcelărise fără milă. Nusrat se întoarse ultimul, însoţit de numai cinci dintre cei doisprezece bărbaţi cu care reuşise să se strecoare în sat, ca să dea piept cu Yazan.

-Fratele meu? întrebă şeicul cu chipul cuprins de frică.

-Ucis de demonul înaripat, răspunse Nusrat, având o expresie de nedescifrat. Hainele îi erau mânjite de sânge.

Yazan se clătină. Unul dintre tovarăşii săi şeici, liderul unui grup de corturi de la graniţa teritoriului stăpânit de neamul Uruk, cu care Yazan avea o relaţie apropiată, îşi sprijini tovarăşul de cot. Acum că nu mai avea nici fii, nici fraţi în viaţă, tribul din apus rămăsese fără moştenitor.

-Cum? întrebă Yazan cu glas tremurător.

-Demonul înaripat a ajuns înainte să terminăm de pregătit capcana, răspunse Nusrat. Pe Thawban l-a omorât vrăjitoarea. În loc să rămână pe poziţie, s-a gândit să se ţină după o capră. L-a prins pe nepregătite.

-Capra?

-Vrăjitoarea.

Jamin se abţinu să pufnească. Putea să jure că acea capră era, de fapt, un demon. Neobişnuit de deşteaptă pentru un amărât de animal.

-Dar ceilalţi? întrebă un alt şeic, care venise de departe, dinspre sud-est, din locul în care Marea Pars se retrăgea, dezvăluind pământuri numai bune de păscut. *Şi* el îşi trimisese rude în luptă.

-Demonul înaripat s-a furişat pe după Raghib şi i-a tăiat gâtul înainte să ne dăm seama că ajunsese la noi, zise Nusrat. Bătălia era încă în toi la poarta de sud. Nu ne-am aşteptat să se întoarcă înainte ca Assurienii să fie împinşi după ziduri. Qudamah, pe de altă parte, a murit cu demnitate. A reuşit să rănească demonul la o aripă, dar asta nu l-a încetinit câtuşi de puţin.

-Şi Dirar? interveni Yazan cu glas tremurător. El cum a murit?

-Am încercat să scăpăm, răspunse Nusrat. Dar ne-a vânat ca un vultur care vânează un şoarece. Dirar a fost pe punctul de a-şi obţine recompense, dar demonul a fost mult prea puternic.

Yazan se năpusti asupra lui Nusrat.

-De ce nu l-ai apărat?

-Destul! spuse Marwan, intervenind între şeic şi fiul său. Tu ai rămas *aici.* Aşa că nu da vina pe Nusrat că nu a reuşit să facă ceea ce tu nici măcar nu ai vrut să încerci!

-E vina *lui,* zise Yazan, răsucindu-se spre Jamin. *El* ne-a dat informaţii false!

-Tot ce ne-a spus a fost correct, spuse Nusrat. De la punctul slab al uneia dintre case până la cât de apărată va fi fiecare poartă a satului. Singurul lucru cu care ne-au surprins a fost că au trimis o mână de oameni să apere şanţul ăla de pe coasta de nord.

-Deci *a fost* apărat! Spuse Yazan, scoţându-şi cuţitul de la centură.

Jamin îşi scoase ambele cuţite de la *propria* centură şi făcu câţiva paşi înapoi, până când ajunse cu spatele în dreptul cortului de piele al lui Kudursin. Avea două cuţite – cel din obsidian pe care i-l dăduse tatăl lui când îl alungase, dar şi un al doilea, mai mic, făcut din flintă, pe care îl înşfăcase de la Lubaid. Dar erau nişte arme prea slabe în faţa unui cuţitar atât de experimentat ca Yazan; mai ales în condiţiile în care braţul stâng al lui Jamin era încă imobilizat, prea slăbit pentru a ţine cum trebuie al doilea cuţit.

-Au trimis o fetişcană, şuieră Nusrat. Dacă demonul înaripat n-ar fi coborât din ceruri, i-am fi învins!

-Asta ar fi Pareesa, zise Jamin, încercând să îl liniştească pe Yazan. Are treisprezece primăveri, iar războinicii ei sunt nişte copii graşi de olari şi ţesători. Probabil a trimis-o acolo ca să nu îi stea în cale.

-O să te omor pentru asta! zise Yazan, repezindu-se la el.

Jamin se feri, evitând la mustaţă cuţitul îndreptat spre pieptul său. Mintea îi înregistră însă ironia stranie a momentului. Totul începuse cu *el* vrând să smulgă inima din pieptul demonului înaripat, iar acum toată lumea voia să îi smulgă inima *lui.*

-Staţi aşa! spuse Marwan, intervenind între şeic şi Jamin. Asta n-a avut nimic de-a face cu vreo informaţie greşită. Dirar ştia prea bine la ce riscuri se expune când a decis să se infiltreze dincolo de ziduri.

Yazan îşi încleştă pumnul pe mânerul din os al cuțitului.

-Asta aşa e, zise Nusrat. Dirar a luptat cu curaj, dar nu a fost destul.

-Şi atunci *tu* de ce eşti încă în viață? izbucni Yazan.

-Pentru că fratele tău nu m-a *ascultat* când i-am spus să nu o violeze pe vrăjitoare, răspunse Nusrat. În loc să se asigure că e inconştientă, Dirar a încercat să o violeze. Iar ea şi-a folosit magia ca să îşi cheme soțul demon în apărare înainte să apucăm să pregătim capcana.

-Ai idee câți oameni am pierdut? se răsti Yazan.

Jamin se lovi cu spatele de cort. Lâna abrazivă îl zgârie în palmă – era prea firavă ca să poată fi folosită ca protecție în fața inamicilor, dar prea dură ca să se împingă în ea şi să o dărâme ca să scape. Nu avea nicio cale de evadare dacă nu cumva hotăra să taie cortul cu totul ca să fugă. Iar dacă ar fi încercat să facă asta, Yazan şi ai lui ar fi tăbărât pe ele înainte să apuce să ducă la bun sfârşit chiar şi prima tăietură. Afară zăboveau trei sute de mercenari, toți, în aşteptarea cuiva pe care să dea vina pentru înfrângerea răsunătoare pe care o suferiseră.

-Şi noi am pierdut oameni, spuse Marwan, vrând să îşi liniştească tovarăşul. Eu am pierdut trei nepoți şi un unchi încercând să ocupăm poarta de nord a Assurienilor.

-Dar n-ai pierdut frați sau fii! zise Yazan, agitându-şi cuțitul spre Jamin. *Tu* l-ai lăsat pe şacalul ăsta printre noi! "

Marwan îşi îndreptă spatele, arătând întocmai cât de masiv era şi atrăgându-i atenția lui Yazan că, desi era cel mai *sărac,* nu era şi cel slab.

-Cum îndrăzneşti să mă acuzi că aş fi jucat pe două fronturi?

Gura a doua, cea tăcută, păru să urle acelaşi mesaj ca buzele lui Marwan, însă era clar că moartea lui Dirar fusese surprinzătoare. Jamin privi spre Nusrat. Aşadar Nusrat hotărâse să *nu* îşi lumineze tatăl şi să nu îi spună că, dacă Dirar ar fi reuşit să smulgă inima din pieptul demonului înaripat, el l-ar fi răpus pe mercenar şi ar fi declarant că *lui* îi revenea dreptul de a decide cu cine să se mărite sora lui. Cei trei saci de aur Amorit i-ar fi permis să aibă grijă de sora lui, de biata ei copilă, pe care niciun bărbat nu şi-o dorea, dar şi de cele două soții şi cei şapte copii proprii.

Inima lui Jamin o luă la galop. Studie atent chipurile bărbaților din jurul lui, încercând să îşi dea seama care dintre ei voia cu adevărat să îl nimicească şi cine se prefăcea doar pentru că niciunui şeic nu îi convenea să piardă într-o alianță atât de fragilă.

-Prieteni, zise Kudursin, liderul Amorit, râzând. Nu e cazul de asemenea conflicte. Prietenii noştri Sata'anici plătesc în funcție de câți oameni am trimis în luptă, nu câți au supraviețuit. Aşa se asigură că întrețin văduvele şi orfanii celor ucişi în numele apărării lor. Iar dacă cei răpuşi nu au avut familii...

Kudursin își îndreptă palma deschisă înspre Yazan, vrând să sugereze că *el* putea distribui aurul câștigat de fratele său. Ceilați trei șeici din încăpere reacționară cu interes.

-Asta ar fi bine pentru noi toți, spuse unul dintre ei. Eu nu mi-am trimis fiii împotriva Assurienilor. Am trimis doar tineri care intră mereu în belele. Dacă își primesc aurul, o să își găsească neveste și o să se așeze la casele lor. Dacă au murit, atunci tot tribul o să aibă de câștigat.

-Vorbim de *fratele* meu! se răsti Yazan.

-Un frate alungat din trib de *tatăl* tău înainte de a muri, zise Marwan pe un ton blând. *Tu* i-ai permis să se întoarcă pentru ca soțiile și copiii lui să aibă o casă, dar loialitatea lui Dirar îi aparținea altcuiva. Cu toții știam asta.

Yazan respiră adânc și se întoarse spre Kudursin.

-Fratele meu avea douăzeci și șapte de oameni, toți, alungați din triburi, la fel ca *șacalul ăsta!* spuse el, arătând spre Jamin. Cine moștenește aurul lor?

-Ca șeic, e responsabilitatea *ta* să decizi, zise Kudursin, scoțând o boccea din piele de capră, vopsită în roșu. Dacă cortul lui Dirar era parte din așezarea *ta,* iar ei îl urmau pe *el,* ce i-a aparținut lui îți aparține *ție* acum.

Yazan își îndreptă privirea spre bocceaua cu monede de aur, pe care era țesută creatura căreia demonul înaripat îi spunea „dragon". Conținea suficient aur încât să îi permită să cumpere sclavi și să își construiască o așezare de-a lungul râului pe care îl controla. Ce acuzație îi adusese Marwan? Că visa pe ascuns la o așezare fixă?

-Fratele tău ți-a lăsat o moștenire serioasă, zise Marwan, prinzându-și cuțitul înapoi la centură; tovarășii săi nu îi urmară exemplul, fiind pregătiți în continuare să intervină dacă era nevoie. Gândește-te la cât negoț ai putea să faci cu asemenea bogății.

-Soțiile lui o să aibă de câștigat dacă le administrezi *tu* averea, zise unul dintre ceilalți șeici – liderul unui trib de la granița teritoriului stăpânit de Uruk. Poți să le măriți cu altcineva sau să le iei chiar tu de soții, în calitate de rudă apropiată a lui Dirar.

Jamin observă cum cei trei șeici indeciși se apropiară de Amorit. Aurul îi convinsese. Ochii lui Yazan erau întunecați de ură, atât de întunecați încât îi aminteau de cei ai demonului înaripat în noaptea în care intervenise Ninsianna.

-Eu am deja patru soții, șuieră Yazan. Ce să fac cu încă trei?

-Dragă prietene, spuse Kudursin, agitând punga cu aur și făcând bănuții să răsune în interiorul ei. Poți să o pui pe fiecare într-un alt cort și să le faci câte o vizită pe noapte până când îți aduc pe lume suficienți fii încât să îi înlocuiască pe cei pe care i-ai pierdut.

Bocceaua străluci cu irizări roșiatice din pricina soarelui care inunda cortul printr-o crăpătură din tavan. Roșu. La fel ca sângele vărsat de războinicii trimiși în luptă.

-Şi cum rămâne cu demonul înaripat? întrebă Yazan, îndesându-şi cuţitul înapoi la centură şi înşfăcând punga cu aur.

Jamin expiră încet, în aşa fel încât cei cinci şeici adunaţi la un loc să nu îi observe uşurarea.

-Am suferit o înfrângere cum nu s-a mai văzut, răspunse Kudursin, jucându-se cu *propriul* cuţit, cel făcut din metal. Judecând după descolorarea maronie, părea a fi de o calitate mai slabă decât cele de argint pe care le mânuia Mikhail.

-Fie că ne place sau nu, zise Marwan, căpetenia asta alungată din Assur a avut dreptate. Demonul înaripat cunoaşte tactici la care noi nici nu am visat. Eu, unul, nu mai am oameni dispuşi să îşi pună viaţa pe tavă. Dacă şopârlele vor să pună mâna pe el, trebuie să se descurce singure.

-Atunci lăsaţi-mă să răzbun moartea fratelui meu omorându-l pe ticălosul ăsta inutil, spuse Yazan, făcând un pas spre Jamin.

Nusrat păşi în faţa lui.

-*El* e motivul pentru care noi cinci am scăpat cu viaţă, zise el. Fiecare trib a trimis doi oameni care să intre cu noi în sat şi să încerce să aducă inima demonului. Grupul trimis să dea foc grânarului a eşuat, la fel şi grupul trimis să prindă vrăjitoarea, dar grupul trimis să ardă casa făuritorului de flintă şi-a atins ţelul. Assurienii nu o să îşi mai poată reface armele.

Kudursin se aşeză în dreptul lui Nusrat, având o expresie vădit tăioasă şi mângâindu-şi barba.

-Demonii-şopârlă vor să vorbească cu căpetenia alungată, zise Kudursin. Au făcut eforturi foarte mari ca să îl prindă pe demon. Nu am de gând să vă permit să ucideţi singura sursă de informaţii pe care o avem.

Oamenii lui Kudursin se poziţionară în spatele şeicilor ca nişte păianjeni care se strecoară pe pereţi, cu mâinile pregătite să scoată cuţitele prinse la centuri.

Yazan privi cum susţinerea de care avea parte se evaporă. Se aplecă spre Jamin şi şuieră:

-Data viitoare când maid au de tine, o să răzbun moartea fratelui meu smulgându-ţi *personal* inima din piept.

Jamin încuviinţă politicos, înţelegând că orice alt răspuns ar fi făcut ca fărâma de susţinere pe care o primea acum să se stingă. Era încă prea slăbit din cauza pierderii de sânge şi a febrei care încă îl chinuia pentru a se mai apăra. Doar pulsul frenetic al ameninţării morţii îl ţinuse în picioare până acum.

Prinzându-şi aurul câştigat la centură, Yazan le făcu un semn oamenilor săi şi părăsi cortul de-a valma. Ceilalţi trei şeici îşi preluară propriile recompense şi începură să le împartă supravieţuitorilor care îşi făcuseră drum înapoi, aducând cu sine poveşti despre o bestie înfiorătoare care îi vânase fără milă, ca un leu înfuriat. Jamin se clătină, dar Nusrat îl prinse înainte de a se prăbuși.

Kudursin îi făcu un semn lui Jamin.

-Plecăm într-o oră, zise el. Încearcă să nu te lași omorât până atunci. Avem de mers trei zile până la locul de întâlnire.

-Întâlnire cu ceilalți Amoriți? întrebă Jamin.

-Cu ființele-șopârlă, răspunse Kudursin. Pentru prima oară de când îl cunoscuse Jamin, bărbatul părea agitat. Încă nu le-am dat locația exacta a demonului înaripat pentru că, odată ce îl omoară, *asta* – scoase o pungă cu aur semnificativ mai mare decât cele pe care le împărțise până atunci – o să se încheie. Dar dacă te duc *pe tine,* o să primesc o funcție în imperiul lor.

Kudursin îi dădu bocceaua lui Nusrat. Jamin fu cuprins de un sentiment de pierzanie.

-Ai de gând să mă vinzi? întrebă Jamin, ascunzându-și trădarea din glas. Către negustorii de sclavi?

-Sunt un om pragmatic, zise Marwan, ridicând din umeri în semn de scuze. L-am rugat pe prietenul nostru Amorit să afle dacă angajatorii lui ar fi cumva interesați de *tine.* Tocmai am primit răspunsul. Sunt *foarte* doritori să te cunoască și au de gând să plătească foarte bine pentru un asemenea privilegiu.

-Când?

-Am trimis solul în clipa în care Nusrat m-a convins să îi încerc planul ăsta nebunesc, răspunse Kudursin. Nu eram siguri dacă o să mori din cauza pierderii de sânge, rânji el, dar moartea ta iminentă n-a făcut decât să le stârnească și mai tare interesul. Nu am mai primit niciodată atâția bani ca să mă asigur că cineva trăiește!

-După cum bine ai remarcat, spuse Marwan, bătându-l pe spate, fiica mea e un arcaș mai bun decât cei mai mulți războinici. Nu a vrut decât să te rănească, dar a nimerit unul din vasele care îți alimentează inima cu sânge. O vreme n-am fost siguri că o să supraviețuiești.

Nusrat deschise punga cu aur, își opri partea lui, îi dădu și lui Marwan partea sa, iar apoi puse restul la loc.

-Ai cumpărat libertatea surorii mele, zise Nusrat, agitând punga cu o privire care nu exprima niciun fel de părere de rău. Mulțumită ție, acum poate să se recăsătorească doar dacă *vrea* să se recăsătorească, nu pentru că trebuie să câștigăm noi drepturi asupra vreunei ape sau cine știe ce alianță. Nici ei, nici copilului ei nu o să îi lipsească nimic.

Jamin se întoarse spre Marwan și a cea a doua gură tăcută, care părea să râdă de el, dar nu neapărat cu răutate.

-*Știai* că pregătim o capcană pentru Dirar?

-Doar nu credeai că o să îmi las fiica să se mărite cu măcelarul ăla, zise Marwan, ridicând din umeri. Numai că Yazan m-a băgat la înghesuială. Chiar Aturdokht a venit cu ideea.

-*Aturdokht* m-a vândut?

Știa că ar fi trebuit să fie furios, dar, într-un fel, inteligența ei nu făcea decât să alimenteze respectul pe care i-l purta. Fusese șeică înainte de moartea prematură a soțului său. Fără siguranța că avea să moștenească Assurul, *el,* pe de altă parte, nu avea nicio importanță, chiar dacă *reușea* să îi aducă inima demonului înaripat. *Vânzându-l,* Aturdokht își cumpărase propria libertate.

Marwan încuviință din cap ca un leu bătrân care își urmărește puiul ucigând la prima vânătoare.

-Ar fi trebuit să o cunoști pe mama ei, zise Marwan cu privirea ațintită asupra unui moment din trecut. A fost o femeie extraordinară. Cu o voință incredibilă. De asta sunt așa de dur de fiecare data când Aturdokht e neascultătoare. Nu vreau să o pierd și *pe ea* așa cum am pierdut-o pe mama ei.

-Cum a murit? întrebă Jamin.

Nusrat își feri privirea.

-A murit protejându-mă *pe mine,* spuse Marwan arătând cicatricea care îi străbătea chipul dinspre buză spre ureche. În fața tatălui *tău.*

Stresul și slăbiciunea pe care încă o resimțea din cauza pierderii de sânge își făcură simțite prezența, creând impresia că Marwan vorbea de departe, ca și cum capul lui Jamin ar fi fost scufundat sub apă.

-Nu te cred, spuse Jamin. Tatăl meu e un om bun. Nu omoară femei.

-Ea nu i-a dat de ales, oftă Marwan, uitându-se prin Jamin, de parcă el nu ar fi fost acolo. Dar m-am răzbunat. Și noi i-am prins soția când spăla rufele la râu, prea gravidă ca să mai poată fugi.

Suspinând șovăitor, Jamin apucă țesătura din care era făcut cortul; fibra aceea fără substanță era prea puternică pentru a-i permite să scape, dar nu suficient de puternică încât să îl țină în picioare dacă leșina.

-Planul meu era să îl fac de râs luându-i soția pe post de parteneră ca să îmi înlocuiesc *propria* soție pierdută, zise Marwan, dar a căzut și s-a lovit cu capul de o piatră.

Încăperea începu să se învârtă.

-A murit la naștere, șopti Jamin, simțind cum amintirea își făcea loc din nou în mintea lui.

Era doar un copil de nouă primăveri. Auzise strigătele bărbaților care îi aduseseră mama pe brațe înapoi în sat. Văzuse sângele care îi șiroia de la rana de la cap. Sângele care îi șiroia între picioare. Tatăl care suspina și spunea că era vina *lui.* Suferința tatălui. Modul în care tatăl său îi evitase privirea de atunci. Modul în care le interzisese tuturor să mai vorbească despre ea, de parcă nu ar fi existat niciodată. Moartea ei nu fusese un accident, ci *răzbunare* pentru propria lui greşeală!

-Nu am vrut să o omor, spuse Marwan cu o expresie care arăta că îi părea rău. Dar nu cred nici că tatăl tău a vrut să o omoare pe soţia *mea*.

Şeicul deşertului adoptă o mină nostalgică.

-De asta nu te-am omorât când ai venit prima oară în corturile noastre, vrând să angajezi alţi mercenari după moartea lui Roshan. Am purtat un război long cu neamul tău şi am oboist. Am încetat să trimitem oameni care să vă atace satul după moartea mamei tale, dar de fiecare dată când am trimis emisari ca să trateze cu tatăl tău, el ne-a respins. Am crezut că, dacă ţi-am dat agrafa soţiei mele, o să înţeleagă că îmi pare cu adevărat rău că am omorât-o pe mama ta.

Ochii lui Marwan străluciră, căpătând o nuanţă mai deschisă de căprui.

-Arăţi exact ca ea, ştii? După ce a căzut, am dus-o pe mal şi am încercat să opresc sângerarea. Cred că şi-a dat seama că nu am vrut să îi fac rău, pentru că m-a strâns de mână şi a cerut să îşi vadă fiul. Jamin. Jamin. Doar asta a spus. Poate de asta am hotărât să te las în viaţă.

Jamin simţi că îl gâdilă ceva pe bărbie. Se şterse cu mâna şi îşi dădu seama că era udă. Încercă să spună ceva, dar rămăsese fără cuvinte. O durere apăsătoare îi tăia respiraţia şi îi dădea impresia că inima îi bătea chiar în urechi. Suferinţa pe care o resimţise când o pierduse pe Ninsianna şi cea pe care o trăia acum păreau a fi una şi aceeaşi. Îşi dădu seama că nu pe *ea* o jelise în tot acest timp, ci gaura pe care o redeschisese în inima lui, cea în care resimţea dorul faţă de mama sa.

Marwan îşi coborî privirea spre propriile mâini.

-În ziua aceea, eu am furat două vieţi de la tatăl tău, în timp ce el a luat numai una de la mine. Aşa că am cruţat-o pe a ta la schimb.

-Tata ştia că te jucai cu mine?

Camera se întunecă din ce în ce mai mult, până când tot ce mai putea distinge erau ochii plini de regret ai lui Marwan. Două perechi de mâini îl sprijiniră. Ale lui Nusrat. Şi ale lui Lubaid. Privirile lor nu erau ostile, ci empatice. Ah! Ce prost părea în faţa lor!

-Gândeşte-te aşa, spuse Marwan ridicând din umeri. Încă eşti în viaţă. Dacă le demonstrezi demonilor-şopârlă cât de valoros eşti, poate o să te răsplătească permiţându-ţi să îi smulgi inima din piept demonului înaripat. Asta ar bucura-o foarte mult pe Aturdokht. Şi s-ar ataşa mult de tine.

Nusrat şi Lubaid îl ajutară să se întindă pe o pernă. Îl tratau cu blândeţe, de parcă ar fi fost doi fraţi ajutându-şi fratele rănit, şi totuşi îl vânduseră demonilor-şopârlă. Tatăl lui avusese dreptate când îl avertizase să nu trateze niciodată cu cobrele deşertului.

Oare totul era doar o farsă? Trebuia să ştie…

-Nusrat, şopti Jamin. Casa? Te-ai ocupat de treaba cealaltă?

Nusrat îi întâlni privirea. Nu se citea nicio urmă de viclenie în ochii lui.

-N-am dat de bărbatul ăla care ai zis că e unchiul vrăjitoarei, zise el. Buza i se arcui în semn de dezgust. Dar casa duhnea atât de tare a pișat și vomă, încât aș fi omorât pe oricine aș fi găsit acolo doar ca să îl șterg de pe fața pământului.

-Nu ați rănit fata? întrebă Jamin, străduindu-se să se ridice pe coate.

-Nu am văzut nici urmă de vreo fată costelivă, răspunse Nusrat.

Marwan bătu din palme și le făcu semn fiilor săi să părăsească cortul. Aturdokht alunecă din spatele perdelei despărțitoare cu chipul acoperit de voal și luă punga cu aur de la fratele său.

-Nu e în stare să pornească la drum, zise Marwan. Ai o oră la dispoziție să îi schimbi bandajele și să îl aduci în puteri, ca să nu moară pe drum. Noi o să așteptăm chiar aici, în dreptul cortului, gata să îl ucidem dacă încearcă să îți facă rău.

Aturdokht încuviință din cap. Așteptă ca încăperea să se golească înainte de a îngenunchea lângă Jamin cu o privire abătută.

-M-ai vândut? întrebă Jamin. Ceața i se ridicase de pe ochi acum că nu mai stătea în picioare. Nu era de mirare că tatăl său se opusese cu atâta fermitate unei căsătorii cu fiica lui Marwan. Marwan dăduse dovadă de mai multă înțelepciune în această situație, înțelegând că o uniune între copiii celor două femei răpuse ar fi vindecat rana ce despărțea cele două triburi.

-Vrei să dovedești că semenii demonului înaripat vă cumpără femeile, spuse Aturdokht cu glas blând. Asta e șansa ta.

Împinse la o parte șalul care acoperea bandajele de pe umărul lui Jamin.

-Doar așa am putut să îi conving pe ceilalți să te lase în viață.

Mâinile ei pricepute desfăcură bandajele și studiară copcile puse în locul din care fusese scos arcul. Nu întâlni privirea lui Jamin nici măcar atunci când apăsă prea tare și îl făcu să tresară. El ar fi vrut să o *facă*. Își pusese mintea la contribuție și reușise să își îmbunătățească situația... dar *și* să îl țină pe el în viață. Mișcându-și brațul sănătos încet, în așa fel încât să nu o sperie, Jamin îi luă bărbia între degete și îi ridică vălul de pe față ca să o poată privi drept în ochii căprui.

-Ți-am dat viața mea ca să îți cumperi libertatea, iar tu ai găsit o cale de a mi-o înapoia, zise el, mângâind obrazul încă ascuns în spatele voalului. Cine știe? Poate într-o bună zi chiar o să *reușesc* să îți aduc inima demonului înaripat. O să îți onorezi prețul atunci?

Privirea ei o întâlni pe a lui, iar petele palide din ochi îi deveniră din ce în ce mai verzi în timp ce mâna lui i se odihnea pe umăr.

-Da.

O senzație aparte îi tulbură trupul. Da. Dacă îi aducea inima demonului înaripat, era gata să se mărite cu el. Și acum era *convins* că nu avea să îi implânteze vreun cuțit în inimă. Închise ochii, vizualizând deja călătoria care îl aștepta, posibila înfățișare a demonilor ăstora șopârlă și modurile în care ar fi putut să îi convingă să îl ajute să îşi recâştige statutul de viitoare căpetenie.

-Cum se presupune că ar trebui să călătoresc vreme de trei zile ca să mă întâlnesc cu demonii-şopârlă dacă abia mă ţin pe picioare?

-Le-am spus să ne trimită solul înapoi cu o cămilă pe care să o călăreşti, zise Aturdokht. Dacă Kudursin le-ar fi spus unde se află cortul, ar fi trimis o canoe cerească. Singurul motiv pentru care n-au venit pe urmele cămilei e că alergătorul a scos şeile bestiilor pentru ca talismanele lor magice să nu poată să ne arate poziţia.

-Nu e magie, spuse Jamin, tânjind după atingerea mâinilor ei chiar dacă îl durea când îi pansa rănile. Demonul înaripat îi spune tec-no-lo-giie.

Buzele ei îi atinseră obrazul, încă acoperită de văl. Aturdokht se ridică, lăsându-l să se odihnească înainte să fie purtat de partea cealaltă a deşertului ca să îşi întâlnească noii proprietari. *Dacă* supravieţuia.

-O să mă mărit cu acela care îmi aduce inima demonului înaripat, spuse ea, iar ochii îi căpătară o nuanţă şi mai puternică de verde. Nu m-ar deranja câtuşi de puţin ca tu să fii acela.

Cu un şuierat de falduri, femeia plecă şi îl lăsă singur până când veniră Amoriţii care aveau să îl poarte spre destinul ce îl aştepta.

Capitolul 32

Data Galactică Standard: 152,323.11 D.Î.
Zona Neutră: „Prinţul din Tyre"
Agent Special Eligor

ELIGOR

Pentru prima oară în viaţă, Eligor fu uşurat să îi vadă pe cei doi nătângi aşteptând ca el să pregătească nava pentru aterizare. De obicei, îl făceau să se înfioare. Şi azi era cam la fel, dar dar targa poziţionată între ei era la fel de ademenitoare ca vaginul unei leoaice Leonide aflate în călduri. Eligor atinse pista de aterizare curată ca lacrima cu mizeria aia de navă de contrabandă şi demară îndată procedurile de închidere, în timp ce Lerajie deschise trapa pentru ca nătângii să poată intra. Lerajie îl puse la curent pe Zepar cu modul în care îl stabilizaseră pe bietul nenorocit în timpul zborului de patru zile.

Lucifer scânci când cei doi nătângi îl mutară nu tocmai delicat pe targă. Eligor întoarse privirea pentru ca Lerajie să nu îl vadă cutremurându-se.

-Eligor? spuse Lucifer.

Eligor se duse în pragul uşii care separa cabina pilotului de zona cargo, fâstâcindu-se cu clipboardul pe care bifa paşii de mentenanţă de după zbor.

-Domnule?

Ochii aceia de un argintiu straniu sclipiră cuprinşi de o combinaţie de durere, recunoştinţă şi febra care crescuse cu fiecare zi pe care o petrecuseră blocaţi în subspaţiu.

-Îţi sunt dator.

Eligor ridică din umeri. Lucifer îi întinse mâna:

-Mulţumesc.

Eligor ezită, dar într-un final strânse mâna primului ministru.

-Doar îmi fac treaba, domnule.

Lucifer încuviinţă. Pielea lui fu cuprinsă de paloare şi roşeaţa febrei în acelaşi timp – dacă aşa ceva era posibil. Extenuat, prim ministrul se întinse pe targă, înfiorându-se când simpla înaintare îi irită carnea vie a aripilor arse, şi le făcu semn celor doi nătângi să pornească. Zepar îi aşteptă la baza trepinei.

-Duceţi-l în apartamentul personal.

-Domnule, zise Eligor. Am luat deja legătura cu Căpitanul Marbas şi l-am avertizat că prim ministrul este rănit grav. Cred că Doctor Halpas se pregăteşte să îi trateze arsurile în camera de stază.

-Nu eşti plătit ca să iei decizii medicale, răspunse Zepar, privindu-l cu răceală.

-Nu Doctorul Halpas se ocupă de el? interveni Lerajie. Ca de obicei, aripile tovarăşului lui Eligor fâlfâiră cuprinse de o emoţie nemascată.

-Are nevoie de odihnă, zise Zepar, poziţionându-se între cei doi şi primul ministru. Nu de operaţii.

-Dar… vru să obiecteze Lerajie.

Eligor resimţi chestia aceea stranie care îl ţinea de obicei departe de dezastre. Echipajul lui era format din treizeci şi şase de militari. *Unii* dintre ei ar fi trebuit să se afle pe rampa de lansare, alături de Furcas şi Pruflas, pentru a-l prelua pe Lucifer, dar, din cine ştie ce motiv, rampa fusese eliberată înainte ca ei să aterizeze.

-Bine, domnule, spuse Eligor, înşfăcându-l pe Lerajie şi vrând să plece.

-De ce ai făcut asta? întrebă Lerajie, umăr la umăr.

-Ţine ochii larg deschişi şi gura ferecată, mormăi Eligor, dacă nu vrei să ne omori pe amândoi.

După un pui de somn, un duş fierbinte şi o mâncare caldă, gătită, infinit mai bună decât porţiile acelea îngrozitoare de hrană remolecularizată pe care le mâncaseră timp de patru zile pe navă, se întâlniră pentru tura lor obişnuită de pierdut vremea în dreptul uşii dincolo de care se afla haremul lui Lucifer. Mai mult de amorul chinului, Lerajie intră în încăpere, vrând să vadă dacă reuşeşte să facă vreuna dintre femei să vorbească.

-Ce mama naibii? exclamă el.

Eligor trase cu ochiul în încăpere. Femeile se înghesuiau unele în altele în dreptul uşii, dar nu şuierară la el şi nu încercară să îl lovească cu rahat, aşa cum o făceau de obicei. În capătul îndepărtat al camerei, în colţul pe care femeile îl desemnaseră drept loc de făcut nevoile, zăcea un bărbat Sata'anic rănit grav, care sângera şi îşi pierduse conştienţa. Părea să fi fost torturat.

-Asta…

-Nu e treaba ta, spuse Eligor. Duhoarea obişnuită a excrementelor lipsea. Nu putu să nu zâmbească. Unul dintre tovarăşii de pe navă găsise un mod de a convinge femeile să nu se mai răhăţească în farfuriile cu mâncare şi să le lase la colţ. Ce mod mai bun de a încuraja creaturile astea stupide să folosească toaleta? Îl trase pe Lerajie afară şi trânti uşa.

Lerajie stătea gură cască, la fel ca soldaţii aceia Delfinium cu aspect de broască, care îşi tot deschideau şi închideau gura de parcă ar fi încercat să prindă muşte.

-Poţi să-ţi imaginezi un mod mai umilitor de a face o şopârlă să cedeze decât să o arunci în haznaua unui *harem?*

Eligor ridică o sprânceană. Într-o cultură masculină, ca cea Sata'anică, singurul lucru și mai umilitor ar fi fost să editeze poze cu șopârla culcându-se cu animale și să le publice peste tot pe internetul galactic. Tocmai de asta își ținea Lucifer haremul secret. Nu voia să se știe că *el* se culca cu o specie vag simțitoare pentru a da naștere unor urmași.

-Eligor, răsună chemarea din dispozitivul de comunicare.

-Da, domnule, răspunse Eligor.

-Prezintă-te imediat la apartamentul primului ministru.

Lerajie îl urmă curios cu privirea în timp ce pleca. Eligor ajunse la timp cât să îi vadă pe Pruflas și Furcas scoțând două femei pe care nu le cunoștea din camera lui Lucifer, cu hainele sfâșiate. Toate trei aveau aceeași privire moartă pe care și celelalte femei la avuseseră după ce Lucifer își terminase treaba cu ele. Trei? În același timp? Când îl văzuse ultima oară, Lucifer era rănit așa de grav încât abia se putea ține pe picioare! D-apăi să performeze!

Zepar ieși și el, îndesând ceva în buzunar.

-Avem nevoie să ne duci la coordonatele astea, i se adresă el, întinzându-i o tablet smart cu date deja încărcate.

-Da, domnule.

Nu se obosi să întrebe cum rămânea cu Lerajie. Tovarășul lui se tot fofila pe marginea prăpastiei de ceva vreme. Singurul motiv pentru care nu fusese făcut să „dispară" la fel ca toți cei care creau probleme era că Eligor reușise să îl strunească suficient încât să nu îl enerveze prea tare pe Zepar. Dacă scăpau de Lerajie, Zepar avea să își dea seama instinctiv că ar trebui să scape și de *el,* iar *el* era cel mai de încredere militar pe care îl aveau.

Eligor porni cu pași grei spre rampa de lansare, pentru a pregăti *adevărata* navă a lui Lucifer. Din fericire, „crucișătorul diavolului" nu mirosea de parcă tocmai s-ar fi târât prin porturile de inducție antimateriei și ar fi murit. Porni motoarele și remarcă faptul că coordonatele primate erau relativ aproape. Avea să fie un zbor scurt, un fel de mic țopăit în sistemul solar.

Aruncă o privire în afara navei și fu nevoit să se frece la ochi. Lucifer mergea țanțoș pe rampă, cu atitudinea consacrată de *„Sunt prim ministrul vostru vedetă"* și arătându-le soldaților săi semnul victoriei. Aceștia îl întâmpinară cu urale în timp ce înainta prin dreptul lor, asigurându-i că, acum că pornise această mică lovitură de stat, avea să găsească și Pământul și să le facă rost de femei. Dar nu asta îl făcu pe Eligor să rămână cu gura căscată. Știa prea bine că Zepar îl îmbuiba cu amfetamină ca să îl umple de energie când, de fapt, avea nevoie de somn. Nu. Ce îl șocă fu faptul că pe spatele lui Lucifer se prefigurau două aripi, încă tinere, fără penaj complet, dar pline de puf alb ca zăpada.

Poate era mai bine să nu-l privească în ochi. Tipul putea să îi citească gândurile. Sau cel puțin să-și proiecteze gândurile în mintea altcuiva. Cu cât vorbea mai puțin, cu atât era mai bine. Eligor își goli mintea de toate întrebările pe care ar fi vrut să le pună, precum „cum mama dracului ți-au crescut două aripi nou-nouțe?" și o umplu în schimb cu chestiuni banale, la care oricine s-ar fi așteptat de la un luptător ca el.

Urmă coordonatele până la un o navă Sata'anică de lux. O recunosc imediat.

Era a lui Ba'al Zebub...

Pilotă nava pe pista de lansare a *Tsalmavethului.* Șopârlele îl percheziționară și îi înșfăcară arma cu impulsuri, dar ratară cuțitul pe care și-l ținea în cizmă.

Eligor merse în spatele lui Lucifer, evitând contactul visual pentru a-și menține mintea liniștită câtă vreme privea mirajul pufos. Oare îi lipise Zepar pene false pe aripi pentru ca Ba'al Zebub să nu își dea seama cât de grav rănit era Lucifer? Nu. De ce i-ar fi lipit *puf* de aripile arse când i-ar fi fost mult mai ușor să facă rost de pene albe? Chiar în timpul călătoriei penele continuaseră să crească, aproape deschizându-se complet.

Eligor știa procedurile de securitate. Triangulare. Furcas și Pruflas aveau să-l protejeze pe Lucifer. *El* trebuia să rămână în dreptul ușii fără să atragă atenția, în așa fel încât s-o poată șterge cu toții de acolo dacă lucrurile o luau razna. Cei mai mulți pot jongla cu una, chiar și două amenințări simultan, dar odată ce adaugi și un al treilea trăgător, ai mai multe trupuri înarmate decât poate ține sub control orice soldat bine antrenat. Asta îl antrenase Shemijaza să facă înainte să sfârșească ucis.

-Lord Zebub, își salută Lucifer omologul în limba Sata'anică, mișcându-se cu un nivel de autoritate pe care nici măcar Împăratul însuși nu reușise să îl recreeze. Mulțumesc că ați fost de acord să ne vedem.

Eligor își goli mintea și își deschise ochii. Nu gândi. Doar observă. Strânge informațiile înlăuntrul tău. Asta era o *altă* lecție pe care o învățase de la Shemijaza chiar înainte ca Tyre să fie anihilat cu un distrugător de planete. Șopârla corpolentă își purta obișnuitele veșminte colorate, dar era agitată. Limba bifurcată îi tot gusta aerul mai des decât era obișnuit, iar la un moment dat, îi trecu și peste pleoape, un gest Sata'anic menit să îi readucă confortul. Șopârla își întinse una dintre mâinile acoperite de gheare pentru a-l întâmpina pe Lucifer cu salutul Alianței.

-Domnule prim-ministru, rânji Ba'al Zebub, dezvelindu-și colții. Sau să vă spun Majestatea Voastră?

Gușa, care avea de obicei o nuanță profundă de stacojiu, pălise acum spre roz, o manifestare fiziologică a stresului.

-Cărui fapt îi datorez această onorantă vizită?

-Shay'tan a emis un ordin de arestare pe numele dumneavoastră.

Lucifer se mișcă cu o grație ca de șarpe, exagerându-și fiecare mișcare, de parcă la bordul navei s-ar fi aflat un bărbat mult mai mare. Ba'al Zebub simți și el asta, căci făcu instinctiv un pas înapoi.

-Ştim amândoi ce se întâmplă când iese cineva din graţiile bătrânului dragon.

Guşa lui Ba'al Zebub căpătă o nuanţă de verde bolnăvicios.

-Nava asta se află de partea graniţei care aparţine de Tokoloshe, zise Ba'al Zebub. Eu şi Regele Barabas ne înţelegem bine. Mi-a oferit protecţie în schimbul anumitor informaţii.

-*Chiar* vă încredeţi în cuvântul unui canibal?

Lucifer îl atinse pe Ba'al Zebub pe bărbie – nu era mişcarea unui suveran faţă de un alt suveran, ci mai degrabă a unui stăpân care se joacă cu un sclav pe care nu se poate hotărî dacă vrea să îl bată... sau să-l condamne la moarte... doar ca să testeze ascuţimea sabiei favorite.

Ba'al Zebub înghiţi în sec.

-Speram că poate o să veniţi cu o ofertă mai bună.

Lucifer zâmbi. Nu era zâmbetul fals pe care îl oferea presei Alianţei, ci cel care te făcea să te simţi de parcă erai un şoarece care se holbează la un şarpe. Eligor îl mai văzuse pe prim-ministru purtându-se aşa, dar acum că îşi golise mintea pentru a urmări mişcările corpurilor, observă cât de *diferit* de geamănul bun se purta Lucifer. Dacă n-ar fi ştiut mai bine, ar fi putut să jure că se uita la tatăl lui Lucifer. *Adevăratul* lui tată. Shemijaza.

Se purta la fel cum o făcuse şi el înainte să o ia razna şi să îşi distrugă regatul mizând pe faptul că se putea pune cu Împăratul Etern pentru a-şi recupera fiul.

Eligor observă că Zepar era tăcut. Revenise la poziţia de servitor umil care urma ordinele lui Lucifer, nu la cea de păpuşar. Dinamica puterii se schimbase.

-Am deja coordonatele care îmi trebuie, spuse Lucifer, aplecându-se pentru a şopti în urechea lui Ba'al Zebub. V-am interceptat transportul înainte să o facă aliaţii voştri, Tokoloshe. Nu v-au zis?

Ba'al Zebub se albi la faţă. Privirea lui Eligor întâlni ochii auriu-verzi ai celor două gărzi Sata'anice care se plasaseră în aşa fel încât să stea cu ochii pe *el.* Erau speriaţi ca naiba. Ba'al Zebub era terminat. Toţi ştiau ce îi făcea Shay'tan oricui avea suficient ghinion încât să fie asociat cu un trădător. *Ei* sperau la o ofertă mai bună mai mult decât spera Ba'al Zebub însuşi.

-Atunci nu am nimic să vă ofer, spuse Ba'al Zebub cu glas tremurător.

-O, ba da, zise Lucifer cu un surâs sălbatic. Îl mângâie pe Ba'al Zebub pe obraz şi oftă prelung, exagerat, de parcă ar fi putut să îi adulmece frica şi îi savura parfumul. Apoi, expiră încet.

-Mi-a şoptit o păsărică că cineva a spart calculatoarele lui Shay'tan şi a executat o comandă de a şterge coordonatele Pământului şi orice altă informaţie legată de transporturi trimise în diferite locaţii din galaxie. De fapt, aceeaşi păsărică mi-a şoptit şi că Shay'tan a avut coordonatele greşite ale Pământului în tot acest timp. Deşteaptă şopârlă. S-a pregătit aşa bine pentru ziua în care împăratul avea să își dea seama de eforturile astea ascunse de a ține în viață un imperiu mort.

-Al Treilea Imperiu încă există, spuse Ba'al Zebub pășind înapoi. Creasta dorsală i se înălță cu mândrie, chiar dacă știa că era mort. Soldații poziționați în încăpere, doi pentru fiecare membru al Alianței, își îndreptară ghearele spre arme.

-Cândva, mi-ai slujit tatăl, spuse Lucifer, înconjurându-l pe cel care altădată îi fusese egal, dar care acum fusese depășit. De ce nu m-ai sluji și pe mine?

-Ar fi o abominație! șuieră Ba'al Zebub. Să las puterea în mâinile unui fiu pe care nu l-a întâlnit niciodată și pentru care a renunțat la tot! Totul a fost din vina femeii! Din vina mamei tale!

Lucifer se aplecă în față și spuse ceva în urechea liderului Sata'anic decăzut.

-*Oblitus es tuam verum dominum sic tam cito, parum lacerta?*

Limba necunoscută fu șoptită atât de încet, încât Eligor abia de o auzi, însă aerul reverberă de parcă s-ar fi aflat lângă un reactor antimaterie a cărui protecție stă să cedeze. Pe măsură ce Lucifer vorbea, încăperea se înfierbânta. Ba'al Zebub se aruncă în genunchi și făcu o plecăciune.

-Maestre!

-Așa mă gândeam și eu, spuse Lucifer, adulmecând aerul; fața lui căpătă o expresie vecină cu cea provocată de un orgasm. Închise ochii și se desfătă cu puterea pe care o avea asupra unei șopârle care fusese cândva secundul lui Shay'tan, după care atinse capul plecat al lui Ba'al Zebub de parcă i-ar fi iertat păcatele.

-Acum o să mergem pe planeta asta și o să o apărăm de încercările *ambelor* imperii de a prelua controlul asupra ei până ne lămurim ce vrem să facem cu ea. Ești de acord cu planul ăsta, șopârlico?

-D-da, Maestre, se înfioră Ba'al Zebub.

Lucifer îl atinse pe umăr.

-Ridică-te, agent loial. Să mergem să ne întâlnim cu escadra ta și să preluăm controlul asupra Pământului.

Eligor privi cele două șopârle care aveau sarcina de a-l păzi. Cele două șopârle îl priviră și ele, cu limbile gustând aerul în timp ce încercau să își dea seama ce, în numele lui Hades, se petrecea acolo. Aproape că putea *vedea* gândul care se târa prin mințile șopârlelor – același gând care îi trecea și lui prin minte acum.

Ce mama naibii îi spusese Lucifer lui Zebub de îl făcuse să cadă-n patru labe?

Ba'al Zebub se ridică, tremurând cu ceva ce nu poate fi descris decât ca fervoare religioasă.

-Călătoria o să dureze două săptămâni, Maestre. Navele de război ale lui Shay'tan stau între noi. M-au încercuit.

-Nu au încercuit și nava *mea*, zâmbi Lucifer. După ce îți ducem echipajul la adăpost, o să ne trebuiască doar câteva minute ca să ajungem acolo.

-La... adăpost? întrebă Ba'al Zebub, scărpinându-se pe cap.

-În așa fel încât să nu-i arunce Shay'tan în aer când vine să-ți distrugă nava, spuse Lucifer aproape torcând. Trebuie să o muți doar la jumătate de an lumină peste graniță, lângă nava *mea*, ca să fie pe Teritoriul Alianței când ajunge el.

-Toată averea mea e ascunsă pe nava asta! protestă Ba'al Zebub. A fost deja suficient de greu să-mi abandonez soțiile!

-Atunci ai face bine să ordoni echipajului să se miște repede, răspunse Lucifer, lovindu-se ușor cu degetul peste buze, de parcă s-ar fi gândit la ceva. Ca să nu-ți pierzi cei mai buni soldați și averea când bătrânul dragon decide să te transforme în exemplu de pedeapsă pentru toți.

Își coborî glasul.

-*SRN Chinosia* mi-a urmărit nava în drum spre acest camp de asteroizi.

-M-m-maestre, șopti Ba'al Zebub. Shay'tan nu o să permit navei ăsteia să treacă granița Alianței.

Lucifer vorbi mai tare:

-O să transmit un mesaj Parlamentului, prin care să cer ca tu și întregul tău echipaj să fiți amnistiați. De ce nu vii pe nava *mea* cu câteva dintre gărzi și poate aduci și un tribute, ca să pui rotițele în mișcare și să pot oficializa eu totul?

-Shay'tan o să-și dea seama că e o capcană, zise Ba'al Zebub tremurător.

-Lui Shay'tan nu îi place să *piardă*, replică Lucifer cu un rânjet sălbatic. În plus, am nevoie de o diversiune ca să țin Nimicitorul ocupat și să nu-l las să preia controlul asupra planetei ca s-o facă cadou minunatei sale soții. De ce nu facem să obțină coordonatele Pământului pentru că ți-a salvat nava?

Deci Lucifer *știuse* în tot acest timp că soția lui Abaddon e mai deșteaptă decât ale lui? Și doar tatonase terenul când îl întrebase despre asta în timpul transportului spre *Prințul din Tyre?* Nu. N-avea niciun sens. Văzuse expresia de pe chipul lui Lucifer când, în loc să stea docilă și să aștepte ca Reprezentantul Parlamentului să o examineze și să o declare umană, femeia începuse să pledeze pentru drepturile specie ei. Lucifer fusese șocat.

Poate avea dublă personalitate?

Da. Asta ar fi explicat mult. Cumva, Zepar găsise un mod de a controla cine știe ce rană din psihicul lui Lucifer și îl făcuse să se poarte într-un anume fel în fața Împăratului, dar în alt fel când trebuia să acționeze fără remușcări. Tipul era varză, la fel cum fusese și *adevăratul* lui tata. Creaturile astea necrofage se îngrămădiseră să profite, fiindcă cine naiba ar fi putut să tragă la răspundere un print nebun?

O umbra se prefigure în fața lui. Ah. Rahat! Își permisese să *gândească* în loc să se rezume la a observa ce se petrece și să se gândească mai târziu, odată ce ieșea din raza de acțiune a despoților ăstora potential clarvăzători, cu multiple personalități și dorințe de dominație galactică.

-E ceva în neregulă, Eligor? întrebă Zepar, lepădâng figura de servitor umil când îi dădea ordine *lui,* nu geamănului malefic al lui Lucifer.

„ Verificare în cerc. Pornește motoarele navei. Asigură-te că șopârlele n-au îndesat vreo grenadă în porturile cu inducție. Introdu în calculator puterea necesară pentru a compensa greutatea suplimentară a lui Ba'al Zebub și a averii lui... "

-Mă scuzați, domnule, spuse Eligor, forțând gândurile acelea triviale să îi traverseze mintea, așa cum îl învățase Shemijaza *personal* înainte de a trimite *Prințul din Tyre* să îi recupereze fiul. Câte drumuri credeți că o să fie necesare ca să mutăm tot echipajul de pe nava asta pe a noastră?

-Unul singur, spuse Zepar pe un ton scăzut în Galactica Standard, în așa fel încât cele două șopârle să nu poată trage cu urechea. Ba'al Zebub și doi dintre cei mai de încredere soldați ai lui. Ceilalți o să treagă cu *Tsalmaveth* peste granița Alianței, ca să se pună la adăpost.

Un sentiment neplăcut își făcu loc înlăuntrul lui Eligor. *Auzise* ce spusese Lucifer.

-Și cum rămâne cu *aceștia?* întrebă el, înțelegând ce i se ceruse.

-Ia-i cu tine să tea jute să încarci nava, spuse Zepar. Și apoi fă ce trebuie să faci ca să te asiguri că încăpem toți într-un singur transport. Shay'tan ne urmărește toate mișcările.

Eligor se forță să nu clipească.

-Da, domnule.

Urmă echipajul lui Ba'al Zebub înapoi pe nava sa și se asigură că întreaga avere fu încărcată până sus. Apoi, chiar când soldații se relaxară, ușurați că urmau să fie scoși din raza de acțiune a furiei lui Shay'tan, Eligor făcu ce fusese antrenat să facă – acesta era și *motivul* pentru care Zepar își punea încrederea în el, știind că va face ce i se cere să facă și nimic mai mult. Trecu într-o încăpere separată, pregătită tocmai pentru astfel de situații.

-Nu e nimic personal, spuse Eligor fără nicio urmă de emoție. Trase trăgaciul celor două arme cu impulsuri pe care le scosese și vaporiză cefele celor două șopârle înainte ca acestea să apuce măcar să-și dea seama că urma să le ucidă. Materia cenușie a creierelor lor țâșni pe toată averea lui Ba'al Zebub, acoperind-o în grămăjoare însângerate, ca o brânză mărunțită.

Îngrețoșat, trase afară cele două trupuri și le îndesă în spațiul acum gol în care fusese depozitată initial averea lui Ba'al Zebub. Introduse codul și închise încăperea, în așa fel încât nicio șopârlă să nu își dea seama că „amnistia" era, de fapt, un vicleșug.

Îşi încheie apoi verificările la care se gândise mai devreme, când se temuse că Lucifer ar putea să tragă cu ochiul în mintea lui, şi porni motoarele. Soldaţii aceia fuseseră ca şi morţi din clipa în care Shay'tan îşi dăduse seama că Ba'al Zebub îl jucase pe la spate ani la rândul, iar ei nu raportaseră asta. Eligor îi scăpase pur şi simplu de trauma morţii oribile pe care Lucifer o pregătise probabil pentru ceilalţi tovarăşi din echipaj. Eligor era un asasin. Dar, spre deosebire de cei doi nătângi ai lui Lucifer, măcar era un asasin milos.

Lucifer urcă la bordul navei, cu penele albe aproape complet crescute, de parcă Împăratul nu îi arsese niciodată aripile. Se aşeză pe scaun, oferindu-i lui Ba'al Zebub nişte lichior verde, de la Mantoizi – otrava lui preferată. Imediat ce eliberară nava amirală Sata'anică, acum sortită pieirii, ochii argintii ai lui Lucifer îi întâlniră pe ai lui Eligor. Reci. Răuvoitori. Malefici.

-Eşti un servitor loial, Eligor, spuse geamănul malefic, rânjind ca un prădător. Ochii săi argintii sătrluceau ca plumbul şlefuit. Când toată povestea asta se termină, vei fi primul pe care îl voi răsplăti cu un scaun puternic la dreapta mea.

„Apasă acceleraţia. Asigură-te că nu distrugi nava şi ne omori pe toţi. Scaun puternic? Da. Îmi place puterea. Condu nava înapoi spre Prinţul din Tyre, ca să putem s-o ştergem naibii de-aici înainte ca Shay'tan să îi arunce în aer pe idioţii ăştia. Verifică lumina de mentenanţă. S-ar putea să trebuiască să schimb uleiul când ne întoarcem."

-Ar fi frumos, domnule, zise Eligor cu voce tare.

Capitolul 87

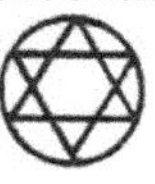

Data Galactică Standard: 152,323.10 D.Î.
Imperiul Sata'anic: Hades-6
Împăratul Shay'tan

SHAY'TAN

Pământul se cutremură sub greutatea pașilor lui – nu mai avea înfățișarea impunătoare de împărat pe care subiecții săi se obișnuiseră să o vadă de ultima dată când își pierduse cumpătul. Acum arăta ca un dragon *adevărat,* un Grigori, ultimul membru al unei specii de gărzi create pentru a o proteja pe Cea-Care-Este. Dragonii nu erau gărzi benevolente, ca Cherubimii, ci nimicitori de lumi; asta pentru că, uneori, lucrurile deveneau atât de rele, încât singurul mod de a repara ceva era să îl distrugi complet și să o iei de la capăt.

Grigori erau spirite fundamentale ale naturii, instrumente dure, al căror talent nu era să *clădească,* așa cum încercase Shay'tan în ultimii 150.000 de ani, un dar generos primit de la Cea-Care-Este pentru a-l ține ocupat, ci să distrugă, un instrument inferior, folosit înainte ca lucrurile să devină atât de disperate încât să necesite intervenția Lordului Întunecat însuși.

Dacă se întâmpla asta, toți dădeau de dracu'.

Shay'tan inspiră adânc, forțându-se să își mențină calmul. Nu ajunseseră acolo. Încă. Mileniile în care învățase să îi *pese* de subiecții peste care domnea îi mai stăviliseră pofta de a se folosi de puterea haosului primordial, o stăpânire de sine pe care Lordul Întunecat încă nu o dobândise. Până la urmă, însă, Cel-Care-Nu-Este *era* haosul primordial, în timp ce Shay'tan doar fusese creat ca să îl folosească.

-Eminența Voastră, zise Generalul Musab cu o plecăciune. Chiar și cel mai dur general tremura în fața acestui dragon enorm, care scuipă flăcări. Șopârla aceasta rămase fermă pe poziții, însă.

-*SRN Chinosia* a recepționat un semnal criptat. O navă a Alianței circulă dinspre *Prințul din Tyre* spre zona plină de resturi din jurul planetei distruse.

Shay'tan agită din cap, eliberând pe nări un nor de fum.

-Ai verificat dacă semnalul e de la *Tsalmaveth*?

-Nu ne putem da seama *de unde* a venit, zise Generalul Musab. Resturile planetei distruse ne împiedică să izolăm orice navă care dispare pe centura de asteroizi.

Musab arătă spre tabla de șah galactic care se învârtea încet în jurul propriului ax, către locul în care existase cândva planeta *Tyre;* acum, nu mai rămăseseră decât asteroizi și praf interstelar.

La fel cum făcuse tatăl lui altădată, și Lucifer mersese în singurul loc în care Hashem nu putea pune mâna pe el fără să pornească un război intergalactic. Nava amirală a Alianței se afla chiar la convergența dintre două imperii galactice și două regate mai mici, cu care însă nu te puteai juca – o țintă tentantă.

-Avem idee cât de grav rănit era Lucifer? întrebă Shay'tan.

-L-au scos pe o navă cargo, spuse Generalul Musab. Asta e tot ce știm.

Creasta dorsală i se înălță spinoasă, în timp ce Generalul căzu pe gânduri. Șopârla aterizase pe un teren mlăștinos cu Ba'al Zebub tocmai pentru că acesta *tindea* într-adevăr să gândească, o calitate pe care Shay'tan o remarcase când îi interzisese expulzia.

-Lucifer a fost urmărit? întrebă Shay'tan.

-Un distrugător de-al Alianței s-a desprins din convoiul care urmărea *Jehoshaphatul* și l-a urmat pe el. *Caleuche.* E dotată cu puține arme, dar e rapidă. Până acum, a rămas incognito.

-*Jehoshaphat*? Chiar și când avea înfățișarea de Grigori, Shay'tan se cutremura la auzul acelui nume. Toate semnele indică faptul că Nimicitorul a trecut de partea lui Lucifer. Probabil că nava are acum rolul de a-l proteja.

-Regatul Tokoloshe și Confederația Marizilor Liberi urmăresc și ele nava amirală a Alianței, spuse Musab. Lucifer e înconjurat din trei părți. Patru, dacă ne includem și pe noi.

-Lucrurile ar putea să iasă foarte prost.

Intuiția aceea mai degrabă umană îl făcu să se încordeze, înrăutățită de focul care ardea în interiorul său alături de cele șaptezeci de animale pe care tocmai le mâncase ca să își păstreze energia.

-Și escadra mea? Cea care a dispărut în spațiu?

-Încă nu am dat de ea, spuse Generalul Musab, întâlnindu-i privirea cu ochi precauți. Am trimis iscoade în toate direcțiile posibile, le-am pus să caute signatura hiperspațială, dar urmele dispar la ieșirea din Imperiu.

-În numele lui Haven, cum pierzi o escadră de nouăzeci și șapte de nave? exclamă Shay'tan, izbind cu pumnul generatorul holografic de sub table de șah galactic și făcând harta să pâlpâie. *Cineva* trebuie să știe ceva!

-Chiar a *știut* cineva ceva, zise Generalul Musab. Din păcate, fie și-au dat seama că îl monitorizam pe Ba'al Zebub și au dispărut, fie au fost găsiți strangulați, otrăviți sau cu un cuțit înfipt în spate; putem presupune că e vorba de niște soldați care au rămas loiali, dar nu și-au dat seama ce se întâmplă.

Generalul Musab făcu un pas înapoi pentru a nu fi ars de flacăra care erupse din gura lui Shay, înecându-se când mirosul înțepător al uniformei pârlite îi arse nările.

-Flota e gata? întrebă Shay'tan.

-E gata, zise Generalul Musab cu o plecăciune. Dar o să dureze două săptămâni să ajungem la coordonatele acelea.

-Lasă-mă pe *mine* să-mi fac griji în legătură cu asta, mormăi Shay'tan.

Închise ochii, ignoră spațiul acela alb-auriu și chinuitor în care Cea-Care-Este îl invitase să joace șah și trecu spre *adevărata* sa sursă de putere, materia primordială controlată de EL.

„Lordul Meu... Invoc puterea ta pentru a-mi muta flota și a mă ocupa de o amenințare internă. Nu acționez împotriva partenerei tale."

Un murmur adânc se ridică în palat și se întinse pe întreaga suprafață a Hades-6, care se cutremură, dându-i de știre că Lordul Întunecat îl auzise. Cei mai mulți presupuneai că zeii antici își țineau în frâu puterile transcendentale datorită unor noțiuni idealiste despre cum Cea-Care-Este înzestrase creaturile rationale cu voință proprie. Rahat de dragon! Lordul Întunecat urmărea orice fluctuație care ar fi putut fi folosită ca să îi facă rău soției sale și vaporiza instant inamicul dacă se folosea de putere neautorizată. Nu i se spunea degeaba „Gardianul".

Întinzându-și aripile, Shay'tan se teleportă pe sine, dar și pe Generalul Musab în orbita de pe care *SRN Varyag* dădea târcoale lui Hades-6. Soldații strigară înfricoșați la vederea lui Shay'tan, care își îndesă trupul masiv pe podul micuț, și se aruncară din calea lui înainte să fie făcuți scrum. Generalul Musab înaintă spre scaunul căpitanului, intuind că împăratul său era prea masiv ca să îl preia el, și porni dispozitivul de comunicare.

-Atenție, către toate navele, spuse Generalul Musab. Stații de luptă. Împăratul Shay'tan va transporta această flotă la joncțiunea dintre cele patru imperii. Imediat ce ajungem, avem un trădător de prins. Așteptați-vă la focuri venite atât din partea lui Ba'al Zebub, cât și din partea Alianței, a Regatului Tokoloshe și a Confederației Marizilor Liberi. Luați toate măsurile necesare.

-Vreți să deschidem focul asupra *Tsalmavethului* imediat ce intrăm din nou în spațiul normal, domnule? întrebă maestrul armelor de pe *Varyag*.

-Trebuie să capturăm nava cu orice preț, spuse Shay'tan. Și stați cu ochii pe eventuale capsule de salvare. Nu m-ar mira ca Ba'al Zebub să-și folosească echipajul drept carne de tun și să se folosească de explozie ca să scape.

Concentrându-și puterile transcendentale, Shay'tan invocă focul primordial și îl direcționă spre continuul spațiu-timp, pentru a deschide o gaură de vierme între Hades-6 și sistemul solar, acolo unde Shemijaza își clădise cândva capitala imperiului. Întreaga flotă de treizeci și șase de nave pâlpâi și dispăru, doar pentru a apărea câteva secunde mai târziu lângă *SRN Chinosia*.

Shay'tan examină zona cu toate simțurile, nu doar cu privirea, însă era clar că Shemijaza își alesese Tyre ca bază de operațiuni cu un motiv. La fel ca în orice alt loc în care universurile paralele aproape că se atingeau, zeii antici ca el erau aproape orbi și aici.

Căpitanul *Chinosiei* apăru pe monitorul video.

-S-a arătat *Tsalvemathul?* întrebă Shay'tan.

-Nu, domnule, răspunse *Chinosia*. Dar în urmă cu aproximativ două ore, o navă a părăsit *Prinţul din Tyre* şi a trecut pe câmpul de asteroizi, după care a revenit o oră mai târziu. Abia ce andocase că a şi lansat o transmisiune către Haven-3, cerând Parlamentului să autorizeze amnistie diplomatică completă oricărui membru al echipajului care e dispus să dezvăluie locaţia tărâmului oamenilor.

-Pe sprâncenele stufoase ale lui Hashem! mârâi Shay'tan. O vâlvătaie rapidă pârli tavanul navei *SRN Varyag*, aprinzând şi uniformele unor bieţi membri ai echipajului. Alţi soldaţi-şopârlă veniră repede cu extinctoare pentru a stinge flăcările, după care îi conduseră pe cei răniţi la infirmierie.

-Să ne aducă cineva costumele spaţiale, ordonă calm Generalul Musab, aplecându-se spre dispozitivul de comunicare. Vreau ca toată lumea să fie echipată în caz că avem de-a face cu vreo crăpătură în fuzelaj.

Shay'tan încuviinţă. Trebuiau să rămână în linişte aproape deplină, pentru ca Ba'al Zebub să nu îşi dea seama că era prins în capcană. Respire adânc, iar din nări îi ieşiră rotocoale de fum care îi făcură echipajul să se înece în timp ce se îmbrăca cu costume spaţiale – costume care, întâmplător, erau şi rezistente la foc.

Stai. Stai. Stai. Dacă învăţase ceva din experienţa de „împărat", era să fie mai răbdător decât însuşi duşmanul.

-Iată... domnule! spuse ofiţerul armelor, arătând spre ecran. Creasta dorsală i se înălţă, cuprinsă de entuziasm. O navp. Iese din câmpul de asteroizi! E *Tsalmaveth*.

-*Tsalmaveth, Tsalmaveth,* rosti ofiţerul de comunicaţii pe radio. Îţi ordonăm să predai nava şi să revii în spaţiul aerian Sata'anic sau altfel vei fi distrus.

-Domnule, spuse ofiţerul responsabil cu radarul. Un cuirasat Tokoloshe iese chiar acum din hiperspaţiu. Încearcă să ne contacteze.

-Fă legătura, ordonă Shay'tan.

Pe ecran apăru o creatură oribilă, ca un urs. Avea umerii laţi şi un mănunchi de păr roşu pe cap, care îl distingea drept mascul cu funcţie înaltă. Amiralul Amin, secundul Regelui Barabas însuşi.

Pieptul îi era încununat de medalii şi agrafe care îi dezvăluiau rangul. Însă cele care îl făcură chiar şi pe Shay'tan să se cutremure fură agrafele prinse de guler. Pentru fiecare creatură raţională mâncată de vie, cei din neamul Tokoloshe îşi făceau un însemn din dinţii victimei şi îl agăţau la guler, aşa cum predecesorii antici ai lui Amin îşi agăţau dinţii aceia la coliere primitive, vrând să îşi proclame brutalitatea.

-Împărate Shay'tan, zise creatura ca un urs, de pe colţii căreia se scurgea saliva. Nu ni s-a spus că ai un interes *personal* în conflictul ăsta.

-Retrage-te, Amin, mârâi Shay'tan. Altfel o să ai de-a face cu mine.

-*Tsalmavethul* se află în spaţiul aerian Tokoloshe, replică amiralul. Ai de gând să încalci tratatul şi cuvântul pe care ni l-ai dat?

-Nu-mi vorbi tu mie de tratate! izbucni Shay'tan. Lansă flăcări spre ecranul acela jignitor, dându-i foc pentru a nu fi nevoit să îl asculte pe lăudărosul ăla nesuferit.

Bine că Generalul Musab le ordonase membrilor echipajului să se îmbrace cu costume spaţiale, altfel ar fi fost arşi de vii.

-Vreţi să trag spre cuirasat? întrebă Generalul Musab.

-Nu dacă nu e absolut necesar, răspunse Shay'tan încleştându-şi ghearele. Amiralul Amin îl lovise unde ştia că îl doare cel mai tare – dorinţa de a-şi păstra cuvântul. Ce face Marizii Liberi?

-Ce fac întotdeauna, zise Generalul Musab. Aşteaptă ca dragonii să răpună prada ca apoi să o înşface ei. Altfel, trebuie să se întoarcă acasă flămânzi, ca de obicei.

Confederaţia Marizilor Liberi nu avea să i se opună direct. Era cel mai slab dintre cele patru imperii, aşa că se alia cu oricine îi era mai bine să se alieze la un anumit moment şi aţâţa celelalte imperii unul împotriva celuilalt. Dată fiind forma extraordinară în care Lucifer pusese mâna pe putere şi pe Parlament, probabil că Marizii Liberi se aflau aici tocmai ca să îşi dea seama cu ce facţiune să se alinieze.

-Domnule, spuse ofiţerul de comunicaţii. *Tsalmaveth* nu răspunde. Tocmai a pornit hiperdriverele. Pare că o să facă un *salt* pe teritoriul Alianţei. Dacă o face, nu o să-l prindem niciodată.

-Cuplează, ordonă Shay'tan. Aşteptă ca hiperdrivele interstelare îngrozitor de lente să pornească; dar nu îndrăzni să pună la încercare răbdarea Lordului Întunecat folosind prea multă putere pentru a distruge ceea ce era doar o problemă internă. Dacă l-ar fi înfruntat pe Moloch, nu s-ar mai fi purtat cu mănuşi.

Tsalmavethul se afla acum în spaţiu deschis. Cuirasatul Tokoloshe se apropie de el dintr-o parte, o escadră Sata'anică strânse rândurile în alta. Cuirasatul era depăşit din punctul de vedere al armelor, dar acolo unde se afla unul, mai erau şi altele. Chiar şi un portavion militar Sata'anic era vulnerabil în faţa unui asalt Tokoloshe.

-Puneţi nava asta în mişcare! ordonă Shay'tan.

Puterea întunecată murmur chiar dincolo de suprafaţă, tentându-l să o folosească măcar puţin. Dar oare îndrăznea? Măcar un strop?

-Domnule, strigă ofiţerul de comunicaţii, vocea răsunând înfundat prin radioul din costumul spatial. Trei distrugătoare ale Alianţei şi *Lumina Eternă* tocmai au părăsit hiperspaţiul. *Prinţul din Tyre* încearcă să ia legătura cu ele.

-Pe barba lui Hashem! mârâi Shay'tan. Cum naiba a reuşit portavionul Comandantului Suprem Jophiel să ajungă aici aşa repede?

-*Tsalmaveth* intră în raza de acţiune a rachetelor, spuse maestrul armelor. Arme încărcate şi pregătite. E pe radarul nostru.

-*Tsalmaveth, Tsalmaveth*, aici *SRN Varyag*. Întoarce-te din drum înainte să părăsești spațiul aerian Sata'anic sau tragem asupra ta. Predă-te de îndată.

-Domnule, *Prințul din Tyre* înaintează chiar spre graniță, strigă ofițerul responsabil cu radarul.

-Au trecut pe teritoriul nostru? se rugă Shay'tan. Dacă o făceau, putea folosi incursiunea ca scuză pentru ce avea de gând să facă.

-Nu, domnule, răspunse ofițerul. Sunt, literal vorbind, la câțiva centimetri distanță de graniță și folosesc motoarele cu impulsuri ca să își mențină poziția, în așa fel încât să nu fie împinși de forța gravitațională a sistemului solar.

-La naiba cu tine, Lucifer!!! exclamă Shay'tan scuipând foc. N-am de gând să cad în plasa asta! Mă auzi?

-Domnule, strigă maestrul armelor. *Tsalmaveth* e în raza noastră de acțiune, dar dacă îl nimerim, o să provoace pagube și asupra *Prințului din Tyre*.

-Cele trei distrugătoare ale Alianței aproape au ajuns la nava amirală, domnule, striga ofițerul responsabil cu radarul.

-Dacă nava lui Lucifer suferă pagube, e vina *lui,* mormăi Shay'tan. Trage spre motoarele *Tsalvamethului,* ca să nu se mai poată mișca.

Varyag se cutremură când armele deschiseră focul, țintind motoarele *Tsalmavethului,* în așa fel încât să nu se mai poată deplasa. Exploziile făcură spatele navei să se clatine, după care cuprinseră și partea din față. Focul parcurse distanța redusă dintre locul în care *Tsalvameth* pluti la câteva mii de metri distanță de granița Alianței și *Prințul din Tyre,* care aștepta disperată să o însoțească dincolo de graniță și să fure locația nenorocitei ăleia de planete! Rămășițele loviră nasul *Prințului din Tyre* și smulseră o secțiune din fuzelajul exterior.

-La naiba! se răsti Shay'tan, văzând cum nava rănită grav a lui Ba'al Zebub plutei fără țintă în spațiu. Vreau nava aia întreagă! Cum dracu' o să mai găsesc planeta aia dacă omorâți pe toată lumea de la bord?

-Nu eu am făcut asta, chițăi maestrul armelor. Domnule! Eu am țintit doar hiperdriverele. Probabil că *Tsalmaveth* are ceva inflamabil la bord!

-Domnule, strigă ofițerul de comunicații. Trebuie să auziți asta!

Răsuci un buton al radioului și porni transmisiunea. Pe monitor apăru chipul lui Lucifer.

„Lumină Eternă, aici Prințul din Tyre," strigă el. *„Suntem atacați! Repet, suntem atacați de Imperiul Sata'anic. Ne aflăm în Spațiul Aerian al Alianței, încercând să oferim ajutor unor refugiați care tocmai au trecut granița."* Pe fundal se auzi o explozie. Lucifer părea disperat. *„Jophiel! Știu că am avut niște diferențe, dar tipii ăstia știu care e locația Pământului!!!".*

-Cuirasatul Tokoloshe s-a retras şi a anunţat că are de gând să ofere orice fel de ajutor doreşte Alianţa, zise ofiţerul. Domnule... spune că totul e din vina *dumneavoastră*.

-Să trag din nou, domnule? întrebă maestrul armelor. Dacă nimerim, riscăm să lovim şi *Prinţul din Tyre*.

-Rahat!!! urlă Shay'tan. Îşi imagină cea mai proaspătă planetă cu resurse de care făcuse rost căzând în mâinile lui Hashem. Trimiteţi distrugătoarele să prindă *Tsalmavethul* cu cârlige!

Trei distrugătoare Sata'anice năvăliră spre *Tsalvamethul* rănit.

-*Prinţul din Tyre* a lansat cârlige şi el, anunţă ofiţerul de comunicaţii. Încearcă să tragă *Tsalvamethul* în Spaţiul Aerian al Alianţei.

-Unde e *Lumina Eternă?* întrebă Shay'tan.

-Comandantul General Suprem nu s-a mişcat din punctul în care a părăsit hiperspaţiul, zise ofiţerul. Dar fregata Alianţei, cea care a urmărit prim-ministrul până aici de pe *Jehoshaphat,* se pregăteşte să apere *Prinţul din Tyre,* iar cele trei distrugătoare o să ajungă imediat. asked.

Instinctul copleşitor al lui Shay'tan urla că ceva era putred la mijloc, dar nu mai avea *timp* să gândească!

-Domnule! strigă maestrul armelor. Una dintre fregatele *noastre* tocmai a părăsit formaţia şi se pregăteşte să atace *Tsalvameth!*

-Cine e căpitanul navei ăleia? se răsti Generalul Musab.

-Majorul Gamali, domnule, răspunse maestrul armelor.

-Major Gamali, urlă Generalul Musab în radio. Ce faci acolo, în numele lui Hashem? Treci înapoi în formaţie.

Priviră cu toţii îngroziţi cum nava rebelă înainta ameninţătoare spre *Tsalvameth.*

-Oh... Rahat, zise Shay'tan. Uite cum îmi pierd planeta.

-*SOS... SOS... SOS...* strigă Lucifer pe monitor. *Suntem atacaţi de Imperiul Sata'anic. Jophie! Nu mă lăsa să mor aici!*

-Nu! strigă maestrul armelor spre fregata care îi bipăia pe monitor. Major Gamali, în numele lui Haven, ce faci acolo?!!!

Shay'tan privi îngrozit cum fregata rebelă deschise focul înainte să îi treacă măcar prin minte să îşi assume riscul de a-şi folosi puterile transcedentale pentru a-şi incinera propria navă. Monitoarele le fură cuprinse de o străfulgerare în clipa în care o minge de foc sări dinspre *Tsalvamethul* sortit pierii peste graniţa dintre Imperiul Sata'anic şi Alianţă. Mingea se stinse, incapabilă să ardă în vidul din spaţiu. Shay'tan clipi. *Prinţul din Tyre* nu mai era.

-Unde naiba a dispărut? întrebă ofiţerul de comunicaţii, lovind frenetic ecranul.

Caleuche, fregata Alianţei, care urmărise *Prinţul din Tyre,* trase peste graniţă, în spaţiul aerian Sata'anic, eliminând fregata rebelă care tocmai le distrusese prim-ministrul.

-Nave Sata'anice, le comunică *Lumina Eternă*. Ați tras asupra navei amirale a Alianței. Tocmai ați comis un act de război.

-Fă-mi legătura cu Comandantul General Suprem Jophiel! strigă Shay'tan la ecranul de transmisie. Acum!

Ofițerul de comunicații porni un alt monitor față de cel pe care Shay'tan îl distrusese mai devreme, unul care îl obliga să își sucească gâtul la un unghi ciudat. La cârma navei lui Jophiel se afla un maior Mantoid. Nu Comandantul General Suprem însuși.

-Unde e? vru să știe Shay'tan. Nu am vrut să tragem peste graniță. Totul a fost o neînțelegere.

-Jophiel nu e la bord, zise maiorul anonim. Dar *dumneavoastră*, domnule, va trebui să răspundeți în fața împăratului nostru pentru că i-ați ucis fiul.

Cu un clic, *Lumina Eternă* își încheie transmisiunea.

-Fă-mi din nou legătura cu el! ordonă Shay'tan.

În numele lui Haven, cum o luase totul razna într-o clipită?

-*Lumina Eternă* și cele trei distrugătoare au trecut în hiperspațiu, anunță ofițerul de comunicații. Doar corabia fantomă care o urmărea de la *Jehoshaphat, Caleuche*, mai e încă aici, domnule. Pare să inițieze procedura de căutare a supraviețuitorilor. E pe partea *noastră* de graniță. Să o opresc?

-Nu-ți bate capul, oftă Shay'tan. Dacă tragi asupra lor, nu o să faci decât să complici situația. Ești sigur că navele lui Ba'al Zebub au fost distruse?

-Dar *ei* au tras peste graniță! protestă specialistul în muniție. Și l-au distrus pe Majorul Gamali!

-Nu e niciun supraviețuitor, spuse ofițerul de comunicații apăsând pe radar. Pe *nicio* navă.

Puterea căreia i se *opunea* fiindcă forța Lordului Întunecat era imposibil de controlat îi făcu ochii să se înnegrească de furie. Cu un pocnit din gheare, își teleportă întreaga flotă înapoi acasă. Prezența lor la granița cu Alianța nu putea decât să inflameze războiul pe care îl pornise accidental. Oare Hashem avea să îi mulțumească pentru că îl eliminase pe cel care tocmai îi furase imperiul de sub nas? Sau avea să se răzbune pentru că tocmai îi ucisese fiul adoptat?

Imediat ce își lăsă flota să orbiteze în jurul lui Hades-6, se teleportă într-o zonă îndepărtată a imperiului său, un loc în care soarele se stinsese demult, lăsând în urmă un teritoriu vulcanic pe care nimic nu putea supraviețui. Desfăcându-și aripile, Shay'tan se lepădă de înfățișarea umană, își înfipse ghearele adânc în mantaua pietroasă, direct către nucleul înflăcărat și, slobozind un urlet de furie, *vaporiză* întreaga planetă, transformând-o în praf interstelar.

Capitolul 33

Ca o cetate ale cărei ziduri sunt dărâmate,
așa este omul lipsit de stăpânire de sine.
—Proverbe 25:28 NTLR

Noiembrie — 3.390 î.Hr.
Pământ: Satul Assur
Colonelul Forțelor Speciale Angelice Mikhail Mannuki'ili

MIKHAIL

Se întinse după soția lui, dar nu reuși să dea de ea.

-Ninsianna?

Vocea îi răsună ca un orăcăit, ca răsuflarea greoaie a unei broaște deshidratate. Lumina soarelui dădea năvală pe fereastra micului dormitor, căci astrul trecuse de mult de punctul în care Domnișoara Păianjen putea țese iluzia de a ține razele la distanță. Știa că fusese acolo pentru că îi rămăsese roba ei roșie în brațe. Îi inspiră parfumul fructat, cu arome de mușchi. Măcar *asta* nu era un vis.

Se ridică în fund, strâmbându-se când durerea îi săgetă aripa. Degetele îi scoaseră la iveală un punct chel, acoperit de copci dure. Își amintea vag că fusese atins de o săgeată când îi atacase pe cei care o luaseră pe Ninsianna, dar orice urmase apoi părea o gaură neagră care îi dădea dureri de cap.

Soarele indica ora unu după-amiază. De ce îl durea capul așa de tare? Nu era o durere fizică, ca atunci când i se prăbușise nava, iar tavanul i se prăvălise în cap. Nu, asta semăna mai degrabă cu cea mai urâtă mahmureală de care avusese parte vreodată, doar că de o mie de ori mai rea. Se târî până la marginea paleților pe care dormeau, înfășurându-se cu propriile aripi pentru că se simțea tare fragil. Nu reușea însă să le facă să îl asculte.

Scotoci după cizme, înșfăcă o pereche de șosete curate și se strâmbă când dădu cu ochii de niște pete de culoarea ruginei. Pielea era jilavă, iar urmele erau șterse, nu scorojite. Probabil că Ninsianna îi dusese lucrurile la râu ca să curețe resturile prinse de ele.

De jos răzbătură voci. Hotărî să nu își schimbe bluza și pantalonii, care păreau curate desi nu își amintea să le fi schimbat, și coborî stângaci pe scară, blestemând în mintea lipsa de coordonare dintre aripi și minte. Ce naiba se întâmplase cu el noaptea trecută?

În spațiul comun de la parter, Needa vorbea cu Pareesa.

-Bună… dimineața, spuse Mikhail șovăitor. Ninsianna e bine?

Needa scoase un chițăit și strânse un mănunchi de ierburi la piept. Pareesa se postă în fața ei ca un părinte care își apără copilul de un câine întărâtat.

-S-s-a dus să-și ajute tatăl cu ritualurile de înmormântare, se bâlbâi Needa.

Pareesa o apucă de mâna care îi tremura.

-Du-te și ocupă-te de ce ai de făcut. Îl pun eu la curent pe Mikhail.

Needa îl privi cu teamă și își luă coșul de tămăduitoare. Ieși în grabă pe ușă, lăsându-și în urmă ginerele confuz și un blat de bucătărie plin ochi cu vase nespălate.

Mikhail profită de scaunul de pe care Needa tocmai se ridicase și se prăvăli pe el, zdrobindu-și câteva pene.

-Ninsianna chiar e bine?

-Ea și bebelușul sunt bine, spuse Pareesa precaută. Tu, pe de altă parte, *nu* ești. N-am putut să te trezim timp de două zile.

-Două zile? întrebă Mikhail, ridicând sprâncenele în semn de uimire. Câți oameni am pierdut?

-Patruzeci și doi de războinici, dintre care trei femei. Alți paisprezece e posibil să nu supraviețuiască. Și aproape toți războinicii au fost răniți.

Mikhail făcu repede calculele. Asta însemna aproape un sfert din infanteria grea. Dacă cei aflați pe moarte se duceau, pierdeau o tremie. Și așa nu aveau destui războinici! Tocmai de aia era atât de important să convingă satele să se unească.

-Ar trebui să mă duc să o ajut pe Ninsianna.

-Nu *vrea* să o ajuți.

-Cum adică nu vrea?

Pareesa adoptă o mină precaută.

-Ce îți amintești în legătură cu raidul?

-Că au încercat să o omoare!

Știa că ar fi trebuit să se simtă nervos, *furios,* lacom de răzbunare; dar, în realitate, se simțea de parcă cineva i-ar fi stors furia din trup și i-ar fi lăsat în urmă doar disperare.

-Și ce îți aimintești de după ce ai găsit-o? întrebă ea.

-Am luat-o în zbor, să o duc la Needa, iar apoi…

Apoi…

Tot ce își putea aminti era sentimental înfricoșător că *renunțase la ceva…*

În ochii Pareesei citi teamă și trădare. Mai văzuse expresia aceea – *ultima* oară când pierduse controlul – și se trezise cu optsprezece Halifieni morți în jurul navei. Îi luase luni întregi să recâștige încrederea Ninsiannei.

-Câți am omorât? întrebă el cu glas tremurător.

-Două sute pe puțin.

-Două sute cu formația?

-Nu. *Noi,* începu Pareesa arătând spre sine, am omorât trei sute de inamici înainte să vii tu de la nevasta ta. *Tu* – arătă furioasă cu degetul spre el – ai mai căsăpit *alţi* două sute de unul singur.

Pe Mikhail îl cuprinse greaţa.

-Nu-mi amintesc.

-Cum să nu-ţi aminteşti? întrebă Pareesa, înroşindu-se de exasperare. Ai năvălit printre ei fără să ceri întăriri şi când s-au speriat şi au încercat să fugă, i-ai urmărit şi nu le-ai arătat niciun fel de milă. Ceilalţi au impresia că ai fost un erou fiindcă ai întors lupta în favoarea noastră de unul singur. Dar eu am *văzut* ce le-ai făcut oamenilor ălora. I-ai *mutilat.*

Aşa cum o făcuse şi în ziua în care îi ucisese pe Halifieni la nava sa...

-Sunt campionul zeiţei, spuse el cu amărăciune. E sarcina *mea* să vă protejez.

-Nu avem *nevoie* de un campion!

Îşi izbi pumnul de masa, făcând vasele să sară.

-Avem nevoie de un lider, de un *general* care să ne uneaşcă satele şi să ne înveţe să *luptăm.*

-Dar zeiţa…

-*Nu* răspunde de ce faci tu cu propriul corp! răspunse ea pe un ton vehement. *Ai* de ales. Dacă încearcă să te provoace, *trebuie* să îi spui „NU"!

Din spatele ochilor căprui îl privi o bătrână. Cuvintele ei îi pătrunseră adânc în conştiinţă, răscolind amintiri îngropate care refuzau să iasă la suprafaţă. Rezonau cu o filosofie care îl *definea.* Una care ştia că existase încă *dinainte* ca Cherubimii să îl transforme într-o armă.

Nu îi spusese şi el exact acelaşi lucru înainte să intre în luptă zeităţii capricioase care făcea pe şefa cu el de parcă ar fi fost un căţel ascultător?

-*M-a uimit întotdeauna modul în care* refuzi *să îţi mânuieşti puterea, îi spusese Cea-Care-Este. Dar o să o mânuieşti. Setea ta de răzbunare rivalizează chiar şi cu a LUI.*

Aripile i se pleoştiră.

-Cum pot să refuz zeiţa care guvernează tot ce există?

-Pentru că te *cunosc,* se rugă Pareesa. *Ştiu* cât de mult urăşti faptul că nu eşti bun decât să ucizi. Dar ce am văzut...

Pareesa îşi mută privirea, dar nu înainte ca Mikhail să întrevadă amestecul de *teroare, admiraţie* şi *dezgust* din ochii ei.

-Ce am văzut, continuă pe un ton mai blând, a fost o fiinţă care a permis setei de răzbunare să anuleze orice altceva o face să fie ea.

Cuvintele ei răscoliră ceva în el; era un avertisment pe care Mikhail îl mai primise de nenumărate ori.

-Nu ai *nicio* idee cât de *greu* îmi e să îmi controlez furia, se plânse Mikhail. Mai ales dacă nu pot să îmi amintesc cine *sunt.*

-Eşti o fiinţă bună, zise Pareesa, care a *ales* să ne protejeze. Asta înseamnă că trebuie să ne protejezi de forţele întunecate care îţi provoacă setea de sânge şi te *folosesc* pe post de armă fără acordul tău.

-Dar Cea-Care-Este...

-Nu e decât o *căpetenie!*

Privirea aceea de bătrână antică răzbătură din spatele celei tinereşti a Pareesei. Nu aşa mi-ai spus? Că zeul tău, Împăratul, nu e altceva decât o variant mai puternică a Căpeteniei Kiyan?

Da, spusese asta, deşi nu în acest context. Dar asta explica frustrarea profundă pe care o simţea de fiecare data când Cea-Care-Este îi folosea soţia pe post de păpuşă pe sfoară. Cu cât capricioasa zeiţă bloca soarele sau făcea vântul să se inteţească sau genera prostii pe care Assurienii le numeau profeţii, dar el le spunea ordine prosteşti, prea absurde ca să ţii cont de ele, cu atât mai tare se enerva el pe incapacitatea lui de a-şi face *treaba.*

Îşi duse mâna spre agrafa aurie care îi orna uniforma, cea de forma unui copac, care spunea „*În lumină e ordine, iar în ordine este viaţă.*" Mikhail ştia prea bine, până în adâncul fiinţei, că Împăratul nu i-ar fi abuzat *niciodată* soţia aşa cum o făcea Cea-Care-Este şi nici nu ar folosi-o ca să îi stârnească furia până în punctul în care ajungea să distrugă codul moral pe care niciun fel de amnezie nu îl putea şterge din mintea lui confuză.

-M-ai învăţat o rugăciune, spuse Pareesa. Prin care să îmi controlez setea de sânge.

-Îndreaptă acţiunile, spuse el. Spune mereu adevărul. Purifică-ţi mintea.

-Pentru fiecare răufăcător pe care îl ucizi, zise Pareesa accentuând cuvântul *ucizi.*

-Trebuie să salvez viaţa a zece oameni buni.

-Da.

Pe obrazul Pareesei se scurse o lacrimă.

-Şi acum datorezi un tribut norm.

Omorâse două sute de oameni, plus încă câţiva înainte ca raidul să înceapă propriu-zis şi alţii la uciderea cărora ajutase la poarta de nord, plus cei pe care îi omorâse la prima încercare de a ajuta formaţia să se regrupeze. La câte suflete ajungea numărătoarea? Mai existau oare suficienţi oameni buni în Assur ca să poată reechilibra balanţa? Şi chiar dacă ar fi *putut* cumva să demonstreze universului că îi părea rău, cum rămânea cu cei pe care îi mutilase, cu cei care reuşiseră să scape? Era oare posibil să îndrepte o viaţă curmată pe nedrept?

Ce inversare stranie a rolurilor; acum *el* era certat de o copilă de treisprezece primăveri cu ochi de bătrână străveche şi o înţelegere copilărească a luptei dintre bine şi rău.

-Trebuie să îi îngrop, spuse el.

-Am făcut-o noi deja, răspunse fata dezgustată. Eu şi divizia B. I-am înmormântat mai frumos decât meritau.

-Şi ceilalţi? întrebă Mikhail. Cine *altcineva* m-a mai văzut purtându-mă în halul ăsta?

-Toţi cei din sat...

Mikhail tresări.

-... te-au văzut zburând chiar în mijlocul bătăliei şi începând să *căsăpeşti* adversarii ca un lunatic, spuse Pareesa. Erai aşa furios încât ai urlat la ei mai urât decât leul ăla mare pe care l-ai răpus. Dar apoi ei s-au retras spre tabăra lor, în întuneric. Aşa că numai eu şi Gita...

-Gita?

-*Ea* a fost prima care te-a găsit. Ne-am ascuns până când ai obosit şi te-ai prăbuşit.

-*Voi* m-aţi adus înapoi?

-Da. Gita şi cu mine. *Ea* ţi-a cusut aripa... continuă Pareesa, arătând spre rană. Şi apoi i-am luat pe cei din divizia B, i-am pus să promită că n-o să scoată o vorbă, şi am îngropat cadavrele. Aşa că acum nu mai trebuie decât să le explici celorlalţi războinici de ce nu e bine să o iei razna aşa, până nu te trezeşti că o încearcă şi *ei*.

Aripile lui Mikhail se pleoştiră.

-Ce mai general m-am dovedit a fi.

-O, Mikhail! exclamă Pareesa. Dacă te-ar fi omorât careva?

Ecoul straniu al fiinţei străvechi din privirea ei tânără dispăru, fiind înlocuit de mica zână în clipa în care fata îşi aruncă braţele în jurul lui şi îl îmbrăţişă. Mikhail se încordă, nefiind sigur dacă ar fi o idee bună să o îmbrăţişeze şi el sau dacă asta ar aţâţa geloziile Ninsiannei. Fu însă scutit de decizie, căci Pareesa îl împinse la o parte şi îşi frecă nasul, recăpătându-şi demnitatea. Poate că ar fi *trebuit* să o îmbrăţişeze înapoi? Repede, repede? Aşa cum vedea adesea că făcea mama ei cu fratele?

-Hai, spuse Pareesa trăgându-l de mână. Căpetenia m-a trimis să te aduc când te trezeşti. E destul de sigură că atacatorii au avut informaţii din interior.

Da. Omul acela cu ochii verzi vorbise Ubaidă...

Nesigur, Mikhail se căzni să se ridice, îşi prinse arma cu impulsuri şi sabia la locurile lor şi o urmă pe Pareesa spre locuinţa căpeteniei. Pe drum, fu aclamat de săteni. Pareesa îşi mută privirea în altă parte. Straniu. Din cine ştie ce motiv, nu se simţea ca un erou.

Capitolul 34

Noiembrie – 3.390 î.Hr.
Pământ: Satul Assur

NINSIANNA

Îşi aşeză coşul cu rufe murdare la marginea câmpului inundat şi îşi înodă capa stacojie în jurul taliei, pentru a o ţine deasupra apei. În această perioadă a anului nu trebuia să înainteze prea mult ca să ajungă la apă. Umflat de ploile care cădeau din munţi, Râul Hiddekel nu mai lăsa decât o fâşie îngustă de nisip neatins la mal.

-O, Ninsianna! o salutară mai multe femei.

-S-a trezit? întrebă o alta.

-Nu încă, spuse Ninsianna.

Înaintă până când apa îi ajunse la glezne şi se strâmbă când răceala ei îi făcu pielea de găină pe picioare. În această perioadă a anului, oamenii intrau în apă doar când *duhneau*, când voiau să facă rost de peşte sau când aveau rufe de spălat.

Îşi aruncă ţesăturile în râu şi privi cum apa se coloră cu sângele altora. Apucă un băţ şi începu să le învârtă în apă. Unele faşe duhneau – semn de infecţie –, ceea ce nu era un semn bun pentru războinicii care se luptau să supravieţuiască.

Patruzeci şi doi de bărbaţi şi câteva femei cedaseră sub gravitatea rănilor, iar alte câteva zeci suferiseră răni de suliţe şi cuţite. În ultimele două zile, Ninsianna încleştase din dinţi şi murmurase cuvinte împăciuitoare către văduve şi soţi sau soţii îngrijoraţi, rostise minciuni cum că suferinţa lor avea un *sens,* în timp ce bărbatul care reprezenta *motivul* pentru care fuseseră atacaţi stătea încovoiat, lipsit de reacţie în dormitorul lor.

-Măreaţă Mamă, oftă ea, spune-mi că s-a terminat.

Niciun vis sau viziune nu îi întrerupsese somnul şi nici nu mai primise şoapte sau mici sfaturi pe timpul zilei. Părea că zeiţa se cufundase în aceeaşi stare taciturnă ca soţul ei.

Una câte una, pescui faşele umede şi le aşeză înapoi în coş.

O umbra zbură deasupra ei.

Splash

-Iai! exclamă ea când apa rece îi ţâşni pe obraji.

Mikhail o strânse în braţe.

-Credeam că te-am pierdut!

Îşi îngropă faţa în gâtul ei, cu aripile tremurându-i.

-E Mikhail! exclamară celelalte femei.

-Eroul nostru! jubilară altele.

Respirând greoi, Ninsianna se strecură din îmbrăţişarea lui.

-Vezi ce-ai făcut?

Arătă spre capa stacojie care i se dezlegase şi căzuse în râu.

Sprâncenele lui Mikhail se împreunară, formând o expresie nedumerită.

-Am venit să ajut, spuse el, arătând spre coş.

Pufnind dezgustată, Ninsianna îşi scoase capa stacojie şi stoarse apa. Mikhail

Mihail plană deasupra ei ca o cloşcă protectoare în timp ce ea pescuia în continuare bandajele rămase în râu, păstrând liniştea şi tremurând de frig. Celelalte femei se adunară în jurul lui ca albinele în jurul unei flori.

-Am auzit că ai ucis sute de oameni!

-Soţul meu spune că i-ai salvat viaţa.

-Dacă n-ai fi fost tu, satul ăsta ar fi fost distrus.

Ninsianna se făcu roşu ca focul de gelozie. Mikhail îi zări privirea răutăcioasă şi îşi strânse penele protector în jurul trupului, creând un scut de apărare.

-Doar mi-am făcut treaba, doamnă, spuse el pe un ton ciudat de supus.

Ninsianna înşfăcă rufele şi plecă în grabă. Mikhail o prinse din urmă şi îi luă coşul din mâini.

-Spre casă? întrebă el.

-Da.

Începură să meargă.

-Ai muls capra?

-Nu, răspunse Mikhail cu o expresie vinovată. Nu mi-am dat seama că...

-Desigur că nu.

Aripile i se pleoştiră.

-O să mă ocup când ajungem acasă.

O urmă ascultător, ca un câine uriaş, cu aripi, abia scoţând vreun sunet când sătenii pe lângă care treceau îi lăudau victoria. Ninsianna intră pe poarta laterală şi se opri în loc.

Mikhail se izbi de ea.

-Trebuie să repari ăla, spuse ea, arătând spre zăvorul stricat.

-O să aduc nişte metal de la navă, răspunse el.

Ninsianna mormăi şi intră în curte. Mica Nemesis behăi în semn de salut din coteţul ei. Mikhail aşeză coşul de rufe şi luă găleata pentru lapte. În mod exceptional, capra se supuse fără să creeze probleme.

Ninsianna înşfăcă o grămăjoară de beţigaşe pe care le adunase mai devreme, le puse în cuptorul de afară şi se întinse după cremene.

-Lasă-mă pe mine, te rog, spuse Mikhail, înfățișându-se în fața ei.

-Mă descurc.

-Sigur că te descurci, zise el. Dar vreau să te ajut.

Ninsianna se dădu la o parte și îl privi pregătind focul. Cineva, probabil că Needa, adusese deja o găleată de apă. Ninsianna o turnă în vasul mare, din lut, pe care îl foloseau pentru fiert și îl așeză pe foc.

Mikhail își vârî mâinile în buzunar. Rămaseră în liniște, așteptând ca apa să dea în fiert. Într-un final, începură să se ridice aburii. Ninsianna scoase o mână de bandaje din coș și le învârti cu o lingură lungă, de lemn, în vasul de pe foc, vrând să le sterilizeze.

-Spune-mi ce vrei să fac, spuse Mikhail, părând vulnerabil.

-Vreau să îl vânezi pe *dezertorul* ăla de Jamin, spuse ea răsucindu-se ca să dea ochii cu el, și să faci ce ar fi *trebuit* să faci de la bun început, la tribunal!

Aripile lui Mikhail se pleoștiră.

-Căpetenia...

-... e *orbită!* șuieră Ninsianna. Dacă nu îl omori pe Jamin, o să ne omoare el pe *toți*.

-Nu pot.

-De ce? strigă ea. Doar omori orice altceva!

Privirea lui Mikhail se întunecă, iar în jurul pupilelor sale rămase doar un inel subțire de albastru. Își umflă aripile, însă nu protector, ci ca un prădător care e pe cale de a-și ataca prada.

-Habar nu ai ce îmi ceri! spuse el pe un ton amenințător.

-Ce îți *cer* e să *faci* ce te-a trimis Cea-Care-Este să faci, țipă Ninsianna.

Albastrul din ochii lui dispăru complet. Umbrele tresăriră. Vântul începu să murmure șoptit, să scâncească. Ninsiannei i se ridică părul pe întregu corp. Apoi, însă, Mikhail trase aer adânc în piept, se adună și spuse pe un ton mult prea scăzut:

-Aș face *orice* pentru tine, spuse el. Dar *nu* o să compromit ceea ce *sunt*.

Întinzându-și aripile, Mikhail se înălță în zbor.

Capitolul 35

Data Galactică Standard: 152,098.12
Alianța: Haven-1
Tânărul Lucifer – 15 ani

Cu 225 de ani în urmă

TÂNĂRUL LUCIFER

-Lucifer? spune cineva, trăgându-mă de umăr. Fiule? E timpul să te trezești.

-Pleacă.

Îmi îngrop nasul mai adânc în perna mamei. E doar un vis. Un coșmar oribil în care mama mă abandonează pentru cine știe ce bărbat îngrozitor, cu maxilar brutal, care aruncă planete în aer și e urmărit de un zeu malefic, cu flăcări verzi, care mănâncă copii ca mine. Ultimul lucru pe care mi-l doresc e să-mi dau seama că nu e un vis.

-Lucifer.

Zgâlțâielile devin mai insistente, fiind însoțite de energia caldă pe care o asociez cu tata.

-E o zi mare.

-Mhmmh, mormăi eu. someone shakes my shoulder. "Son? It's time to wake up."

-Aș putea să îl duc la ceremonia de învestire în pijamale, intervine o a doua voce, pe care o recunosc ca fiind a Maestrului Yoritomo. V-ar plăcea asta, micule print? Să vă faceți prima apariție televizată în pijamale flaușate, cu broaște?

Mă dezvelesc și mă uit chiorâș la tata, care e atât de strălucitor, încât abia de pare uman. Maestrul Yoritomo își poartă armura ceremonială de luptă, ornată cu ace aurii, care amintesc de aripile angelice. Strâmb din nas în fața luminii excesive. De ce sunt în patul mamei în loc să fiu în al meu?

-E ziua mea?

Doar de ziua mea mă trezește tata.

-Și mai bine de-atât, spune tata, iar ochii lui aurii sclipesc entuziasmați. Hai. Îmbracă-te. Ți-am pregătit hainele în dormitor.

Mă ridic și mă holbez la pijamalele cu broaște. Ce e în neregulă cu ele? Sunt moi, pufoase, cu amfibieni verzi și veseli, zâmbitori, care seamănă cu Delfinium, o rasă rațională complet nou, care tocmai a înaintat o petiție ărin care să devină membri pe deplin participanți ai Alianței. Desigur, rasele străvechi nu vrea să le permit intrarea, dar mie îmi cam plac ființele alea ca niște broaște, care îmi amintesc de broaștele din grădina tatei.

-Bine, mormăi eu.

Alunec din pat și mă încrunt când observ că tata plutește deasupra podelei. E ceva ce face de obicei dacă îi vine vreo idee ingenioasă de a rezolva vreo problemă evoluționară sau de a muta o piesă de șah în așa fel încât să îl înfrângă pe Împăratul Shay'tan.

Marmura rece îmi învăluie picioarele. Mi-aș fi droit să fi purtat și papucii asortați cu broaște când m-am strecurat în patul mamei. Merg leneș spre baie, fără să îmi bat capul să mă uit la ce haine mi-a pregătit tata. Dacă le-a ales el, sigur sunt largi, confortabile și deloc în pas cu moda.

Trebuie să aștept câteva minute până să îmi fac nevoile. În ultima vreme, jucăria mea a dezvoltat voință proprie – mereu se ridică atunci când mă trezesc și tresare când o ating. Am întrebat-o într-o zi pe mama care e faza cu ea, iar ea a râs și m-a întrebat dacă visasem la vreo fată.

După ce îmi fac nevoile și mă spăl pe dinți, revin în dormitor ca să văd ce haine mi-a întins tata pe pat.

Ce naiba?

-Tata, îl strig. Ce e asta?

E un sherwani superb, lung până la șolduri, din cea mai fină mătase ivorie, cu ornamente din aur pur la guler, manșete și nasturi. Are un aer milităresc, cu o centură elegantă, o burtieră pompoasă și o armură aproape identică cu cea pe care o poartă tata de fiecare data când se află în Marea Sală, dar și cu cea purtată de Maestrul Yoritomo.

-Hai, îmbracă-te repede, strigă tata. Reporterii așteaptă. E în regulă să întârzii puțin, dar dacă întârzii *mult,* se enervează și scriu lucruri oribile despre tine în ziar.

Reporteri? Tata urăște reporterii. Dar dacă trebuie să le vorbească, înțeleg de ce vrea să arăt prezentabil.

-Mai oribile decât cele pe care le spun deja? îl întreb, amintindu-mi cum t... [*Shay'tan Shay'tan Shay'tan... nici măcar nu te GÂNDI la numele ființei aleia îngrozitoare!*] creatorul meu biologic a pretins că am fost crescut crezând că sunt un bastard.

Nu sunt un bastard! Mama mă adoră! Și tata s-a străduit mereu din răsputeri să mă facă să mă simt binevenit. Totul e o adunătură de minciuni spuse de bărbatul acela îngrozitor, cu ochi argintii.

Mă încalți cu niște pantofi din piele moale, crem, la fel ca restul costumului, și mă chinui cu burtiera, nefiind sigur cum să o așez. Tata aruncă o privire înăuntru ca să vadă ce mă ține în loc.

-Uite, fiule, spune tata, zâmbind larg. Dacă e să porți așa ceva, trebuie să înveți să o pui singur.

Îmi aşază cu răbdare straiele ceremoniale pe umeri, făcându-mă să arăt de parcă aş avea şase perechi de aripi, iar apoi îmi arată cum să prind burtiera de aur masiv care seamănă mai degrabă cu o armură din pene decât cu o curea pe care ţi-o pui ca să nu-ţi cadă pantalonii.

-Tata? îl întreb. Ce se întâmplă?

-După ce ai plecat la culcare aseară, mi-am dat seama că ai dreptate, spune tata, iar ochii lui capătă acea nuanţă de cupru pe care o au uneori când este hotărât. Shemijaza a reuşit să împrăştie minciuni doar pentru că, până acum, am încercat să te feresc de întreaga galaxie. Dar ştii ce? Eşti mare! Ţi-am tot promis că într-o bună zi o să te las să conduci Alianţa. Singurul mod prin care poţi învăţa să faci asta e să îţi sufleci mânecile şi să o faci.

Îl privesc pe tata cu expresia aceea cu care priveşti pe cineva când nu ai nici cea mai vagă idee ce tot îndrugă acolo, dar îi faci pe plac pentru că pare entuziasmat, chiar dacă primul gând care îţi vine în minte este: *Sper că ăsta nu e unul din puloverele alea oribile, făcute de mână, care o să facă pe toată lumea să îmi râdă pe la spate.*

În timp ce mă conduce spre Poarta Perlată, trecem prin holul martirilor, unde tata a cerut să se agate portrete ale tuturor celor care şi-au dat viaţa apărând Alianţa, prin dreptul rotundei cu cele cinci specii hibride, dincolo de holurile cu speciile care au evoluat spre un tărâm existential mai înalt şi ajungem în final în locul în care se află şi Poarta Mare, şi mai mica Poartă Perlată.

Mă îndrept spre cea perlată, căci cea mare nu s-a deschis de când a clădit tata palatal.

-Nu, fiule, spune tata, arătând spre uşile enorme. Azi folosim poarta asta.

-Poarta Mare? îl întreb cu gura căscată. Credeam că nu se poate deschide.

-Nu se deschide decât dacă ai cheia, spune tata cu un zâmbet enigmatic. Uite, pune mâna în gura taurului.

Privesc îndelung porţile enorme, înalte de 150 de metri, care servesc drept intrare principală în Palatul Etern şi sunt atât de înalte încât se spune că însuşi Shay'tan ar putea intra pe ele fără să se aplece. Pe una dintre ele se află tata, cu înfăţişarea mai tânără pe care am văzut-o în ziua în care bărbatul cel rău m-a împuşcat, aceea a zeului care mânuieşte fulgerul. Pe cealaltă uşă se află Împăratul Shay'tan, care ţine ceea ce pare a fi o stea. Între cele două uşi se află o încuietoare. Gaura cheii e suficient de mare încât să îmi înghită toată mâna.

-Ce e asta? îl întreb pe tata.

-Odată ce ieşim pe uşa aia, spune tata cu blândeţe, o să anunţ că am creat poziţia nou-nouţă de prim-ministru, care să conducă Parlamentul şi să se ocupe de chestiunile zilnice care țin de guvernarea Alianței, chestiunile de care eu sunt prea ocupat să mă ocup.

-Și cine o să o preia?

Tata îmi atinge brațul și îl strange, acum că umărul îmi e inaccesibil din cauza armurii. Aproape că mă clatin sub vibrația aceea caldă.

-Tu, spune tata. Când ieșim pe ușa aia, o să spun lumii întreg că nu ești vreun bastard pe care l-am ținut ascuns, ci fiul pe care l-am crescut de parcă ar fi al meu.

Ochii mi se umplu de lacrimi. Shemijaza mi-a oferit o navă. Tata îmi oferă Alianța lui. Încuviințez din cap.

-E timpul să deschizi ușa, spune tata arătând spre încuietoare.

Îmi vâr mâna în ea. Mă simt de parcă m-aș întinde spre o altă dimensiune – e același sentiment pe care l-am avut și în ziua în care am atins peretele negru din camera de jocuri și Lordul Întunecat mi-a vorbit; sau acea senzație pe care am avut-o în lumea de mijloc, când Copacul Etern m-a legănat pe crengile ei. Cu un clicăit ușor, ușile enorme se deschid, fără zgomot, în ciuda dimensiunii și a greutății lor.

Afară, în curtea ca o tablă de șah, se află mii de ființe, camera și reporteri. Tata mă impinge în față. Încerc să nu leșin când îmi dau seama câți ochi sunt îndreptați spre mine, acest băiat pe care bărbatul cu ochi argintii îl vrea înapoi, dar pe care nimeni nu l-a văzut.

Tata se oprește în fața podiumului.

-Nu prea mă pricep la cuvinte, spun eel către camere. Mereu am preferat să tac și să fac. Și îmi cer scuze pentru asta. În ultimii cincisprezece ani a domnit o neînțelegere. O neînțelegere pe care o voi clarifica azi.

Blițurile se aprind frenetice. Microfoanele sunt îndesate mai aproape. Mă simt de parcă am sta sub un microscop în laboratorul tatei.

-Acum șaisprezece ani, am trimis un ambassador în Al Treilea Imperiu pentru a încheia un acord de pace, spune tata. Era o Angelică pe jumătate Serafim – femeia pe care o cunoașteți drept Asherah. Neținând cont de sfaturile mele, ea s-a căsătorit cu liderul rebel, cel pe care îl cunoașteți drept Shemijaza. Nu am de gând să intru în detalii, dar în noaptea nunții ea și-a dat seama că cel cu care se căsătorise avea o latură întunecată și a fugit.

Camerele se aprind fulgerător. Reporterii pun întrebări. Tata ridică mâna, semn că nu o să răspundă până nu termină ce are de spus.

-A fost vina *mea* că a fost trimisă acolo, spune Împăratul. Când am aflat că e însărcinată, s-a temut că Shemijaza o să facă exact ce am văzut cu toții că s-a întâmplat când a aflat că are un fiu. Dar ea nu a vrut să crească copilul fără tata. Așa că am făcut un pact. Că o să o protejez de soțul ei. Și că o să îi cresc fiul, care e prinț, ca pe al meu.

-E adevărat că dumneavoastră și mama băiatului sunteți iubiți? întreabă un reporter îndrăzneț.

Iubiți? Adică... căsătoriți?

Ochii tatei strălucesc în nuanțe de cupru și, preț de o clipă, mă tem că și-ar putea pierde cumpătul. Dar apoi el oftează și îl privește pe reporter în ochi.

-Nu, spune tata, petrecându-și brațul în jurul meu. Dar nu pentru că *eu* nu aș fi încercat. Am învățat să mă mulțumesc cu privilegiul de a-l crește pe Lucifer ca pe fiul meu.

Ochii mi se umplu de lacrimi. În toți acești ani m-am întrebat de ce tata m-a ascuns de lume. Chiar și după ce am aflat despre Shemijaza, mi-am făcut griji că îi e rușine cu mine.

-Din ziua în care s-a născut, Lucifer a fost antrenat să preia frâiele Alianței, le spune tata reporterilor. Dar, spre deosebire de Shemijaza, există un lucru pe care eu nu pot să i-l ofer. Într-o bună zi, Shemijaza va muri și îi va lăsa lui Lucifer regatul lui. După cum știți, eu sunt un zeu. Nu îmbătrânesc și nu mor. Așa că *fiul* meu a venit cu soluția perfectă la această problemă.

Așteaptă, tata. Așteaptă...

M-am tot uitat la discursuri la televizor încă din ziua în care a ținut discursul ăla lung și plictisitor, după care am fost împușcat, și știu că tata ar trebui să aștepte ca să creeze anticipare.

-Începând din acest moment, spun eel, am creat o poziție nou-nouță de prim-ministru, care să conducă Parlamentul. De azi înainte, Parlamentul se va ocupa de deciziile de zi cu zi necesare existenței Alianței, chestiuni pentru care eu sunt prea ocupat. În mod irevocabil, îmi numesc fiul, pe Lucifer, drept prim-ministru, câtă vreme va trăi, urmând ca ulterior titlul să îi rămână moștenitorului său de drept.

-În Parlament va fi ridicată o a doua cameră, nu doar Camera Lorzilor, care rezolvă dispute, ci și o a doua, Camera Comunelor, care să mărească taxe și să treacă legi independente de ale mele. Comunele vor fi alese de popor, nu de delegați din vechile dinastii regale ale fiecărui tărâm, așa cum se întâmplă în cazul Camerei Lorzilor. Eu îmi voi păstra dreptul de veto, dar dacă obțineți o majoritate de două treimi, mi-l puteți anula. Vom avea un organ de conducere complet independent, condus de un lider ereditar. Mai liber chiar decât cel creat de Shemijaza.

Reporterii rămân cu gura căscată. Presa explodează de întrebări. Există una anume, însă, la care aș vrea să răspund public încă de când l-am văzut pe bărbatul cu ochi de argint aruncând în aer acea biată planetă minieră.

-Lucifer, ce crezi despre oferta lui Shemijaza de a conduce Al Treilea Imperiu de-a dreapta lui?

Privesc spre cameră și îmi umflu aripile ca prădătorii care se strecoară uneori în grădina tatei să vâneze.

-Shemijaza *nu* e tatăl meu, spun cu răceală. Tata e tata. Resping pe oricine e în stare să arunce în aer șaptesprezece planete fără apărare doar ca să transmit un mesaj. M-am născut aici, în Alianță. Am fost crescut să o iubesc toată viața mea, iar acum că tata a creat această poziție prin care pot să pun în aplicare ideile pe care le-am învățat de la el, sper că vom putea lucra împreună, ca Republică, în așa fel încât să facem Alianța și mai bună.

-Și cum rămâne cu nava pe care Shemijaza a trimis-o pentru tine? întreabă un alt reporter.

-E un obiect lipsit de viață, răspund ridicând bărbia. O mită. O jucărie pentru un băiețel. Eu nu mă las mituit. Și nu o să merg la el!

Tata mai răspunde la câteva întrebări, iar apoi le face semn reporterilor că conferința de presă s-a încheiat. Mă simt ușurat, fiindcă toată lumea pune întrebări despre bărbatul cu ochi argintii și eu nu știu răspunsurile. Marea Poartă se închide în spatele nostru ca cele blindate care duc la buncărele militare ale tatei, lăsând în urmă hoardele de afară.

-Domnule prim-ministru, spune Maestrul Yoritomo, înclinând capul – un gest pe care Cherubimii îl fac față de cei pe care îi consideră egali. Nu se înclină decât în fața tatei și chiar și atunci e un gest pur simbolic.

-Maestre Yoritomo, răspund.

-Al doilea punct de pe listă, spune Maestrul Yoritomo, e că, dacă e să mergeți în public, trebuie să învățați să vă apărați. Imediat ce vă dezbrăcați de costumul ăla, trebuie să începeți antrenamentul.

-În arte primitive Cherubime?

Aproape mă prăbușesc, dându-mi seama că sunt un bărbat acum, cu treburi și responsabilități de bărbat.

-Poate în timp, spune Maestrul Yoritomo. Pentru moment, tinere print, va trebui să vă mulțumiți cu a învăța să trageți. Vă invit să îl cunoașteți pe cel mai bun general al nostrum.

Îmi ridic privirea spre bărbatul masiv, cu aripi întunecate, ale cărui pene și păr încep să capete aceeași nuanță de gri ca ochii săi reci. O cicatrice de un roșu furios îi străbate chipul, dinspre sprânceană spre bărbie, iar la piept are atâtea medalii încât e o minune că nu cade. La unul din șolduri stă prinsă o armă cu impulsuri, cea pe care Maestrul Yoritomo vrea să o stăpânesc. Însă mie îmi atrage privirea arma prinsă la celălalt șold.

-O sabie? întreb cu admirație. O sabie *Sata'anică*?

Generalul cu rangul cel mai înalt din armata tatei mă salută.

-General Abaddon, raportez la antrenamentul de ochire, domnule prim-ministru.

Capitolul 36

În prezent...

JAMIN

Timp de trei zile, mersul legănat al cămilei îi fuse coșmar nesfârșit. Infecția abunda de spiritele rele care îi stăpâniseră trupul. Îi era cald. Îi era frig. Se simțea atât de slăbit încât abia se putea ridica.

În timp ce călătoreau, visa că mama lui moartă îl chema de pe lumea de dincolo. Uneori, o simțea atât de aproape, încât părea că îi putea distinge sărutările pe frunte.

-Mama? se întinse Jamin spre nisipurile mișcătoare, vrând să cuprindă mâna care cobora din lumină.

Kudursin râse, însă glasul îi răsună temător.

-Te întinzi spre morți.

-O văd.

Jamin se luptă cu funia cu care îl legaseră de șa, ca să nu cadă.

-Mă așteaptă chiar de partea cealaltă.

Niște mâini dure îl traseră de pe cămilă. Jamin urlă de durere când îi atinseră umărul, care părea să fie în flăcări. Soarele bătea puternic, dar Kudursin îl ascunse la umbra și îl forță să bea apă. Foc. Lumina soarelui era inamicul în desert.

Legănat. Era înapoi pe cămilă. Înainte și înapoi. Umărul îi pulsa la fiecare pas; era o durere înfiorătoare; o plăcere înfiorătoare.

Un vulture dădea târcoale.

-Nu vezi că sunt deja mort? strigă el spre ființa rău prevestitoare.

Vulturul îl luă în râs și zbură în altă parte. Amoriții râseră, dar zgomotul se stinse sub cel al inimii care pulsa și al cămilei care atingea solul pietros. Aerul era atât de sufocant, încât abia apuca să bea apă că gura i se și usca. Duhoarea propriei sudori îi sugruma nările. Nu. Cu apă se îneca acum. Cineva îi turna apă pe gât. Își dădu seama că stătea pe spate. Probabil căzuse din nou de pe cămilă.

-Kudursin, șopti el. Lasă-mă să mor.

-Demonii-şopârlă mi-au promis o recompensă uriaşă dacă te duc viu, spuse Kudursin, apucându-l de mână. Mai rezistă un pic, tânără căpetenie. Fiinţele-şopârlă au o magie puternică, care îţi poate vindeca rana.

Legănat. Nu mai stătea în fund, ci legat de cocoaşa cămilei, pe burtă. Visă un cântec fără cuvinte. De fiecare data când îl auzea, îi amintea de Gita. *Ea* i-l cântase în ziua în care îi murise mama – fetişcana aceea costelivă cu ochi mult prea mari care fusese abandonată în sat de tatăl ei beţiv. Tocmai de aceea avusese mereu grijă de ea.

-Nusrat, spuse el spre nisipurile mişcătoare. Mare păcate că nu la-i găsit pe Merariy, ca să-l ucizi. Ai fi eliberat-o de ruşine.

-Nusrat nu e aici, îi spuse o voce. Iar ai vedenii.

Cântecul crescu în intensitate, doar că nu Gita era cea care cânta. Jamin încercă să fredoneze la unison, însă cântecul nu era menit unui gât de muritor. Oricâtă apă i-ar fi dat, îi era mereu sete. Soarele ardea mai cu putere. Furios. Răuvoitor. Malefic.

-Vine să mă pedepsească, murmur Jamin spre vâlvătaia verde care îl chinuia. Vine să mă pedepsească pentru ce i-am făcut copilului Shahlei.

-Opriţi caravana! strigă Kudursin. Căpetenia asta mica delirează iar.

Nişte mâini îl traseră de pe cămilă.

-Ia-mă, şopti Jamin spre flăcări, şi dă-i copilul înapoi Shahlei.

Soarele deveni şi mai puternic, dornic să îl mistuie. Dincolo de foc zăcea ceva îngropat. Lumina sa era slabă, dar femeia îi cânta. Mama lui. Sora lui. Gita. Vocile lor se împleteau într-una singură şi şopteau pentru el, pentru a salva lumina care se stingea.

„Salvează-l, iar el îţi va aşterne lumea la picioare. "

-Da, murmură Jamin. O să fac orice îmi ceri.

Se întinse spre mama lui. Ah, în numele zeilor, cât de mult îi lipsea!

Nişte mâini îl purtară spre o casă masivă, gri. Colţi. Gheare. Creaturi de coşmar îi înjunghiară umărul şi îi redeschiseră rana. Nişte tentacule îi pătrunseră în trup. Strigă spre mama lui. Spre sora lui. Spre Gita. Se rugă de femeia care cânta.

-Îmi pare rău, plânse el.

Creaturile din coşmar se şterseră pe măsură ce alunecă spre vid. Simţi prezenţa pe care o simţise şi în noaptea pe care o petrecuse în groapă, dar părea mai îndepărtată ca oricând, de parcă ar fi fost îngropată adânc în munte. O altă prezenţă îl ţinea în braţe, îl legăna, îi cânta şi îl implora să ajute.

-Da, şopti el. O să o fac.

Nişte buze albastre le sărutară pe ale lui.

„Santinelă…"

Un ciripit vesel, ca de greier, doar că mai înalt, străbătu întunericul. Voci deformate, a căror limbă nu o înţelegea. Şi un miros pătrunzător, ca de smirnă, care îi gâdilă nărilă; antiseptic, dar plăcut. O mână îi atinse fruntea. Jamin deschise ochii şi urlă.

-Demon!

Deasupra lui trona un monstru cu piele solzoasă şi verde şi o gură plină de dinţi ascuţiţi. Purta haine mulate, asemănătoare cu cele purtate de Mikhail, dar pe cap i se înălţa o creastă dorsală galben-verzuie, ca de peşte. Ochii săi verde-aurii aveau pupile lungi, ca de pisică, iar din când în când, o limbă lungă, bifurcată, îi ţâşnea din gură şi gusta aerul.

-Nu te rănesc, spuse demonul-şopârlă în Kemet, limba negoţului. Eşti într-o casă a tămăduirii.

Jamin încercă să coboare de pe paletul de dormit, dar îşi dădu seama că era legat de nişte beţe care răsăreau pe ambele părţi ale patului. Încercă să le smulgă pentru a se elibera, dar erau puternice şi aveau aceeaşi culoare ca sabia lui Mikhail. Nu cu funii era legat, ci cu nişte cingători de piele, care îi lăsau suficient spaţiu încât să îşi mişte mâinile, dar nu suficient încât să se dezlege.

-Aiiaaa! Striga Jamin. Daţi-mi drumul!

Nişte tentacule groase i se prinseseră de braţ ca lipitorile, în timp ce nişte fire subţiri ca pânza de păianjen i se desprindeau de la piept şi frunte, ducând la o cutie pe care se înfăţişa o lumina frântă, care dansa însoţită de un ciripit ca de greier.

-Uşor, uşor, spuse demonul-şopârlă, mişcându-şi ghearele lungi şi galbene. Jamin se împotrivi şi maim ult. Demonul-şopârlă i se adresă unui alt demon-şopârlă:

-Adu-l pe Kudursin! Înainte ca mica noastră căpetenie să îşi facă rău!

Kudursin intră în grabă şi încercă să îl liniştească într-o combinaţie de Kemet şi Halifiană, limba pe care o foloseau popoarele care nu vorbeau Ubaidă.

-El e Doccc-tor Pey-man, spuse Kudursin, arătând spre demonul-şopârlă care îl legase de pat. El e tămăduitorul lor. Erai aproape mort când te-am adus. El ţi-a salvat viaţa.

Jamin privi cu răutate spre demonul-şopârlă, sperând să îl intimideze chiar dacă trona deasupra luin, fiind cu aproape un cot mai înalt. Demonul se trase înapoi şi i se adresă pe un ton scăzut lui Kudursin.

-Doctorul Peyman o să te dezlege, îi spuse Kudursin. Să nu faci mişcări bruşte, altfel lucrurile s-ar putea termina prost pentru tine. M-au asigurat că nu o să îţi facă rău.

-Profeţia Ninsiannei era adevărată, spuse Jamin, holbându-se la creatura de neimaginat care stătea în faţa lui. Chiar *există* demoni-şopârlă.

-Eu însumi ţi i-am descries, râse Kudursin. Spuneai întruna că vrei să îi cunoşti. Iara cum că îi vezi cu proprii tăi ochi te îndoieşti de mine?

-Nu mi-a venit să cred până nu i-am văzut.

Se prefăcu că era calm în timp ce Kudursin îi desfăcu cingătorile care îl legau de pat, lăsând tentaculele mai mici care îi pătrundeau piele pe poziție. Dat fiind faptul că îi citise așa prost pe Halifieni, era mai înțelept să țină ochii deschiși și gura ferecată.

Șopârla numită Doctor Peyman îl privea, dar Jamin observă că pe Kudursin îl privea și mai îndeaproape, de parcă nu ar fi avut încredere în el. Amoritul îl adusese aici ca să primească o recompensă, nu pentru că i-ar fi păsat de el. Deja văzuse cu câtă brutalitate trimisese mercenari împotriva satului său.

Își aminti cuvintele lui Marwan. *„Poate te faci indispensabil pentru oamenii-șopârlă, ca să te lase să smulgi inima din pieptul demonului înaripat.”*

Își îngropă frica în locul acela în care o îndesa de fiecare data când vâna vreun leu, recunoscător că timpul pe care îl petrecuse printre Halifieni îl învățase să facă alianțe cu dușmanii. Kudursin îl vânduse ființelor ăstora. Acum era sclavul lor? Dacă da, la ce fel de sarcini să așteptau de la el? Și cum se putea ridica deasupra așteptărilor pentru ca ele să îi descopere valoarea? Se îndoia că era nevoie de muncă *fizică,* altfel nu l-ar fi cumpărat rănit. Ochii lui îi întâlniră pe cei verde-aurii ai Doctorului Peyman.

-Bănuiesc că nu m-ați chemat aici ca să vorbim despre vreme, spuse Jamin, forțându-se să păstreze o mimică neutră.

-*Eu* nu am chemat pe nimeni, spuse Doctorul Peyman, iar buzele i se mișcară mult mai mult decât cele ale unui om, dezvelindu-i dinții ascuțiți. Eu sunt un simplu tămăduitor. O să îl las pe Locotenentul Kasib să vă interogheze.

Un al doilea demon, de data asta mai slăbuț decât primul, păși în față. Jamin observă respectul venit din partea Doctorului Peyman. Privirea i se mută imediat spre arma prinsă la șoldul demonului. Era oare un băț cu foc? Dacă reușea să îl înșface, poate scăpa de aici.

Nu. Chiar dacă ar fi reușit să pună mâna pe armă, nu avea nicio idee cum să îi pună în funcțiune magia. În plus, Aturdokht avea dreptate. Era mai bine să aștepte să apară ocaziile.

-Se spune că vii din același sat ca Angelicul, zise Locotenentul Kasib. Își înclină capul în lateral, vrând să arate că era curios să afle răspunsul.

-Mikhail? răspunse Jamin, iar corpul îi fu străbătut de un val de căldură. Spune că e colonel în armata lui dumnezeu.

-Colonel?

Kasib apăsă cu ghearele pe o tabletă stranie, pătrată, care strălucea. Fără să ridice privirea, întrebă:

-Mikhail ăsta are și un nume de familie?

-Nume... ăă... de familie? întrebă Jamin pe un ton nesigur.

Cei din neamul Ubaid nu aveau nume de familie, se defineau mai curând prin apartenențe. El era Jamin, fiu al lui Kiyan din Assur. Sau cel puțin *fusese* până când tatăl lui îl dezmoștenise. Acum nu mai era decât Jamin. Dar probabil nu asta era informația pe care o căuta bărbatul-șopârlă. Ceva ce prinsese cândva dintr-o discuție între Immanu și tatăl său îi reveni în minte.

-Man-ki-li? spuse Jamin.

-ili? întrebă Kasib, ridicând sprâncenele, parcă surprins. Nu *el* sau *a?* Ești sigur?

-Nu, răspunse Jamin. Noi nu avem nume de familie. Doar l-am auzit pe tata spunându-l o dată.

Kasib apăsă pe tableta aceea ciudată, care strălucea, și o întoarse spre Jamin, ținând-o la câțiva centimetric de fața lui. Jamin se sperie, crezând că trăgea cu ochiul printr-o fereastră deschisă. Imaginea era mica, mai mica de un cot pătrat.

-Mannuki'ili? clarifică Locotenentul Kasib.

-El e, zise Jamin, trecându-și degetele pe tabletă și remarcând că dispozitivul era moale și cald. Ăsta e Mikhail. Ce fel de magie e asta? L-ați capturat în talismanul ăsta?

Kasib se răsuci spre Kudursin.

-Ți-ai câștigat recompense. Așteaptă afară, te rog. Nu sunt sigur dacă Generalul Hudhafah va vrea să îți vorbească.

Kudursin făcu o plecăciune în fața ființei-șopârlă. Nu mai era liderul care păruse a fi când pornise cu Halifienii împotriva Assurului, ci mai degrabă un lacheu. Jamin observă că Amoritul păstra distanța, iar ochii îi urmăriră orice mișcare, cât de mică, în timp ce ieșea cu spatele din încăpere, fără a-și lua ochii de la Kasib.

Kasib, pe de altă parte, îl ignoră pe Amorit odată ce îl trimise afară. Era mult mai interest de *el*...

Doctorul Peyman arătă spre hainele lui, care fuseseră așezate cu grijă pe un scaun din colt:

-Aș prefera să mai rămâi la infirmerie până îți mai revii. Dar avem un oaspete neanunțat. Dacă îmi dai o clipă, o să îți scot perfuzia din braț.

Păși încet, deliberat înspre pat, cu mâinile ridicate, pentru a- arăta că nu avea de gând să-i facă rău.

Jamin rezistă impulsului de a se feri de mâinile acelea cu gheare în clipa în care îi traseră tentaculele zvelte prinse de cap și piept. Mâinile lui Peyman erau calde, nu reci, cum se așteptase. Cutia cu greieri urlă mai rău decât o pasăre al cărei cuib a fost atacat de o rozătoare, dar Doctorul Peyman împunse cu gheara, iar zgomotul îngrozitor se opri.

-O să usture când o scot, zise Doctorul Peyman arătând spre tentaculul mai mare prins de brațul lui Jamin. Dar nu o să creeze probleme pe termen lung. Am pus-o doar pentru vindecare.

Jamin privi fascinate cum Peyman trăgea tentaculul care se termina cu un obiect lung argintiu, cu vârf ascuțit – poate cât o jumătate de deget? Din gaură țâșni sânge, dar, după cum promisese Doctorul Peyman, totul se rezumă la o usturime. Apăsă cu o bucată mica de cârpă pe rană și apoi adăugă un cerc mic și verde care rămase prin de pielea lui Jamin. Acesta atinse cercul, fascinat de cât de moale era.

-Te lăsăm să te îmbraci, spuse Locotenentul Kasib arătând spre haine. Te rog să nu încerci nimic nebunesc. Dacă urmezi ordinele, nu îți vom face rău.

Șopârlele ieșiră și traseră în urma lor o perdea din pânză pentru a-i acorda intimidate. Jamin coborî cu grijă din pat, intrigat de păturile luxuriante și fine. Îl durea umărul, dar nu mai avea senzația că ar fi în flăcări; rămăsese în urmă doar o mâncărime enervantă. Un giulgiu ciudat îl acoperea în partea din față, dar în spate, fundul îi era expus, căci fusese dezbrăcat de eșarfa de la brâu. Se întinse după kilt, dar se retrase imediat ce un alt bărbat se întinse și el din dreptul peretelui spre același lucru.

-Aiiiaiaia! exclamă Jamin.

Bărbatul păru să exclame și el, dar fără să scoată vreun sunet.

Jamin împietri.

Bărbatul de pe perete împietri la rândul său.

Jamin încercă să se întindă din nou după haine. Bărbatul se întinse și el. Oare încerca să îi fure kiltul?

Ceva din înfățișarea acelui bărbat i se părea cunoscut, însă. Jamin își mai văzuse reflexia când se spălase în râu. Dar acum era mai clară. Venea de la un dispozitiv magic, lat de un cot și înalt de trei, care era prins de perete. Jamin remarcă cât de supt la față era bărbatul din fața lui – ce piele palidă avea, ce umăr bandajat, ce păr negru, vâlvoi și ce barbă aspră.

-Chiar sunt eu?

Atinse bărbatul din instrumentul magic de reflexie. Bărbatul îl atinse înapoi. Ca în cazul tabletei cu imaginea lui Mikhail, și această suprafață era moale și rece. Da. Chiar era el.

Vocea Locotenentului Kasib pătrunse prin perdea, rostind în Kemet:

-Ești gata?

-Aproape, spuse Jamin.

Îl urmări pe Jaminul din reflexive prinzându-și kiltul în jurul taliei – o sarcină nu tocmai ușoară cu un braț care durea la fiecare mișcare – și legându-și șalul care îi trăda rangul în jurul umerilor și al trunchiului. Hainele aveau un parfum proaspăt, de parcă cineva le spălase, dar nu reușise să scoată cu totul pata de sânge din locul în care îl nimerise săgeata lui Aturdokht. De fapt, tot corpul îi mirosea de parcă făcuse baie într-un izvor de flori.

Din dispozitivul magic de reflexie îl priveau înapoi niște ochi negri. Marwan avea dreptate – *chiar* semăna cu mama lui.

Își purtă degetele prin păr pentru a-l netezi, apoi se așeză pe scaun pentru a-și lega pieile pentru picioare. Dacă tot urma să devină sclav, avea de gând să meargă îmbrăcat ca fiu al unei căpetenii, nu ca cine ştie ce potaie neimportantă.

-Haide, spuse conducându-l afară din templul care, spre marea lui mirare, se dovedi a fi de fapt un cort uriaş. Avem un musafir special care vrea să te întâlnească. *Doi* musafiri, de fapt. Ceea ce e foarte neobişnuit.

Dură o clipă ca ochii lui Jamin să se adapteze la lumina soarelui. Se aflau într-un fel de orăşel de corturi, de o mie de ori mai mare decât Adunarea Generală a Căpeteniilor. În jurul lui se mişcau fiinţe-şopârle şi alte creaturi, unele cu colţi de fildeş, ca bourii, altele cu piele albastră şi expresii furioase, şi două cu antene caudate care le ieşeau din cap. În timp ce treceau, afundându-şi cizmele în pământ într-un ritm perfect, pământul se cutremură. Jamin fu cuprins de o stare de dezgust. Mişcările sincronizate erau aproape identice cu cele pe care încerca să le predea Mikhail oamenilor săi.

Kudursin i se alătură din nou, flancat de alte şase şopârle. Jamin spera că nu era escortat către propria execuţie. În jur se mai aflau cam două mâini de case gri, masive, pe care şi le amintea doar pe jumătate din coşmar. În spatele lor se contura o mare întindere de apă. Marea Pars? Sau poate Marea Akdeniz?

-Încă ţi se pare că sunt un miraj? rânji Kudursin.

-Asta e…

Jamin nu avea cuvinte pentru a-şi exprima admiraţia, aşa că bravă cu falsitate, ca să dea impresia că nu făcea pe el de frică.

Kudursin strângea o boccea de piele enormă la piept, mutându-şi privirea agitat dintr-o parte în alta în timp ce mergeau, de parcă s-ar fi temut că cineva ar putea să i-o ia. Jamin observă că bocceaua se bălăngănea în mers. Tot aurul ăla fusese pregătit pentru cel care-l livra *pe el?*

-Aşteptaţi aici.

Kasib îşi strânse coada în partea dreaptă şi făcu un semn spre frunte, bot şi piept către cele două gărzi-şopârlă înainte să se facă nevăzut în clădirea mare, de piatră, care părea să facă parte din peisajul original. Îi amintea de templul pe care îl descrisese cândva Gita, cel în care fata crescuse. Dar *acel* templu, insista ea, fusese dărâmat. Piatră cu piatră.

Jamin îl confruntă pe Kudursin.

-Ce se petrece?

Kudursin rânji, dezvelindu-şi dinţii putreziţi. Amoritul duhnea pentru că nu se spălase, o greşeală şi mai evidentă în raport cu firea pretenţioasă a oamenilor-şopârlă şi mirosul curat pe care îl emana *propriul* lui corp, mult mai plăcut decât orice săpun. Jamin se forţă să nu strâmbe din nas.

-Ai vrut să dovedeşti că semenii demonului înaripat sunt cumpărătorii finali? râse Kudursin. Se pare că ţi s-a îndeplinit dorinţa. Conducătorul oamenilor-şopârlă vrea să îţi vorbească.

Jamin se forță să păstreze o expresie neutră. Venise ca să dovedească că Mikhail voia să îi transforme oamenii în sclavi. Ce mod mai bun de a elimina problema exista decât să le elimine conducătorul? Aveau să-l ucidă...

Își aminti cum mama lui se întindea spre el de pe tărâmul viselor. Oare ar fi fost așa de rău? Fusese alungat din sat și nu mai avea unde să se ducă. Deja era ca și mort.

Privi cuțitul prins la cureaua lui Kudursin. Era o armă grosolană; avansată după standard Ubaide, dar nu genul de armă al unui războinic de elită. Amoritul era atât de însetat de putere din pricina pungii cu aur încât nu mai observa ce se întâmpla în jurul lui.

Jamin se prefăcu că se împiedică.

-Oh!

Ce începuse ca un strigăt de durere fals se transformă într-unul real în clipa în care Kudursin încercă să îl echilibreze apucându-l de brațul rănit. Durerea îi săgetă tot corpul.

-Ah! spuse Kudursin. Nu muri înainte să ne întâlnim cu regele șopârlă. Nu vreau să-mi ia punga cu aur!

-Iartă-mă, răspunse Jamin și se întoarse pentru ca faldurile șalului să ascundă ce ținea ascuns la *propria* curea. Încă sunt amețit.

-O vreme am crezut că nu vei supraviețui, spuse Kudursin, iar respirația lui urât mirositoare îi invadă nările lui Jamin. Fierbeai ca nisipurile deșertului și urlai încontinuu că *Lulu Khorkhore* vine să te mănânce de viu.

-*Lulu Khorkhore* chiar o să mă ucidă, spuse Jamin, încordându-și umerii. Dar întâi trebuie să mă țin de o promisiune. Când o vezi din nou pe Autrdokht, spune-i că o să-i aduc al doilea cel mai bun dar.

Kudursin îl privi perplex.

-De ce nu îi spui chiar tu? Fiica lui Marwan e cea care s-a rugat de mine să întreb dacă te vor oamenii-șopârlă.

-Ea o să înțeleagă mai bine ca oricine altcineva că uneori trebuie să te mulțumești cu a doua cea mai bună variantă.

Un fior de regret îi străbătu pieptul. Acum era femeie avută. Fără satul său, nu îi mai putea oferi nimic spiritului sălbatic al deșertului.

Locotenentul Kasib ieși din templul de piatră.

-Veniți cu mine.

Kasib și „escorta" lor îi conduseră pe un câmp plin cu cabane cerești gri, massive, cu picioare zvelte care le țineau deasupra pământului. Jamin și-ar fi droit ca tatăl lui să vadă toate astea. Dovada. În sfârșit. Făcu un semn spre casele gri, massive care stăteau în rânduri organizate în jurul lor.

-Astea sunt canoe cerești?

-Canoe cerești? Întrebă Kasib, împreunându-și sprâncenele cu o expresie întrebătoare. Noi le spunem *nave*.

-Nave?

-Da.

-Cum le spuneți în limba Angelicilor?

-*Spásárthach*, îi traduse Kasib.

Jamin încuviință.

-Am mai auzit cuvântul ăsta. Cum le spuneți în limba *voastră?*

-*Safina.*

-*Safina,* repetă Jamin. Păstră cuvântul în memorie, ca să nu pară un prostănac needucat.

Străbătură câmpul spre o *safina* care ieșea în evidență; era mai lungă decât celelate nave, avea o culoare mai deschisă și forma semăna mai degrabă cu capul unei sulițe decât cu cea masivă a navelor gri. Cei șase bărbați-șopârlă care îi însoțeau se așezară într-o formație defensive, alăturându-se unui grup destul de mare de bărbați care păzeau deja nava.

-Am venit să ne întâlnim cu Generalul Hudhafah, anunță Kasib.

Nu unul, ci *doi* Angelici cu aripi albe ieșiră în prag.

Capitolul 37

Noiembrie – 3.390 î.Hr.
Pământ: Satul Assur
Colonel Mikhail Mannuki'ili

MIKHAIL

Războinicii stăteau aliniați în două șiruri, unii în fața celorlalți. Erau mai puțini acum că cincizeci și trei dintre ei muriseră sau fuseseră răniți, dar își mai completaseră rândurile cu șaisprezece războinici care își câștigaseră în sfârșit dreptul de a li se alătura. „Mica zână" își așeză divizia B în așa fel încât să formeze doi „dinți".

Mikhail încuviință spre Siamek.

-Începeți! tună secundul său.

Așa-zisul inamic năvăli spre „dinți", doar că, de această data, în loc să alerge nebunește direct în colți, cum o făcuseră Halifienii, atacatorii, conduși de Dadbeh și Firouz, se împărțiră în două unități care flancară linia defensivă, în timp ce restul „inamicului" central se năpustea asupra celor care formau dinții.

-Întăriți flancurile! strigă Siamek.

Pareesa strigă spre divizia B:

-Îndoiți arcul, leneși nenorociți ce sunteți!

Linia se îndoi, formând un arc îndreptat spre zidul care îndeplinea rolul de poartă centrală a Assurului. „Dintele" lui Ebad îi împinse pe oamenii lui Firouz în formația condusă de Yaggit. Trei dintre fetele care le țineau spatele, cu Gita printre ele, „uciseră" singurul războinic care reuși să spargă rândurile diviziei B.

-Bine! strigă Mikhail. Am terminat.

Războinicii se despărțiră binedispuși, în timp ce Siamek dădea indicații fiecărei unități în parte. Pareesa își certă divizia, cerând ca data viitoare să nu mai lase să treacă niciun „inamic".

-Se prezintă bine, spuse Varshab, mâna dreaptă a căpeteniei.

-Când luptă unii împotriva altora, zise Mikhail, ridicând din umeri. Nu știu cum o să se descurce în fața unei armate neumane.

Omul căpeteniei, un războinic masiv, care avea multă experiență în a înfrânge inamici *umani,* îl întrebă?

-A mai avut Ninsianna vreo viziune?

-Nu, spuse Mikhail. Nu a mai avut niciun vis.

-Asta înseamnă că s-a terminat?

Asta credea şi *ea*. Din păcate, dat fiind că judecata ei era întunecată de gelozie, iar *el* era hotărât să nu se mai lase strunit în lesă de Cea-Care-Este, toate îndrumările privind ceea ce urma, fie ele venit din ceruri sau nu, încetaseră. El şi Ninsianna se certaseră *intens* despre ce trebuia să facă. Cea-Care-Este, spunea Ninsianna, voia ca *el* să răpună inamicii. Pareesa, pe de altă parte, *refuza* să vorbească despre ce văzuse în noaptea în care el întorsese lupta, dar insista că Mikhail nu trebuia să îşi mai piardă cumpătul niciodată, niciodată, *niciodată*.

Ceea ce îl făcea cu atât mai hotărât să *nu* mai cadă la picioarele Celei-Care-Este ca un câine prostuţ, aşa cum îi cerea soţia lui, era comportamentul speriat al Needei, modul în care tresărea de fiecare dată când intra el în încăpere.

-Gata sau nu, zise Mikhail, evitând să răspundă, se pare că Jamin ne-a convins duşmanii să se unească împotriva noastră. Ştie destule încât să ne înfrângă dacă nu adunăm aliaţi.

Varshab mormăi:

-Ţi-ai dat o sarcină imposibilă. Nimeni, nici măcar tatăl Căpeteniei Kiyan, nu a mai reuşit să unească triburile pentru mai mult de o bătălie.

-Atunci o să apelăm la interesele lor, zise Mikhail, arătând spre divizia B a Pareesei, care tocmai era lăudată de oamenii lui Dadbeh, pe care îi învinseseră. Am avut parte de o victorie solidă, folosind tactici pe care ar vrea la nebunie să le înveţe şi ei.

-Mulţumită *ţie*.

-Nu. *Nu* mulţumită mie, spuse Mikhail, înfoindu-şi aripile frustrat. Nu poate totul să cadă pe umerii mei. Dacă mor? Trebuie să vă puteţi baza *unii pe alţii*.

Pareesa li se alătură cu părul smuls din codiţe de unul dintre „inamicii" cu care se luptase.

-Am fost prea lenţi? întrebă ea, căutând validare.

-N-a fost rău, răspunse el. Le-a luat ceva să îşi dea seama care e gambitul, dar odată ce-au făcut-o, le-a ieşit bine.

-Orice sat s-ar bucura să îi aibă de partea lor, adăugă Varshab.

Mica protejată a lui Mikhail afişă un zâmbet larg.

-Data viitoare, n-o să mai treacă niciunul prin linia noastră de apărare.

Cu un fluierat ascuţit, Siamek adună toţi războinicii într-un grup. Divizia A, divizia B, fetele care le ţineau spatele, războinicii junior şi femeile arcaş, toţi ascultară în timp ce locotenentul le dădea indicaţii. Iar apoi Mikhail le ţinu o prelegere despre cum trebuiau să lupte ca o armată cerească.

Grupul se sparse la căderea nopţii.

-Bănuiesc că mergi acasă, zise Varshab.

Mikhail nu voia să *mintă*, dar nici nu se simțea în stare să vorbească despre cearta lui cu Ninsianna, așa că îi spuse sincer doar o jumătate de adevăr:

-Mă opresc întâi la văduve acasă, zise el. Mi-au spus că Ninkasa le-a dat o ambrozie nouă, cerească, care o să facă căpeteniile mai *cooperante.*

Varshab zâmbi cu subînțeles.

-Ai grijă cu orice e fermentat, zise el. N-ai fi primul care trebuie dus acasă pe brațe.

Capitolul 38

Noiembrie – 3.389 î.Hr.
Pământ: deșertul mesopotamic

JAMIN

Jamin se întinse după cuțit, dar își aminti că nu ar fi trebuit să îl aibă. Își mască greșeala prefăcându-se că își așeza capa. Kasib sâsâi pe un ton scăzut în timp ce Angelicii cu aripi palide coborâră pe ramă, ca o pereche de câini de luptă bine antrenați.

-*Cuardaigh orthu*, spuse unul dintre Angelici în *aceeași* limbă în care Ninsianna vorbea adesea cu soțul ei.

Cei doi tronau deasupra lui, fiind poate chiar mai mari decât Mikhail, dar, spre deosebire de rivalul lui, care avea o expresie vigilentă, cei doi Angelici cu aripi palide aveau în privire o strălucire moartă. Acum că petrecuse timp printre mercenarii Halifieni, Jamin înțelegea că o astfel de strălucire urla „ființele astea sunt asasini plătiți".

Kasib își postă corpul masiv și verde între *el* și cei doi uriași și mormăi ceva în limba Angelicilor. Cei șase bărbați-șopârlă care îi însoțiseră îl înconjurară, cu brațele pregătite în poziție de luptă, dar nu își scoaseră armele. După câteva cuvinte dure, Kasib zise:

-Vor să te percheziționez.

Jamin își întinse brațele. Era pe punctul de a-și pierde cuțitul.

Kasib îi pipăi trunchiul, mergând în jos, și se opri când mâinile i se încolăciră în jurul cuțitului prins de kilt. În loc să îl smulgă, bărbatul-șopârlă alese să îl privească pe Jamin cu ochi îngustați. Limba lui roz gustă aerul, atât de aproape de gâtul lui Jamin încât părea că vrea să îl muște.

-Umblă vorba că vrei să îl ucizi pe cel care ți-a violat femeia, spuse Kasib pe un ton atât de scăzut, încât Jamin nici măcar nu fu sigur că îl auzise.

-V-violat?

-Imperiul Sata'anic nu tolerează un astfel de comportament.

Kasib își mută mâna de pe cuțit, fără să întrerupă contactul visual pentru vreo secundă, și făcu un adevărat spectacol din restul percheziționării. Apoi îl cercetă și pe Kudursin, luându-i un cuțit mic, din os.

Jamin se forță să respire așezat. Kasib privi spre cei doi uriași Angelici, iar apoi își mută privirea spre cuțitul ascuns sub șalul lui Jamin. Deci era adevărat? Ființelor-șopârlă nu le plăceau Angelicii? Jamin îl urmă pe Kasib la bordul navei Angelice, fără să știe ce ar trebui să facă, dar recunoscător că cei doi uriași cu priviri moarte rămaseră afară. Înăuntru, mai multe ființe-șopârlă stăteau adunate în jurul unei șopârlă bolnăvicios de obeze, care purta o robă mov, cu un guler somptuos din blană albă.

-Lord Zebub, zise Locotenentul Kasib, făcând o plecăciune adâncă. Adăugă ceva în limba șuierată, dar traduse imediat: Am spus că ți-ai revenit suficient de mult încât să fii interogat.

Șopârla grasă înaintă târșâit, făcând să se cutremure întreaga podea a navei, în timp ce haina sa purpurie strălucea, ornată cu o vistierie plină de bijuterii. Spre deosebire de celelalte șopârle, ale căror gușe variau de la alb-crem la nuanțe de verde sau roz, bărbia dublă a bărbatului acesta era cerată într-o nuanță profundă de stacojiu. În timp ce regele șopârlelor vorbea, Kasib traducea.

-Umblă vorba că vii din satul care adăpostește unul dintre dușmanii noștri, zise Ba'al Zebub, care îl domina amenințător. Spune-mi, tânără căpetenie, știi care este pedeapsa pentru adăpostirea dușmanilor Imperiului Sata'anic?

-Nu am făcut-o de bunăvoie, răspunse Jamin, refuzând să se lase umilit. Demonul înaripat a căzut din cer și l-a vrăjit pe tatăl meu cu povești despre slujirea unui împărat care este și zeu. Se jură că armatele cerești ne susțin.

Kasib traduse.

-Ai curaj, așa-i? spuse Ba'al Zebub, iar pupilele i se îngustară.

Jamin aruncă o privire către locotenentul Kasib, care îl privea cu atenție. Șopârla clătină din cap. Nu acesta era motivul pentru care i se permisese să își păstreze cuțitul.

O a doua șopârlă, cu umerii lați ca un munte, îl măsură pe Jamin cu o privire vicleană. Avea constituția solidă ca piatra a unui luptător profesionist.

-Acesta este Generalul Hudhafah, spuse Kasib cu mândrie.

Hudhafah răspunse, însă nu în limba șuierătoare a șopârlelor, ci într-o Kemet abia inteligibilă, rostită cu o voce adâncă și gravă.

-Ai idee câte probleme a creat demonul tău înaripat? Hudhafah își mângâie bățul de foc în același mod în care Jamin își mângâia adesea cuțitul preferat.

-Am venit să găsesc o cale de a scăpa satul nostru de această amenințare, spuse Jamin. Mi s-a spus că poporul tău ar putea să ne ajute.

-Pft! pufni Generalul Hudhafah, privindu-l pe negustorul de sclavi Amorit. Acum că aliații noștri nu mai joacă jocul ăsta de culise ca să scoată aur de la noi, o să rezolvăm rapid problema. Dar satul tău se află într-o regiune bună de cultivat cereale, pe care vrem să o protejăm. Dacă cooperați, poate reușim să îl scoatem de acolo mai cu mănuși, fără să vă aruncăm în aer tot satul.

Jamin aruncă o privire spre bastonul de foc al generalului, amintindu-și ziua în care Mikhail își folosise sulița magică pentru a trimite o rază de lumină albastră pe cer. Nu-și amintea ce se întâmplase după aceea, pentru că lumina îl lăsase inconștient, dar Roshan, soțul ucis al lui Aturdokht, spusese că fusese ca și cum ar fi fost lovit de fulger.

Un al treilea Angelic, îmbrăcat atent în alb, făcu un pas în față, iar aripile sale albe ca zăpada fâlfâiră ca ale unei păsări răpitoare. Deși era mai înalt decât Mikhail, avea un fizic mai suplu. I se adresă Generalului Hudhafah în limba șopârlelor.

Hudhafah se arătă nedumerit și se întoarse spre Jamin.

-Prim-ministrul Lucifer a cerut să vorbești cu el în limba ta maternă, zise Hudhafah, arătând spre Angelicul cu aripi albe. A spus că are un dar pentru limbile străine.

Angelicul cu aripi albe era de o frumusețe eterică, având trăsături atât de perfecte încât păreau aproape feminine în simetria lor. Prin comparație, părul alb-blond, pielea cremoasă și trăsăturile cizelate îl făceau pe flagelul care se abătuse asupra satului lui Jamin să pară de-a dreptul urât. Tot din înfățișarea acestui bărbat sugera aroganță și seducție. Dar cea mai uimitoare trăsătură nu erau aripile sale albe-ca-zăpada, ci cele două oglinzi argintii gemene care se reflectau în ochii săi. Căci ochii lui nu erau albaștri, așa cum erau cei ai lui Mikhail, ci la fel de reci și de palizi ca ghețarii care se odihneau pe calotele Munților Taurus.

Jamin aruncă o privire către Locotenentul Kasib. Poate că nu făceau parte din aceeași specie, dar ochii șopârlei se îngustară cu ură. Acesta era motivul pentru care i se permisese să-și păstreze cuțitul.

-Mamă, șopti Jamin în Ubaidă. În sfârșit, mă alătur ție.

-*Mar sin, is é seo an príomhfheidhmeannach beag a bhfuil sráidbhaile cuanta an curadh?*[2] întrebă Lucifer în limba pe care o vorbea și Mikhail.

Jamin răspunse în Ubaidă, o limbă pe care nimeni din acest grup nu o înțelegea, și afișă un zâmbet fals pentru demonul cu aripi albe.

-Din moment ce nu am reușit să-i dau lui Aturdokht inima lui Mikhail în dar, spuse el cu calm, o să i-o dau pe a ta și o să scap lumea asta de influența ta bolnăvicioasă.

Cu viteza unei cobre, își scoase cuțitul de la centură și îl îndreptă direct spre inima Angelicului cu aripi albe.

Un zid negru se propti între mintea și mâna lui. Încremeni la doar un centimetru de pieptul demonului înaripat, cuțitul căpătând o nuanță ștearsă de maro pe fundalul hainelor albe ale bărbatului. Jamin recunoscu această putere – aceeași pe care o folosise și Ninsianna la tribunal. Luptă împotriva senzației, dar nu își putu face mâna să parcurgă și acel ultim centimetru.

---

[2] (trad.) Deci asta e tânăra căpetenie al cărei sat îl adăpostește pe „câinele personal de atac" al Împăratului?

-Tânără căpetenie... i se adresă Lucifer într-o Ubaidă perfectă; avea, deci, un dar al limbilor, la fel ca Ninsianna? Mă rănești.

Lucifer își mișcă degetele. Jamin simți cum mâna i se trage înapoi. O forță asemănătoare cu zvâcnirile de fulger îi străbătu corpul. Degetele i se desfăcură, lăsând cuțitul să cadă. Ființele-șopârlă îl puseră la pământ.

Jamin închise ochii, gata să-și accepte moartea. Era pregătit să moară. Mai puțin pregătit era însă să moară ca un ratat.

-Dați-i drumul, zise Lucifer în Kemet, astfel încât și el, și ființele-șopârlă să-l înțeleagă. A fost doar o neînțelegere.

Oamenii-șopârlă îl puseră pe Jamin cu brutalitate în picioare, fără să țină cont de rana de la umăr. Capul i se învârtea de durere, dar Jamin se încăpățână să nu strige și să nu se umilească în fața conducătorului celui care îi uzurpase satul. Șopârlele îi prinseră brațele la spate. Jamin privi spre Kasib, care nu îi întâlni privirea. Șopârla îi dăduse o șansă și el eșuase.

-Vorbește cu mine, tânără căpetenie, zise Lucifer, aplecându-se atât de aproape, încât respirația lui îi gâdilă urechea lui Jamin. Vorbește cu mine, căci vreau să gust din ura ta.

-Tu ne răpești și ne violezi femeile! se răsti Jamin.

Lucifer își odihni palma pe obrazul lui Jamin, cu o expresie tandră, ca și cum ar fi mângâiat un iubit. Ochii lui, însă, spuneau o altă poveste. În spatele strălucirii argintii, Jamin zărea o vâlvătaie. Lucifer se aplecă în față, cu nările dilatate, vrând să simtă pulsul de la gâtul lui Jamin.

-Toate femeile au fost luate de nevastă, spuse Lucifer, afișând un zâmbet blând, care nu reușea însă să șteargă răutatea din ochii săi argintii. Și au rămas gravide cu copii ai celor din specia noastră, care pentru ele sunt ca niște zei. Și tocmai de asta te afli acum aici, nu-i așa, tânără căpetenie? Câinele personal de atac al Împăratului ți-a luat ceva și tu vrei acel ceva înapoi.

Lucifer își trecu degetele prin părul lui Jamin, apoi le încleștă și răsuci firele astfel încât să-l forțeze să cadă în genunchi.

-Da, răspunse Jamin uitându-se fix la el, refuzând să se supună. Dar mă mulțumesc și cu uciderea stăpânului său. Deci dacă ai de gând să mă omori, așa să fie.

Lucifer rânji, afișându-și dinții perfect egali și albi. Cumva, Jamin avu sentimental că bărbatul poseda mai degrabă colți.

"Atâta furie." Lucifer i-a mângâiat fața ca și cum ar fi privit un animal de companie rafinat. "Asta da emoție pe care o pot înțelege." A vorbit în limba șopârlelor. Cele două șopârle care îl țineau de brațe i-au dat drumul.

Jamin s-a năpustit spre o sabie legată de una dintre gărzile regelui șopârlă grasă. Oh! Dacă ar putea pune mâna pe o astfel de armă, ar scăpa lumea lui de orice demon înaripat pe care l-ar putea lovi înainte de a fi ucis!-Deci o sabie îți trebuie? râse Lucifer, plasând în mintea lui Jamin acel zid negru care îl împiedica să se miște. Trebuie la limba Kemet, pe care toată lumea, cu excepția lui Ba'al Zebub, părea să o înțeleagă.

-Îmi faceți o favoare, General Hudhafah? Fiți amabil și împrumutați-i o sabie acestei tinere căpetenii.

După mai multe propoziții turuite în limba șopârlelor, un gardian făcu un pas înainte și îi prezentă lui Lucifer sabia. Lucifer făcu un ditamai spectacolul scoțând-o din teacă. În jurul lui, ființele-șopârlă chicotiră. Jamin tremura, dar ura îl stimula, menținându-l sfidător chiar și în timp ce aștepta să fie executat cu însuși instrumentul la care râvnea.

-Uite, zise Lucifer, revenind la limba Ubaidă. Dă-mi voie să îți arăt cum se simte, continuă afișând un zâmbet ca de lup.

Jamin se forță să țină ochii deschiși. Dacă îi era dat să moară, avea de gând să-și privească dușmanul în ochi.

Oțelul rece îi apăsă palma. Chiar dacă știa că moartea avea să vină din propria-i mână, senzația îl excită. Da. Asta își dorea. Să simtă greutatea acestei lame, să o împlânteze în inima dușmanului său și să vadă cum acea lumină albastră, stranie, se stinge din ochii lui Mikhail.

-Câtă furie, șopti Lucifer. Își apăsă lama pe piept, provocându-l pe Jamin să i-o înfigă în inimă.

Jamin se chinui să împingă lama în față. Sudoarea îi înțepă ochii, însă nu reuși să își forțeze mâna să se miște. Amintirile din timpul vieții dansau în fața ochilor săi. Pierderea mamei, pierderea Ninsiannei, pierderea iubirii tatălui său, a respectului războinicilor săi, a satului său. Se luptă cu zidul care îi oprea mâna până când, în sfârșit, reuși să o facă să se miște încet, doar puțin, dar atât de aproape! De-ar fi avut măcar un băț de foc!

-Aha! zâmbi larg Lucifer. Nu o sabie îți trebuie ție, ci ceva mai bun.

Trecu la altă limbă.

-Eligor! *Tabhair dom mo arm?*

Un al patrulea Angelic cu aripi palide făcu un pas înainte, având o expresie neutră. Îi înmână lui Lucifer un băț de foc, dar în loc să fie negru, ca cele purtate de Mikhail sau de șopârle, acesta strălucea cu irizări aurii, având bijuterii prețioase încrustate în mâner. Lucifer îl așeză în mâinile lui Jamin. Un fior de anticipare îi străbătu șira spinării și i se instală între coapse.

-O, da, spuse Lucifer, desfătându-se cu parfumul lui. Asta e cea mai mare dorință a ta. Spune-mi, tânără căpetenie, dacă ți-aș dărui o astfel de armă, ce ai face cu ea?

-Te-aș ucide, zise Jamin, opunându-se zidului care îi împiedica mintea să dea comanda ca mâna să îndrepte bățul de foc spre bărbat.

-Nu știi să folosești arma asta, îl tachină Lucifer. Dar poate reușim să rezolvăm problema.

Reveni la limba Kemet.

-General Hudhafah? Vă rog să le ordonați soldaților dumneavoastră să ne escorteze afară.

Regele-șopârlă, gras, mormăi ordine către Generalul Hudhafah și Locotenentul Kasib. Cele două șopârle se arătară cam nemulțumite, sau cel puțin așa îi păru lui Jamin supărarea lor ciudat de umană la vederea inamicului tratat drept aliat, dar îi deschiseră calea. Alte două șopârle îl apucară pe Jamin de câte un braț și îl târâră în afara canoei cerești, până la o fâșie de plajă care se întindea pe malul Mării Akdeniz.

Lucifer păși în spatele lui; trunchiul i se lipi de spatele lui Jamin în timp ce îi așeza bățul de foc în mâini.

-Ce ai face dacă ți-aș dărui o asemenea armă? întrebă Lucifer.

-Te-aș ucide, scuipă Jamin.

Lucifer își așezp brațul peste al lui și îl direcționă în așa fel încât să țintească un trunchi de copac căzut la pământ, cam la fel cum făcuse și Mikhail când o învățase pe Ninsianna să ochească cu arcul. Ființa asta se juca cu el ca o pisică care torturează un șoarece înainte să îl mănânce.

-Dar întâi l-ai omorî pe *el* dacă ai avea ocazia, nu-i așa, tânără căpetenie? îl întrebă Lucifer.

-Da, răspunse Jamin.

-Îl vezi acolo, chiar în fața ta? Întrebă Lucifer, arătând spre copacul lăsat în urmă de reflux, cu rădăcinile încă înfipte în pământ și trunchiul pocnit într-o poziție atât de dreaptă, încât părea să fie o ființă umană. Uite. Așa tragi cu arma ca să îți răpui inamicii.

Cuprinzându-l cu brațul de parcă ar fi fost un copil care învață cum se folosește o praștie, Lucifer își așeză degetul peste al lui și apăsă trăgaciul cu arătătorul.

Trunchiul explodă, împrăștiind fum și scântei pretutindeni.

-O! exclamă Jamin, cuprins de entuziasm.

-Îți place, nu-i așa, tânără căpetenie? îi șopti Lucifer la ureche. Dar continui să vizualizezi imaginezi trunchiul de copac. Închide ochii și umple-ți mintea cu imaginea inamicului tău; apoi, deschide-i din nou. Îl vezi acolo, în fața ta?

Trupul lui Jamin fu străbătut de fiori plăcuți, de parcă aerul ar fi fost încărcat din pricina unei furtuni iminente, care îi făcea părul să se ridice la ceafă. Încă vedea un trunchi de copac, dar iată! Rădăcinile care răsăreau pe la spate arătau ca niște aripi; trunchiul din lemn, ca unul uman,

-Imaginează-ți cum ar fi să îți răpui inamicul, spuse Lucifer, inspirându-i parfumul. Imaginează-ți și apoi apasă pe trăgaci.

Jamin trase din nou și din nou. Ori de câte ori o făcea, imaginea devenea și mai puternică. Frica de pe chipul lui Mikhail în timp ce privea bățul de foc. Plăcerea pe care Jamin o simțea ori de câte ori apăsa pe trăgaci. Și carnagiul care exploda din trupul demonului înaripat. Extazul pe care îl simțea privind aripile enorme, negru-maronii pleoștindu-se în timp ce

Mikhail aluneca spre pământ şi înceta să se mai mişte, cu ochii albaştri şi rece din ce în ce mai goi sub atingerea morţii.

-Pe cine urăşti cel mai mult? şopti Lucifer în urechea lui Jamin, de parcă i-ar fi cântat. Răpune răufăcătorul ăsta care ţi-a luat totul.

Îi dădu drumul la mâini, permiţându-i să tragă de unul singur cu arma. La fiecare descărcare, în trupul lui Jamin năvăli furia. Se simţea de parcă ar fi avut un orgasm. Nu. Era chiar mai *plăcut* ca sexul!

Mâna lui Lucifer alunecă pe braţele lui Jamin, trimiţând şocuri electrice prin piele. Jamin putea să *simtă* erecţia lui Lucifer în dreptul feselor, iar gândul că l-ar putea ucide pe Mikhail îl făcu şi pe *el* să se întărească.

-Vezi? spuse Lucifer. N-a fost decât o neînţelegere. Dacă mă omori, nu o să poţi să îţi îndeplineşti dorinţa.

Jamin privi adânc în ochii argintii ai binefăcătorului său.

-Mulţumesc, zise el. Acum pot să mor liniştit.

-Ce om frumos şi furios, spuse Lucifer, mângâindu-i bărbia. O să fii un…

Nu mai apucă să îşi ducă propoziţia la capăt, însă. Preţ de o clipă, păru că jumătate din faţa lui se războia cu cealaltă. Aroganţa se şterse de pe chip.

-Zepar? şopti Lucifer de parcă ar fi fost un simplu băieţel, apucându-se de tâmple. *Cad ată ag tarlú dom? Ní féidir liom a fheiceáil.*[3]

Lucifer se prăbuşi în faţă. Jamin se chinui să îl ţină în picioare pe acest bărbat mult mai înalt. Arma aurie căzu la pământ înainte ca Assurianul să apuce să îşi dea seama că aceasta putea fi singura lui şansă de a-l ucide pe Lucifer.

Să îl ucidă? Nu… Lucifer ar fi putut să îl omoare deja şi nu o făcuse.

Nu pe *el* voia să îl ucidă.

Jamin îl apucă de subsuori şi îl ajută să se aşeze greoi pe un buştean căzut. Bărbaţii-şopârlă se adunară în jurul lor, neştiind ce să facă. Lucifer se ţinea cu ambele mâini de cap, de parcă s-ar fi temut că o să îi explodeze.

-Cad ată cearr le liom?[4] se tângui el. Avea o privire înfricoşată, de parcă tocmai s-ar fi trezit şi nu ar fi ştiut unde se află. Lui Jamin îi amintea de momentul în care el *însuşi* se trezise înconjurat de fiinţele-şopârlă. Lucifer părea să se teamă mult mai mult de *ele* decât de el. Îl strânse pe Jamin de mână de parcă s-ar fi înecat şi nu ar fi ştiut să înoate. Jamin privi adânc în ochii aceia argintii şi îngheţă.

-Tu eşti? zise el, atingând tâmpla bărbatului. Ochii lui Lucifer încă erau argintii, dar părea că aparţineau unui cu totul alt bărbat. Un bărbat care îi părea cunoscut. Un bărbat care uitase brusc cum se vorbeşte Ubaida.

Jamin scormoni prin amintiri. Nu prea fusese atent la conversaţiile pe care le purta Ninsianna cu Mikhail în limba lui nativă, dar îşi aminti momentul în care o altă Assuriană atinsese aripile lui Mikhail. Ce îi spusese

---

[3] (trad.) Ce se întâmplă cu mine? Nu văd.

[4] (trad.) Ce se întâmplă cu mine?

atunci Gitei? Incidentul îi reveni în minte pentru că o înfuriase pe Ninsianna.

-Is féidir liom a bhraitheann tú, chol beag[5], se chinui Jamin să rostească și atinse obrazul lui Lucifer așa cum o făcea Ninsianna când încerca să convingă un pacient că totul avea să fie bine.

Lucifer îl strânse și mai tare de mână.

-An bhfuil tú a aisling?[6] întrebă Lucifer, înclinându-și capul într-o parte.

-Is féidir liom a bhraitheann tú, chol beag, repetă Jamin, rugându-se ca cuvintele pe care le rostea să însemne ceva de genul „N-o să te omor câtă vreme ești vulnerabil", nu „Respirația ta miroase ca o capră bătrână și împuțită".

-Is féidir leat labhairt? spuse Lucifer cu o expresie plină de uimire. *Tá tú i ndáiríre créatúir mothaitheacha![7]*

Un Angelic cu aripi murdare, pe care Jamin îl văzuse pe navă, dar căruia nu îi acordase prea multă atenție, se grăbi să îl împingă pe Jamin din drum.

-Céim ar ais, mârâi el. *Ní féidir leat a fheiceáil ar riachtanais an Príomh-Aire roinnt aer?[8]*

Cele două gorile cu priviri reci care păziseră până atunci intrarea în navă îl târâră pe Jamin departe de Lucifer. Angelicul cu aripi murdare pregăti un cilindru mic și alb, cu același gen de vârf înfricoșător care fusese atașat și de tentaculele pe care Doctorul Peyman i le scosese lui Jamin din braț, și îl înfipse în gâtul lui Lucifer. În câteva clipe, privirea confuză de pe chipul acestuia dispăru, făcând loc bărbatului plin de sine care tocmai îl învățase cum să tragă cu un băț de foc. Lucifer se ridică drept și bătu din aripi ca un cocoș care tocmai a câștigat o luptă între cocoși.

-Se pare că avem un inamic comun, tânără căpetenie, rânji Lucifer. Colonelul Mikhail Mannuki'ili a dezertat acum nouă luni și tot împiedică anexarea acestei planete. *Eu* am venit să îl pedepsesc pentru indolența lui.

Lucifer arătă spre cer, unde o canoe cerească gri, de forma unei cutii, se îndrepta spre baza operativă a ființelor-șopârlă, după care făcu un semn spre miile de trupe înarmate nu doar cu bețe de foc, ci și cu alte dispozitive grozave, pe care Jamin nu și le-ar fi putut imagina de unul singur nici dacă ar fi petrecut o viață întreagă încercând să se gândească la lucruri fantastice.

-Prietenii noștri Sata'anici vor să aducă pace, prosperitate și liniște în lumea voastră, zise Lucifer. Dacă nu s-ar mai băga Mikhail, toți războinicii din satul tău ar avea *așa* ceva, continua ridicând un băț de foc auriu. Ființele-șopârlă te vor răsplăti regește dacă le ajuți să îl elimine.

---

[5] (trad.) Pot să te simt, mică turturică.
[6] (trad.) Ești un vis?
[7] (trad.) Poți vorbi? Chiar *ești* o creatură legendară?
[8] (trad.) Dă-te la o parte! Nu vezi că prim-ministrul are nevoie de aer?

În mintea lui Jamin se prefigure o imagine cu cât de bine se simțise când și-l imaginase pe Mikhail răpus la pământ. Da. Asta își dorea mai mult decât orice pe lume. Să-i smulgă inima din piept ticălosului care i-o smulsese pe a lui.

-Vreau să îl ucid, zise Jamin încleștându-și pumnul și dorindu-și din răsputeri ca experiența să fie *reală*.

-Vrei să îi smulgi inima din piept?

-Da.

Lucifer îi făcu un semn Angelicului care îi dăduse bățul cu foc.

-Eligor... *a thabhairt dom go scian*[9].

Angelicul voinic, cu aripi albe, pe care Jamin îl catalogase drept mercenar, scoase cuțitul ruginit pe care i-l smulsese din mâini cu doare câteva minute înainte. Cel de care Jamin îl ușurase pe Kudursin. În timp ce îi întindea arma înapoi lui Lucifer, gardianul îl analiză intens, de parcă ar fi încercat să își dea seama ce naiba se petrecea.

Cuțitul...

Jamin își trecu limba peste buza de jos. Nu era un băț cu foc. Nu era o sabie. Nu era nimic magic, cum crezuse Kudursin. Însă arma aceasta era mai ușoară și șansele să se ciobească erau mult mai mici decât la o lamă din piatră. Era o armă mai bună cu care să îți ucizi inamicii.

Lucifer așeză cuțitul în palma lui Jamin și își strânse degetele în jurul mânelului, deasupra degetelor lui Jamin. În timp ce făcea asta, în mintea lui Jamin apăru o imagine extrem de satisfăcătoare, în care îi smulgea inima din piept lui Mikhail așa cum ar fi eviscerat o căprioară sau un mistreț la vânătoare. Un fior de încântare îi străbătu corpul. Avea de luat o decizie. Să-l ucidă pe Lucifer? Sau să aștepte și să vadă dacă ființele-șopârlă aveau să îi dea șansa de a-l ucide pe Mikhail?

Își aminti cuvintele lui Marwan. „*Poate reușești să te faci de neînlocuit pentru ființele-șopârlă, ca să te lase să smulgi inima din pieptul demonului înaripat.*"

Aruncă o privire spre Locotenentul Kasib. Kasib îl voia mort pe Lucifer, dar îl voia mort și pe Mikhail. Ce spusese șopârla asta? Assurul se afla într-o zonă bună pentru cultivarea grânelor, pe care voiau să o protejeze. Cu ajutorul lui, poate reușeau pur și simplu să îl *extragă* pe Mikhail din sat și să îi înapoieze așezarea lui.

Jamin îndesă cuțitul înapoi sub kilt.

-Ce vrei să fac?

Lucifer rânji ca un prădător.

-Nu poți să te arunci cu capul înainte asupra unui colonel atât de bine antrenat, zise Lucifer, iar ochii lui de un argintiu ciudat scăpătară. Dacă vrei să îl ucizi, trebuie să găsim un mod prin care să te poți apropia de el.

---

[9] (trad.) Eligor... dă-mi un cuțit.

-Cum? întrebă Jamin, agitând exasperat din mâini. Am făcut tot ce-am putut şi am eşuat!

-Nu chiar tot, zise Lucifer, ducându-şi mâna la tâmpla lui Jamin. Spune-mi mai multe despre fată…

Capitolul 39

Noiembrie – 3.390 î.Hr.
Pământ: Satul Assur
Colonel Mikhail Mannuki'ili

MIKHAIL

Casa mirosea a drojdie, lichide care fermentau şi pâine proaspăt scoasă din cuptor, toate amestecate cu parfumul lemnului pe care reuşise el să îl şparlească ca să o ajute pe Yalda să aprindă focul. Într-o bună zi, avea să fie ucis în luptă, aşa că se ruga ca tărâmul viselor să miroasă măcar pe jumătate la fel de bine cum mirosea casa surorilor văduve. Un *asemenea* loc ar fi fost numai bun de petrecut o eternitate.

Yalda mută capacul cuptorului în formă de stup şi desprinse cu blândeţe aluatul pe care îl lipise de peretele interior, folosind o pereche de cleşti de lemn. Mikhail aşteptă răbdător, ca un căţel înaripat şi înfometat care cerşea resturi; obişnuita lui mască imposibil de descifrat dispăruse însă odată ce ajunsese în casa bunicilor adoptive.

Stomacul îi ghiorăi.

Yalda îşi răsuci încheietura, iar premiul mult dorit zbură spre masă. Mikhail îl înşfăcă înainte să îi aterizeze în farfurie. Când pâinea suculentă îi atinse papilele gustative, penele i se răscoliră în semn de satisfacţie.

-Îi cam place să mănânce, chicoti sora Yaldei, Zhila, cu buzele lipite de gingiile de pe care se desprinseseră mult dinţii. Câtă vreme are burta plină, e mulţumit.

-Nu pot să mă abţin, zise el. Pâinea asta e delicioasă!

Îi aruncă Yaldei o privire plină de speranţă în timp ce aceasta pescuia o altă felie de pită din cuptor.

Yalda chicoti şi, fără niciun avertisment, aruncă felia spre el. Mikhail o prinse din aer ca un câine înfometat. Gemând de plăcere, o lăsă să alunece după prima şi să îi umple burta în cel mai plăcut mod. Ninsianna îl alungase de la picioarele ei, aşa că surorile văduve îl luaseră încă o dată sub aripa lor. Bine, *el* era cel cu aripi, dar întotdeauna *ele* fuseseră cel care îl protejaseră cu diferite acte de bunătate; el, un bărbat fără familie; ele, două femei bătrâne, care își îngropaseră și soții, și fiii.

-Ești gata să deguști roadele muncii tale? îl întrebă Zhila, iar chipul i se încreți ăntr-un zâmbet neastâmpărat. În timp ce vorbea, arătă spre un vas uriaș, din lut, unul dintre multele pe care ea și sora ei le țineau în casă pentru a pregăti băuturile ce le aduceau comori importante la negoț.

Mikhail adulmecă precaut vasul înalt, cu gât subțire. Ciubărul era rezultatul câmpurilor pe care le însămânțase în primăvară, pentru care săpase șanțuri și cărase apă toată vara, pentru care se luptase cu șobolani și chiar cu capra de lapte a lui Immanu, în așa fel încât să mai poată culege recolta cu câteva săptămâni înainte. Indiferent cât de *îngrozitor* avea să fie gustul, avea să se bucure de el – măcar pentru că jumătate din muncă era a *lui* dacă nu pentru altceva.

-Miroase mult mai puternic decât cea de data trecută, zise el.

-Am plătit scump pentru rețetă, spuse Yalda.

-Negustorul ne-a zis că rețeta e secretă, spuse Zhila. Dar nu-i nimic care să dezlege limba mai bine ca o doză de grâu sălbatic fermentat și amestecat cu miere!

Mikhail înfipse un pai lung și gol de stuf în borcan, trecând de mâzga cu aspect dezgustător care plutea la suprafață. Trucul era să poziționeze paiul chiar în mijloc. Dacă îl împingea prea jos, ajungea să tragă din sedimentele care se depuneau în straturi dense la fund. În schimb, dacă îl lăsa prea sus, paiul se înfunda cu ce era la suprafață.

Fiindcă nu exista hârtie, iar dispozitivul lui cu ecran plat nu mai avea de mult hârtie, Ebad îl învățase să întindă o placă de humă ca să noteze mărci comerciale și valori. Mikhail își scoase un săculeț din piele de capră din boccea și desfăcu o tablă făcută din noroi de la râu. Era important să țină evidența experiențelor de care avea parte, mai ales că memoria îi era așa stranie.

-Care e rețeta? întrebă Mikhail și așteptă cu cuțitul pregătit deasupra lutului, gata să noteze într-o formă simplifcată a caracterelor cuneiforme ale Alianței.

-Întâi faci o pâine de orz, zise Zhila, după care o fărâmițezi în apă până iese un fel de piure.

-Lași piureul să se odihnească vreo două săptămâni, completă Yalda.

-Arată dezgustător, zise Mikhail, luând o primă înghițitură. Dar are gust...

-Nu de gust ne pasă nouă, râse Yalda.

-Ci de cât de amețit ești după ce bei, încheie Zhila.

-N-am de gând să intru într-un concurs de băut cu voi, spuse Mikhail, afișând un zâmbet rar. Mă declar învins și îmi predau sabia în fața unor regine războinice care sunt mult mai capabile decât mine să consume cantități nepământești de alcool.

-Şi totuşi... începu Zhila.

-Continui să bei, încheie Yalda.

-Mi se învârte capul deja, recunoscu Mikhail. Deşi e posibil să fiu doar intoxicat de mirosul stătut al pâinii Yaldei.

Rânjind, Mikhail mai luă o bucată de pită, pe care o udă cu încă o înghiţitură de bere. Avusese nişte săptămâni dificile, aşa că acum avea nevoie de companie plăcută.

-Când pleci pentru adunarea regională a căpeteniilor? întrebă Yalda, zâmbetul dispărându-i în spatele unei mine hotărâte.

-În patru zile, răspunse Mikhail. Dar am discutat deja despre nişte concesii preliminare. Căpetenia Kiyan o să despartă divizia B şi o să trimită câte o pereche la fiecare sat aliat ca să compenseze pentru războinicii pe care ceilalţi o să îi trimită la antrenament.

-Deci ei primesc războinici antrenaţi, zise Yalda.

-Şi noi primim recruţi neantrenaţi, încheie Zhila, încruntându-se.

-Nu o să rămână neantrenaţi prea mult timp, spuse Mikhail. Până şi divizia B a Pareesei a devenit rapid mai bună decât mulţi dintre războinicii de top din celelalte sate.

-Ar trebui să fii mândru de tine, spuse Zhila.

-De mica ta armă de distrugere în masa, completă Yalda.

-S-a antrenat mult ca să îţi câştige atenţia.

Mikhail şoivăi.

-Ninsianna crede...

-Ce? întrebă Yalda.

-E...

-Geloasă? întrebă Zhila.

-Da, răspunse Mikhail. Crede că toate femeile din satul ăsta sunt... E ridicol, zău aşa.

-Nu e ridicol, zise Yalda. Pur şi simplu nu observi tu.

-Ce să observ?

Cele două surori începură să chicotească. Veselia lor era contagioasă – era o emoţie de care Mikhail avea disperată nevoie acum, ştiind cât de *tensionată* era relaţia cu soţia lui.

-Scumpul meu băiat, zise Zhila, apucându-l de obraji de parcă ar fi fost un copilaş şi pupându-l drăgăstos pe frunte, ceea ce îl luă prin surprindere şi îi făcu penele să tresară.

-Eşti cea mai frumoasă, începu Yalda.

-Atrăgătoare...

-... şi enigmatică fiinţă...

-... care s-a aşezat vreodată pe teritoriul Ubaid.

-Şi eşti aşa îndrăgostit de Ninsianna...

-... încât n-ai observant că toate femeile din sat...

-... sunt gata să se arunce la picioarele tale! zise Yalda, aruncându-şi bastonul la picioarele lui Mikhail de parcă ar fi fost o suliţă.

-Ah, să-mi stea inima! spuse Zhila cu o voce prefăcut ascuţită, ducând mâna la piept.

-Uite-l că vine!!! continuă şi Yalda, făcându-şi mâna streaşină la frunte, de parcă ar fi privit direct spre soare.

-Repede!!! exclamă Zhila, făcându-i semn surorii ei să se apropie.

-Hai să ne luăm la bătaie cu beţe, poate ne bagă în seamă! insistă şi Yalda, întinzându-se după baston.

-Ha! Iiia! Ha! se prefăcu Zhila că atacă cu o lingură de lemn, în timp ce Yalda îşi ţinea bastonul sus, de parcă ar fi fost o armă. În final, se prăbuşi pe covor, lângă Mikhail, râzând în hohote.

-Chiar credeţi că femeile din sat se antrenează doar ca să fie în preajma mea? le întrebă el neîncrezător.

-Hahahahaha! râseră surorile.

-Fac pe mine! spuse Yalda, lovind masa cu mâna ei ridată.

Zhila se chinuia să îşi recapete suflul.

Pentru el, începu ca un mic rânjet, dar în final nu se mai putu abţine. Cu cât râdeau maim ult, cu atât maim ult erupea emoţia dintr-un loc adânc îngropat în subconştientul lui, până când şi controlul lui formidabil de sine se pierdu. Pe buze îi alunecă un chicotit, care îi pufni şi pe nas. Pentru că surorile văduve nu se opriră din râs, începu şi el, cu zgomote adânci, din toată inima, ţinându-se de burtă pentru a nu exploda.

-Opriţi-vă, zise el greoi, printre râsete. Vă rog... ah, în numele zeilor! De ce fac oamenii mereu chestia asta? Nu pot să respir!

Surorile se uitară la el, apoi una la cealaltă, şi izbucniră şi mai tare, făcându-l şi pe el să râdă maim ult. Nu putea controla emoţia care îi deturna sistemul nervos. Până şi aripile îi tremurară în timp ce râdeau şi sorbeau din bere. După o vreme, râsetele se stinseră, limitându-se la câte-un pufnet chicotit.

-De ce crezi că se pricepe Zhila aşa bine la aruncatul cu suliţa? întrebă Yalda, zâmbind strâmb.

-Doar aşa puteam să îl fac pe bărbatul meu să mă bage în seamă, zise Zhila, arătând spre suliţa cu ornamente elaborate care stătea pe perete.

-E clar că a mers şi pentru Ninsianna, zise Yalda, dându-i un cot lui Mikhail.

-O singură aruncare la festivalul solstiţiului, zise Zhila.

-Şi gata, pufosul a ridicat-o în ceruri să o sărute.

-Cam aşa s-a întâmplat, spuse Mikhail. Dar ce mi-a atras atenţia a fost un peşte prins în vârful suliţei, cât încă eram la navă.

-Tipic bărbaţilor, zise Zhila. Dragostea trece mereu prin stomac pentru ei. Apropo, cred că e gata pâinea.

În timp ce Yalda îşi făcea de treabă pe la cuptor, Zhila îşi trase un al doilea vas cu bere din rezervă, iar Mikhail căzu pe gânduri, contemplând distanţa care se căscase între el şi soţia lui.

-Ce se întâmplă, fiule? îl întrebă Yalda.

-Am observat, începu Zhila.

-Că ai fost nefericit în ultima vreme, încheie Yalda.

-Cred că Ninsianna nu mă mai iubeşte, zise el, iar aripile i se pleoştiră. Orice aş face, e mereu furioasă pe mine. Nici măcar nu mă mai vrea prin preajmă. Nu pot să o simt… aici, spuse el, atingând locul în care îi bătea inima.

-Pur şi simplu treceţi printr-o etapă de adaptare, zise Yalda.

-Orice cuplu căsătorit trece prin asta, completă Zhila.

-Trebuie doar să vă adaptaţi unul la nevoile celuilalt, spuse Yalda.

-Mi-a cerut să antrenez războinicii satului, răspunse Mikhail, ridicând tonul exasperate. Aşa că am antrenat războinicii satului. Apoi, mi-a cerut să ajut căpetenia să negocieze tratate de ajutor reciproc cu celelalte căpetenii. Aşa că asta îl ajut să facă. Împreună cu *orice* altceva mi-a cerut ea vreodată să fac. Dacă mi-ar cere să mă lupt cu însuşi Shay'tan, aş face-o cu plăcere, pentru ea. Singurul lucru pe care *refuz* să îl fac e să ucid fără discernământ.

Surorile se priviră una pe alta, şovăiră, după care spuseră:

-Noi o iubim pe Ninsianna, începu Yalda.

-Poate să fie blândă, dulce şi grijulie, completă Zhila.

-Dar uneori uită că e muritoare.

-Muritoare! exclamă Mikhail, rupând paiul cu care sorbise bere. Întâi a trebuit să o conving că sunt o fiinţă obişnuită, ca toţi ceilalţi săteni, şi acum că a înţeles că e adevărat, e furioasă pe mine!

Cele două surori făcură un schimb de priviri.

-Ninsianna a fost dintotdeauna… zise Yalda.

-… capricioasă, încheie Zhila.

-Toţi băieţii din sat se ţineau după ea.

-Şi ea îi încuraja, spuse Zhila, atingându-l pe Mikhail pe braţ. Nu ca tine. Tu eşti mereu politicos, dar distant.

-Băieţii credeau că îi place, zise Yalda.

-Îi aduceau daruri.

-Iar apoi ea se plictisea şi trecea la următorul.

-Asta s-a întâmplat şi cu Jamin.

-I-a încurajat afecţiunea.

-Iar apoi şi-a pierdut interesul.

-La scurt timp înainte să te întâlnească pe tine.

Mikhail îşi coborî privirea spre paiul rupt. *Ultimul* lucru pe care şi-l dorea era să recunoască că avea ceva în comun cu fiul alungat al căpeteniei.

Din nefericire, cu cât Ninsianna devenea mai tensionată, cu atât mai des se trezea empatizând cu bărbatul la alungarea căruia contribuise.

-Jamin n-a fost niciodată genul care să accepte un *„Scuze, dar nu îmi mai pasă de tine"*, spuse Yalda.

-Era fiul căpeteniei, zise Zhila. Şi era obişnuit să obţină ce voia.

-Nu că asta ar scuza modul în care s-a purtat, completă Yalda rapid.

-Dar comportamentul lui nu a fost complet nejustificat.

Mikhail nu spuse nimic. Într-un final, zise:

-N-am crezut că o să empatizez vreodată cu diavolul.

Surorile văduve oftară.

-Ninsianna te iubeşte, îi spuse Yalda, atingându-i braţul.

-Altfel nu s-ar fi căsătorit cu tine, spuse Zhila.

-Dar mereu a tânjit spre următorul lucru incitant.

Mikhail îşi înfoie aripile exasperate.

-Dacă nici asta nu-i incitant, nu ştiu ce e. Răpiri. Armate care se scoală. Acum război!

Surorile îşi sorbiră berea în linişte. Într-un sfârşit, Yalda zise:

-Când ai venit prima oară la noi, Immanu a anunţat în stânga şi în dreapta că un zeu înaripat a coborât din ceruri pentru a ne fi campion.

-Dar sunt un simplu muritor, se plânse el. La fel ca voi. Nu sunt aici ca să *lupt* pentru voi, zise el, amintindu-şi prelegerea Pareesei. Ci ca să vă *inspir* să lucraţi cot la cot.

-Acum ştim asta, zise Zhila. Dar când Ninsianna a avut viziunea care a adus-o la tine, zeiţa i-a arătat că o să călătorească printre stele în canoea ta cerească.

-Adică nava?

-Da, spuseră cele două surori.

-Nava mea e stricată, oftă Mikhail. Chiar dacă aş găsi o sursă de încărcare ca să repornesc sistemul şi să pun motoarele în mişcare, fuzelajul o să se fărâmiţeze imediat ce părăsesc orbita.

Surorile îl priviră cu ochi goi, neînţelegând nicio vorbuliţă. Mikhail îşi reformulă răspunsul.

-Canoea mea cerească are găuri şi vâslele sunt stricate, explică el. E prea stricată ca să o mai pot repara. Dacă încerc să mă întorc în cer, o să se scufunde şi o să mă omoare.

-Oh, răspunseră surorile, încuviinţând din cap.

-Credeţi că Ninsianna e furioasă pentru că nu pot să o duc spre stele? întrebă el.

-Poate, zise Yalda.

-Sau poate că sarcina asta de a ne fi campion îţi ocupă mult mai mult timp decât e ea dispusă să dea, spuse Zhila.

-Dar *ea* a insistat să antrenez pe toată lumea! răspunse Mikhail frustrat.

-Cât timp ați mai avut pentru... romantisme? întrebă Yalda cu blândețe, știind că el era mult mai pudic când venea vorba de astfel de lucruri decât cei din neamul Ubaid.

-N-am avut deloc, răspunse el. Ne apucăm de antrenamente înainte de răsărit și ajung acasă târziu în noapte. Nici măcar nu mai prind zile libere. În perioada asta a anului, ne antrenăm la lumina focului, continuă cu glas tremurător. Tot ce mai pot să fac la sfârșitul zilei e să mă târăsc acasă și să mă arunc în pat.

-Poate asta e problema, spuse Zhila.

-Și cum rezolv asta? întrebă el. Viziunile ei spun că ce-i mai rău abia urmează.

Zhila îi întinse un fir nefolosit de stuf. Mikhail îl băgă în vasul nou și luă o înghițitură. Nu mai scoaseră niciun cuvânt, sorbind în schimb bere. Pâine nu mai aveau, așa că Yalda scoase un bol de alune de pădure prăjite.

-Cât de buni sunt războinicii pe care i-ai mai antrenat? întrebă Zhila într-un sfârșit.

-Destul de buni, zise el. Nu îmi mai amintesc prea multe despre armatele împăratului, dar cred că războinicii Ubaizi i s-ar părea acceptabili.

-Cine îi antrena pe războinicii împăratului? întrebă Yalda. Doar el?

-Sigur că nu, spuse el. Avem o ierarhie.

-Poate că asta trebuie să faci, atunci, zise Zhila. Să mai împarți din sarcini, ca să nu mai duci o povară așa grea.

-Fac asta deja, dar ei nu *știu* ce știu eu! răspunse Mikhail, luându-și bietul cap derutat în mâini. De cele mai multe ori, nici *eu* nu știu ce știu până când nu o fac.

-Nu ești decât unul, zise Zhila.

-Avem nevoie de un *lider*...

-... nu de un campion.

-... mai ales acum că urmează să te apuci de antrenat *toate* satele Ubaide.

Aripile lui Mikhail se pleoștiră.

-N-o să mai reușesc *niciodată* să petrec timp cu soția mea.

Cei trei se cufundară în liniște. În timp ce sorbea din bere, Mikhail se întrebă ce războinic avea să se priceapă la ce sarcini. Poate dacă reușea să împartă totul suficient de bine, avea să îi iasă tot ce avea de făcut și să reușească și să găsească niște timp pentru soția lui. Poate chiar reușea să predea și niște tactici mai avansate, pe care acum nu putea să le predea pentru că petrecea prea mult timp predând chestiuni de bază.

-O să vorbesc cu căpetenia, spuse el într-un sfârșit.

-Bun! zise Yalda.

-Noroc! spuse Zhila, ridicându-și paiul.

-Noroc, răspunse el, știind, în timp ce își înfigea paiul înapoi în vasul plin de bere, că avea să regrete mahmureala de dimineață.

Capitolul 40

Noiembrie – 3.390 î.Hr.
Pământ: Satul Assur

NINSIANNA

Ninsianna urmă fluxul conştiinţei dincolo de stelele care îi şopteau ce cale să urmeze pe tărâmul viselor. Venise după răspunsuri; răspunsuri la întrebările care intuia că se ascundeau chiar în spatele acelui zid negru care o frustra atât de mult. Ei bine, în seara aceasta fusese mai isteaţă! Faptul că zeiţa fusese distrasă în timpul bătăliei îi arătase că Cea-Care-Este nu putea fi atentă la *tot* ce făcea. Din ce alt motiv ar fi avut nevoie de o Aleasă şi vulturi pe post de ochi? Ştiind asta, Ninsianna se strecurase tăcută pe tărâmul viselor şi deviase puţin de la drumul pe care îl străbătea de obicei, asemenea unei adolescente rebele care se strecoară afară din casă.

Trebuia să ştie! *Chiar* se culcase Mikhail cu Shahla? De ce nu putea să îi pătrundă în minte? Incidentul de care avusese parte cu Halifienii fusese cu adevărat *incidentul* care îi tot apăruse în coşmaruri? Sau era doar unul mai mic, INCIDENTUL fiind încă pe drum? Trebuia să mai insiste ca Mikhail să pregătească o armată? Sau trecuse deja ce era mai rău?

Stelele chicoteau complice în timp ce Ninsianna încerca să străpungă zidul acela mare şi întunecat, pe care însă nu reuşea să îl treacă. Deodată, pisica aceea nenorocită din umbră trecu prin zid şi o împinse cu capul la o parte. La naiba! Zeiţa o prinsese cu mâţa în sac!

-Lasă-mă să văd ce se găseşte dincolo de zid, se rugă Ninsianna de creatură. Te rog!

Pisica din umbră o forţă să se îndrepte spre locul din care o chema Immanu, la graniţa tărâmului. O chema de ceva vreme, dar ea alesese să îl ignore. Oftând, îi urmă glasul înapoi spre tărâmul întunecos de la mijloc; locul în care fantomele şi spiritele malefice îi puteau manipula pe cei încă în viaţă dacă aceştia nu aveau grijă. Tatăl o aştepta înconjurat de propria aură de lumina aurie, dar expresia îi era rigidă.

-Bună, tata, spuse Ninsianna, zâmbind prefăcut. Nu te-am auzit.

-Dacă te porţi nebuneşte, o certă Immanu, o să pierzi un soţ care te iubeşte şi un copil care nici măcar nu o să apuce să se nască.

-Cea-Care-Este a vrut să văd ceva, minţi ea.

-Dar cine ai impresia că te-a trimis înapoi?

Ninsianna tăcu. Cea-Care-Este scâncise?

Immanu o ghidă prin tărâmurile întunecate care, ținând cont de ce văzuse, îi păreau acum la fel de atrăgătoare ca un râu plin ochi cu măruntaie de pește. Pisica din umbra se ținu după ea la marginea lumii reale, miorlăind de parcă s-ar fi așteptat să fie mângâiată.

Poate ar fi fost mângâiată dacă nu ar fi crescut între timp la fel de mare ca o panteră...

O povară deja cunoscută o apăsă în timp ce revenea în propriul trup. Oftând obosită, Ninsianna deschise ochii. În casă era întuneric, singurele surse de lumina fiind două felinare mici, din lut, care sclipeau pe masa din bucătărie.

Mama se schimbase deja în cămașa de noapte și stătea îngrijorată la masă, peticind un kilt de-al lui Immanu. Mina ei cadaverică și pungile de sub ochi arătau cât de mult o secătuise stresul de a se îngriji de cei răniți. În ciuda epuizării, mama pregătise însă o cină modestă, formată din terci de orz cu miere, alune de pădure prăjite și apă.

Ce *lipsea* era soțul Ninsiannei...

Se cam aprinseseră seara trecută, după ce el îi ținuse o prelegere despre cât de mult zăbovea în tărâmul viselor. Era frustrant să vină acasă, entuziasmată de cine știe ce secret incredibil pe care i-l arătase Cea-Care-Este, doar ca să se trezească cu o găleată de apă rece turnată de soț peste entuziasmul ei.

Îndoiala aceea crudă care o tulburase din ziua în care citise mintea Shahlei îi spori nesiguranțele. Dezamăgirea se transformă în furie.

-Unde e Mikhail? întrebă ea pe un ton apăsat.

Mina Needei se întunecă.

-Needa, spuse Immanu, vrând să se așeze lângă ea. Cina arată groz...

-Pleacă! îl întrerupse mama. Vreau să vorbesc cu fiica noastră.

Ninsianna îl privi rugător.

-O să mă duc să mă asigur că cotețul caprei e închis, zise Immanu, privind-o cu o expresia care îi transmitea că e pe cont propriu acum.

Ninsianna se așeză și își luă castronul îmbufnată. Terciul era destul de rece, chiar dacă mama legase o cârpă mică la gura vasului. Judecând după cât de liniște era afară, probabil că era foarte târziu.

-Ce te preocupă? întrebă Ninsianna, zâmbindu-i în modul cel mai fermecător cu putință. Se întinse să o ia de mână, dar mama o luă prin surprindere retrăgându-și mâna.

-Să nu-ndrăznești să te joci cu mintea *mea*, copilă, izbucni mama. Trebuie să discutăm unele lucruri! Așa că eu o să vorbesc și tu o să asculți fără să mă-ntrerupi.

-Dar trebuie să îl găsesc pe Mikhail! ripostă Ninsianna. Nu poate să aștepte?

-Nu! O să avem discuția asta *acum*.

Expresia rece a mamei transmitea că avea de gând să vorbească indiferent dacă Ninsianna voia să audă ce avea de zis sau nu. Era o expresie pe care Ninsianna nu o mai văzuse de ani buni.

-E ceva în neregulă?

Mama ei înfigea acul din os în kiltul tatei, care se subțiase și deșirase, încercând să își pună gândurile în ordine. Deci urma o discuție *din aceea?* Ninsianna încercă să nu se facă mica sub privirea aceea de vindecătoare a mamei.

-Ce se întâmplă între tine și Mikhail?

-Nimic, minți Ninsianna. Totul e în regulă.

-Pe naiba! zise mama arătând-o cu degetul. E de-a dreptul deprimat!

-E doar… începu Ninsianna.

Cum putea să explice îndoieli și emoții pe care nici ea nu le înțelegea pe deplin?

-Spune odată!

-Nu… înțelege, îngăimă Ninsianna. Doar…

Mama înfipse acul în kilt, având aceeași expresie pe care o avea ori de câte ori un pacient nu era complet sincer cu ea și ea trebuia să aștepte ca problema să fie exprimată în cuvinte. Ah! Ninsianna ura asta! Se simțea de parcă mama putea zări toate secretele mici și întunecate pe care încerca să le țină ascunse până când nu mai avea de ales și trebuia să își dezvăluie păcatele. Needa lăsă o liniște apăsătoare să se coboare asupra lor, așteptând ca Ninsianna să-i răspundă la întrebare.

-Are prea multă *nevoie* de mine, zise ea. E sufocant.

-Te *iubește,* zise mama. Nu am mai văzut niciodată un bărbat care să iubească o femeie cum te iubește el pe tine.

-Dar e…

-Nu mă lua pe mine cu *dar,* domnișoară! izbucni mama. Doar pentru că eu nu am viziuni și nu văd culori simpatice nu înseamnă că darul meu e inferior darului tău! Eu pot să îl *simt.* Pot să simt cum i se frânge inima ori de câte ori îl dai la o parte.

-Dar…

-Doar pentru că darul meu e *diferit* de cel al tatălui tău, asta nu îl face mai puțin special! spuse Needa, arătând cu acul spre ea. Și doar pentru că darurile lui Mikhail sunt diferite de ale *noastre,* asta nu înseamnă că ai vreun drept să îl tratezi de parcă ar fi o *unealtă* cu care să îți îndeplinești tu scopurile!

-Dar Mikhail nu *are* daruri! exclamă Ninsianna. E ființa cea mai lipsită de daruri pe care am întâlnit-o vreodată. Nici măcar o amărâtă de legătură nu poate să simtă!

-Deci ai impresia că ochii îi capătă străluciri albastre și poate să răpună zeci de războinici dintr-o singură lovitură de sabie pentru că nu are niciun dar? se răsti mama. Dacă ai impresia că ăsta *nu* e un dar, ar trebui să îi vezi și *celălalt* non-dar!

Ninsianna nu o mai văzuse pe mama așa de furioasă de când era mică.

-Ce alt dar? întrebă ea. Mikhail nu mai are alte daruri.

-Aici te *înșeli!* spuse mama, strângând puternic kiltul ponosit al tatei. Darul cu care e înzestrat el e la fel de important, dar total opus celui pe care îl ai tu. Diferența e că el nu se apucă să-l folosească cu totul necugetat, ca *tine!*

-Despre ce tot vorbești? întrebă Ninsianna.

-De când zeița te-a înzestrat cu darul de a vedea, îi spuse mama, ai *orbit!* Nu faci altceva decât să te plimbi de colo, colo vorbind cu Cea-Care-Este!

-Dar am *nevoie* de informații ca să ne pregătim pentru ce vine.

-Majoritatea tâmpeniilor pe care le scoți pe gură n-au nicio legătură cu ce se întâmplă pe pământ, zise mama. Tatăl tău merge pe tărâmul viselor, obține informațiile și se întoarce aici. Tu? Tu doar te învârți pe acolo. Ca o răsfățată!

-Credeam că ești mândră de darul meu.

-Sunt *mândră* de fiica mea cea frumoasă și blândă, căreia îi pasă de *oameni,* zise mama. Îmi *lipsește* fiica ce a părăsit Assurul în ziua în care tu și tatăl tău ați decis că zeița te-a uns ca prea „aleasă" ca să mai ai de-a face cu muritorii de rând!

-Dar tata e mândru de darurile mele!

-Tatăl tău aproape m-a pierdut când a început să facă exact ce îi faci tu bietului tău soț acum, spuse Needa, agitându-și acul de cusut spre Ninsianna. L-am părăsit, să știi. Tu erai foarte mică, așa că nu mă mira că nu-ți mai amintești să fi locuit în Gasur.

-Poftim?

-L-am păsărit, zise mama. La un an după ce te-ai născut. Am obosit să tot merg în pat lângă tatăl tău și să mă trezesc lângă cine știe ce zeitate neimportantă care mormăie chestii fără sens.

-De ce ai face așa ceva? Tata te iubește!

-Pentru că tata era mai fascinat de *darul* lui decât de *mine,* spuse mama. N-ar trebui să te învârți pe-aici ca un canal deschis pentru orice spirit are chef să îți pătrundă în trup. Trebuie să impui niște *reguli* ca să stabilești când să primești informații. Altminteri ai să-l pierzi!

-Dar… se bâlbâi Ninsianna. Mama turuia.

-Eu am tolerat mult mai puțin rahat înainte să te iau în brațe și să plec cu tine înapoi în Gasur, zise mama. Tu nu doar că nu ești niciodată pe aici, dar l-ai mai și pus pe bietul bărbat să facă o armată din nimic și să pună cap la cap o alianță între triburi, ceva ce *nicio* căpetenie nu a reușit până acum. Și nici măcar nu-i *mulțumești* pentru asta!

-Dar de-asta l-a trimis zeița aici!

-Şi DE CE i-ar păsa? întrebă mama. Noi nu suntem semenii lui. Lumea asta nu e a lui. Nici măcar nu e om. DE CE crezi că e dispus să facă toate astea?

-Pentru că...

-Pentru că te iubeşte! zise Needa, pe un ton rugător acum. Pentru că te iubeşte mai mult decât orice din lumea aceea minunată şi extraordinară pe care a lăsat-o în urmă, în care călătorea printre stele şi vorbea chiar cu zeii. Face toate astea pentru *tine,* şi tot ce faci tu e să îl calci în picioare.

Ninsianna se făcu că îşi studia mâinile. Mama înfipse acul în kiltul tatei, evitând privirea fiicei sale în timp ce trăgea de firul aspru înainte şi înapoi. Acesta era un episod din istoria familiei ei pe care nu şi-l amintea, deşi explica atitudinea reverentă a tatei în faţa mamei, în ciuda tachinărilor pe care le primea din partea războinicilor fiindcă părea sub papuc.

-De ce te-ai întors? întrebă într-un sfârşit Ninsianna.

-Pentru că a fost de acord să meargă pe tărâmul viselor doar când are nevoie de infomaţii, nu să lase orice spirit care are chef să intre în corpul lui şi să ne salute.

-Dar asta o să-mi încetinească progresul.

-Şi cam cât crezi că o să progresezi dacă Mikhail te părăseşte?

Gândul de neconceput o izbi ca un pumnal.

-Oh... răspunse ea cu gura căscată.

-Când l-ai cunoscut, ai crezut că e zeu! spuse Needa.

-Dar e doar...

-Nu e *doar* nimic! se răsti mama. Dacă îl alungi de lângă tine, şi crede-mă, dacă aş fi fost în locul lui, aş fi plecat deja... Dacă îl alungi vreodată de lângă tine, odată ce o să îţi dai seama ce ai pierdut, o să fii deprimată pentru tot restul vieţii, fiindcă niciun alt bărbat nu o să se compare cu el.

-Dar *tu* te-ai întors, zise Ninsianna. Şi avem un copil pe drum.

-M-am întors pentru că *tu* ai început să te fâţâi de colo, colo mormăind la Cea-Care-Este ca tatăl tău! zise mama. N-am ştiut ce să mă fac cu tine, aşa că abia *atunci* am fost de acord să vorbesc cu el. Nu mai devreme!

-Dar copilul ar rămâne cu...

-Exact, zise mama. Copilul ar rămâne cu *tine.* Dacă îl pierzi, el *nu* o să se întoarcă. Are destule femei gata să i se arunce la picioare şi să îi aducă pe lume oricâţi copii înaripaţi poate să le ofere cu infinit mai multe pretenţii ca tine!

Cuvintele o loviră frontal.

-Nu ar...

-*Tu* tot spui că a *făcut-o*! răspunse Needa, iar ochii îi sclipiră a dezgust.

-Nu! strigă Ninsianna. Mikhail mă iubeşte! Nu s-ar culca niciodată cu altă femeie!

Mama se lăsă pe spate şi îşi încrucişă braţele la piept, având pe chipul obosit o expresie triumfătoare. Inima Ninsiannei gonea. Oare s-ar fi *culcat* cu o altă femeie? *După* ce se căsătoriseră? Își aminti disperarea cu care o strânsese după ce inamicul aproape o eliminase și cruzimea cu care îl tratase după. Nu. Mikhail nu ar părăsi-o niciodată dacă ea nu l-ar alunga. Își mută privirea, neputând să mai întâlnească ochii prea receptivi ai mamei.

—Dar celelalte femei sunt interesate de el doar pentru că e o creatură cerească.

—Și nu-ți sună cunoscut? întrebă mama pe un ton acuzator. Prietenii lui înțeleg că nu e aici doar ca să *facă* lucruri pentru ei; ci că trebuie și *ei* să îl *protejeze*. Tu? Pare că ai încetat să îl iubești fiindcă ți-ai dat seama că e muritor!

Ochii Ninsiannei se umplură de lacrimi. Oare mama chiar avea o părere atât de proastă despre ea? Lucrurile pe care i le spunea erau foarte urâte.

—Mikhail te iubește, zise mama pe un ton rugător. De ce nu poți și tu să îl iubești pe el? Parcă vrei să se grăbească să termine odată cu armata asta ca să treci la următoarea aventură. El simte distanța și nu înțelege unde greșește.

Ninsianna deschise gura, vrând să întrebe cum ar putea să mai aibă încredere în el, dar înțelese din privirea mamei că ar fi fost o întrebare stupidă. Deja *primise* răspunsul. De pe *propriile* buze!

—Nu înțeleg de ce a devenit așa lipicios! zise Ninsianna. Am nevoie să fie puternic!

—Aproape te-a pierdut, spuse mama. Și acum nu te mai *simte* pentru că l-ai dat la o parte, continuă ea, ducându-și mâna în dreptul inimii. Darul unui tămăduitor este să *simtă* durerea altcuiva de parcă ar fi durerea proprie. Și tu, și tatăl tău înțelegeți cu greu darul empatiei, dar tatăl tău a învățat să încerce.

Mama se întinse peste masă și îi strânse mâna.

—Mikhail chiar *simte* legăturile, altfel nu ar fi știut că ești în pericol. Pur și simplu nu recunoaște conexiunea așa cum o faci tu.

Ninsianna își coborî privirea spre castronul neatins de terci. Mama avea dreptate în legătură cu un lucru. Trebuia să aleagă dacă avea de gând să îl ierte pentru rătăcirea dinaintea nunții sau nu. Altfel, era posibil ca Mikhail să facă această alegere în locul ei.

—Ce ar trebui să fac?

—Să îl iubești? răspunse mama cu o expresie rugătoare. Doar iubește-l. În loc să îl forțezi pe Mikhail să folosească darul *tău*, de ce nu înveți tu să îl folosești pe al lui. Asta a trebuit să facă și tatăl tău.

—Dar Cherubimii l-au învățat să își folosească darul, zise Ninsianna. Ar trebui să poată folosi cunoștințele alea ca să își însușească un dar nou.

—Nu, răspunse mama, iar chipul i se întunecă. Cherubimii *nu* l-au învățat să folosească energiile morții cu nimic maim ult decât te-a învățat pe tine tatăl tău să vorbeşti cu Cea-Care-Este. Cherubimii doar l-au învăţat cum să *reprime* darul ca să îl poată ţine în frâu.

Discuţia fu întreruptă de o bătaie în uşă. Tata trase cu ochiul înăuntru, vrând să vadă dacă mai e cazul să zăbovească prin curte, prefăcându-se că nu asculta fiecare cuvânt.

-Întrerup?

-Nu, spuse Ninsianna întinzându-se spre el, disperată să scape de privirea nimicitoare a mamei ei.

-Da, replică Needa, aruncându-i soţului ei o privirea care transmitea că nu avea de gând să se lase întreruptă.

-O să… văd eu… dacă e ceva… se scuză tata şi plecă. Needa aşteptă să se facă nevăzut şi apoi se întoarse înapoi spre Ninsianna, luptându-se în egală măsură cu supărarea şi disperarea.

-Mikhail te iubeşte, zise ea, strângând-o uşor de mână pe Ninsianna. Nu îţi mai face un miliard de gânduri din cauza iluziilor triste ale unei biete femei distruse şi concentrează-te pe ce *ai*.

Mama luă kiltul pe care îl cosea şi ieşi în căutarea tatei. Ninsianna rămase pe gânduri, meditând la ce îi spusese. Oare chiar se purtase atât de nedrept? Într-atât de nedrept încât să îl facă pe *Mikhail* să o părăsească, nu invers?

Frica i se cuibări în vintre – aceeaşi frică pe care o simţea în fiecare noapte în care avea coşmaruri cu Lordul Întunecat smulgându-i bebeluşul din pântec.

-Zeiţă? întrebă Ninsianna. De *asta* nu o să fie aici să mă ajute la venirea Celui Malefic? Pentru că îl alung eu?

Fireşte, zeiţa nu răspunse. *EA* era o zeitate pragmatică, n-avea timp de pierdut cu fetiţe prostuţe şi egoiste care îşi puneau pe fugă soţii pe jumătate zei.

Ninsianna luă o înghiţitură de terci. Se înecă însă cu ea. Aruncă pasta solidă în găleata în care ţineau delicatesele pentru mulsul de dimineaţă al Micii Nemesis, îşi luă mantia stacojie şi porni în căutarea soţului său.

*

O voce care cânta fals o atrase spre aleea din apropierea casei surorilor văduve.

-Oooooooo, era odată un flăcău din Eshnunna… care-a zis că n-aş îndrăzni să-l las la fundu' gol… aşa că i-am traspantalonii… şi i-am umplut cu *hâc* furnici…şi l-a mâncat dosul până-n iunie… ieieie…

-Mikhail? îl întâmpină Ninsianna, privind umbra cât un munte care mergea împleticit spre ea în lumina slabă a lunii. Cânţi?

-Era odată o domniţă din Gasur… şi nu-i mai tăcea gura neam!

-Mikhail? Eşti beat?

-C-c-c-criţă, sughiţă el. Merg pe… şapte… hopa! se împiedică el, dar îşi recăpătă echilibrul la timp, o strânse pe Ninsianna în braţe şi îi trase o palmă la fund.

-Mikhail! De ce cânţi?

-Fiindcă-mi ţiuie urechile, răspunse el, sărutând-o pe gât. Şi se-amestecă imaginile… ooo… ce rimează cu imaginile?

Mirosul de alcool luă cu asalt nările Ninsiannei.

-Pfuu, duhneşti! exclamă ea, făcându-şi aer la nas cu mâinile. De unde ai făcut rost de mied?

-Nnnnu-i mied, se bâlbâi Mikhail. Iiiiie bere. Surorile fac experimente. Bun, bunuţ.

-Cam aşa pare! Îl prinse la timp, cât să nu cadă drept în nas. Soţule, te-am văzut făcând multe, dar nu căzând din picioare de beat ce eşti şi cântând.

-Surorile zic că-s prea sssserios, bolborosi el. Şi de-aia nu mă mai iubeşti, continua apoi, trăgând-o mai aproape şi îmbrăţişând-o.

-… a…

Pe măsură ce asimilă spusele lui, vocea Ninsiannei se stinse. Îşi ridică privirea spre trăsăturile acelea elegante, poate doar cu o fărâmă mai puţin frumoase din cauza roşeţii pe care alcoolul i-o adusese în nas şi obraji. Mikhail avea o înfăţişare tristă, derutată, de parcă ar fi fost un câine care tocmai fusese bătut şi nu îşi putea aminti ce făcuse de îşi mâniase stăpânul.

Da. Chiar fusese crudă cu el. Cui îi păsa dacă îşi găsise consolarea în braţele Shahlei pentru că *ea* era indisponibilă la vremea aceea? Nu era ca şi cum arm ai fi vrut să aibă de-a face cu ea de atunci. Ninsianna se ridică pe vârfuri şi mângâie pomeţii aceia înalţi şi frumoşi la fel cum o făcuse în ziua în care se târâse la bordul navei prăbuşite şi îl găsise pe moarte. Şi acum, ca şi atunci, Mikhail se înfioră sub atingerea ei, în timp ce ea îi proiectă o imagine în minte.

Totul va fi bine…

-Hai, acasă cu tine, îi spuse ea. Vorbim mai multe când te trezeşti.

-Bbbine…

Se clătină în urma ei ca un căţelandru enorm, înalt de doi metri, dar mort de beat şi ascultător nevoie mare. Ninsianna îl conduse în casă, trecând de privirile curioase ale părinţilor, care se aşezaseră la masă ca să vorbească, fără îndoială, despre discuţia de mai devreme.

-A fost acasă la surori, explică Ninsianna şoptit. Fac ceva experimente cu o reţetă nouă.

Tata îi dădu un cot mamei, având o expresie amuzată. Toţi făcuseră greşeala de a se înfrupta din băuturile experimentale ale surorilor văduve şi plătiseră scump, cu o mahmureală teribilă a doua zi.

-Hai, dragule, îl îndemnă Ninsianna pe Mikhail. Mergi sus, ca să dormi.

Mikhail o urmă pe scări ca un ieduţ docil şi se chinui să îşi desfacă închizătorile mici şi rotunde cărora le spunea „nasturi". Ar fi fost mai simplu dacă nu s-ar fi tot aplecat în faţă ca să îi şoptească Ninsiannei la ureche cât de rău îi părea că o dezamăgise. Într-un final, Ninsianna o lăsă baltă şi îl direcţionă spre pat, fără să străduiască prea mult să îi încetinească căderea, ci lăsându-l să se prăbuşească şi să se cuibărească sub forma unei mingi acoperite de pene, încă îmbrăcat.

-Ninsianna? bolborosi el chiar înainte să adoarmă. Te iubesc, ştii asta? Mai mult decât orice pe lume.

Îi spusese de multe ori aceste cuvinte, dar, pentru prima oară de când îi făcuse acest jurământ, Ninsianna îl *ascultă*. Cuvintele îi fură însă înlocuite de sforăituri.

-Noapte bună, dulcele meu Angelic, îi spuse ea, sărutându-l pe obraz.

Îi scoase cizmele şi îl înveli cu pătura moale, pe care o primiseră drept cadou de nuntă de la Yadiditum. Apoi, îşi purtă degetele prin părul lui des şi negru, care mai crescuse de când se prăbuşise pe pământ. Ninsianna îşi întoarse privirea spre micul altar pe care i-l închinase Celei-Care-Este, spre statuia la care se rugase în ziua în care EA o înzestrase cu darul de a vedea.

-Mamă? Ajută-mă te rog să îmi repar căsnicia!

O umbra se mişcă. Creatura şuieră.

„Cum ai putea să vindeci rana asta dacă ţi-e frică de întuneric, copilă?"

-Tai-o! sâsâi ea spre creatura aceea de forma unei pisici care se tot ţinea după ea – animalul de companie al Lordului Întunecat, trimis să o spioneze!

Capitolul 41

Data Galactică Standard: 152,323.11 D.Î.
Alianța: Haven-3
Comandantul General Suprem în exercițiu Abaddon
Alias „Nimicitorul"

ABADDON

-Atenție, atenție! anunță purtătorul de cuvânt al Camerei Reprezentanților în cadrul adunării parlamentare reunite de urgență. Urmează să ascultăm mărturia comandantului nostrum suprem.

Spre deosebire de Împăratul Etern, Parlamentul nu își dezarma cel mai decorat general de fiecare dată când intra în Marea Sală. Doldora de arme, Generalul Abaddon își ridică privirea spre chipurile care îl urmărea din balcoanele semețe. Singurele zgomote care întrerupeau din când în când tăcerea erau suspine și câte o încercare de dregere a glasului menită să ascundă emoția unui întreg imperiu care jelea.

Potrivit legilor Alianței, purtătorul de cuvânt servea drept prim-ministru până când Lucifer era găsit în viață sau i se recupera cadavrul, caz în care nu prea știau *ce* urma. Legile pe care le crease Împăratul pentru acest organ legislativ bicameral erau *ereditare*, concentrate în jurul celui pe care îl crescuse ca pe propriul fiu și al moștenitorilor pe care acesta i-ar adduce pe lume ca să îi preia rolul. Fără Lucifer, funcția legislative a Parlamentului dispărea, la fel ca legile prin care Parlamentul trecuse rezoluția care făcea din Împărat un simplu bibelou. Dacă Lucifer murea, Parlamentul murea odată cu el.

Da... Și-acum mai închide cutia Pandorei dacă poți...

-Domnule purtător de cuvânt, zise Abaddon, strângându-și aripile gri la spate. Am venit la solicitarea Poporului.

Dragonul Muqqui'bat n-avea de gând să piardă timpul.

-General Abaddon, i se adresă purtătorul de cuvânt, adulmecând precaut aerul. Înțelegeți că acest organ de conducere trebuie să vă adreseze întrebări cu privire la circumstanțele disparției primului ministru?

Abaddon se întoarse spre cei care îl chestionau. Stătea în poziție de luptă, cu picioarele depărtate la nivelul umerilor, gata să acționeze la cea mai mică amenințare – obiceiul unui militar care slujise o viață întreagă. Nu era prima oară când fusese chemat să dea socoteală pentru o misiune care se încheiase teribil de prost, însă era prima oară când avea în față un „juriu" format din mii de delegați aleși, nu Împăratul și zeul care avea acum doar un rol pur ceremonial. În numele zeilor! Cât de mult ura politica! Însă poporul pe care îl slujea merita niște răspunsuri, iar el avea să le ofere.

-Când prim ministrul a plecat de aici săptămâna trecută, zise Abaddon, mi-a fost teamă că Împăratul s-ar putea răzbuna arestându-l din nou, așa că am ordonat unei fregate să stea pe urmele lui. După cum am anticipat, prim ministrul a pornit spre o întâlnire cu *Prințul din Tyre.* "

-Știați că are de gând să se întâlnească cu Ba'al Zebub? îl întrebă purtătorul de cuvânt.

Șoaptele răsunară prin marile balcoane circulare ca vântul care precedă o furtună. Plânsetele câtorva female care îl idealizaseră pe prim-ministru și cel mai probabil se și culcaseră cu el continuară, dar Abaddon simțea deja schimbarea din aer, cu prădătorii selachamorchi învârtindu-se în cerc pentru a ucide. Dispariția bruscă a lui Lucifer deschisese o gamă complet nouă de oportunități.

-Nu domnule, răspunse Abaddon, plecându-și capul. Din câte știam, Lucifer voia să se revadă cu soțiile sale.

-Soțiile? întrebă purtătorul de cuvânt pe un ton surprins. Adică avea mai mult de una?

-Avea trei, din câte știu eu, spuse Abaddon, alegându-și cuvintele cu grijă. După cum știți, prim-ministrul era disperat să aibă un moștenitor. Condiția pe care bătrânul dragon a pus-o pentru a ne oferi cetățene Sata'anice a fost ca prim-ministrul să se căsătorească cu ele înainte să le lase însărcinate, iar legislația Sata'anică le permite masculilor de rang înalt să aibă mai mult de o soție.

Printre delegați se răspândiră șoapte – unele furioase, altele surprinse. Unii dintre ei aveau mai mult de o soție, dar, de obicei, când o planetă se integra în societatea Alianței, adopta și obiceiul monogamiei. Era ironic că cei mai „cuminți" dintre membruu Alianței strâmbau din nas la familiile extinse și haremurile cetățenilor Sata'anici, și totuși nu aveau nicio problemă cu faptul că Hashem tot propășea hibrizi, condamnându-i la o existență lipsită de iubire, în așa fel încât să crească soldați care să-i apere.

-Nu-i aprob exuberanța, adăugă Abaddon pe un ton echilibrat. Acum că sunt căsătorit, nu pot concepe să iubesc altă femeie în afară de soția mea, dar stabilitatea pe termen lung a Alianței depinde de abilitatea lui Lucifer de a produce un moștenitor.

Ochii gri ai lui Abaddon îi scrutară pe delegații care stăteau în balcoanele lor înalte, judecând o ființă care nu mai era de față și nu se mai putea apăra. Întotdeauna îl considerase pe Lucifer un măgar înfumurat, dar nu avea să le permită să-i păteze reputația. Își întoarse obrazul brăzdat de cicatrice spre ei, lăsând să se vadă tăietura de sabie pe care o primise ca să îi protejeze pe ei și care aproape îl ușurase de un ochi.

-Nu i se părea cu mult diferit de programul obligatoriu de împerechere al Împăratului, mârâi Abaddon. Singura diferență e că soțiile *lui* au un statut legal – făcu un gest larg, de parcă ar fi cuprins delegații aflați în balcoane – în loc de *NIMICUL* cu care trebuie să se mulțumească hibrizii când noi suntem obligați să ne împrăștiem sămânța și apoi ne predăm copiii întru gloria Alianței!

Șoaptele se stinseră. O glumă care circula prin Alianță spunea că Lucifer nu reușise să tragă niciodată cu nimic altceva decât cu gloanțe oarbe. În final, micul nemernic râsese la urmă. Singura întrebare care rămânea era dacă îi supraviețuise vreo sămânță.

Purtătorul de cuvânt readuse interogatoriul pe făgașul normal.

-Aveți vreo idee de ce ar fi vrut Shay'tan să tragă asupra navei lui Ba'al Zebub?

-Nu, domnule, spuse Abaddon. Știu doar ce a transmis Lucifer înainte ca întreaga flotă a lui Shay'tan să se materializeze în zona de frontieră, și anume că Ba'al Zebub cerea azil în schimbul furnizării locației Pământului.

-De ce a fost staționată *Lumina Eternă* la granița dintre Imperiul Sata'anic și Alianță? întrebă purtătorul de cuvânt.

Abaddon își întinse aripile asemenea unei păsări răpitoare, mângâind din reflex mânerul sabiei.

-Am vrut să-i transmit un mesaj lui Shay'tan, să nu ne invadeze așa cum a făcut-o acum 225 de ani, când Împăratul nostru a dispărut.

-Mai exista vreun alt motiv?

Purtătorul de cuvânt știa deja răspunsul. Sesiunea aceasta de întrebări și răspunsuri era organizată de dragul Parlamentului.

-În urmă cu două luni, Jophiel a extras 97 de nave de la pozițiile lor și se presupune că le-ar fi trimis pe teritoriile neexplorate în căutare de pirați, zise Abaddon. Acum că și-a pierdut rangul, Împăratul refuză să o predea pentru interogatoriu și nimeni nu pare să știe unde s-au dus acele nave.

Un oftat străbătu Parlamentul. Un zumzet de furie. Frică. O armada alcătuită din atât de multe nave putea face ravagii dacă alegea să îi acorde sprijinul său Împăratului Etern.

-Subordonații îi sunt loiali lui Jophiel, iar ea îi e loială Împăratului Etern, spuse Abaddon. I-am redistribuit nava amirală la granița dintre Imperiul Sata'anic, Alianță și Regatul Tokoloshe pentru a le reaminti membrilor echipajului ei cine sunt adevărații lor dușmani.

În Parlament se așternu tăcerea. Shay'tan le transmisese un mesaj.

Purtătorul de cuvânt îi făcu semn unuia dintre asistenții săi:

-Redă apelul SOS al lui Lucifer.

„Lumină Eternă, aici Prințul din Tyre. Suntem atacați!"

Parlamentul știa că lui Jophiel îi fusese retras gradul, dar populația de rând a Alianței nu era la curent cu această informație. Ultima transmisiune a lui Lucifer, venită pe o frecvență deschisă, stârni furia televiziunilor. Din câte știa cetățeanul de rând, Jophiel îl privise pe Lucifer murind și nu făcuse nimic pentru a-l salva.

„SOS... SOS... SOS", strigă Lucifer spre ecran. *„Suntem atacați de Imperiul Sata'anic. Jophie! Nu mă lăsa să mor aici!"*

Delegații care până atunci își înghițiseră lacrimile începură să plângă de-a dreptul. Abaddon aruncă o privire spre silueta înaltă și zveltă a purtătorului de cuvânt al Camerei Reprezentanților; avea capul plecat. El și Lucifer aveau o relație complicată, ba se iubeau, ba se urau, dar mare parte din ce însemna Parlamentul i se datora lui Lucifer, era sânge din sângele lui, așa cum ar fi trebuit să fie și copiii pe care ar fi vrut să îi aducă pe lume.

-De ce *Lumina Eternă* nu l-a salvat pe prim-ministru? întrebă purtătorul de cuvânt cu glas tremurător.

-Majorul Klik'rrr este un bărbat bun, zise Abaddon. Dar pentru Jophiel a îndeplinit mereu doar sarcini administrative. Informațiile noastre arată că doar un singur distrugător Sata'anic patrula la graniță. Nu știa că va ataca întreaga flotă de război a lui Shay'tan. A pierdut trei minute întregi trimițând un mesaj subspațial către *Jehoshaphat*, ca să ceară ordine.

-Arătați imaginile surprinse de nava pe care ați trimis-o în urma prim-ministrului, ordonă purtătorul de cuvânt.

Un monitor video arătă cum fregata Sata'anică deschisese focul asupra a ceea ce mai rămăsese din epava lui Ba'al Zebub. Focul aprinse resturile din spațiu, dar pentru ochiul experimentat al lui Abaddon, părea clar că acestea nu erau suficient de mari pentru a doborî o navă de mărimea *Prințului din Tyre*.

Mintea îi era în alertă. Să fi sărit Lucifer în hiperspațiu pentru a evita să fie distrus? Nu zărea nicio sclipire a hipermotoarelor, dar uneori, dacă o navă era avariată când încerca să sară, rămânea prinsă între dimensiuni sau apărea în alt loc decât cel dorit.

-Unde ești? se întrebă Abaddon holbându-se la videoclipul în care Lucifer o implora pe Jophiel să îl salveze. Un sentiment de neliniște i se instală în stomac. Ceva din sclipirea din ochii argintii ai lui Lucifer îl făcea să creadă că lui totul i se părea doar un joc.

-De ce nu i-ați ordonat maiorului Klik'rrr să atace flota de război Sata'anică după dispariția *Prințului din Tyre?* întrebă purtătorul de cuvânt. În vocea sa nu se citea nicio acuzație. Discutaseră deja despre acest lucru și bărbatul fusese de acord cu decizia lui Abaddon.

-Navele Sata'an nu au tras nicio clipă în teritoriul Alianței, răspunse Abaddon. N-au fost decât resturi desprinse din nava lui Ba'al Zebub, care s-au aprins. Nu am găsit nicio rămășiță a *Prințului din Tyre*. Am sperat... la momentul respectiv am crezut că Lucifer pur și simplu a sărit, domnule. Întregul incident părea un pic prea... înscenat.

-Înscenat? întrebă purtătorul de cuvânt.

-Nu mi se pare în regulă, spuse Abaddon. Să dezerteze? Ba'al Zebub? Imediat după ce l-a ajutat pe Lucifer să-l doboare pe Împăratul Etern?

Clatină din cap. Bătrânul dragon e viclean. Ce scuză mai bună ar putea avea să pornească un război decât să pretindă că l-am atacat când şi-a trimis principalii aghiotanţi în zona neutră pentru a negocia schimbarea puterii cu prim-ministrul nostru?

Sentimentul de nelinişte răsună din nou în pântecul lui Abaddon. Doar că, eliminându-l pe Lucifer, Shay'tan tocmai rezolvase problema pe care adversarul său o avea cu nesuferitul ăsta de Parlament. Nu rosti cuvintele cu voce tare, însă. Nimeni nu voia să susţină teoria că, prin uciderea lui Lucifer, Parlamentul nu mai avea nicio autoritate. Să fie Împăratul cel care să facă aceste afirmaţii... şi apoi să încerce să bage pe gât cetăţenilor săi un regres de 225 de ani.

-A trecut vreo navă sau vreun foc de armă Sata'anic graniţa Alianţei? întrebă purtătotul de cuvânt al Parlamentului.

Abaddon se încruntă, adoptând o mină aspră.

-Nu, domnule. Bătrânul dragon s-a asigurat al naibii de bine că ne-a provocat să fim noi cei care trecem graniţa.

Purtătorul de cuvânt al Camerei Reprezentanţilor se întoarse spre delegaţii care alcătuiau Parlamentul, gata să reia dansul complicat.

-Nu sunt vreun apărător al războiului, dar prim-ministrul nostrum a dispărut şi pare să fi murit la mâna lui Shay'tan. Putem să lăsăm această infracţiune nepedepsită?

-Nu! strigară delegaţii de la balcoane. Plânsetele făcură loc îndemnurilor la război. Cu două săptămâni în urmă, Parlamentul îl jupuise pe Împăratul Etern de putere. Încă era cuprins de beţia puterii proaspăt dobândite.

-Înainte de a porni la război, cred că trebuie să ascultăm ce ne recomandă comandantul nostru militar de vârf, zise purtătorul de cuvânt, bătând cu ciocănelul pe masa. General Abaddon? Vă rog!

Abaddon se uită fix la delegaţii care stăteau cocoţaţi pe balcoanele lor circulare ca nişte păsări răpitoare tinere, nerăbdătoare să-şi întindă aripile şi să înceapă prima vânătoare. Puţini trăiseră suficient de mult încât să îşi amintească înfrângerile răsunătoare pe care Alianţa le suferise în faţa lui Shay'tan. Chiar şi el avea doar o imagine vagă a lucrurilor de care era capabil bătrânul dragon în comparaţie cu luptele despre care citise în cărţile de istorie de la şcoala de ofiţeri. Pe de altă parte, această fărădelege nu putea rămâne fără răspuns.

-Înainte de a face vreo recomandare, zise Abaddon, trebuie să mărturisesc că sunt subiectiv. După cum ştiţi, frumoasa mea soţie ar vrea să-i găsesc planeta natală şi să o smulg de sub controlul lui Shay'tan. Nu pot promite că acest considerent nu-mi întunecă judecata.

Un murmur străbătu sala. Abaddon era cunoscut pentru astfel de discursuri sincere, motiv pentru care i se acorda încredere ca şi comandant militar. Își spunea punctul de vedere, iar apoi îi lăsa pe politicieni să se certe.

-Am luat notă de acest lucru, spuse purtătorul de cuvânt.

-Lucifer a mers acolo, tocmai acolo, pentru a trata cu Ba'al Zebub pe tema locației tărâmului de pe care provin oamenii, spuse Abaddon. Poate că a fost un șiretlic. Poate că nu. Dar știu că *Prințul din Tyre* a rămas staționat în acel sector pe toată perioada în care Lucifer a primit transporturi de mirese umane de la Imperiul Sata'anic. Știu, de asemenea, că acele planete au fost cândva controlate de *Al Treilea Imperiu*. Tatăl biologic al lui Lucifer, Shemijaza, susținea că a făcut progrese privind pericolul de dispariție a hibrizilor înainte de a muri. Este posibil ca planeta de pe care provin oamenii să se afle în centura de planete pe care Shay'tan a pus stăpânire după ce Shemijaza a fost ucis.

Delegații începură să dezbată între ei. Totul era o chestiune de conjunctură. Presupuneri. Puțin mai mult decât o bănuială, și nici măcar una puternică. Dar dacă lumea natală a lui Sarvenaz se afla chiar după graniță, atunci tot ce trebuiau să facă era să o ducă pe Sarvenaz alături de celelalte mirese umane înapoi la familiile lor și să le ceară să își invite noii soți să anexeze planeta, transformând-o într-un protectorat al Alianței.

-Ar fi posibil, întrebă purtătorul de cuvânt, ca prim-ministrul, în calitate de moștenitor de drept al tronului celui de-al *Treilea Imperiu*, să își fi staționat pur și simplu nava, numită în mod ironic *Prințul din Tyre*, în apropierea câmpului de rămășițe ale planetei *Tyre*, scaunul imperiului tatălui său biologic, pentru a o putea recupera de la Shay'tan?

Era o poveste. Dar o poveste care ar limita acțiunile militare la fâșia îngustă de teritoriu pe care o controlase cândva Shemijaza în loc să ducă la o declarație de război împotriva întregului Imperiu Sata'anic. Cel puțin îi dădea lui Abaddon un punct din care să înceapă căutările, acum că singurul din Alianță care ar fi putut ști unde se află oamenii era presupus mort.

-Da, fu de acord Abaddon.

-Prin prezenta, propun Parlamentului să declare starea de acțiune militară limitată, zise purtătorul de cuvânt, pentru a prelua teritoriul cunoscut anterior sub numele de *Al Treilea Imperiu* pentru moștenitorul său de drept, prim-ministrul Lucifer, sau pentru orice copii pe care acesta îi aduce pe lume cu numeroasele sale soții. Cine votează pentru?

-Pentru!

Abaddon rămase impasibil în timpul votului, refuzând să dezvăluie acel fior familiar pe care orice militar îl simțea atunci când era eliberat din lesă și i se permitea să facă lucrul pe care numai cei ca el, doritori de acțiune, erau bucuroși să îl facă… războiul. Votul nu fu unanim, dar depăși cele două treimi de voturi necesare.

-Vreun vot împotrivă?

Un număr considerabil, dar nu semnificativ, de delegați se opuse. Din discuțiile care răzbăteau prin Sala Mare, opoziția nu se datora faptului că delegații considerau că intervenția militară era nejustificată, ci pentru că se temeau că lucrurile ar putea degenera într-un război în toată regula.

-Propunerea trece, anunță purtătorul de cuvânt al Parlamentului. Alianța este acum în război.

*

Abaddon privi cu uimire mâna mică care o strângea atât de tare pe a lui, încât degetele începuseră să se albească. Genele lungi și întunecate ale lui Sarvenaz îi atingeau curbura pomeților superiori, iar buzele i se mișcau în tăcere, rostind o rugăciune mută, în timp ce naveta se lupta să se elibereze din strânsoarea gravitației. Urechile îi pocneau în timp ce înaintau deasupra mezosferei Haven-3, acel punct în care majoritatea meteoriților luau foc, iar naveta se avânta, eliberându-se de strânsoarea atmosferei interioare.

-Înghite în sec, *mo ghrá*, murmură el. O să te scape de presiunea din urechi.

Buzele lui Sarvenaz se curbară într-un zâmbet, dar femeia își ținu ochii în continuare închiși, pe măsură ce călătoria devenea mai lină. Aceasta era a treia ei călătorie dus-întors spre Haven-3. Deși el știa că o îngrozea; o îngrozeau semenii lui, tehnologia, ciudățenia tuturor, darera hotărâtă să nu fie lăsată în urmă pe *Jehoshaphat*. Poate că era un bătrân egoist, obișnuit să dea ordine și să fie ascultat, dar niciodată în cei 635 de ani ai săi, niciunul dintre soldații săi nu izbucnise în lacrimi la gândul de a fi despărțit de el. Pe cine păcălea el? O adusese și pe ea fiindcă *el* nu suporta să fie despărțit de *ea!*

Deschise ochii. Pupilele îi erau dilatate de frică, dar și de exaltare. Strânsoarea degetelor slăbi; acum nu îi mai oprea circulația, dar încă îl ținea de mână. De fiecare dată când Abaddon se uita în ochii ei frumoși, de culoarea mahonului, i se tăia respirația. Ea ridică mâna, așa cum făcea adesea, pentru a urmări conturul cicatricii care străbătea chipul soțului ei de la sprânceană până la bărbie. Rănile lui de luptă o mulțumeau, iar asta îl mulțumea și pe el.

-Aproape am ajuns acasă, *mo ghrá.*

Se asigură că centura ei de siguranță era bine fixate; deși o mai verificase deja de zeci de ori. Fusese nevoit să modifice un scaun pentru a o transporta, fiindcă trunchiul mai mic și lipsa aripilor nu îi permiteau să își prindă centura ca în mod obișnuit. Când era speriată, Sarvenaz prefera să se cuibărească printre penele lui, așa că Abaddon adaptase scaunul de rezervă pentru a o putea lua cu el. Mâna lui alunecă în jos, mângâind umflătura abdomenului și asigurându-se că centura de siguranță a centurii abdominale era bine înfiptă sub fiica lor.

-Tremură foarte rău, spuse Sarvenaz. Ca o barcă pe mare. Sarvenaz a închis ochii și pe barcă. Așteaptă să treacă furtuna.

-Spune-mi despre aceste bărci, *mo ghrá.*

Abaddon îi punea întrebări pentru că, ori de câte ori era într-un loc străin, o liniștea să îi povestească despre obiceiurile semenilor ei, dar și pentru că el era teribil de curios. Eliberase multe planete în timpul mandatului său, dar aceasta avea să fie prima dată când îi păsa cu adevărat de ce se întâmpla cu locuitorii lumii eliberate, dincolo de o victorie abstractă pe care avea să o adauge la seria de numere pictate pe coca exterioară a *Jehoshaphatului.*

-Alashiya au multe bărci, zise Sarvenaz încruntându-se, de parcă ar fi lăsat-o memoria. Rotunde. Ca Haven. Arătă pe fereastră spre globul care se retrăgea. Încă îi era greu să înțeleagă conceptul de planetă în spațiu, așa că în cele din urmă Abaddon îi explicase că era o insulă într-un ocean. Alashiya era numele pe care îl folosea poporul ei pentru pământul pe care trăiau. Din câte își dădea seama, era o insulă destul de mare.

-Noi facem negoț cu metal. Nu argint ca sabia sau aur. De altă culoare. Roșu-auriu. Se fac coliere frumoase, dar se folosește și pentru vârfuri tari la suliță.

-Aveți un metal pe care îl puteți ascuți ca pe sabia mea? o întrebă el. Din ce îi povestise până atunci, nu dispuneau de o astfel de tehnologie.

Sarvenaz scutură din cap, făcând ca buclele care se i se ițeau de sub eșarfă să tremure ca niște pene moi și pufoase. Abaddon nu putu rezista impulsului de a întinde mâna și de a împleti una dintre șuvițele de abanos în jurul degetului.

-Metal e moale, zise Sarvenaz, iar ochii de mahon îi străluciră cu o umbră de viclenie. La fel ca aur. Nu dur ca sabia. Doar că nu rar ca aurul. Face ca vârful suliței să nu se spargă. Mai ușoară ca vârf de suliță depiatră.

Buzele lui Abaddon se arcuiră, formând un zâmbet rar. Sarvenaz înțelese că discuția despre arme era mult mai seducătoare decât o sută de femei care ar fi dansat goale în fața lui. Mâna îi alunecă în jos, mângâind mânerul sabiei – o trimitere obraznică la o altă sabie pe care ar fi vrut să o mângâie dacă nu s-ar fi aflat în preajma membrilor echipajului lui Abaddon. El se foi, simțind cum acea a doua sabie se umfla în anticiparea plăcerii pe care aveau să o împărtășească mai târziu, odată ce el avea să își lanseze armada în direcția graniței Sata'anice. Sarvenaz era și ea o vânătoare – doar că prada ei fusese inima lui.

-Poporul tău folosea aceste sulițe cu vârf de metal pe care le descrii pentru a vâna lei? Întrebă Abaddon. Sau pe cele cu vârf de piatră?

Sarvenaz se încruntă. La capetele ochilor i se iviră riduri de concentrare, însă Ochii i se încrețiseră în concentrare, dar amintirea nu voia să iasă la lumină. Abaddon își purtă degetul mare prin colțul gurii ei și o sărută tandru pe tâmplă.

-Nu-i nimic, *mo ghrá,* o linişti el. Ştim numele satului tău şi intuiesc că se află pe o insulă. De îndată ce vom găsi planeta, îl vom localiza. Ai cuvântul meu.

Indiferent ce făcuse bătrânul dragon pe Hades pentru a-i şterge din minte locaţia planetei de pe care provenea, măcar o lăsase capabilă să vorbească şi să funcţioneze; dar când venea vorba despre ce apărări avea amplasate acolo Imperiul Sata'anic, cum arătau stelele din acea zonă de spaţiu, în aşa fel încât să sugereze unde s-ar putea afla, sau orice altceva în afară de nişte imagini foarte vagi legate de sistemul politic şi de familia ei, Sarvenaz nu-şi amintea nimic. Nici soţiile oricărora dintre ceilalţi nu-şi amintea. Din câte ştia Alianţa, nimeni nu dispunea de o astfel de tehnologie, cu excepţia Celei-Care-Este.

Sarvenaz se uită pe fereastra mică şi rotundă. Pilotul plasase naveta în aşa fel încât să se alinieze cu *Jehoshaphat,* care încă orbita Haven-3, şi cu armele îndreptate spre oricine ar fi putut ameninţa Parlamentul. Îşi asumau un risc, redesfăşurându-se în zonele de graniţă pentru a recuceri teritoriile care aparţinuseră cândva celui de-al Treilea Imperiu, dar Abaddon se temea mai puţin de posibilitatea ca Hashem să facă vreo mişcare directă împotriva corpului guvernamental care îl uzurpase şi mai mult de mişcările politice subtile pe care Împăratul avea să le facă, fără îndoială, pentru a recuceri inima poporului care tocmai îl respinsese.

-Acasă, spuse Sarvenaz arătând pe fereastră spre *Jehoshaphat,* care se mărea pe măsură ce se aliniau, gata să aterizeze pe una dintre cele patru rampe de lansare.

Inima lui Abaddon o luă la goană, aşa cum o făcea de fiecare dată când îşi zărea prima mare iubire; nava lui, armăsarul lui, Judecata lui Dumnezeu. Oare i se mai potrivea numele acestei nave amirale a Forţelor Aeriene, care îl învinsese pe Shay'tan de atâtea ori? Da. El aşa credea. Doar pentru că respinsese politicile lui Hashem ca suveran, nu însemna că îşi pierduse complet încrederea în el ca zeu. Uneori, era nevoie de cineva care să aibă o viziune pe termen lung asupra lucrurilor, motiv pentru care el continuase să serveaască mult după ce devenise eligibil pentru pensionare.

-Acasă, răspunse Abaddon, trăgând-o mai aproape pe Sarvenaz.

Buzele i se curbară într-un zâmbet de cunoscător. Încercase să exprime în cuvinte ce simţea de fiecare dată când se întorcea pe nava lui, dar cu Sarvenaz nu era nevoie de cuvinte. Ea ştia pur şi simplu ce simţea el, iar el ce simţea ea, ca şi cum fiecare emoţie care însoţea un gând era împărtăşită între ei doi. Şi Sarvenaz ajunsese să iubeaască nava *Jehoshaphat,* cu toate că pentru ea era un sanctuar, un loc în care membrii echipajului lui Abaddon îi acordau un nivel de respect care i se părea familiar.

Cine fusese ea înainte ca Shay'tan să-i şteargă memoria? Poate fiica vreunui lider căzut în dizgraţie? Obiceiul Sata'anic impunea decapitarea oricărui general care comitea o greşeală militară flagrantă, aruncându-le soţiile şi odraslele în stradă, unde niciun om de bună reputaţie nu se putea atinge de ele. Parcă bătrânul dragon i-ar fi trimis o insultă voalată. Ei bine, dacă aşa era, Sarvenaz avea să râdă la urmă, smulgând controlul asupra tărâmului ei natal din mâinile bătrânului dragon!

-Odată ce îţi voi recâştiga planeta, *mo ghrá*, îi şopti Abaddon la ureche, am să ţi-o astern în dar la picioarele tale frumoase.

Ochii lui Sarvenaz sclipiră de încântare. La fel ca *Jehoshaphat*, nici ea nu era vreun porumbel, ci mai degrabă un şoi însetat de sânge. Cum ar fi fost fiica lor, un copil zămislit de doi războinici? Abaddon îi dădu la o parte baticul de pe cap şi o sărută pe gât, în timp ce pilotul pilota nava pentru aterizare.

Îşi scrută prima soţie, cea neînsufleţită, aşa cum făcea întotdeauna când zbura în hangarul de lansare. Părea pregătită şi puternică? Se zărea vreun semn de uzură sau de degradare subspaţială în corpul exterior? Cuneiformele cu care era inscripţionat numele ei pe lateral stârneau frica necesară?

Sarvenaz îşi privi sora-soţie şi îl strânse de mână pe Abaddon. Ajunsese să iubească şi ea această navă. Aşteptă ca el să îngenuncheze la debarcare şi să îşi odihnească mâna pe puntea *Jehoshaphatului*.

-În sfârşit, mergem din nou la vânătoare, *beag gorm*, îi şopti Abaddon primei sale soţii. Simte-i pe inginerii care-ţi bobinează hipermotoarele şi pe soldaţii care-ţi răsfaţă cu atenţie armele. De data asta mergem după însuşi bătrânul dragon. O pradă potrivită pentru o regină războinică curajoasă ca tine.

Sarvenaz îl strânse de umăr. El se ridică şi îi trecu braţul pe după cot în timp ce se deplasa printre cei deja adunaţi acolo, ştiind care va fi edictul Parlamentului. În momentul în care Lucifer fusese arestat, Abaddon pusese toate navele în alertă maximă, neştiind sigur dacă atacul avea să fie unul intern, venit de la navele dispărute ale lui Jophiel, sau o incursiune externă pe teritoriul Alianţei, venită de la Shay'tan şi slugile sale.

Abaddon dădu drumul braţului lui Sarvenaz – cu reticenţă – şi se aşeză în faţa semenilor săi, dar şi a legăturilor video prin care informaţia ajungea la toate cele patru ramuri ale armatei.

-Aşa cum am anticipat, începu Abaddon, poporul acestei mari Alianţe nu vrea să lase nepedepsit afrontul adus prim-ministrului nostru. Aceasta este o incursiune limitată, menită să ne ajute să recuperăm teritoriile pe care bătrânul dragon le-a confiscat cât timp împăratul şi zeul nostru era plecat. Poate că tărâmul de pe care provin oamenii se află în aceste teritorii. Poate că nu. Dar ar fi un omagiu potrivit pentru liderul nostrum dispărut să recucerim regatul pe care i l-a lăsat tatăl lui adevărat şi să încorporăm acele planete în republica pe care a clădit-o prim-ministrul nostru.

Subordonaţii lui, femei şi bărbaţi, scoaseră un strigăt de război exaltat.

Jehoshaphat toarse sub picioarele sale ca un prădător ai cărui muşchi se pregătesc să sară după pradă. Membrii echipajului se agitară în jurul lui Abaddon, în timp ce secundul său dădu un apel către cartierul general, iar radiomecanicii transmiseră coordonatele de care avea nevoie fiecare divizie de luptă pentru a sări în căutarea celui ce fusese Al Treilea Imperiu.

Membrii echipajului lui Abaddon aşteptau ca el să transmită ordinul de a da frâu liber *Jehoshaphatului* şi de a-şi îndrepta vânătoarea spre teritoriul Sata'anic. Abaddon îşi privi semenii şi monitorul, care aştepta să transmită comanda lui către fiecare navă din flota Alianţei, şi strânse mâna soţiei sale.

-Să mergem să prindem dragonul de coadă!

Capitolul 42

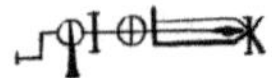

Data Galactică Standard: 152,323.11 D.Î.
Alianța: Haven-1
Brigadierul General al Forțelor Aeriene Angelice Raphael Israfa

RAPHAEL

Raphael se apleacă asupra hologramei tridimensionale pe care o compuneau cu centura Orion-Cygnus, atingând fiecare planetă nouă pe care o descoperiseră recent cu ajutorul grilei complexe de căutare dispuse pe toată lățimea brațului spiralat. Nu era o hartă cu care un cartograf se putea mândri, dar zeci de lumi necunoscute până atunci erau acum evidențiate în verde, culoarea folosită pentru a indica planetele locuibile. Niciuna dintre ele, din păcate, nu era Pământul.

Raphael se încruntă. De la mesajul criptic din urmă cu trei săptămâni, prin care Jophiel îi ordonase să nu vină, singura comunicare pe care o primiseră fusese un ac care purta un singur bilet scris de mână, semnat cu înflorițura îndrăzneață a Împăratului. Mesajul fusese criptic.

„Păstrați-vă calmul și continuați..."

Îi era dor de micile cadouri personale pe care el și Jophiel și le strecurau unul celuilalt în marsupiul acului. O pană roșie de copil de la Uriel. Cochilii interesante găsite pe o planetă nou descoperită. O fotografie cu Jophiel pe când era o tânără cadetă. Penele lui aurii fremătau, tulburate de instinctul de a merge la familia lui, o nevoie pe care nu și-o putea satisface atâta timp cât Împăratul avea nevoie de el aici. Chiar și cu armada pe care acesta i-o pusese la dispoziție, era posibil să treacă mult timp până să îl găsească pe Mikhail.

Dispozitivul de comunicare vibră.

-Domnule? îl sună Colonelul Glicki de pe punte. Acul comandantului suprem general Jophiel tocmai a apărut în fața navei noastre. Deschid portul de rachete ca să intre.

Putea resimți entuziasmul din glasul lui Glicki chiar și dincolo de vibrația mecanică adăugată de dispozitivul de extindere al gamei vocale. Trecuseră trei săptămâni lungi de tăcere deplină.

Raphael rezistă impulsului de a se lansa în zbor. Coridoarele *Răsăritului de Lumină* erau largi, dar nu într-atât de largi încât să reziste unei anvergură de zece metri a aripilor Angelice fără să striveasca orice membru nefericit al echipajului care i-ar fi ieșit în cale. Pentru zbor fusese construită stupăria.

Raphel dădu buzna în camera în care se afla nava-ac, afişându-şi gropiţa din obraji cu un zâmbet atât de larg, încât aproape că îl durea faţa. Îşi ţinu aripile în sus, pentru ca acul lui Jophiel să nu îi strivească penele, într-o reuniune fericită care amintea de doi căţei care se hârjonesc.

-Bună, micuţule prieten, zise Raphael şi întinse palma pentru ca acul lui Jophiel să îşi frece nasul de ea – asta dacă era nas; nimeni nu ştia cu certitudine. Acul său, fiind gelos, ceru la fel de multă atenţie. Trebui să mai treagă o vreme până ca cele două creaturi să se liniştească şi Raphael să le poată porunci să-şi deschidă marsupiul. Cu toţii se grupară în jurul navei ca nişte copii la o zi de naştere, dornici să vadă ce se ascunde în interiorul cadoului ambalat cu hârtie colorată.

-A venit poşta! exclamă operatorul de ace. Soldatul Kurg-it îşi umflă gâtul aşa cum o făceau toţi cei din specia Delphinium ori de câte ori voiau să afişeze o emoţie intensă, şi îi înmână lui Raphael acul lui Jophiel, murmurând recunoscător.

La vederea marsupiului plin de tablete, lui Raphael îi scăpă un oftat de mulţumire. Fiecare tabletă era clar etichetată, indicând nava căreia îi era destinată şi, spera el, conţinând mesaje pentru fiecare membru al echipajelor respective. După câteva săptămâni bune fără mesaje de acasă, moralul soldaţilor era la pământ, mai ales în rândul membrilor nehibrizi, care fuseseră crescuţi în familii.

-Asigură-te că astea sunt distribuite imediat, spuse Raphael, înmânând prada celor doi operatori de ace.

Apoi, mângâie acul lui Jophiel, vrând să îi transmită că era încântat. Cele două ace se loviră de mâinile lui, hotărâte să primească mângâieri în mod egal, ca doi fraţi care se luptă pentru atenţia unui părinte. Timpul petrecut jucându-se cu propriul său fiu îl învăţase pe Raphael că aceste creaturi preferau joaca de zi cu zi, mângâierile şi hârjonelile, mai mult decât o mie de medalii de aur.

Aşteptă ca cei doi operatori de ace să descarce marsupiul, până când ajunseră la tableta din partea de jos a grămezii...

A lui...

Acele se ciocniră de mâna lui pentru ultima oară înainte de a-i permite să scape cu tableta. Raphael aşteptă să ajungă în apartamentul personal ca să asculte primul mesaj aflat în aşteptare. Trăsăturile frumoase şi eterice ale lui Jophiel apărură pe ecran. Era îmbrăcată lejer, nu în uniforma ei obişnuită, iar părul lung, blond-argintiu, îi atârna lejer pe spate, de parcă ar fi fost o şcolăriţă. Lui Raphael i se puse în gât un nod de dor.

-Raphael, zise ea cu o expresie apparent tulburată. Avem multe de discutat. Uriel este bine. De îndată ce poţi să îţi securizezi nava şi să laşi lucrurile în mâinile pricepute ale colonelului Glicki, urcă-te în acul tău şi ordonă-i să urmeze coordonatele de pe tabletă spre locaţia în care mă aflu eu. Ia ambele ace. O să ai nevoie de ele.

Raphael atinse ecranul plat, deşi transmisiunea era unidirecţională. Dorul de ea îl durea atât de tare, încât uneori simţea că i se frânge inima.

Derulă restul mesajelor pentru a se asigura că nu apăruseră ordine contradictorii, care nu puteau aştepta cât era plecat – de obicei, nu mai mult de jumătate de zi –, îşi strânse lucrurile şi îi predă comanda colonelului Glicki, care coborî în compartimentul de ace pentru a-l întâmpina.

-Măcar tu poţi să te duci acasă să-ţi vezi fiul, spuse Glicki, fluturându-şi aripile cu o gelozie exagerată, în timp ce îi înmâna un dispozitiv de tip tabletă cu o listă de „misiuni imposibile" care trebuiau îndeplinite. Aproape că am rămas fără băutura de casă a tatălui meu. Crezi că ai putea să găseşti câţiva centimetri pătraţi în acul ăla al tău ca să strecori o sticlă pe drumul de întoarcere?

Raphael râse. Puternica licoare verde pe care o preparau Mantoizii era renumită pentru aroma sa... şi pentru tărie.

-Deja trebuie să mă dezbrac! se plânse în timp ce se dezbrăca până la şosete şi maiou pentru a-şi înghesui corpul prea mare într-un marsupiu care nu fusese proiectat pentru a transporta un pasager de mărimea lui. Va trebui să-i ceri tatălui tău reţeta secretă ca să o testezi în distileria de alcool pe care pretinzi că *nu* o ai ascunsă în camera de reciclare a deşeurilor.

Glicki luă cel de-al doilea dispozitiv pe care îl trimisese Jophiel, de data asta cu numele ei. Imediat ce porni ecranul, scoase un ciripit ascuţit, echivalentul pe care specia ei îl avea pentru strigătele de fană înfocată.

-Tot serialul? Toate cele şaptesprezece sezoane? Aripile lui Glicki vâjâiră de încântare. Inclusiv şase episoade care nu au fost difuzate încă? Împăratul trebuie să fi tras nişte sfori grozave pentru a pune mâna pe ele!

La fel ca majoritatea Mantoidelor, colonelul Glicki putea să bea mai mult alcool decât un întreg batalion de Angelici fără ca măcar să ameţească, dar avea o mică dependenţă: Mantoizii erau renumiţi pentru telenovelele lor spaţiale pline de acţiune şi romantism, inclusiv cea pe care o ţinea Glicki în mână acum. Întreaga galaxie se uita săptămânal la „Cum se întoarce galaxia". Chiar şi Împăratul Shay'tan, dacă era să dai crezare zvonurilor.

-Jophiel s-a gândit că echipajului i-ar prinde bine să i se ridice moralul, spuse Raphael. Împăratul a obţinut drepturile de redifuzare, aşa că le putem pune de câte ori vrem, dar îţi sugerez să pui echipajul să aştepte să vadă episoadele mai noi în aceeaşi zi şi la aceeaşi oră la care ar fi fost difuzate în mod normal, ca să stea ca pe ghimpi.

-Da, domnule! îl salută Glicki veselă.

Raphael îşi fixă masca de oxigen, pentru că acele nu ofereau decât spaţiu de încărcare, nu şi suport vital, şi coborî în marsupiul micii sale nave. La mască avea ataşat un modul de comandă vocală, dar acul răspundea mai degrabă la semnalele manuale decât la cele sonore, artificiale, pe care le foloseau pentru a traduce cele câteva comenzi simple pe care le putea înțelege. Raphael atinse acul de două ori pentru a-l îndemna să închidă ușile de încărcare și se luptă cu instinctul de a o lua la goană în timp ce brațele și aripile îi erau strânse atât de tare încât îi tăiau respirația.

-Să ne ținem după prietenul tău până la Jophiel, spuse Raphael prin mască.

Acul se clătină în timp ce manipulatorii le dădură amândurora drumul prin silozul de rachete. De îndată ce al doilea ac se eliberă, Raphael simți acea dislocare ciudată pe care o aducea saltul între dimensiuni. Acele erau ca niște porumbei voiajori, preferând să sară înainte și înapoi între „cuiburile" cunoscute. Raphael se aștepta să trebuiască să mai reziste câteva minute pentru a fi escortat în interiorul *Luminii Eterne*, dar acul se deschise imediat.

Își smulse masca și, ca de fiecare dată când ajngea de partea cealaltă, primul lui impuls fu să le mulțumească zeilor că se terminase!

Iar al doilea gând...

-Unde mă aflu?

-Bine ați venit, domnule general de brigadă Israfa! spuse un gardian Heruvim înalt de trei metri, care îi întinse mâna acoperită de armură pentru a-l ajuta să iasă din ac.

Raphael ezită înainte să apuce mâna Heruvimului. Oare făcuse ceva greșit? Privi adânc chipul lipsit de emoție, ca de furnică, al celui trimis să îl întâmpine. Heruvimul purta o armură complexă, dar fără ceva ceremonial în ea. Două săbii lungi ieșeau din tocurile de la spate, iar la centură li se mai alăturau două săbii mai scurte pentru lupte corp la corp. În cealaltă mână Heruvimul ținea o naginata asemănătoare unei sulițe. Asta nu era Lumina Eternă. Ea oare undeva în palatal Împăratului?

-Maestru... îmi pare rău, domnule, spuse Raphael, afișând un zâmbet plin de regrete. Nu știu cum vă cheamă, domnule.

-Maestrul Natsuka.

Gardianul se limita la puțin cuvinte, așa cum o făceau toți Heruvimii – un obicei pe care i-l transmiseseră și lui Mikhail.

-Jophiel vă așteaptă. Kamelia vă va conduce în apartamentul său.

Raphael încercă să nu roșească în momentul în care o frumoasă Electrophori care purta tocuri înalte și un inel prins de coadă – semn că era căsătorită – îi înmână o ținută civilă potrivită pentru a fi purtată în palatul împăratului. Așteptă să se îmbrace. Slavă zeilor că nu se dezbrăcase până la boxeri pentru a încăpea în interiorul acului! De îndată ce se încălță, o urmă pe femeie prin palat până când ajunse la o aripă despre care nici măcar nu știa că există.

-Așteptați aici, îi spuse Kamelia. Jophiel va veni în câteva momente.

Cu un clic-clic de tocuri, femeia Electrophori îl lăsă în mijlocul holului larg.

Coridorul era decorat după standardele Palatului Etern. Raphael se așeză pe un scaun din fața ușii și își aranjă aripile pe spătar pentru a aștepta. Trecură cam douăzeci de minute până când auzi voci și mânerul ușii se mișcă. Raphael sări în picioare, gata să își salute comandantul. Ușa se deschise. Raphael clipi surprins – nu Jophiel, ci prim-ministrul Lucifer fu cel care ieși.

-Domnule... îl salută Raphael crispat.

Angelicul din spatele lui îi puse o mână pe aripi, fiind mult mai voinic decât băiatul subțirel cu păr alb care tocmai ieșise din apartamentul personal al lui Jophiel. Raphael clipi. Ochii îi jucau feste. Angelicul necunoscut nu putea avea mai mult de 23 de ani – în niciun caz cei 240 ai lui Lucifer, iar ochii lui erau argintii, ci aveau aceeași nuanță strălucitoare de albastru cerulean ca ai lui Jophiel. Angelicul din spatele lui purta grad de general-maior, următorul în ierarhie după cel al lui Raphael.

Băiatul îl zări pe Raphael și îl salută sec:

-Să trăiți!

Generalul-maior cu fața severă presupuse că salutul lui Raphael îi fusese destinat lui, ceea ce ar fi fost adevărat dacă pe el l-ar fi zărit primul. Generalul-maior avea părul blond și ochii albaștri, așa cum tindeau să aibă toți Angelicii, dar și aripi albe cu pete de gri. Părea să fie cu ceva mai în vârstă decât băiatul, dar trăsăturile sale se reflectau în ale celui mic. Să fi fost tatăl băiatului?

-General-maior Kabshiel, domnule, zise Raphael, recunoscându-l pe cel care se afla în fața lui. Kabshiel fusese primul bărbat care îi adusese urmași lui Jophiel, cu mult înainte ca ea să fie promovată la gradul de Comandant General Suprem.

Deci băiatul era primul născut al lui Jophiel, Pathiel? În ciuda vârstei sale fragede, Raphael știa că băiatul adusese deja pe lume o producție incredibilă de trei urmași, doi dintre ei cu femele de rang înalt care fuseseră de mult timp trecute pe lista neagră ca fiind infertile. Se zvonea că Jophiel îl repartizase pe cel mai mare dintre ei în cea mai îndepărtată parte a Alianței și își ascunsese nepoții într-o academie de instructaj pentru tineri după ce Pathiel încercase să fugă cu mama primului său copil, un scandal care zguduise Alianța. Raphael bănuia că și acesta era unul dintre motivele pentru care Jophiel ezita să se căsătorească cu el, chiar dacă Împăratul își dăduse binecuvântarea pentru uniunea lor.

-General de brigadă Raphael, îl salute Kabshiel la rândul său. Pathiel, acesta este tatăl fratelui tău, Uriel.

-Încântat de cunoștință, domnule, îl salută băiatul rămânând în poziția de drepți și așteptând ca Raphael să îi permită să revină la loc repaus.

Raphael își răscoli creierii. Care era protocolul pentru o astfel de situație? Kabshiel era mai mare decât el, dar era și tatăl lui Pathiel.

-Pe loc repaus, îi zise Raphael băiatului, după care făcu din nou contact vizual cu ofițerul de rang superior, de la care aștepta să primească el însuși acordul. Să trăiți!

-Pe loc repaus, ordonă generalul-maior Kabshiel. Își duse mâna la umărul lui Pathiel, iar expresia i se îmblânzi. Comandantul suprem general Abaddon tocmai mi-a permis ca singurul meu copil să fie pus sub comanda mea.

-Hm, Abaddon? se încruntă Raphael. Oare auzise greșit? Da. Trebuie să fi auzit greșit. Hotărî să tacă mai degrabă decât să dezvăluie că fie avea auzenii, fie nu aflase ceva de o asemenea importanță pentru că se afla în cel mai îndepărtat braț spiralat din galaxie într-o misiune ultrasecretă.

-O zi bună, domnule, spuse Pathiel, încercând să imite expresia dură a tatălui său, dar nereușind să reprime un zâmbet. Indiferent ce se discutase între sire și mama sa, era evident că băiatul se bucura.

Acum că îl privea mai atent, Raphael își dădu seama că băiatul era copia fidelă a lui Jophiel. Doar o pată de penaj cenușiu și un nas ceva mai lat trădau contribuția genetică a tatălui său. Rămase pe loc repaus în vreme ce Angelicii înaintară pe coridor. Cel mic se străduia să țină pasul cu mersul încrezător al tatălui său. Abia după ce gardianul Heruvim îi lăsă să iasă pe ușa exterioară bătu și el la ușă.

-Intră, răspunse Jophiel.

Simplul sunet al vocii ei îi umplu pieptul de căldură. Fiori electrici îi străbătură trupul până la extremități. Cât de dor îi fusese de ea! Faptul că tocmai se întâlnise în prag cu unul dintre foștii ei iubiți îi stârnise și o urmă de gelozie. Răsuci mânerul și păși înăuntru.

Jophiel nu era îmbrăcată în uniform militară, ci într-o salopetă civilă de bun gust, care îi scotea în evidență ochii de un albastru cerulean. În locul cocului strâns pe care îl purta în mod obișnuit, acum avea părul prins lejer la spate, iar câteva șuvițe blond-argintii îi încadrau chipul. Penele ei albe ca zăpada erau pufoase, de parcă și-ar fi petrecut câteva ore bune aranjându-se, nu cum o făcea de obicei – pe fugă.

Raphael abia se abținu să nu izbească ușa cu piciorul și să sară pe ea...

-Să trăiți! o salută.

Jophiel îi zâmbi cu tristețe și ocoli măsuța îngustă pe care o folosea ca birou improvizat pentru a ajunge în dreptul lui.

-Nu mai e nevoie să faci asta, îi spuse cu o voce obosită. Întinse mâna pentru a-i atinge mâna ținută rigid în dreptul sprâncenei, formând un salut perfect al Alianței. Parlamentul m-a deposedat de funcție când a votat ca Împăratul să nu mai fie conducătorul acestui imperiu.

Parfumul ei îmbătător îi ajunse la trunchiul cerebral cu mult înaintea cuvintelor pe care le rostise, aducându-l în pragul leșinului și umplându-l de dorința de a săruta acele buze roz și voluptoase la care visa de sute de ori în fiecare zi. Ceea ce tocmai îi spusese ajunse cu greu la țintă.

-C-ce?

Aripile lui Raphael fâlfâiră cu neîncredere, un gest instinctiv pe care Angelicii îl făceau ori de câte ori îşi pierdeau echilibrul. Buzele lui Jophiel formară un zâmbet trist.

-S-au întâmplat multe cât ai fost tu plecat să cercetezi teritoriile necunoscute. Vino. Stai cu mine, te rog. Avem multe de discutat.

Îi făcu semn să se aşeze pe canapeaua din camera aceasta care servea drept un fel de apartament. Oare Jophiel locuia acum în palat? Părea că cineva s-ar fi jucat de curând în încăpere, dar nu era nici urmă de Uriel. Jophiel observă că îşi căuta fiul din priviri.

-Uriel este cu dădaca Garoaker, îl linişti ea. Acele vor trebui să facă două drumuri ca să o ducă şi pe ea cu gorock-ul înapoi pe teritoriile necunoscute când te întorci tu. teritoriile necunoscute. Nu e încântată de idee, dar îl iubeşte suficient de mult încât să meargă cu el şi să îi uşureze tranziţia. Pe gorock va trebui să-l sedăm.

-Ce... um... Jophie?

Raphael se aşeză stângaci, postându-se nu doar pe penele lui, ci şi pe penele ei albe, perfect coafate.

Ce se întâmplă?

Jophiel îi povesti.

Raphael îşi dădu seama că o privea cu gura căscată. O închise, deci, hotărât să manifeste gravitatea impusă de situaţie.

-Lucifer este mort? repetă el. Şi tu ai fost retrogradată la rangul de soldat clasa a treia?

-Nu mai sunt nimic! spuse Jophiel cu lacrimile scurgându-i-se pe obraz. Soldat clasa a treia e gradul pe care îl ai doar cât mergi cu autobuzul de la academia de instruire pentru tineri până la terenul de antrenament. Singurul motiv pentru care nu m-au dat afară complet din armată este că legea spune că, în calitate de Angelic născut din cel puţin un părinte înrolat, trebuie să îmi servesc cei 500 de ani obligatorii.

Raphael îşi dădu seama că Jophiel aştepta ceva, o dovadă că el nu o preţuia mai puţin acum că ea nu îi mai servea drept un mijloc de a avansa în carieră. Îşi privea mâna care se odihnea în poala lui, iar genele îi ascundeau irişii de un albastru strălucitor. Experienţa pe care o acumulase jucându-se cu Uriel şi comunicând cu acele îi spunea că femeia din faţa lui căuta să fie consolată.

-Nu contează, îi spuse Raphael, sărutându-i degetele albe şi subţiri. Nu înseamnă decât că nu mai sunt sub comanda ta.

Urmări emoţiile care dansau pe chipul ei frumos şi elegant. Îngrijorare. Teama că va fi respinsă. Uşurare. Poate că dacă urma sfatul pe care i-l dăduse Glicki şi o ajuta să se mai relaxeze puţin avea să o facă să se simtă mai bine.

-Hmmm... Dacă ești soldățel, începu el zâmbind într-un mod care îi scotea în evidență gropița pe care o moștenise și fiul lor... Asta înseamnă că acum tu trebuie să mă saluți pe mine?

-Mă tem că nu pentru mult timp, răspunse Jophiel. Împăratul mi-a cerut să sfidez Parlamentul și să refuz să mă las interogată. Sunt aici pentru că nici măcar Abaddon nu are de gând să pună în aplicare ordinul Parlamentului de a mă închide în Palatul Etern. Știu că am ținut constant legătura, dar nu știu unde e staționată flota ta. Dacă Împăratul nu recâștigă controlul, asta îți va distruge cariera.

-Știi că sunt loial împăratului, îi zise Raphael mângâind-o pe obraz. Jophie, spune-mi ce vrei să fac?

-Împăratul crede că e mai bine să nu îi spunem lui Abaddon despre mesajul primit de la Mikhail, răspunse Jophiel. Ești cel mai bun ofițer de informații pe care îl avem.

-Dar Abaddon ar putea să ne ajute să găsim tărâmul oamenilor?

-*Nimicitorul* e mult mai folositor dacă îl ține departe pe Shay'tan decât dacă pleacă într-o misiune de căutare, spuse Jophiel. Până nu aflăm ce făcea Lucifer cu *adevărat* la graniță, nu putem risca să lăsăm Alianța fără apărare.

-*Noi* am putea să ne întoarcem și să întărim granița dacă Abaddon preferă să conducă singur misiunea de căutare, zise Raphael. Ce contează e ca misiunea să continue!

-Shay'tan se teme de *Nimicitor,* răspunse Jophiel. Nu de tine... sau de mine.

-Dar Abaddon caută în direcția greșită!

-Dacă tu ai fi Abaddon și ai urmări nava primului ministru până la locul unde Ba'al Zebub a livrat transporturile, l-ai crede pe Împărat dacă ți-ar spune brusc că planeta se află în cu totul alt loc? întrebă Jophiel.

-Dar nu se află acolo! răspunse Raphael. Mesajul transmis de Mikhail nu ar fi putut răzbate atât de departe! Vectorii parțiali nici măcar nu se încadrează în brațul ăla spiralat!

-Asta spunem noi, zise Jophiel. Dar acum că Împăratul a fost alungat de la putere, Abaddon nu mai crede niciun cuvânt de la el.

Jophiel privi dincolo de el, ca și cum ar fi recreat ceva în minte.

-Din puținul pe care l-am văzut la soția lui Abaddon, pare că Shay'tan a ales cu mâna lui singura mită pe care știa că bătrânul general nu ar fi putut să o refuze și i-a pus în scenă livrarea în așa fel încât să ne bage într-o mie de belele dacă Abaddon încearcă să îi smulgă planeta de pe care provine. Prezența noastră în defunctul Imperiu al Treilea nu doar că îi oferă lui Shay'tan scuza perfecta de a ne invada, ci și provoacă Confederația Marizilor Liberi și Regatul Tokoloshe să se unească împotriva noastră.

-Ce ordine îmi dai?

-N-o să îi cer flotei tale să mă urmeze... răspunse Jophiel cu o expresie mult mai serioasă. În momentul de față, singura persoană care știe ești tu. Continuați să lucrați în tăcere și să căutați. Dacă Abaddon nu-ți găsește armada, atunci nu le poate ordona comandanților din subordinea ta să facă altceva decât le-a ordonat Împăratul însuși.

-Cum rămâne cu Uriel? o întrebă Raphael mângâindu-i obrazul. Cu tine e obișnuit să stea.

De pe genele lungi și întunecate ale lui Jophiel se desprinse o lacrimă care străbătu lent și tandru valea din dreptul nasului ei, oprindu-se pe buza de sus pentru a capta lumina.

-Doar ține-l în siguranță, bine? șopti ea. Parlamentul a pus mâna pe copiii mei. Abaddon nu a fost de acord, așa că a ordonat ca fiecare dintre ei să fie plasat sub tutela tatălui. Uriel este singurul pe care nu-l pot proteja.

-De ce ar renunța Abaddon la un asemenea avantaj?

-Pentru că el înțelege ceea ce eu, în mod atât de prostesc, nu am înțeles până când Cea-Care-Este aproape ni l-a luat pe Uriel, răspunse Jophiel atingându-i mâna. O societate care nu are grijă de urmașii săi e o societate care a murit deja. Doar că încă nu o știe.

Degetele îi porniră în sus, mângâindu-i antebrațul. Inima lui Raphael tresări. Jophiel nu îl mai atinsese niciodată prima. Niciodată. Întotdeauna păstrase între ei o distanță profesională. Respirația i se acceleră. Dorul îi năvălea în toți porii în timp ce privea fix ochii aceia de un albastru nesfârșit, atât de strălucitori încât părea că privea însuși cerul.

-Vrei să te căsătorești cu mine?

Era întrebarea pe care o punea de fiecare dată când prindea un moment doar cu ea.

Genele lungi și întunecate îi învăluiră expresia în mister. Îl refuza. Din nou.

-Nu cred că mai sunt un exemplu pe care ceilalți hibrizi să îl urmeze.

Mâna îi tremura atunci când atingea brațul lui Raphael.

-Dar cred că ar fi necesar să mai continui șiretlicul o vreme.

-Ce șiretlic?

-Să mă prefac că nu sunt îndrăgostită de tine, îi șopti ea.

Gândul că avea auzenii îl făcu să ezite înainte de a-și da seama că, poate, în sfârșit îi spunea da?

-Și dacă la un moment dat nu va mai trebui să întreții nicio farsă politică? o întrebă el cu glas șoptit, plin de speranță.

-Atunci, de îndată ce vei găsi planeta oamenilor – ochii ei îi întâlniră pe ai lui – dacă încă vei mai fi dispus să te căsătorești cu un simplu soldat de clasa a treia, atunci da, mă voi căsători cu tine în mod public.

Raphael respiră profund. Neîncrederea îl opri preț de o clipă din a da frâu dorinței pe care o stăvilise atent atâta timp. În final, își zdrobi buzele de ale ei, trăgând-o în brațele sale cu un strigăt de bucurie. De data aceasta, nu avea să îi dea nimic până nu avea să o facă să tânjească după atingerea lui atât de mult încât să o doară separarea la fel cum îl durea şi pe el.

Jophiel încercă să se desprindă de la pieptul lui, ca şi cum nu se aşteptase ca el să reacţioneze atât de puternic, dar Raphael nu ţinu cont de protestele ei plângăcioase. Îşi înfipse degetele în părul ei şi îi muşcă buzele până când ea şi le despărţi, permiţându-i să guste din limba ei. Jophiel îi răspunse cu un geamăt, iar parfumul ei ameţitor îl copleşi. O parte din el îi şoptea că se aruncase prea tare, dar nu îi păsa. Era perechea lui şi avea să o facă să fie a lui.

-Raphael... eu...

Aripile lui aurii se izbiră de cele albe ca zăpada ale ei. Jophiel se topi în îmbrăţişarea lui, iar protestele îşi pierdură din intensitate pe măsură ce apărarea rece pe care şi-o construise se topi în faţa atacului acestui bărbat care era hotărât să i se implânteze în suflet. Nu era un instinct mânat de poftă, deşi căldura care i se aduna în coapse nu făcea decât să-i accentueze urgenţa, ci altceva, o nevoie de a desăvârşi ceva ce începuse să se formeze şi fusese frânt de impedimentele artificiale, care decretau că specia lui nu avea voie să iubească.

Şi apoi mai era şi parfumul ei. Atât de îmbătător. Atât de primar. Atât de...

-Eşti din nou în călduri?

Raphael recunoscu mirosul care îl făcea la nevoie să doarmă în stradă doar ca să mai facă ce voia cu ea. De obicei, femelele Angelice intrau în călduri o dată la doi ani, dar nu trecuse decât un an şi jumătate de când îl concepuseră pe Uriel. Uneori, ciclurile de călduri ale Angelicelor veneau mai repede. Însă nu prea des.

-Da, îi spuse Jophiel, forţându-l să o privească în ochi.

Buzele îi tremurară, iar o umbra de vulnerabilitate îi traversă chipul.

-Raphael, edictul Împăratului impune că doi urmaşi diferiţi nu pot avea exact aceiaşi părinţi. Dacă facem asta, nu numai că încălcăm legea, dar orice alt hibrid o să ne urmeze exemplul, iar asta o să ne facă fondul genetic să se micşoreze şi mai mult.

-Atunci o să găsesc planeta aia ca să nu mai conteze, îi răspunse Raphael, mângâindu-i obrazul. Mikhail avea dreptate. Specia noastră nu e menită să trăiască în felul ăsta. Singura femeie pe care aş putea suporta să o mai ating vreodată eşti tu.

-Atunci fă dragoste cu mine, îi spuse ea cu ochii plini de lacrimi. Fă dragoste cu mine şi vom vedea dacă zeiţa ne aprobă uniunea dăruindu-ne încă un copil.

Răspunzând cu foamea unei pasiuni reprimate prea mult timp, Raphael începu să bâjbâie cu nasturii ei şi îi descoperi umerii, sărutându-i tandru. Când îi ciupi carnea palidă, Jophiel gâfâi. Raphael îi trase salopeta mai departe, în jurul aripilor, şi trecu la a-i cuceri cămaşa.

Jophiel îi răspunse cu propriul apetit reprimat, trăgând de cămaşa lui până când, în cele din urmă, îi smulse nasturii. Mirosul îi eveni şi mai puternic, aducând mai tare a mosc, a lutropină – mirosul unei Angelice la ovulaţie. Femelele Angelice tindeau să devină agresive ori de câte ori intrau în călduri, un instinct pe care Împăratul îl atenuase prin socializare, dar pe care nu reuşise niciodată să-l elimine. Jophiel îl trase pe Raphael de maiou, nerăbdătoare să i-l dea jos pentru a putea mângâia muşchii care se încordau sub el.

Raphael o scăpă de cămaşă şi îi cuprinse sânii în palme; sânii ei, două vârfuri gemene, spumoase, care îi înfrumuseţaseră visele în fiecare noapte de când îi gustase ultima oară. Ea gemu când Raphael îi acoperi gâtul cu săruturi, oprindu-se pentru a-i simţi pulsul şi continuându-şi apoi drumul mai jos, unde îşi strânse buzele în jurul unui sfârc, îl luă în dinţi şi îl muşcă uşor până când acesta deveni mai tare şi mai ferm. Apoi, îşi purtă limba între vârfuri, coborî în vale şi urcă pe celălalt vârf, gata să îl cucerească.

-Raphael! strigă Jophiel arcuindu-şi spatele şi lăsându-i cale liberă ca să îi smulgă pantalonii de pe şoldurile zvelte. Douăsprezece copii născuse pentru Alianţă, dar încă era la fel de subţire şi în formă ca un cadet.

El urmă vergeturile subţiri, argintii, singurul indiciu că aceasta nu ar fi fost prima ei contopire, şi se opri pentru a le săruta, iar apoi pentru a-şi înfige limba în buricul ei. Bărbăţia i se răzvrătea în pantaloni, răsucindu-se insistent şi cerând să fie eliberată. Buclele albe şi blonde care acopereau organul ei feminin îl ademeneau spre carnea moale şi roz. O atinse cu nasul, iar abdomenul ei tremură sub buzele lui, inundându-i nările cu parfumul excitării care o cuprinsese.

-Mă gâdili! chicoti Jophiel.

El repetă mişcarea până când Jophiel îl opri şi se întinse să îi descheie nasturii pantalonilor, coborând mâna sub talie până când îi găsi bărbăţia înţepenită într-un unghi ciudat şi o îndreptă. Aripile lui plesniră involuntar canapeaua pe care se încinseseră ca doi adolescenţi plini de hormoni.

-Nu încă, gemu Raphael.

Îşi făcu drum din nou spre buzele ei, hotărât ca de această data nu doar să facă dragoste cu ea, ci să se unească aşa cum se spunea că o făceau Serafimii. Habar nu avea dacă astfel de legende erau adevărate sau doar închipuiri ale vreunui producător din Mantiwood, dar în mintea lui, era real. Dacă şi-o dorea suficient de mult, de ce nu s-ar fi întâmplat?

Îşi smulse pantalonii şi îi scoase de pe glezne. Jophiel îşi trecu degetul peste capul mădularului lui, care era deja umed şi lipicios din pricina sămânţei albicioase, şi întinse substanţa lăptoasă cu degetul mare. Raphael îşi înfipse degetul dincolo de misterele ei feminine pentru a se asigura că şi ea era gata şi se întări şi mai tare când descoperi sucurile calzi care îl invitau să o pătrundă. Fuseseră prea mult departe unul de celălalt. Şi-o dorea atât de mult încât părea că inima avea să îi sară din piept dacă nu avea să o pătrundă de îndată.

Jophiel se lăsă pe spate în canapea. În numele zeilor! Nici măcar n-aveau un pat. Dar *unde* îi era dormitorul? O luă în brațe, gata-gata să se împiedice de aripile ei, și o purtă spre cea mai apropiată ușă.

-Cealaltă, îi zise Jophiel cu o privire plină de sete și incitare.

Raphael o reduse la tăcere cu un sărut, împinse ușa cu piciorul și o așeză pe pat. Aripile albe i se întinseră ca un nor sub trup, suspendându-i carnea roz în aer de parcă ar fi fost doar un vis. În numele zeilor! Era perfectă! Raphael își mișcă genunchii cu grijă în timp ce se urca deasupra ei, evitând să aterizeze pe aripi. Jophiel îi apucă mădularul și îl trase spre ea, nerăbdătoare să desăvârșească uniunea.

-Nu încă, îi spuse el și se trase ușor înapoi. O sărută din nou și se aplecă în așa fel încât să se legene chiar în dreptul moviliței ei acoperite de păr. Îi strânse pomeții înalți și frumoși în mâini și o privi adânc în ochii care căpătau o nuanță tot mai palidă de albastru pe măsură ce Jophiel se excita mai mult.

-Inima mea lângă inima ta, șopti el, repetând cuvintele pe care le auzise într-un film cunoscut despre Serafimi, cuvintele pe care voia să le rostească drept jurământ la nuntă. Așteptă până când Jophiel înțelese ce angajament își lua față de ea.

-Și inima mea lângă a ta, răspunse ea, iar buza îi tremură.

-Viața mea se contopește cu a ta, șopti Raphael.

-Și viața mea se contopește cu a ta, zise Jophiel.

-Spiritul meu se leagă de spiritul tău, spuse Raphael.

-Și spiritul meu se leagă de spiritul tău, continuă Jophiel cu ochii înlăcrimați.

-Fie ca uniunea noastră să dăinuiască întru eternitate și nicio forță din univers să nu ne despartă vreodată. Nici măcar însăși moartea, șopti Raphael.

-Da, zise Jophiel. Fă dragoste cu mine, Raphael, și transformă uniunea asta într-una veșnică.

Raphael o sărută ușor și împărți aceeași respirație în timp ce se cufunda în ea, simțind că era primit acolo unde îi era locul. Se forță să mențină contactul vizual. Pupilele lui Jophiel se dilatară, iar irișii îi căpătară o nuanță de albastru glacial când el se retrase ușor și, gemând, se cufundă încă o dată în adâncurile ei. Jophiel expiră în gura lui, împărtășind același aer, împărtășindu-și viața și sufletul cu el, lăsând la o parte zidul pe care îl menținuse atâta vreme între ei și arcuindu-și spatele pentru a-l invita să pătrundă mai adânc.

Aripile lui se loviră de ale ei când ea își înfășură brațele în jurul lui, resimțind instinctul de a-și lua zborul împreună în timp ce își consumau uniunea, o uniune mult mai puternică decât o căsătorie a muritorilor de rând. Jophiel se întinse cu lăcomie, vrând să îl întâlnească în dansul acela mai vechi decât însuşi timpul. Penele zburau, aripile băteau împreună, iar ei se străduiau pe rând să se îngroape mai adânc în celălalt, să se contopească, să devină unul.

Timpul şi spaţiul părură să se întrepătrundă în timp ce atingeau împreună extazul suprem, împărţind aceeaşi respiraţie până când minţile li se învolburară şi avură impresia că îşi părăsiseră trupurile.

-Raphael, îl strigă ea pe nume, arcuindu-se în el, cu aripile bătându-i atât de tare încât îl ridică de pe pat, gata să îşi ia zborul.

El cedă în faţa valului de emoţii pe care le resimţea în timp ce se contopea cu femeia pe care o iubea şi pentru o clipă avu sentimentul că încetaseră să mai fie două fiinţe separate şi deveniseră, în schimb, o singură inimă, un singur suflet. Văzu în mintea ei că şi ea răspundea angajamentului, iar preţ de un moment gândurile ei fură şi gândurile lui, gândurile lui fură şi gândurile ei. Îi cuprinse o senzaţie de imponderabilitate, de parcă ar fi alunecat împreună pe aripile unui cântec frumos. Apoi totul se termină, iar Raphael reveni în propriul său corp, întins deasupra ei, transpirat, epuizat şi atât de fericit încât, dacă ar fi murit chiar în acel moment, ar fi intrat în eternitate ca un bărbat foarte fericit.

-O… vai… asta a fost…

Pieptul lui Jophiel se înălţă şi coborî în timp ce ea se lupta să îşi recapete suflul.

-Acum suntem o pereche, îi zise Raphael şi o sărută cu toată dragostea pe care i-o purta în suflet. Nici măcar moartea nu ne mai poate despărţi.

Prin fereastra deschisă pătrunse în cameră trilul unei păsări aflate în Grădina Eternă. Jophiel zâmbi. Raphael îşi ridică privirea şi văzu o pasăre micuţă, greu de descris, dar maronie. Stătea pe una din crengile Copacului Etern, care îşi întindea membrele de parcă ar fi vrut să tragă cu ochiul în camera lor şi să fie martor la angajamentul pe care şi-l făcuseră în timp ce pasărea îşi cânta trilul de nuntă. Era acelaşi cântec pe care îl auzise şi cât făcuse dragoste cu Jophiel – şi totuşi acum părea să fie doar un ecou slab a cee ace simţise în momentul în care el şi Jophiel se contopiseră.

-Şi eu care credeam că *noi* eram ăia, spuse Raphael, rostogolindu-se pe-o parte şi trăgând-o după el pentru a putea rămâne în ea cât de mult voia.

-E pasărea fericită, zise Jophiel cu ochii plini de lacrimi. Îşi întoarse privirea şi îşi muşcă buza de jos, dar Raphael simţi că orice o supăra nu avea nimic de-a face cu ei sau cu angajamentul pe care tocmai şi-l luaseră unul faţă de celălalt, ci cu o altă rană din trecut care rămăsese încă nevindecată.

-Nu-ţi face griji, îi spuse el mângâind-o pe gât în timp ce adormea în braţele lui. O să găsesc planeta oamenilor! Chiar dacă trebuie să invadez Hades-6 şi să smulg locaţia cu cleştele de la însuşi Shay'tan!

Capitolul 43

Data Galactică Standard: 152,323.11 D.Î.
Sectorul Zulu: Răsăritul de Lumină
Colonelul Forțelor Aeriene Angelice Glicki

GLICKI

Colonelul Glicki stătea în scaunul de comandant al Răsăritului de Lumină, dirijând căutarea lui Mikhail. Era și prietenul ei! Toți trei trecuseră împreună prin antrenamentul de bază, iar ea servise o vreme în unitatea lui de forțe speciale. Avea să asigure buna desfășurare a echipelor de căutare până la întoarcerea lui Raphael. Dacă nu apărea Shay'tan însuși, cel mai probabil Raphael prefera să zăbovească pe acolo decât să o bată pe ea la cap aici.

Bietul ticălos nu făcuse decât să sufere de când primise mesajul de la Jophiel care îi spusese să nu vină. Glicki nu era sigură de cine îi era mai dor lui Raphael. De Jophiel? Sau de fiul său cu aripi roșii și animăluțul lui ciudat de companie?

Glicki își pocni mandibulele, chicotind pe înfundate. Îi strecurase ticălosului aceluia neștiutor câteva filme deocheate în lista de sarcini, astfel încât să mai știe ce capăt al bărbăției să îndese unde când avea să se întâlnească din nou cu Jophiel. Era o pornire cu care specia ei fusese blestemată – constrângerea de a se împerechea și de a se amesteca în toate. Ce poveste de dragoste mai bună ar fi putut ea orchestra dacă nu chiar saga epică dintre frumosul comandant general suprem și umilul colonel, altădată locotenent? Mantoizii urau faptul că Împăratul le refuza hibrizilor dragostea! Poveștile despre Angelicii care cădeau în „ispită" erau un laitmotiv al culturii mantoide.

-Domnule, se auzi din dispozitivul ei de comunicare. Acul generalului de brigadă tocmai s-a întors pe navă. Cer permisiunea de a-l lăsa la bord.

-Permisiune acordată.

Glicki bătu cu degetele tari ale exoscheletului pe consolă, nerăbdătoare să se întoarcă la ceva mai provocator intellectual decât dădăcirea flotei. Un al doilea apel se auzi prin dispozitiv.

-Nu e el, domnule, zise manipulatorul de ace. Nu e nimic în marsupiu în afară de un mesaj scris de mână.

-Ce spune? întrebă Glicki. Păstrați-vă calmul și continuați?

-Nu, domnule, răspunse manipulatorul de ace fără să priceapă gluma. Spune că îl reține ceva pentru următoarele cinci zile şi vă roagă să continuaţi să vă ocupaţi de armada. Nu dă niciun motiv.

Glicki flutură din aripi cu mulţumire şi romantism – echivalentul mantoid al unui oftat de fană înfocată.

-Era şi timpul!

Îşi apăsă mâinile blindate pe consola de comunicaţii, scotocind prin minte pentru a-şi aminti dacă exista vreo informaţie urgentă pe care trebuia să i-o transmită. Nu. Nu era nimic într-atât de urgent încât să o împiedice să îi ofere bunului ei prieten demnitatea unei luni de miere decente.

-Trimite acul înapoi cu confirmarea că nava este pe mâini bune, ordonă Glicki. Şi mai spuneţi-i, vă rog, să îşi ia câte zile are nevoie.

Concentrându-şi ochii compuşi pe ecranele pe care le monitoriza în permanenţă, urmărind ce navă din armada explora ce colţişor îndepărtat al braţului spiralat, maiorul Glicki îşi continuă căutarea Sfântului Graal.

Capitolul 44

Noiembrie – 3.390 î.Hr.
Pământ: Satul Assur
Colonel Mikhail Mannuki'ili

MIKHAIL

Lumina soarelui pătrunse zdrobitor pe fereastră, împungând ochii lui Mikhail. Încercă să îşi protejeze chipul în faţa fenomenului dureros, dar părea că o fiinţă mica şi crudă îi umbla fără milă prin creierul care palpita cu o şurubelniţă minusculă. Gura îi era pungă, de parcă cineva i-ar fi îndesat cârpe în ea, iar limba i se îngroşase şi umflase atât de mult încât abia de putea înghiţi. Încercă să se ridice, dar fu cuprins de o senzaţie asemănătoare cu cea pe care i-o dădea revenirea pe o planetă, iar camera începu să se învârtă.

-Cred că sunt bolnav, spuse Mikhail, ghemuindu-se în pat.

-Bolnav? pufni Ninsianna de undeva din cealaltă parte a camerei. Mai degrabă mahmur.

-Mmmpf... mormăi Mikhail, acoperindu-şi ochii pentru a bloca lumina soarelui. Nu-mi amintesc să fi venit acasă aseară.

-Te-am găsit pe stradă, cântând la beţie, răspunse Ninsianna pe un ton uimit.

-Nu vorbi aşa tare, gemu el.

Stomacul i se încleştă şi începu să se umfle. Mikhail îşi duse mâna la gură, luptându-se să împiedice nodul din trup să treacă de trahee.

-Uite, aici, spuse Ninsianna, repezindu-se spre el cu un vas de ceramică.

Mikhail îşi îndesă faţa în vas, gata să vomite, însă reuşi să îşi menţină conţinutul stomacului acolo unde îi era locul.

-Ce e în neregulă cu mine? întrebă cu ecou.

Ninsianna râse.

-Ai spus că surorile văduve au făcut bere.

Stomacul lui Mikhail tresări.

-Nu pronunţa cuvântul ăsta.

-Ce cuvânt? întrebă Ninsianna cu inocenţă. Bere?

-Oh, Dumnezeule, nu...

Cu reflexele sale Angelice, reuşi să îşi înghită bolul de vomă înainte să îl împrăştie pe tot patul. Câteva resturi de culoare verde-cenuşie ale cinei de aseară îl arseră pe nări şi îi ţâşniră în ochi.

-Pleacă! suspină el printre gâfâieli.

Dintre toate umilințele pe care ar fi putut să le sufere în fața soției sale!

-O, dragule... îi spuse Ninsianna mângâindu-l pe spate. Toată lumea știe că trebuie să te apropii cu prudență de orice băutură nouă pe care o prepară surorile văduve. Mama nu poate nici acum să se uite la sucul de rodie fără să i se facă greață.

-Nu cred că se bea prea mult acolo de unde vin eu, răspunse Mikhail, cu vocea răsunându-i prin ceramică. Se pare că nu rezist prea mult.

-Surorile pot să bea pe toată lumea de pe teritoriul Ubaid sub masă, îl tachină Ninsianna râzând melodios. Se trag dintr-o familie de fermentatori și berari. Cum crezi că s-au întreținut în toți acești ani fără soți?

-Nu mi-au cerut niciodată să dau ceva la schimb ca să beau ce prepară.

-Te adoră, îi zise Ninsianna. Și, în plus, nu fac decât să își împărtășească experimentele. Tot ce pare promițător e pus bine în vase și vândut în afara satului.

-Au spus că au făcut negoț pentru rețeta de... Stomacul îi tresări la simplul gând că ar putea menționa băutura, însă Angelicul reuși să nu verse.

-Cum se face? întrebă Ninsianna.

-Se rupe pâinea de orz și se înmoaie în apă, începu Mikhail. Se lasă să fermenteze două săptămâni sau mai mult. Și se soarbe printr-o trestie goală ca să poți să eviți partea dezgustătoare care plutește pe suprafață și la fund. Și ca să nu scapi pene. Erau supărate că am contaminat un lot cu câteva pene înmuiate.

-Și ce au făcut cu el? întrebă Ninsianna.

-L-am băut, răspunse Mikhail, desfăcând două degete ca să lase să intre puțină lumina. Ce rost are să irosești niște bere numai bună?

Creierul lui zăpăcit distinse silueta neclară a soției sale. O tăcere stânjenitoare se așternu între ei – acel canion de neliniște care se căscase de când Shahla își făcuse acuzația. El era aici, iar ea era acolo, cam cât de departe putea să ajungă și să fie totuși în aceeași încăpere.

-Trebuie să vorbim, zise Ninsianna în cele din urmă.

Stomacul lui Mikhail se încleștă, dar nu de greață, ci de spaimă totală. Socrul său îl avertizase că, ori de câte ori o femeie spunea „trebuie să vorbim", asta însemna că făcuse ceva greșit.

-Da...? răspunse el precaut.

-Ți-am cerut să faci o mulțime de lucruri pentru mine în ultima vreme. Adică, pentru toată lumea, adăugă rapid.

-Mmmm?

Camera începu să se învârtă din nou.

-Nu mai avem timp pentru noi. Cred că asta m-a frustrat.

-Mmf... Inima îi bătea în stomac ca o puternică tobă de război, pregătindu-se să își azvârle conținutul a doua oară.

-Ce încerc să spun e că îmi pare rău, spuse ea. Îmi pare rău că am fost răutăcioasă cu tine în ultima vreme.

Gata. Mikhail își pierdu din nou controlul. Își vârî capul în urnă și se înecă cu gustul amar al acidului gastric care îi ardea în gât. Duhoarea îi umplu nările și îl făcu să vomite și mai mult.

Ninsianna își trecu degetele prin aripile lui.

-Pleacă, mormăi el între câteva hohote uscate. E dezgustător.

-Dacă ți se pare că asta e rău, spuse ea ironic, stai să vezi când nasc.

El nu avea nicio idee ce implica o naștere, dar dacă Ninsianna avea să urle pe jumătate la fel de tare ca Shahla, nu avea să îi placă deloc. Tulburările stomacului se potoliră suficient încât să îi permită să se rostogolească pe spate, așezându-se într-o poziție incomodă și zdrobindu-și aripa stângă. Își acoperi ochii pentru a bloca lumina soarelui, dar se chiorî printre degete, reușind să distingă doar conturul neclar al pelerinei roșii și al părului lung și castaniu al Ninsiannei.

-Lumina doare, mormăi Mikhail.

-Săracul de tine.

Luă o cârpă și îi șterse un cheag rătăcit de vomă de pe obraz.

-Merg să le spun celorlalți că te simți prea rău ca să îi antrenezi azi.

-Să nu le spui că sunt mahmur, gemu Mikhail. Te rog…

-Dragule, îi răspunse Ninsianna recăpătându-și tonul uimit. Toată lumea trece printr-o beție la un moment dat. Bine ai venit în lumea oamenilor.

Își coborî mâna spre pieptul lui, spre locul unde îi cususe acea gaură din plămân care fusese periculos de aproape de a-i străpunge inima.

-Pot să te simt, zise Mikhail, apucând-o de mână și apăsându-i-o peste inima lui. Căldura îi trecu în piept, potolind acea agitație frenetică ce devenise tot mai puternică cu cât distanța dintre ei se prelungea.

-Ce?

-Pot să te simt când faci asta, îi repetă el. Îmi place.

Se feri să spună ce voia cu adevărat. *Am nevoie* disperată *de asta.*

Ninsianna se ghemui lângă el, luând poziția lui preferată de somn, cu capul sprijinit de brațul lui, obrazul pe piept și mâna pe inimă. Dintr-un motiv pe care Mikhail nu și-l amintea, era important pentru el să-și poată simți mereu perechea.

-Dacă te pierd vreodată, asta mă va ucide, îi șopti el în timp ce se lăsa din nou cuprins de somn.

*

Stătea în fața tablei de șah, vizavi de micul Angelic cu aripi întunecate. Un cronometru număra secundele care îi mai rămâneau băiatului pentru a-și face mutarea. Nu vorbea. Dar ce-I drept, nu o făcea niciodată.

-Tá sé do bhogadh, Gabriel, zise Mikhail arătând spre cronometru. Tá tú beagnach as am.

Ochii lui albaştri stăteau încruntaţi pentru că nu înţelegea încă jocul. Cu mâna lui mica şi dolofană, Gabriel înşfăcă nebunul negru şi făcu o mutare în L pe tabla de şah, vrând să captureze regina albă a lui Mikhail.

-Mo banríon! spuse Mikhail, arătând cu degetul spre nebunul negru. Ní sin an tslí go bhfuil píosa fichille ceaptha a bhogadh.

Se uită fix la cronometrul care ticăia lângă tabla de şah, numărând secundele până când avea să îşi poată zdrobi adversarul. Buza de jos a băiatului tremura în timp ce îi proiecta o imagine care îl arăta drept rău direct în minte. Se ridică în picioare şi, cu braţul lui dolofan, mătură piesele de şah pe podea.

Ceasul ticăi mai tare, mai tare, mai tare, mai tare. Mikhail avea impresia că se holba la un perete negru imens.

Nu mai avea timp...

La început, crezu că dormise toată ziua, dar, pe măsură ce visul se disipă, îşi dădu seama că Ninsianna aruncase o pătură peste fereastră pentru a bloca lumina soarelui. Mikhail se ridică încet în şezut, agăţându-se de rama patului pentru eventualitatea în care camera ar fi început să se învârtă din nou cu el. Urna fusese curăţată, iar cineva îi aşezase o cană de lemn cu apă proaspătă lângă pat. O bău încet, temându-se că ar putea să îi vină înapoi imediat.

Stomacul i se încleştă, dar, din fericire, nu dădu apa afară.

Mikhail suflă în mână pentru a-şi mirosi propria respiraţie. Uh! Nu era de mirare că Ninsianna o ştersese rapid!

Îşi învârti puţină apă prin gură pentru a scăpa de senzaţia că ar fi înghiţit pene şi apoi scuipă în urnă. Când încercă să se ridice în picioare, camera începu să se învârtă, dar, odată ce îşi recăpătă echilibrul, lucrurile se dovediseră a nu fi aşa de rele şi rămase doar cu o ameţeală uşoară. Ultima dată când băuse prea mult învăţase pe propria piele să evite lumina directă a soarelui. Lăsă pătura pe fereastră şi se îndreptă spre parter, căutând ceva care să-i liniştească stomacul.

În casă domnea liniştea, singurul zgomot care se auzea fiind vocile înăbuşite ale sătenilor de pe stradă. Needa lăsase baltă nişte mănunchiuri de ierburi pe care începuse să le lege la uscat, semn că fusese chemată să ajute pe cineva. Immanu îşi petrecea zilele fie în templu, alungând spiritele rele care năpăstuiau vreo persoană bolnavă, fie consultându-se cu căpetenia, în timp ce Ninsianna spăla rufe, mulgea capra, îngrijea grădina sau antrena arcaşii juniori... asta dacă nu o ajuta pe mama ei. Fiecare persoană din această gospodărie avea o contribuţie de valoare la viaţa satului, cu excepţia lui. Singurul lui talent era să ucidă.

Sfârşitul visului îi zgândărea subconştientul. De ce simţea că lucrurile erau pe cale să o ia razna, iar el nu făcuse tot ce trebuia să facă?

O tăbliţă crăpată de lut îi atrase atenţia. Într-o versiune simplificată a cuneiformelor galactice standard stătea gravată pe ea reţeta pentru sursa mahmurelii sale. Chiar dacă stomacul îi zvâcnea, nu se putu abține să nu zâmbească. Iată ceva care s-ar putea dovedi util.

În timp ce mânca niște pită învechită pentru a-și liniști stomacul, puse cap la cap lutul încă umed și citi încă o dată rețeta. Iată. Dacă ar fi murit a doua zi, iar Alianța ar fi găsit în cele din urmă planeta, cel puțin ar fi putut recrea rețeta pentru bere.

Timpul. Ceasul acela care ticăia. Piesele de șah care trebuiau mutate înainte ca timpul să se scurgă îl îmboldeau, agitându-l, chiar dacă nu își amintea nicicum prima parte a visului, ci doar un braț care mătura toate piesele de șah de pe masă.

Își fixă privirea asupra tăbliței de lut, asupra scrisului. Avea atât de multe cunoștințe de transmis și atât de puțin timp la dispoziție pentru a o face. Ninsianna nu avea de gând să învețe comunicarea scrisă sau rugăciunile lui arhaice, pentru că ea poseda o cale directă către Cea-Care-Este, dar știa cine ar putea să vrea.

Ieși din casă protejându-și ochii de soare și porni în căutarea Pareesei. O găsi pe unul dintre câmpurile de pe care grâul sălbatic fusese deja secerat, lăsând în urmă o simplă miriște. Râul Hiddekel, în curs de a se umfla, se prelingea pe digul subțire care avea să cedeze curând în fața inundațiilor. Așa cum îi era obiceiul, Pareesa își călărea fără milă divizia B, chiar dacă nimeni nu-i mai considera pe cei șaisprezece fii de negustori incapabili de luptă. Flotările erau forma preferată de tortură a sadicei zâne-general, iar toți cei șaisprezece bărbați aveau acum mușchi care le tulburau cumplit pe femeile din sat.

-Optzeci și șase! striga Pareesa. Optzeci și șapte! Optzeci și opt! Țopăia în sus și în jos, lăsându-se la pământ și făcând flotări alături de ei pentru a le arăta poziția corectă. Micuța zână avea o capacitate supranautrală de a se catapulta de la sol, din poziție de flotare direct în picioare, atât de ușor încât părea că se sustrăgea cu totul gravitației.

Mikhail așteptă să ajungă cu numărătoarea la o sută, după care își drese glasul pentru a-și face simțită prezența.

-Pareesa? Ai o clipă liberă?

Fata afișă un zâmbet entuziasmat, o combinație de „ia uite ce fac" și „e totul în regulă?". Țopăi până la el ca un cățeluș entuziasmat, nerăbdător ca stăpânul său să îl scarpine la urechi.

-Mikhail? O! Tocmai aduceam divizia B în formă. Țac-țac!

Judecând după gemetele și expresiile rugătoare ale celor șaisprezece bărbați, cuvântul cheie în ecuația asta era „țac-țac". Cunoscând-o pe Pareesa, probabil era deja a șaptea sau a opta oară când îi punea să facă o sută de flotări pe ziua de azi.

-Arată bine, spuse Mikhail. Ce-ar fi să-i trimitem să dea câteva ture în jurul câmpurilor? Aș vrea să te învăț ceva.

Pareesa îi trimise la plimbare, ignorând privirea plângăcioasă pe care i-o aruncase Ebad în timp ce se întorcea cu spatele, fără să țină seama că tânărul se hrănea cu zâmbetul pe care ea i-l acorda sau nu în semn de apreciere.

-Ce mă înveți azi? întrebă ea părând că dansează, atât de entuziasmată încât se ridică în vârful picioarelor.

Sau, stai, nu, nu, nu era în vârful picioarelor. Când crescuse Pareesa de îi ajunsese până la bărbie? Poate că mahmureala persistentă îi doborâse autocontrolul emoțional, dar nu se putu abține să nu zâmbească. Da. Era timpul. Îi făcu semn să îl urmeze spre un loc liniștit.

-Spun rugăciunile de luptă ale heruvimilor de atât de mult timp încât nu-mi amintesc când le-am învățat prima oară, zise el. Dar tu ai dovedit că ești iscusită în luptă. Cred că este timpul să te învăț prima rugăciune de luptă.

-O să mă înveți să îți folosesc sabia? îl întrebă Pareesa cu ochii plini de speranță.

Buza lui Mikhail se arcui într-un zâmbet

-Încă nu, mică zână, îi răspunse el. O să te învăț doar rugăciunea care te ajută să îți deschizi mintea și să *asculți*. Trebuie să stăpânești arta *ascultării* înainte ca zeul heruvim să te înzestreze cu intuiția sa.

-Să ne așezăm ca atunci când facem rugăciunile pentru calmarea spiritului?

-În cele din urmă va trebui să folosești această abilitate când ești prinsă în toiul luptei, zise Mikhail. Dar e bine aici. Se așeză pe o stâncă comodă, îndoindu-și aripile la spate pentru a nu-și strivi penele.

Pareesa stătea cu picioarele încrucișate, având o expresie nerăbdătoare. Mikhail schiță un simbol pe pământ – un simbol heruvim, nu cuneiform, al Alianței. Era hotărât să o învețe să interpreteze cel puțin câteva dintre simboluri și să înțeleagă că acestea puteau fi folosite pentru a transmite cunoștințe chiar și atunci când învățătorul nu mai era prezent. Luă un băț și desenă pe pământ un pătrat împărțit în cadrane, apoi adăugă în stânga corpul și coada care țineau o stupă.

-Acest simbol înseamnă Bishamonten, zise Mikhail. Zeul Heruvim. Se pronunță „Toe". Repetă după mine.

-T-t-toe, repetă Pareesa în timp ce-și desena propriul simbol.

-De fiecare dată când te învăț un simbol, trebuie să îl memoriezi. Limba noastră e foarte plastică, dar și fonetică, ceea ce înseamnă că fiecărui simbol îi corespunde un sunet. Odată ce memorezi toate simbolurile, poți să le privești și să-l auzi pe învățător vorbind în mintea ta.

-E ca darul Ninsiannei? întrebă Pareesa.

-Nu, se încruntă Mikhail. Ninsianna nu vrea să învețe simbolurile pentru că ea poate deja să audă ce gândesc ceilalți oameni. Dar oamenii ca mine au nevoie de ajutor. Aceste simboluri sunt magia prin care învățătorii noștri ne pot vorbi chiar și atunci când nu mai sunt aici.

În următoarele câteva ore, o învăță toate simbolurile primei rugăciuni a dansului morții și cele ale mult mai simplei rugăciuni de concentrare, menită să limpezească Până la sfârșitul lecției, Pareesa era în stare să recunoască cuvintelor atunci când el le schița pe pământ și să imite pronunția aferentă.

-Acum învățăm să aplicăm lecția în luptă, îi spuse Mikhail. Mai întâi reciți rugăciunea meditativă pentru a-ți limpezi mintea, până când o golești de orice alte gânduri.

-*Mattaku machigatta...* recită Pareesa pe un ton melodios. Nu face acțiuni greșite. Spune întotdeauna adevărul. Purifică-ți mintea. Salvează zece oameni buni pentru fiecare răufăcător pe care îl ucizi. Închise ochii și își mușcă buza de jos în semn de concentrare.

-Simți că ți se deschide mintea? o întrebă Mikhail. Ca și cum ai fi mai conștientă de tot ce se întâmplă în jurul tău?

-A...ha... răspunse Pareesa.

-Acum repetă simbolurile pe care tocmai le-ai învățat pentru zeul Heruvim, îi spuse el pe un ton calm și echilibrat, pentru a nu-i întrerupe concentrarea.

-*Namu tobatsu Bishamonten!* șopti ea plină de reverență.

-Bine, îi răspunse Mikhail, mulțumit că își amintise pronunția cuvintelorîn ordine corectă. Și acum spunem și restul rugăciunii. *Akuma o seifuku suru ni wa! Watashi ni nata no chikara o fuyo shimasu.* Pentru a subjuga demonii, dă-mi puterea ta.

-*Akuma o seifuku suru ni wa! Watashi ni nata no chikara o fuyo shimasu,* repetă Pareesa. Începu să se foiască.

-Simți ceva? o întrebă el.

-Ăă... Pareesa își mușcă buza. Nu... Chiar așa. Ce ar trebui să simt?

-S-ar putea să dureze ceva timp, îi zise el. Când zeul Heruvim îți va acorda puterea lui de a vedea, vei ști.

Pareesa deschise ochii.

-Tu ai reușit să simți ceva prima dată când ai fost învățat asta? îl întrebă ea.

Mikhail o privi rușinat.

-Nu-mi amintesc.

Pareesa izbucni în râs, dându-și capul pe spate. Poate că nu pricepea imediat, dar, la fel ca la fiecare altă lecție pe care i-o predase, mica lui protejată avea să se ducă acasă și să repete din nou și din nou, sâcâindu-l o ajute cu lucrurile pe care nu le înțelegea, până când avea să se perfecționeze și să-l bată de să-i sară capacele.

Mikhail își coborî privirea spre cizmele de luptă pe care le purta și care începuseră să se găurească în talpă. Avea să-l bată de să-i sară ciorapii! Era timpul să facă un drum înapoi la navă pentru a-şi lua cele câteva perechi rămase.

În minte îi răsări o idee.

-Crezi că poţi să-mi faci o favoare?

-Orice, îi răspunse Pareesa cu o privire nerăbdătoare.

Avea să-l facă să o răsplătească pentru favoare antrenându-se cu ea până când o învăţa vreo nouă mişcare de luptă avansată, de preferinţă cu o porţie sănătoasă de vânătăi. Vânătăi ale lui.

-Peste trei zile plecăm la adunarea regională a căpeteniilor, îi zise el. Aţi putea tu şi Siamek să vă asiguraţi că cei pe cae i-am selectat sunt gata să ne însoţească, ca să pot să îmi iau tălpăşiţa timp de câteva zile?

Fata îşi ridică una dintre sprâncele întunecate, afişând un zâmbet nu tocmai inocent. Desigur, era încă o fecioară, dar avea de-a face cu războinici foarte bădărani. Pentru ei, şi ea făcea parte din „gaşcă", aşa că o învăţaseră tot felul de lucruri grosolane pe care Mikhail era sigur că mama ei nu le-ar fi tolerat. Flutură din sprâncene spre el de parcă ar fi fost Dadbeh sau Firouz.

-O să-mi rămâi dator, îi răspunse zâmbind larg.

Capitolul 45

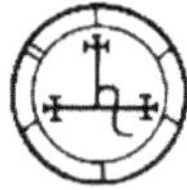

Noiembrie – 3.390 î.Hr.
Pământ: Satul Assur
Shahla

SHAHLA

Shahla îşi strânse copilul la sân şi încercă să îl alăpteze. Era un bebeluş liniştit, bine crescut, care nu plângea niciodată. Dar, ce-i drept, nici Mikhail, nu era predispus la crize de furie sau la vorbărie, aşa că nu ar fi avut niciun sens să fie nici fiica lui.

-Nu înţeleg de ce nu sugi, spuse Shahla către grămada de cârpe. Dar creşti cu fiecare zi ce trece şi nu îmi faci nicio problemă. Ce fetiţă minunată.

De la parter îi putea auzi pe părinţii ei, care se certau. O! De ce se certau atâta? Se certaseră dintotdeauna, dar de când se născuse fiica ei, părea că o făceau şi mai des. Tatăl ei nu ştia ce să facă cu ea sau, mai precis, cu bebeluşul ei. Oare pentru că fetiţa avea aripi?

-Ce aripi frumoase şi întunecate, sărută Shahla „capul" plin de noduri al grămezii de cârpe şi mângâie firele uzate care îi ieşeau din spate. Exact ca tatăl tău. Când vine acasă la cină, am să-i spun că ai vorbit cu mine azi şi mi-ai spus „mama".

Pe sânul pe care îl dezgolise ca să îşi hrănească fiica i se făcuse pielea de găină. După ce îi venise laptele, vrăjitoarea aia îngrozitoare, Ninsianna, îi spusese că avea să dispară. Ha! Ce ştia ea?

Urletele părinţilor ei crescură în intensitate, fiind urmate de un pufnet şi de zgomotul vaselor sparte. Uşa fu trântită aşa de tare încât întreaga casă se cutremură. Tatăl ei tocmai please val-vârtej... iarăşi. Mama ei tropăia în sus pe scări, furioasă.

-Repete! îi şopti Shahla fetiţei ei. Trebuie să te ascund. Tata spune că e vina *ei* că m-a bătut Jamin. Se ceartă în fiecare zi.

Îşi acoperi sânul cu şalul. Mama ei dădu buzna în cameră.

-*Trebuia* să mulgi capra, ţipă aceasta. Nu să te joci cu păpuşa aia idioată!

Shahla se ghemui îngrozită.

-Te rog să nu-mi răneşti fetiţa!

Mama ei o bătea mereu când tata pleca de acasă, încercând să o forţeze să plece. Dar tatăl ei plângea şi îi spunea că îi pare rău că pierduse copilul. Nu voia să o lase pe mama să o alunge în deşert.

Pierduse copilul?

Nu! Copilul ei era chiar aici! Strânse cârpele la piept și privi atent ochii bebelușului – două pete negre pe care le făcuse cu cenușă din sobă pentru ca fetița ei să o poată vedea. Ochii ei erau negri, nu albaștri, ca ai lui Mikhail. Poate chiar era copilul lui Jamin? Sau al lui Dadbeh? Sau al altcuiva? Căpetenia o întrebase dacă erau mai mulți bărbați care i-ar fi putut fi tată, dar totul era așa în ceață. Și ce făcea cu grămada asta de cârpe?

-Ieși de-aici! urlă mama ei. Vrei soț? Atunci du-te să cauți pe unul care să te ia de pe capul nostru ca să nu mai umpli gospodăria asta de rușine!

O apucă pe Shahla de păr și o trase spre scări.

-Copilașul meu! ripostă Shahla, întinzându-se spre cârpe.

-Copilul tău e *mort!* strigă mama la ea. Și mi-aș dori să fii și tu.

O împinse pe Shahla prea tare spre scări și o lovi cu piciorul.

Urlând, Shahla căzu pe prima treaptă, dar își recăpătă echilibrul înainte să se rostogolească mai departe. Coborî restul scărilor tremurând. Într-o bună zi, mama ei avea să o omoare.

-Și ia și *chestia* asta inutilă!

Bebelușul ei se prăbuși la pământ, lângă ea. Nu era prima oară când mama încercase să îi omoare fetița, dar fetița era puternică. Era un semi-zeu, la fel ca tatăl ei!

-Să vezi când vine soțul meu acasă și află ce-ai făcut! zise Shahla, ridicându-și bebelușul și agitându-și pumnul spre mama ei.

-Ai un soț? rânji femeia. Atunci du-te la el. Vezi dacă-mi pasă!

-Am s-o fac! strigă Shahla sfidătoare.

Trânti uș în urma ei și își făcu drum pe ulițe. Oriunde mergea, oamenii șușoteau. Oameni malefici. De ce tot șușoteau lucruri urate despre ea când Mikhail nu încerca decât să îi ajute?

-Nu-i asculta, îi spuse Shahla bebelușului. Sunt doar geloși pentru că tatăl tău e al *meu* și *ei* nu pot să-l aibă! Iar eu îl am datorită *ție.*

Închise ochii și își aminti cum fusese să o poarte Mikhail spre cer. Dureros. Dar apoi pământul îi dispăruse de sub picioare, soarele îi strălucise pe față, iar ea îl privise în ochi și zărise o fărâmă din cum era să treacă spre tărâmul viselor, spre fericirea eternă. O altă amintire. Ochii aceia triști, albaștri când el îi luase micuța grămăjoară și o strânsese la piept.

-A spus că mă aștepți, spuse Shahla, cu o lacrimă alunecându-i pe obraz. Și că te-a întins pe un pat din propriile lui pene ca să nu cunoști niciodată frigul.

Strâmbă din nas și își alungă amintirea din minte, preferând să se concentreze pe visarea mai fericită a acelui bărbat înalt și frumos care se întindea să o ajute să se ridice după ce căzuse.

Da.

El era tatăl copilului. Era sigură de asta. Pentru că nimeni altcineva din sat nu arătase vreodată vreo umbră de compasiune față de copilașul ei. De ce şuşoteau întruna sătenii despre ea? Şuşoteau despre copilul ei. Zări o femeie în vârstă, care ştia că era drăguţă.

-Iartă-mă, Liwwaresagil, i se adresă ea bătrânei care aducea apă de la fântâna comunală. L-ai văzut cumva pe soţul meu?

-Cine e soţul tău astăzi, copilă? o întrebă Liwwaresagil cu o expresie plină de empatie. Mergea încovoiată, nu doar din cauza celor două găleţi pe care le căra în spate, atârnate de un par, ci şi pentru că stătuse o viaţă întreagă aplecată la câmp, strângând recolta.

-Mikhail, fireşte, zise Shahla, întinzându-şi grămăjoara de cârpe. Nu vezi că acesta e copilul lui?

Expresia de pe chipul lui Liwwaresagil era plină de furie amestecată cu durere.

-De ne-ar fi lăsat tribunalul să îl judecăm pe Jamin pentru fărădelegile lui şi să îl omorâm cu pietre, zise ea, agitându-şi pumnul spre vatra satului, poate că asta ţi-ar fi adus şi ţie linişte!

Shahla se clătină.

-Jamin?

Toate privirile sătenilor se întoarseră spre ea, iar şoaptele se înteţiră pretutindeni în jur.

-Da. Jamin e tatăl copilului. Aşa îmi spune mama în fiecare zi.

Liwwaresagil atinse mănunchiul de zdrenţe cu mâinile ei umflate şi zbârcite, apoi se întinse să îşi odihnească palma tremurândă pe obrazul Shahlei. Mâna ei se simţea rece, cum erau adesea cele ale bătrânilor odată ce le încovoia vârsta. Liwwaresagil fusese întotdeauna bună cu Shahla.

-Dadbeh a fost gata să-şi assume răspunderea creşterii copilului tău, îi spuse bătrâna cu blândeţe. De ce nu te duci la el? Ştii că te iubeşte.

-Dadbeh? se clătină Shahla derutată, după care îşi aminti ce îi spuneau *ambii* părinţi când Dadbeh venea la uşă, rugându-i să îl lase să o vadă. Familia lui Dadbeh are statutul cel mai prost din sat, poate doar cu excepţia lui Merariy. Nu poate să fie el tatăl copilului. Mama spune că e copilul lui Jamin doar ca să convingă căpetenia să îmi plătească pensie! Dar eu cred că poate e al lui Mikhail.

-Of, copilă, suspină Liwwaresagil. Biată copilă! Bebeluşul tău a murit, îţi aminteşti?

Ghearele acelea zbârcite atinseră părul neîngrijit al Shahlei, ciufulit şi unsuros.

Oamenii se strângeau în jurul ei, şuşotind.

-Nu! ripostă Shahla, dând la o parte mâna bătrânei. Pleacă de lângă mine! Mikhail este tatăl copilului!

Unii săteni suspinară, alţii izbucnira în râs, dar cei mai mulţi pur şi simplu arătară cu degetul spre fiica ei frumoasă, înaripată, şi şuşotiră despre ruşinea pe care o trăia. Shahla se retrase, strângându-şi copilul la piept, şi încercă să o ia la fugă. Se izbi de Ilakabkubu, un bărbat nemilos cu care se culcase cândva, cu mult timp în urmă. El gemuse deasupra ei ca un bour în călduri, nu ca un bărbat pe care ea şi-ar fi dorit să îl mai simtă înăuntrul ei şi a doua oară, aşa că îl dăduse în gât la soţia lui.

-Ia-ţi mâinile de pe mine! zise ea, împingându-l la o parte pe Ilakabkubu.

-De ce nu te duci să-ţi cauţi soţul în desert? rânji Ilakabkubu la ea. Cu grămada ta de zdrenţe cu tot! Maică-ta ar fi tare fericită dacă te-ar mânca hienele.

Shahla îşi strânse copila la sân.

-L-ai văzut? întrebă ea.

-Pe Mikhail? zise Ilakabkubu, iar colţurile buzelor i se ridicară, formând un rânjet plin de cruzime. Umblă vorba că s-a întors la canoea cerească să pregătească o lună de miere cu *adevărata* lui soţie, Ninsianna. Ce-ar fi să te duci să-l cauţi acolo?

Jamin îi spusese odată unde căzuse canoea cerească — la două zile de mers în desert, într-un loc în care un izvor uscat cobora din munte.

-Pentru *mine* pregăteşte o casă, zise Shahla, strângându-şi copilul cu mândrie. Pentru mine şi fiica noastră.

Îşi făcu drum prin dreptul bărbatului nemilos care o tachina. Oare ce fusese în mintea ei când se culcase cu el? Măcar Ilakabkubu nu-i fucăse rău. Jamin o împingea cu faţa în pământ şi şoptea numele Ninsiannei.

-Rău, rău, rău, rău, rău, murmură Shahla spre copilul ei. Mă bucur că l-a pus căpetenia să plece.

Ieşi pe poarta sudică şi se îndreptă spre apus, dincolo de locurile în care păşteau caprele sătenilor, urmând albia pârâului despre care Jamin spunea că ducea spre dealurile unde se prăbuşise canoea cerească a lui Mikhail. Ploile căzuseră de mai multe ori, doar atât cât să se strecoare un firicel de umezeală prin crăpăturile zimţată ale pământului uscat. Câteva fire de iarbă începuseră deja să se înverzească. În curând, deşertul avea să înflorească. Shahla se aplecă în dreptul izvorului să bea din firişorul de apă care se ivea printre pietre.

-O să-l găsim pe tatăl tău, zise ea, sărutându-şi copilul pe frunte. Şi o să ne poarte din nou în cer, ca să îi întâlnim împăratul, care e şi zeu. Potrivi pânza de înfăşat pentru a strânge aripile copilului, în aşa fel încât să nu-şi ia zborul şi să o lase singură aici.

Zgomotul unor pietricele care se prăbuşeau pe terasament o făcu să se întoarcă. Privi în ochii negri, pe care îi cunoştea...

... şi ţipă.

-E în regulă! spuse Jamin, întinzându-i mâna. N-am să-ţi fac rău.

Shahla se clătină derutată. De ce Jamin era îmbrăcat ca Mikhail şi de ce avea părul tuns scurt şi barba rasa de pe bărbie? Acesta îşi atingea centura, în care stătea prinsă o armă nepământeană, ca acelea pe care le mânuia Mikhail, cea mai scurtă fiind numită cuţit. Dar părea că Jamin o ținea doar pentru că era prețioasă, la fel cum Shahla își strângea copilul, și nu pentru că intenționa să o folosească asupra ei.

Mai multe șoapte.

Poți să ai încredere în el...

Femeia se uită în jur, căutând sursa șoaptelor, dar nu era nimeni acolo. În jurul ei, vocile șopteau că Mikhail o abandonase pentru Ninsianna.

La fel cum făcuse și Jamin...

-Pleacă de lângă mine! spuse Shahla, acoperindu-și urechile cu ambele mâini.

Șoaptele continuau, dezvăluind lucruri urâte pe care Mikhail i le făcea vrăjitoarei aceleia, Ninsianna, cea care îi violase mintea și încercase să o convingă că bebelușul nu era al lui Mikhail.

-Shahla, îi spuse Jamin, întinzând spre ea o palmă deschisă. Vreau să repar răul pe care l-am făcut.

-M-ai bătut și mi-ai rănit bebelușul, zise Shahla, strângându-și copilul la piept. N-am să te las să îi mai faci rău!

Jamin ridică o sprânceană întunecată privind zdrențele strânse la pieptul femeii. Se uită în spatele lui ca și cum ar fi fost cu cineva, dar nu era nimeni acolo. Oare ce credea? Că era atât de nebună încât să creadă că venise cu altcineva? Jamin fusese alungat! Toată lumea știa că atunci când ești alungat, înnebunești și mori.

Probabil că era doar o halucinație pe care i-o trimisese Ninsianna ca să o tulbure. Da! Asta era! Vrăjitoarea încă încerca să o păcălească ca să renunțe la soțul ei. Shahla își strânse șalul mai aproape de corp și își îndreptă spatele, adoptând o poziție pe-atât de regală pe cât avea dreptul să adopte în calitate de soție a unui semi-zeu înaripat.

-Dispari, spirit malefic, spuse ea, arătând spre Jamin.

-Nu sunt malefic, răspunse Jamin, iar trăsăturile sale întunecate fură cuprinse de regret. Dar ți-am făcut ceva de neiertat, pentru care îmi pare rău. Vreau să repar lucrurile.

-Cum?

-Ultima oară când te-am văzut, spuse Jamin alegându-și cuvintele cu grijă, de parcă ar fi repetat ceva din memorie, ai spus că vrei ca Mikhail să te poarte din nou în ceruri. Mai ții minte?

-Mikhail mă poartă *mereu* în ceruri! răspunse Shahla, ridicându-și bărbia mândră. E soțul meu!

Jamin pufni, ca și cum ar fi vrut să râdă, dar se răzgândi. Chiar de deasupra malului pârâului se auzi un alt râset. Șoapte? De ce avea întruna impresia că aude voci? Trebuie să fi fost vântul.

-Am întâlnit pe altcineva foarte puternic care a vrut să te cunoască, îi spuse Jamin. Și *el* poate să te poarte spre cer.

-Minți! șuieră Shahla. Când o să vadă soțul meu că m-ai urmărit până aici, o să te nimicească pentru ce mi-ai făcut!

Jamin ezită, dar în loc de furia pe care Shahla căuta să o incite, căci ştia cum să-l provoace să o bată pentru ca, după aceea, să poată face sex de împăcare, faţa lui fu cuprinsă de o grimasă pe care, dacă nu l-ar fi cunoscut mai bine, ar fi putut-o confunda cu tristeţea. În timp ce se mişca, Shahla observă că se sprijinea mai mult pe umărul stâng.

-Dispari!

Shahla înşfăcă o piatră de mărimea pumnului şi o aruncă spre membrul rănit.

Jamin icni. Shahla îşi căută copilul, dar tot ce găsi fu o grămadă de zdrenţe strânse la piept.

-Fetiţa mea! urlă ea. Ce i-ai făcut?

-Fetiţa ta a trecut în tărâmul viselor, răspunse Jamin. Dar am adus un prieten care îţi poate dărui un *alt* copil. El o să te poarte în ceruri şi o să te ia de nevastă.

Amintirea a ceea ce-i făcuse Jamin străpunse ceaţa cu care se amăgea.

-Pleacă de lângă mine! strigă Shahla.

El îi… Îi…

-Nu!

Aruncă grămada de zdrenţe la pământ şi se căţără pe malul pârâului, căutând să scape de acest bărbat care îi omorâse copilul. Când ajunse în vârful dealului, o umbră a se coborî în faţa ei. Un Angelic frumos, cu aripi albe, stătea cu aripile desfăcute, lumina reflectându-se pe penele sale albe ca zăpada şi pe părul alb-blond ca şi cum ar fi fost însuşi soarele. Ea rămase pe loc, captivată de ochii lui de un argintiu straniu, atât de palizi încât putea să-şi vadă propria imagine reflectată în ei.

-Am luat-o razna? întrebă Shahla.

Frumosul zeu înaripat o trase în braţele lui şi o sărută până când i se înmuiară genunchii şi crezu că avea să explodeze de dorinţă. O! Cum ar fi fost să simtă mădularul unui astfel de bărbat înăuntrul ei?

-Vino, frumoasa mea mireasă, îi spuse zeul cu aripi albe, zâmbindu-i. Lasă-mă s-ţi arăt raiul.

În minte îi dansară imagini. O întrebare?

-Da, răspunse ea, iar ochii îi străluciră de fericire. Îşi purtă degetele printre penele albe, pufoase. Erau adevărate! Mikhail nu o lăsase niciodată să îi atingă aripile!

-Vino, mireasa mea, îi spuse bărbatul frumos, înaripat, ridicând-o în braţe. Dă-mi voie să-ţi arăt ce înseamnă să fii iubită de un zeu.

Inima i se umplu de bucurie. Shahla râse în timp ce Angelicul cu aripi albe o purtă spre cer.

Capitolul 46

Ai iubit de asemeni şi păsăruica, cu penele pestriţe;
ai lovit-o şi i-ai rupt aripile,
de atunci stă prin păduri şi strigă: „Vai, aripile mele!"
Epopeea lui Ghilgameş, Tableta a VI-a

Noiembrie – 3.390 î.Hr.
Pământ: Satul Assur
Colonel Mikhail Mannuki'ili

MIKHAIL

Profitând de un curent de aer leneş, Mikhail zbură deasupra uliţelor din Assur în căutarea iubitei sale. Îi zări pelerina roşie, care o făcea uşor de găsit din aer. Îşi înfoie penele pentru a reduce şuieratul care-l dădea de gol şi ateriză în spatele ei, făcându-i făcându-i pe unii dintre săteni să se dea cu un pas înapoi. Rânjetul lui îi luă prin surprindere aproape la fel de mult ca aterizarea venită din senin.

Ninsianna se răsuci pe călcâie.

-Mikhail?

Inima Angelicului făcu o tumbă interesantă. Afişă un zâmbet cum rar o făcea, rugându-se să-i intre astfel în graţii. Avea să se folosească de toate armele din arsenal, inclusiv, dacă era nevoie, o emoţie la care intuia că Heruvimii pe care şi-i amintea doar vag s-ar fi încruntat.

-Vino, o strânse el în braţe. Am o surpriză.

Strecurându-şi genunchiul între picioarele ei, Mikhail se folosi de forţa brută a aripilor sale pentru a învinge anticul duşman, gravitaţia, şi îşi luă zborul. Sătenii izbucniră în râs când rafalele de vânt le dădură pălăriile jos şi le răsturnară coşurile. Ninsianna scăpătă un strigăt, în egală măsură râzând şi înfricoşându-se.

-Unde mergem? îl întrebă încercând să acopere zgomotul vântului.

-E o surpriză.

-Mama o să îşi facă griji dacă nu ajungem la cină.

Un curent ascendent cald îi gâdilă penele şi îi şopti complice că avea să le susţină zborul. Mikhail o legănă în timp ce se echilibra, poziţionându-se mai confortabil pentru el, dar nu şi pentru ea. Ninsianna îşi înfăşură picioarele în jurul coapselor lui, ca să nu atârne ca un animal de pradă.

-Ştie că n-o să fim acasă în seara asta, o asigură el.

-O...

Buzele Ninsiannei se curbară, formând un zâmbet mulţumit.

-A trecut ceva timp de când n-am mai fost pe la navă.

Braţele i se strânseră în jurul lui în timp ce încerca să ochească nava. Cea-Care-Este conspirase cu tufişuri şi ierburi pentru a masca cicatricea pe care o lăsase prăbuşirea – un şanţ lung, de un kilometru, în pământ – şi îi îngropase nava parţial în stâncă.

Mikhail o mai ţinu în aer când aterizară, pentru a le îndulci coborârea, şi o purtă în braţe peste prag, ca pe-o mireasă, dincolo de bolovanii pe care îi plasase la intrare pentru a ţine la distanţă curioşii. Înăuntru, felinare de seu împrumutate de la aproape toate gospodăriile din sat luminau încăperea cu pâlpâirea lor blândă.

Chipul Ninsiannei se lumină, surprins.

-E aşa romantic!

-Aşteaptă, răspunse el, zâmbind din nou. Mai urmează.

O conduse spre bucătărie, unde pregătise o masa cu ajutorul unor prieteni maim ult decât dornici să contribuie la surpriză. Needa pregătise carne friptă, Yalda nişte pâine, iar Pareesa şi echipa ei adunaseră verdeţuri pentru salată. Într-o urnă mică se aflau flori de toamnă târzie, cuibărite printre fire de grâu. Două felinare mici pâlpâiau pe masă pentru a le da lumină. Nu avea să câştige niciun premiu pentru prezentarea gastronomică, dar tot stârni răspunsul sperat.

-O, Mikhail! zise Ninsianna, bătând încântată din palme. Ai făcut toate astea pentru mine?

Buzele de un roz strălucitor se arcuiră într-un zâmbet care îi înmuie genunchii. O, în numele zeilor, femeia asta cu care se căsătorise era aşa atrăgătoare! Se aplecă să guste din buzele ei voluptoase, declarându-se înfrânt. Tot ce aveau nevoie era să petreacă mai mult timp aşa şi restul avea să se rezolve de la sine.

-Ce-avem la cină? întrebă Ninsianna.

-Nu ştiu, murmură Mikhail, poftind la bunătăţi mai pământeşti. Carne. Pâine. Legume?

Ninsianna chicoti.

-Ce zici de *mine?*

Îi atinse testiculele cu vârful coapsei. Începu să respire mai adânc; sfârcurile i se ivriă din spatele rochiei din şal.

Un val de căldură străbătu pântecul lui Mikhail, făcându-şi loc între coapse. Cu un mârâit animalic, îşi luă soţia în braţe şi o purtă spre camera de dormit. Ninsianna chicoti în faţa acestei vânători cu ţintă unică – ea însăşi. Spre deosebire de patul minuscule de dormit din casa părinţilor ei, cel de aici era suficient de încăpător pentru ca Mikhail să îşi fluture aripile măcar pe jumătate. Angelicul o întinse pe pat şi se cuibări lângă ea, nerăbdător să îi simtă pielea lipită de a lui.

-Fă dragoste cu mine, Mikhail.

-Avem toată noaptea la dispoziţie, *mo ghrá*, îi răspunse el sărutându-i gâtul. Mirosul mosc al sarcinii ei îl făcea să vrea să se ascundă aici până la naşterea copilului şi să î idea nişte scatoalce bune oricui s-ar fi gândit să se apropie.

-Suntem amândoi aşa de ocupaţi încât nu mai avem timp să ne savurăm unul pe celălalt. Mă laşi să te venerez în braţele mele?

-Dar vreau să te tachinez până cerşeşti îndurare.

Ninsianna îşi strecură mâna sub brâul soţului său.

-Dacă nu te-aş cunoaşte mai bine, mârâi ei, aş crede că nu mă preţuieşti decât pentru plăcerea pe care ţi-o ofer.

-A! Şi pentru asta! răspunse ea, iar ochii aurii îi străluciră a obrăznicie în timp ce îl smucea cu vigurozitate. Aşa un soţ frumos, puternic, viril...

-O! Hei! Wooa!

Mikhail scoase nişte sunete tare amuzante când Ninsianna îi desfăcu fermoarul pentru a-i elibera mădularul.

-Eşti o pisicuţă care nu se mai satură!

-A fost ideea *ta!*

Îi trase pantalonii în jos, dar, pentru că erau strâmţi, rămaseră prinşi în cizmele de luptă. Mikhail încercă să se descotorosească de ei, dar nu făcu decât să înrăutăţească lucrurile, căci materialul se răsuci cu totul, blocându-i gleznele. Angelicul se rostogoli pe spate, în pat. Ninsianna chicoti ca un prădător.

-Cred că-mi cam *place* ideea asta a ta.

Mikhail se luptă cu hainele care nu cooperau nicicum, căci fuseseră concepute să reziste în cele mai grele condiţii de luptă – inclusive în faţa mângâierilor încântătoare ale soţiei sale. Ninsianna izbucni în râs la vederea soţului ei fioros învins de o pereche de pantaloni. Se mobiliză şi trecu la atac, desfăcându-şi rochia din şal ca pe ambalajul unui dar fermecător şi chicotind.

Cum să mai aibă Mikhail chef de mâncare când putea să se înfrupte direct din trupul ei voluptos? Savură contrastul frumos pe care îl făcea mâna lui palidă atingând pielea măslinie a femeii şi felul în care firele ei mici de păr reacţionau imediat ce pielea i se înfiora. De când o lăsase însărcinată, sânii îi deveniseră mai fermi, ca nişte pepeni dulci şi copţi. Numai plăcuţa metalică de la gâtul lui mai stătea între ei. Mikhail luă „pepenii” în mâini, legănându-i, în timp ce îşi lingea buzele şi se pregătea să guste din savoarea lor.

-Eu sunt şefa în seara asta, spuse ea, dându-i mâinile la o parte cu un rânjet neobrăzat, dar dulce. În seara asta, eu îţi spun ce să faci, iar *tu* trebuie să faci.

-O, răspunse Mikhail, ridicând din sprâncene. Deci acum eşti mai mare în grad ca mine, General de Brigadă Ninsianna?

-Da, râse aceasta. Orice-ar însemna asta, gen-ral-bri-gad. Eu am să-ţi dau ordine şi tu trebuie să mă asculţi! Bine?

-Da, să trăiți! răspunse Mikhail, aproape torcând sub atingerea ei sălbatică.

-În acest moment, aș fi foarte fericită dacă ai sta nemișcat, Colonel Mannuki'ili. Îți interzic să mă atunci! *Indiferent* cât de mult te tachinez.

Mâinile ei moi îi masară mușchii suprasolicitați din gât, piept și abdomen, alunecând în jurul celei mai insistente părți a anatomiei sale fără să o atingă. Își continuă, în schimb, tratamentele pe coapse și gambe, până când gleznele prinse în capcană nu îi mai permiseră să înainteze.

Mikhail izbucni în râs, dându-și capul pe spate.

-Dragă soție, știi că aproape am murit ascultând dorințele tatălui tău?

-Da, îi răspunse ea cu un zâmbet de prădător. Și eu, fecioară prostuță, am crezut că de fapt nu mă voiai. Dar acum că știu că mă vrei, am să te fac să cerșești îndurare.

-Și ce se întâmplă dacă nu ascult un ordin direct, doamnă?

Corpul îi părea așa de viu, de parcă ar fi fost străbătut de curent electric – chiar dacă nu avea cum să-i explice și ei această analogie modernă.

-Atunci va trebuie să-ți administrez o pedeapsă, colonel, răspunse Ninsianna, mângâindu-i mădularul înnebunitor de sensibil pentru a obține o erecție și mai mare.

-Ah, în numele zeilor! exclamă el, arcuindu-și șoldurile pentru a-i întâlni atingerea. Raportez că îmi place această pedeapsă, General Ninsianna!

-Închide ochii. Să nu-ncerci să te uiți! zise ea acoperindu-i ochii. Acum întinde-te și bucură-te de moment, colonel. Ăsta e un ordin.

-Da, să trăiți!

Carnea îi tremură de nerăbdare, așteptând următoarea atingere. Cu ochii închiși, absorbi senzația de căldură care se scurgea din mâinile de vindecătoare ale soției sale ca două fire sub tensiune care cântau cu fiecare fibră nervoasă din corpul lui, șoptindu-i despre plăcerile ce urmau să vină. Ochii Angelicului se deschiseră brusc când buzele Ninsiannei se strânse ușor în jurul capului mădularului său, plimbând jucăuș limba pe gaura mică din mijloc. s-au deschis din nou brusc când buzele ei s-au închis ușor în jurul capului bărbăției lui, plimbându-și jucăuș limba pe gaura mică din mijloc.

-La naiba, Ninsianna, exclamă Mikhail, cu șoldurile împingându-i-se spre gura ei în ciuda eforturilor disperate pe care le făcea să joace acest joc cu demnitate. Dacă mă mai pedepsești așa, n-o să dureze mult până să mă predau!

-Ah! Dulcele meu Angelic, îl tachină Ninsianna. Mereu te recuperezi repede. Îmi place așa de mult expresia de pe chipul tău când îți pierzi controlul.

-Dar planul era să te mulțumesc *eu* pe tine în seara asta.

-Eu sunt la comandă, bine? îi spuse ea, iar ochii îi străluciră mai puternic. Dacă ești un soldat ascultător, poate c-am să te las să preiei comanda data viitoare.

Pântecele lui Mikhail tresări la fiecare smucitură atent plasată a buzelor ei. Încercă fără prea mult succes să își dea jos cizmele de luptă cu șireturi strânse pentru a-și elibera gleznele, dar nu făcu decât să se încurce și mai mult în capcana plăcută. Nu mai avea ce să facă decât să se predea planurilor ei dulci și malefice.

-Da, să trăiți! răspunse răsuflând greoi.

Ninsianna îi mângâie testiculele, trimițându-i fiori în tot trupul în timp ce-și trecea unghiile peste carnea sensibilă, făcându-i pielea de găină. Mici valuri de energie, minunat de plăcute, străbătură corpul lui Mikhail în timp ce ea îl mângâia până la anumit nivel de dorință și apoi îl lăsa deliberat să mai aștepte, prea aproape de eliberare pentru a se opri, dar nu destul de aproape pentru a merge până la capăt fără ea. Dacă voia să îl facă să geamă a îndurare, avea s-o facă, dar oh! Se simțea atât de bine prelungind agonia!

Ninsianna jubilă în timp ce el zăcea gol și vulnerabil. Oare își dădea seama câtă putere avea asupra lui? Mikhail îi căută privirea, tânjind să desăvârșească legătura aceea pe care subconștientul lui urla că trebuie să o desăvârșească, dar își dădu seama că niște ochi mai bătrâni și mult mai cinici examinau fiecare tresărire de plăcere, ca și cum totul ar fi fost o mutare de șah atent calculată.

Pasiunea i se stinse. Ninsianna avea un musafir nedorit.

-Nimic nu e sacru?!! zise Mikhail, hotărât să nu reacționeze nervos. Nu primești destul devotement de la *propriul* tău soț? Chiar trebuie să te amesteci în timpul pe care Ninsianna îl petrece cu *mine*?

Cea-Care-Este-Ninsianna îi rânji ca un prădător. Deși trăsăturile încă erau ale Ninsiannei, Mikhail putea zări dincolo de ele o frumusețe și mai mare, dacă era posibil, o frumusețe rafinată, suprapusă formei fizice a soției sale. Așa se simțea Ninsianna când avea viziuni?

-Și ce te face să crezi că eu și ea nu suntem una și aceeași?

Mikhail își dori cu ardoare să fi avut ceva cu care să-și acopere goliciunea în fața zeiței care îl privea de parcă ar fi fost o masă gustoasă. Cu gleznele prinse și cămașa trasă în așa fel încât să îi blocheze coatele, era literal la mila zeiței.

-Poate că intimitățile de felul ăsta nu sunt prea importante pentru *tine,* se rugă el de *EA.* Dar înseamnă enorm de mult pentru *mine.* Am să te slujesc, dar n-am să fac dragoste cu mine. Darul ăla e rezervat doar pentru soția mea.

-Și ce-o să faci dacă nu renunț la trupul ei?

Angelicul i se adresă acum chiar soției sale, așa cum o făcea de fiecare dată când aceasta călătoarea prea adânc pe tărâmul viselor, iar Needa îl chema să o aducă înapoi. Cea-Care-Este era puternică, dar puținul pe care

Mikhail şi-l amintea despre zei şi demoni îi şoptea că întotdeauna exista şi o fărâmă de voinţă la mijloc.

-Cu *tine* vreau să fac dragoste, *mo ghrá,* îi spuse el Ninsiannei, nu zeităţii care îi folosea trupul. Las-o pe Cea-Care-Este să facă dragoste cu soţul *ei,* fiindcă se spune că el o protejează cu existenţa lui muritoare.

Simţi ceva mişcându-se în *propriul* subconştient, dincolo de pânza Domnişoarei Păianjen, ca şi cum rugămintea lui ar fi atins o coardă care se ascundea şi în el. Dar ce anume? Oare căsătoria lui era un fel de joc cu costume pentru zei?

-Mă nesocoteşti, Sabie a Zeilor? şuieră *Cea-Care-Este-Ninsianna. EA* strivi testiculele din mâinile Ninsiannei până când nările lui Mikhail se dilatară de durere, iar ochii i se umplură de lacrimi, dar Angelicul o privă de satisfacţia de a-l auzi strigând. Ochii ei căpătară o nuanţă ca de cupru din pricina furiei, dar dincolo de furie Mikhail desluşi durere şi surprindere. Oare niciun alt muritor nu mai respinsese afecţiunea zeiţei?

-Nu suntem nişte păpuşi agăţate pe sfoară pentru tine, îi spuse Mikhail *EI.* Am să apăr trupul muritor de care te foloseşti până la ultima suflare, dar o să fac dragoste numai cu *ea.* Nu cu *tine.* Să nu crezi că nu-mi dau seama care e diferenţa.

-Poţi? întrebă *Cea-Care-Este-Ninsianna.* Chiar poţi?

Da... oare chiar putea? În ultima vreme, fusese dificil să stabilească unde se încheia Ninsianna şi unde începea puterea pe care o canaliza. Pentru prima oară îi trecu prin minte că poate nu fusese cea mai înţeleaptă decizie să se îndrăgostească de Aleasa zeiţei. Cea-Care-Este făcu ca buzele Ninsiannei să se curbeze într-un zâmbet nemilos.

-Te rog, o imploră el. Pentru tine, ăsta e doar un joc, dar Ninsianna e partenera mea. Cum îmi poţi cere să îi trădez iubirea?

Privirea dispreţuitoare a *Celei-Care-Este-Ninsianna* se înmuie. Îi mângâie obrazul.

-Vorbeşti de parcă ai fie *EL,* zise ea cu blândeţe, iar chipul frumos pe care îl împrumutase fu cuprins de tandreţe. Poate că are dreptate? Poate semăn un pic *prea* mult cu tatăl meu?

Buzele *EI* se lipiră tandru de ale lui, dar părea că nu pe *el* îl săruta, ci pe altcineva. Între ei se instală un val electric. Pofta aceea întunecată care pândea mereu din subconştient făcu inima Angelului să tresară şi îl forţă să răspundă chiar dacă ştia că aceea nu era soţia lui. Apoi, *EA* se desprinse din sărutare cu o expresie nostalgică şi părăsi trupul Ninsiannei, lăsând în urmă o soţie care avea o mină complet derutată.

Ninsianna clipi de mai multe ori până să îşi dea seama că zdrobea testiculele soţului ei în mână. Îşi slăbi strânsoarea şi mângâie carnea sensibilă. Mikhail răsuflă uşurat. Nu doar că îl *duruse,* dar, pentru o secundă, se temuse că zeiţa nu avea să o elibereze.

Ninsianna își mască amnezia temporară prefăcându-se că nu se întâmplase nimic.

-Mă iei pe mine la rost că îmi pierd capul, dar uite! Micul tău prieten a adormit!

Mikhail își coborî privirea spre mădularul care își pierduse duritatea. Se pare că Celei-Care-Este îi plăcea să controleze bărbații care o slujeau până la cel mai mic fir de păr. Literal. Angelicul era destul de sigur că *EI* nu i se mai întâmplase ca vreun alt campion să îi respingă avansurile.

-Încetează să te mai gândești la cine știe ce antrenament ai acum în cap și concentrează-te la arma *asta*!

Ninsianna arătă spre el de parcă ar fi certat un copil obraznic, fără să aibă nici cea mai vagă idee ce se întâmplase.

-Stai drepți, soldat, și salută-ți comandantul!

Asta cu siguranță era Ninsianna. Mikhail o strânse în brațe.

-Nu înțelegi că *tu* ești cea pe care o iubesc? o întrebă el, căutând femeia dulce, cu ochii crem, de care se îndrăgostise. Nu puterea zeilor?

-Nu înțeleg, răspunse Ninsianna cu o expresie nedumerită.

-Ba *da,* îi spuse Mikhail, ducându-i mâna către cicatricea de pe peitpul său. Nu o lăsa pe *EA* să se mai bage între noi. Te rog! Pe *tine* te iubesc, nu pe *EA.*

-Dar suntem una și aceeași.

-Nu, spuse el. Tu o asculți pe *EA* la fel cum îmi ascult eu Împăratul, pentru că avem un țel comun. Dar asta nu înseamnă că trebuie să renunțăm la cine *suntem.*

Ninsianna ezită, de parcă nu ar fi fost pe deplin sigură de ceea ce se întâmplase. Oare nu înțelegea cât de periculos era să se predea unui zeu? Cei vechi puteau fi puternici, dar, după părerea lui, nu erau cu mult mai diferiți de căpeteniile satelor. Unii erau buni, alții mai puțin buni, dar toți aveau defecte… inclusiv divinitatea care conducea Tot-Ce-Este.

Buza Ninsiannei tremură în semn de nesiguranță. Simțea că Mikhail era furios în legătură cu ceva, dar zeița îi ștersese amintirea jocurilor pe care îi plăcea să le facă.

-Spune-mi ce îți place și eu o să mă asigur că te mulțumesc, îi spuse ea cu o expresie precaută.

-Am *nevoie* să mă iubești la fel de mult cât te iubesc și *eu.*

Mikhail îi căută privirea, vrând să se asigure că a înțeles ce îi cerea. Judecând după expresia ei nedumerită, nu înțelegea. Și cum ar fi putut să o facă? El nu fusese în stare să articuleze nevoia dureroasă care cerea să fie desăvârșită.

-Știi că te iubesc, zise ea, mângâindu-i obrazul. Nu m-aș fi căsătorit cu tine dacă nu te-aș fi iubit.

-Știu, doar că… uneori mă întreb *de ce* mă iubești.

În ochii ei se putu citi că înțelesese.

-Eşti cel mai frumos, puternic şi minunat bărbat pe care l-am cunoscut vreodată.

-Şi dacă n-aş fi frumos? întrebă el, cercetându-i expresia de pe chip. Dacă aş fi rănit sau desfigurat? Sau dacă Halifienii mi-ar tăia aripile şi nu aş mai putea să zbor? M-ai mai iubi atunci? Necondiţionat?

Ninsianna se încruntă, ca şi cum ar fi cântărit orice posibilitate în raport cu felul în care ar fi făcut-o să se simtă. Din subconştientul lui Mikhail ţâşni un val de nesiguranţă, care-i striga că nu aşa ar trebui să se cântărească o pereche unită. Într-un sfârşit, Ninsianna rosti cuvintele la care tânjea el.

-Sigur că te-aş mai iubi, îi răspunse ea, cu un zâmbet nu chiar în totalitate sincer. Am făcut un jurământ – să ne iubim unul pe altul până când moartea ne va despărţi.

O amintire îi zgândări subconştientul. Dacă nu putea să o *simtă* şi se îmbolnăvea sau era rănit…

Ninsianna îi duse mâna la tâmplă. Mintea îi fu cuprinsă de siguranţă.

„Grijile acestea îţi provoacă multă sufeirnţă. Alungă-le din mintea ta.”

Amintirea se retrase…

-Fă dragoste cu mine, soţul meu drag, şi hai să nu mai vorbim despre griji şi temeri.

Din mâinile ei străbătea căldură, căutând să atingă locul sfărâmat din pieptul lui la care ajunsese cândva şi atinsese inima care încă bătea. Instinctul se retrase în subconştient, pentru că Ninsianna îi promisese, când se afla la poarta eternităţii, că nu va trebui să înfrunte lucrul de care se temea mai mult decât orice altceva pe lume.

Nu de unul singur…

Mikhail clătină din cap. Ce discutaseră adineauri? Frumoasa lui soţie, cu ochi ei aurii, îl privea cu o expresie îngrijorată, în timp ce mâinile ei pricepute de tămăduitoare trezeau focul din pântecele lui. Mârâind, o întinse din nou pe pat…

Capitolul 47

Noiembrie – 3.390 î.Hr.
Pământ: Satul Assur

GITA

Casa se cutremură. Gita scăpătă un urlet, convinsă că valul de inundații făcuse în cele din urmă ca locuința lor din chirpici să se prăbușească de pe coasta din care Râul Hiddekel surpa malul abrupt. Doar cei mai nebuni sau cei mai disperați trăiau în această zonă a inelului exterior, aflat în pragul prăbușirii. Nici măcar bogățiile căpeteniei nu ar fi putut împiedica apele râului să ia această casă într-o bună zi. Casa se cutremură din nou.

-Gita!

Cineva bătea cu putere la ușă.

Se întoarse cu grijă, în așa fel încât să nu se rostogolească de pe fragila platformă de dormit pe care și-o construise la streașină după ce pereții fragili făcuseră ca al doilea etaj al casei să se prăbușească peste primul. Era largă doar cât să poată dormi pe ea, atâta timp cât nu se răsturna.

Ciocăniturile deveniră mai insistente.

-Gita?

Era cazul să răspundă înainte să îl trezească pe tatăl ei.

Își trase pe ea rochia de șal zdrențuită și se lăsă să alunece pe stâlpul subțire pe care îl folosea drept scară. Stâlpul se încovoia sub greutatea ei, dar faptul că scara era atât de nesigură însemna că tatăl ei nu putea decât să se ia de ea, nu și să o tragă din pat în fiecare seară, când alcoolul îi hrănea furia. Puținele unelte pe care Merariy le putea arunca spre fragilul ei postament se spărseseră de mult, cu excepția paharului de băutură pe care, chiar și în stare de ebrietate, era suficient de isteț să nu-l spargă.

Gita deschise ușa, dând nas în nas cu tatăl Shahlei, Laum, care o aștepta în lumina slabă de dinaintea răsăritului.

-Pot să vă ajut cu ceva? întrebă ea.

-Shahla e cu tine? întrebă Laum. Era un bărbat înalt, bine făcut, dar nu neapărat voinic, și frumos ca fiica lui. Întotdeauna își tratase fiica de parcă ar fi fost un obiect care îi aparținea. Tocmai acesta era motivul pentru care Gita și Shahla se înțeleseseră dintotdeauna, în ciuda diferențelor sociale dintre ele.

Gita îi zâmbi cu tristețe.

-Asta e ultima casă pe care Shahla ar binecuvânta-o cu prezența ei.

Nu adăugă şi *„ chiar dacă ar mai fi sănătoasă "*.

-Cine e la uşă? răzbătu un mormăit greoi dinspre masa la care adormise tatăl ei.

-Doar Laum, tata, răspunse Gita, atentă să nu vorbească prea tare ca să nu se trezească cu vreo bătaie. A venit să o caute pe Shahla.

-A adus şi ceva de băut? mormăi tatăl ei. Zi-i să intre şi să dea o duşcă cu un biet bătrân.

Gita făcu o grimasă plină de regret.

-Nu am nimic de băut la mine, prietene, spuse Laum cu uşurinţa unui negustor obişnuit să folosească alcoolul pentru a uşura o tranzacţie. Dar dacă eşti atât de amabil încât să-mi permiţi să-ţi împrumut fiica, am să o trimit înapoi cu o damigeană din cel mai bun mied de-al meu.

-Te costă *două* damigene să-ţi faci de cap cu ea, răspunse tatăl ei pe un ton brusc ascuţit.

Gita se înroşi de groază. Şi acesta era unul dintre motivele pentru care ea şi Shahla se înţeleseseră dintotdeauna. Laum, fireşte, nu ezită nicio secundă. Bogăţia îi dăduse o aparenţă de respectabilitate, dar, spre deosebire de mama Shahlei, care se născuse într-o familie cu statut, Laum îşi *croise* singur drumul, folosindu-se de inteligenţă şi cruzime.

-Vreau doar să mă ajute să îmi găsesc fiica rătăcită, răspunse el. Dar, ca să îi compensez absenţa, am să o trimit înapoi nu doar cu o damigeană de mied, ci şi cu o pâine şi un calup de brânză.

Pâinea şi brânza, înţelese Gita, erau pentru ea, ca să le ia în drum spre întrunirea regională a căpeteniilor. Toată lumea ştia că tatăl ei nu se hrănea decât cu lucruri fermentate, aproape fermentate sau rămase de la încercările de fermentare ale altcuiva.

-Du-te atunci, zise acesta, iar glasul lui îşi pierdu din nou din intensitate. Dar Laum, asigură-te că o aduce aici, n-o vinde.

Gita se căţără pe stâlpul subţire pentru a-şi lua pelerina maro, zdrenţuite, pe care i-o dăduse Shahla după ce se uzase prea mult ca să mai fie purtată de fiica la modă a unui negustor. Ezită, dar apoi îşi luă şi arcul şi suliţa. Indiferent când avea să-şi găsească prietena, nu avea să se mai întoarcă acasă, nici azi şi nici altcândva – dacă se putea abţine. Peste încă trei zile, avea să o însoţească pe Pareesa la adunarea regională a şefilor, iar dacă Mikhail reuşea să încheie tratatul, atunci poate, doar poate, reuşea şi ea să-şi facă o viaţă nouă în orice sat era dispus să o ia.

Închise uşa în urma ei, având grijă să nu o trântească şi să-l trezească pe tatăl ei, care deja leşinase la loc. Laum părea cu adevărat îngrijorat. Zorii abia răsăriseră, iar pe aleea plină de gropi care deservea această zonă puţin frecventată a satului se mişcau doar şobolanii. Gita îi făcu semn lui Laum să o urmeze înainte ca tatăl ei să se trezească şi să înceapă să facă şi alte solicitări jenante.

-S-a certat iar cu mama ei? întrebă fata.

-Nu ştiu, zise Laum. Când m-am dus să o văd, patul ei era gol.

-Când aţi văzut-o ultima oară? întrebă Gita, îngrijorată.

De ce nu începuse Laum să o caute mai devreme?

-Dacă negustorii de sclavi au pus mâna pe ea, e posibil să fi ajuns departe deja.

-Nu ştiu, răspunse Laum cu o expresie vinovată. Eu şi mama ei ne-am certat aseară. Nu m-am întors acasă decât cu puţin timp înainte de răsărit. Shahla a fost cea la care am mers prima oară, înainte să mă întorc în camera mea. Când am întrebat-o pe nevasta mea unde e, mi-a zis că a trimis-o în deşert.

Gita îşi muşcă limba în loc să spună direct *„şi în a cui casă aţi petrecut noaptea?"*. Nu era treaba ei. Shahla nu era *singura* promiscuă din acea gospodărie.

-Mikhail nu e în sat în noaptea asta, aşa că nu patrulează, zise Gita. Am s-o trezesc pe Pareesa ca să o rog să înceapă căutarea.

Laum o apucă de braţ.

-Nu, Gita, te rog. Nu e prima oară când Shahla îşi petrece noaptea cu vreun războinic. Doar că... în ultima vreme... singurul cu care cere să se vadă e nenorocitul despre care spune că i-a dăruit un copil. Shahla a adus deja destulă ruşine familiei fără să se ştie că iar se culcă aiurea.

-Aţi fost acasă la Dadbeh? întrebă Gita.

-Am fost, răspunse Laum cu o expresie din ce în ce mai temătoare. Tatăl lui Dadbeh a zis că nu e acolo. E un bărbat *masiv*.

Gita îl cunoştea. Tatăl lui Dadbeh mersese o viaţă întreagă la semănat de câmpuri şi reconstruit de diguri pentru alţii, ceea ce îi adusese un fizic musculos, care putea rivaliza chiar şi cu cel al lui Mikhail. Dar era în acelşi timp un om blând, la fel de trainic ca pământul pe care îl lucra. Laum trebuie să îl fi insultat teribil dacă îl determinase să-l ameninţe, cel mai probabil pentru că acesta încă refuza să-l lase pe Dadbeh să o vadă pe Shahla. Ce? Oare Laum îşi făcea iluzii că vreun alt bărbat avea să se căsătorească cu Shahla după spectacolul pe care îl provocase? Dadbeh o iubea foarte mult. Poate că această dragoste avea puterea să vindece mintea distrusă a prietenei Gitei.

Gita îşi păstră gândurile pentru sine, însă. Laum era mai curând dispus să-şi vadă fiica moartă decât să-i permită să se căsătorească cu cineva din familia cu cel mai prost statut social din sat în afară de a *ei*.

-O să verific locurile în care merge de obicei, zise Gita. Dacă nu e acolo, o trezesc pe Pareesa.

Laum o apucă de braţ, înfigându-şi unghiile în carnea ei moale.

-Dacă faci asta, îi spuse cu o mină aspră, n-am să-ţi dau damigeana de mied pe care o aşteaptă tatăl tău. Unde-ai să te duci, copil fără de familie, dacă propriul tău tată nu te mai lasă să intri în casa lui? Să cerşeşti refugiu în casa stimatei tale verişoare, nepoată a lui Lugalbanda?

Gita rezistă impulsului de a-şi îngropa suliţa în pântecul bărbatului. Încă din noaptea bătăliei, se trezise nevoită să îşi reprime nevoia de a-şi rezolva problemele folosindu-se de tacticile pe care le învăţase de la Jamin, în loc să rămână invizibilă, aşa cum făcuse toată viaţa.

S-a îndepărtă de bărbatul oribil şi plecă în căutarea prietenei sale.

*

O găsi pe Shahla rătăcind prin desert, la o jumătate de zi de mers pe jos faţă de sat. Hainele şi părul îi erau răvăşite, ca şi cum ar fi fost, într-adevăr, la o întâlnire cu un războinic, dar se îmbăiase, îşi curăţase părul de noduri şi îşi spălase hainele. Shahla dansa de-a lungul pârâului aproape uscat, fără să mai poarte după sine trista păpuşă de cârpă, ci cântând de parcă ar fi fost fericită.

-Shahla! tropăi Gita spre ea. Tatăl tău e îngrijorat de moarte pentru tine.

Sau cel puţin atât cât poate fi de îngrijorat un bărbat ca el.

Cel puţin lui Laum îi păsase suficient de mult încât să plătească pe cineva ca să îi caute fiica dispărută, ceea ce era mai mult decât făcuse vreodată tatăl Gitei. Shahla se învârtea fericită în cerc, iar şalul cu broderii complexe îi flutura în sus şi în jos, de parcă fata ar fi fost un derviş. Pentru o clipă, Gita crezu că poate o avea în faţă pe *vechea* Shahla, că se întâmplase ceva care o făcuse să îşi recapete minţile.

Speranţa îi fu însă zdrobită de îndată…

-Soţul meu a venit şi m-a purtat spre cer, spuse Shahla, cu ochii strălucindu-i de bucurie. Aşa cum ţi-am spus că va face.

-Mikhail e soţul *Ninsiannei*, îi răspunse Gita cu blândeţe.

-Nu *el*, zise Shahla, încreţind din nas cu dispreţ. Soţul *meu* e mult mai frumos şi are aripi albe şi pufoase, mai pufoase decât norii. Şi mai e şi bogat!

Asta era o nouă întorsătură în amăgirile Shahlei, dar până acum se iviseră atâtea întruchipări ale obsesiei prietenei ei, încât Gita pur şi simplu o acceptă. Era mai important să o convingă să se întoarcă în sat, unde negustorii de sclavi sau hienele nu puteau pune mâna pe ea.

-Şi Dadbeh te caută, spuse Gita. Când ne întoarcem, hai să mergem la căpetenie ca să vedem dacă îl putem convinge să treacă peste obiecţiile tatălui tău. Dadbeh te iubeşte.

-Acum sunt femeie măritată! dădu Shahla din cap cu aroganţă, aşa cum ar fi făcut-o *înainte*. Soţul meu este *príomh-aire*, cel mai strălucitor şi mai frumos dintre toţi îngerii. O să se întoarcă după mine peste trei zile, după ce îndeplinesc o mică sarcină pentru a-mi dovedi loialitatea, iar apoi o să mă poarte în ceruri ca să îi conducem împreună imperiul.

-*Príomh-aire?* repetă Gita cuvântul necunoscut. Shahla, singurul înaripat e Mikhail, iar el *nu* e soţul tău. E doar un bărbat drăguţ care a încercat să te protejeze după ce Jamin ţi-a făcut rău.

-Jamin?

Iluzia Shahlei pâlpâi.

-Jamin e rău. Chiar dacă a zis că îi pare rău.

Îşi duse şalul la sân aşa cum făcuse adesea cu păpuşa din cârpe pe care nu o mai avea. Shahla privi în stânga şi în dreapta, de parcă ar fi vrut să îi spună un secret:

-Jamin a spus că soţul meu o să-mi dea un *alt* bebeluş înaripat pe care să-l iubesc.

Ochii negri ai Gitei se umplură de lacrimi. Biata ei prietenă! În toţi aceşti ani, Shahla fusese cea care o scosese pe *ea* din situaţii neplăcute. Acum era vremea să îi întoarcă favoarea.

-Haide, spuse Gita, punând o mână pe umerii femeii. Hai să nu mai vorbim despre bărbaţi, fie ei cu aripi sau fără. Azi e ziua de odihnă. Să mergem la râu ca să facem baie şi să ne spălăm părul. Am să te pieptăn eu după aceea. Vrei?

-O, da! ţopăi Shahla fericită. Vreau să fiu frumoasă când se întoarce după mine.

Gita îşi ţinu prietena departe de locul în care limbile iuţi ale sătenilor ar fi putut să comenteze cea mai nouă întruchipare a delirului şi să creeze şi mai multe necazuri. Nu avea rost să o facă de ruşine mai mult decât se făcuse *singură* deja, şi nici nu voia ca prietena ei să stârnească bârfele din sat pentru a-l ponegri pe Mikhail chiar în ajunul zilei în care urmau să călătorească spre nord, către întâlnirea anuală a şefilor Ubaizi. Mai presus de toate, nu voia ca Shahla să îi rănească sentimentele lui Dadbeh cu vorbăraia asta despre un soţ înaripat şi să-l îndepărteze chiar şi pe *el*.

Un bărbat cu aripi albe? Dintre toate iluziile pe care le-ar fi putut avea femeia aceasta nebună…

Capitolul 48

Noiembrie – 3.390 î.Hr.
Pământ: Satul Assur

NINSIANNA

Peste tot în jurul lor câinii lătrau, copiii râdeau şi până şi sătenii mai vârstnici stăteau adunaţi, cuprinşi de o atmosferă ca de sărbătoare, pentru a-şi lua la revedere de la cei care aveau să însoţească Căpetenia Kiyan la întrunirea anuală a căpeteniilor Ubaide. I se alăturau tatăl lui Ebad, conducătorul ghildei de olari, fiul cel mai mare al lui Rakshan, în calitate de reprezentant al făuritorilor de flintă, Laum, negustorul de ţesături, şi diverse alte capete de familii negustoare.

Ninsianna fu surprinsă de impulsul iraţional pe care îl resimţi de a izbucni în plâns. Îşi ridică privirea spre soţul ei, care arăta tare chipeş într-una dintre uniformele sale mai puţin uzate, cu părul lui negru, pielea deschisă la culoare şi, desigur, minunatele aripi negre. Voise şi ea să meargă, dar Immanu insistase că Mikhail trebuia să fie perceput drept un lider militar de necontestat.

-De ce nu poţi să vii acasă-n seara asta?

Era o dorinţă egoistă, dar, după cele două nopţi glorioase pe care le petrecuseră la nava lui, Mikhail îi ştersese orice urmă de îndoială că *ea* – şi numai ea – era cea cu care avea să facă dragoste vreodată.

-Nu prea pot, răspunse el, iar buza îi tresări în semn de regret. Tatăl tău mi-a spus că, de obicei, căpeteniile rememorează poveşti din război până la primele ore ale dimineţii. Atunci e momentul cel mai potrivit să extindem acordurile de ajutor reciproc pe care le-am încheiat deja cu Gasur şi Eshnunna.

Cadenţa veselă de mars răsună pe uliţă.

-Împingeţi! Stâng-drept-stângul. Împingeţi! Stâng-drept-stângul, striga Pareesa. Împingeţi, funduri leneşe ce sunteţi!

Echipa Pareesei ducea un cărucior încărcat cu zeci de urne în care se găsea cea mai potentă băutură a surorilor văduve, fermentată din orz cultivat chiar de Mikhail. Numai asta avea să îi îmbuneze serios pe liderii Ubaizi.

-Mmm, sigur nu vrem să zbori înapoi acasă după ce-ai băut, râse Ninsianna, afişând cea mai atrăgătoare expresie de „vino-ncoace" şi şoptind apoi: Bere!

-Ahh, răspunse Mikhail, iar aripile îi tremurară de scârbă. Nici să nu pronunți cuvântul ăla!

-Ce cuvânt? Bere? întrebă Ninsianna fluturând din sprâncene. Dacă vrei să primești sprijin pentru proiecțelul ăsta al tău personal, nu e suficient să ademenești căpeteniile cu alcool. Trebuie să și *bei* cu ele.

-Nu-mi aminti.

În jurul lor, mulțimea de oameni și de binevoitori pulsa ca un organism viu, care începu să se deplaseze spre poarta de nord. Divizia B de sub comanda Pareesei mormăi epuizată, în timp ce mica stăpână le tot împărțea ordine ca să pună osul la treabă. De îndată ce copila-minune a lui Mikhail preluă comanda, căpetenia hotărî să îi despartă și să trimită doi dintre membrii diviziei a doua la câte unul dintre satele aliate pentru următoarele șase săptămâni, în așa fel încât să dovedească, dincolo de orice îndoială, că, indiferent cât de *îndoielnică* părea îndemânarea războinicului, metodele lui Mihail chiar funcționau.

Chipul lui Mikhail deveni serios.

-Nu-mi place să te las singură, zise el. Nici măcar pentru o zi.

Poarta de nord se înălța deasupra lor. Tâmplarii lucrau cu nesaț, înfingând cuie în doi bușteni de lemn pe care căpetenia îi cumpărase din amonte.

-Mă îndoiesc că dușmanii noștri mai au mulți oameni pe care să-i arunce în luptă spre noi, zise Ninsianna arătând spre ei. Cred că am îngropat mai mulți săteni decât au toate triburile Halifiene la un loc.

Era o exagerare. Dar nu cu mult.

-Mai probabil e ca întrunirea să fie luată sub asalt.

-Nu pot să spun că n-ai dreptate, oftă Mikhail. Dacă *eu* aș porni la atac, acolo aș lovi. Aș putea să nimicesc toată conducerea Ubaidă cu o singură țintă convenabilă.

Tocmai de aceea o voia Căpetenia Kiyan aici. Pentru că ea și Immanu puteau să își dea de știre unul altuia dacă vreuna dintre locații era atacată.

-O să fiu bine, îl asigură Ninsianna pe Mikhail. Nu am mai avut viziuni despre vreun pericol.

Mikhail își îndreptă gulerul hainei ciudate și mulate pe care o numea „cămașă". Ninsianna se gândi că poate ar fi trebuit să își facă timp să îi țeasă un șal Ubaid, ca să pară mai puțin… ei bine… străin? Poate așa avea să umple orele dureroase până la întoarcerea lui, țesându-i o ținută Ubaid adecvată.

Femeile și copiii aplaudară în timp ce coloana ieși pe porți.

-Vii, Mikhail? râse Pareesa. Sau ai de gând să îți încalci promisiunea de a veni cu noi pe jos în loc să zbori?

Pe Ninsianna nu o deranjă faptul că Pareesa își adoptă poziția de-a dreapta lui Mikhail, ca și cum i-ar fi fost ceea ce el numea „aripă", dar apoi verișoara ei, Gita, o creatură zdrențăroasă și sfrijită, cu pielea palidă și ochii negri, luminoşi, făcu un pas în față pentru a se poziţiona în stânga lui. Ciudata verişoară o neliniştea dintotdeauna pe Ninsianna, încă de când fuseseră fetiţe şi mama încercase să o convingă să o compătimească şi să se joace cu ea. Ninsianna se uită fix în acei ochi negri şi se înfioră.

Gita îşi coborî privirea.

Slavă Zeiţei, Căpetenia Kiyan ordonase ca satul să *scape* de fata asta ciudată trimiţând-o într-una din celelalte aşezări alături de divizia B.

-Vă ajung imediat din urmă, îi zise Mikhail Pareesei. Vezi? Mi-am luat ceilalţi bocanci. Cei care nu sunt plini de găuri.

Pareesa râse şi mărşălui mai departe, cu Gita ţinându-se după ea ca o umbra. Ebad se chinui se ţină pasul. Pareesa îi ordonă să care mult prea multe dintre lucrurile ei, ceea ce Ebad, desigur, ascultă întocmai. Ninsianna chicoti, dându-şi capul pe spate.

-Ce-o să se facă dacă n-o să-l mai aibă pe Ebad prin preajmă şase săptămâni, ca să facă pe şefa cu el?

-O să îi dăm respinşi *noi* pe care să-i termine, răspunse Mikhail, strângând-o în braţe. Dacă ai nevoie de orice, fă chestia aia cu imaginea mentală trimisă tatălui tău. Am să vin acasă numaidecât.

-O să fiu bine, răspunse Ninsianna, râzând în faţa grijilor lui. Du-te! Du-te să-ţi negociezi tratatul! Cu cât pleci mai repede, cu atât mai repede te şi întorci în braţele mele.

Fu luată prin surprindere când Mikhail o strânse în braţe pentru un sărut lung şi passional, înfăşurându-şi aripile în jurul ei pentru a-i proteja de lume. O sărută până când îi tăie respiraţie şi îi înmuie genunchii.

-Nu-ţi asuma riscuri inutile cât timp sunt plecat. Bine?

-Bine, promise Ninsianna. Şi vorbi serios. În mare parte. Oarecum...? Ei, bine... Nu fusese niciodată o nevastă deosebit de ascultătoare.

Mikhail îi aranjă pelerine roşie în aşa fel încât să îi acopere umerii şi îşi duse mâna spre pruncul care creştea în pântecele ei. Ochii îi străluceau prea tare, dar poate că era doar vântul de vină. Îl chemă căpetenia. Cu un zâmbet plin de regret, Mikhail se desprinse de ea. Pareesa şi umbra lui ciudată, Gita, îl urmară îndeaproape, una în stânga, cealaltă în dreapta lui; în urma lor se aliniară şi toţi ceilalţi. Armata lui Mikhail.

Ninsianna reprimă gelozia care îi zvâcni în trup, nu pentru că se temea de femeile din grup – în ultimele două nopţi Mikhail liniştise complet acele gelozii –, ci pentru că ele porneau la drum cu el, în timp cee a, sărmana capră de prăsilă gravidă, era nevoită să stea acasă!

-Porniţi! strigă Căpetenia Kiyan. Avea umerii plecaţi, de parcă ar fi purtat o greutate mare pe ei. Era un bărbat a cărui inimă fusese smulsă din piept de unicul copil pe care îl mai avea. Ninsianna observă că Varshab mergea pe lângă căpetenie de parcă Kiyan ar fi fost slăbit.

Formaţia ieşi pe poarta de nord. Ninsianna alergă în urma ultimului războinic, vrând să îi conducă pe drumul de plecare. Aripile lui Mikhail se înfoiară în vânt. Putea să zboare până la destinație, dar își propusese ca, dincolo de patrulele de care avea nevoie să se asigure că nu întâmpină necazuri, restul drumului să îl parcurgă pe jos, alături de trupele sale, astfel încât să ajungă toți în același timp. Ninsianna o invidia pe Pareesa și echipa ei B. Le Invidia și pe războinicele care străbăteau drumul cu unicul scop de a le arăta căpeteniilor din regiune că, în Assur, chiar și femeile luptau mai bine decât dușmanii lor.

Se luptă să reprime un val de durere. De ce se simțea de parcă și-ar fi luat la revedere pentru totdeauna?

Needa își șterse în grabă nasul, suspinând.

-Tu cum ai rezistat? o întrebă Ninsianna.

-Faci ce trebuie să faci și te bucuri de ce ai, îi zise mama. Hai. Ajută-mă să sortez semințele astea. Azi-mâine vine vremea semănatului.

Capitolul 49

Noiembrie – 3.390 î.Hr.
Pământ: Întrunirea Anuală a Căpeteniilor din Regiunea Ubaidă
Colonel Mikhail Mannuki'ili

MIKHAIL

Simți mirosul focurilor înainte de a vedea tabăra. Pe o câmpie netedă, lipsită de neregularități, lângă un mic wadi sezonier, o mie de oameni campau în corturi. Mikhail studie împrejurimile, după care zbură înapoi la caravana de războinici, negustori și meșteșugari pentru a da raportul.

-La o leghe în colo, arătă el direcția. Chiar unde ați spus că o să fie.

-Vreo urmă de inamic? întrebă Varshab, acolitul căpeteniei.

-Niciuna, răspunse Mikhail. Am cercetat până la multe leghe distanță.

-Dar *aliații?* întrebă Varshab.

-Am rămas la altitudine mică, zise Mikhail. Mi s-a părut mai potrivit să își facă întâi căpetenia marea intrare.

Varshab mormăi. Explicase „ierarhia dineului cu proști" pe drumul încoace.

Caravana lor obosită se opri înainte de a ajunge la ultimul urcuș. Căpetenia Kiyan și cei doi secunzi ai săi își schimbară hainele, căciulile de piele ascuțite și bonetele din piele de animal. În timp ce căpetenia își împodobea brațele, gâtul și barba cu aur, Immanu își prinse la gât plăcuța deosebită, își luă pe cap aranjamentul cu pene și îmbrăcă kiltul cu mai multe straturi.

-Ți-ai adus ținuta de gală? întrebă Immanu.

-Da, domnule, răspunse Mikhail.

-Pune-o pe tine. Și asigură-te că îți pot vedea și sabia.

Mikhail își îmbrăcă sacoul festiv, cu toate medaliile pe care nu își amintea să le fi primit. În jurul lui, negustorii își scoteau cele mai fine haine și își dădeau cu parfum pe piele. Pareesa alinie războinicii în timp ce Kiaresh își făcu drum prin dreptul lor, ordonându-le să stea drepți și să-și aranjeze hainele. Apoi, puse formația de negustori și caruri să se deplaseze ordonat.

-Trebuie să îi facem să ne *invidieze,* strigă Varshab. Nu să râdă de noi fiindcă voi, găinilor, nu sunteți în stare să lucrați cot la cot.

Mikhail avu o tresărire de satisfacție. Aceștia erau oamenii *lui* – cel puțin războinicii erau –, iar faptul că procesiunea includea acum fii de negustori și meșteșugari recenți aruncați în luptă îi dădea un aer de *unitate.*

Căpetenia Kiyan se apropie:

-Ai vrea, te rog, să zbori un pic pe deasupra taberei? îl întrebă pe Mikhail. Ca să verifici cum stau lucrurile?

-Tocmai am patrulat perimetrul, zise Mikhail. Nu am văzut vreo urmă de activitate inamică.

-Dar nu ai zburat *deasupra* taberei?

-Nu, domnule, răspunse Mikhail arătând spre grup. Mi s-a părut că nu ar fi potrivit să vă uzurp intrarea.

Căpetenia păru mulţumită, însă continuă:

-Fă-mi pe plac de data asta. Zboară la înălţime mică şi uită-te după orice ar putea fi de interes.

-Trebuie să caut ceva anume?

-Nu, răspunse Căpetenia eschivându-se. Doar dă două tururi pe deasupra taberei şi cercetează-o mai atent.

-Da, să trăiţi!

Mikhail se ridică în aer, profitând de un curent cald, prietenos, care îl ţinu în zbor ca pe un vulture în vreme ce dădea târcoale taberei aliate. Judecând după numărul corturilor mari, albe care stăteau adunate la un loc, se părea că ajunseseră deja treisprezece sate. Prin mijlocul lor trecea un drum improvizat.

Una dintre santinele scoase un corn uriaş de berbec şi le anunţă sosirea: *Alertă! Alertă! Alertă!*

Mai mulţi bărbaţi ieşiră în grabă din corturile lor, arătând spre cer.

Mikhail zbură pe deasupra aşezării de două ori, exact aşa cum îi ceruse căpetenia, după care se întoarse la Assurienii care în absenţa lui mărşăluiseră de-a lungul câmpiei plate şi, mânaţi de Pareesa, începuseră să cânte nişte versuri ale Alianţei:

Oriunde am merge – o!

Oriunde am merge – o!

Cu toţii vor să ştie – o!

Cu toţii vor să ştie – o!

Cine suntem – a!

Cine suntem – a!

De unde venim

De unde venim

Aşa că le spunem

Aşa că le spunem

Suntem Echipa Bravo

Suntem Echipa Bravo

Bravii, bravii Bravo

Bravii, bravii Bravo

Uite cum ne ducem – o!
Uite cum ne ducem – o!

Divizia B mărşălui de ambele părţi ale caravanei, într-o formaţie defensivă, apoi iuţi pasul în faţă când ajunseră la poartă, arătându-se din unghiurile potrivite, cu feţele întoarse şi tot felul de mişcări sincronizate pe care Mikhail le arătase în ultimele opt luni, dar şi făcându-şi suliţele să zăngăne pe scuturi. Războinicii din celelalte sate se repeziră să îi privească cu uimire pe nou-veniţi.

Mikhail aterizǎ chiar în momentul în care caravana se opri la „intrarea" în oraşul de corturi.

-Nimic suspect, domnule, raportă el.

-Bine, încuviinţă Căpetenia Kiyan, după care porni înainte, cu o expresie indescifrabilă.

Doi şamani binecuvântară caravana în timp ce aceasta trecea pe sub o „poartă" mare, din lemn, formată din trei trunchiuri de cedru legate între ele şi împodobită cu snopi de grâu. În centrul porţii se afla o imagine a lui Nergal, zeul Ubaid al războiului, care îl înfrunta pe Damuzi, zeul sacrificial al cerealelor. Un chip cunoscut stropi caravana cu apă.

-Fie ca Cea-Care-Este să vă binecuvânteze negocierile, spuse Sagal-zimu din Gasur.

-Te-au trimis să te ocupi de primire? îl întrebă Immanu ironic.

-Blestemul novicelui, răspunse tânărul şaman râzând.

-Nu-ţi face griji, zise Immanu. Poate toamna viitoare putem să-i lăsăm sarcina asta Ninsiannei.

Toţi cei trei şamani izbucniră în râs. Ninsianna nu se arătase deloc încântată de faptul că fusese exclusă de căpetenie. Mikhail încercă să nu tresară când fu stropit cu apă parfumată cu o esenţă florală care îl făcea să strănute. După el fură stropiţi şi războinicii, şi carurile, şi berbecii castraţi.

Corturi imense din pânză albă tronau deasupra participanţilor ca nişte castele, având pereţi drepţi şi fiind împodobite cu steaguri colorate, brodate manual. Steagul fiecărui sat înfăţişa câte un animal diferit: o gazelă pentru Qattara, un şoim pentru Urkish, un berbec pentru Shubat-Enlil, o bufniţă pentru Bassetki-Adad. Căpeteniile păreau să se afle într-o competiţie pentru cel mai mare cort – nu aveau unele simple, cu vârf, ci cu bolţi bolţi de butoi din pânză albă cu un cerc pe acoperiş, care putea fi întors înainte şi înapoi precum un cărucior de copil. În jurul fiecărui cort alb stăteau grupate zeci de corturi mai mici, variind de la simpli semicilindri din pâslă la corturi cu creste bulboase, din blană de capră ţesută. Cele mai multe dintre ele aveau „pereţii" laterali pentru a asigura aer curat pe timpul zilei, dar la căderea nopţii aceştia se coborau pentru a ţine la distanţă frigul deşertului.

Tabăra se organizase în funcție de loialități, de parteneri comerciali și aranjamente familiale. Grupurile de corturi ale satelor nordice erau înghesuite în jurul lui Nineveh, în vreme ce mai jos se grupau Gasur, Eshnunna și Tutub. Într-o parte, părând foarte nelalocul lor, o formație de corturi simple, din lână maro, așezate în A, stătea înconjurată de o mână de războinici a căror ținută semăna mai mult cu hainele colorate purtate de Amoriți decât cu kilturile și pelerinele Ubaide.

-Cine sunt? întrebă Mikhail.

-Dur-Katlimmu, răspunse Immanu. Trăiesc la izvorul *wadi-ului Tharthar,* dar căpetenia lor se trage din aceeași stră-străbunică pe care a avut-o și Căpetenia Sinmushtal din Nineveh.

Pe măsură ce Assurienii înaintau, războinicii din fiecare sat se îndreptau spre granița „teritoriului" lor, aruncând în egală măsură cu insulte și saluturi. Căpetenia Kiyan se opri în fața unui grup de săteni din Nineveh și le ordonă războinicilor săi să mute corturile celuilalt sat.

-Hei! protestară războinicii din Nineveh. Noi am fost aici *primii.*

-Iar ăsta este locul nostru, zise Căpetenia Kiyan. Așa că faceți bine și mutați-vă la al vostru, altfel o să aveți de-a face cu *el.*

Arătă spre Mikhail. Angelicul foșni din aripi.

-Eu nu...

-Șșș! îl opri Immanu. E parte din joc.

În loc să se ia la harță întrebând *„de ce nu putem să ne punem corturile acolo, lângă Dur-Katlimmu, unde nu ne deranjează nimeni?",* Mikhail își înfoie aripile, încercând fără prea multă tragere de inimă să pară intimidant.

-Ca de fiecare dată, Assurul a *întârziat,* răsună o voce din cel mai mare colt alb. Ne-am gândit că n-o să mai veniți de vreme ce nu mai aveți *Muhafiz.*

Qishtea din Nineveh, fiul cel mare al Căpeteniei Sinmushtal, ieși din cortul pe lângă care Assurienii trecuseră cu puțin timp în urmă, fiind urmat de o jumătate de duzină de tineri care îi erau probabil frați sau verișori mai mici. *Muhafizul* din Nineveh, care avea aceeași vârstă ca Jamin, purta un kilt elaborat cu patru franjuri, brățări de aur masiv și un șal brodat, așezat cu măiestrie în jurul umerilor musculoși. Părul uns cu ulei i se revărsa într-o cascadă de bucle negre, iar barba aspră îi era împletită cu pietre prețioase.

Căpetenia Kiyan amuți, cu o expresie rănită pe chip. Varshab, secundul lui, păru să fi anticipat insulta.

-Ah, tinere *Muhafiz,* răspunse acesta. Assur a venit *întotdeauna,* încă dinainte ca tatăl tău să-și folosească clapele cortului ca să-ți șteargă fundul slăbănog.

Războinicii Assurieni chicotiră.

Cei din Nineveh huiduiră.

-Gluma asta e la fel de veche ca praful de pe kiltul tău, zise Qishtea.

De data aceasta războinicii din Nineveh fură cei care râseră, în timp ce războinicii din Assur huidură.

-Poate ar trebui să rezolvăm problema asta într-o luptă a ranchiunii, propuse Varshab.

-Ești prea bătrân pentru așa ceva, îi răspunse Qishtea. Poate vrei să-ți antrenez noul *Muhafiz*, din moment ce pare că l-ai pierdut pe cel vechi.

Arătă spre Mikhail, iar ochii negri îi scânteiară în lumina provocării..

Căpetenia Kiyan stătea cu umerii drepți, însă nimic nu putea ascunde felul în care își ferea privirea.

-Nu mi-ai spus să mă pregătesc pentru o luptă, șopti Mikhail către Immanu.

-Toată întâlnirea asta e o luptă, îi răspunse Immanu pe un ton scăzut. Dar în general una pe care o poți câștiga folosind doar cuvinte.

Mikhail rămase cu gura cascată. Ce naiba ar fi trebuit să spună? „Eu sunt *Muhafizul*, presupusa căpetenie viitoare"? Asta era ultima sarcină pe care și-ar fi dorit-o. De fapt, nici pe cea pe care o avea nu și-o dorea. Tânăra căpetenia din Nineveh o lovise însă pe cea din Assur exact acolo unde durea mai tare – în momentul de față, la o adunare motivată în mare parte de dorința de a învăța generația tânără să negocieze și să încurajeze niște relații pentru ca alianța și așa fragilă dintre așezări să nu se destrame în momentul în care vreo căpetenie mai în vârstă murea, nu participa tocmai un anume moștenitor prezumtiv.

-Nu-l băga în seamă, interveni Pareesa, vrând să îl salveze acum că amuțise. În caz că n-ai auzit, nu prea are simțul umorului. Dar dacă vrei să-ți dea un șut în fund, sunt sigură că o să fie dispus să te ajute imediat ce mâncăm și noi câte ceva.

-Și cine ești tu să te bagi în discuție, fetițo? rânji Qishtea.

-Cine să fiu? răspunse Pareesa ridicând din umeri. Doar o fată care a ucis în luptă 37 de bărbați. Tu câți ai ucis? Și mă refer la inamici adevărați, nu la hoți de capre.

Assurienii izbucniră în râs. Oamenii din Nineveh huiduiră la unison.

-S-a făcut, zise Qishtea, arătând spre Mikhail. Mâine dimineață, la prima oră, ne luptăm până la moarte.

-Acceptăm provocarea, spuse Varshab. Angelicul o să șteargă pe jos cu tine.

-Ura! aclamară războinicii ambelor tabere.

-C-ce? se poticni Mikhail.

-Relaxează-te, îi șopti Immanu. El și Jamin au făcut asta în fiecare an.

-Lupte până la moarte? insistă Mikhail. Nu cred că Nineveh o să se alieze cu noi dacă îi ucid *Muhafizul*.

-Nu-ți face griji, îi spuse Immanu. Sunt doar niște brambureli. În fiecare an ne așezăm aici și în fiecare an Nineveh încearcă să ne invadeze locul.

-Nu l-au invadat, răspunse Mikhail. L-au ocupat complet.

-Sunt mai agresivi decât de obicei, îi dădu dreptate Immanu. Probabil pentru că Jamin și războinicii lui de elită nu sunt aici ca să-i pună la punct.

Îl privi pe Mikhail cu o expresie plină de așteptări, care spunea: „Va trebui să umpleți acel gol."

-Mâine la prima oră, voi doi o să vă luptați, iar cel câștigă trebuie să le facă cinste cu bere războinicilor din celălalt cort.

-Ah, răspunse Mikhail fără vreo urmă de entuziasm. Deși nu avea nicio îndoială că îl putea învinge pe tânărul și voinicul *Muhafiz* într-o întrecere de îndemânare sau de forță, ultimul lucru pe care voia să-l facă în timp ce încerca să convingă Căpeteia Sinmushtal să-și ofere sprijinul pentru acordul de ajutor reciproc era să se ia la harță cu Qishtea, fiul acestuia. Mormăind exagerat, războinicii din Nineveh scoaseră țărușii din pământ – nu aveau corturile chiar atât de bine înfipte – și se mutară, grupându-se în jurul cortului mare și alb al căpeteniei lor.

Odată ce terenul fu eliberat, Assurienii se apucară să ridice cortul Căpeteniei Kiyan. Acesta fusese transportat până la destinație în două caruri separate, alături de niște copaci întregi, de esență tare, aduși pentru stâlpi. Mikhail sprijini unul dintre stâlpii laterali în timp ce Varshab și Kiaresh ridicară cercul din lemn curbat care avea să susțină bolta ca un cărucior de pe acoperiș.

-Ce e chestia aia? întrebă Angelicul.

-Ventilație, îi răspunse Varshab. Dacă se înghesuie cincizeci de oameni într-un singur cort, se încălzește foarte repede.

-Mai mult de la aerul fierbinte care le iese pe nări, adăugă Kiaresh pe un ton poznaș.

Cei doi veterani izbucniră în râs. Era clar că participaseră la multe astfel de adunări.

-Ne faci o favoare? întrebă Varshab. Poți să zbori pe acoperiș și să atașezi pânza de cerc?

-Pot să ajung la el și din cort dacă mă urc pe o ladă, răspunse Mikhail.

-Ai încredere în noi, insistă Kiaresh. E mai bine să zbori.

Se lansă până în vârful cortului și prinse cu greu pânza groasă și albă de cercul curbat. Vântul se adună în țesătură, umflând-o ca pe o velă bulbucată. După ce blestemă și se luptă cu sistemul acela ciudat pentru vânt – deși i-ar fi fost mai ușor să se lupte cu pisica din cort –, coborî înapoi pe pământ. Toată tabăra se oprise în loc ca să îl privească.

-Ce e? întrebă el nedumerit.

-E totul pentru spectacol, râse Kiaresh. Trebuie să îi faci concurență noii cămile a Căpeteniei Sinmushtal.

Arătă spre un animal mare, maro, care stătea lângă cel mai mare cort alb din zonă, rumegând mulțumind un ballot de paie, în timp ce un grup de negustori îl pipăiau și încercau să îl mângâie.

-Am mai auzit de creaturile astea, zise Mikhail. Ninsianna mi-a spus că aveți negustori care le folosesc.

-Sunt foarte râvnite, îi explică Kiaresh. Dar nu trăiesc în zona asta, așa că e imposibil să faci rost de ele. Se spune că pot să traverseze în mers deșertul vestic, cărând suficientă apă pentru ele însele și pentru până la trei oameni.

Varshab testă vântul, iar apoi el și Kiaresh învârtiră vârful în formă de cărucior înainte și înapoi până când declarară că acesta va capta adierile în mod corespunzător.

Odată instalat cortul Căpeteniei, Mikhail și-l instală pe al lui – nu era precum corturile grele ale celor din neamul Ubaid, ci dintr-un material sintetic ultrașor, cu un model care se camufla; făcea parte din echipamentul de supraviețuire de la bordul navei sale. Dar atrăgea aproape la fel de multă atenție ca aripile sale, poate chiar și mai multă de vreme ce se dusese vorba că era în stare să lase lat pe oricine ar fi încercat să i le atingă; însă față de lucrurile sale nu se manifesta aceeași atenție.

-Hei! strigă Angelicul. Ieșiți de acolo! Astea sunt lucrurile mele!

Un băiat de nouă ani care părea copia fidelă a lui Qishtea scăpă din mână vesela din titan a lui Mikhail și ieși din cort, râzând. Din nefericire, socrul său plecase să se întâlnească cu ceilalți șamani, iar Varshab și Kiaresh se făcuseră nevăzuți într-unul dintre corturile masive adunate pentru tot circul ăsta, lăsându-i pe el și pe cei din divizia B – la fel de neștiutori –să își dea seama singuri care erau normele sociale pentru niște neica nimeni ca ei la această așa-zisă „adunare a căpeteniilor".

Iritarea lui Mikhail se stinse abia când își făcu apariția Gimal din Gasur, care îl anunță pe un ton oficial:

-Colonel Mannuki'ili al Alianței Galactice, Căpeteniei Jiljab i-ar face plăcere ca tu și tinerii tăi războinici să luați cina cu războinicii din Gasur în această seară.

Mikhail aruncă o privire spre cortul căpeteniei; nimeni nu ieșise să le dea vreo îmbucătură din mâncarea care emitea un fum delicious.

-Plăcerea ar fi de partea noastră.

Angelicul adună divizia B, arcașele și, bineînțeles, pe Pareesa, pornind spre cel mai mic cort de la întreaga adunare a căpeteniilor. Când ajunse acolo, descoperi cu mirare că războinicii cu straie ciudate din nordul îndepărtat al Dur-Katlimmu fuseseră și ei invitați, la fel ca războinicii de rang inferior din Eshnunna și Tutub.

-Unde este Căpetenia Jiljab? întrebă el.

-El și fiul său sunt înăuntru cu celelalte căpetenii, răspunse Gimal. Merg din cort în cort, se ceartă și beau, iar la un moment dat – aruncă o privire spre luna în creștere – poate când luna ajunge la jumătatea cerului, se despart în hohote. Dacă avem noroc, nimeni nu va sfârși înjunghiat.

Așa se purtau niște aliați…?

Avură parte de un festin modest, format din linte la ceaun aromată cu ceapă şi doar puţină carne de capră. În ciuda simplităţii mesei, atmosfera se dovedi însă a fi festivă. Deşi Căpetenia Jiljab şi mâna sa dreaptă, Ishkur, merseseră la petrecere cu ceilalţi conducători, Mikhail fu bucuros să ia masa cu Harrood şi Shumama, doi războinici gasurieni care veniseră în Assur să înveţe arta mânuirii arcului, alături de oamenii cu care luptase împotriva negustorilor de sclavi din Uruk, Shulgi, Urnammu, Puterssin şi Ekur. Poate că politic făcu un pas greşit, dar îşi sacrifice una dintre urnele cu bere aduse pentru a îndupleca celelalte căpetenii şi împărţi şi paiele pentru sorbit – până la urmă el însămânţase câmpurile, deci *damantia,* erau ale lui. Asta ridică moralul bărbaţilor şi îi ajută neobişnuita „armată" să se cunoască mai bine cu colegii din Gasur, Eshnunna şi Tutub; toţi ar fi putut răspunde într-o bună zi chemării de luptă dacă Mikhail reuşea să convingă şi celelalte căpetenii să se alăture tratatului de ajutor reciproc.

Pareesa se apropie împreună cu un bărbat înalt şi zvelt, care arăta vag cunoscut. Deşi era clar că nu se număra printre războinici, acesta se mişca cu aceeaşi graţie ca de felină pe care o avea şi Pareesa; cu un anume simţ al echilibrului, dacă se putea numi aşa.

-Mikhail, el este Nebopalassar, fratele mamei mele din Dur-Katlimmu, îl prezentă Pareesa.

-Trebuie să fii foarte mândru de ea, i se adresă Mikhail, întinzându-i un pai. Pareesa e unul dintre oamenii de bază în noua armată a Assurului.

Bărbatul îi privi aripile cu ochii mari, ca de buhă, dar îi întinse braţul pentru salutul tradiţional de războinic – antebraţ la antebraţ.

-Nu mă surprinde, răspunse Nebopalassar. Străbunica noastră provenea dintr-un trib din nordul îndepărtat, unde femeile luptau cot la cot cu bărbaţii lor. Se spune că avea ochi ca ai tăi.

-Albaştri?

-Da, zise Nebopalassar. Plus păr galben şi pielea albă ca zăpada.

Penele lui Mikhail foşnirăîn semn de emoţie. Raphael avea părul auriu şi amândoi aveau pielea palidă. Poate că Nebopalassar ştia legende despre semenii lui?

-Ştii ce trib era acela? îl întrebă Mikhail.

-Nu, îmi pare rău, răspunse Nebopalassar. Se spune că a fost capturată ca sclavă şi apoi a luptat ca să îşi recapete libertatea. Nu a reuşit să găsească drumul spre casă, aşa că s-a căsătorit cu cineva din tribul nostru. Una dintre fiicele ei s-a căsătorit cu Kurigalzu din Nineveh, bunicul Căpeteniei Sinmushtal.

-Deci de asta vine şi Dur-Katlimmu la adunarea căpeteniilor? întrebă Mikhail.

Expresia de pe chipul lui Nebopalassar deveni precaută.

-De obicei, noi nu venim, spuse el. Căpetenia Sinmushtal e de părere că înrudirea cu un sat atât de îndepărtat e incomodă. a spus el. Dar s-a dus vestea despre isprăvile nepoatei mele, continuă ducând mâna spre umărul Pareesei. Şi despre asta.

Nebopalassar scotoci într-o boccea mică, de piele, din care scoase ceva. Obiectul se reflectă în lumina focului. Pe o parte avea o stea. Pe cealaltă, imaginea unui dragon.

-Satul tău a fost atacat? întrebă Mikhail.

-Nu, răspunse Nebopalassar. Suntem aliaţi cu Amoriţii. Oarecum. La fel cum suntem şi cu Nineveh. Prin legături de sânge. Cu câteva luni în urmă, Kudursin Amoritul a venit în satul nostrum şi a încercat să recruteze oameni care să se infiltreze în satele Ubaide.

Mikhail îşi duse mâna spre mânerul sabiei.

-Ai venit ca să-ţi ridici recompensa? întrebă pe un ton de o răceală letală.

-Nu, zise Nebopalassar. Sunt înrudit cu aproape fiecare sat de aici. Inclusiv cu Assur. Dar unii dintre oamenii noştri au plecat cu Amoriţii – nişte înfierbântaţi înrudiţi prin sânge – şi nu s-au mai întors. Ne temem că au murit chiar de mâna nepoatei mele, în luptă.

-Căpetenia ta vrea să se răzbune?

-În aparenţă, vrea doar să afle ce s-a întâmplat cu oamenii noştri dispăruţi, spuse Nebopalassar. Dar Amoriţii ne presează satul de două generaţii, cerând tribut şi luându-ne fiicele dacă nu plătim. Căpetenia Sinmushtal din Nineveh nu se deranjează să îşi protejeze rudele îndepărtate, dar umblă vorba că aveţi o propunere ca fiecare sat Ubaid să ofere ajutor tuturor celorlalte sate.

-Ăsta era planul. Dar, după cum poţi vedea – arătă spre ostentativele corturi albe – nu sunt cu nimic mai binevenit în cortul cel mare decât voi.

-E doar prima noapte, spuse Nebopalassar. Căpetenia Kiyan nu a declarat un nou *Muhafiz*, aşa că doar garda lui de corp are voie să intre în cortul conducătorilor. După ce îl învingi mâine pe Qishtea, au să îţi ofere un loc.

-Şi tu ce ai să faci? întrebă Mikhail. Unde ai să te aşezi?

Bărbatul din Dur-Katlimmu îi zâmbi cu tristeţe.

-Tot afară. Spre deosebire de stimata mea nepoată, eu nu am făcut nimic nobil. Doar se întâmplă să fiu înrudit cu cineva despre care căpetenia noastră speră să îţi spună cuvinte frumoase la ureche.

-Eşti surprinzător de sincer, spuse Mikhail.

-Sora mea s-a îndrăgostit de un bărbat din Assur, spuse Nebopalassar. Mama mi-ar lua pielea dacă nu aş fi aşa sincer. Dar, în timp ce căpetenia noastră caută cu adevărat să întărească legăturile noastre de sânge cu Nineveh, există şi alţii care au fost influenţaţi de vecinii noştri Amoriţi. Trei generaţii? Legăturile de sânge s-au slăbit prea mult.

-Înţeleg, zise Mikhail.

În realitate, *nu* înțelegea. Poate pentru că provenea dintr-o Alianță ai cărei membri slujeau un *ideal,* nu o familie, un sat sau un trib. Dar ce știa el? Nici măcar nu-și *amintea* mare lucru despre Alianță; pe de altă parte, dacă cineva se lua de noua lui familie, nu ezita să ucidă inamicul.

Poate că el și oamenii aceștia „sălbatici" nu erau așa diferiți până la urmă.

Se *prefăcu* că soarbe din bere, având grijă să își ascundă reflexul de a vomita în timp ce mirosul dulcea îi pătrundea în creier. Încetul cu încetul, bărbații se relaxară, iar divizia B a Pareesei, formată din meșteșugari și brutari, începu să facă glume vesele comparându-și pedigriul familial și descoperind ocazional câte o legătură de sânge îndepărtată.

Chiar și bărbații din Dur-Katlimmu se lăudau cu vitejia de care dădeau dovadă în luptă și împărțeau glume deplasate cu noii lor prieteni, chiar dacă aveau puține legături de sânge deplasate. Când discuția se îndreptă spre recenta victorie a Assurului, Pareesa îi mustră pe bărbați pe un ton tăios.

-Nu trebuie să te mândrești niciodată cu setea de sânge! zise ea aruncându-i o privire voalată lui Mikhail. O ființă morală ucide doar atunci când nu are de ales.

-Da, răspunseră cei din divizia B. Ei fuseseră cei care trebuiseră să „facă curățenie" după ce Angelicul suferise ultima „pierdere de memorie eroică".

Mikhail se lăsă pe spate și privi luna.

-Dacă ești cu adevărat un zeu, își zise el, atingând ușor insigna în formă de copac care îi împodobea uniforma, să știi că mi-ar prinde bine un indiciu despre cum ar trebui să negociez acordul ăsta. Fără să recurg la violență.

Studie inscripția de pe insignă: „În lumină există ordine, iar în ordine există viață". Creierul lui amețit refuză însă să își amintească împăratul pe care îl slujea. Își amintea totuși de Raphael, care îi ținuse o prelegere despre cum „atunci când ești pe un portavion de comandă Leonid, ar fi al naibii de bine să le dai impresia că ești feroce".

Lecția ar fi putut fi de folos dacă și-ar fi amintit ce era un „Leonid".

În subconștientul său răzbătu o amintire, dar tot ce putu distinge din ea era râsul lui Raphael, care se făcea că tocmai îl lovise prietenește pe o aripă și îi spusese să se mai relaxeze și el puțin.

Meditația îi fu întreruptă de vacarmul venit dinspre corul Căpeteniei Shubat-Enlil.

-Am să te omor! striga cineva.

Pereții albi și drepți păreau că ar putea erupe. Căpeteniile ieșiră din corturile în care se aflau, urmate de fiii și gărzile lor de corp.

-Luptă, luptă, luptă! strigau războinicii.

Se adunară cu toții în jur, chiar și războinicii lui Mikhail, care abandonară confortul focului de tabără și se grăbiră să urmărească ciondăneala. Mikhail îi urmă, putând să vadă cu uşurinţă se întâmpla fiindcă era cu un cap mai înalt decât majoritatea bărbaţilor de acolo.

Doi bărbaţi de vârstă mijlocie, care purtau ţinute de căpetenie, îşi împărţeau pumni. Nimeni nu interveni. Nici măcar Căpetenia Kiyan.

În cele din urmă, una dintre căpetenii – cea mai tânără – începu să obosească. Cel mai în vârstă îl lovi pe primul în tâmplă, lăsându-l inconştient. Bărbatul masiv se îndreptă de spate şi îşi ridică pumnii în aer.

Războinicii aplaudară.

-Ăla e...? îl întrebă Mikhail pe Gimal din Gasur.

-Căetenia Sinmushtal din Nineveh, confirm Gimal. Cel pe care trebuie să îl convingi că e o idee bună să se alieze cu tine.

Fiul său, Qishtea, arătă cu degetul peste mulţime, spre Mikhail.

-Mâine, strigă acesta, am să dobor un zeu.

Războinicii din Nineveh aplaudară. Căpetenia Sinmushtal îşi bătu fiul pe spate. Cei doi războinici, căpetenia bătrână şi cea viitoare, porniră pe drumul care ducea spre propriul lor cort ostentativ.

-Vezi? Exact cum am spus... zise Gimal din Gasur, arătând spre lună.

Aceasta se ridicase aproape până la jumătatea cerului.

Capitolul 50

Noiembrie – 3.390 î.Hr.
Pământ: Întrunirea Anuală a Căpeteniilor Ubaide din Regiune
Colonel Mikhail Mannuki'ili

MIKHAIL

-Retrage ce-ai spus! strigă el.

-Nu! îl tachină celălalt băiat.

-Ai făcut-o să plângă!

-Este o ollphéist, râse celălalt băiat. Toată lumea spune asta.

A venit de nicăieri – furia aceea întunecată care izbucnea din interior. Cu o adiere de pene, pironi aripile celuilalt băiat de pământ.

-Nu ai idee prin ce-a trecut!

Îl pocni în față. Invocă umbrele aşa cum îl învăţase Amhrán şi le modelă pentru a lua forma celei mai mari temeri a băiatului, pe care i-o proiectă apoi în minte.

-Mami! strigă celălalt băiat.

Din interiorul său năvăli furia. Îl lovi pe celălalt băiat din nou şi din nou.

-Nu. O. Să. Te las. Să vorbeşti. Aşa. Despre Maité saoil a mea!!

Un fâlfâit uşor îi întrerupse concentrarea.

-Mikhail! răsună un glas de bătrână.

Chicoteli...

Nişte mâini puternice îl înşfăcară şi îl ridicară de pe celălalt băiat. Reuşi să îl mai articuleze pe bréagadóir o dată, drept în faţă, şi urlă când ei îi strânseră aripile la spate şi îl puseră, încă strigând, în faţa Serafimului cu aripi gri. Era o femeie bătrână şi micuţă, dar în faţa ei, încetă pe dată să se mai agite.

-Seanmháthair, murmură el, evitându-i ochii albaştri, sfredelitori.

În jurul lui răsuna un amalgam de paşi.

Femeia Serafim îşi îngustă buzele, adoptând o expresie care îl făcu să îşi dorească mai degrabă să fie bătut decât să aibă de-a face cu dezamăgirea ei. Femeia aşteptă în tăcere, iar părul de un gri metallic şi aripile îi accentuară starea.

-Ce-a fost în mintea ta? îl întrebă într-un sfârşit.

Nişte oale răsunară.

-A făcut-o pe Amhrán să plângă!

-Noi suntem fiinţe paşnice, zise ea. Nu ne rezolvăm problemele prin violenţă.

-I-am zis să înceteze, răspunse el, dar a tot chinuit-o.

Ceva pufni. Expresia de pe chipul bunicii lui se înmuie.

-Iolar beag, spuse ea, instinctul pe care îl ai de a proteja e admirabil, dar forţa cu care am fost înzestraţi e prea mare ca să poată fi controlată de un biet muritor.

O pietricică se lovin de cortul lui.

-Máthair spune că e o greşeală să respingi darurile Lordului Întunecat. Seanmháthair oftă.

-Mama ta a luptat prea multe vieţi împotriva răului, zise ea. Dar suntem mai puternici ca specie când purtăm povara asta împreună.

Se întinse după sabie înainte ca ochii săi să apuce să desluşească camuflajul în carouri maro, bej şi verzi care filtra lumina dimineţii. Avu nevoie de o clipă ca să îşi dea seama unde era şi de ce era acolo.

-Ai găsit-o? întrebă o voce tânără.

-Nu, răspunse o a doua. Dar am luat asta.

-Trebuie să îl iei pe cel *rotund,* zise o voce şi mai tânără.

Îşi strecură sabia înapoi în teacă şi îşi dădu pătura la o parte. Aerul rece îi cuprinse picioarele goale. Îşi strânse aripile la spate şi se târî înainte în aşa fel încât să nu facă cortul subţire de nailon să se scuture.

-Ăsta? se auzi prima voce.

-Da, ăla.

-Hai! Qishtea îmi e dator cu un cuţit nou-nouţ.

Mikhail se strecură în afara cortului şi…

-Ahhh!

… înşfăcă ceva maroniu care i se întinse pe degete.

Un miros oribil îi ajunse la nări; rahatul de capră, rotund şi urât mirositor, stătea stivuit strategic chiar la intrarea în cort. Trei băieţi tineri, poate de aceeaşi vârstă ca frăţiorii Pareesei, se întoarseră în acelaşi timp, îmbrăcaţi cu hainele *lui.*

-L-ai trezit!

Cei trei se împrăştiară.

Mikhail ţâşni din cort ca o rachetă, iar în clipa în care penele îi părăsiră nailonul fragil, începu să bată din aripi. Băieţii o luară la fugă, ţipând şi ţopăind printre celelalte corturi. Piesele din trusa lui de popotă din titan se ciocneau ca nişte ţambale şi tobe. Războinicii ieşiră în grabă din corturile lor pentru a afla ce provoca tot tămbălăul.

Mikhail îl ochi pe băiatul care părea să fie liderul grupului – cel care încercase să îi fure cuţitul de masă cu o zi înainte —şi porni spre el înainte ca acesta să apuce să se facă nevăzut în cortul gălăgios al unchiului său. Coborî din cer chiar în faţa lui.

-Tati! strigă băiatul.

Mihkail apucă băiatul de pelerină, dar acesta îi scăpă din mâini. Încercă să se îndepărteze, dar Mikhail sări în faţa lui, oprindu-l din drum.

-Dă-mi-le înapoi, spuse el.

-Sunt ale mele, zise băiatul, virând spre stânga. Le-ai lăsat afară.

Mikhail îşi întinse o aripă pentru a opri fuga băiatului. Acesta îi smulse câteva pene.

-Le-am lăsat afară pentru că încă era cald când m-am dus la culcare.

Meşteşugarii şi negustorii ieşiră din corturile lor.

-De ce se ia de băiat? întrebă un olar.

-Ce-am găsit al meu rămâne, ripostă băiatul scoţându-şi bărbia în faţă.

În subconştientul lui Mikhail zvâcnea supărarea, însă infracţiunea cu care avea de-a face era măruntă. „Noi nu ne rezolvăm problemele prin violenţă", îi trecu prin minte. Îl apucă totuşi pe puşti de braţ şi, în timp ce acesta se agita şi ţipa, Mikhail îl cără spre cortul alb al unchiului său.

-Te urăsc! strigă băiatul. Qishtea o să te omoare!

Doi războinici din Nineveh îi eliberară calea la intrarea în cort. Judecând după expresiile lor nedumerite, ştiau ce pusese la cale micul hoţ, dar se prefăceau că n-au habar. nu ştiu.

-Domnule? i se adresă unul din ei cuiva din cort.

-Ce? se auzi o voce.

-Odrasla surorii dumneavoastră a început iarăşi.

Căpetenia Sinmushtal ieşi din cort purtând un simplu kilt de lucru şi aranjându-şi în grabă o mantie din piele de leopard în jurul umerilor. Îl privi pe Mikhail, care era îmbrăcat doar în boxeri şi maiou, apoi îşi mută privirea spre băiatul care îi purta jacheta de la uniform şi spre oala de titan care încă se afla în mâinile acestuia.

-Ce înseamnă asta, Gula? îl întrebă pe cel mic.

-Am găsit astea şi acum hoţul vrea să mi-o fure! îi zise băiatul arătându-i oala.

Căpetenia din Nineveh încercă să îşi păstreze expresia severă, însă amuzamentul ameninţa să i se reverse într-un rânjet larg. Respiră adânc.

-Este adevărat, domnule colonel Mannuki'ili al Alianţei Galactice?

-Nu, nu este adevărat, răspunse Mikhail înăbuşindu-şi supărarea. Obiectele se aflau chiar în faţa cortului meu.

În jurul lor începuse să se adune un public numeros, format din războinici, negustori şi celelalte căpetenii. Chiar şi cămila Căpeteniei Sinmushtal îşi făcu loc prin mulţimea care fremăta.

-Cei mai mulţi din neamul Ubaid îşi duc echipamentul în cort înainte de a se culca, spuse Căpetenia Sinmushtal cu uimire.

Mikhail arătă spre echipamentul său de bivuac.

-După cum puteţi vedea, echipamentul meu de supravieţuire se rezumă la minimul necesar.

-De ce nu ai dormit în cortul căpeteniei tale? întrebă Sinmushtal.

-Pentru că îmi place să dorm singur.

O voce joasă interveni în discuţie:

-Eu nu asta am auzit. Umblă vorba că atunci când faci dragoste cu soţia ta, se cutremură toată casa lui Immanu.

Publicul izbucni în râs.

Mikhail se răsuci pe călcâie pentru a-şi înfrunta adevăratul asupritor, instigatorul, *Muhafizul* din Nineveh.

-Ninsianna nu este aici, răspunse el cu răceală.

-Ce surpriză, răspunse Qishtea dezvelindu-şi dinţii într-un rânjet larg. Am auzit că la voi în casă ea e cea care poartă kiltul.

Căpetenia Sinmushtal pufni. Ceilalţi războinici – inclusiv războinicii lui – chicotiră.

Muhafizul din Nineveh se îndreptă spre Mikhail cu graţia musculoasă a unui om care fusese antrenat să lupte toată viaţa. Strălucirea slabă a unui fir de sudoare arăta că se trezise înainte de răsărit, ieşise la alergat şi apoi îşi petrecuse dimineaţa luptându-se cu secundul său. Atât părul lung şi negru, cât şi barba îi fuseseră strânse într-un coc, pentru a reduce la minimum dezavantajul pe care i-l aduceau în luptă. Deşi era mai scund decât un Angelic, Qishtea era totuşi înalt pentru un Ubaid; poate doar vag mai scund decât Jamin, dar mai lat în umeri şi cu un piept puternic, care strălucea de sudoare. Deşi tonul vocii sale rămase glumeţ, ochii lui întunecaţi lansau o provocare.

Mikhail îi dădu drumul băiatului pe care îl ţinea de braţ. Gula sări în spatele vărului său mai mare, ţinând încă în mână setul de vase din titan.

-Înţeleg că asta a fost ideea ta? îl întrebă Angelicul pe Qishtea.

Qishtea ridică din umeri.

-Şi ce dacă a fost?

-Dar *asta* – îşi întinse mâna, care încă mai avea o pată de bălegar de capră pe ea – chiar a fost necesară?

Războinicii lui Qishtea izbucniră în râs.

-Ce i-a spus gândacul de bălegar Angelicului? şopti un glumeţ.

-Ce? întrebă altul.

-Mergi de-ţi caută singur micul dejun!

În obrajii lui Mikhail năvăli un val de fierbinţeală, dar îşi ascunse iritarea în spatele unei expresii indescifrabile. Deşi nu-şi amintea ca Heruvimii să fi avut astfel de comportamente, ultimele opt luni cu Jamin şi războinicii îl învăţaseră ce însemna un concurs de marcat teritoriul. Studie mulţimea, dându-şi seama că fusese ademenit într-o cutie a morţii. Era îmbrăcat doar în boxeri, nu purta cizme şi nu avea nici armă, căci nu i se păruse firesc să vâneze nişte băieţi mici cu vreun cuţit sau sabie. Qishtea îl prinsese cât se poate de nepregătit într-o tabără „aliată".

O zări pe Pareesa, care sărea pe vârfuri ca să poată vedea ce se întâmplă. Căpetenia Kiyan o apucă de braț și îi ordonă să se liniștească. Ochii ei îi aminteau Angelicului de bătrâna din vis.

-Aș vrea să-mi iau lucrurile înapoi, zise el, forțându-și vocea să rămână calmă.

Qishtea luă oala din mâna nepotului său.

-Vino să o iei, îl provocă acesta.

Băiatul se îndepărtă în fugă, lăsând un spațiu gol între Mikhail și *Muhafizul* din Nineveh.

-Da, ia-o, îl îndemnară războinicii săi.

-Dacă îndrăznește, îl tachinară războinicii din Nineveh.

-Nu a spus Qishtea că luptă până la moarte astăzi? întrebă cineva.

Toți spectatorii începură să pună rămășaguri cu o energie furioasă. Căpeteniile se grupară la o masă de pariuri, negustorii bogați la alta, iar războinicii își pariară rațiile, îmbrăcămintea și bibelourile. Poate că ieri ar fi pariat pe bărbatul căzut din ceruri, dar acum, cota era de șase la unu pentru Qishtea.

-Pun rămășag pe acest cuțit de obsidian, strigă Pareesa, că Mikhail va câștiga!

Mihail privi spre Căpetenia Kiyan. Ochii bărbatului nu trădau niciun fel de uimire, păreau să spună doar: „Hai, doar pentru asta te-am adus aici".

-Chiar vrei să faci asta *acum?* îl întrebă Mikhail pe Qishtea.

-Eu m-am trezit de ore *întregi,* răspunse Qishtea încordându-și umerii. Spre deosebire de tine, care ai hotărât să dormi ca o *muiere.*

Publicul se retrase, eliberând un ring suficient de mare pentru ca cei doi bărbați să poată lupta.

Mikhail își privi mâna, cea mânjită cu bălegar de capră, picioarele goale și și-a privit mâna, cea mânjită cu rahat de capră, picioarele goale și tălpile acoperite de șosete. Istețul *Muhafiz* îl ademenise în luptă cu un dezavantaj atât fizic, cât și mental.

Întinse mâna incriminate.

-Măcar acordă-mi favoarea de a mă spăla mai întâi pe mână.

Qishtea râse.

-De ce? răspunse el, bătându-și cu palma barba prinsă strâns. Nu vrei să o cureți de barba mea?

Mikhail a făcut un pas înainte, studiind felul în care se mișca adversarul său. Qishtea se mișca cu aceeași grație arogantă pe care o avusese și Jamin, doar că fără furia care țâșnea altădată din fiecare por al vechiului adversar.

Qishtea se repezi spre el, apoi făcu doi pași repezi în lateral, având aceeași intenție – aceea de a măsura reflexele oponentului. Amândoi se învârteau în cerc, cu mușchii flexați și brațele și picioarele larg desfăcute, în poziție de luptă. Mikhail purta boxeri. Qishtea purta kilt. Niciunul dintre ei nu avea pantofi. Era cu adevărat ingenious modul prin care *Muhafizul* îl privase de orice avantaj posibil.

Cu excepția unuia…

Mikhail își înfoie aripile.

Qishtea rânji.

–Ai de gând să treci la treabă, ființă cerească? îl întrebă acesta, agitând micul vas din titan. Sau facem dansuri de împerechere pe aici?

–Nu, mulțumesc, zise Mikhail. Sunt deja căsătorit.

Publicul râse.

–A, da, minunata *Aleasă,* spuse Qishtea. Aud că te duce dintr-o parte în alta de bărbăție, continuă apoi, apucându-se de propriile testicule.

–Din câte îmi amintesc, zise Mikhail, *tu* erai gata să plătești bani buni ca să te însori cu ea.

Căpetenia Sinmushtal pufni.

–A, da, răspunse Qishtea, ducându-și mâna în dreptul inimii. Fermecat de o vrăjitoare. Din fericire, eu am scăpat. Nu același lucru se poate spune și despre TINE!!!

Qishtea se repezi spre el. Mikhail se feri cu o manevră tai-sabaki, aceeași pe care o folosise pentru a-l învinge pe Jamin în prima zi în sat, și îl apucă pe Qishtea de încheietura mâinii pe pentru a-l dezechilibra. Brațul *Muhafizului* îi alunecă însă din strânsoare înainte să apuce să preia controlul și asupra umărului. Adversarul se răsuci. Cei doi bărbați se îndepărtară unul de celălalt.

–Văd că mi-ai studiat mișcările, zise Mikhail.

–Jamin a fost un *fraier* că ți-a respins tacticile din cauza egoului rănit, răspunse Qishtea. Eu nu am fost așa orb.

–Mai am și alte tactici pe care pot să ți le arăt, zise Mikhail dându-i târcoale și stând cu ochii pe premiu – micul vas din titan.

–Oare? răspunse Qishtea. Oamenii mei mi-au povestit desja despre tehnica ta deșteaptă cu pana și fierăstrăul.

Se năpusti spre Angelic. Mikhail se dădu la o parte, dar Qishtea a schimbat direcția, apucă brațul pe care Mikhail îl întinsese pentru a-l prinde în capcană și îl dezechilibră. Scoase un picior în față vrând să îi pună piedică, dar Mikhail își recăpătă echilibrul fâlfâind din aripi.

Îl apucă pe Qishtea de braț și de umăr, dar Muhafizul alunecă din strânsoarea lui ca un porc unsuros.

–E o tactică inteligentă să îți ungi pielea cu ulei pentru ca oponentul să nu poată să pună mâna pe tine.

Qishtea rânji, dezvelindu-și dinții.

–Deci acum *eu* te învăț ceva, Angelicule?

–Nu am spus nicioată că nu mă poți învăța și tu ceva, zise Mikhail. Am spus doar că și *eu* pot să îți arăt *ție* niște lucruri.

–Acordul de ajutor reciproc?

-Da.

-Nu văd să aducă niciun avantaj pentru *Nineveh*.

Cu un răcnet ca de taur, Qishtea aruncă vasul la o parte şi se repezi spre Mikhail. Mikhail se feri, dar Qishtea îşi schimbă direcţia odată cu el şi se izbi direct de mijlocul lui.

Braţele lungi şi puternice i se înfăşurară în jurul taliei Angelicului. Cele o sută cincisprezece kilograme de muşchi îl dezechilibrară pe acesta. Pufnind, Mikhail se clătină şi păşi în spate. Qishtea îşi strecură un picior în spatele genunchiului său şi, cu o singură strângere de mână, îl trânti la pământ, cu aripile fluturându-i inutil de parcă ar fi fost o raţă prinsă în plasă.

-Da! exclamă publicul frenetic.

-Nu! ripostară însă războinicii lui consternaţi.

-Cedezi? se răsti Qishtea.

Mikhail încercă să se răsucească, dar Qishtea îi prinse umerii. Angelicul îşi înfăşură un picior în jurul gâtului lui Qishtea şi încercă să tragă în spate, dar piciorul lui gol alunecă pe pielea unsă cu ulei a lui Qishtea. Qishtea îi imobiliză celălalt umăr, dar Mikhail ridică ambele picioare şi, închizând gleznele într-o foarfecă vie în jurul gâtului lui Qishtea, îşi împinse adversarul înapoi.

-Iuhuu, jubilară războinicii din Assur şi Gasur.

-Hai, pune mâna pe el! strigară ceilalţi.

-Ridică-te! se năpusti Pareesa spre ei ca un arbitru.

Mihail se rostogoli şi, ţinându-şi mâinile pe umerii lui, sări în picioare. Qishtea se feri din calea lui pentru a evita o lovitură cu călcâiul. Fâlfâind din aripi, Mikhail sări şi se lăsă pe genunchi, chiar pe cutia toracică a lui Qishtea, dar îşi sprijini o mână de pământ pentru a atenua presiunea.

Qishtea scăpă tă un urlet.

Mikhail duse o mână spre gâtul lui.

-Fă-o! zise Căpetenia Kiyan, făcându-i un semn sugestiv din deget.

-Ridică-te! strigă Căpetenia Sinmushtal către fiul său.

-Cedezi? întrebă Mikhail.

-Niciodată! răspunse Qishtea, iar ochii întunecaţi îi străluciră.

Bărbatul îl apucă pe Mikhail de cap, încercând să îşi înfăşoare braţele în jurul gâtului său. Angelicul luă o mână de nisip şi o aruncă pe braţele şi trunchiul lui Qishtea. Acesta rămase lipit de pielea uleioasă a *Muhafizului*, anulându-i avantajul.

Mikhail făcu un salt înapoi, permiţându-i oponentului său să se ridice.

Qishtea o făcu graţios, dar expresia zeflemitoare pe care o avusese mai devreme pe chip îi fu acum înlocuită de furie.

-De ce nu ai dus treaba până la capăt? mârâi Qishtea.

-Pentru că eşti primul adversar solid pe care l-am avut de când m-am prăbuşit pe nenorocita asta de planetă, răspunse Mikhail. Dar acum s-a terminat cu joaca.

Cei doi bărbaţi începură să îşi dea târcoale în cerc.

-De ce ar trebui să te urmez dacă Nineveh are mai mulţi războinici?

-Pentru că suntem mai puternici împreună.

-Singurul motiv pentru care ai nevoie de *putere* e că ţi-ai supărat nişte duşmani şi ei au stabilit un preţ pe capul tău.

Qishtea se năpusti spre el cu mişcare asemănătoare celei care îi ieşise mai devreme, dar de această dată Mikhail se folosi de nisip pentru a pune mâna pe încheietura sa şi a-l smuci, pentru ca apoi să împingă un picior în faţă şi să îi pună piedică.

Qishtea rolled and landed in a crouch, his muscles bunched for another charge. This time, he made a grab for Mikhail's right wing. He hung onto the limb, despite a hammer-strike that Mikhail landed on top of his head. Qishtea yanked out a long primary feather and then leaped back.

-Aha! Un trofeu! zise el, ţinând în aer o pană de doi metri.

Publicul izbucni în urale.

-Dacă smulgi prea multe, îi spuse Mikhail, o să îmi fie greu să zbor.

-Atunci o să smulg câte pot.

Qishtea se năpusti spre el, dar Mikhail ţopăi în aer şi aterizã în spatele lui.

-Dacă încerci să îmi smulgi vreo pană, zise Mikhail, îmi rezerv dreptul de a zbura.

Qishtea îşi răsuci gâtul, pocnindu-şi oasele. Îşi flexă apoi şi muşchii umerilor.

-Jamin mi-a *spus* că eşti posedat de un demon, zise Qishtea. Nu l-am crezut niciodată, cel puţin nu până când *propriii tăi războinici* au început să povestească că ai nimicit două sute de oameni.

Mikhail tresări. Observă cu coada ochiului cum Pareesa clătină din cap.

-*Nu* sunt niciun campion, răspunse el. Sunt doar o fiinţă cu aripi.

Qishtea îşi pocni degetele.

-Poate dacă te provoc destul, o să se arate şi demonul?

Qishtea se repezi spre el, nu repede, dar stăpân pe picioare, blocând cu măiestrie fiecare lovitură şi şut, luând bătaie, dar refuzând să se lase înfrânt. În timp ce Mikhail lovea repede, Qishtea lovea încet şi ferm, provocând pagube care sfredeleau articulaţiile. Mikhail administră o lovitură laterală, dar Qishtea îl apucă de gleznă. Mikhail se aruncă pe spate, întinzându-şi aripile în aşa fel încât să nu îi stea în cale.

Qishtea se izbi în el în momentul în care picioarele îi atinseră pământul.

Se prăbuşiră amândoi la pământ, într-o învălmăşeală de pene, braţe şi picioare.

-Deci, spune-mi... începu Qishtea înfăşurându-şi un braţ în jurul umărului Angelicului şi încercând să îl dezechilibreze cu celălalt. Cu cine vom negocia cu adevărat? Cu o fiinţă cerească? Sau cu un demon?

Bărbatul îl ţinea strâns, refuzând să-l lase să se întoarcă. Mikhail se chinui să îl dea jos, dar acesta se vârî pe sub aripile lui şi, apucându-l de încheietura cealaltă, încercă să îi strivească faţa în pământ.

Mulţimea izbucni în urale.

Mikhail slobozi un urlet în timp ce Qishtea îi izbi faţa spre pământ.

Mânia aceea rece, cea la care Heruvimul îl avertizase că nu trebuie să apeleze niciodată, năvăli din visul de noaptea trecută şi îi cuprinse muşchii. Mikhail ridică un genunchi, îl apucă pe Qishtea de braţ şi, împinând înapoi, reuşi să se ridice în picioare. Cu o lovitură feroce de spate şi călcâi, frânse strânsoarea lui Qishtea. Apoi se răsuci pentru a-şi înfrunta adversarul. Din nasul acestuia ţâşni sânge.

-A, ia uite, îl întărâtă Qishtea. Asta n-a fost forţă de muritor.

-Pur şi simplu mi-am dat seama care e contratactica potrivită, spuse Mikhail. Tu ai nişte mişcări pe care nu le-am mai văzut până acum.

Cei doi bărbaţi se învârtiră în cerc, în vreme ce mulţimea amuţi. Asta nu mai era doar o luptă.

-De ce ai *nevoie* de noi dacă poţi să nimiceşti două sute de oameni de unul singur? întrebă Qishtea.

-Nu am *nevoie* de nimeni în afară de *soţia* mea, răspunse Mikhail. Dar ea insistă că nişte demoni-şopârlă ar fi pe urmele noastre.

-Pe urmele *tale.*

-Pe urmele noastre, ale *tuturor,* insistă Mikhail arătând spre Zartosht, şamanul din Nineveh. E de-ajuns să ascultăm chiar legendele voastre.

-De ce ar trebui să cred eu poveştile astea ale tale despre demoni-şopârlă? îl tachină Qishtea.

-Pentru că proprii tăi semeni, zise Mikhail arătând spre căpetenia îmbrăcată ciudat din Dur-Katlimmu, ţi-au spus că vecinii lor, Amoriţii, fac voia fiinţelor-şopârlă care traversează cerurile pe nave.

-Amoriţii le-au spus celor din familia mea că semenii tăi sunt cei care cumpără femeile răpite de la noi.

-Nu ştiu nimic despre asta, răspunse Mikhail cu aripile căzute. Tot ce ştiu este că fiinţele-şopârlă sunt duşmanii mei şi că, dacă se află aici, asta nu e de bun augur pentru lumea voastră.

Qishtea se feri de o fentă spre stânga, apoi se îndreptă de spate. Îşi înfipse capsul în stomacul lui Mikhail, înfăşurându-şi un braţ în jurul taliei sale, şi, cu braţul stâng, se întinse în aşa fel încât să îşi ridice un picior de la sol. În loc să se prăbuşească pe spate, Mikhail fâlfâi din aripi şi se ridică cu tot cu Qishtea în aer. Qishtea nu îi dădu însă drumul.

Greutatea *Muhafizului* îl dezechilibră. Zbătându-se cu stângăcie spre cortul Căpeteniei Sinmushtal, Mikhail reuși să îl desprindă pe însoțitorul de zbor nedorit de pe trupul său.

-O, exclamă publicul,

Qishtea scoase un țipăt în timp ce cădea de la câteva zeci de metri. Se prăvăli pe acoperișul cortului, care la rândul său se undui în direcția opusă, aruncându-l pe Qishtea de pe adăpostul propriului tata.

Mikhail plonjă sub streașină.

-Te predai? îl întrebă el pe *Muhafizul* din Nineveh.

-Niciodată!

Din întuneric se ivi un pumn care ateriză direct în nasul lui Mikhail. Capul acestuia fu împins în spate, iar din nări îi țâșni sânge.

Camera începu să se învârtă, dezorientându-l preț de o clipă.

Furia pe care o trăise în vis apăru de nicăieri.

O formezi din umbră și i-o înfigi în cap.

Se agăță de amintirea cu legiuni întregi de șopârle Sata'anice care împânzeau o planetă și își imagină creaturile, așa cum i le descrisese Ninsianna, îndreptând un tun cu impulsuri spre poarta principală a satului Nineveh și aruncând-o în aer. Mii de creaturi, fiecare dintre ele mai mare decât el, năvăleau pe porți și se luptau cu oamenii lui Qishtea.

-Ochii tăi! zise Qishtea, clătinându-s înapoi. Doar a zis Jamin că ești posedat de demoni.

-Nici n-ai idee, zise Mikhail luptându-se să-și stăpânească setea de sânge, dar mă străduiesc din răsputeri să nu-mi rezolv problemele prin violență.

Vocea lui Qishtea se deformă.

-Proprii tăi semeni spun că a fost ca și cum porțile iadului s-ar fi deschis și o mie de câini ai iadului s-ar fi dezlănțuit.

Nu-mi amintesc asta....

Cum ar fi putut să explice asta?

-De când îmi amintesc, spuse el, cu glasul încărcat de putere, am luptat pentru a-mi controla setea de răzbunare. Heruvimii m-au transformat într-o armă, dar Împăratul m-a învățat cum să împart această povară și să o folosesc ca să îl ajut să își întărească armata.

Închise ochii și șopti rugăciunea Heruvimilor în Ubaidă.

-Nu face nicio acțiune greșită, spune întotdeauna adevărul. Purifică-ți mintea. Pentru fiecare răufăcător pe care îl ucizi, trebuie să salvezi viețile a zece oameni buni.

Îl simți pe Qishtea mișcându-se și întinse o mână pentru a bloca un potențial atac, dar continuă să recite și rugăciunea până când senzația aceea de furie dezlănțuită se lăsă înghițită de pulsația surdă a nasului său sângerând. Când deschise din nou ochii, interiorul cortului lui Sinmushtal părea să fie învăluit în lumina aceea albastră, dar slabă, care însoțea de obicei incantațiile Heruvime pentru concentrare – cele care *potoleau* ceva.

-Deci e adevărat? întrebă Qishtea cu o privire mai degrabă curioasă decât temătoare. Chiar *ești* o sabie a zeilor?

-Prefer să *nu* fiu jucăria zeiței, oftă Mikhail.

-*Poți* să controlezi asta?

-Nu am nicio idee ce *e* asta, spuse Mikhail. Știu doar că e o idee proastă să o las să se *dezlănțuie.*

Vocile din afara cortului crescură în intensitate în timp ce Căpetenia Sinmushtal le ordona oamenilor săi să ridice pereții cortului. Pareesa fu prima care dădu buzna înăuntru. Cu o mână ridicată, sări între Mikhail și Qishtea.

-Ai *promis,* zise ea cu glas tremurător.

-Sunt *bine,* răspunse Mikhail.

-Am *simțit,* spuse ea. Ai *promis* – niciodată!

Qishtea privi dinspre *el* spre tânăra lui protejată, remarcând că aceasta îl proteja pe *el,* nu pe adversarul său înaripat. *Muhafizul* își dădu brusc seama că lucrul acela pe care îl zărise, orice ar fi fost el, era doar o fărâmă din ceea ce o speriase pe Pareesa în noaptea ultimului atac.

Când războinicii din Nineveh și restul publicului ridicară pereții laterali ai cortului Căpeteniei Sinmushtal, lumina soarelui năvăli înăuntru.

-Chiar *ești* campionul zeiței, spuse Qishtea cu admirație.

-Aș prefera să *nu* fiu, răspunse Mikhail. Dar iată-mă. Bărbatul căruia Ninsianna îi dă ordine de parcă ar fi un cățelandru ascultător.

Cu un sughiț, Pareesa izbucni în râs. La fel și Qishtea.

-*Nu* ai de gând să mă faci să te omor, nu-i așa? întrebă Mikhail.

-Doar dacă nu te omor eu pe tine primul, zise Qishtea.

-Aș prefera să *lucrez* cu tine, răspunse Angelicul întinzând mâna – o încercare de a-l ajuta pe Qishtea să se ridice. Să legăm o *tovărășie.* O armată zeiască?

Muhafizul din Nineveh aruncă o privire spre tatăl tău.

Căpetenia Sinmushtal încuviință subtil din cap.

-În regulă, zise Qishtea. O să *discutăm.* Dar nu promit nimic.

Privi spre oamenii săi.

-Pot să te omor și mâine.

Apucă mâna lui Mikhail, dar se ridică atletic prin propriile puteri, nu ca un om care tocmai fusese învins, și zdrobi degetele Angelicului într-o demonstrație de forță.

-*Aliatul* nostru are o propunere interesantă, zise Qishtea, ridicând pumnii încleștați în aer. În seara asta o să-l ascultăm, alături de celelalte căpetenii.

-Ura! strigară războinicii la unison.

Cu capul sus, tânărul taur se întoarse spre oamenii săi și deschise brațele larg, de parcă tocmai ar fi câștigat.

-Mi-e sete, strigă el. Haideți să facem rost de ceva de băut.

-Da! se entuziasmară războinicii lui.

Se așezară în spatele lui într-un șir ordonat și mărșăluiră în pas de defilare, intonând un cântec de marș care suna suspect de asemănător cu cel pe care îl învățaseră Assurienii de la Mikhail. Varshab își făcu apariția lângă Angelic.

-Te-ai descurcat bine.

-*Știai* că o să îl înving, zise Mikhail.

-Și Jamin îl învingea adesea, spuse Varshab. Tu l-ai *impresionat.*

-Cum îți dai seama?

-Uite cum mărșăluiesc, zise Varshab. Ăsta nu e un marș pe care să-l fi învățat când au venit să învețe să tragă cu arcul.

-Crezi că ne-au spionat? întrebă Mikhail.

-*Știu* că ne-au spionat, răspunse Varshab. La fel cum știu și că *noi* îi spionăm mereu.

Mikhail își înfoie aripile surprins.

-Avem spioni în Nineveh?

-Doar niște perechi de ochi și urechi, zise Varshab ridicând din umeri. Dar Qishtea a trimis *războinici.* Poți să-ți dai seama după cât de bine s-a adaptat la mișcările tale.

-Chestia aia pe care a făcut-o, manevra de la sol – încercă să imite tehnica de prindere pe care o folosise Qishtea și cu care aproape îl pusese cu fața la pământ.

-Pancrația? întrebă Varshab.

-Da. Trebuie să mă înveți cum se face.

Varshab izbucni în râs.

-Nu ai lăsat niciodată pe cineva să se apropiere suficient de mult încât să o *încerce.* Dar da, e ceva ce ar trebui să înveți.

Locotenentul lui Qishtea schimbă cadența de marș, de această data nu cu un cântec al Alianței, ci cu unul care preaslăvea Nineveh. Spre deosebire de versiunea lui Mikhail, aceasta era presărată cu multe cuvinte deocheate. Era evident că Qishtea își făcuse timp să încorporeze mișcările Angelicului în mișcările lor și voia ca el să știe asta.

Acum nu mai trebuia decât să îi *convingă* pe oamenii aceștia, și pe toate celelalte căpetenii, că formarea unei alianțe ar fi un *avantaj.* Apoi putea să se întoarcă la frumoasa lui soție și ordinele ei.

Oftând melancolic, Mikhail își șterse rahatul de capră de pe mâini.

Capitolul 51

Noiembrie – 3.390 î.Hr.
Pământ: Satul Assur

NINSIANNA

Ninsianna urcă cu greu unul dintre digurile care țineau în frâu Râul Hiddekel, cărând un coș cu rufe ude. Urcușul era mult mai ușor când râul era mai scăzut, curentul – leneș, iar jos apa – caldă și lâncedă. Odată cu creșterea nivelului apei, potopul inunda câmpurile și Ninsianna trebuia să fie atentă pe unde mergea, ca nu cumva curentul să o poarte departe.

O umbră ca o gheară coborî de pe malul râului.

-Aaahh! scânci Ninsianna, dar apoi izbucni în râs, dându-și seama că în fața ei era doar Shahla.

-Vino repede! îi zise aceasta făcându-i semn din mână. Tirdard a căzut pe niște pietre și și-a rupt piciorul.

-Unde? întrebă Ninsianna.

Shahla păru derutată – starea ei obișnuită în ultima vreme –, dar apoi înclină capul ca și cum ar fi ascultat cum cineva îi șoptea în ureche.

-La nord de sat, zise ea. Chiar după livada de curmali. Siamek m-a trimis după tine. A cerut explicit să vii tu.

Ninsianna mormăi. Ultimul lucru pe care și-l dorea era să plece cine știe unde cu cea care îi blestemase existența.

-Mama se pricepe mai bine la lucruri de felul ăsta, zise ea reașezându-și coșul, nerăbdătoare să delege sarcina de a o însoți pe nebună altcuiva.

-Nu.

Privirea Shahlei căpătă un aer frenetic.

-Aproape apune soarele. Dacă nu îi pui osul la loc, Tirdard o să-și petreacă noaptea afară, în frig.

Ninsianna își mușcă buza, surprinsă de cât de lucidă părea Shahla. Cum Mikhail era plecat, Siamek era responsabil cu apărarea satului, iar războinicii erau în patrulare. Oare Tirdard fusese cu ei?

În expresia Shahlei se strecură ceva din șiretenia de altădată.

-Ce-o să creadă Yadiditum dacă refuzi să-i vindeci soțul?

Fiorul remușcării se strecură pe chipul încruntat al Ninsiannei. Shahla habar nu avea că ea fusese cea care aproape că o răpusese cu arcul, dar Yadiditum îi trântise ușa în nas și refuzase să vorbească cu ea încă din noaptea ultimului raid.

Poate că, dacă îi punea osul înapoi lui Tirdard, Yadiditum avea să îi permite să îi explice că nu doar ea, ci şi pofta de sânge a zeiţei, zgândărise o rană mai veche?

Cu o privire mai dulce, Ninsianna cercetă aura spiritual a Shahlei. Doar o privire rapidă, cât să afle ce voia să afle încă de când Mikhail o asigurase că nu se culcase cu Shahla. Iar mintea acesteia nu era plină de bărbaţi înaripaţi sau copii din cârpe, ci de imaginea macabră a bietului Tirdard, întins pe jos şi urlând de durere, cu oşul străpungându-i pielea.

-Oh! exclamă Ninsianna, ducându-şi o mână la gură.

Oare cum se simţea Yadiditum – foarte îngrijorată că soţul ei nu se mai întorcea acasă în seara asta. Ar fi fost de două ori mai supărată dacă Shahla i-ar fi spus că Ninsianna refuzase să o ajute.

-Bine, oftă aceasta.

Cel mai rău lucru care se putea întâmpla era ca Shahla să o conducă la cel mai nou „copil" de cârpă.

-Doar arată-mi drumul.

Capitolul 52

Noiembrie — 3.390 î.Hr.
Pământ: Câmpia Mesopotamiei
Colonel Mikhail Mannuki'ili

MIKHAIL

Când ajunsese pentru prima oară la adunare, corturile albe şi ţipătoare i se păruseră ostentative. Dar acum, când se înghesuiau cu toţii în cortul Căpeteniei Kiyan, cu paisprezece căpetenii, douăzeci şi ceva de *Muhafizi* şi fii mai mici, o duzină de şamani şi câţiva membri ai personalului, care umblau de colo-colo cu tăvi de mâncare şi putini cu bere, tot ce voia să facă era să o ia în zbor, ţipând, prin gura de aerisire a acoperişului ca un cărucior şi să nu se mai întoarcă niciodată.

-Mikhail? îi vorbi socrul său, trăgându-l de po pană. Zartosht are o întrebare.

Angelicul se întoarse spre cel mai bătrân şaman de pe teritoriul Ubaid. Faţa şi trupul ofilit îi trădau vârsta, însă ochii căprui şi inteligenţi îl făceau să semene cu un şoim în ochii lui Mikhail.

-Domnule? i se adresă el.

-Viziunile Ninsiannei... zise Zartosht. Immanu spune că nu le-a mai avut de la ultimul raid.

Căpeteniile amuţiră, inclusive Sinmushtal şi fiul său cel mare, Qishtea.

-Înainte de atac, răspunse Mikhail cu grijă, mă trezea în fiecare noapte din cauza coşmarurilor. *După* atac nu m-a mai trezit.

-Deci poate că pericolul a trecut, îl provocă Qishtea, şi nu mai e nevoie să îmi trimit locotenenţii la antrenament.

Mikhail privi către Căpetenia Kiyan, către socrul său şi apoi din nou către bătrânul şamanul. Zartosht avea acea privire blajină pe care Angelicul o asocial cu momentele în care soţia sa cerceta spiritul altei persoane.

Îşi încleştă degetele, încercând să-şi transpună gândurile haotice în cuvinte sincere, dar diplomate.

-Nu ştiu prea multe despre ceea ce dumneavoastră numiţi viziuni, spuse Mikhail. Dar lucrez pentru un Împărat pe care l-aţi numi zeu, iar el are puteri vaste – ştiu, de exemplu, că poate să strălucească precum un miraj şi să apară apoi într-un cu totul alt loc.

-Asta ar fi ca tec-no-lo-gi-ia pe care ai descris-o? îl întrebă Qishtea, arătând spre ceasul său.

-E... ăăă...

Mikhail privi adânc în ochii căprui şi pătrunzători ai lui Zartosht.

-Puteţi să *vedeţi?* Puteţi să *vedeţi* ce descriu?

-Doar puţin, zise Zartosht. Se vede de parcă o carapace albastră şi strălucitoare m-ar opri din a-ţi cerceta mintea.

Aripile lui Mikhail se pleoştiră. Se certase şi cu Ninsianna din cauza faptului că „refuza" să o lase să îi citească mintea.

-Îmi pare rău. Nu ştiu cum să-l fac să se oprească.

-Pe *cine* să faci să se oprească? întrebă Qishtea.

-Numele lui e *Bishamonten,* explică Mikhail. E zeul Heruvim.

Muhafizul adoptă o expresie sceptică.

-Ăsta e...

-Nu, îl întrerupse Mikhail. Bishamonten ne *împiedică* din a cădea pradă setei de sânge.

-*Ne* împiedică?

-Pe toţi Heruvimii. Noi...

Nu îşi mai duse gândul la capăt, căci se străduia să îşi scoată la lumina amintirea din subconştient. Tot ce-şi amintea era că împărăteasa Heruvimilor îl pusese să depună un jurământ.

-Îndreaptă acţiunile, spuse el. Spune întotdeauna adevărul. Purifică-ţi mintea...

-Pentru fiecare răufăcător pe care îl ucizi, încheie Qishtea, trebuie să salvezi vieţile a zece oameni buni.

-Da, încuviinţă Mikhail.

-Şi te aştepţi să ne lăsăm împovăraţi de aceleaşi reguli?

Mikhail îşi privi atent adversarul – sau potenţialul aliat? La fiecare cuvânt pe care îl rostea, Qishtea îl provoca, îi cerceta sensul profund, apoi revenea şi punea exact aceeaşi întrebare în zeci de moduri diferite. Căpetenia Sinmushtal şi ceilalţi conducători din nord stăteau pe spate, cu braţele încrucişate, şi nu-l întrerupeau decât ocazional, de obicei cu un îndemn scurt pe car Qishtea îl lua ca pe un indiciu fie că trebuie să cerceteze problema mai în profunzime, fie că trebuie să treacă la alt subiect. Era evident că liderii aşezărilor din nord se întâlniseră înainte, discutaseră chestiunea şi îl aleseseră pe Qishtea să negocieze cum avea să funcţioneze acest tratat de ajutor reciproc.

Mikhail încercă să îşi exprime reţinerea.

-Ce s-ar întâmpla dacă, prin mult studiu şi talent, unul dintre războinicii voştri – să zicem cineva mai sensibil, ca unul dintre fiii lui Zartosht – ar dezvolta nu doar abilitatea de a lupta fizic aşa cum luptaţi voi, ci şi de a face mai mult decât atât. Să folosească, nu ştiu...

-Să fie ca un războinic-şaman? interveni Zartosht, aruncând o privire către Immanu.

Immanu îşi coborî privirea.

-Da, exact, spuse Mikhail. Mulți dintre Heruvimi au abilități, nu... magie.

Îşi închise ochii pe jumătate, încercând să organizeze imaginile amestecate din mintea lui într-o descriere coerentă.

-Multe dintre ele sunt doar legende, la fel ca în cazul meu...

-O fiinţă înaripată? zise Zartosht.

-Da. Pentru mine, Heruvimii sunt înspăimântători, nu din cauza a ceea ce cred oamenii că pot face, ci pentru că sunt atât de... ăă... disciplinaţi.

Îşi prinse capul în mâini.

-Îmi pare rău, mormăi el. Nu încerc să evit răspunsul.

-Şi noi cum ne dăm seama de asta? îl provocă Qishtea.

Mikhail îşi privi atent nemesisul – sau aliatul, nu era sigur.

-Nu aveţi cum, spuse el. Poate că toate lucrurile oribile pe care ţi le-ai imaginat vreodată sunt adevărate, iar singurul lucru care mă împiedică din a mă transforma într-un demon e faptul că nu-mi amintesc cum să abuzez de puterea mea.

Căpetenia Sinmushtal se aplecă mai aproape şi îi murmură ceva la ureche lui Qishtea. *Muhafizul* încuviinţă din cap, îi şopti ceva înapoi şi apoi îl înfruntă pe Mikhail.

-Nu cred asta, spuse acesta. Ai fi putut să-mi rupi coastele astăzi, dar te-ai abţinut, chiar şi în focul luptei.

Nu menţionă că Mikhail aproape îşi pierduse cumpătul în cort.

-Nu se cuvine să rănesc grav un potenţial aliat, zise Mikhail.

-Şi ce s-ar fi întâmplat dacă nu aş fi fost un aliat?

-Nu am nimic cu nimeni atâta timp cât nu îmi face probleme.

Sagal-zimu, tânărul şaman din Gasur, le spuse celorlalţi că ştia din proprie experienţă că acesta era adevărul. Le împărtăşi apoi povestea despre cum Mikhail îi întâlnise pe el şi oamenii săi în desert, înconjuraţi de duşmani, şi intervenise doar atunci când devenise clar că Halifienii erau agresorii.

Cu toţii priviră spre Căpetenia Kiyan, care îşi privea mâinile în tăcere. Nu era un secret că Jamin fusese cel care îl „vânase" tot timpul, şi nu invers.

Căpeteniile din nord se strânseră la un loc şi începură să vorbească în şoaptă. După câteva minute, Căpetenia Sinmushtal anunţă:

-Vom încerca asta. Temporar, spuse el. Când ne vom întoarce aici, la anul, vom decide dacă acest acord ne face mai puternici sau pune presiune pe unele sate în detrimentul altora.

-Ce se întâmplă dacă vă antrenăm războinicii, iar apoi vă răzgândiţi? întrebă Căpetenia Kiyan.

-După cum a descoperit campionul vostru, zise Căpetenia Sinmushtal, Nineveh a studiat deja tacticile Angelicilor. Vom continua să facem asta, indiferent dacă alegeţi să ne învăţaţi sau nu.

-Recunoaşteţi că aţi trimis spioni? întrebă Căpetenia Kiyan înroşindu-se la faţă.

-Nu mai mulţi decât trimiteţi voi la Nineveh, râse Căpetenia Sinmushtal. Deşi aş spune că spionii mei sunt mult mai de încredere decât negustorii dubioşi pe care îi trimite Laum şi care apoi vă vând jumătăţi de adevăruri ca să îşi îngroaşe buzunarul.

-Deci avem o înţelegere? îl întrebă Qishtea pe tatăl său. Fiecare dintre noi trimite războinici în Assur, iar ei ne pun la dispoziţie alţi oameni – făcu o grimasă, deloc încântat de faptul că unii dintre „oamenii" care aveau să vină în loc aveau să fie femei- ca să ne completăm golurile?

-Nu chiar.

Căpetenia Sinmushtal rânji spre Mikhail în felul în care ar fi rânjit un leu chiar înainte de a se năpusti asupra unei gazele gustoase.

-Angelicul mă intrigă cu vorbăraia asta a lui despre călugării Heruvimi. Cred că ar fi bine ca fiul meu cel mare să studieze aceste căi pentru ca, într-o bună zi, să fie o căpetenie mai bună.

O expresie perplexă – urmată de furie – se ivi pe chipul lui Qishtea.

-Vrei să plec? n

-Da, spuse Căpetenia Sinmushtal. Assur îşi va trimite ce are mai rău, dar Nineveh îşi trimite ce are mai bun.

-Nu pot! protestă Qishtea. Sunt prea ocupat să mă pregătesc să lupt cu Amoriţii pe care câinele ăsta i-a adus la uşa noastră.

Căpetenia Sinmushtal îşi aşeză mâna pe braţul fiului său – ca să îl liniştească sau ca să îl ţină în frâu?

-Stimabilul nostru frate, zise el făcând un semn către Căpetenia Kiyan, şi-a pierdut fiul pentru că acesta a devenit arogant în legătură cu capacitatea de a se lupta mai bine decât orice om, inclusiv decât tine.

-Angelicul m-a învins! răspunse Qishtea aruncându-şi braţele în aer. Ce mai vrei, să-i golesc şi oala de noapte?

-Angelicul a învins pentru că este mai puternic din punct de vedere fizic, spuse Căpetenia Sinmushtal. Dar când v-aţi luptat, l-ai prins cu garda jos.

-I-am studiat mişcările şi am exersat ripostele cu oamenii mei, zise Qishtea.

-Da, spuse Căpetenia Sinmushtal. Ai făcut tot ce ai putut ca să îi neutralizezi avantajul, ceva ce faci *mereu*. Cercetezi atent şi plănuieşti. Dar Angelicul ştie mai mult decât să se lupte. El înţelege mecanismele interioare ale zeilor.

-Dar... eu... începu Mikhail.

-Şşş, îl opri Immanu apucându-l de braţ.

-Ştie, intuitiv, continuă Căpetenia Sinmushtal, că oamenii trebuie să lucreze împreună, ca un singur trib. Cine de aici – arătă spre ceilalţi conducători – are îndrăzneala să spună că niciun duşman, nici măcar din neamul Uruk, nu o să mai îndrăznească să invadeze vreodată pământurile Ubaide?

-Dar Lugalbanda...

-Este mort, răbufni Căpetenia Sinmushtal.

Penele lui Mikhail se înfoiară. La mijloc era o intrigă mai mare și mult mai complicată decât povestea aceea care le plăcea șamanilor să o spună cum că bunicul Ninsiannei făcuse o vrajă și îi trimisese pe cei din neamul Uruk înapoi la casele lor.

-Poate că Pământul este un imperiu mai mic decât această Alianță cerească, continuă Căpetenia Sinmushtal, dar vreau ca fiul meu să învețe cum să țină laolaltă un astfel de regat și să transmită aceste cunoștințe fiilor săi.

-Deci acum o să fiu subordonatul lui? mârâi Qishtea.

-Doar pentru șase săptămâni, îi răspunse Căpetenia Sinmushtal.

Qishtea se ridică în picioare. Îi făcu lui Mikhail un semn scurt din cap, iar apoi făcu o plecăciune adâncă în fața tatălui său.

-Sunt cel mai loial fiu al tău.

Căpetenia Sinmushtal își așeză mâna pe brațul fiului său și îl strânse părintește.

-Du-te. Alege oamenii care să vină cu tine.

Adversarul – aliatul – elevul lui Mikhail... mărșălui crispat în afara cortului.

Penele Angelicului foșnire. Ultimul lucru pe care și-l dorea era o repetare a bășcăliei care îi condamnase relația cu Jamin.

-Eu... ăăă... domnule? i se adresă căpeteniei din Nineveh. Dacă e prea ocupat...

-Prostii! răspunse conducătorul, făcându-i un semn bărbatului care tocmai adusese o tavă cu pită și felii de pepene.

Murmură ceva în urechea servitorului său, iar apoi îi răspunse lui Mikhail:

-Vino, bun prieten cu aripi. Trebuie să îmi povestești cum te-au nimicit femeile Angelic în luptă.

Mikhail fu uimit de schimbarea bruscă de dispoziție. Toată lumea, cu excepția Căpeteniei Kiyan, apăsat de letargia care îl chinuia de când își alungase propriul fiu, se așeză alături de aliații de încredere – nu în funcție de rang. Servitorul care ieșise grăbit din cort cu câteva clipe mai devreme se întoarse înăuntru, dirijând mai mulți războinici care îi cărau putinile cu bere.

-Am auzit că surorile văduve au o nouă rețetă, zise Zartosht cu ochi scânteietori.

-Da, au, răspunse Mikhail. Au răscumpărat o căpetenie pentru a-i obține cunoștințele.

-Cine crezi că le-a dezvăluit că există o astfel de rețetă?

Servitorii împărțiră paie, mai întâi căpeteniilor, apoi șamanilor și apoi *Muhafizului* din fiecare sat. Toate privirile se îndreptară spre Căpetenia Kiyan, care tocmai devenise, din pricina acordului, cel mai puternic conducător de pe teritoriul Ubaid – cel puțin pentru un an. Căpetenia Assurului se ridică și, cu glas binevoitor, anunță:

-Începem o nouă zi – nu doar ca cetățeni ai Assurului, ai Nineveh sau… - enumeră toate celelalte sate –, ci ca un singur trib, Ubaid. Aceasta e continuarea viziunilor tatălui meu și tatălui tău – arătă spre Căpetenia Sinmushtal –, dar și a tatălui tuturora, care a spus că neamul Ubaid nu are să mai fie niciodată singur. Înainte, amenințarea Uruk era cea care ne forța triburile să se unească să se întrunească în fiecare an, chiar și după ce dispăruse, pentru a frânge mâinea și a discuta despre lucrurile care ne unesc, mai degrabă decât cele care ne despart. Acum avem de-a face cu o nouă amenințare. Poate că este pur și simplu un trib oportunist, care dorește să ne prade poporul. Sau poate că este adevărat ce spun legendele – că o ființă a căzut din ceruri pentru a ne ghida de-a lungul unei perioade de mari conflicte. Însă fie că ne luptăm cu un dușman pământean, fie că avem de-a face cu demoni-șopârlă sau cu însuși Cel Rău, faptul că suntem uniți ne va face la fel de puternici ca armata vânjoasă din ceruri despre care vorbește cel înaripat.

Căpetenia Kiyan făcu un semn către Căpetenia Sinmushtal.

-Tu și cu mine ne-am întrecut întotdeauna.

Căpetenia Sinmushtal încuviință din cap.

-Tații noștri s-au întrecut, *noi* ne-am întrecut, iar apoi fiii noștri s-au întrecut, câteodată câștigând, câteodată fiind înfrânți. Dar *tu,* fratele meu, ești cel mai înțelept dintre noi, pentru că, în vreme ce eu am văzut doar avantajul *militar,* tu ai înțeles că cel înaripat aduce ceva diferit. Că ar trebui să fim *mai mult* decât un singur trib – că ar trebui să fim o singură națiune.

-Da, da! exclamară căpeteniile și șamanii, închinându-și paharele.

A doua cea mai puternică căpetenie se ridică în picioare și începu să vorbească, lăudând alianța; apoi vorbi următorul conducător, și așa mai departe, până când toate cuvintele lor începură să se confunde cu un singur mesaj. În tot acest timp, invitații sorbiră berea surorilor văduve, iar discursurile lor deveniră din ce în ce mai împleticite, la fel cum și Angelicul deveni din ce în ce mai amețit.

Mikhail se prefăcu că mai ia o înghițitură, rugându-se ca, atunci când avea în sfârșit să se ridice, să nu se prăbușească cu fața de șamanii și căpeteniile bete.

Căpetenia din Dur-Katlimmu, un trib din nordul îndepărtat, își croi drum prin mulțime și se așeză lângă el. Deși era aproape la fel de bătrân ca Zartosht, bărbatul avea aceeași grație pe care o aveau atât Pareesa, cât și vărul ei. Spre deosebire de ceilalți conducători, el părea doar puțin amețit.

-Înaripatule, i se adresă Căpetenia Haban. Înțeleg că ai vorbit cu neamul tânărului tău locotenent, Nebopalassar?.

-Da, domnule, răspunse Mikhail. Mi-a explicat că ești prins între două alianțe diferite.

Bărbatul strâmbă din nas.

-Aș prefera să nu am de-a face cu Kudursin și cu bătăușii lui, zise Căpetenia Haban. Dar chiar și tu trebuie să recunoști că Dur-Katlimmu se află prea departe de orice sat aliat pentru a merita mai mult decât ajutoare trimise la multe săptămâni după un atac.

Mikhail își lăsă aripile să cadă.

-Domnule, nu am văzut niciodată satul dumneavoastră, dar când descrieți distanța pe care tocmai ați parcurs-o, îmi dau seama că nici măcar *eu* nu aș putea zbura suficient de repede într-acolo pentru a vă ajuta să vă apărați.

Bărbatul adoptă o expresie gravă.

-Știam că probabil așa va fi cazul. De aceea – ochii lui alunecară spre locul în care stătea Căpetenia Sinmushtal, lăudându-se în fața unui alt conducător –nici măcar puternica meu rudă nu îndrăznește să facă o astfel de promisiune.

-Îmi pare rău.

-Știu, zise bărbatul. Dar poate, ca un gest de bună credință, aș putea să vă transmit puținul pe care l-am aflat de la Kudursin, Amoritul.

-De ce a venit după mine cu atât de mulți oameni? îl întrebă Mikhail.

-În afară de recompensă?

-Da.

-Pentru că i-ai ucis fiul, răspunse Căpetenia Haban făcând o grimasă. Rimsin, un fiu mai mic, făcut cu o concubină, nici măcar cu una dintre soțiile sale.

Cuvintele bărbatului străpunseră ceața alcoolului.

-Rimsin? întrebă Mikhail, amintindu-și de bărbatul pe care Jamin îl nimicise înainte de a avea șansa de a extrage informații de la el despre cum semenii Angelicului ar fi fost cei care doreau femei Ubaide. Ce poți să-mi spui despre poporul șopârlă?

Căpetenia Haban scoase moneda de aur pe care Nebopalassar i-o arătase mai devreme. O întoarse pe partea care înfățișa un dragon.

-A spus că poporul șopârlă seamănă cu această creatură, doar că sunt mai puțin...

-Ca niște șerpi? ghici Mikhail.

-Da. A spus că sunt uriași, poate de aceeași înălțime ca tine, cu dinți ascuțiți. Dar cel mai fascinant lucru, susține el, este că ei călătoresc prin ceruri în case zburătoare.

-Canoe cerești?

Bărbatul se încruntă.

-Ce a descris Kudursin e diferit de săgeata în flăcări pe care stimatul meu frate – arătă spre Căpetenia Kiyan – a descris-o în ziua în care ai căzut din ceruri.

Mikhail îl scrută pe om, încercând să găsească cuvintele pentru a-i explica, în ciuda neoliticul în care trăia el, diferența dintre momentul în care o navă cobora normal, sub impulsul puterii, și cel în care se prăbușea din cer pentru că cineva o doborâse.

Și cineva îl doborâse pe el. Ceea ce descria Haban nu făcea decât să dovedească acest lucru.

-Știți unde ar putea fi localizată această bază inamică? întrebă el.

Căpetenia Haban clătină din cap.

-Din nefericire, Kudursin a fost în mod deliberat reținut în ceea ce privește această informație, la fel cum a fost reținut și când a recrutat unii dintre oamenii mei – adăugă apoi grăbit – în ciuda obiecțiilor mele, ca să se infiltreze pe teritoriul Ubaid, fără să ne spună cu ce scop.

-V-a spus câte dintre aceste case zburătoare a văzut? întrebă Mikhail.

-A refuzat să vorbească despre asta, răspunse Căpetenia Haban. Dar unul dintre oamenii lui s-a lăudat față de oamenii *noștri,* după multe pahare, că ființele-șopârlă dețin cel puțin zece astfel de case cerești și că și-au ridicat un oraș de corturi care ar face orice *adunare* Halifiană să se stingă de rușine.

Mikhail fu cuprins de un sentiment de groază.

-Sunteți sigur de asta?

-Nu sunt sigur de *nimic,* răspunse Căpetenia Haban. Informația a ajuns la mine indirect, de la un subordonat beat către unul dintre oamenii mei, care, în final, ne-a trădat și s-a alăturat Amoriților.

-Dar ați văzut și *dumneavoastră* activitate neobișnuită? întrebă Mikhail. Lumini pe cer sau…

O senzație de greață îi sfâșie stomacul.

Răspunsul Căpeteniei Haban se stinse, în vreme ce o teroare neînsuflețită urlă în subconștientul lui Mikhail.

Angelicul se ridică în picioare, fluturându-și aripile, dar niciun strigăt de panică, niciun miros de sânge, nicio ciocnire de piatră cu oțel nu întrerupse cacofonia veselă din interiorul cortului. Mâna îi alunecă spre mânerul sabiei.

Căpetenia Haban îi observă neliniștea.

-Ce se întâmplă?

-Ceva nu e în regulă.

Se răsuci pe călcâie, hiperconștient de oamenii din apropierea lui. Nările i se dilatară, dar orice ar fi fost în neregulă, nu era aici. Trecând pe lângă celelalte Căpetenii, ieși grăbit din cort.

Unde? Ce se întâmpla? Încă simțea țipătul.

Un haos vesel acoperea fiecare metru pătrat de pământ. Sute de războinici din zeci de sate diferite se agitau în jurul focurilor de tabără, bând, jucând și spunând povești. Greierii ciripeau liniștitor în amurg. Nicio mișcare nu le tulbura sunetul și nici nu trăda vreo mișcare în direcția lor.

Immanu ieși din cort, urmat de Căpetenia Kiyan și de Căpetenia Jiljab din Gasur.

-Ce se întâmplă? îl întrebă Immanu cu o privire la fel de tulburată.

-Eu... simt...?

Angelicul cercetă orizontul aproape întunecat. Orice ar fi cauzat acea senzație de ace și furnicături, șamanul o putea simți și el. Mikhail parcurse în grabă perimetrul taberei, în locul unde fuseseră plasate câteva santinele, atât pentru a menține pacea în interiorul taberei, cât și pentru a supraveghea orice intruziune din partea triburilor ostile. Pareesa țopăi în dreptul lui.

-S-a întâmplat ceva?

Mikhail își privi fix tânăra protejată, care îl cunoștea mai bine decât oricine altcineva, poate chiar mai bine decât soția sa. Cu o tresărire tulburătoare, își aminti ultima oară când mai avusese o astfel de senzație.

-E Ninsianna! spuse el, întorcându-se spre socrul său. Immanu, unde este?

Pe chipul șamanului se ivi groaza. Își închise ochii, așa cum făcea de fiecare dată când vorbea în mintea sa cu un alt șaman sau cu zeii, și spuse:

-Nu este cu Needa. Este…

Se întoarse, căutând, departe de Assur, și arătă în final spre apus.

-… acolo?

În pântecul lui Mikhail se instală o senzație de parcă ar fi fost aruncat într-un reactor cu impulsuri. Mai simțise această senzație o dată… nu, nu o dată… chiar înainte de asta. Amintirea primei dăți când simțise această emoție îl ajunse din subconștient. Teroare. Mama lui. Țipete. Își coborî cu groază privirea spre sabie, amintindu-și de unde o obținuse.

O scosese din trupul mamei sale muribunde.

-Au luat-o! strigă el.

Cu un urlet chinuit, se înălță în aer și porni în goană pe cer pentru a-și salva soția și copilul nenăscut.

Capitolul 53

Noiembrie – 3.390 î.Hr.

Noiembrie – 3.390 î.Hr.
Pământ: Întrunirea anuală a căpeteniilor regionale Ubaide

PAREESA

-Mikhail? se adresă Pareesa siluetei care dispărea.

Se întoarse spre Immanu.

Ce a fost asta?

-Au luat-o pe Ninsianna!

Pareesa privi către Ebad şi ceilalţi războinici, împrăştiaţi printre ceilalţi săteni în rândul cărora trebuiau să se integreze. Oficial, nu mai erau o echipă.

-Au atacat Assurul?

-Nu! răspunse Immanu cu glas gâtuit.

Arătă spre apus.

-E un fel de capcană!

Căpetenia Kiyan ieşi în fugă din cort, urmat de conducătorii din Eshnunna şi Gasur. Gărzile de corp ale tuturor celor trei bărbaţi se materializară la rândul lor.

-Suntem atacaţi? întrebă Căpetenia Kiyan.

-Da... Nu. Nu sunt sigur, răspunse şamanul. Ochii săi de culoare bej-cuibastru căpătară o strălucire aproape alb-aurie. Pe acolo...

Vorbi cu mai mult decât vocea.

-Cel Rău tocmai a pus mâna pe Aleasa mea.

Kiyan se întoarse spre căpeteniile din Eshnunna şi Gasur.

-Poate că e timpul să demonstrăm ce înseamnă un acord de ajutor reciproc?

Jiljab din Gasur se încruntă.

-Îi suntem datori Angelicului, zise Jiljab.

-El ne-a antrenat arcaşii, spuse Căpetenia Mukannishum din Eshnunna.

-Le adun şi pe celelalte gărzi, zise Varshab, omul de încredere al căpeteniei.

Celelalte două gărzi de corp încuviinţară din cap. Porniră la drum, chemându-şi armatele individuale.

Căpetenia Kiyan fugi înapoi în cort pentru a-i aduna pe ceilalţi conducători, dar fără Mikhail, nimeni nu se putea pune de acord asupra cui era responsabil pentru ce. Izbucniră strigăte în timp ce unele căpetenii se întrebau dacă nu cumva totul era doar o farsă. La naiba! Erau literalmente prea mulţi şefi!

-Nu avem timp pentru asta! îi spuse Pareesa lui Varshab. Echipa B! Grăniceri! Adunați-vă!

Echipa B se repezi în jurul ei, alături de o mica suită de războinice, cu arcuri și sulițe deja pregătite în mâini. Războinicii din celelalte sate se pierdură într-o dezordine haotică, în timp ce toată lumea încerca să își dea seama cine era la conducere. Căpetenia Jiljab îi făcu un semn micului grup de războinici de sub comanda sa.

-Mergeți cu ei, le ordonă Jiljab oamenilor săi. Restul glumeților ăstora au să vă prindă din urmă!

Pareesa privi spre Varshab, executantul Căpeteniei Kiyan.

-Domnule?

Varshab aruncă o privire în cort, unde căpetenia încă nu făcuse niciun pas înainte.

-Mergeți să-l sprijiniți pe Mikhail, ordonă Varshab. Probabil că e o capcană.

Cea mai mare forță a mentorului Pareesei era capacitatea de a se distanța de propriile sentimente și de a-și folosi experiența tactică considerabilă pentru a analiza orice problemă, fără temeri meschine sau orgolii rănite care îi făceau pe ceilalți să acționeze în pripă. Deși Varshab nu știa ce văzuseră ea și Gita în noaptea atacului, cu toții înțelegeau însă că vulnerabilitatea lui Mikhail era dragostea pe care i-o purta soției sale.

-Urmați-mă! strigă Pareesa către cei pregătiți să o urmeze. Dacă ar fi așteptat ca restul capetelor ălora seci să se adune, ar fi ajuns prea târziu. Inamicul conta probabil pe cât de mult le-ar fi luat celor din neamul Ubaid să îi găsească. Avea să le dea o lecție despre noul mod de luptă al Ubaizilor.

Ea și echipa B alergară în direcția indicată de Immanu.

-Bishamonten! scandă Pareesa în limba ca un clinchet a Heruvimilor. *Akuma o seifuku suru! Dōka anata no chikara!*

Se rugă zeului Heruvim să o ajute, să îl ajute pe Mikhail, în timp ce o rupea la fugă distrugându-și plămânii în direcția în care tocmai zburase Angelicul.

O senzație de putere îi gâdilă vârful capului, îi coborî prin corp și îi ieși prin extremități. O curioasă lipsă de emoție îi umplu mintea, în timp ce simțurile i se potențau pentru a gusta lumina lunii, iar Pareesa întrezări sunetul bătăilor inimii colegilor ei războinici și mirosul îndepărtat a ceva nu tocmai uman.

O conversație pe care o avusese cândva cu Mikhail îi reveni în minte.

-Dacă te lași distras așa în luptă, s-ar putea termina foarte prost pentru tine, îi spusese ea după ce îl nimerise cu succes.

-Dacă nu aș avea încredere în tine, îi răspunsese el dezarmând-o rapid, *nu ai putea să te apropii așa de mult.*

Săgeata fu prinsă în arc înainte ca Pareesa să apuce să treacă de creastă. Știa... Le știa planul.

Capitolul 54

Noiembrie – 3.390 î.Hr.
Pământ: Câmpia Mesopotamiei
Colonel Mikhail Mannuki'ili

MIKHAIL

Aripile îi fluturau în tandem cu bătăile frenetice ale inimii. N-ar fi trebuit să o părăsească niciodată! Ar fi trebuit să rămână în sat!

Zări focurile de tabără inamice care ardeau în deșert; zeci de focuri, aprinse de o trupă însemnată de războinici. *Oh! Zeiță! Te rog!* De ce nu-l înzestrase Cea-Care-Este și pe el cu acea *cunoaștere* pe care Ninsianna o împărtășea cu tatăl ei?

Nici măcar fumul nu putea masca mirosul care pătrunsese adânc în așezarea Halifiană. Ființele-șopârlă erau *aici!*

Pe măsură ce zbura mai aproape, Mikhail numără șaptezeci sau optzeci de războinici umani, în haine Amorite și Halifiene, împreună cu o mână de soldați-șopârlă Sata'anici, înarmați cu sulițe și săgeți. Șopârlele Sata'anice ar fi trebuit să aibă arme cu impulsuri, dar din cine știe ce motive nu le foloseau. Oare pentru că nu se așteptau ca el să reacționeze? Nu! Oamenii-șopârlă *știau* de ce era capabilă specia lui!

Dar *nu* știau de ce era capabilă *ea!* Soția lui! Frumoasa lui soție care putea să îi transmită telepatic groaza care o cuprindea!

Se apropie cu viteză, scoțându-și sabia din teacă. Își lăsase arma cu impulsuri acasă, la *ea,* ca ultima armă de care se putea folosi dacă avea nevoie de protecție. Dar ea râsese când încercase să îi explice cum să o folosească. De ce, o, de ce nu îi luase lecțiile în serios?

O zări pe Ninsianna în dreptul focului; părul ei lung, castaniu, strălucea în lumina focului de tabără, revărsându-i-se pe mantia stacojie. Stătea ghemuită de groază între cei cinci soldați-șopârlă Sata'anici, cu mantia înfășurată în jurul ei ca și cum ar fi sperat că aceasta o va proteja. Oh, în numele zeilor! Îi putea *simți* groaza!

Șopârlele îl observară, fiind antrenate să scruteze cerul. Strigară avertismente către mercenarii umani și își scoaseră armele cu impulsuri.

Ninsianna țipă.

Mikhail plonjă spre pământ, cu sabia scoasă, pentru a o proteja. O trase în brațele sale.

-Sunt ai…

O străfulgerare argintie…

Şi o durere cumplită care îi explodă în piept.

Mikhail îşi coborî privirea.

Dintre coaste i se ivea un cuţit...

Gura i se umplu cu ceva amar. Sângele începu să ţâşnească din plămânul atins în timp ce Angelicul privi în ochii soţiei sale, dar nu o văzu pe Ninsianna, ci pe femeia nebună care purta mantia roşie a Ninsiannei.

Shahla?

Mikhail încercă să îşi recapete sufletul, dar în ciuda zgomotului îngrozitor care se auzi, ca un supt, niciun pic de aer nu îi intră în plămâni. Aripile îi căzură. Lumea începu să se învârtă.

Câmpul vizual i se îngustă din ce în ce mai mult, până când singurul lucru pe care îl mai putea vedea fură ochii întunecaţi ai Shahlei privindu-i pe ai lui.

-Mikhail? întrebă ea cu un aer derutat.

Shahla împietri în braţele lui; cu un oftat, gura i se deschise.

Ultimul lucru pe care Mikhail îl mai auzi înainte ca lumea să se cufunde în întuneric fu şuieratul slab al celei de-a doua săgeţi.

Epilog

Data Galactică Standard: 152,098.11
Haven-1
Tânărul Lucifer — 15 ani

Cu 225 de ani în urmă...

TÂNĂRUL LUCIFER

Mama se agită prin apartament, cu aripile întunecate fluturându-i în timp ce ea ne împachetează lucrurile pentru a le duce la *Prinţul din Tyre.*

-Nu vreau să plec! mă îmbufnez. Shemijaza nu este tatăl meu!

-Împăratul a fost întotdeauna ca un tata pentru tine, spune mama, dar nu este tatăl tău adevărat.

-Nu poţi să mă obligi! Îi spun dându-i mâna la o parte. Am să cer Parlamentului să adopte o lege care să facă chestia asta ilegală.

-Eşti doar un băiat de cincisprezece ani, spune mama, agitându-mi un deget în faţă. Eşti prea tânăr ca să conduci un imperiu!

-Eu sunt prim-ministrul! insist. Îl înving pe Împăratul Shay'tan de ani de zile. Şi câştig, în caz că ai uitat.

Ochii mamei capătă o nuanţă de albastru furtunos pe care nu am mai văzut-o decât atunci când se enervează foarte, foarte tare.

-Împăratul a pus la cale planul ăsta ca să îl păcălească pe tatăl tău! mă mustră mama. Ei bine, nu o să funcţioneze! Tu nu eşti un prinţ-marionetă pe care împăratul îl poate flutura în faţa cetăţenilor săi pretinzând că le acordă liberul arbitru!

-Asta e trădare!

Aripile mele se înfoaie de parcă aş fi o pasăre răpitoare, gata să zbor spre oricine îmi blasfemiază Tatăl.

Mama îşi flutură aripile într-un suspin exasperat.

-Oh, Lucifer! spune ea. Am discutat deja despre asta. Poţi să-l vizitezi pe Împărat timp de zece săptămâni în fiecare vară.

-De ce nu pot să-l vizitez mai des?

-Pentru că o să mergi la şcoală, spune mama. Cu copii de vârsta ta, aşa că o să poţi să îşi faci prieteni. Nu e corect că te-am ţinut închis în mausoleul ăsta!

-O să fie plictisitori! mă plâng eu. Tata e singurul care nu mă plictiseşte!

Mama îmi aruncă unul dintre acele zâmbete pe care le afişează părinţii când ştiu ceva ce tu nu ştii.

-*Adevăratul* tău tată este deştept.

Îşi linge degetul şi îmi apasă pe coadă.

-I-ai moştenit intelectul, la fel şi frumoşii ochi argintii.

-Eu nu sunt ca *el*! îi spun. El e plin de cicatrici şi urât!

-Este un erou de război decorat.

Expresia mamei devine blândă, iar ochii i se înlăcrimează. După ce îl cunoşti, o să vrei să fii exact ca el.

-Vreau să fiu ca tata!

Mama oftează exasperată.

-Te rog, Lucifer.

Mă apucă de umeri.

-Pentru prima dată în cincisprezece ani, sunt fericită. De ce nu poţi fi şi tu fericit? Pentru mine.

Fericită? Am încercat să ripostez cu logică, cu ameninţări şi acum cu o criză de nervi, dar nimic nu o să o descurajeze. Nici măcar cadoul meu!

Mama a venit de la întâlnirea cu Sh-sh-sh-sh...

Ahh!

Refuz să-i spun numele!

S-a întors *acasă* acum şase zile, atât de distrată încât continuă să zburde prin palat în loc să meargă, fredonează fericită şi şopteşte spre propriul stomac. Tata n-a făcut altceva decât să se întristeze, dar mama continua să fie ruptă de oricine altcineva în afară de ea însăşi!

L-am implorat pe tata să nu mă oblige să plec, dar se pare că el poate fi mituit. Toate ostilităţile dintre cele două imperii au încetat. Toţi prizonierii au fost eliberaţi. Şi chiar în această dimineaţă, au sosit şase nave pline cu un mineral preţios de care tata are nevoie pentru a face un fel de armă, o demonstraţie de bună credinţă că, dacă Shemijaza îşi reneagă promisiunea de a mă lăsa să vin în vizită, tata poate construi o sută de ucigaşi de planete şi poate arunca în aer afluenţii lui Shemijaza.

Când m-am aruncat la picioarele lui tata, el s-a întristat şi mi-a spus că alegerea îi aparţine mamei. La urma urmei, ea este mama mea, iar Shemijaza – tatăl meu biologic. Conform legii Alianţei, singurul mod în care tata mă poate adopta este dacă ambii părinţi sunt morţi. Tata promite că, dacă se va întâmpla asta vreodată, mă va adopta imediat. Are deja actele pregătite. Până atunci, Shemijaza are prioritate. Bla! Bla! Bla! Atâta vorbăraie despre cum nu o să lase un monstru să îi ia fiul, iar apoi, în momentul de criză, Tata arată că nu are coloană vertebrală!

-Vino, Lucifer, încearcă mama să mă convingă. Am întârziat la întâlnirea diplomatică cu reprezentantul de pe B-Canum Venaticorum-3. Este o colonie nou-nouţă în zona neutră şi caută protecţie din partea Imperiului Sata'anic. E exact genul de experienţă diplomatică de care o să ai nevoie, indiferent de guvernul pe care îl vei conduce."

-Asta e treaba prim-ministrului, îi reamintesc.

-Şi până când vom părăsi spaţiul aerian al Alianţei, spune mama mângâindu-mi obrazul, tu, prinţul meu, eşti prim-ministrul.

-Şi ce se întâmplă după ce părăsim spaţiul aerian al Alianţei? întreb eu. Ce se întâmplă cu promisiunile pe care le fac atunci?

-Eşti un prinţ. Un prinţ al unui imperiu mai mic.

Mama zâmbeşte.

-Ca parte a înţelegerii dintre împărat şi tatăl tău, cuvântul tău va avea putere de lege în două imperii, nu doar într-unul singur.

Bătrânul Dephar mă prezintă delegaţilor drept „Prim-ministrul Lucifer". Amândoi fac o plecăciune, dar privesc spre tata pentru îndrumare. Din nefericire, Tata abia dacă le acordă atenţie, în timp ce mama practic pluteşte, ameţită să termine odată şi să plece.

Aşa a pierdut tata atâtea planete în faţa bărbatului cu ochi argintii, *Damantia*! Văd, după felul în care delegaţii se tot uită la ceasuri, că au de gând să iasă pe uşa asta şi să se ducă la Shemijaza pentru o afacere mai bună.

-Domnilor, spun eu, fluturându-mi aripile ca să par mai în vârstă, am discutat cu Generalul Abaddon despre cum să vă protejaţi planetele.

Cei doi delegaţi devin imediat atenţi.

Adevărul este că, în timpul antrenamentului de tras la ţintă de zilele trecute, Abaddon m-a tras de limbă şi a fost surprins să afle că eu sunt în spatele tuturor cascadoriile îndrăzneţe care continuă să aducă victorii împotriva Imperiului Sata'anic. În schimb, Abaddon m-a pus la curent cu nişte informaţii pe care tata nu le consideră importante, dar armata, da. Mi-a oferit o imagine mai clară a provocărilor cu care se confruntă noii noştri prieteni, în special această specie ostilă de care sunt cu toţii îngroziţi, numită Regatul Tokoloshe.

Delegaţii îşi dau seama că eu chiar *ştiu* despre ce vorbesc şi că am cu adevărat autoritatea de a negocia astfel de tratate, fără să fiu un print-marionetă.

Negociez energic relaţii comerciale rezonabile —materii prime de care are nevoie Alianţa la schimb pentru protecţie împotriva lui Shay'tan. Mă tot uit la tata, sperând că o să observe ce treabă bună fac şi o să decidă să nu mă trimită departe de el, dar el abia dacă mă bagă în seamă, mormăind de parcă nu i-ar păsa de nimic. Mama este atât de distrasă încât nu ar observa nici dacă aş tăia Copacul Etern. Îi chemăm pe scribi. Eu dictez termenii tratatului, cu grijă ca ei să memoreze tot ceea ce am convenit, chiar şi lucrurile mărunte pe care tata le lasă adesea în voia unei simple strângeri de mână. Dacă acest tratat va avea statut de lege în două imperii, vreau să mă asigur că tot ceea ce am convenit *aici* are statut de lege şi *acolo*. Doar de-al naibii includ şi câteva elemente prielnice pentru sistemul solar B-Canum Venaticorum-3 şi pentru tata, dar împovărătoare pentru Shemijaza. Nu prea multe. Doar atât cât să îl irite pe blestematul ăla.

Chiar când îmi termin semnătura – „*Lucifer, Prim-ministrul Alianței Galactice*" – cu litere frumoase și elegante, scrise de mână, un *gol* teribil îmi sfâșie inima.

Mama strigă:

-Shemijaza!!! hrieks:

Își duce mâna strânsă la piept și scoate un geamăt prelung, tânguitor. Cade pe podea, chinuindu-se să își recapete suflul.

-Nu-l pot vindeca.

Corpul ei se mișcă de parcă ar avea dureri.

-Corpul i-a fost distrus.

Tatăl sare de pe tron și îngenunchează lângă ea, cu ochii albiți de panică.

-Asherah! Nu face asta!

-Sunt toți morți, striga mama. I-ai omorât.

-Nu, spune tata, părând vinovat. Nu am dat niciodată ordinul.

Ochii ei par să călătorească spre un loc aflat departe.

-Navele Alianței au sărit din hiperspațiu...

Din ochii mamei se revarsă lacrimi.

-A fost un distrugător de planete. Milioane de ființe nevinovate. Vaporizate.

-Nu am fost eu! spune tata. Asherah, îți jur!

Tata își dă seama că are spectatori. Aerul se umple de electricitate.

-TOATĂ LUMEA AFARĂ!!! ACUM!!!

Gărzile Heruvime îi conduc pe delegații îngroziți afară din încăpere.

-Dephar! strigă tata. Du-te și adu elixirul!

-Mamă? încep eu să plâng. Ce s-a întâmplat?

În ciuda faptului că nu are nicio zgârietură, mama se comportă așa cum m-am comportat și eu în ziua în care am fost împușcat. Ce s-a întâmplat cu ea? Și de ce tata pare atât de speriat?

Servitorii se grăbesc să intre.

-Aduceți-o în anticameră! ordonă tata.

Servitorii o duc în biroul adiacent sălii tronului și o așează pe o canapea. Brațul mamei cade slăbit într-o parte.

-Nu pleca, îi spune tata ținând-o de mână. Te rog! Pot să repar asta!

Dephar dă buzna pe ușă.

Mă ocup eu! spune Dephar.

Îmi aruncă o privire plină de ură în timp ce îi înmânează tatei elixirul.

Eu? Ce-am făcut *eu*?

-Asherah, o imploră tata. Am sintetizat un elixir. Nu trebuie să mori. Te rog, rămâi cu mine pentru totdeauna.

Încearcă să o facă să bea, dar mama refuză.

-Mi-ai ucis *maité saoil*, spune mama pe un ton șuierat. Și așa m-ai omorât și pe mine!

Cu trei săptămâni în urmă, am tras cu urechea la conversația lui tata cu maestrul Yoritomo. Tata le-a ordonat să trimită spioni în preajma *Prințului din Tyre* pentru a afla cum să-l lovească pe Shemijaza și să scape definitiv de el. Îl privesc cu groază. Oare tata l-a ucis pe tatăl meu biologic, știind foarte bine că mama care ar putea să se sinucidă?

Îmi amintesc toate momentele în care s-a încruntat spre tabla de șah galactică, complotând cum să scape de bărbatul cu ochi argintii și de șirul lui tot mai mare de planete rebele. Ce spunea atunci? Că nu a trimis un asasin pentru că apăruse o complicație.

Acum a hotărât că e mai important să mă păstreze pe *mine* decât să o păstreze pe mama?

-Asherah, te rog! spune tata, presându-i fiola de buze. Bea!

-Pieri din ochii mei.

Tata se retrage la perete și o privește lung pe mama, suspinând.

-Lucifer, șoptește ea și se întinde să mă ia de mână.

Îi strâng mâna palidă – rece deja.

-Nu ești rănită, plâng eu. De ce pleci?

-Nu fi trist, îmi spune mama cu un zâmbet firav. Am stat pe tărâmul ăsta doar pentru ca tu să ai șansa de a crește mare.

În timp ce vorbește, ochii ei privesc dincolo de mine. Darul cu care am fost înzestrat îmi permite să văd dincolo de cuvintele pe care le rostește, spre ceea ce vede. Vede aceeași cameră pe care am văzut-o și eu în ziua în care am fost împușcat, doar că acum este plină. Bărbatul cu ochii argintii o așteaptă cu brațele larg deschise.

Îl alege pe el în locul meu?

-Speranța poporului nostru stă în tine, șoptește mama. Tu trebuie să strălucești ca un far de lumină în întuneric. Asigură-te că nu ne stingem înainte de a ne încheia evoluția.

-Mama! Nu pleca!

-Lucifer, dragostea mea, spune ea cu ochii goi. O să te aștept, dar pe lumea cealaltă.

În timp ce-și șoptește ultimele cuvinte, îi urmez spiritul în timpul viselor. Darul meu îmi permite să o văd cum pășește în cealaltă cameră și cum îi îmbrățișează pe cei care o așteaptă, în timp ce ultimul șuierat de respirație îi părăsește plămânii. Și apoi o pierd. Legătura se întrerupe. Ea nu mai este aici.

-MAMA!!! țip ca un animal rănit. Te rog, nu mă părăsi!

Apuc halatul tatălui, disperat ca el să facă ceva. Până la urmă e un ZEU! De ce nu vrea să facă ceva? Trupul lui strălucește și se transformă în praf de stele. Cu un strigăt speriat, tata o urmează pe mama pe tărâmul viselor.

-Tată! Nu mă părăsi și tu!

Mă învârt în palatul gol și îl zăresc pe Dephar, învățătorul meu de-o viață.

-E numai vina ta! mârâie Dephar.

Cu un oftat indignat, dragonul Muqqi'bat iese în trombă din anticameră, lăsându-mă singur cu trupul fără viață al mamei.

-Mama?

O scutur.

-Tată?

Nimeni nu-mi răspunde...

Mă uit la chipul zâmbitor al Celei-Care-Este, pictat pe perete.

-E cineva aici? spun printre sughițuri.

Dar nu vine nimeni.

Mă așez lângă trupul mamei, cu aripile mele atârnând pe pământ. Plâng până nu mai pot să plâng și o țin de mână. Afară se întunecă, dar nimeni nu aprinde lumina. Stau cu trupul mamei în întuneric, așteptându-l pe tata să se întoarcă.

Se scurg multe ore.

Ușor, ușor, mâna mamei se răcește.

În cele din urmă, ușa se deschide. Cineva aprinde întrerupătorul.

Este un Angelic care nu iese în evidență cu nimic – nu e nici frumos, nici urât, și are aripi alb-gălbui, care arată de parcă cineva l-a stropit cu apă murdară pe toate penele. Are ochii albaștri, la fel ca majoritatea Angelicilor, cu excepția mea, dar privirea lui mai ascunde și ceva rece, calculat.

-Vino, tinere prinț, spune el, așezându-mi o mână pe umăr. Nu mă aștept ca Împăratul să se întoarcă prea curând.

-Cine ești? întreb ștergându-mi fața cu mâneca.

-Eu sunt Zepar, noul tău Șef de personal.

-Unde e tata?

-A *plecat*, răspunde Zepar ridicând din umeri. Te-a abandonat ca să o caute pe *ea*.

Face un gest disprețuitor spre trupul mamei.

-D-dar are un *imperiu* de condus, zic eu, suflându-mi nasul. Cum putem să existăm fără zeul nostru?

-Adopția ta s-a finalizat în momentul în care ambii părinți ți-au murit, îmi spune Zepar. Până la întoarcerea Împăratului, *tu* ești responsabil de apărarea Alianței. Și e sarcina mea să te ajut să o conduci până când stăpânul tău e gata să își reia locul cuvenit.

-Cine, Shemijaza? îl întreb cu amărăciune.

-Desigur că nu! răspunde Zepar, iar ochii îi strălucesc cu o răceală malefică. *Adevăratul* tău tata e un zeu.

Sfârșitul Cărții a Cincea – Regină a unui imperiu mai mic
Începutul Cărții a Șasea – Cealaltă

Previzualizare - Cealaltă

Noiembrie 3.390 î.Hr.
Pământ: Câmpia Mesopotamiei

PAREESA

Inima îi bătea cu putere în timp ce alerga cu o viteză inumană. O conversație pe care o avusese cândva cu Mikhail în timpul antrenamentului, după ce reușise o lovitură bună, i se derula în minte:

-Dacă te lași distras așa în timpul bătăliei, s-ar putea ca lucrurile să se termine foarte rău pentru tine.

-Dacă nu aș avea încredere în tine, o dezarmase el prompt, *nu te-aș lăsa să te apropii suficient de mult încât să* vezi *că sunt distras.*

Își prinse săgeata în arc înainte de a ajunge în vârful dealului. Știa. Le știa planul.

Trase de îndată ce văzu strălucirea metalului în lumina focului de tabără, dar ajunsese prea târziu. Femeia care nu era soția lui Mikhail înfipse lama în inima acestuia.

-Nu!

Prima ei săgeată o doborî pe impostoare, ucigând-o înainte să apuce să lovească pământul, și fu urmată rapid de o a doua. Scoțând încă două săgeți din tolbă, Pareesa nimici doi demoni-șopârlă hidoși, care se năpustiseră asupra ei cu bețe de foc.

Aripile uriașe, de culoare neagră-maronie, se prăbușiră grațios spre pământ. Impostoarea cu capa roșie se prăvăli în brațele lui Mikhail – moartă.

Pareesa scoase un strigăt de durere. De ce, o, de ce insistase ca el să nu-și folosească niciodată darul întunecat?

Mikhail se clătină. Chiar și de la distanță putea să-i vadă privirea neîncrezătoare în timp ce încerca să o protejeze pe femeia care tocmai îl trădase. Demonii-șopârlă se năpustiră asupra lui, dornici să-l răpună.

Pareesa își strigp mentorul pe nume. Prinzând o săgeată la arc, trase într-un al treilea demon-șopârlă, dar trupul său se dovedi a fi diferit; săgeata abia de îl încetini.

Aripile lui Mikhail tremurau de parcă ar fi aparținut unei păsări muribunde – niște membre mândre, doborâte printr-un act de trădare. Pareesa îl privi îngrozită în timp ce cădea spre pământ, fără să scoată vreun cuvânt.

O, în numele zeilor! În numele zeilor! Ceilalţi războinici erau la şase minute bune în urma ei. Trebuia să ţină inamicul departe de el până când ajungeau şi ceilalţi! Dar cum? Şase minute în luptă însemnau o eternitate, iar ea era depăşită numeric cu şaptezeci la unu!

-Bishamonten, se rugă ea către zeul Heruvim. Ajută-mă să-ţi salvez unealta morţii.

S-a aruncat prin hoarda inamică, trăgând săgeată după săgeată până când tolba i se goli. Inamicul nici nu se gândi să riposteze; ultimul lucru la care se aşteptau demonii-şopârlă era ca o fată de treisprezece primăveri să se năpustească asupra lor, de partea camaradului ei căzut.

Plonjând într-o manevră defensivă, pe care i-o arătase Mikhail ca să evite loviturile de suliţă, Pareesa se rostogoli peste trupul lui şi se ridică. Cumva, sabia lui ajunse în mâinile ei; sabia pe care Angelicul refuzase să înveţe o înveţe să o mânuiască de teamă că într-o zi va fi folosită împotriva ei.

-Bishamonten! strigă Pareesa. Foloseşte-mi corpul ca să-l salvezi!

Un sentiment de *putere* se revărsă în trupul ei. Acea parte din ea care încă era umană urmări dintr-un colt al minţii cum zeul Heruvim îi folosea corpul pentru a-şi apăra maestrul.

Oare aşa se simţea Mikhail când intra în dansul ucigaş?

Nu...

Mihail *canaliza* energia bătrânului zeu; o folosi pentru a constrânge puterea şi mai profundă pe care numai ea şi Gita ştiau că Angelicul cu aripi întunecate o putea stăpâni. Pareesa, pe de altă parte, *devenise* Zeul Heruvim al Războiului.

Bishamonten plantă picioarele Pareesei de o parte şi de alta a corpului lui Mikhail şi o făcu să se ghemuiască, cu sabia ridicată deasupra capului. Demonii-şopârlă erau creaturi teribile, dar zeul Heruvim elimină întâi cea mai mare ameninţare – un demon-şopârlă care părea să fie responsabil de ambuscade – şi îi derută complet pe ceilalţi. În spatele lor năvăliră cete de mercenari umani, care râdeau de îndrăzneala Pareesei de a-şi apăra eroul de una singură.

Râsul le pieri însă când, unul câte unul, demonii-şopârlă îşi găsiră moartea la capătul sabii lui Mikhail.

Ultimul demon-şopârlă ţinti cu băţul de foc. Pareesa nu avea aripi, dar creatura îi subestimă abilitatea de a sări în aer.

O rază stacojie se îndreptă spre ea.

Pareesa se răsuci lateral în aer...

Un fulger rată de puţin momentul în care saltul ei îşi atinse punctul de maximă înălţime, iar Pareesa lovi cu sabia în jos. Lama argintie şi lucioasă despică monstrul de la umăr, coborând prin cutia toracică. Gura Pareesei fu împroşcată de resturi. Cu o tăietură reflexă, ea înjunghie demonul-şopârlă drept în inimă.

În timp ce îi invita pe mercenarii umani să îşi lepede vieţile la capătul sabiei ei, pe buze îi alunecau cuvinte ca nişte clinchete, neomeneşti, cuvinte pe care începuse să le înveţe de la Mikhail.

Pareesa îi spinteca pe toţi cei care *îndrăzneau* să-l înfrunte pe Zeul Heruvim al Războiului...

Sinopsis – Cealaltă

CÂȘTIGĂTOARE a Premiului pentru cea mai bună carte fantasy din anul 2014 -eFestivalul Cuvintelor. Premiile pentru cele mai bune cărți electronice independente

În zorii timpului, doi adversari străvechi se luptau pentru a controla Pământul. Un singur bărbat s-a ridicat, pe-atunci, de-a dreapta oamenilor. Un soldat al cărui nume ni-l amintim și astăzi...

Răpus în urma unui act de trădare, Mikhail se zbate între viață și moarte, în timp ce alianța sa fragilă se destramă în fața atacului Sta'anic. Temându-se că neînfricatul Angelic și-ar putea pierde speranța și ar muri, tânăra sa protejată pune la cale un plan pentru a-l păcăli și a-l face să creadă că soția sa este alături de el. Între timp, ținută prizonieră de Cel Malefic, Ninsianna trebuie să aleagă între a-și risca viața pentru a-și vindeca soțul căzut în luptă și a întoarce slugile Celui Malefic împotriva lui pentru a-și salva pruncul nenăscut...

În vreme ce întunericul sfâșie cerurile, un mic sat mesopotamian se găsește în epicentrul unui război între bine și rău. Dar nu totul e pierdut. O zeiță străveche și-a ales doi *străjeri* – ființe muritoare care nici măcar nu își dau seama că sunt pioni într-un război etern.

Primul dintre acești „străjeri" poartă cu sine amintiri dintr-o altă viață...

Își poate aminti Cealaltă cum să mânuiască Cântecul lui Ki?

Această carte NU este o ficțiune cu caracter religios!

In curand...

Buletin informativ

Dragă cititorule,

Sper că ți-a plăcut „*Aici nu e loc pentru îngeri căzuți*". Dacă dorești să primești o notificare atunci când voi lansa „*Fructul interzis*", te invit să te abonezi la NEWSLETTER-ul meu, iar eu îți voi trimite un e-mail când va fi gata!

Drept răsplată, odată ce vei confirma abonarea, vei primi acces instant către ediția digitală gratuită a volumului *Ceasornicarul: O Nuvelă*, disponibilă în format .epub, .mobi sau .pdf. Îți promit că nu vei primi niciodată mesaje spam din partea mea și că informațiile tale personale vor rămâne confidențiale. Folosesc MailChimp, așa că te poți dezabona oricând.

La-o gratuit când te înscrii aici: >>
https://wp.me/P2k4dY-16O

Rezumat:

—Întreabă cum poți câștiga o oră în timp—

Mary O'Connor are probleme mult mai mari decât faptul că ceasul ei s-a oprit la 03:57 p.m. Când îl duce la un ceasornicar amabil, ea află că a câștigat un premiu aparte, șansa de a retrăi o singură oră din viața ei. Dar soarta are reguli stricte cu privire la modul în care cineva se poate cufunda în trecut, inclusiv avertismentul că Mary nu poate face nimic care ar crea un paradox în timp. Va reuși ea să se împace cu greșeala pe care o regretă cel mai mult în această lume?

Un moment din timpul tău, te rog...

Te-ai bucurat citind această carte? Dacă da, aş fi foarte recunoscătoare dacă ai revedea site-ul oricărei librării din care ai achiziţionat-o şi ai lăsa o recenzie în scris. Fără bugetul de publicitate al unei edituri mari, cele mai multe cărţi nu înapoiază costul de producţie. Cu excepţia cazurilor în care... cititorii ca tine răspândesc ideea ca le-a plăcut.

Mulţumesc!

FRAGMENT:
Un înger gotic de Crăciun

Câştigător al eFestivalului "Words Best of Independent eBook Awards"- Cea mai bună povestire a anului 2014

Rămăşiţele vechilor suferinţe nu sunt niciodată lăsate în urmă...

Părăsită de prietenul ei în Ajunul Crăciunului, Cassie Baruch crede că poate pune capăt suferinţei sale izbindu-se cu maşina de un copac bătrân. Dar atunci când un înger superb, cu aripi întunecate, apare şi îi spune "asta nu e vreo afurisită de poveste de dragoste paranormală, copilo", îşi dă seama că moartea nu îi rezolvă problemele. Poate Jeremiel să o ajute să scape de rămăşiţele problemelor din trecut şi să îşi regăsească liniştea?

Această reinterpretare modernă a mitului îngerilor păzitori îmbină "O colindă de Crăciun" şi "O viaţă minunată", într-o încercare de a le oferi oamenilor speranţa că îşi pot stăpâni şi depăşi trecutul.

„Foarte puţine cărţi mă înduioşează până la lacrimi, dar aceasta a reuşit într-o manieră glorioasă. Mesajul ei este redat cu umor şi graţie. Minunat!" — recenzia cititorului

„M-a făcut să îmi pese. Şi m-a făcut să plâng. Sunt foarte, foarte recunoscătoare pentru final." — recenzia cititorului

„O carte care m-a înduioşat ca nicio alta." — recenzia cititorului

Află mai multe >>
http://wp.me/P5T1EY-x3

Despre Autor

Anna Erishkigal este un avocat care se recuperează şi scrie ficţiune drept alternativă la ideea de a se întoarce acasă de la tribunal şi a-şi supune copiii vreunui interogatoriu. Creează sub un pseudonim, astfel încât colegii săi să nu îi pună la îndoială pledoariile, considerând că ar fi la rândul lor rodul ficţiunii. În cele mai multe cazuri, dreptul este, după câte se pare, pură ficţiune. Însă avocaţii preferă să îşi numească activitatea *„apărare plină de zel a clientului"*.

Şansa de a analiza cotloanele cele mai întunecate ale fiinţei umane face posibilă construirea unor personaje ficţionale interesante, acel gen de personaje pe care îţi doreşti fie să le încarcerezi, fie să scrii despre ele acasă. În ficţiune, poţi jongla cu faptele fără a-ţi face prea multe griji privind adevărul. În pledoariile legale, dacă propriul client te minte, eşti pus într-o situaţie stupidă în faţa judecătorului.

Cel puţin în ficţiune, dacă un personaj devine supărător, îl poţi omorî...

Alte cărți de
Anna Erishkigal

„Ceasornicarul (o nuvelă)"
„Un înger gotic de Crăciun"

Saga „Sabia Zeilor"
(fantezie epică)
„Eroi de Demult (o nuvelă)"
„Sabia Zeilor"
„Aici nu e loc pentru îngeri căzuți"
„Fructul interzis"
„Prin mijlocul pietrelor scânteietoare"
„Regină a unui imperiu mai mic"
„Cealaltă"

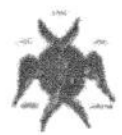

Mai multe cărți în limba română:
http://wp.me/P5T1EY-oU

www.ingramcontent.com/pod-product-compliance
Lightning Source LLC
Chambersburg PA
CBHW070825190726
48292CB00006B/2110